U056543Z

七重山

The Seven Storey Mountain

多玛斯·牟敦（Thomas Merton）著

方光珞 郑至丽 译

上海三联书店

THE SEVEN STOREY MOUNTAIN by Thomas Merton
Introduction copyright © 1998 by Robert Giroux
Note to the Reader copyright © 1998 by William H. Shannon
Copyright © 1948 by Harcourt Brace & Company
Copyright renewed 1976 by The Trustees of the Merton Legacy Trust
Published by arrangement with Curtis Brown Ltd.
Simplified Chinese translation copyright © 2008
by Shanghai Joint Publishing Company
ALL RIGHTS RESERVED

五十周年版前言

罗伯特·吉如(Robert Giroux)

《七重山》(*The Seven Storey*)于一九四八年十月四日首次出版,至今已经过去五十年。正如牟敦在日记中所揭示的,这本自传的写作是从之前四年开始的,写作地点则是在美国肯塔基州熙笃会特拉比斯派(Trappist)革责玛尼隐修院。牟敦二十六岁时,辞去位于纽约州的圣文德学院(St. Bonaventure College)英国文学教席,于一九四一年十二月到达此修院。牟敦写道:"在某种意义上,另一个人比我更要为《七重山》负有责任,即使他只是我所有其他写作的起因。"他就是邓尼师(Don Frederic Dunne),当时的修院院长,他先是接纳牟敦为初学生,后于一九四二年三月正式接受他为特拉比斯修会见习修士。

牟敦写道:"我把我所有的作家本能带进了修院,而在我见习期内,当我要以写诗和默想等文字形式表达我的所思所想之际,院长对我鼓励有加。"当弗雷德里克院长建议牟敦写下他的人生故事时,这位见习修士起先有点犹豫不决。他终究成为了一名修士,要将他过往的生活抛在脑后。然而,一旦他开始写作,文思喷涌而出。他承认,"会有怎样的读者,我想也没想过,我不知道有什么样的读者。""我设想,我只是把在我里面的东西落诸笔端,在天主注视之下,因为天主知道在我里面的是什么。"他很快"尝试降低原初手稿的调子",以便提交给特拉比斯修会的审稿者。审稿者予以了严厉批评,尤其是对他在剑桥大学卡莱尔学院那段日子的描述,其间,牟敦成了一个私生子的父亲,而那孩子和母亲显然在伦敦轰炸中一起丧生。为此,牟敦被学院"勒令退学"——开除,而他的英国监护人(牟敦父母当时都已过世)也建议他离开英格兰,并且还告诉牟敦不要再希望在伦敦从事外交工作。于是,牟敦返回

1

美国,进入哥伦比亚大学,我于一九三五年在那里遇见他。

当时,美国仍然处于大萧条中;这是艰难时世,绝大多数学生都过得很不易。在牟敦和我共同的同学中,莱因哈特(Ad Reinhardt)成为了著名画家;拉脱切(John Latouche)成为音乐演出方面的名人;沃克(Herman Wouk)成为著名小说家;伯里曼(John Berryman)成为著名诗人;赖克斯(Robert Lax)、瑞斯(Edward Rice)、吉卜尼(Robert Gibney)和费礼德古德(Sy Freedgood),是一群围绕学院的杂志《小丑》(Jester)而与牟敦经常在一起的好朋友;还有戈迪(Robert Gerdy),成为《纽约客》(New Yorker)的编辑。

我们的相遇是在哥大校园。当时,牟敦走进校园文学杂志《哥伦比亚评论》(Columbia Review)的办公室,给我看他的手稿,有短篇小说和评论,我表示喜欢并同意发表。我心中暗想,“这是一位作家。”他很结实,一双蓝眼睛,粗粗的棕色头发,很健谈,带着些许不列颠口音。当时他大三,我大四。他谈到他的兴趣,爵士乐,哈莱姆,和电影——特别是费尔兹(W. C. Fields),卓别林(Chaplin),基顿(Keaon),马克斯兄弟(Marx Brothers),施特格斯(Preston Sturges),对这些人物我也葆有热情。我们还同样热衷于谈论范多伦(Mark Van Doren)这位老师。我们还一同去塔里亚堂看了多场电影,当然,在那段极左时期,像宗教、隐修和神学这些词汇从来没有被提及过。我在一九三六年六月毕业,没有在我希望的出版业找到工作,而是在哥伦比亚广播公司(CBS)找到了一份工作。到了一九三九年十二月,哈考特布雷斯公司——由哈考特(Alfred Harcourt)和布雷斯(Donald C. Brace)共同创办的著名出版公司——的普通图书部主任莫雷(Frank V. Morley)雇我做初级编辑,并得到了布雷斯的批准。在要求我评估的首批书稿中,有牟敦的一部小说,是由科特斯·布朗文学代理公司的奈俄米·伯顿(Naomi Burton)提交的。《多佛海峡》(The Straits of Dover)的主人公是一个剑桥大学学生,他来到了哥伦比亚,与一个愚蠢的富婆——一个秀场女子,印度神秘主义者,左派分子——厮混在一起;场景是在格林威治村。我和其他编辑一致认为,作者有才气,但故事起伏不定,不知走向何方。

六个月后,伯顿重新递交了小说,题目改作《迷宫》(*The Labyrinth*),但再次被退稿。牟敦是有趣的作家,但他显然不是一个小说家。

离开哥大后,再次见到牟敦是在第五大街的 Scribners 书店,时间大约是在一九四一年五月或六月。我正在随意浏览,感觉有人碰我的臂膀。那是牟敦。我说:"汤姆!见到你太高兴了。我希望你还在写作。"他说:"是的,我刚去了《纽约客》,他们要我写写革责玛尼。"我一点也不明白他所说的。"哦,那是肯塔基州的一个特拉比斯派隐修院,我在那里做避静。"这一揭示让我十分惊讶。我根本不知道牟敦经历了宗教皈依,抑或他对隐修传统感兴趣。我说:"是这样。我希望读到你写的这篇文章。这对《纽约客》来说,将会很特别。"他说:"不是的。我从来没有想过要写它。"他对我讲了好多。那是我第一次理解了在牟敦身上发生的非同寻常的变化。我祝愿他好,然后我们就分手了。

下次听到他的消息,来自被我在新年里称作"老先生"的马克·范多伦。马克说:"汤姆·牟敦已经成为一名特拉比斯修会的修士了,我们也许永远也不会再听到他的消息了。他正在远离世界。一个多么与众不同的年轻人。我总是期待他成为作家。"汤姆给马克留下了一部手稿——《诗三十首》,马克后来把它交给我在新方向(New Directions)出版社的朋友杰伊·拉弗林(Jay Laughlin),并于一九四四年出版。我们几乎不知道,后面还会有多少本书出来。

《七重山》之部分获得审核通过的文本于一九四六年抵达奈俄米·伯顿手中。正如汤姆在日记中说明的,奈俄米的反应是好的:"她(奈俄米)相当确定,能找到一家出版社。不管怎么样,我的想法是——她的想法也是——把它交给哈考特布雷斯的罗伯特·吉如。"此则日记的时间是十二月十三日。十四天后,他在日记中写道:"昨天午饭时普利尔神父递给我一份电报……进入我头脑的第一个想法是:《七重山》的手稿丢了。奈俄米·伯顿把它交给哈考特布雷斯才一周。我相当了解,出版社总是让你至少等上俩月,然后才会对书稿说点什么……我一直等到午饭结束后才打开电报。来自鲍勃·吉如,电报上写着:'书稿被接受。新年快乐!'"

自从我收到奈俄米叫信差送来的手稿,我就开始阅读,而且越读越兴奋,带回家连夜看完。尽管文本开头较差,但后面部分越来越好,我确信,只要做些删节和编辑,就可以出版。但我从没想过,它会成为畅销书。自从莫雷离开出版社后,布雷斯就是我临时的领导。当我请他阅读时,他问:"你认为它是否会亏钱?"以此巧妙地对付我,我答道:"哦,不会。我肯定,它将找到一个读者。"我告诉他,汤姆是我在哥伦比亚的同学(布雷斯和哈考特都毕业于哥伦比亚大学),但我担心自己或许没有做到我应该做到的客观。我又说:"牟敦善于写作,我希望你瞄一眼,东(布雷斯名字的昵称)。"(那时,我刚刚上任总编。)他说:"不用了,鲍勃。如果你喜欢它,我们就做吧。"第二天我就给奈俄米打电话,并给出很不错的约稿条件(在当时来讲),她很快代表修院接受了邀约。(当然,牟敦分文无取,因为隐修之守贫誓言;他的所有的版税收入归给修院团体。)然后我给修院拍了电报。

编辑上有两个问题——开头部分令人厌倦的布道文需要删除;起首是放错位置的妙笔,这很典型。起首是这样写的:

> 当一个人确立起来,当一个人的本性作为一个个体的、具体的和持存的物,一个生命,一个人,上帝的形象就铸入了世界。一个自由的、富有生命力的、自我行动的实体,一个充满精神的肉身,一个准备好进入富有成效的运动的能量复合体,开始闪耀,伴随着潜在的光、理解力和美德;开始闪耀,伴随着爱,没有这爱,精神不会存在。这是准备着认识到,根本没有人知道,何谓伟大和高贵。这一新创造的生命力核心就是自由的、精神的原则被称为灵魂。灵魂是这个存在的生命,而灵魂的生命则是爱,这爱将灵魂联合到所有生命的原则——天主。在此被造的身体将不会永远存在。当灵魂(即生命)离开了身体,身体就是死的……

诸如此类,有好多页。我向汤姆指出,他写的是自传,读者一开始也许急于想知道,他是谁,他来自何处,他如何走到现在。开头太抽象、冗长、枯燥。他欣然接受了批评,最终找对了起始句。在一切经典之作中("经典就是一直在印的书"——马克·范多伦),起始句通常显得不可取代,仿佛它们不可能有另外的样子——"叫我以实玛利吧";"幸福的家庭都是相似的";"这是最好的时代,也是最糟糕的时代"。牟敦的新开头:"一九一五年一月的最后一天,在宝瓶宫星座之下,于战火连天之年,我在西班牙边界的法国山脚下出世。"这就是个人的、具体的、生动的描述,立即把读者卷入故事。当然,依然还有编辑性的润色工作要做——删去重复、冗长而乏味的话语、片段等。我必须说,牟敦对所有这些细小的改变,非常积极地配合。他给朋友的信中写道:"其实,《七重山》无需删节。但篇幅不能太长。哈考特的编辑过去是、现在依然是我的朋友鲍勃·吉如……当你听到你的语词在修院食堂被大声读出时,或许你会希望,你压根没有写过这些话。"

此后的编辑过程中有过一场危机。牟敦告诉奈俄米,需要最终征得同意的另一位审稿者不允许该书出版!在不知道作者已经签约的情况下,这位来自另一所修院的年长审稿者反对牟敦的"口语化散文风格",他认为这种风格是不适合修士身份的。他建议把书稿先搁置一边,直到牟敦"学会写出得体的英语"。奈俄米写的信代表了我的意见:"我们认为,你的英语是属于极高品位的。"我们还感到,假如有机会,这些匿名审稿者或许还会禁止圣奥斯定的《忏悔录》。此种情形下,我建议牟敦诉诸在法国的总院长。最终让我们大松一口气的是,总院长写道,写作风格是作者个人的事情。这就得到了澄清,那位审稿者明智地收回了意见。(我自己的猜测是,出生于法国的牟敦给总院长写的法语信——总院长不能读和说英语——如此出色,以致总院长得出结论,牟敦的英语散文必定也是优美流畅的。)《七重山》终于可以出版了。

一九四八年夏天,清样出来之际,我决定送交伊夫林·沃(Evelyn Waugh)、克莱尔·布施·鲁斯(Clare Booth Luce)、格拉哈姆·格林(Graham Greene),以及富尔顿·希恩主教(Bishop Fulton Sheen)。令我欣喜的是,他们的回应全都是褒扬的,甚至用了最高级形容词。我在书的护封和推荐语中采纳了他们的评语。当时三家图书俱乐部订购了此书，布雷斯先生把首印数从五千册提高到一万二千册。到了十一月，即出版一个月后，销量达到一万二千九百五十一册，到十二月，销量冲到三万一千零二十八册。从十二月中旬到新年后这段时间，通常订单较少，因为书店此前往往发货充足。这种新的销售模式极有意义，它证明了《七重山》是本畅销书！现在难以相信的是，《纽约时报》当时拒绝将本书列入畅销书榜单，理由是——这是一本"宗教图书"。到了一九四九年五月，当修院邀请我和其他朋友参加牟敦晋铎神父圣职典礼时，我带上了用特制摩洛哥皮革作为封皮的第十万册《七重山》作为礼物。（去年在那里访问期间，牟敦的秘书帕特里克·哈特修士还在他们的图书馆书架上指给我看这本书。）销售数据表明，在最初十二个月里，本书精装本售出了六十万册。当然，现在还包括平装本和不同译本，总销量已经达到数百万册。年复一年，《七重山》不断在销售。

作为一个编辑和出版家，我对《七重山》为何如此成功，依然感到出乎意料。尽管一直被禁止列入畅销书榜，为什么其销量却如此蔚为奇观？出版者难以"制造"畅销书，尽管很少有读者相信这一点（作者更是不相信）。书得以畅销，总是有一种神秘因素在里面：为什么这本书在这个时候畅销？我相信最根本的因素是时间恰到好处，但这往往难以预见。《七重山》是在一个大幻灭时代出现：我们赢得了第二次世界大战，但冷战已经开始，公众感到沮丧、理想破灭，他们寻求信心的恢复。其次，牟敦的故事非同寻常——一位受过良好教育又善于表达的年轻人，退身进入修院，这是为什么？同时，故事本身也确实很好，生动而又华丽。毫无疑问，还有别的因素，但对我来说，恰当的时机、恰当的方式和恰当的主题，这三者结合是该书当初成功的原因。

这本书产生影响的一个标志是它激发了某些人的恼怒——不仅有带着敌意的批评，也有宗教界人士认为任何修士写作都是不恰当的。我记得收到一封充满仇恨的信，信中写道："去告诉这位发愿静默的特拉比斯修士闭嘴！"虽说静默是特拉比斯修士生活的一部分，但他们并未起誓静默。保持静默（以促进沉思）本身并不意味着取消沟通（他们确实是用象征语言来沟通）。对这个制造仇恨的人，我回复道："写作是一种沉思方式。"

本书出版后，还有一件啼笑皆非的事。我曾接到来自中西部的一个警署的电话。有人喝醉了酒，大声宣称他就是多玛斯·牟敦，并说自己离开了修院。这个人因为扰乱治安而被拘留。警察要求我跟他通话，我说："根本不需要这样做。只要求他说出他的文学代理人名字即可。"那个酒鬼当然不知道代理人的名字，也就自然原形毕露了。

对汤姆来说，该书出版后带给他的声誉成为令他难堪的源头。一个原因就在于，他还不到三十岁，就已经令人难以置信地成长为一位学者和作家。正像哈克贝利·费恩（Huckleberry Finn）一样，他成长迅速。在所有我认识的作家中——我还真的认识一些伟大作家——没有人具有他这样的心智成长速度，随着年轮翻过，其心智的深厚和成熟尤其醒目。如果说他曾期望"退离"这个世界，但事实上他并未如此。相反，随着他名气越来越大，作品越来越多，他听到了来自世界各地的问候：俄罗斯的帕斯捷尔纳克（Boris Pasternak），日本的铃木大拙博士（Dr. Daisetz Suzuki），坎特伯雷大教堂的阿尔金（A. M. Allchin）神父，波兰诗人米沃什（Czeslaw Milosz），纽约犹太神学院海希尔博士（Dr. A. J. Heschel）等等。有许多人，知名的或不知名的，与他建立书信往来，他的视野也越来越宽广。

在他去世两年前，他为《七重山》的日文版撰写了序言，其中有他写作此书二十年之后对于这本书的重新思考：

> 假如我现在尝试写这本书，也许会是另外的写法。谁知道呢？但它是在我还很年轻的时候写的，现在依然如故。故事不再属于我自己……故此，最配得称赞的读者，我在此不是以作家的身份，不是以讲故事的人，也不是以哲学家的身份，而只以朋友的身份跟你们讲话。我所寻求的是以某种方式，就像你自己对你自己说话。谁能说出这可能会有的意味？我自己不知道，但是，假如你去倾听，将要被说出的故事也许

并未写在这本书里。而这将不归因于我，而是归因于既活着又言说的那一位(the One)。

多玛斯·牟敦死于一九六八年参加在曼谷举行的东西方修道者会议期间。今天，值此《七重山》出版五十周年之际，我再一次想起马克·范多伦的话，那是我和汤姆在他的课堂上所听到的："经典就是一直在印的书。"

（徐志跃　译）

给读者的说明

威廉·谢农（William H. Shannon）

国际牟敦协会创始会长

《七重山》出版于一九四八年十月四日,立刻取得了成功,被誉为二十世纪的圣奥斯定的《忏悔录》,五十年来源源不断地在销售。伊夫林·沃,一位严苛的批评家,先知先觉地写道:"在宗教经验历史上,《七重山》很可能被证明是让人不断产生兴趣的作品。"格拉汉姆·格林(Graham Greene)则指出,"这本自传,其典范性及其意义,对我们所有人都有可取之处。"这本书的读者范围越来越扩大,远远超出了它所诞生的国家。已经有二十多个外文译本,最近的一种是汉语。

出版于第二次世界大战结束三年之后,《七重山》击中了当下的敏感神经,先是在美国,最终波及世界各地。其出现的时机真是完美——正逢其时,恰到好处。其时,战争带来了幻灭感,人们在探寻人生的意义,他们准备好聆听一位年轻人文采飞扬的故事,这位年轻人的探寻以令人惊讶的发现而告终。

然而,如同每部经典作品一样,《七重山》或许也需要为新读者提供某种导读。考虑到这个版本是以特殊周年版形式发行的,这篇"给读者的说明"可能会预见到某些困难,并提供一些阐明,以便读者可以轻松地阅读这本书,同时也能清楚地理解,牟敦以年轻人的热情所叙述的他皈依天主教的故事。

我看到有三个方面,《七重山》会让读者感到惊讶或是迷茫:弥漫全书的过时的宗教氛围;读者想知道、但作者保持沉默的缺失信息;作者赋予他的故事的阐释。

宗 教 氛 围

这本书当然是罗马天主教背景的,而且不加掩饰。作者是一个年轻的修士,处在进入特拉比斯派修院头几年极其幸福的状态中,写作时还依然沉浸在皈依经验的火热当中。但是,你在本书中所遇到的罗马天主教会已经淡出,几乎与我们现在能认得出的罗马天主教会相隔遥远。今天的教会是"梵二"大公会议所发起的革命(称"革命"并不夸张)的产物。

牟敦受洗归入的,是"梵二"之前的教会。那时的教会,依然是反十六世纪宗教改革运动的。该教会的特点是,一种受困的情绪,仿佛有战车围绕在绝对的教义和绝对的道德周围,极其顽固地抱守传统。作为一个相分离的建制,它并没有表现出多少意愿,去面对一个正在经历巨大且前所未有的变革的世界提出的问题和需要。在如此流变的世界环境中,引以为傲的是其教导的稳定性和不可变性。在牟敦写这本书的时候,罗马天主教神学已经成为对所有问题的一套预先包装好的回答。它以辩论式和护教性的调子,旨在证明天主教是对的,所有其他的宗教都是错的。这种出于优越感的傲慢和自信,在布兰登·比翰(Brendan Beahan)写的一个有关天主教爱尔兰库克主教的故事中得到了生动的体现。在这个故事中,当库克的秘书告诉主教,爱尔兰库克主教的教会死了时,库克得意洋洋地评论道,"现在他知道谁是真正的库克主教了。"

如今,距离这一僵化的教会环境已经五十年了,我们很难再认同牟敦当年对教会必胜主义心态的热情接受。不过,这确实是许多皈依者的情况:他们历经多年毫无目的的游荡,终于发现了进入教会的路径,最初的态度是欢迎教会"上锁""上枷""上发条"。他用对二十世纪中叶天主教会未经质疑和不经质疑的确信,来取代他过去的怀疑和不确定,并为此感到幸福。他坚信他的信仰,即他属于"唯一真教会",且诋毁性地说及其他基督教会——这反映了教会自身自我满足的必胜主义。即使在五十年以前,这种必胜主义对其他宗教的一些读者来说也是一个问题,这些读者感受到该书的力量,但也因其狭隘的宗教情感而感到不安。一位年青女性在阅读时深受感动,却也哀叹道:"为什么他对新教信徒如此苛责?他们真是那样不堪吗?"今天的读者将能更好地把这种狭隘放在历史视野中看待,也就不会被它冒犯了。

人们持续不断地阅读《七重山》,因为牟敦如何达到这种确信的故事太有说服力了。他试图摆脱那时混乱不堪的生活,在此过程中,我们随着这位年轻人一路前进。今天,当我们徘徊在一个新千年的边缘时,我们可以认同他的求索,即便他的求索方向并不总是明确。牟敦个人的魅力,他的确信所具有的热力,这位天才作家生动的叙事,都使他超越了其神学上的狭隘性。他的故事包含了我们共同的人类经验的恒常因素,那才是使得这部作品具有深刻普遍性的缘故。

缺失的信息

一九四〇年初夏,牟敦被方济会接纳,他还住在奥利安(Olean),准备在八月份加入。仲夏时,他经历了一场突如其来的焦虑。他认识到,他还没有把自己的完整生活故事告诉见习导师。有些过去的经历让他难以启齿。他要回纽约"讲清楚",希望他的既往不会成为一个问题。显然,事实是,确有问题。他被要求撤销进入方济会的申请。他的希望破灭了。他为此而心碎,于是开始找工作,在圣文德学院谋得一份教职。

一九四八年——以及此后——读者没有任何踪迹去理解"讲清楚"的内涵。过了一些年,故事才得以出现,原来,在剑桥卡莱尔学院期间,牟敦在情欲冲动下,导致一场对他本人以及对一名未婚女子而言的灾难:那名女子怀上了他的孩子。之后没有了她和孩子的进一步消息。大约在一九四四年二月,牟敦确实试图与她联系,但她似乎已经消失了。

在纽约城的这次毁灭性经历之后,牟敦确信,他永远被禁止进入罗马天主教圣职。他没有告诉读者这一确信的理由,但这一定是基于他和方济会见习导师之间的谈话。《七重山》对那场谈话内容保持了沉默。但是,一年多之后,圣文德学院的方济会神父告诉他,他把被方济会拒绝看作是永远不能成为神父的想法是错误的,对于他领受圣职来说,并没有什么障碍。这一消息让他顿时释然,最终使他能够前去肯塔基州的特拉比斯派修院。他在那里晋铎神父圣职。

解释牟敦的故事

和许多伟大作品一样,牟敦的故事也许可以从三层意义上来读。首先,有一个历史层面:他生活中真实发生的。其次,记忆层面:牟敦能够回忆起他生活中的事件。回忆通常是选择性的,这意味着被记得的既往并不总是与历史的过去相吻合。最后,还有一个修道上的判断层面,这是指牟敦是作为一名修士写下《七重山》的。他委身于修道,这给多玛斯·牟敦(他的教名是"路易神父")讲述故事的方式染上宗教色彩。我认为可以这么说:《七重山》是一名叫做多玛斯·牟敦的年轻人的故事,而这位年轻人始终被一个叫做路易神父的修士所判断。修士常常倾向于对年轻人的判断相当严厉,能够理解这一点,对读者或许是有帮助的。

牟敦以如下言词结束他的故事:"让此书在此完结吧,但探索仍将继续。"(*Sit finis libri, non finis quaerendi.*)这是先知之言。《七重山》中的牟敦并未消失;他只是在成长。他后期的著述是他朝着未来走向成熟和开放的故事。观察这一成长将是快乐的,这样的快乐等待着那些开始于《七重山》并进而阅读他后来作品的人们。

(徐志跃 译)

目　次

我给你们说，天主能从这些石头中给亚巴郎兴起子孙来。

——《路加福音》第三章第八节

第一部

1

囚犯的基地

《默观的种子》书影

/

　　一九一五年一月的最后一天，在宝瓶宫星座之下，于战火连天之年，我在西班牙边界的法国山脚下出世。人生来就是自由的，为天主（译注：本书关于宗教词汇的翻译采用天主教译名，参考资料为《天主教英汉袖珍辞典》〔天主教恒毅月刊社〕与《神学辞典》〔光启出版社〕；关于圣经引文，则采用思高本圣经）依照祂的肖像所造，但是我的自私心与狂妄的个性束缚了自己，使我的形象变得与我所出生的世界一般无二。这世界像是地狱的写照，有很多像我这样的人，爱天主，同时也憎恨天主；原本应该敬爱天主，实际上却生活于恐惧、无助且自我矛盾的饥渴中。

　　我出生在家中，此处距离马恩河（Marne River）不出几百英里，当时人们正沿着河岸在没有枝叶的树林里，冒雨从壕沟中打捞出混杂在死马及七十五英厘野战炮残骸之中的腐烂人尸。

　　我的双亲就是那个世界的囚徒[1]，他们明白自己不属于这里，只是无法离开。他们和世界格格不入，并非因为他们是圣贤，而是另有原因：他们是艺术家。艺术家的正直令其超越世界，但无法救其脱离世界。

父亲欧文・牟敦（Owen Merton）

我父亲的画风与塞尚（Paul Cézanne）相似，而且他和塞尚一样，都很了解法国南部的山水风景。他的世界观相当明智、平稳，充满了对格局、万物之间的关系以及令每一个受造物都突具个性的全部环境的崇敬。他的见解是宗教化的，而且很纯洁，所以他的画作没有过分的修饰或多余的诠释，因为有信仰的人珍视天主创造的万物，认为万物有其自身的个体性。我父亲是个优秀的艺术家。

我的双亲从未被肤浅短视所蒙蔽，他们不像普通人那样，除了汽车、电影、冰箱内有什么食物、报纸上的新闻或邻人离婚的事情之外，什么都不知道。

从父亲那儿，我承继了他对事物的看法和正直的个性；从母亲那儿，我承继了她的多才多艺和对混乱世界的不满；从他们共同拥有的特征，我获得了肯于工作、有远见、享受生命及表达自我的能力。如果这个世界依循正道而行，我拥有的信念和能耐就足以让我活得像个王公贵人了。我们家从来不曾富裕，但是连傻子都知道，没有钱财仍然可以享受快乐的生命。

如果人们习以为常的一切就是真实的——如果你需要的快乐只是抓住一切、看清每一件事、探究所有的感受，然后就此侃侃而谈，那么我应该是个很快活的人；从摇篮期到现在，我可以算是精神上的百万富翁。

如果幸福仅仅关乎与生俱来的天赋，在我成年之后就不会加入特拉比斯（Trappist）[2]修会成为一名修士了。

//

我的双亲分别由天之涯、海之角来到普拉德（Prades），他们在这儿待了下来，但是并没有待太久；待我出生后学会走路的时候，他们就再度上路。他们继续跋涉，而我也跟着他们步上漫长的旅途；对我们三人而言，如今这段旅程均已告一段落。

父亲来自地球另一边，从新西兰越过千山万水来到法国。从照片上看来，他的故乡基督城（Christchurch）和伦敦近郊很像，或许较干净些。新西兰艳阳高照的日子较多，我猜住在那儿的人也较健康。

我的父亲名叫欧文·牟敦。欧文这个名字来自他母亲家，他们在威尔士住了好几代，但我知道他们原籍应该是在苏格兰低地。我祖父是个虔诚的基督徒，他在基督城的基督学院教授音乐。

父亲是个精力充沛、个性独立的人。他向我描述新西兰南岛的丘陵和山地，以及他常去的绵羊牧场与树林。他说，有一次一支南极探险队伍到了那儿，他差点就跟着他们去南极；若果真如此，他也会和其他人一样在南极冻毙，因为那支探险队伍没有人生还。

父亲决定要研习艺术时，遇到重重阻拦，很难让亲人接受他选择了艺术为职业。最后，他终于前往伦敦，然后到达巴黎。他在巴黎遇到我的母亲，两人结了婚，从此再也没有回到新西兰。

母亲露丝·詹金斯·牟敦
(Ruth Jenkins Merton)

5

　　我的母亲是美国人。我看过一张她的相片，是个娇小纤瘦却很机警的小妇人，面容严肃、紧张又敏锐。这与我对她的记忆相当吻合，她总是对我——她的儿子——那么担忧、严厉、性急又挑剔，但是在家人口中她却总是快乐开朗的一个人。母亲过世后，外祖母保留了一大把她的红头发，母亲寄宿学生时代爽朗的笑声好像永远回荡在外祖母的记忆中。

　　我现在觉得母亲是个梦想永难满足的人，总在追求完美，无论是对艺术、室内装饰、舞蹈、家务，甚至是教育子女，都是如此。或许这就是在我印象中母亲总是显得忧心忡忡的原因，我这身为长子的孩子如此不完美，对她而言是个大大的失误。我写这本书或许不能证明任何事，但至少可以证明我的确不是任何人心目中的理想孩子。我看过母亲保存的一本日记，写于我的婴儿期与幼年期，日记中流露出她对我的顽固个性以及似乎能自由放任而毫无定性地生长感到非常惊讶，这些都不是她原先期望的。例如，我大约四岁时对厨房的煤气灯肃然起敬，那简直是礼拜式的崇敬；母亲不认为上教堂或学习宗教礼仪是教育现代儿童的重要科目，我猜，她认为我将成长为一个安分守己的人，不会否认神的存在，也不会被迷信所戕害。

　　我会在普拉德受洗全是父亲的主意，父亲出自根深蒂固的英国国教家庭。不过，给我施洗的圣水效力一定不够，无法纠正我的放任个性，也无法将我的灵魂从吸血鬼的魔掌中解救出来。

　　为了实现梦想，父亲来到庇里牛斯（Pyreness）山区，他的愿望比起母亲凡事追求完美的理想单纯多了，也更加具体、实际。父亲希望在法国找个地方定居、养家和作画，我们一无所有，没有任何人、任何事物可以让我们赖以为生。

　　在普拉德时，父亲和母亲有许多朋友。他们安顿下来之后，作画的画板堆在屋角，整间屋子都闻得到新鲜油彩、水彩和廉价烟草、煮饭烧菜的味道。后来从巴黎南下造访的朋友更多了，母亲喜欢在山丘上张着大帆布阳伞作画，父亲则喜欢在艳阳下作画，他们的朋友都喜欢一边喝着红酒、一边遥望坎尼古（Canigou）山谷和山坡上的修道院。

那一带山区有好几处修道院遗址，现在回想起来心里总是充满崇敬。那些整齐古老的大石块砌出的修道院和低矮的拱门，都是修士们一砖一瓦搭建而成的，也许他们曾经为今日的我祈祷求福。圣玛尔定（St. Martin）[3]和修士的守护圣徒圣弥格天使长（St. Michael the Archangel）[4]在那一带山区都有教堂，此外还有坎尼古的圣玛尔定教堂、寇萨的圣米歇尔教堂（Saint Michel-de-Cuxa）。我对那些地方总是心有戚戚本是天经地义的吧？

二十多年后，其中一座修道院跟我一起横渡了大西洋，我们将修道院的石砖一块块分开，运到这儿，然后选在我方便到达之处，一块块堆砌重建。当时我亟需见到真正的修道院，亟需见到一个人做了理智抉择之后的住所，而非如丧家犬一般。现在寇萨的圣米歇尔教堂已经完全修复，成为纽约城北公园里一间特别而小巧的博物馆，放眼可见哈德逊河（Hudson River），在这儿不会感到置身于大都会中。它现在的名字就叫静修院，虽然是人力合成体，但它依然保留了原有的实质，隐藏在树木及帕利塞德（Palisades）峭壁间，与四周的都市环境形成全然的对比。

那时，由外地来到普拉德的客人经常将报纸成卷塞在外衣口袋中带来给我们看，还带来许多印有爱国宣传漫画的明信片，传达联军打败德军的消息。我的外祖父母住在美国，他们担心身在战区的女儿，显然我们不能在普拉德久待了。

当时我刚满周岁，对这趟旅行毫无记忆，据说我们是在波尔多（Bordeaux）上船的，大船前方甲板上还装设了大炮。我也不记得横渡大西洋的情景，不知道当时遇到德国潜艇的惊险，至于如何在纽约登陆、到达这块没有战争的新大陆的情景，也毫无印象；不过，当年我的美籍外祖父母初次见到女婿和外孙的场景倒不难推想。

家人都称我外祖父为"老爸"，他是个爽朗有活力的人，不论是在岸边、船上、火车上，或是在车站、电梯内、公车上，还是在旅馆、餐馆里，他总是兴头十足，对人发号施令，做出新的安排，随兴所至地临时改变计划。外祖母正好相反，大家称她为"好婆婆"，天生就慢条斯理、迟疑不决、不爱活动,她的慢动作与外祖父的过分性急对照之下加倍显出两人的差距;外祖父愈是有劲头、发号施令愈大声,外祖母就愈加迟疑不前。这种分歧在一九一六年似乎还不太明显,我想他们自己也没有意识到,真正造成复杂严重的冲突已是十五年后的事了。

毫无疑问,两代人之间一定有不少冲突,我父母决定搬出来,找个属于自己的地方。后来,他们在长岛(Long Island)的法拉盛(Flushing)——那时还是个小城镇——找到一间破旧的小屋子,四周有两三棵高大的松树。我们家位于通往克伊裴登(Kiljordan)、杰米卡(Jamaica)及老楚恩斯库(Old Truant School)方向的郊野。家中有四个房间,楼上楼下各两间;其中两间小得仅如大橱柜,房租一定很低廉。

我们的房东德根先生在附近开了家酒馆,他和父亲起过冲突,因为他不问自取我们种植在院子里的大黄。我记得这件事发生在一个灰暗的夏天傍晚,我们正在吃晚餐,发现德根先生在院子里弯着身子,看起来像一条鲸鱼在一大片青绿的大黄汪洋中拔出红色的茎秆。父亲拔腿冲到院子,我听到他们厉声叫骂,我们都静坐在餐桌边,没人动餐具。待父亲回房,我开始提出问题,探寻这件事的道理;我一直觉得这是个很棘手的问题,双方都有很多话要说。我认为,如果房东乐意,他应该有权取用在他的土地上种植的蔬菜,我们身为房客无法制止。谈到此事,我很明白一定会有人批评我,说我自从出娘胎以来就有中世纪农奴般的道德观,而且会认为这是我入教会当修士的真正原因。

父亲全力作画,完成了几本素描,又画了好几幅纽约岸边的水彩风景,后来甚至在法拉盛几位艺术家合营的画廊开了一次画展。由我们家门口那条路往上走,第三间房子是一幢有好几个尖顶的白屋,四周有宽阔的斜草坡,园内还有一间马房改装的画室。屋主名叫布雷森·白若斯,他的画作属于清淡的古典派,画风类似夏凡诺(Puvis de Chavannes)。他的作品带着温文的风格,他本人对我们也相当友善。

父亲不能只靠作画养活家人,在战争那几年,我们是靠他从事庭院管理工作为生的。那主要是出卖劳力的工作,不但要为附近的富裕人家设计庭院,还要亲手种植草木、维护庭院。父亲赚这种辛苦钱也同样使出真本事,他的确是个内行的园丁,精通花卉,知道如何栽种植物;更重要的是他也喜欢种花,这个嗜好并不亚于他对绘画的兴趣。

一九一八年十一月,大约是世界大战停战前一周,我的弟弟出世了。他是个安静的孩子,不像我这么任性叛逆,记忆中我们都喜欢他那份安然自得的个性。在夏天夜晚,太阳还没下山他就被送上床就寝,不会像我一样吵闹抗拒。他独自躺在楼上摇篮内,我们都能听到他自己哼唱小调儿,每个夜晚都是同一个调子,很简单,很原始,却相当悦人。这小调儿也很应景,很适合那个时辰,我们在楼下也不知不觉地安静下来,被摇篮中传出的调子催眠。我们望着窗外,斜阳余晖越过田野渐渐消失。

小时候我有个假想的玩伴杰克,他有条假想的狗杜立德,这主要因为我没有同年的玩伴,而弟弟约翰·保罗还只是个小婴儿。有一回我想找点乐子,跑到德根先生的酒馆观看大人打台球,结果挨了一顿骂;另一方面,我可以到白若斯家玩,可以去他们家的院子和画室后面堆了木材的屋子。贝蒂·白若斯有时候也陪我玩,她虽然是个成年妇人,却懂得如何与孩子玩耍。但是有些游戏还是需要同龄的玩伴,我只好找个假想的玩伴,这或许不太好。

起先母亲并不在意我编造出假想的玩伴,后来有一次和母亲一同出门,要穿越法拉盛的大街,我怕假想的狗杜立德会被车子碾到,所以拒绝过马路。这件事是我日后在母亲日记中读到的。

到了一九二〇年,我已经可以看书、写字和画图了。我画了一幅画,画中有间房子,大家坐在松树下草地的毯子上;我将这幅画寄给外祖父,他住在五英里外的道格拉斯顿(Douglaston)。不过,平常我最喜欢画船,经常画有许多大烟囱和上百扇舷窗的大客轮,船边遍布着锯齿状的水波,天上满是 V 字形的海鸥。

祖母从新西兰过来这件大事让我们兴奋不已。大战一结束,她就由对蹠群岛(The Antipodes)前来探望散居在英国与美国的儿女。我记得她带了我的一个姑姑同行,但是只有祖母给我留下深刻的印象和影响。她讲述许多事给我听,也问我许多问题。我清楚记得的细节并不多,主要印象是祖母既令人感到敬畏,又充满慈爱。她很温柔,她的爱让人如沐春风,不会压得人透不过气。我记不清楚她的样子,只记得她总是爱穿深灰或深褐色的衣服。她戴眼镜,有一头白发,说话轻声细语、非常诚恳。她和在新西兰的祖父一样,之前都在学校教书。

我记得最清楚的一件事是她吃早餐时在麦片里加盐,这点我很确定,因为这是深深印在脑海中的记忆。还有一件事我较不确定,但是对我更加重要,那就是她教我念天主经[5]。也许以前我也跟着父亲念过"我们的天父"的祷文,但是一直没有养成习惯。一天晚上,祖母问我是否祈祷了,竟然发现我不会念天主经,于是就教我;从此之后我再也不会忘记天主经,虽然有很长一段日子没用上,却仍然记得。

说来奇怪,父母亲那么注重我们的教育,谨防孩子受到庸俗、丑恶或错误观念的污染,却没有给予我们任何正式的宗教训练。我只能猜想母亲在这方面有很强烈的主张,或许她认为所有有组织的宗教都达不到她的标准,不能帮助她的孩子在智能上臻于完美。住在法拉盛时,我们从不上教堂。

其实,我记得有一天我特别想上教堂,却还是没去。那是个星期天,很可能是复活节的星期天,大概是一九二〇年吧!田野彼端,在邻居红色农舍后头,我看到圣乔治教堂的尖顶,教堂的钟声也从光亮的田间传到我们耳里,我正在屋前玩耍,于是停下来聆听。突然,树上所有鸟儿也在我头顶唱了起来,钟声和鸟叫声使我心情激奋欢欣,我对着父亲大喊:

"爸爸,鸟儿也在它们的教堂里!"

我又接着说:"我们为什么不去教堂呢?"

父亲抬起头看看我,说道:"我们会去的。"

"现在吗?"我问。

"不,太迟了,以后哪个星期天再去吧!"

母亲自己有时倒是在星期天去做礼拜,父亲大概不曾与她同行,他可能留在家里照顾我和弟弟,因为我们从来没去过教堂。母亲前去的是贵格派(Quakers)[6]教会,在那古老的会所中聚会,这是唯一对她有效用的宗教。我猜，她认为我们长大后也可以依照她的方式做礼拜，她可能不愿直接影响我们，迫使我们信奉天主，宁可让我们自己摸索出方向。

同时，我的教育是依据母亲由杂志上看来的一种先进教育法制订的。杂志广告上有张椭圆形相片，相片上有个戴夹鼻眼镜、学者模样的人，母亲看过之后便寄出回函，邮购教材，后来收到从巴尔的摩（Baltimore）寄来的一系列教科书和一些图表，还有一张小书桌及小黑板。原则上，现代的聪明孩子可以在这种启发性教材中自由发展，顺其自然地学习，也许不到十岁就有进入袖珍大学的程度了。

约翰·密尔（John Stuart Mill，译注：英国哲学家，由其父在家亲自教育，较同龄者获得更多知识）在天之灵如果看到我打开书本开始学习，一定会赞叹不已，高兴得在我房里跳上跳下。我忘了这样的教育成果如何，只记得有一晚我被处罚提早就寝，因为我硬是不肯改正一个拼音：我把"which"拼成"wich"，少了一个"h"。我觉得这真是不公道的处罚，心想："你们把我当成什么了？"毕竟那时我才五岁呀！

我并未对这种新式教育和附带的书桌产生怨恨，小时候最喜欢的地理书可能也是从那儿得来的。我非常喜欢在地图上玩一种名为"囚犯的基地"（译注：类似官兵捉强盗）的游戏，因此向往成为水手，而且非常热衷于那种马不停蹄、到处奔波的生活，不久后的确如愿以偿了。

我最喜欢的第二本书也肯定了这种欲望，那是一本许多故事的合集，书名是《希腊英雄》。这些故事都是用维多利亚时代的文体书写的，文字超过我的阅读能力，因此由父亲大声念给我听。我从书中听到了许多故事，例如忒修斯（Theseus）和半人半牛怪、令人一睹就丧命的美杜莎（Medusa）、英明王子珀耳修斯（Perseus）和美丽的安佐媚达（Andromeda）；杰森（Jason）乘船到远方寻找"金羊毛"，还有忒修斯得胜归来，却忘了换下黑帆，让雅典国王以为他的儿子死了，悲伤地跳下悬崖；也正是那时候，我听到海丝佩拉蒂（Hesperides）这个名字。就是由这些故事中，我不自觉地拼凑出一些模糊零碎的宗教和哲学概念，这些概念一直潜伏在我的内心和行动中，一有机会就冒出来，强烈地影响我的判断和意愿，让我始终不愿屈服，极力争取不断更新视野的自由。

这就是我早年所受教育的成果。母亲要我独立自主，不随波逐流，不能像一般中产阶级人家的子弟，他们好像是同一个模型在生产线上拼凑出的产物。我必须有开创性，有独特的个性和自己的理想。

如果约翰·保罗和我按照这个方式学习下去，在那儿长大成人，接受维多利亚时代与希腊文化的长期熏陶，我们很可能会成为坚定的怀疑论者，文质彬彬、学识不凡，或许还能成为经世之才；也有可能成为成功的作家、杂志编辑，或是在某个进步的小学院任教。如此，生活一定很平稳，或许我也不会成为隐修士。

不过，暂且不谈我终于成为修士的事。我最感激天主的就是赐给我这份至高的幸福，这和母亲对我的期望似乎背道而驰；但是换个角度来看，却又似是而非地履行了她对我的期望，这是她做梦也想不到的。如果她看到调教我的结果竟是如此，一定会觉得自食其果。

啊！那时弟弟和我可能发展的方向是何其多呀！一颗崭新的良心正在萌发，可以成为控制灵魂的主宰，我开始审慎地抉择。我的心智是清新而毫无成见的，可以接受任何标准；只要有机会，我可以配合任何完善、高雅、甚至天主的价值标准。

那时候，我的意愿是持中的，不偏不倚，有一份蓄势待发的力量，可以产生强大的内在动力，不论是光明或黑暗的、和平或冲突的、规则或混乱的、有爱心或有罪孽的，都有可能。任何外来的偏见操纵了我的意愿，就可能导致我整个生命趋向幸福或是苦难，走上生命之道或是步入死亡之境，上天堂或是下地狱。

更重要的是，因为没有人能够或曾经单独生存，也没有人能只为自己一人而活，所以个人的决定往往牵连到数千人的命运；有些人只受到间接的牵连，有些人则受到直接的影响。同样地，我的生命也会因他人而有所改变，一旦进入道德的宇宙，就会与所有人产生关联。这个群体就如同一窝密密麻麻的蜜蜂，彼此拖拉着朝同一个目的地前进，同享善果或恶果、和平或战争。

我想，一定是在母亲住进医院后的一个星期日，父亲陪我一同到贵

牟敦和弟弟约翰·保罗(John Paul)

格派的大会堂。父亲告诉我，人们到那儿就是沉默地坐着，什么事都不做，什么事都不想，直到圣神[7]促动谁开口说话。他还告诉我，有一位知名的老先生也会来参加，他就是美国童子军创始人之一毕尔德（Dan Beard）。结果，我坐在贵格派人群中，脑海中只浮现出三个问题：毕尔德在哪里？他只是姓毕尔德，还是他的腮上真有胡子呢？（译注：毕尔德与胡子谐音）圣神要促使这些人说些什么、做些什么呢？

我不记得第三个问题的答案了，不过，坐在木质讲坛上的人以手势宣布散会后，我在大会堂外看到了毕尔德，他和一群人站在低矮的阳台下。没错，他确实有一把胡子。

一定是一九二一年，那正是母亲生命的最后阶段，父亲在道格拉斯顿的圣公会教堂获得风琴师的职位，那不是一个令他开心或起劲的工作，他和那儿主持的牧师合不来。不过，我开始在星期日上教堂了，当时母亲一定在医院里，因为我和外祖父母同住在道格拉斯顿。

老锡安教堂是白色的木造建筑，有个矮小的四方钟楼坐落在山丘上，四周大树环绕，还有一座大坟场。教堂底下的墓穴葬着道格拉斯顿地区最早期的先人，他们在百年前到这个海滨峡区拓垦。此处在星期日还算相当宜人，我记得礼拜仪式的行列是由教堂后面走出来，歌咏队的男男女女穿着黑衣罩白袍，跟着一个大十字架行走。圣坛后有一面彩色玻璃窗，其中有个锚的图案，我对这个图案特别感兴趣，因为我一直希望乘船渡海周游世界各地。那个图案在教义上有个很奇特的解释，象征希望的持久性，也就是信、望、爱三德中的望德，意指世人将希望寄托于天主的恩宠[8]。对我来说，这个船锚却代表相反的意思，它象征旅行和冒险，到汪洋大海去，那儿可能发生无穷无尽的英雄事迹，而我就是要做个英雄。

再说说那个讲坛，形状像只展翅的大鹰，翅膀上放了一本巨型圣经，旁边又摆着一面美国国旗。和其他基督教堂一样，国旗上方有个小布告栏，上面有黑白分明的卡片，标示着要唱的圣诗歌曲号码。我很兴奋地瞻仰圣坛上点燃的蜡烛，观看教会的人收集大家的奉献金以及合唱圣诗，而父亲则藏身在合唱队后面弹奏风琴。

走出教堂时,我觉得很惬意,那是一种刚办完一件该做事情的感觉。现在回想起来,我认为那种经验很有价值,至少在我童年有那么一点和宗教的接触,这是人们与生俱来的需求,是人性的法则;就像人人都想建造房屋、耕作生产、结婚生子、读书唱歌,人人也都想要和其他人站在一起,一同承认大家都仰赖天父造物者。其实这个欲望比任何生理上的需求更为迫切。

那段时间父亲每天晚上还到邻镇湾边(Bayside)的戏院弹钢琴,因为我们实在很需要钱。

///

我们很需要钱,很可能就是因为母亲得了胃癌。

这又是一件从来没有人解释给我听的事,任何关于病痛或死亡的事都瞒着不让我知道,害怕这一类事情会让孩子太沮丧;从一开始,我就被认定该在善良、洁净、乐观又平稳的生活中成长。自从母亲进了医院之后,从没有人带我去探望她,这完全是母亲自己的决定。

她病了多久、受了多少苦,我一点也不晓得,在病痛与贫困中她仍然瞒着我们,继续照顾家人、操持家务;然而,她的病痛也说明了在我的记忆中母亲为何总是那么消瘦苍白、有点严厉的样子。

当时我倒是很高兴由法拉盛搬回道格拉斯顿和外祖父母同住,在孩子中,我也算是特别自私的了,在那儿多少较自由自在些,食物也丰足;还有两条狗和好几只猫可以陪我们玩。我几乎没有工夫想念母亲,大人拒绝带我上医院探望母亲,我也不曾哭闹过。我安然自得地同狗儿到树林里玩耍,爬树、追逐鸡群,或是到外祖母的工作室玩;外祖母常在那儿制作瓷器、上釉彩,或是在小窑中烧瓷器。

后来有一天,父亲给我一张小信笺,我觉得很奇怪,那是一封特别给我的信,而且是母亲亲手写的。以前我从未收过她的信,也从没有这种必要。我并不是很明白那封信的文字内容,但是我能了解是怎么一回事:很明显,母亲在信中告诉我,她将去世,永远不会再见到我了。

我拿着那封短信到后院的枫树下细读,最后终于明白她的意思,一份沉重的悲伤笼罩了我。那份哀痛不是一般孩童的大哭大闹,而是一种成年人的茫然悲怆,更可以说是一份重担,因为那是不正常的负荷。我想这或多或少是由于我自己慢慢思考归纳才明了一切的缘故。

我祈祷了吗?没有,那时祈祷还没有在我脑中出现过。天主教徒一定感到不可思议,一个六岁的孩子能够明了母亲即将亡故,却不知道要为母亲祈祷!一直到二十年后,我皈依了天主,才想到要为我的母亲祈祷。

外祖父母没有汽车,最后租了一辆车到医院。我也去了,但是他们不让我进医院,这未尝不是一件好事。如果单单让我陷入痛苦和伤感,却不知祈祷求恩,也没有圣事的庇护与安抚,对我有何益处?就这一点推论,母亲的主张是正确的;在那种情况下,死亡只会是丑恶的,不会有任何意义,那又何必让孩子加上目睹死亡之后的重担呢?

我和雇来的司机一同坐在车内,车子停在医院门外,我仍然不知道医院里到底发生了什么事。我猜,在当时的潜意识中,我多少拒绝接受母亲将亡故的事实,因为我若是真的想探个明白,应该也是不难的事。

现在回想起来,我当时好像等了很久。

车子停在医院的天井中,四周都是蒙着厚厚煤灰的黑砖建筑物,一边有一条长长的遮棚,雨水不断地从屋檐滴下。我和司机安静地坐着,听雨水滴落在车顶上的声音。天空阴沉,夹杂着迷雾和烟气,医院和煤气房传来刺鼻的味道,与车内不透气的味道混杂在一起。

等到父亲、外祖父、外祖母和哈诺舅舅从医院门口出来后,我已用不着问什么了,他们都已经被悲伤打垮了。

回到道格拉斯顿,父亲独自走进房间,我跟了进去,看到他站在窗前哭泣。

他一定是在回想战前的日子,在巴黎初次遇见母亲,那时母亲是多么快乐自在。母亲跳着舞,对她自己、丈夫及孩子都充满了理想、计划和雄心;然而,一切都未能如愿,此刻一切都结束了。外祖母呢?在另外一间房里将一大把红头发包装好,那是外祖母在母亲年少时剪下的;

她用轻软的纸包装那把头发,伤心地痛哭着。

一两天之后,他们又雇了同一辆车外出,这一趟我很庆幸我仍然留在车内。

母亲始终主张死后火葬,我猜这很合乎她的人生观:尸体应该尽快解决掉。我记得在我们法拉盛的家中,她清扫房子时总是先用布将头发紧紧包起来,免得沾到灰尘,然后使出浑身解数毫不松懈地打扫除尘。那种动作很容易让人了解她多么无法容忍无用和败坏的肉体,应该消除的就尽快消除;生命结束后,也该断然了结一切,一了百了。

再一次,雨落个不停。我不太记得埃瑟姨妈是否曾留在车内安慰我(埃瑟姨妈是母亲的表亲,人们称她麦高文太太,是个护士),我的确非常悲伤,不过至少没有人要我到那可悲又可怕的火葬场,不必隔着大玻璃目送母亲的棺木慢慢被推进铁门,送入火炉,否则我一定会更加难过。

IV

母亲去世之后,父亲不必再做绘画以外的事了。他也不必困居一处,可以随心所欲到想去的地方寻觅题材、汲取灵感;而我的年纪也足够大了,可以与他同行。

那时我在道格拉斯顿上小学,几个月后升上二年级,教室是山头上一栋灰色扩建的建筑,带着恶臭味。这时父亲回到纽约,告诉我要带我到新的地方。

那真是令人兴奋的感觉。望着东河(East River)逐渐开阔,汇入长岛海峡,等待由瀑河镇(Fall River)前来的船只威风地飞驰过湾边海湾。我将实现梦想,从辽阔的水面上遥望道格拉斯顿逐渐远去,航向新的地平线,那就是麻州的瀑河镇(Fall River)、鳕角(Cape Cod)与普洛温斯镇(Provincetown)。

我们住不起客舱,睡的是甲板下面拥挤的统舱,其实这样的称呼还太抬举它了。那儿有许多意大利家庭,非常喧哗,还有一些年轻黑人,他们喜欢在夜里就着昏暗的光线掷骰子赌博。海水冲击船身,在我们头上发出巨大的声响,这显示我们的船舱低于海平线。

清晨,我们在瀑河镇下船,沿着纺织厂旁的街道上行,遇到一辆贩卖食物的车子,很多人聚在那儿买东西,要在上班途中吃。我们坐在柜台边,吃了火腿蛋。

我们搭了一整天的火车,快到鳕角运河的黑色开合吊桥时,父亲出了车站,到对街商店买了一块"糕饼师牌"的巧克力给我。那块巧克力有蓝色的包装纸,还有一张穿戴古式帽子及围裙的女士端着一杯杯巧克力的图片。这么大块的巧克力让我又惊又喜,以往糖果总是很严格且小量地分配给我们。

然后是一段穿越沙丘地的漫长行程,火车每站都停。我疲倦地坐着,精神恍惚,口里残留着黏腻而走味的巧克力滋味,脑海中不停地想着经过的地名:桑威赤(Sandwich)、法茅斯(Falmouth)、楚洛(Truro)、普洛温斯镇。楚洛这名字尤其令我着迷,我一直默念着"楚洛、楚洛",这名字令人觉得孤单寂寞,像是到了大海的尽头。

那年夏天总是看到绵延的小沙丘,像金属线一样锋利的粗大野草从白沙堆中冒出来。海风吹过沙丘,海边灰色的碎浪一波波冲上岸来,我将视线投向大海,地理这门学科成了眼前的事实。

整个普洛温斯镇闻起来像死鱼。那里有无数的渔船,大大小小的船只都系在码头边,你可以整天在那些船头甲板上跑来跑去,没有人会干涉或赶走你。我也渐渐熟悉了各种绳索、沥青、盐巴、甲板白木的味道,船坞下面的海草味道怪极了。

我得了腮腺炎那阵子,父亲为我念了一本马斯费尔德(John Masefield)[9]的书,书中有许多帆船的图片。整个暑假我没有受过任何处罚,只有一次因为不吃橘子被说了几句。

回到道格拉斯顿之后,父亲把我留在外祖父母家,弟弟一直在那儿。我已经学会画小艇、三桅船、快速帆船、双桅船,那时的我远比现在善于分辨各种船只。

我回到那所公立小学,大概在那不牢固的灰色扩建校舍里待了一阵子,最多不超过两个星期,父亲又发现新的作画地点;他一找到目的地,就立刻回来取他的画板和我。我们又出发了,这次是到百慕大(Bermuda)。

那时的百慕大没有大饭店或高尔夫球场,也没什么名气,只是一个令人好奇的岛屿而已,离纽约不过两三天的航程,位于墨西哥湾流内,英国人在那里设了一座海军基地。岛上没有汽车,也没有什么值得一提的东西。

牟敦的摄影

我们搭了一艘名叫维多利亚堡的小船,这艘船有一根红黑相间的大烟囱。最稀奇的是,我们离开纽约后不久,就看到飞鱼跃出船头翻起的白浪,一路掠过暖和的海浪。我一直期望快快看到那座岛屿,但是当它倏地出现时,我仍然吃了一惊。岛屿耸立在紫色的海水中央,远远望去,岛上主要的色彩是绿色和白色。很快地,我们就看到岛上小小的白屋子在阳光下闪耀,房子是用珊瑚岩砌成的,比白糖还洁净。我们的船进入浅滩,四周的海水颜色变淡了,沙滩上的水色变得碧绿如翠玉,岩石上的水则呈浅紫色。我们的船沿着浮标指点的航道弯弯扭扭地绕着迷宫似的暗礁航行。

英国皇家"加尔各答号"军舰停泊在爱尔兰岛(Ireland Island)的船坞中,父亲指向松柏树林深处的索美塞特(Somerset),那里就是我们的住地。我们还没到达那里天就黑了,索美塞特在夜幕中真是又静又空!我们轻轻踏在无人行走的乳白色沙路上,静寂无风,纸般的香蕉树叶和夹竹桃叶都纹丝不动,我们谈话的声音显得特别响亮。不过,这是一个非常友善的岛屿,偶尔经过我们身边的人都跟我们打招呼,好像是老朋友似的。

我们租下一个地方,那儿有个绿色的阳台,摆了许多摇椅,那深绿色的油漆是该重新漆一下了。几个英国官员和其他住在那里的人坐在阳台上抽着烟斗，如果是在谈天，谈的也一定是些世俗无聊的事。父亲搁下我们的行李，那里的人等着迎接我们。我们在阴暗中吃完晚餐，很快地我便适应把这儿当成"家"了。

实在无法找到任何理智的解释说明为何在我的童年总是每个月都重新安排生活、重新做计划，但是每一段生活的演进都是有理由、有价值的改变。有时我必须到学校上课，有时不必上学；有时我和父亲一起住，有时和陌生人一起生活，只是偶尔见到父亲。有人进入我们的生活圈子，也有人离开；此刻我们有了这一批朋友，过些时候又换了一批新朋友。世事总是不停地变迁，我接受了这一切。为什么别人从来不像我这般过活呢？对我而言，这一切如同天气和季节的变化，是自然而然的事。有一件事我是明白的：在这段日子里，我可以随意各处乱跑，做任何我喜欢的事，日子过得还是相当愉快。

父亲离开我们寄宿的地方，而我留下，因为这里离学校较近。父亲在索美塞特另外找了一个地方，和新认识的人住在一起，白天就在那里画风景画。一个冬天下来，他完成了足够开一次画展的画作，画展的收入也凑足了再到欧洲的费用。这时我已经进入当地白人的小学，学校紧邻着一块公共板球草地。我经常受罚，因为我完全无法掌握乘除法的基本原则。

父亲也很难做出两全的决定。他要我进学校念书，也希望我和他在一起；不能两全其美时，他先是倾向让我上学，后来考虑到我还只是张着大眼、懵懂无知的年纪，住在当时的环境、成天受到周遭言谈的耳濡目染毕竟不好，不如退学跟着他走。我很高兴就此卸下学习乘除法的负担。

那时我只担心一件事，就是怕那位教过我的老师骑车回家时见到我在路边玩耍，会让主管逃学事务的督学把我送回学校，所以我必须躲开她的视野。有一天傍晚，我没注意到她的来临，来不及立刻跳入废弃石矿中的灌木丛。后来我从枝干间张望，看到她慢慢踩着脚踏车一面往白山上骑，一面回头张望。

日复一日,太阳照耀着蔚蓝的海水、海湾源头的小岛、海湾前方的白沙滩,以及山丘下一排排的白屋。记得有一天我望着天空,忽然想要敬拜天边的一朵云,它的形状很像戴着头盔的女战神密涅娃(Minerva)——就像英国大铜币上的女人全副武装的样子。

父亲把我留在百慕大和他的艺文界朋友同住,独自回纽约开了一次画展,得到舆论界很好的评价,也卖出许多画。自从母亲过世之后,他就不再从事庭院工作,他的画风更成熟了,变得比以前抽象、更富创意、更简练,而且更明确地表露他的心声。我认为当时的纽约人并没有完全看到父亲画中的涵义或是作品的进展方向,布鲁克林博物馆就是一个例子,该馆买了父亲在百慕大的一些画作,选的是与霍默(Winslow Homer)[10]依稀相似的作品,却没有选择真正流露父亲创意的作品。无论如何,除了都是用水彩作画、以热带风光为主题之外,父亲的画与霍默并没有太多共通之处;至于水彩的技巧,他和马林(John Marin)[11]较为相似,但是不像马林的画作那么虚浮。

画展结束后,画作卖出去了,父亲口袋里有一些钱。我离开百慕大,回到美国才知道父亲又准备与朋友结伴去法国,我被留在美国。

V

我一直很欣赏外祖父工作的地方。打字机、浆糊及办公室文具的气味相当清新提神,环境明亮、生气蓬勃,每个人都特别友善,因为外祖父相当有人缘,用"生龙活虎"来形容他再适当不过。他总是活力充沛,大家都喜欢看到他经过各个工作部门,一边叫唤招呼,手指发出清脆的打响声,一边用手里卷着的《电信晚报》敲着每张桌子。

外祖父在"格罗赛特和邓赖普"出版公司工作,这家公司专门廉价翻印通俗小说,并出版一系列儿童冒险故事,为世界带来了斯维夫特(Tom Swift,译注:由美国作家史特拉特迈尔〔Edward Stratemeyer〕创作的少年读物中的十八岁发明家)及其发明的诸多电器,还有《诺维尔兄弟探险记》(Rover Boys)、《杰瑞·托得》(Jerry Todd)和其他故事。

那里有好几间大型陈列室放着这些书籍,我经常到那里面,蜷缩在大皮沙发椅上,看一整天的书也没人打扰。最后,外祖父会带我到"恰尔滋"餐厅吃一顿炸鸡大餐。

那是一九二三年,"格罗赛特和邓赖普"出版公司生意最兴隆的时候,此时外祖父的事业也有重大突破。他为公司出了一个主意,出版一些受欢迎的电影脚本,附带剧照,而且在电影上映时出售。这个好主意很快就被采用,整个一九二〇年代都很流行,为公司赚了一大笔钱,也为外祖父奠下稳定的经济基石,并巩固了全家往后十五年的经济。

于是,《黑牛群》(*Black Oxen*)、《十诫》(*Ten Commandments*)、《永恒之城》(*Eternal City*)及一些我记不清名字的书籍出现在所有药房和书店,从波士顿到旧金山,所有小城镇都看得到波拉·奈格瑞(Pola Negri)等当时大明星的相片。

那时候,时不时会有人在长岛拍电影,弟弟和我们这帮朋友不只一次听说有人在艾里池(Alley Pond)拍戏。有一次,我们在树下亲眼看到葛罗丽亚·斯汪森(Gloria Swanson)和一位记不起名字的男主角举行吉卜赛婚礼的一场戏,主要情节是两人割破手腕绑在一起,让两人的血互流。那就是吉卜赛婚礼的主旨,不知是哪位制作人想出的点子,拍了这场永垂不朽的好戏。坦白说,我们对这个主意一点都不感兴趣,对孩童来说这个主题太沉重了。菲尔滋(W. C. Fields)来到艾里池拍摄一部轻喜剧的片段,这让我们更加兴奋。首先,他们在破旧老屋前摆好摄影机,主角究竟是扮演醉汉还是受惊者,我可记不得了。那屋子的大门突然打开,菲尔滋就连翻带滚地从台阶上飞快跌下来,真让人不知他从哪儿来的本领,跌到底层竟然没有伤筋动骨。他专心一志、耐心且执着地一再重复这些翻跌动作,然后工作人员才将摄影机搬到附近一大堆木材的顶上,再拍摄一些相关镜头。有一个陡险的山坡布满树木,末端是六英尺高的断崖,他们在崖下安置两头特别驯良的母牛。菲尔滋从灌木丛中窜出来,表情和先前同样惊慌失措,紧张地逃离某种看不见的威胁。他回头观望,没注意到前面的断崖,所以跌落下去,掉在两头驯牛的背上。这两头牛原本应该架着他发疯似的跑开,但事实却不然,当菲尔滋重重地摔在牛背上时,这两头牛仍然无精打采地站在那儿吃草,最后菲尔滋由牛背掉到地上,再一本正经地爬起来走回山丘重来一遍。

我会提到这些,是因为电影根本就是我们在道格拉斯顿时的一种家庭宗教。

一九二三年暑假,外祖父母带了约翰·保罗一起到加州,游历了好莱坞。他们并不是纯粹的观光客,因为外祖父与电影界有商务往来。不过,这次旅行也可比拟成朝拜圣地,从此我们有听不完的故事,例如他们如何面对面与杰克伊·库根(Jackie Coogan)交谈,杰克伊·库根亲口对他们说了什么,如何当场在他们面前表演。

外祖父母其他的偶像是道格和玛丽。我承认由于《罗宾汉》(Robin Hood)和《巴格达大盗》(Thief of Baghdad)这些电影,我们对道格拉斯·范朋克(Douglas Fairbanks)有点过分崇拜,但是约翰·保罗和我对玛丽·璧克馥(Mary Pickford)就毫无兴趣。对外祖父母而言,道格和玛丽似乎总括了人类所有理想的德性,简直无懈可击。他们既美丽又聪明,人品高贵、气质优雅、彬彬有礼,有勇气、有爱心,总是那么开心又温柔,道德高尚无比,真挚、公正、荣誉、虔诚、忠贞、热忱、诚信、负责、勇气一应俱全;最重要的是,这两位神明般的人物对婚姻忠贞不二,他们的爱情完美至极,早已传为佳话,人人盛赞他们美好、质朴、真诚的夫妻之情(译注:范朋克与璧克馥都是美国默片时代的超级巨星,两人的婚姻被视为国家大事)。纯真善良的外祖父母具备那种美好、朴素、值得信赖的中产阶级乐观主义思想,他们将一切美善的形容词都加在道格与玛丽身上;道格与玛丽宣布离婚那天,我们全家都悲伤极了。

我外祖父最喜欢的礼拜场所就是纽约市的神殿戏院,诺克斯戏院建好之后,他转而效忠那堆浅褐色大块奶糖般的场地。之后,除了音乐厅之外,没有其他庙宇能够激发他的崇拜之情。

用不着详述细节,谁都想得到弟弟和我经常在道格拉斯顿给家中制造麻烦及纠纷。遇到我们不喜欢的客人到访,我们就藏在桌子下面,或是跑上楼将屋内软硬物件丢到走道或客厅。

我该提一下童年时代对弟弟最深刻的印象:一想到自己的傲慢与

父亲欧文·牟敦的水彩画

铁石心肠,以及他的谦逊仁爱,我就耿耿于怀、良心不安。

这也许是很平常的现象:在孩提时期,做兄长的总是不屑与较自己小四五岁的幼弟为伍,将幼弟当成婴儿,自己高高在上地施恩照顾,心里却瞧不起他们。我和朋友路斯、比尔在树林里用木板、柏油防雨纸搭了一间小屋,材料都是在邻近廉价房屋工地上捡来的,当时在道格拉斯顿一带到处都有投资商赶工兴建的廉价房屋。我们严禁约翰·保罗、路斯的幼弟汤米及其朋友走近我们的小屋,连看看也不行,否则我们就丢石子赶走他们。

现在回想起童年生活,弟弟的样子仍会出现在脑海。那五岁左右的小人影儿身穿短裤及皮夹克,不知所措地独自站在原野上,不敢走近我们在黄栌树丛中搭建的小屋,谨慎地保持一百码以上的距离,免得我们拿石子砸他。他就那么僵直地站着,两手垂在身旁,朝我们的方向瞪视,满脸受辱委屈的模样,眼神愤怒而悲伤。然而,他也不退缩,我们对他叫喊,要他离开不要再来,要他回家去,又往他那个方向抛掷几颗石子,他却毫不动摇;要他到别处玩,他也不动。

他就那样站着,不哭不闹,只是生气,不高兴地承受欺侮,非常悲伤。他对我们的所作所为充满好奇,看着我们将一块块方板钉在小屋四周,那份想与我们为伍的强烈愿望使得他不肯离开。他心中的规则是该和哥哥在一起,和哥哥一起工作。他不能了解为何这条爱的规则在他身上违例了,被破坏得这么离谱、这么不公平。

这种情况一再发生,在某种意义上,这种可怕的情况就是所有罪的原型:我们武断地认定自己不想接受无条件的爱,因而蓄意排斥。我们尽力将这种爱拒于门外,避之唯恐不及,还拒绝承认它,只因为被爱让我们觉得不舒服。我们潜在的想法可能是:如果接受无条件的爱,就会提醒自己需要他人的爱,必须仰仗别人的慷慨付出才能过活。只要这种荒谬的念头不改,认为接受爱仿佛意味着受到屈辱,我们就会拒绝被爱、排斥友谊。

有一阵子,我和我大无畏的同伴在我们那了不起的屋子内成立了我们的“帮会”,自以为能对抗一英里外小颈镇(Little Neck)那群波兰来的强壮孩子的正式帮会。我们跑到他们的地盘,隔着安全距离朝他们在大广告牌下的大本营呐喊叫骂,挑衅他们出来迎战。

没有人出来,也许根本没人在那儿。

后来,一个阴冷下雨的午后,我们发现一群大大小小的人影,年龄在十岁到十六岁之间,多数看来筋强骨健,帽子都戴得低低的,压在眼睛上,好像有什么正务要办的样子。他们逐渐由附近大小街道窜了出来,聚集在我们屋外的空地。他们站在那儿,手插在裤袋里,一声不响,既不叫骂,也不挑战,只是围在那儿,望着我们的屋子。

他们大约有二十到二十五个人,而我们只有四个人。在这紧要关头,我们家那位原籍德国的仆人芙利达跑来跟我们说,她正忙着清理房间,要我们马上出去。她根本不理会我们紧张的抗议,就把我们从后门赶了出来。我们冲过好几家的后院,绕道走过另一条街,才安全抵达那块空地后面街上的比尔家。我们从比尔家看到由小颈镇来的那群沉默好斗的孩子仍然围在那儿,显然他们决定还要守在那儿好一阵子。

然后,一件破天荒的事情发生了。

在空地那一头,我们家的门突然打开,约翰·保罗走下几级台阶,神色相当严肃镇定。他走过街道,穿过那块空地,走向那帮小颈镇的人群。他们转身向着他,他继续走,而且直接走入他们当中,其中一两个人的手从口袋中伸出,他只是望着他们,转头左边看看,再右边看看,就这样从他们中间走了过来,没有一个人碰他。

他就这样走到我们所在的屋子,这回我们没赶他走开。

VI

外祖父母和大多数美国人一样是新教徒,但是你不可能摸清他们是属于新教的哪一派;我是他们的嫡外孙,也无法探出真相。他们收到锡安教堂寄来的信封,一定放奉献金进去,但是从来不去那座教堂。他们也捐钱给救世军和其他机构,因此你不能从他们的赞助来推断他们的信仰。舅舅小时候,他们曾送他去位于哈林山地的圣若望大教堂

(Cathedral St. John of the Divine)[12]上唱诗班学校,当时哈林是个中产阶级的安静住宅区。后来,他们也送约翰·保罗到那里,甚至也说起过要送我去那里,但也不能就此认定他们是圣公会教徒。他们选择那里并不是宗教上的原因,只是因为喜欢那里的学校与环境。至于实际行动方面,外祖母经常读玛丽·贝克·艾迪(Mary Baker Eddy,译注:美国真理教派[13]的创立者)的黑色小书,这该算是她最接近宗教信仰的表现。

大体上,对于宗教信仰,我们家大致是默认各个派别对自然与社会公益都有价值。在大都会略具规模的近效地区总会偶尔看到教堂,就像中学或青年会,以及有鲸背状大屋顶和大水塔的电影院一样,教堂也是每个地区必有的景观。

他们接受所有的宗教信仰,但是不包括犹太教与天主教。谁会愿意成为犹太教徒呢? 但那是种族问题,不涉及宗教;犹太人生来就是犹太教徒,没有选择余地。 至于天主教徒——外祖父听人说自己是天主教徒时,就觉得多少有点来者不善的意思;在我的记忆中,每当外祖父谈到天主教会时,语气中明显怀着敌意,对其他教会却不曾如此。

我想,主要原因是外祖父属于一个共济会(Freemason)[14]的组织,他们取了一个奇怪的名字,称自己为圣殿骑士团(Knights Templars)。我不知道他们如何取得这名字,不过最早的"圣殿骑士"是天主教会中有军队组织的修会团体,与熙笃会士(Cistercians)[15]有密切关系,如今的特拉比斯修会就是由熙笃会改革而成的支派。

既然是骑士,这些圣殿骑士也拥有长剑,外祖父起先把剑收藏在他私人房间的橱柜中,后来又有一阵子收在前门口的衣柜里,与手杖、雨伞及一根警察用的大警棍放在一起,这警棍是外祖父准备用来对付小偷的。

我猜,外祖父参加圣殿骑士集会时听说了不少天主教会的不当行为,后来就渐渐减少参加集会的次数。很可能是他从小就听说类似的传闻,新教徒孩童都听到同样的故事,那是他们宗教教育的一部分。

外祖父畏惧罗马天主教可能还要归咎于一项偶发事件——某次纽

约选举发生政治弊案,那些最腐败的政治家刚好都是天主教徒。在外祖父心里,"天主教会"与"坦门尼协会"(Tammany,译注:美国民主党在纽约市的组织)几乎是同义词,这种观念很吻合一般新教徒孩童的见闻,即天主教徒都是伪君子。在外祖父心里,天主教与不诚实、不正派和不道德可以相提并论。

终其一生,这种印象都存在他的脑海中,不过后来变得不是那么明显,因为有位信奉天主教的妇人为了陪伴外祖母住进我们家,兼管家务及医护工作,成为我们家的固定成员。全家人从一开始就非常喜欢艾尔西,外祖母非常倚赖她,她渐渐成为我们家的一份子,最后嫁给舅舅,正式进入我们的家庭。自她来到之后,外祖父不再大肆攻击罗马天主教,顶多是不小心冒出一两个不敬的字眼而已。

我受外祖父的影响不算太多,但是他对天主教徒的憎恶与怀疑确实深深影响了我的心态,表面上不太明显,只是在内心深处、甚至是潜意识里嫌恶那暧昧邪恶的玩意儿;对我而言,那就叫做天主教。那种概念存在于脑海中的黑暗角落,和死亡之类的恐怖事项在一起。我并不了解"天主教义"一词的涵义,只是觉得它带给我一种冷漠不快的感觉。

魔鬼并不是笨蛋,他能让人们对天堂的感觉变成对地狱应有的感受,可以使人们对圣宠[16]产生畏惧,反而不在乎罪恶的发生。他利用黑暗做这些事,而非利用亮光;呈现阴影,而非呈现真相;不呈现明确的实质,而是呈现梦幻与鬼影。人类的智能何其浅薄,只要有一点点脊背发凉的恐惧感,就吓得不敢再去找寻真理。

其时我不过九岁,已经愈来愈排斥宗教。原因是有一两次我被送去主日学,觉得很乏味,就跑到树林里玩耍,不再上主日学,我的家人也不在乎。

这些时候父亲一直在海外。他先到法国南部,去我的出生地鲁西永(Roussillon)。他开始住在班育勒(Banyuls),后又搬到科立乌尔(Collioure),画了不少地中海西边与红色山脉一带的风景,最远到达万德尔港(Port Vendres)和加泰隆尼亚(Catalonia)的边界。隔了一阵子,他又和朋友结伴渡海进入非洲,深入内地到阿尔及利亚,到达沙漠边界，又作了不少画。

我们收到父亲从非洲寄来的信，他还寄了一个包裹给我，里面有件带有头巾的小斗篷式外衣，很合我身，还有一个真正的蜥蜴标本。那时我替自己的小小自然博物馆收集了不少东西，多半是在长岛附近找到的，尽是箭头和形状有趣的石子之类没什么价值的东西。

那几年，父亲画了他一生中最精彩的几幅画。不久，意外事件就发生了，我们突然收到他朋友的来信，告诉我们父亲病得很严重，恐怕活不久了。

这时我已经懂事了，外祖母告诉我这个消息时，我深深受到打击，感到十分悲伤害怕，担心自己再也见不到父亲了。不，绝不可能！我忘了我是否曾经想到祈祷求恩，虽然我没有什么信仰的观念，但是这一次至少有一两次想到应该祈祷。如果我确实为父亲祈祷，那也只是人在危急情况下盲目且半本能地做出的自然反应，连无神论者也不例外。这并不能证明神的存在，但是表露出对神明的尊敬与承认的确有其必要，这种需要深植在我们具倚赖性的天性中，根本不能和我们的生命实质分隔。

父亲在病床上躺了许多天，神智不清地说话，没有人知道他生了什么病，大家都以为他随时会亡故，但他还是活过来了。

他终于熬过这莫名其妙的怪病，渡过难关，恢复正常知觉，渐渐康复。能够再次起身站立后，他又作了一些画，然后收拾好一切到了伦敦。一九二五年初，他在列斯特画廊举行了最成功的一次画展。

同年初夏，他回到纽约时堪称衣锦荣归、成功在望。很久以前他就被一个无关紧要的英国社团选为会员，可以在自己的名字后面加上"F. R. B. A"的荣誉称号，但是他从没用过。我想当时他一定也被列入了《名人录》，只是他非常轻视此类虚名。

然而，现在他受到众所景仰的重要艺评家如福瑞（Roger Fry）[17]的重视及推崇，内行人不仅欣赏他的作品，而且购买他的作品，这对艺术家更为重要。

他到达纽约时简直变了一个人，和记忆中两年前带我到百慕大的那个人完全不同。我只看到他那把大胡子，非常不能苟同，因为我满脑子都是青少年那种狭隘、势利的观念。

他刚刚进入道格拉斯顿的家门，我就问他："你打算现在就剃掉胡子，还是要等一会儿才剃？"

"我根本不打算剃掉。"父亲回答。

"真是疯了。"我说。不过，他也没有感觉受到冒犯，一两年后他终于剃掉胡子，但是那时我已看惯他留胡子的模样了。

他对我说的话远比那把胡子更令我不安。那时我已在同一处定居了两年，这还是少有的事，我已经习惯道格拉斯顿的生活，喜欢这个地方，也喜欢我的朋友，还喜欢有机会到海湾游泳。我有个小照相机，拍摄了许多照片，舅舅送到城内的宾夕法尼亚药房冲洗。我还有一根球棒，上面有个大大的斯柏丁招牌烙印。我还想当个童子军，参观过一次在法拉盛军火库举行的童子军大竞赛，那地方紧邻贵格派会堂，我就是在那儿看到毕尔德和他的大胡子。

父亲说："我们去法国。"

"法国！"我十分惊讶。我想，谁会想要去法国？这显示出我是个多么愚蠢无知的孩子。但是他说服了我，因为他认真地表明他的决定，我怎么反对都没有用，终于迸出了眼泪。父亲也并非完全不讲理，他慈祥地解释：等我到了法国，一定就会喜欢那儿；而且他说了许多理由，证明去法国是个好主意，最后他同意我们不必马上动身。

这个妥协是我暂时的安慰，原本以为隔一阵子计划可能会有所改变，但是幸好没有。那年八月二十五日，"囚犯的基地"这个游戏又开始了，我们启航前往法国；那时，我并不知道、也不会有兴趣了解，那一天正好是法国圣路易瞻礼日。

注释：

[1] *多玛斯·牟敦的父亲欧文·牟敦（Owen Merton）原籍苏格兰，是来自新西兰的艺术工作者，因赴伦敦学习艺术，辗转在巴黎邂逅了来自纽约的女画家露丝·詹金斯（Ruth Jenkins）。婚后遭逢第一次世界大战，逃难时沦为俘虏，在*

边境山区负责打捞收拾一战时马恩河会战留下的死尸死马,并在俘虏营中诞
生了多玛斯·牟敦。本书所有注释为审校者和编者所加,以下不另注。

［2］特拉比斯(Trappist)修会,天主教纪律最严苛的修会之一,以严守中世纪的熙
　　笃会会规为荣。

［3］圣玛尔定(St. Martin, 317～397),法国著名天主教圣徒,曾任都尔的主教。

［4］圣弥格天使长(St. Michael the Archangel),亦译"圣米迦勒天使长"。

［5］天主经,基督新教称为主祷文。

［6］贵格派(Quakers),亦名"公谊会",基督新教一个宗派,1688 年该会由乔治·
　　福克斯创建于英国。强调信徒个人的直接体验,反对外在的仪式和传统。

［7］圣神,基督新教译作"圣灵",是基督宗教所崇奉的三位一体独一神的三个位
　　格(圣父、圣子、圣灵)之一。

［8］恩宠(Grace),即恩典。

［9］马斯费尔德(John Masefield, 1878～1967),英国诗人,以吟咏海洋的诗篇
　　闻名。

［10］霍默(Winslow Homer, 1836～1910),美国画家,其画作以表现海景著名。

［11］马林(John Marin, 1870～1953),美国画家,以极富表现力的水彩海景画著名。

［12］圣若望大教堂,亦译"圣约翰大教堂"。

［13］美国真理教派,亦译"美国科学教派"。

［14］共济会(Freemason),秘密结社团体之一。其起源可追溯至中世纪的泥瓦匠
　　行会。1717 年,其现代组织形式诞生于英国伦敦,后迅速传遍欧洲和北美。
　　以启蒙主义的人道主义理想为精神目标,其信仰属于理性主义范畴,摇摆于
　　泛神论与自然神论之间,政治态度采取自由主义和反教权主义。

［15］熙笃会士(Cistercians),亦译"西多会士",天主教隐修会之一,公元 1098 年由
　　法国罗贝尔创立于西多旷野,主张全守本笃会严规,故也称"重整本笃会"。
　　除祈祷、神工外,还要垦荒。强调安贫、简朴及隐居生活。其团体在中世纪曾
　　出过像明谷的圣伯尔纳德那样的灵修大师,近代的天主教特拉比斯修会以保
　　留、持守该会的会规为荣。

［16］圣宠,是天主因耶稣的功劳而赏赐给人的超性之恩。

［17］福瑞(Roger Fry, 1866～1934),英国画家,也是世界公认的美术评论家。

《牟敦诗集》书影

2

美术馆之圣母

I

天下怎会有这种事？全世界的渣滓尽数聚集在西欧，哥特人、法兰克人、诺曼人、伦巴底人，他们和颓废的古罗马拼凑成一个混杂人种，其特征是暴戾、仇恨、愚昧、诡诈、色欲、残忍——从这一切怎么可能产生格列高利圣咏（Gregorian chant）[1]、隐修院和教堂、普鲁登蒂乌斯（Prudentius）[2]的诗歌、比德（Bede）[3]的评论与历史著作、格列高利教宗的"教谕"、圣奥斯定（St. Augustine）[4]的《上帝之城》（City of God）和《论三位一体》（Trinity）、圣安瑟姆（St. Anselm）[5]的著作、圣伯尔纳德（St. Bernard）[6]的"雅歌"讲道词，还有凯德蒙（Caedmon）[7]、基涅伍甫（Cynewulf）[8]、朗兰（Langland）[9]与但丁（Dante）[10]等人所写的诗、圣多玛斯（St. Thomas）[11]的《神学大全》（Summa Theologica），以及童斯·史各都（John Duns Scotus）[12]的《牛津集》（Oxoniense）？

再说，时至今日，美国大学盖起校舍来动辄耗资千万，其建筑还不及一两个普通的法国石匠、木匠带着学徒搭盖的鸽棚谷仓来得完美，这又是怎么一回事？

一九二五年，我重返出生地法国，也回归世界的知性、灵性源头，就像回到经过圣宠洗涤的天然泉水。圣宠的净化效果太强了,今日法国即使再腐化、再颓废,也绝无机会完全被污染,不会再堕落回原来的野蛮腐败。

平心而论,唯独法国孕育出来的花朵最细致优雅,最颖慧机智,最善解人意,匀称又有品味。要论乡间的风景,不管是低矮山丘、茵茵绿草,或是诺曼底的苹果园、普罗旺斯地区轮廓鲜明的干旱山脉、朗格多克(Languedoc)地区起伏绵延的红酒葡萄园,法国的乡下何处不是山灵水秀、得天独厚! 最宏伟的教堂、最有趣的城镇、最具宗教热忱的僧院、最优秀的大学,皆坐落于此,真是再适合不过了。

然而,法国之所以神奇,就在于它完美得如此和谐,如此天衣无缝,不论是烹调、逻辑理论、神学,或是造桥、默观冥想,从种植葡萄到雕刻,从家畜配种到祈祷,法国集所有技艺之大成,无论是分开看或综合起来,都比其他国家更完美无缺。

和其他国家的孩子相比,法国儿童唱的歌曲特别悦耳,口齿伶俐无邪,眼神安详深远,谁又说得清楚这是怎么回事?

法国啊,我庆幸能出生在你的土地上,感谢天主及时领我回来,和你共度这段时光。

我们从英国出发,在加来(Calais)上岸,那是九月一个下着雨的夜晚,那时我对法国的独到之处一无所知。

我也无法领会父亲的心情。我们一下船就走进蒸气弥漫的嘈杂车站,虽然只听到站员、服务员、搬运工人的叫喊声,父亲却已既兴奋又满足。

我累坏了,离巴黎还远呢,于是我就睡着了。醒来得正是时候,看到外面湿漉漉的路面,灯火迷离,火车正驶过那数不尽的桥梁中的一座,幽暗的塞纳河惊鸿一瞥,远处埃菲尔铁塔的灯光拼出"C-I-T-R-O-Ë-N",这些都给我很深刻的印象。

眼前掠过的字,像蒙帕尔纳斯、圣职路、奥尔良车站等等,对我都毫无意义,无法让我联想到那些灰色高楼、撑着阔遮阳篷的咖啡馆,以及树木、人物、教堂,还有飞驰的计程车和充满噪音的绿色、白色公车。

　　十岁的我还来不及摸清这座城市，但是我已经知道自己会喜欢法国，然后，我们又一次坐上了火车。

　　在乘坐南下快车、迈入南方国土的那一天，我就爱上了法国。我知道，如果要我挑选归属的地方，非此莫属；我依据的不是证件文字，只因为此地是我出生的地方。

　　火车飞驶过奥尔良的长桥，桥下是黄褐色的罗亚尔河（Loire River），我立刻有了回乡的感觉；虽然我从未见过那个地方，以后也不会再见。就在那儿，父亲告诉我圣女贞德[13]的故事，如今回想起来，那一整天我都隐隐约约想着她。也许是对她油然而生的尊崇挚爱之心化为无言的祷词，赢得她在天替我代祷，使我在她圣洁的土地上得到某种恩宠，也让我在溪边白杨树林里，在村庄教堂旁密集的低矮村舍中，在树林、农场、桥下的河流上，不知不觉地默想着天主。我们经过一个名叫沙托当（Châteaudun）的地方，当地质岩层逐渐嶙峋，便接近里摩（Limoges）了。我们穿越迷宫般的重重隧道，最后豁然开朗，看到一座建在高地的桥梁，密密麻麻的房舍沿着陡峭的山坡向上延伸，直到那有着平凡钟楼的教堂脚下，城市全景尽在眼前。我们已经渐渐深入亚奎丹（Aquitaine）；邻近格西（Quercy）和胡埃格（Rouergue）两个老省份。虽然当时还不能确定这就是我们的目的地，但是日后我居住在这里，回到此处中古世纪的水泉，饮它的水，从中汲取力量。

　　傍晚我们进了布里夫站，布里夫盖雅（Brive-la-Gaillarde）到了。暮色渐深，山丘起伏，多石的山上长满了树，高处必定光秃荒凉，山谷中有很多城堡。天色太暗，我们看不到加和尔（Cahors）。

　　我们终于到了蒙托班（Montauban）。

　　多么死寂的城！下了火车，四周黑暗沉静。我们从车站走进空荡多尘的广场，到处都是阴影，灯火零星昏黄，街道上空无一人，出租马车蹄声跶跶作响，载着刚从快车下来的人进入这座神秘的城市。我们取了行李，穿过广场，来到对面的旅社，就是那种无以名之、矮矮灰灰的小旅社，楼下窗口有盏暗淡的灯照着小餐厅，餐厅里摆着好几张铁质餐桌，一个脸色不悦的黑衣女人坐在摇摇晃晃的桌子后面照顾她的四名顾客,桌上摊着沾有蝇屎的日历和大本大本的地址簿。

原本以为我会觉得旅社太阴郁,没想到还相当舒适,虽然过去没有类似的经验,却觉得似曾相识,有回家的感觉。父亲敞开房间里的木质百叶窗,眺望着静寂无星的夜晚,他说:

"你闻得到空气中燃烧木头的味道吗? 那就是南方的气味。"

//

次晨醒来,阳光灿烂,放眼出去都是瓦顶平房,显然和昨天在暮色中从火车上看出去的风景大异其趣。

这里和朗格多克毗邻,放眼就是一片红,城镇建筑都是用砖盖的,坐落在不怎么高的绝壁上,下面是塔恩河(Tarn River),黏土色的河水打着漩涡。我们简直像是在西班牙境内了,但是天啊,这座城镇真是死气沉沉!

我们为什么来到这儿? 父亲想在法国南部继续作画,但这并非唯一的原因。那年他回到我们身边,我猜他的改变可不只是留了胡子;也许是他生了那场病,或许还有其他的原因,他决定不再让别人替他教养儿子,要自己负起建立家庭的责任,一边工作,一边让我们在他跟前长大,受他管教。此外,想必他已确认他自己和我们都应该有些宗教信仰。

我敢肯定他一直都虔诚信仰宗教,但现在他开始要我祈祷——我不记得小时候他曾经做此要求——要我祈求天主帮助我们,帮助他作画,让他的画展成功,让我们找到住处。

假如我们能够定居下来,一两年后他会把约翰·保罗也接来法国,那时我们就有一个家了,但是目前一切尚未成定局。至于他为何会选中蒙托班,是因为听人说那里有一所很好的学校。

这所学校叫做加尔文学院,是一些有地位的法国新教徒推荐他的。

我记得我们拜访了那所学校,那是临河的一栋高大白色建筑,十分整洁,回廊庭院里阳光普照,四处都是绿油油的草木;因为还是暑假,教室里空无一人。谢天谢地，父亲似乎察觉出有些地方不对劲，没送我去那里就学。其实那个地方不像正规学校，而是许多年轻新教徒（大多出身富裕家庭）住宿、接受宗教教育和管教的地方，其他课程则要到附近的公立中学上。

所以，父亲的苦心我似懂非懂，虽然他希望我接触宗教教育，却对法国的新教信仰毫不喜爱。后来我听他的朋友说，那时他很可能成为一个天主教徒。他相当喜欢天主教会，但最终还是为了我们而将自己的喜好搁置一旁；他大概是认为，应该先运用其能力所及的方法让我和约翰·保罗奉行最容易接触到的宗教，不论是哪一种宗教都好。如果他成了天主教徒，家里一定会掀起轩然大波，那时我们俩可能反而什么信仰都没有了。

当时若是有几个和他知识水准相当的天主教朋友可以和他明智地谈论信仰的问题，或许他就不会如此举棋不定了，但是就我所知，他没有这样的朋友。他非常尊重我们接触到的天主教徒，这些人却拙于向父亲讲解教会的道理，而且他们通常都太腼腆了。

我们在蒙托班待了一天就明白这个地方不适合我们。这里没有什么值得画的，镇上还不错，但是太单调，父亲唯一感兴趣的是安格尔博物馆。蒙托班是安格尔（Jean-Auguste Dominique Ingres）的出生地，这座博物馆收藏了许多安格尔的工笔素描，但是那些乏味拘谨的素描最多只能让人兴奋十五分钟。博物馆外有一座布尔代勒（Emile Antoine Bourdelle）雕塑的青铜纪念碑，那梦魇般的风格倒和本镇的特质较为相称，看来像是一群史前岩洞居住者在巧克力熔浆中作战。

后来，我们去旅游局打听可住的地方，碰巧看到亚威宏（Aveyron）河谷附近几张小镇的照片，就在城东北不远处。

那天下午，我们搭上稀奇的老式火车，一出了蒙托班，进入乡下，就觉得自己像是东方三贤士，告别了耶路撒冷的黑落德王（Herod）[14]，引领他们前去朝拜耶稣诞生的那颗星再次出现在眼前。

我们搭乘的火车轮子非常大，锅炉又矮又宽，烟囱奇高无比，整列车好像刚从博物馆潜逃出来，但是非常坚固耐用。这列车有三四个小车厢，载着我们飞快地进入一个神圣的领域。

过了蒙特利古（Montricoux）就看不到有砖砌钟楼的朗格多克式教堂了。火车转进亚威宏山谷，差不多到胡埃格了，景致渐渐可观起来。

火车沿着一条浅溪转了个大圈，柳暗花明，来到一个小站，太阳正照着车站里的悬铃木。往窗外望去，才知道我们刚从一个一两百英尺的峭壁下经过，峭壁顶端坐落着一座名叫布吕尼盖（Bruniquel）的十三世纪城堡。周围山势险峻，森林茂密，岩石上遍布着扭曲多结瘤的

牟敦的画

矮橡树。河边有纤细的白杨树，在夕阳中随风款摆，河里碧波荡漾，石块清晰可见。上下车的都是穿着黑色工作服的乡下人，路上行人走在拖着两轮车的牛队旁，用长棍子引领着安详的牛群。父亲告诉我，他们说的不是法语，而是奥克语（langue d'oc），一种古老的法国南方方言。

下一站是潘讷（Penne），两个山谷交界处，河面上呈现出一片绝壁，略略弯曲，像羽翼般突然展开，顶端矗立着另一座城堡的遗迹。更远处有几家村舍散落在山脊间，隐约见到其间有座方顶教堂，开放式的铁钟楼里有一座钟。

火车沿着河流与岩石中间狭窄的通道往前行驶，进入更加深邃窄小的峡谷，在河面和我们之间时而出现打草场大小的牧场。偶尔越过一条荒废的土路或牲畜走出的路，路边有时出现一栋房子，岔道口的法国铃铛震天响，一串串骇人的铿锵铃声夺窗而入。

山谷开阔之处、河的彼岸山脚下就是卡匝斯（Cazals）小村落。火车又进入山谷，从窗口向上看，灰褐色山崖拔地而起，几乎遮蔽了天空；崖上有许多岩洞，我后来攀岩造访过其中几个。火车载着我们穿过无

数条隧道,越过无数座桥梁,从幽深的阴影进入草木茂盛的光亮地方,终于抵达了目的地。

那是个古镇,历史悠久,可以上溯至罗马时代——殉道圣人安东尼(Antoninus)[15]的时代,他是该镇的主保[16]。当年安东尼将基督信仰传入这原为罗马属地的山谷,他殉道的地点就在庇里牛斯山麓的帕美(Pamiers),距离我的出生地普拉德很近。

直到一九二五年,圣安东尼(St. Antonin)仍然保持圆形围城的格局,只是城墙已经没有了,取而代之的是三面环绕的宽阔圆弧路。路边树木成荫,堪称林荫大道,街道上人迹稀少,只偶有牛车或鸡群走过。镇上的窄巷活像迷宫,十三世纪的古屋多数已成残垣断壁。此镇中古风味十足,街上只欠人群熙来攘往,看不到富裕商贾及手艺工人进出住家和商店,中古时代特有的色彩和欢乐嘈杂气氛已无影无踪;然而,走在街上仍有置身中古时代的感受,因为除了废墟和时光的痕迹之外,看不到人为的改变。

从前镇上最热门的行会非鞣皮工人莫属,老鞣皮厂还在,位于流经小镇某域的一条气味很大的狭窄的下水沟旁。在那古老的年代,行会自由繁荣,镇上各行各业都很兴旺。

正如我所说的,这一切皆以教堂为中心。

不幸的是,过去几次宗教战争中古老朝圣地圣安东尼总是首当其冲,现在立在废墟中的是一座完全现代化的建筑,以前教堂是什么模样已无法鉴定,也无法透过教堂建筑形式去揣摩建造者的心态。如今这座教堂在镇上还是主宰一切,每天中午和傍晚传出诵读三钟经[17]的钟声,回荡在古老的棕瓦屋顶上,提醒大家天主之母仍然呵护着人们。

教堂里的祭坛在高耸的拱门之下,坛下葬着安东尼的圣骸,至今每天早上仍有好几次盛大、隐密却又显豁的祭献礼在此进行。说它隐密,是因为我们这些有理性的受造物永远不能彻底了解其中的奥秘;但是,这种祭献又是那么浅显,反而使我们失明——弥撒[18]就是不流血的祭献,也就是天主圣体圣血的祭献,圣体圣血隐藏在饼和酒的形象里。然而,当时我从未如此想过,其实也没有能力这样思考,因为我对弥撒的涵义一窍不通。

在这神妙的古镇里，房屋街道的格调和自然环境中环绕的群山、悬崖与树木，在在引领我将注意力集中于这唯一且重要的焦点：就是这座教堂及其内涵。不论我身在何处，周遭环境总是催迫着我，使我真实感觉到教堂的存在。大街小巷几乎都指向镇的中心，指向教堂；从外围的山上以任何角度眺望此镇，视野中心总是朝向这栋长形灰色建筑的高耸尖塔。

这座教堂已经融入周遭景观，有了它，景观的意义才清楚地展现出来。由于教堂的存在，目光所及的一切——包括山林、田野、白色的当格拉悬崖（Rocher d' Anglars）、红岩（Roc Rouge）的红色要塞、蜿蜒的河流、柏讷特（Bonnette）的绿色山谷、城镇桥梁，甚至散落在昔日土堤区外田野果园里的现代中产阶级的白灰泥别墅——都有了特殊的风貌，随之具备了超性的（supernatural，译注：天主教惯译此字为"超性"，意指有超自然能力的、超越本性、在本性之上的）意义。

于是整个景观被教堂和那指向天空的尖塔整合起来了，似乎在说这就是所有受造物的意义：我们受造的唯一目的就是要举心向上，归向天主，宣扬天主的荣光。天主依据我们各自的本性完美地创造了我们，把我们各自不同的本性安排得和谐无间，让人类的理智和爱能与最终极的一个因素相配合，那就是天主赏给我们的解答人生意义的钥匙。

啊！假如你居住的地方其建筑设计让你不由自主地成为一个默观实践者，那会是何种境界！在那里，你的眼睛日以继夜、再三瞻望那隐藏着基督圣体的宫殿！

其实那时我根本还不知道谁是基督，不知道祂就是天主，不知道有圣体圣事（译注：最后的晚餐时，耶稣以饼、酒和门徒分享，说："这是我的身体，为你们而舍弃的。你们应为纪念我而行此礼。"又说："这杯是用我为你们流的血而立的新约。"后日弥撒中，以圣体圣事纪念基督的死亡及复活是最崇高的圣事。弥撒中祝圣圣体圣血后，教友领受圣饼，称为领圣体）的存在，以为教堂不过是人们聚在一起唱唱圣歌的地方。但是敬告和我以前一样不信宗教的人，单凭这圣体圣事，基督就生活在我们中间,祂被我们、为了我们、和我们一起做了祭献——圣洁而永恒的祭献;唯独祂能使世界完整,使我们不致一头栽入永远毁灭之坑。让我再告诉各位,圣体圣事会散发出一种光明和真理的力量,就连从未听过祂名字和貌似无法接受信仰的人都会心服。

/////

不久,我们在镇边贩卖牲畜的"牛马墟广场"一栋三层楼房租了一间公寓,但是父亲一直有心建造一栋自己的房子,他在阻挡柏讷特山谷西进的大山山脚买了一块坡地,山顶有座名叫髑髅地(Le Calvaire)的小圣堂,现已荒废。只要从我家预定的坡地后方沿葡萄园间的石头路往上,便会经过一连串朝圣地点,那就是从镇上到山顶参拜十四处苦路时的停驻点(译注:参拜十四处苦路的习俗源自古代基督徒参谒耶稣受难旧址的活动,整个路线始自耶稣被判处死刑的官府,一直到耶稣被放入墓穴处,参拜者每到一处据福音书所载曾发生过某件事的地方,就停下来祈祷。后来演变成在记述受难过程的十四幅图画或塑像前依序参拜、祈祷)。可惜这种虔诚的习俗自十九世纪以来渐渐没落,继续发扬这个好习俗的虔诚天主教徒太少了。

父亲开始计划建造房子时,我们在乡下四处看地,顺便寻找作画的题材。

就这样,我得以经常出入古老教堂,常常意外碰上年久失修的圣堂和隐修院。我们到过纳架(Najac)、阔尔德(Cordes)等美妙的山城,阔尔德相较圣安东尼保持得更完美,相异之处是阔尔德的建筑并未环绕着朝圣地。它的中心当然也是教堂,但整个城镇可算是替朗格多克贵族建造的夏日别墅,壁垒森严,主要名胜当然就是宫廷人士狩猎出游的精致住屋。

我们曾经南下到亚尔比(Albi)的平原地带,那儿有座红色的圣则济利亚(St. Cecilia)教堂,像堡垒一般,从塔恩河上不悦地俯视着世界。从塔顶眺望朗格多克平原,所有教堂都是堡垒。历年来,这块土地上异

端邪说猖獗,人们受冒牌的神秘主义影响(译注:指基督教亚尔比派),
远离教会与圣事;大家偷偷摸摸地挣扎前进,为的是想要达到某种奇
怪、自杀性的解脱。

圣安东尼有一家工厂——当地唯一的工厂——雇用了镇上仅有的
三四名无产阶级男工,包括镇上唯一的共产党员。工厂出产一种装置,
可将干草从田里轻松举起,送到货车上。厂主名叫侯多洛斯,是镇上的
资本家,有两个儿子替他管理工厂,其中一个高高瘦瘦的,神情严肃,深
色头发,戴着角质框眼镜。

某天晚上,我们坐在镇上一家老人开的咖啡馆中,这里平常没什么
人光顾。侯多洛斯找父亲闲谈,我记得他很客气地问我们是否为俄罗
斯人。正是父亲的满脸胡子让他作此联想。

他一听说我们是搬来定居的,立刻表示有一栋房子可以卖给我们,
并邀请我们去他那儿吃饭、看房子。那栋房子叫做孟福尔伯爵之屋
(The House of Simon de Montfort),是个大农舍,就在出城往柯律斯
(Caylus)方向的路上一两英里处,坐落于俯视柏讷特山谷的山坡上,位
于圆形山谷的入口。在茂密的树林深处,我们发现一条长满西洋菜的
小溪,溪水从清澈的泉源冒出。这栋房子非常古老,看来孟福尔伯爵的
确很可能在这儿住过,至今阴魂不散。屋内阴暗幽闷,暗室对画家最不
适合,再说房价对我们而言实在太贵了,父亲还是想要自己建一栋
房子。

没过多久,我开始上当地的小学,最尴尬的是要和最年幼的孩子排排
坐学法文。此时父亲已买下髑髅地山脚下那块地,并已画好蓝图,将会有
一个大房间充作画室兼饭厅、客厅,还有楼上两三间卧房,如此而已。

我们将地基描绘出来之后,父亲便请工人来挖,又找来探水源的
人,掘了一口井。父亲在井边种了两棵白杨树,一棵归我,一棵归约
翰·保罗。次年春天,他在房子东面开垦了一大片菜圃。

与此同时,我们结交了许多朋友。不知是经由资本家侯多洛斯还
是激进社会主义者卡车司机皮耶霍的介绍,我们认识了当地的橄榄球
俱乐部人士,也可能是他们先来找我们的。我们刚去不久,"圣安东尼

前卫派"俱乐部的代表就来找父亲,请求他出任会长;他们认为,只要是英国人,就一定精通各种运动,其实父亲仅仅在新西兰学校里打过橄榄球。就这样,他当选了俱乐部会长,偶尔还得冒着生命危险在他们进行疯狂球赛时做裁判。他已经多年没打球了,不仅球赛规则多有改变,圣安东尼人对规则更有自成一格的诠释;除非受到默示或具备洞察灵魂的禀赋,否则根本没有人能洞悉真相,父亲竟然侥幸活过那个球季。

我经常和父亲随球队去外地比赛,最远曾到过东北部的非吉亚(Figeac),深入胡埃格山区;也曾往南进入朗格多克平原的加雅克(Gaillac),这里又有一座那种堡垒式的教堂,居然还有一个正规的橄榄球球场。圣安东尼的橄榄球队当然不能跻身明星球队之列,我们的比赛总是被排在最开始,那时前来观赏主戏的观众还在鱼贯入座。

橄榄球在那个年代的法国南部风靡一时,已到了如火如荼的地步。比赛时杀气腾腾,有时球员会受伤、甚至送命,真正重要的球赛散场后,裁判还必须由专门保镖从现场护送出去,有时甚至需要跳栏遁入原野,这种情况满常见的。唯一比橄榄球赛更普遍、更狂热的运动就是长途自行车竞赛,主要路线多半不经过圣安东尼,不过偶尔会经过我们的山区,那时我们会全体站在当格拉悬崖长坡的尽头,看他们慢慢骑上山。他们拼命蹬,上身向前弯,鼻子几乎擦到自行车的前轮,肌肉紧绷显出硬块,额头青筋毕露。

我们橄榄球队有一位球员,个子小小的,像只兔子,是当地一个粮草饲料经销商的儿子;他有车子,赛球时大部分球员都搭他的车往返。有天晚上他近乎找死,我们六个人也差点赔了老命。事情是一只兔子突然跳进车灯照着的路面,一路跑在车子前方,这个疯狂的法国人一见之下立刻脚踩油门紧追不舍,只见兔子的白尾巴在灯光里忽上忽下,却总是和车轮保持几英尺距离。它从路面一边窜到另一边,想要让车子无法追踪它的气味,可惜汽车狩猎根本不理这一套。车子在兔子后面吼叫着追逐它,从路的这一边追到另一边,不断蛇行,差点把我们都震出车外、摔入水沟。

此时车子已经开上一个陡峭的山顶,就要开始冲下长坡,我们挤在后座的人更加不安。这段开下圣安东尼山谷的路径非常弯曲,若是继续追赶下去,势必全车翻出路面,一路翻滚到一两百英尺深的河谷才停得下来。

有人礼貌地抱怨:"算了,你逮不到它的!"

粮草饲料商的儿子却一言不发,他的身体紧贴着方向盘,瞪大双眼紧盯路面。我们前面那白尾巴却总能闪开车轮,冲刺前进,曲曲折折地从路面高起的一边窜到沟的那一边。

我们已经翻过山头,开始下坡,黑暗空旷的山谷在我们面前展开。

后座开始怨声载道,异口同声像个合唱团。只见司机死命踩足油门,车子猛晃着斜跨过路面,眼看就要逮到兔子了,但是功亏一篑,它又跳到我们前面去了。

"进了山区一定会逮到它,"司机喊道,"兔子下山不行,它们的后腿太长。"

可是我们前面这只兔子下山却满行的,它保持着距离,总在我们前轮前方五英尺左右。

有人大喊:"注意,小心!"

眼前出现一条叉路,主路往左,右边是一条老旧的路,倾向一个较陡的斜坡。两条路中间是一道墙,而这只兔子对着那道墙一头栽过去。

"停! 停!"我们恳求着,谁也不知道这只兔子会挑哪条路,只见墙对着我们直飞过来。

有人喊:"抓紧!"

车子忽然一阵乱晃,假如后座还有空间,我们势必已经全部跌下座位。幸好大家都没死,车子还在主路上,一股劲儿往山谷里冲。灯光照射之处再也不见兔子的踪影,我们大大松了一口气。

"你逮到它了吗?"我满怀希望地问,"也许刚才撞到它了。"

"唉,没抓到。"司机伤心地说,"它跳上另一条路跑走了。"

我们的卡车司机朋友皮耶霍块头大、孔武有力,却不打橄榄球。他太懒,又爱摆架子,但若是有他装点门面,我们的声势会更浩大。球队中还有三四个大个子像他一样,也留着大撇乌黑的胡髭,眉毛像刷子,就像传统的哥格（Gog）和玛哥格（Magog）形象（译注：亦译"歌革"和"玛各"，圣经《默示录》〔Apocalypse〕所说的异教国家，势力强大，据说将在魔鬼领导下攻击基督的教会）；有一位总是戴着一顶灰色尖帽打全场，如果在盛暑赛球，搞不好会戴草帽出场。总之，我们球队这群人相当够资格作为"关税吏卢梭"（译注：法国画家卢梭〔Henri Rousseau〕常被称为关税吏，其实际工作是向运进巴黎的货物征税）的上好画材，如果配上皮耶霍，更会增色不少，但是他唯一的运动只是泡在咖啡馆里饮白兰地，有时也去土鲁斯（Toulouse）旅游；记得那次我们站在桥上，他向我描述他和一个阿拉伯人在城里斗刀，令人毛骨悚然。

有一次，皮耶霍邀请我们去柯律斯参加一场在农场举行的婚宴。我在圣安东尼参加过许多宴会，从未见过规模如此庞大却井井有条、绝不疯狂的宴会；在场的农人、伐木业者和其他客人大吃大喝，却始终保持分寸。他们又唱又跳，彼此开玩笑，语言虽粗俗却符合本地习俗，乐而不淫。婚姻是件圣事，理当宾主同欢。

皮耶霍穿上笔挺的黑西装，戴着干净的帽子，驾着二轮马车带我们到柯律斯。他的叔叔或是堂兄弟的农场内停满了货车及二轮马车，挤得水泄不通。这种庆典是街坊间的盛事，每个人都带东西来分享，父亲带的是一瓶希腊烈性黑酒，结果主人喝得烂醉如泥。

大饭厅和厨房梁上挂满血肠和洋葱串，宾客源源而至，厨房及餐厅无法容纳，于是又将谷仓打扫干净，摆上桌子。午后一时左右，众人皆已入席，上了汤之后，女人陆续从厨房端出主菜，盘里尽是兔、小牛、小羊、羊、牛等各式肉类，有红烧肉，也有牛排，还有炖、煮、焖、烤、炒、炸的各种禽类，菜式千变万化，又备有各种掺酒和不掺酒的调味汁，除了肉几乎没有其他的菜，只有一两片马铃薯、胡萝卜、洋葱作为装饰。

"他们经年累月只吃面包、蔬菜和少许香肠，"父亲解释，"一旦有肉，当然不吃别的。"我想他言之有理。吃到一半时，我离开饭桌，步履蹒跚地走到外面，靠在谷仓墙上，看到几只雄赳赳的大鹅拖着填塞过度的肝脏在泥地上来回招摇走动，它们的肝不久就会变成肥鹅肝酱，我到现在想起来都觉得恶心。

喜宴延续至傍晚时分，入夜之后客人仍然流连忘返。皮耶霍、父亲和我随着农场主人去看他土地上一座被遗弃的圣堂，不知从前是朝圣地还是独修院？反正现在已成废墟，有一扇造于十三四世纪的窗子，非常美丽，玻璃当然已经没有了。父亲用他最近开画展存下来的一部分钱买下整座圣堂，后来终于派上用场，我们在圣安东尼的房子就是用这座圣堂的石头、窗子、拱门等物建造的。

一九二六年夏初，虽然房子尚未正式动工，但我们已在圣安东尼安顿下来了。我的法文学得还可以，十一岁男孩该会的法文我都会了。还记得那年冬天我花了好多时间读书，卧游法国那些我尚未到过的好去处。

外祖父在圣诞节寄钱给我们，我们匀出一部分买了一套三本的昂贵巨型画册，插图很多，书名是《法国风土》，书中那些大教堂、古老僧院、城堡、城镇、文化纪念碑使我着迷，我会永远记得当时感动的情景。

我记得阅读到瑞米耶日（Jumièges）和克伦尼（Cluny）的废墟时，幻想着全盛时期的教堂大殿不知多么宏伟壮观。看！沙尔特（Chartres）大教堂有两个不相称的尖塔，布尔兹（Bourges）大教堂的主殿多么宏大啊，波微（Beauvais）大教堂的唱经班席位好高，安古兰（Angouleme）大教堂的罗马式建筑奇怪臃肿，珀里格（Perigueux）教堂有几个拜占庭式的白圆顶。我注视着古老的嘉都西大修道院（Grande Chartreuse），建筑物鳞次栉比，隐藏在遗世独立的山谷中；山谷两边的岩顶高耸入云，高山上长满杉木，住在僧室里的是何许人也？翻阅那些图片时，我并未多想，我对修道的圣召（译注：蒙天主拣选，献身教会）或规矩并不好奇，只知道当时心中渴望能呼吸到那僻静山谷的空气，聆听它的静寂。图片里的每一个地方我都想去，但是当然无法立刻如愿，心中隐约有着莫名的伤感。

IV

一九二六年夏天，父亲的心情十分苦恼。他原本想留在圣安东尼作画、盖房子，但是外祖父在纽约已经要外祖母替弟弟裁制一套崭新的西装，收拾了高如小山的行李，办好护照，向库克父子公司订购了成沓的机票，接着就登上"巨舰号"航机飞向欧洲。

父亲听到这项入侵的消息心绪不宁了良久。外祖父无意只来圣安东尼和我们小住一两个月，其实他并不是特别想来我们这个被人遗忘的小镇；既然有两个月休假时间，他只想马不停蹄地跑，何不从俄罗斯横跨西班牙，再从苏格兰南征君士坦丁堡，跑遍全欧洲？他怀着拿破仑式的野心，受到劝阻后退而求其次，答应只去英国、瑞士和法国观光。

五六月时，消息来到，外祖父已经进军伦敦，继而急速扫过莎士比亚的家乡及英国其他区域——他们正准备跨越英吉利海峡，占领法国北部。

我们得到指示，北上和他在巴黎会师，之后再联军攻下瑞士。但是在同一时间，有两名一点也不好战的访客来到圣安东尼看望我们，这两位从新西兰来的老太太温文有礼，是父亲家人的朋友。我们结伴北上，一路上不慌不忙，大家都想先去罗卡马度（Rocamadour）看看。

罗卡马度是天主之母朝圣地，登上崖顶的半途中有一个礼敬圣母圣像的洞穴圣堂，悬崖旁是个中古时代的隐修院。据说此地最早是罗马税吏匝凯（Zacchaeus）[19]设立的，当年他爬上梧桐树想见路过的基督，基督唤他下来，后来他在家中设宴款待基督。

短暂停留后，我们离开罗卡马度。我不能忘怀那悠长的夏日傍晚，燕子绕着崖旁古隐修院墙边飞，也在崖顶新建朝圣地的塔边盘旋，而外祖父此时正和一车美国人乘坐巴士绕着罗亚尔河附近所有的城堡转。当他们飕飕有声地快速掠过契农梭（Chenonceaux）、布耳瓦（Blois）和土尔（Tours）时，外祖父口袋中总是塞满两苏、五苏，甚至一、二法郎的钱币，遇见成群嬉戏的孩子便伸手入口袋掏钱，一把把撒出去；游览车已经开走了，孩子们还在外祖父留下的开怀大笑声和游览车身后的灰尘中争夺钱币，挤成一团。

他们在罗亚尔河的全部行程中都是这副德行。

我们先将那两位新西兰老太太安顿在巴黎南边一个叫做圣赛黑

(Saint Céré)的幽僻小镇,然后抵达巴黎,发现外祖父母陷在再贵不过的宾馆里,真亏他们找得到！洲际酒店实在远超他们的消费水平,但谁教那是一九二六年,法郎的价格真低,外祖父乐昏了头,价值观荡然无存。

我们在巴黎那家宾馆房间停留不到五分钟已经心里有数,知道未来两周会是何种情景,旋风式的瑞士之旅就要展开了。

累赘无用的行李一直堆到门边,房间内几乎无立足之地。外祖母和约翰·保罗采取无声抵抗,消极抵制外祖父热情流露的乐观和活力。

外祖父大谈他的罗亚尔河战役,从奥尔良(Orléan)到南特(Nantes),他在所有村庄一律慷慨解囊。看到外祖母痛苦无言的表情,以及她注视我父亲时那种求助的动人眼神,就知道这一家人对外祖父作何感想了;既然自身难保,我们当然同情受压迫者。显然,从今以后每去一个地方,都要在大庭广众前摆阔;除了外祖父,我们的感觉都较细腻,觉得丢脸,也只好自认倒楣。外祖母天性敏感,约翰·保罗和我也很快看出或想像别人在嘲笑外祖父,觉得自己连带成为笑柄。

就这样,我们启程前往瑞士前线,一天坐七八个小时的火车,晚上停下过夜,不断上下火车、出租车、旅馆交通车,每一次那十六件行李都要数过。外祖父的嗓门响彻欧洲最雄伟的火车站,四壁间都可听到回响:"玛莎,你究竟把那猪皮包放到哪儿去了？"

为了方便识别,外祖父在每件行李上都贴了一张粉红色的美国两分钱邮票,这种做法立刻引起约翰·保罗和我的猛烈抨击,我们讥讽地问:"外祖父,你这是什么意思？想要邮寄行李吗？"

第一天我和父亲混得还不错,因为还在法国境内。在第戎(Dijon)稍作停留后,火车经过贝尚松(Besançon),到了巴塞尔(Basle),一踏入瑞士国土情况便不一样了。

不知为什么,瑞士让我们觉得无聊透顶,那里的风景不对父亲胃口,但是就算他有心作画或素描也没时间。每到一座城市,我们的首要之务就是找寻博物馆,但是都不能让我们满意,馆中尽是瑞士某国家级现代画家的大幅油画,只见怪异的刽子手企图砍下瑞士爱国者的头。

因为我们不会德文，问路不得要领，要找到博物馆已经很不容易；好不容易抵达，不但看不到安慰人心的佳作，反而又看到那位瑞士极端爱国主义者画的巨幅红黄色漫画，这家伙叫什么名字我早就忘了。

由于穷极无聊，我们开始在博物馆内胡闹，拿馆内的东西寻开心。替雕像戴上我们的帽子倒是无伤大雅，因为博物馆内经常都是空荡荡的。但是有一两次那些拘谨保守的管理员出其不意地从转角出现，看见我们正在取笑戴着帽子的艺术杰作，拿贝多芬的半身肖像寻开心，差点找我们麻烦。

其实，在这次远征中，父亲唯一的乐子是在巴黎听了一场由美国黑人大乐队演出的爵士音乐会，我已经忘了是哪一个乐团。应该不是路易·阿姆斯特朗的乐团，年代太早了，但是父亲还是觉得很值得。我没有去，外祖父对爵士乐不屑一顾，后来我们到了琉森（Lucerne），旅馆餐厅有乐队表演，进餐时我们的饭桌和乐队近在咫尺，我一伸手就可以碰到他们的鼓，鼓手是黑人，相当腼腆，我却立刻和他交上了朋友。这顿饭吃得真有意思，边吃边听，有正式击鼓表演助兴，桌上的甜瓜、肉类佳肴反而变得次要了。这是我在瑞士唯一觉得有意思的事，但是转瞬间外祖父已经安排我们换桌子了。

其余时间我们都争吵不休，在豪华游艇、缆车里吵，在山顶、山脚、湖边、常青树的浓荫下也都吵个不停。

在琉森的旅馆内，约翰·保罗和我几乎打了起来（外祖母袒护的是约翰·保罗）。记得我们争执的是：到底是英国人将《我的祖国》的调子盗用于《天佑吾皇》，还是美国人抄袭《天佑吾皇》，改名为《我的祖国》。那时我仍然挂名在父亲的护照上，自认为是英国人。

最糟的可能是我们搭火车上少女峰（Jungfrau）那天，我和外祖父在上山途中始终争辩不休。他这次出游就是因为认定少女峰是附近最高的山，但现在他认为我们受骗了，因为少女峰看起来较周遭的山矮得多。他说："看！爱格尔峰（Eiger）和孟克峰（Monch）高多了。"我激烈地反对并向他解释，少女峰看起来矮是因为它远，但是外祖父不相信我的透视理论。

待我们登上少女峰山口，大家神经疲惫得快要崩溃。山高让外祖母晕厥，外祖父也想吐，我在餐厅险些嚎啕大哭，再加上父亲、约翰·保罗和我没戴太阳眼镜便走到雪地上，令人目眩的白雪搞得我们都头痛起来。整个说来，那天真是一败涂地。

之后在印特拉肯（Interlaken）让外祖父母觉得无限快慰的是，他们有幸住在范朋克和璧克馥数月前住过的房间；然而，约翰·保罗穿着整整齐齐地掉入金鱼池，全身湿漉漉地在旅馆内奔跑，一路滴着水和绿色水草，让我们全家窘得无地自容。火上浇油的是一位女侍疲于招待数百位英、美观光客，就在我的椅子后方端着满满的托盘突然昏倒，碗盘全都旋风似的摔碎，我们都吓得魂不附体。

从瑞士回到法国时，我们都非常高兴，但是抵达亚威农（Avignon）之后，由于我已经恨透了观光，因此宁愿留在旅馆房间读《人猿泰山》（*Tarzen of the Apes*），不想参观教宗的宫殿。父亲和约翰·保罗还没回来我就已将整本书看完，他们这次出游说不定是整趟苦旅中唯一真正有意思的事。

V

外祖父万般无奈地来到圣安东尼，一来就想走，他嫌那儿的街道脏，但是外祖母拒绝提前动身，坚持住满一个月，至少也得住满预定时间。

然而，这段时间我们一家子做了一件正经事。我们去了一趟蒙托班，检阅那年秋季我要上的公立中学。

石砖回廊在八月下旬的午后阳光下看起来非常清纯，等到九月下旬那批穿黑罩衫的恶魔回来可就不一样了，到时我就有得受了。

八月底，外祖父母和约翰·保罗连同所有行李登上前往巴黎的快车，离开了我们。九月的第一周，镇民举着火把游行，庆祝主保圣人圣安东尼的瞻礼日。休闲广场上悬挂着日本灯笼，大伙儿在灯笼下跳波卡舞和逍蒂喜舞，各种精彩刺激的节目也纷纷出笼，花样翻新的打靶竞赛构想最为奇特。在小镇这一头,人们在一只鸽子腿上系线并拴于树顶,大家用散弹枪将它打到死为止;在小镇另一头,有只鸡被捆在一个浮泊于河心的箱子上,人们从岸边向它开枪。

我自己则参加了一项镇上男孩与年轻人的大赛。我们全体跳进河里,争先恐后地追赶一只从桥上丢入河里的鸭子。比赛结束,逮到鸭子的是一个叫乔治的体面小伙子,他在蒙托班的师范学校读书,准备当教师。

那年我才十一岁半,就爱上一个有金色鬈发的小女孩,名叫亨利爱塔,怕羞胆小。这段情真是幼稚,她回家告诉她的父母那个英国人的儿子爱上她了,她母亲拍起手来,那天"阿肋路亚"声响彻他们全家。再次见面时,她对我很友善,我们一起跳舞,她一本正经地耍起花招,特许我绕着树追她。

我突然看破了她的做作,就回家了。父亲问我:"你这个年龄追着女孩不放到底在搞什么名堂?"从那件事之后,我就很认真严肃地过日子;几个星期后,我穿上全新的蓝色制服前往公立中学就读。

当时我的法文已经相当不错,但是第一天在满是沙砾的大操场上,我被那些凶巴巴的家伙围在中间,他们的小脸黝黑冷峻,像猫似的。看到那几十双闪闪烁烁、充满敌意的眼睛,我吓得一个字都不记得,完全无法招架那些来势汹汹的问题。我的蠢样子让他们更加光火,他们开始踢我,拧我的耳朵,把我推来推去,对我喊出各种辱骂的话。刚开学那几天,我直接间接受到攻击,倒学会了许多肮脏亵渎的话。

待他们看惯我这张蓝眼、苍白、蠢兮兮的英国脸后,倒也渐渐接受了我,对我相当和悦友善;然而,每当我夜半惊醒,躺在浩瀚无边的宿舍里,四周小动物窸声四起,黑暗的静夜中传来远处火车的辗轧尖叫声,远处塞内加尔的军队吹起号角,声调疯狂而无情,我有生以来首次感觉凄凉空虚,感到被遗弃的悲痛。

刚开始,我每个星期天必到蒙托班新城车站搭五点半的早班火车回家。我苦求父亲不要再让我去那所烂学校,他不为所动。大约两个月之后,我渐渐习惯了,不再那么闷闷不乐。创口渐渐结疤,但只要置身于那石砖回廊中，感受到暴戾、不快的气氛，我的心情就无法快乐平安。

其实我以前在圣安东尼结交的小孩也绝非天使，但至少单纯友善；这所公立中学的男生其实也没有什么不同，只是家境较富裕。我在圣安东尼的朋友都是工人和农人的孩子，我们一起上小学，但是一旦几百个法国南部男孩聚集在监狱般的公立中学里，气质和心态就不由得产生微妙的改变。和他们个别在校外相处时，我注意到他们相当和善、温和、有人情味；然而，一旦聚集一堂，他们就好像恶魔附身，残酷、邪恶、下流、猥亵、妒忌、仇恨使他们结伙成党，取笑他人，态度凶暴，口不择言地大嚷大叫，与美德作对，也彼此作对。我和这群狼接触时简直就像接触到了魔鬼，尤其是刚开始那几天，真觉得是魔鬼在用他的肢体对我毫不留情地拳打脚踢。

学校里的学生分成两个完全隔离的集团，我属于"低班"，四年级以下的学生都在这一组。这一组中最年长者大约十五六岁，其中有五六个孤傲的恶霸专门喜欢欺负弱者，他们粗黑的头发从额头一路披下来，几乎盖到眉毛，体格比谁都棒；智力虽然较差，但是干起坏事却棋高一招，下流话讲得比谁都响亮。他们兴之所至，行动蛮横、无法无天，虽非成天到处树敌，却惹人讨厌，与他们为友反而较与他们为敌更恐怖，他们为害最深之处正是在这里：善良的孩子为了保住自己的小命，不得不唯唯诺诺、俯首称臣，对这些人带来的摩擦与不快只有容忍。整个学校，至少我们这一组，就完全受他们支配。

每次想到天主教家庭将孩子送到这一类学校，便不免怀疑父母的头脑有问题。河边那栋高大干净的白色建筑物是圣母昆仲会神父（Marist Fathers）办的学院，洁净得有点吓人，我从未进去过，但是认识在那儿读书的几个男孩，他们的妈妈就是圣安东尼那位在教堂对门开糕饼店的小个子太太。我记得这几个男孩为人特别亲切善良，谁都不会因为他们是虔诚的教徒而看不起他们，他们和公立中学出来的学生真是有天壤之别。

整个回想起来，我惊觉到身为天主教徒的父母若是不让孩子到教会学校就读,双肩承担的道德责任将会多么沉重,不属于天主教会的人很难体会这种不胜负荷的感觉。教外人士不能了解其实不足为奇,因为他们总以为教会坚持父母送孩子上天主教学校只是想趁机赚钱,又藉此控制人心,扩张教会在俗世的疆土。教外人士大多认为天主教会有的是钱,所有天主教机构赚钱都易如反掌;赚了钱就存起来,替教宗购买金银餐具,替枢机主教团物色雪茄。

如此一来,世界上没有和平又有什么奇怪呢?每个国家都尽量不让年轻人在成长期间接受道德和宗教的训练,以致年轻人全无内心生活,不懂得修持身心,得不到爱德与信德的庇护,这样的人怎能捍卫政府制订的和平条约与合约?

各地成千上万的天主教徒不仅忽视了天主的旨意,更忘记依照自然的理性与慎重态度行事,一味放任子女依循残酷的文化标准成长,还胆敢哭泣埋怨天主不俯听他们祈求和平的祷词。

牟敦画的基督

对我而言,和公立中学里的学生共同生活是一种新的经验,但是我在自己的个性中,在各式各样的人身上,也看到和公立中学学生类似的兽性、狠心与冥顽,只有程度之别罢了。

但是这些法国少年似乎较其他人更顽固、更愤世嫉俗、更早熟。我又如何能把他们放入父亲对法国的理想化看法中呢?其实我多少也有粗略地将法国理想化的倾向,如何调解其间的矛盾呢?唯一的解释是"至善有了缺陷就是至恶"。恶本身是虚无的,只是善的阙如,是缺少应有未有的优点,因此至善一旦堕落,就形成了至恶。法国最令人震惊的，是灵性生活堕落为轻浮与愤世嫉俗，智慧沦为诡辩，尊严与教养沦为无谓的虚荣与夸张的自我表现，爱德沦为可憎的肉欲，信德沦为无病呻吟或幼稚的无神论。这一切毛病在蒙托班的公立中学都找得到。

然而，如前所述，我倒还满能适应环境，交到一群性情还算聪明平和的朋友，言谈举止尚不至于下流，是一至三年级的低班学生中较聪明的；我说的聪明其实也意味着早熟。

但是他们都具有理想与进取心。我记得第一学年上到一半时，我们这几个人就疯狂地写起小说来。我们经常两两并排，拉开一长列队伍出城散步，一到城外便分成几个小组，我们这组喜欢双手插在口袋，帽子倒过来戴，边踱方步边谈我们的小说，神气十足，就像了不起的知识分子。我们的讨论范围并不限于我们正在进行的小说布局，还批评彼此的作品，让我举例说明：当时我正用法文撰写一个伟大的探险故事，场景设在印度，风格多少受到罗狄（Pierre Loti）[20]的影响，书中男主角陷于经济困境时，接受了女主角提供的一笔贷款。这种布局激起同侪异口同声的抗议，他们认为男主角是个浪漫英雄，格调务必要高雅，岂能接受女主角的金钱施舍。"得了，老兄，哪有可能！太离谱了！"我根本没料到他们这种反应，不过我还是改写了。

记忆中，那篇小说一直未完成，但是至少有其他一两篇是完成的。其实在我尚未上公立中学时，在圣安东尼就先写过一篇小说，潦潦草草地写在练习本中，用墨水笔大画特画了许多插图——我用的墨水通常是鲜蓝色的。

这些作品中最主要的一部是受到金斯利（Charles Kingsley）的小说《嗨，西进！》（*Westward Ho!*）以及布莱克莫尔（Doddridge Blackmore）的《罗娜·杜恩》（*Lorna Doone*）的影响，主角住在十六世纪英国的德文郡（Devonshire），书中恶徒都是天主教徒，他们和西班牙结盟，压轴好戏是在威尔斯外海的一场精彩海战，我费尽心思、淋漓尽致地描绘那场战役。书中某段提到恶徒中有位神父将女主角的房子付诸一炬，我不敢告诉朋友，生怕触怒他们，因为他们至少在名义上是天主教徒，每个星期日早晨都会见到他们两两并排到教堂望弥撒。

从另一角度看,他们的宗教素养不算太高,因为有一天我们出了学校去乡间散步,瞥见学校前面广场上两位穿着黑色道袍、满脸大胡子的教士,朋友之一悄声在我耳边说:"耶稣会士!"[21]不知为什么,他竟然怕耶稣会士。现在我对各修道会已有更多认识,知道他们并不是耶稣会士,而是苦难会(Passionists)[22]传道士,胸前有苦难会的白色徽章。

起初,星期日若是留在学校,我总是和那些不上教堂望弥撒的同学在一起。我常在自习室阅读凡尔纳(Jules Verne)或吉卜林(Rudyard Kipling)的小说(我对译成法文的《晦暗之灯》〔*The Light That Failed*〕相当着迷)。后来,父亲安排我和其他几个人一起听一位矮胖的新教牧师来学校传福音。

每逢星期日早上,我们就到校园中一栋阴郁的八角形建筑里,此处是为学生设立的新教"圣殿"。我们围坐在火炉旁,矮小严肃的牧师将乐善好施的撒玛利亚人(Samaritan)以及法利塞人(Pharisee)、税吏[23]等寓言一一说给我们听。现在回想起来,当时并未感受到特别深刻的灵修心得,但是牧师总算给了我们不少浅显的道德教育。

我很庆幸在最需要宗教的年龄有机会得到这么一点宗教教育。我已多年未进教堂了,以前上教堂也只是为了观赏彩色玻璃或欣赏哥特式的拱顶建筑,其实对我没什么帮助。如果得不到灵修指导,不领受圣事,没有获得圣宠的方法,只是偶尔散漫地祈祷一下,听听暧昧含糊的讲道,宗教又有什么用?

校园中其实也有一座天主教圣堂,但是就要成为废墟了,窗子多半没有玻璃,谁也没见过内部,因为都锁住了。我想,当年兴建校舍时,天主教徒必定耐心争取了好几年才取得政府人士的特许,盖了这座圣堂,但是后来的结果一定让他们失望。

童年时代真正宝贵的宗教和德育熏陶仅来自于和父亲日常随兴所至的交谈,没什么系统可言。父亲从未专心、刻意地教导我宗教,但是他在灵修方面有了感受总是自然流露出来,这就是最有效的宗教教育,其他教育亦可采用这种有效的方式。"树好,它的果子也好;树坏,它的果子也坏;心里充满什么,口里就说什么。"

就是"出自充实之心"的言辞最感人肺腑，也最能影响别人。任何人只要真正信服自己所说的，则不论说的是什么，就算和我们的想法正好相反，我们也都会聆听，而且不敢等闲视之。

那矮小牧师说的法利塞人和税吏的故事我一点也记不得了，但是我忘不了父亲无意间提到圣伯多禄（St. Peter）[24]不认基督的那件事，他说伯多禄一听到鸡叫（译注：伯多禄想起耶稣说过："鸡叫以前，你要三次不认我。"）就走到外面伤心痛哭起来。我已经忘了当时是怎么引起这个话题的，只记得我们正站在"牛马墟"的公寓走廊闲聊。

我一直不曾忘记当时眼前那幅栩栩如生的画面：伯多禄走出去凄凄惨惨地哭了。当时我确曾了解伯多禄的心情，了解背叛耶稣对他的意味；后来我竟然能把当时了解的事遗忘了那么多年，如今想来颇为不解。

父亲一向对有需要的人坦然表达他对真理与道德的意见，当然，他绝不干涉别人的事，但是有一次他实在义愤填膺、不能自已。事情是这样的：有个法国泼妇——就是那种心地不善、讲话刻薄的中产阶级——口无遮拦地宣泄她对邻居的憎恨，其实那个邻居与她本是一丘之貉，父亲听到后忍不住痛斥其非。

父亲问她：为什么基督告诫我们要爱自己的敌人？难道天主是为了祂自己的好处才定这条诫命？祂真的有求于我们吗？难道祂不是为了我们好才制定这条诫命？父亲告诉她，有常识的人为了自己灵魂的健康和平静就应该以爱待人，切忌嫉妒与心怀不善，免得自己粉身碎骨。圣奥斯定就是如此论述的：嫉妒和仇恨是刺穿我们邻人的剑，但是在刺到对方之前，刀刃却必须先穿过我们自己的身体。父亲从未读过圣奥斯定的神学，但是我知道他会喜欢的。

这个泼妇的故事让人联想到布洛伊（Léon Bloy）[25]，如果父亲读过他的作品，一定也会喜欢的；他们两有许多相似之处，但是父亲不像布洛伊那么激愤。假如父亲是个天主教徒，他在俗默观的圣召一定会顺着这个方向发展，我敢肯定他一定有这种圣召，可惜全无机会发挥，因为他从未领受圣事；然而，他的内心蕴藏着和布洛伊相同的神贫

(spiritual poverty，译注：摆脱世物的诱惑，倚赖天主）种子，也和布洛伊一样憎恶物质主义和冒牌灵性修养，憎恨那些自称基督徒者的世俗价值观。

一九二六年冬，父亲去了摩拉（Murat），那儿属于奥文尼（Auvergne）地区的老省份康塔尔（Cantal），居民多半信奉天主教，位于法国中部山区，附近有绿色山脉和老火山。山谷中密布肥沃的牧原，山上种植着茂密的杉林，有些山岗则不长树，只覆盖着草，绿色山顶高耸直上青天。住在那里的大多是凯尔特人（Celt），传统上法国人总是有点喜爱取笑奥文尼这地方的人，认为他们头脑简单、土里土气。他们不太容易动感情，但是很善良。

父亲寄宿在摩拉的农民家中，这家人在陡坡上有间小房子和小农场，那一年我在那儿过圣诞节。

摩拉真是个好地方，深深埋在雪中，屋顶的积雪使得挤在三座山坡下的灰色、蓝色和深蓝灰色屋子更加醒目。这个城镇伏在一块巨岩脚下，巨岩顶上高高矗立着巨大的无染原罪圣母雕像，当时我觉得那具雕像太大了，所渲染的宗教热忱也未免太过火。现在我终于理解，那种宗教情操其实一点都不夸大，人们只是想要平实地表示他们对圣母的爱慕。她是有大能的天后，无限美善，无限慈爱，在天主宝座前为我们大力代祷；她的圣德荣光无涯，满被圣宠，是天主之母，值得大家敬爱。她爱天主的子女，他们的灵魂是以天主为肖像受造的，这个盲目愚蠢的世界已经没有人了解、记得她慈爱的力量了。

然而，我之所以提到摩拉，并非是要谈论这座雕像，而是要提到普利发夫妇，也就是我们寄宿处的屋主。在我们来时，火车从康塔尔山另一边的奥里雅克（Aurillac）攀登白雪覆盖的山谷，那时距离摩拉还有很远一段路，父亲就告诉我："见到普利发一家人之后，你就知道了。"

从某方面来说，他们是我认识的人当中最值得一提的人之一。

奥文尼地区的人通常不高，普利发夫妇就比我高不了多少，那年我十二岁，较我同龄的人高。普利发先生最多五英尺三四英寸高，但是他背阔胸宽，身影几乎呈正方形，非常有活力，又好像没长脖子，头从肩膀上一个结实的骨肉柱直接冒出来。就像当地大多数乡下人,他戴着黑色宽沿帽,匀称的帽沿与眉毛下方有双清醒审慎的眼睛,目光平和地注视着你,使他的面容更显得庄重。眉毛与帽沿都那么端正,真是相得益彰,更凸显了他那牢靠、稳定、沉着的形象;不论是工作还是休息,他都给人这样的印象。

他的小妻子更像一只依人小鸟,个性诚挚、热切、敏锐,性情平和恬静,我现在才知道这些特质是来自于接近天主。她头上戴着一个无以名之的可笑小头饰,只能说是栖息在她头上的一个小圆锥,上面点缀着一小条黑丝花边,奥文尼那儿的女人至今还戴着那样的头饰。

忆起这些善良好心的人,讲述他们的事迹,真是一件乐事,虽然我不复记得所有的细节。他们的性格祥和朴实,对我非常仁厚,让我铭记于心。我尊敬他们,甚至觉得他们称得上圣者,他们成圣之道是最直截了当、最动人的:他们默默无闻,以完全超性的方式平凡度日,倚靠平凡的才能从事一成不变的普通工作;然而,因为有内在的圣宠,他们的灵魂藉着深刻的信德及爱德与天主长期结合,使他们平凡的才能、工作、家常琐事蒙上超性的光彩。

他们善良的灵魂最关心的就是农场、家庭与教会,日子过得非常充实。

父亲对我的身心健康日益关心,他知道这两位朋友非常可贵,越来越觉得摩拉是调养我身心的最佳去处。

那年冬天我数度发烧,在学校病房住了好几周。次年夏天,父亲要去巴黎,他再次藉机送我去摩拉和普利发一家人小住几周。他们要我多吃牛油、牛奶,无微不至地照顾我。

回想那几周难忘的日子,我亏欠普利发夫妇的岂止牛奶、牛油等滋养我肉身的食品;他们不仅亲切地照顾我,更像疼爱亲生孩子般牵肠挂肚地关心我,但是并不一意孤行,也不流于过分亲密。从小我总是抗拒占有性的爱,不论是来自何人——我总是本能地渴求开放与自由。在和超越本性、过信仰生活的人相处时,我才能真正自在平安。

普利发夫妇爱我,我觉得自由自在,我愿意回报他们的爱,因为他们的爱不灸伤人，不束缚人；他们的爱不想禁锢你，也不会因自私心作祟而设圈套陷住你。

我经常爬山，喜欢在树林里奔跑，曾经和一个也许是普利发夫妇侄子的男孩去康塔尔峰，那里除了高大的山峰之外没什么特别的。他上的是天主教学校，我想是神父办的，当时我全然没料到不是每个男孩说话都像公立中学里调皮的小鬼，我不假思索地说了些在蒙托班整天听到的粗话，顿时冒犯了他。他问我从哪里学来这一套，我觉得又羞又窘，但是他表现得非常宽宏大量，让我折服。他当下就原谅了我，好像什么事也没发生过似的；我觉得他似乎认为我毕竟是英国人，不太了解那些话的真正涵义。

毕竟，我能去摩拉就是很大的圣宠，当时我可曾彻底了解？其实圣宠恩典到底是什么我都不清楚。虽然我很欣赏普利发夫妇的品德，也能理解他们行善的根源与基础，却从来没有想要效法他们，或是藉着他们的榜样而受益。

我想，我大概只有一次和他们谈及宗教。那天大家坐在狭窄的前廊，眺望着山谷，山峦在九月的薄暮中逐渐转成暗蓝紫色。不知为什么，天主教和新教突然成为我们的话题，我立刻感觉到普利发夫妇对我的不以为然，他们坚定严正地驳斥我，那种大义凛然的神情宛如不可攻破的要塞碉堡。

于是我极力替新教辩解，记忆中，他们似乎表示过不解——我没

牟敦拍摄的雕塑作品《母与子》

有信仰,怎能过活! 他们认为天下只有一个宗教,一种教会。于是我辩解,每一种宗教都是好的,只是引人走向神的方式不同;每个人应该遵从自己的良心行事,以他个人的看法解决问题。

他们不和我争辩,仅仅互看了一眼,耸耸肩,普利发先生忧伤地轻声说:"那不可能。"

他们一向沉默、平静、坚毅,如今这些特质回过头来和我作对,让我觉得又害怕又难堪。他们指出我的错误:任性、无知、怀着无稽的新教徒优越感,和他们保持距离,拒绝接受他们的保护,和他们内心活力的泉源断绝关系。

最难堪的是我希望他们和我辩论,而他们却不屑与我辩论,好像看穿了我的态度(而我自己却没有自知之明),知道我想辩论、想谈宗教无非是因为缺乏信仰、师心自用、自说自话罢了。

更糟的是他们似乎知道其实我没有任何信仰,我所谓的信仰其实只是空谈。他们不让我觉得这件事无关紧要,也不认为我是小孩就可以顺其自然、等待水到渠成。我从未遇见对信仰如此执着的人,他们却无法直接帮我的忙,能间接为我做的事一定都已经做了,真感谢他们费心。我从心底感谢天主,他们多么重视我缺乏信仰的事啊!

谁知道我亏欠这两位恩人多少? 我只能猜测,以他们的爱心,必定曾经为我祈祷。日后我得到诸多恩典,最终皈依天主教,甚至得到圣召、献身修院,可能都是拜他们祈祷之赐。谁知道呢? 但是,总有一天我会知道,我庆幸自己有这份自信:有朝一日,我会和他们重逢,当面致谢。

VI

父亲到巴黎担任他昔日在新西兰的朋友克利斯陀上尉的伴郎,这位朋友在英国陆军干得不错,官阶是轻骑兵队军官,后来又出任监狱典狱长。但这并不表示他是个阴沉乏味的人,婚礼一结束,他就和新婚妻子度蜜月去了,新克利斯陀夫人的母亲则随着我父亲回到圣安东尼。

史阙腾太太令人印象深刻,她是个声乐家,但我不记得她是否曾上台表演。她绝不是那种戏剧性的人物,但是相当生气蓬勃。

你怎样也不会觉得她年长,她总是精神充沛、意志坚强、才智兼备、处事精明、见地独到,让人不得不佩服她的多才多艺;尤其那不可抗拒的端庄威严,令你不禁想称她为史阙腾夫人或伯爵夫人。

她一来我们家立刻发挥了极大的影响力,令我暗中怀恨。我觉得她无权操纵我们家务事,但是后来连我也看得出她的看法和建议其实都相当中肯;我们之所以会放弃永远留住圣安东尼,受她影响最大。

房子即将竣工,可以搬进去了。房子虽小,却真是漂亮,朴素牢固,看起来很舒适,装有中世纪窗子的大房间里还有一个中古时代的庞大壁炉。父亲很有办法,他盖了一座盘旋石梯,可以直上二楼卧房。他费了很多心思在房子四周开辟了一座花园,以后一定会很美。

但是父亲经常在外旅行,这间房子其实可有可无。一九二七年冬,他有几个月都在马赛(Marseilles),其余时间都待在地中海另一个港口塞特(Cette),不久后又必须去英国,因为又到了开画展的时候了。我一直在公立中学就读,早熟得有点老油条,觉得自己就要成为道地的法国人了。

父亲赴伦敦开画展去了。

一九二八年春,学年即将结束。我对未来漠不关心,只知道不出几天父亲就要从英国回来。

那是一个艳丽晴朗的五月天上午,父亲来到学校,一来便告诉我尽快收拾东西,我们就要上路前去英国。

我好像立刻卸除了手铐,环顾四周,砖墙上的光奏出多么轻快的旋律;拜神秘的善力所赐,监狱的门为我打开:能逃脱公立中学真是天意。

终于有机会对那些即将分手的伙伴幸灾乐祸了,我尝到狂喜的滋味。阳光下,我被他们围在中间,他们两手下垂,穿着黑罩衫,头戴法国圆帽,心怀嫉妒地笑着分享我的兴奋。

我和父亲一起离开,乘坐出租马车走在寂静的路上,行李放在身边,父亲谈论着我们的计划。马蹄声在坚硬的白泥路上响着,经过那些陈旧的房子,整洁体面的浅色屋墙传来"自由"的回声,"自由,自由,自由,自由",多么轻盈愉快的回声!

我们经过一个像多角形谷仓的大邮局,墙上贴满已成残片的老海报。在斑斑点点的悬铃木树影下往前看,长街的彼端就是新城车站,从前每逢星期日,我曾多次来此搭乘凌晨的火车回圣安东尼的家。

我们搭上小火车,重蹈初次来到亚威宏山谷的原路,想到我那即将失落的十三世纪,心里确实不是滋味。唉,其实它早就不属于我们,我们在圣安东尼一年后就把握不住它了。公立中学的苦碱水腐蚀了圣安东尼对我的良好影响,我已经被烙伤、有点麻木了;但是一想到就要永远离开,还真有点舍不得。

想到我们从没住进父亲建造的房子,也不禁有点伤感,但是且别在意,那些日子的恩典绝不会虚掷。

我还无法相信自己已和公立中学永别,就已搭上北上的火车,飞快地穿越皮喀第(Picardy)。当天色转变成朦胧的珍珠灰时,就知道已经快到英吉利海峡,沿途我们看到一些大型海报上面用英文写着:"到埃及去!"

接着便看到海峡渡轮,福克斯顿(Folkestone)绝壁就在眼前,在朦胧的阳光下白得像乳酪;还有那灰绿色的丘陵,在岩石顶端排列整齐的旅馆,都让我心旷神怡。服务员操着伦敦土腔叫喊,车站饮食部传来浓茶的香味,至今仍让我联想起假日的气氛。这地方的礼仪规矩之多令人敬畏,却又充满各种安适的感觉,任何经验似乎都要透过七八层绝缘物才能触及灵魂。

那时英国给我的感觉就仅止于此,而且延续了一两年以上,因为去英国就等于是去伊令(Ealing)的毛德姑姑家。

卡尔腾路十八号的红砖房像一栋具有十九世纪防御措施的要塞,前面有一块小草坪,同时也是草地球场;窗外有块围起来的草地,那就是德尔斯登学校的板球场。在伊令,一排排一模一样的房子固守维多利亚式的标准,一成不变;毛德姑姑和班恩姑丈就住在这座城堡的核心,班恩姑丈显然就是城堡的指挥司令之一。

　　班恩姑丈原本在城堡酒馆路上的德尔斯登私立男子高中当校长，现已退休，他看来就像维多利亚时代那种悲剧性、一本正经的大将军，躬着肩，白髭浓密得像流泻下来的大瀑布，戴着夹鼻眼镜，身上的花呢衣服松松垮垮的。他有病在身，走路慢，有点瘸，需要别人呵护，尤其需要毛德姑姑的照顾。他说话沉着清晰，但是听得出在必要时还是可以声如洪钟。如果他想说一番戏剧性的话，就会双眼圆睁，直盯着你的脸，向你挥着手指，语调活像《哈姆雷特》中的鬼魂；故事说到紧要关头，他便会放轻松、坐舒坦，露出一口整齐的牙齿，轻笑着环顾围坐在他脚边的人。

　　说到毛德姑姑，这么像天使的人十分罕见。当然，她已上了年纪，她的服饰，尤其是帽子款式，极端保守，我相信她仍然保留六十年庆祝会（Diamond Jubilee，译注：一八九七年为维多利亚女王登基六十周年）时流行的款式，丝毫未曾背弃传统。她生气蓬勃，很迷人，个子高挑，是个安静谦和的老太太，经过这么多年仍然不失维多利亚时代女子明智、敏锐的丰采。"nice"一词就像是形容她的专用语：原意为优雅，口语化的意思是可爱。她真是个既优雅又可爱的人，尖尖的鼻子和浅笑的嘴唇看上去就像刚刚说完"How nice!"似的。

　　现在我来到英国就学，当然有更多机会受她庇荫。其实，我才刚刚上岸，她就带我逛牛津街，这是去里普利院——这所学校位于索立（Surrey）——的前奏。里普利院是班恩姑丈已故兄弟罗伯特之妻皮尔斯太太的学校，罗伯特死于车祸，他骑自行车下山，在山脚下来不及转弯，直直撞上正前方的砖墙。他的煞车在下山中途就失灵了。

　　我们去过牛津街好几趟，那天早晨也许不是第一次了。走在街上，毛德姑姑和我大谈我的将来。我们在埃文斯商店买了几条灰色法兰绒裤子、一件毛衣、几双鞋子、数件灰色法兰绒毛衣，还有一顶英国小孩非戴不可的法兰绒帽。离开商店后，我们坐在敞篷公车顶层的第一排，街景一览无遗。

　　"我不知道汤姆是否关心他的未来。"毛德姑姑看着我，向我使眼色，好像在鼓励我。当然我就是汤姆，她有时候爱用第三人称称呼人，也许因为提及这类话题,她觉得有些尴尬。

我承认约略思考过自己的未来及志向,但不知是否该告诉她我想当个小说家。

"您认为写作是个好职业吗?"我试探性地问。

"是的,写作是很好的工作! 但是你喜欢写些什么?"

"我在想,也许我喜欢写小说。"我说。

"我想你有朝一日会成功的。"毛德姑姑慈祥地说,但是又加了一句,"当然你也知道写作有时是很难维持生活的。"

"是的,我了解。"我沉思着说。

"也许你可以倚靠另一份职业谋生,利用空闲时间写作,有些小说家就是这么开始的。"

"我可以当个新闻记者,"我建议,"替报社工作。"

"这主意也许不错,"她说,"外语能力对记者是很有用的,你可以升任驻外记者。"

"有空就可以写书了。"

"对,我想你不妨试试。"

我想,我俩就是用如此抽象、不切实际的语气一路谈回伊令的。下车后,我们穿越绿港路,来到城堡酒馆路,到德尔斯登学校办点事。

这并非我第一次和里普利院的校长皮尔斯太太见面。她体型高大,看来好找碴儿,眼睛下面有很大的眼袋。房里挂着好几幅我父亲的画。毛德姑姑和她提起我们在路上谈论的话题,也许是那几张画作怪,她似乎正在思索艺术家的生活方式有何缺失和风险。

"他想要步他父亲的后尘,和他父亲一样做个业余艺术家?"皮尔斯太太粗声粗气地说,从眼镜片后凶狠地审视着我。

"我们谈到也许他可以当个记者。"毛德姑姑温和地说。

"胡说,"皮尔斯太太说,"让他学商,好自立更生。别让他浪费时间,欺骗自己。最好从小就灌输他一些明智的看法,让他脚踏实地,不要带着满脑子梦想进入社会。"她转头对我大声说:"小男生! 别当业余艺术家,听到了吗?"

虽然暑期班已近尾声，里普利院还是收留了我，大概是觉得我有点像孤儿或流浪汉吧，必须立刻伸出援手，特别关照，却又对我心存疑虑。我是艺术家的儿子，又在法国学校读了两年书，艺术家加上法国是皮尔斯太太和她的朋友最不信任、最憎恶的组合，火上浇油的是我对拉丁文竟然一字不识，十四岁半的男孩竟然不会做"mensa"的字尾变化，甚至连拉丁文法书都没动过，真是不堪想像。

因此我再次屈辱自己，降到最低班和最小的小孩排排坐，从头牙牙学语。

不过，里普利院和监狱般的法国公立学校相比真是乐土。这里有巨大蜿蜒的深绿色板球场，我们坐在榆树浓荫下等待上场；下午茶时间聚在餐室里，一边狼吞虎咽地吃抹牛油果酱的面包，一边听翁思娄先生朗读柯南道尔（Arthur Conan Doyle）爵士的作品。有过蒙托班的经验后，这种平静真是一种奢侈的享受。

这些脸孔红润、天真无邪的英国小男孩也让我耳目一新，他们较可爱、较快活是有来由的。他们都来自安适的家庭，无知像堵厚墙护佑着他们；一旦进入公学，这道保障就不管用了。趁这座墙未倒之前让他们多多享受童年吧！

每逢星期日，我们穿上英国人认为适合年轻人穿着的滑稽可笑的衣服，走向村里的教堂，教堂内整个袖廊都特别为我们保留。我们穿着黑色伊顿短上衣，雪白的伊顿衣领顶着下巴，勒得人透不过气。一眼望去，大家的头发都梳得整整齐齐，埋首在赞美诗集里。我总算上教堂了。

星期日傍晚，我们总是到索立青葱的野外步行一大段路，回来后又集合在木造的训练房里，坐在板凳上唱圣歌，听翁思娄先生朗读《天路历程》（*Pilgrim's Progress*）的故事。

于是，就在我最需要宗教的时候，培养了少许自然的信仰，得到许多举心向天主祈祷的机会。我第一次看到人们公开在上床前跪下，也第一次在谢饭后才用餐。

往后两年，我认为自己信教还算真诚，因而快乐知足。我不认为这是什么超自然的现象，虽然我相信神恩总是在我们灵魂深处以隐晦不定的方式工作；不过，我们至少是在履行对天主应尽的义务——也藉以满足我们天性的需要；义务与需要存在于最基本的事物中；我们之所以受造，即是为了这些基本事物，而义务与需要其实是殊途同归的。

这两年过去之后，我竟然像我们这个愚蠢的不敬神的社会上几乎所有人一样，将这两年称为"我的宗教期"，这真是满可笑的。幸好现在我已经明白那种想法的可笑，不幸的是觉得可笑的人寥寥可数。我认为几乎每个人都经历过宗教期，对大多数人而言，这不过是人生的一个阶段而已，过去了就过去了；果真如此，那是他们自己的错，因为人生在世并非只是被动地经历一系列"阶段"。我们遵循生命中的善与秩序，兴起崇奉敬爱天主的念头，如果认为这样的心意只是昙花一现或感情用事，那是我们自己犯了错。敬爱天主的意愿是一股深奥、强大、永恒的精神动力，其根源与方向都是超越本性的，不容我们将它降级，视为软弱善变的幻想和欲望。

当我们提及祈祷时，联想到的若是一席好菜，或是艳阳下欢乐的乡村教堂、青葱的英国乡野，那的确相当吸引人。英国教会便是如此，它是特定阶级的宗教，是属于特殊社会和团体的宗教，并不属于整个国家，只属于国内少数的统治阶级，这也是其至今尚能保持强烈凝聚力的主因。它谈不上教义的统一性，更缺乏人与人之间奥秘的凝聚力，许多信徒已经不再相信圣宠或圣事了；他们至今还能凝聚在一起，主要是受到社会传统的强力吸引，为了自己的利益固执地坚守某些社会标准与习俗。英国教会的存亡几乎完全取决于统治阶级的团结与保守，它的实力不是来自超越本性的信仰，而是倚靠强烈的社会和种族本能，促使该社会阶级的成员团结。英国人紧守其教会就像紧守其国王和古老学校一般，这和他们那种大气、混沌、甜美、复杂的主观性情有关；一想到英国乡间、古堡、漫长夏日午后的板球赛、泰晤士河上的茶会、槌球游戏、烤牛肉、抽烟斗、圣诞节演出的哑剧、《潘趣》(*Punch*)周刊、《泰晤士报》等等，他们心中便兴起温暖而难以言喻的向往之情。

我一入学里普利院便不由自主地被这些事物迷惑住了，其魔力之强，足以让我将吸引我祈祷和爱慕天主的超越本性力量误认为本性化的力量，结果我承受的圣宠逐渐受到压抑。只要生活在板球、伊顿衣领、人造童年的平静温室内，我自能保持虔诚，甚至是真心虔诚；但是当脆弱的幻象之墙再次倒塌——也就是说，当我进入公学，看穿了英国人表面上多愁善感、骨子里却和法国人一样冷酷之后——就不再勉力保持那些昭然若揭的假面具了。

当时我当然没有能力得出这个结论，就算我有足够的智慧，也不可能具备这种眼力；而且，周遭发生的事只冲击到我的感情和感觉，尚未进入我的心灵与意志——这要归功于我们听到的英国国教教义在理论与实践方面大多含糊不清，完全缺乏实质。

世间的圣宠就如此糟蹋了，我们这一代也失落了，真是可怕。英国国教之所以枯燥无味、无从建立道德秩序，也许是因为它和正教会的奥体失去了不可或缺的接触，又建立在社会不公与阶级压迫之上；由于它基本上是特定阶级的宗教，不免感染到该阶级的罪恶。这只是我的猜想，我无力详加申论。

那年我已十四岁，其实就读里普利院已嫌年纪太大，但是为了要通过公学奖学金选拔考试，又不得不在此拼命研读拉丁文。至于该上哪一所学校，班恩姑丈以他身为大学先修班退休校长的身份做了明智的抉择。因为父亲穷，又是艺术家，我们不敢奢谈哈络（Harrow）或文契斯特（Winchester）等级的学校——虽然班恩姑丈最看重的是文契斯特，他曾成功培养许多学生获得奖学金，进入该校，但是对我而言却有两个不利的条件：第一，他们认为父亲不会有能力付学费（虽然事实上是外祖父要从美国寄钱来付费）；再者，奖学金检定考试对我而言太艰难了。

最后的决定让大家都觉得非常合适。英国中部有一所小型学校，虽然没有名气，但是水准尚可，历史悠久，具有一些自己的传统。这所学校最近得到的评价稍有上升，因为即将退休的校长劳苦功高——这种内幕消息只有姑丈会知道，也只有姑丈会告诉我。毛德姑姑再度向我保证：

"你一定会发觉奥康（Oakham）是一所上好的学校。"

注释：

[1] 格列高利圣咏（Gregorian chant），天主教教堂中用来为弥撒伴唱的音乐，相传为公元六世纪末罗马主教格列高利所编定。

[2] 普鲁登蒂乌斯（Prudentius，公元 348～405），基督教拉丁语诗人，所著《日课颂诗》十二首，是描绘不同时期教会节日的抒情诗。

[3] 比德（Bede，约 673～735），中世纪早期不列颠基督教教会史学家，著有《英吉利教会史》。

[4] 圣奥斯定（St. Augustine，354～430），亦译圣奥古斯丁，北非希波的主教，古代基督教拉丁教会神学家的主要代表，著有《忏悔录》《上帝之城》等作品。

[5] 圣安瑟姆（St. Anselm，约 1033～1109），中世纪著名经院哲学家，唯实论学派代表人物，有"最后一位教父，第一位经院哲学家"的称号，曾任英国坎特伯雷大主教。

[6] 圣伯尔纳德（Bernard de Clairvaux，1090～1153），中世纪早期法国明谷隐修院创始人，在重振熙笃会修道传统和净化教会信仰生活上发挥很大作用，著有《论爱上主》等作品。

[7] 凯德蒙（Caedmon），活动时期为公元 658～680 年，第一个古英语基督教诗人，运用盎格鲁-撒克逊贵族英雄诗的传统来表述基督教主题。

[8] 基涅伍甫（Cynewulf），活动时期为八或九世纪，是四首古英语诗歌《埃琳娜》《使徒们的命运》《基督升天》《朱莉安娜》的作者。

[9] 朗兰（Langland，约 1330～1400），据说为中古英语头韵诗名篇《耕者皮尔斯》的作者，这是一部包罗各种宗教主题的寓言诗。

[10] 但丁（Dante，1265～1321），意大利最伟大的诗人，著有《神曲》。

[11] 圣多玛斯·阿奎纳（St. Thomas Aquainas，1225～1274），中世纪著名经院哲学家、神学家，其学说在十九世纪被定为天主教的官方神学和哲学。著述很多，著名的有《神学大全》《反异教大全》等，被尊为"天使博士"。

[12] 童斯·史各都（John Duns Scotus，约 1265～1308），亦译"邓斯·司各脱"，中世纪著名的英国唯名论经院哲学家，主张哲学独立于神学，反对圣多玛斯的神学哲学观点。

[13] 圣女贞德，中世纪带领民众反击英格兰侵略的法国女民族英雄，1431 年被英格兰人勾结教会法庭处以火刑，1920 年被天主教会封为圣女。

[14] 黑落德王(Herod),亦译"希律王",圣经人物。

[15] 圣安东尼(St. Antoninus, 1389～1459),基督教佛罗伦萨大主教,近代道德神学和基督教社会伦理学创始人之一,热心慈善事业,深为人民所爱戴。

[16] 主保圣人(patron saint),专门保护某一个人、社会、教会或地方并为之代祷的圣徒。

[17] 三钟经,天主教徒诵念的一种祈祷文,源自中世纪民间仿效修道者早午晚课而简化的平民百姓的祈祷,提醒信徒时常纪念耶稣的降生救世。

[18] 弥撒,天主教"弥撒圣祭"的简称,是天主教纪念耶稣牺牲的宗教仪式。

[19] 税吏匝凯(Zacchaeus),亦译"撒该",圣经人物。

[20] 罗狄(Pierre Loti,1850～1923),法国小说家,作品中的异国情调使他享有盛名。

[21] 耶稣会士(Jesuit),天主教男修会耶稣会成员,1539年耶稣会由圣依纳爵创立。该会在宗教生活形式上强调顺从,特别是顺从教皇,后发展成为天主教最大的修会。耶稣会士主要从事各级教育工作和到世界各地传教工作。

[22] 苦难会(Passionists),天主教修会之一,该会强调对耶稣基督为救世而受苦难的默念。

[23] 在圣经中,撒玛利亚人代表乐善好施的人,法利塞人代表喜好表现自己且假冒为善的人,税吏代表因压榨欺骗等恶行而为一般人所厌恶和蔑视的人。

[24] 圣伯多禄(St. Peter),亦译"圣彼得",是耶稣十二门徒之一。

[25] 布洛伊(Léon Bloy,1846～1917),狂热信奉天主教的法国小说家、评论家和论辩家。其自传体小说《绝望》(1886年)和《贫妇》(1897年)中表现了神秘主义观念,以女人为圣灵,以爱为吞没一切的烈火。

《荒源中的食物》书影

1

一九二九年秋,我去了奥康,这个小市镇气氛喜乐祥和,拥有一所学校和一座建于十四世纪的灰色尖顶教堂,高耸在宽阔的密德兰谷(Midland Vale)。

这的确是个名不见经传的地方,唯一足述之处是它为该郡的首府,是英国最小的郡中唯一真正的市镇。整个鲁特兰郡(Rutland)境内甚至没有主要道路或铁路通过,只有大北公路掠过林肯郡(Lincolnshire)的边缘。

在这安静落后的地方,在栖满乌鸦的树下,我花了三年半时间替我的前途做准备。三年半很短,却足以使我脱胎换骨,不再是昔日那个十四岁的男孩了;那时,我带着提箱、棕色呢帽、大衣箱、木质塔克箱来到这里,是个窘迫笨拙的孩子,心地不坏,内心却很不快乐。

在我入奥康学校、住进破烂、点煤气灯的霍基堂(外号"育儿室")一隅之前,发生了一些事,使得我的生活更加复杂、更加可怜。

一九二九年,我到坎特伯雷(Canterbury)和父亲共度复活节假期,当时他在那儿工作,常在城里雄伟静穆的大教堂作画。我大部分时间在附近乡间散步,日子过得很平静,唯有卓别林的著名电影《淘金热》(The Gold Rush)姗姗来到坎特伯雷上演时,曾经引起一阵轰动。

假期结束,我返回里普利院,父亲渡过海峡转去法国,最后听说他去了卢昂(Rouen)。暑期班快结束时,某日板球校队要到伊令和德尔斯登学校比赛,我一直都是个蹩脚的板球球员,当然没有资格以球员身份前往,但是居然被派去当记分员。坐车到伊令的途中,我才听说父亲也在伊令,他病了,住在毛德姑姑家。我猜这就是他们要我一起来的原因:在喝茶休息时,我可以跑到板球场边的房子见父亲。

交通车在通往操场的路边将我们放下。在一个小棚子里,另一队的计分员和我各自打开画着绿横格的大本子,将双方球员的名字填在长方形纸的边格中,然后带着削得尖尖的铅笔等着第一组球队入场。队员身上佩带着白色大护垫,踏着沉重的大步前行。

微弱的六月阳光照射在操场上,彼端白杨树在薄雾中款摆,那儿就是毛德姑姑家,我可以看见那尖顶砖房的窗子,也许父亲就在里面。

比赛开始。

我不相信父亲病重,要是真的病重,引起的骚动一定不止如此。在喝茶休息时间,我走过去,先经过墙内一扇绿色木门,来到毛德姑姑的花园,再进屋走上楼去。父亲躺在床上,从外表看不出病有多重,但是从他的动作和说话的神情中,我终于看出毛病了。他似乎行动困难且痛楚,而且沉默寡言。我问他怎么回事,他说似乎没有人知道。

我回到板球球棚,觉得有点伤感,有点着急。我安慰自己,过一两周他的病情可能就会好转。我还以为我猜对了,因为在学期快结束时他写信给我,说我们可以一起在苏格兰过暑假,他有个老朋友住在阿伯丁郡(Aberdeenshire),有间房子,邀请他去休养。

我们从金斯克罗斯车站搭夜车出发,父亲似乎体力还不错。一路上多次在苏格兰灰色沉寂的车站停下,次日中午抵达阿伯丁,这时父亲已经显得疲倦,不爱说话。

我们到了阿伯丁,在车站里等了好长一段时间,决定到城里逛逛。车站外有条宽阔无人的鹅卵石道路,再远处就是港口。我们看到海鸥,还有几根拖网船的桅杆和烟囱,但是这座城市好像得了瘟疫,一个人影都见不到。事后回想,那天一定是星期天,再怎么死气沉沉,阿伯丁平时也不至于如此空空荡荡。这儿到处都像坟墓般晦暗,无人居住的花岗岩建筑看来充满敌意,那股阴森严峻的气氛让我们立刻打退堂鼓,回到车站的饮食部,坐下点了个杂烩,仍然振奋不起来。

我们抵达印绪(Insch)时已近黄昏,太阳露面了,斜斜的光线照在远处满山的石南田上,那就是我们主人的松鸡猎场。我们离开这个与其说是镇、毋宁说更像拓荒区的荒凉小镇,往荒野驶去,周遭清明安静。

最初几天父亲还会下来进餐,其他时间则留在自己房内。他到花园去了一两次,但是没多久就连吃饭都不下楼了。医生经常来,不久我就知道父亲毫无起色。

终于有一天,他把我叫到房间去。

"我必须回伦敦。"他说。

"回伦敦?"

"孩子,我要住院。"

"是不是你病得更重了?"

"看起来没有好转。"

"爸爸,他们还是没找到病因吗?"

他摇摇头,不过又说:"你要向天主祈祷让我痊愈。我想,时候到了我会好的,你不要难过。"

但是我真的不好过。

"你喜欢这儿,不是吗?"

"还可以。"

"你就留在这儿,他们人很好,会照顾你的,留在这儿对你有好处。你喜不喜欢马?"

我不怎么带劲地说,那几匹小种马还可以。那里一共有两匹小马,那天主人的两个侄女和我花了好些时间刷洗它们、清扫马厩,也骑了一会儿,但是我觉得实在太辛苦了。这两个侄女看出我欠缺运动员风度,对我产生敌意,开始作威作福地使唤我。她们俩大约十六七岁,除了马

73

之外，心无他念，不穿马裤时反而显得很怪。

我们将父亲送上火车，互道再见，他的目的地是伦敦的密德瑟斯医院。

夏日冗长而乏味，有雾的冷天居多，偶有艳阳天。我对马房和小马越来越不感兴趣，八月半之前，那两位侍女终于不甘不愿地饶了我，任我独处，独自神伤。于是我进入一个没有马、不用打猎打靶的世界，脱下苏格兰装，不用参加皇家庆典或其他贵族的聚会。

于是，我得以坐在枝桠间，一本接一本地读着法文版大仲马（Alexandre Dumas）的小说。为了表示对马的王国的叛逆，我看到自行车就借了一部，骑到乡间去看那些古老的石头圆圈；据说德鲁伊教（Druidism）祭司[1]一度在此将人作为祭牲献给升起的太阳——假如那天太阳还升得起来。

有一天我单独在家，别人都出去了，陪伴我的是阿陀斯（Athos）、波尔多斯（Porthos）、阿拉密斯（Aramis）和达塔尼安（D'Artagnan）（译注：大仲马小说《三剑客》中的人物），阿陀斯是我最心爱的，我常将自己投射在他身上。突然间听到电话铃响，我本想由它去，但最终还是接了，原来有一份寄给我的电报。

电报局的苏格兰女人将电报读给我听，一开始我没听懂，听懂了之后，又不能相信自己的耳朵。

电报上写着："驶进纽约港，一切都好。"是在伦敦住院的父亲打来的。我试着和电话那端的女人争辩，电报应该是哈诺舅舅打来的，他那年正在欧洲旅行。但是她有电报为证，不接受我的说法，她坚持电报上的确署名"父亲"，并且是寄自伦敦。

我挂上电话，心情沉到谷底。房里沉寂无人，我来回走着，最后坐在吸烟室宽大的皮椅子上。吸烟室里也没人，整栋大房子一个人都没有。

我坐在这黑暗郁闷的房间里，思想停顿、动弹不得，孤独感从四面八方袭来：我没有家，没有家人，没有国家，没有父亲，没有朋友，孤苦伶仃，没有内心的平安，没有自信，没有光明，没有自己的见解——没有天主,没有天堂,没有圣宠,什么都没有。父亲在伦敦到底怎么了? 我不敢想。

我一到伊令,走进班恩姑丈家,他就用发表重要声明的夸张语气告诉我最近的消息。

他睁大眼睛瞪着我,露出整口好看的牙齿,字正腔圆、一个音节也不含糊地说:"你父亲脑部长了一颗恶性肿瘤。"

父亲躺在黑暗的病房里,话很少,但也不像我接到电报时想像得那么糟。他说的话都很清楚,于是我放心多了,因为据我看,父亲的病显然有生理原因,不可能是狭义的精神失常症。父亲并没有神经错乱,但已看得到他的前额有个不祥的肿块。

他虚弱地说,医生会替他动手术,但是恐怕效果有限。他再次要我为他祈祷。

我没提电报的事。

我从医院离去,心里明白事情会如何发展。他会照这个样子在那儿躺个一年,也许两

牟敦的书法

三年,然后死去——除非他们在手术台上先将他杀了。

日后医生渐渐知道可以将脑部做部分切除,既可救命,又能恢复病人的心智;但是,在一九二九年显然还没有这种知识,父亲命中注定要在几年内受尽病魔折磨,缓缓死去,而医学上的新发现正呼之欲出。

//

奥康啊! 奥康! 在灰暗的冬日午后,我们七八个人聚在阁楼里,就着煤气灯,孜孜不倦地读书,塔克箱到处乱放。我们七嘴八舌,贪得无厌,口出脏话,打架叫喊! 有人有一架四弦琴,但是却不会弹。外祖父那时经常寄给我纽约星期天报纸凹版印制的褐色插图,我们喜欢剪下女明星的照片贴在墙上。

我一边死背着希腊文的动词变化，一边和大家喝葡萄干酿的酒，吃马铃薯片，最后大家总是昏昏沉沉，想要呕吐，各自坐开，一言不发。我坐在煤气灯下写信给医院里的父亲，用的是奶油色的笔记纸，上面印着蓝色校徽。

三个月后情况好转，我升到五年级，新书房就在楼下，光线较以前好，但还是拥挤杂乱。我们正在学西塞罗（Cicero）和欧洲历史——全是十九世纪的历史，对宗教人士有点轻蔑。上英文课时，我们读莎士比亚的《暴风雨》（*The Tempest*）、乔叟（Geoffery Chaucer）的《女修道院教士的故事》（*Nun's Priest's Tale*）以及《赦罪修士的故事》（*Pardoner's Tale*）。校内的牧师巴基卖力地教我们三角学，却没把我教懂；有时候他也试着谈点宗教，但是也没有成功。

无论如何，他的宗教教学充满了含糊的伦理学名词，将英国绅士派的理念和他喜爱的个人卫生保健观念混在一起。谁都知道他的课程一不留意便有可能变质，成为实地传授划船技巧的课程，他坐在桌上现身说法教我们如何摇桨。

其实奥康这个地方没有人划船，附近根本没有河流，但是这位牧师在剑桥入选过划船校队。他长得高大英俊，鬓发泛白，有典型的英国大下巴，额头宽阔平坦，上面好像写满这些字句："拥护公平比赛，运动道德万岁。"

他讲得最精彩的是圣经《格林多前书》（*First Corinthians*）[2]第十三章——这一章的确精彩，但是他的诠释有点奇怪，足以代表他这个人及其所属的教会。对本章（和整本圣经）中的"爱德"一词，"巴基版本"的注释是：爱德就是"我们称某人为绅士时所指的一切"；换言之，爱德指的是运动员精神，代表板球，代表正派，代表穿着得体、使用适当的汤匙、不做下流鲁莽之事的人。

他就站在那个平凡的讲坛上，抬起下巴、高高在上地垂顾着一排排穿黑外套的男孩。他说："你们可以将圣保禄（St. Paul）[3]写的这章书信中所有的'爱'字用'绅士'一词取代，例如：'我若能说人间的语言和天使的语言，但我若没有绅士风度，就成了个发声的锣、发响的钹……

绅士是容忍的,绅士是慈祥的;绅士不嫉妒、不放纵、不自大……绅士从不变节……'"

他继续讲完这章圣经,以"现今存在的有信、望、绅士精神这三样,但其中最伟大的是绅士精神……"告终;虽然这是他用自己的推论方式得出的结果,但是我并不想大加挞伐。

男孩们忍气吞声地听着,我想圣伯多禄和其他十二位宗徒[4]如果听到这番讲词,必定会觉得相当意外;基督受到兵丁的鞭挞、殴打和诅咒,冠上刺冠,受到不可言喻的轻蔑屈辱,最后被钉在十字架上,血流尽而死,难道只是为了要我们都能成为绅士!

我后来曾就这个主题和足球队队长展开激烈的辩论,但那是以后的事了;只要我还留在霍基堂,和那些十四五岁的学童在一起,就必须对学校里的老大谨言慎行,当着他们的面时更要格外小心。我们经常提心吊胆,深怕被卷入欺凌弱小的节目中,这些节目声势浩大,规矩一丝不苟,宛如庆典。十几个坏小子被召集到布鲁克山附近或是沿布朗斯顿路往上的凹地,棍棒加身,被迫唱愚蠢的歌,听人骂他们品性不良、不合群。

一年后,我升到六年级,较有机会直接受到新任校长窦尔惕先生的熏陶和影响。他大约四十来岁,算是年轻的校长,个子高高的,一头黑发,是个瘾君子,热爱柏拉图。为了抽烟方便,他把课安排在他的书房;教室里是绝对禁止抽烟的,在他的书房就可以一根接一根地抽了。

他胸怀宽大,我离开奥康后才了解他对我恩重如山,若没有他的帮助,我大概会因为无法通过数学检定考而一直留在五年级。他看出我有能力通过专考法文和拉丁文的较高级检定考试,虽然难度较高,但是可以不考数学,再说这种较高级检定考试的出路也更好。从一开始,他就安排我上大学,让我全力争取剑桥大学的奖学金。也只有他允许我追求自己喜欢的现代语言和文学,我不得不在图书馆自修,因为当时奥康没有开真正"现代"文学的课程。

他热爱古典文学,尤其喜爱柏拉图的作品,恨不得所有学生都被他传染,能容忍我着实难能可贵;然而,他那种传染病——就我看来真是致命的传染病——是我誓死也要抵抗的。我不确知自己为什么讨厌柏拉图,只知道我读了《理想国》的头十页之后,就已经下定决心不与苏格拉底那帮人为伍,至今仍然无法摒除那种反感。虽然我似乎天生不喜欢哲学的唯心论,但是我厌恶柏拉图派哲学家并没有严肃而知性的理由。我们读的是《理想国》的希腊原文本,哪有能力深入了解个中深意;大部分的时间都在和文法及句法苦斗,没有余力解决更深入的难题。

然而,苦撑了几个月之后,我只要看到"真、善、美"这类词句,便不得不强忍住愤慨之情,因为它们代表柏拉图主义的大罪:将整个实在界化约到纯粹抽象的层面,好像具体的个别实体没有自己的基本实质,仅仅是遥远而普遍的理想本质之影,而理想本质则收存在天堂某处的卡片索引箱内;巨匠造物主们(demiurges)绕着"逻各斯"乱转,兴奋地发出如笛声般高亢的英国知性声调。校长深受柏拉图主义影响,非常服膺灵性、知性的宗教观,也较奥康校内其他人士更接近高派教会(High-Church,译注:英国教会中遵行古代罗马基督教会教义与礼拜仪式的一派,特别注重教会权威和仪式细节);不过,要知道他具体相信什么,并不比要知道其他校内人士相信什么来得容易。

我每周有一小时宗教课(除了每天的圣堂时间之外),教这门课的老师有好几位。第一位老师好不容易将《列王纪》(Kings)教完。第二位老师是个固执、矮小的约克郡(Yorkshire)人,他的长处是说话非常明确、坦率。有一次,他向我们讲述了笛卡尔如何证明他自己和天主的存在,他说,对他而言,宗教的基本意义就在那儿了。我未经深入思考便接受了"我思故我在"之说,其实我应该有能力了解:"不证自明"的证明一定是虚幻的。如果没有不证自明的第一原则作为推理基础,以求出一些非立即明显的结论,怎能建立任何哲学体系呢?若是你连形上学的基本公理都要求证,就永远不能建立形上学了,因为你永远无法对任何公理提出严格的证明,第一个求证就会让你陷入无穷的后退,你必须证明:你正在证明你正在证明的事。如此纠缠下去势必陷入黑暗的外界,到处只闻哀号及切齿之声。假如笛卡尔认为必须藉着"他在思考"(因而他的思考存在于某种主体中)来证明自己的存在,那么他如何先证明他在思考呢？再谈第二个步骤：天主必定存在是因为笛卡尔有清楚的天主观念——这套理论从来不能使我信服，关于天主的存在有太多更好的证明了。

我在奥康的最后一年，教我们宗教课的是校长本人，他谈的是柏拉图，同时指定我们读泰勒（A. E. Taylor）的书。我遵命读了，但因为是被逼的，所以就敷衍了事、不求其解。

一九三〇年，我刚满十五岁，在上述大部分事情尚未发生之前，我突然很明确地意识到自己的独立性，悟解了自己作为个体的独特之处。这在那个年龄是自然现象，但是我误入歧途，自我中心严重到几近病态，从此步向各种知性方面的反叛；周遭事物似乎都与我同谋，鼓励我和所有人一刀两断、独断专行。我正处于青春风暴中，内心迷糊混乱，有那么一个时期，内心的煎熬让我谦逊，于是有了些许信德与宗教信仰；我甘心、甚至乐意服从外在权威，并遵守周遭其他人的作风与习俗。

但是，早在去苏格兰度假时，我就已经开始露齿示威，拒绝屈服于他人。如今我更迅速构筑巩固防御工事，抗拒任何使我不快的事；无论让我不快的是他人的意见、要求、指令或是他们本人，我总是置之不理、我行我素。如果想阻挠我的人有权有势，表面上我虽然保持礼貌，但是内心坚决抗拒；我只按自己的意思行事，只顾自己。

外祖父母在一九三〇年重访欧洲，这次他们替我敞开了世界的大门，让我完全自由独立。一九二九年的经济危机并没有彻底摧毁外祖父，他没有将财物完全投资于破产倒闭的公司，但是间接受到的影响也相当严重，和一般商人一样无法幸免。

一九三〇年六月，他们来到奥康——外祖父、外祖母，还有约翰·保罗，全都来了。他们这次来得风平浪静，不再旋风式地四处造访，经济不景气改变了一切。此外，他们也习惯了在欧洲旅行，往日由于惧怕和慌张形成的亢奋多少缓和了些，他们的航程比较——我只能说比较——宁静。

他们到了奥康，在迷宫式的皇冠旅馆住了两个大房间。外祖父一来，立刻叫我到他的房间去谈话，其结果促成了我的解放。

我想,那是我有生以来第一次完全被当做成人对待,像个能充分照顾自己、独立进行业务交谈的成人。其实我向来无法明智地谈论商务,但是外祖父将我们的财务状况讲解给我听,好像相信我都能听懂;他说完时,我也的确完全掌握了要点。

未来十年、二十年会发生的事没有人能预料,"格罗赛特和邓赖普"公司还在营业,外祖父亦然,但是业务成败难以预料,连他自己都有可能失业。然而,为了保证约翰·保罗和我有书可读,甚至接受大学教育,学成找工作时不致挨饿,外祖父已经将原本在遗嘱中留给我们的钱取出,存入一个相当安全可靠的地方,按照保险政策每年定期支付一笔钱给我们。他让我看看在纸上算出的数字,我很伶俐地点点头,虽然不是每个细节都听得懂,但是我知道至少在一九四〇年之前我的生活还过得去;不过,一两年后外祖父发现那万能的大保险政策不如他想像中那么万能,不得不改变计划,损失了少许金钱。

大功告成,外祖父将那张清单交给我,然后在椅子上坐正,注视着窗外,抚着光秃的头顶说:"大功告成!以后不管我发生了什么事,你们都有保障了,至少几年内都不用担心。"

发生这么重要的事,外祖父又如此慷慨大度,让我有点惶恐。这一切都是出自外祖父内心,他想要将事情都安排妥当,万一他破产了,我们仍然可以照顾自己。幸而他后来并未破产。

那天在奥康,外祖父慷慨大度地把我当成人看待,最妙的是他还做了一大让步——他不仅赞成我抽烟,甚至还替我买了一支烟斗,真让我大吃一惊。诸位读者,那年我才十五岁,况且外祖父一向反对抽烟,校规也禁止抽烟——那一年我不断违反校规,为的是表现自己有多么独立,而非喜欢一再点燃烟斗,抽那辛辣的罗德西亚板烟。

假期来临时又发生了另一个巨大的变动,我获知今后不必再和毛德姑姑或伦敦郊外的亲戚共度假日了。父亲在新西兰时的一位老友将充当我的监护人,当时他已经是哈雷街的专科医师。他邀请我到伦敦时住在他家,这样我就更自由了;换言之,几乎整天整夜我都可以畅所欲为。

　　汤姆——我的监护人——在那段时期成为我最尊敬景仰的人，对我最有影响力。当年他也高估了我的智力和成熟度，我当然沾沾自喜，但是日后他会发现不该如此信任我。

　　汤姆和他的妻子住在公寓里，生活井井有条，充满情趣。我们在床上进早餐，由法国女仆用小托盘端来一小壶咖啡或热巧克力、吐司或小面包，我那一份还加上煎蛋。用完早餐约九时许，必须等一阵子才能洗澡，所以我先躺在床上阅读一个小时左右，读的是伊夫林·沃那一类作者的小说，然后整装出门找些消遣——或去公园散步、逛博物馆，或去唱片行畅听热门唱片，听完后我会买一张，答谢他们让我白听那么多唱片。我常去一家名叫"莱维"的店，位于新月形的摄政街上鳞次栉比的大楼顶层，他们进口所有美国最新的"维克多""布伦兹维克"及"欧克"唱片。我待在一间有玻璃门的房间里，把艾灵顿公爵、路易·阿姆斯特朗和"大王"奥力佛的唱片全部放来听；其他唱片也听了许多，有些已经想不起来了，举凡《盆地街蓝调》《贝尔街蓝调》《圣詹姆士医院蓝调》，或是其他蓝调乐曲中提到的地方，我都听得耳熟能详，仿佛美国南部各城的贫民窟都待过。像孟斐斯（Memphis）、新奥尔良（New Orleans）、伯明翰（Birmingham）等地到现在我都没去过，也不知道那些街道在哪里，但是我的确认识那些地方，这是我在摄政街的顶楼、在奥康的书房里神游的收获。

　　然后我再回到监护人的家，在饭厅吃午饭。那张餐桌太小太精致了，我正襟危坐，生怕碰翻桌子，摔破漂亮的法国餐盘，将法国菜撒在打蜡的地板上。公寓里每件东西都小巧玲珑，和我的监护人夫妇非常相称；这倒不是说我的监护人很秀气，他只是个子小，小小的脚走起路来轻快无声。他经常站在壁炉边，指间夹着根烟，姿势优雅，很有可敬医师的风度。医师似乎都喜欢噘嘴——他们站在剖开的人体前时，嘴唇老是噘着。

　　秀气的是汤姆的太太，她看起来就像瓷器一样易碎。她是法国人，父亲是基督教长老，蓄着一把长白胡子，在法国圣职路掌控着法国加尔文教派。

公寓里每一件摆设都反映出主人的修养：精致、准确、简洁、机智。这并不是说此地看来就像医师的住处，恰好相反，它丝毫不像英国医师的住家，英国医生总是喜欢笨重沉闷的家具，汤姆并不是那种老是穿及膝长袍、活动衣领的专科医生。他的公寓光线充足，到处摆满让我担心会打破的东西，我走路时总是小心翼翼的，生怕一脚踏穿地板。

从一开始，我就很钦佩汤姆和爱瑞丝，他们简直无所不知，在他们手下一切都安排得井然有序。我们坐在窗明几净的客厅里，膝上搁着咖啡杯聊天，我发现他们不但允许、甚至鼓励我拿英国中产阶级的观念和理想开玩笑，这让我喜出望外。我很快就养成一习惯，拿成套油腔滑调的贬义词去形容品味或意见与我不合的人。

汤姆和爱瑞丝将所有小说借给我看，还告诉我戏剧圈子的消息。他们听了艾灵顿公爵的音乐后觉得很有意思，也将他们收藏的阿根汀娜（La Argentina，译注：西班牙著名舞蹈设计家）的唱片播放给我听。从他们那儿，我首次听到现代名作家的名字：海明威、乔伊斯、劳伦斯（D. H. Lawrence）、伊夫林·沃、塞利纳（Louis F. Céline）的《长夜漫漫的旅程》（*Voyage au Bout de la Nuit*），还有纪德（André Gide）等人，不过他们不太注意诗人。艾略特（T. S. Eliot）这个名字是我听奥康的英文老师提起的，他才离开剑桥没多久，我听过他大声朗读艾略特的《空心人》（The Hollow Men）。

有一次，汤姆和我一起去巴黎，他带我去看夏加尔（Marc Chagall）的画，还看了几位类似夏加尔的画家之作品，但是他不喜欢布拉克（Georges Braque）和立体派艺术，不像我对毕加索那样着迷。他指导我欣赏俄罗斯电影及法国导演克莱尔（René Clair），但是他不欣赏马克斯兄弟（Marx Brothers）的电影。从他那儿，我学会了分辨皇家咖啡厅和英国咖啡厅有何不同，以及许多诸如此类的事情；他也告诉我哪几位英国贵族有使用毒品之嫌。

的确，这些事显现出一套严格的价值观，但完全是世俗的、都会型的，恪守不渝；许久之后，我才发现其中不但包含审美观，还包含一些世俗的道德标准，道德价值和艺术价值融汇成不可分割的整体品味。这是一条不成文法,你必须极为机智、敏锐地配合他们的心理方能领会;同时又是一条严格的道德律,从不公开对罪恶表示憎恨,只是不断挞伐资产阶级和中产阶级的伪善,对其他罪恶则不直接、明显地谴责,但是他们的道德规范已经沉默而尖锐地嘲弄了他人的无戒律。我最大的困难和失败就是没看出这一点,例如他们对劳伦斯感兴趣的只是他的艺术成就,却完全不认可劳伦斯的人生观。这已经够微妙了,更微妙的是:他们觉得劳伦斯的人生观很有趣,却笃定地认为,如果照着劳伦斯的方式过日子,未免太过粗鄙。待我了解其间的分寸时已为时太晚。

我去剑桥之前,在他们的影响下迅速成长,受益良多。当然,他们对我的善心和诚意是不容质疑的,他们全心全意地付出,随时随地、不拘形式地照顾我、管教我。

汤姆明白表示,我应该做英国的外交人员,至少进领事馆工作,因此不遗余力地督促我朝此目标迈进。他善于洞烛机先,事情还没发生就及早预见诸多应该注意的细节。举例来说,他认为在伦敦"读法律"只意味着要在四大法律学院之一进餐一定次数,表示在校住满一定时间,以符合学校的规定,并缴纳某些费用,取得某些不怎么重要的荣誉,以对从事外交行业有所助益。结果,我从未抽空前去那儿进餐,希望我的失职不致影响我在天上的位置。

///

在上述事情大半尚未发生以前,我指的是一九三〇年那个夏天,外祖父将属于我的财产正式给了我,为我敞开大门,让我可以像个浪子般远走高飞。我不必像圣经中的浪子那样费事地离家远走异乡,只要原地不动就可以将一切挥霍殆尽,沦落到以喂猪的豆荚果腹的地步。

那年夏天,我们两兄弟和外祖父母大都待在伦敦,以就近到医院探望父亲。我还记得头一次去探望他的情形。

我上次去伦敦已经是几个月前的事了,后来几次只是路过,所以自从父亲在前一年秋天住进医院后,我根本就没见过他。

我们全部人马去了医院,父亲在病房里,我们到得太早,所以必须在那间大医院新盖的厢房等待。那儿地板光亮干净,疾病、消毒水和医院的味道让我们有些沮丧。我们在楼下走廊坐了半个多小时,时间走得像蜗牛一样缓慢,约翰·保罗不安地坐在我身旁,我刚买来一本《意大利文不求人》,边等待边自修了几个动词。

探病时间终于到了,我们上了电梯,他们都知道病房在哪里——跟前一次不同了。我想,他大概换过两三次房间,也动过不只一次手术,却都不成功。

我们走进病房,父亲的病床在左边,他就躺在床上。

一看到父亲,我立刻明白他将不久于人世。他的脸发肿,视力不清,额头的肿瘤尤其鼓胀得非常显眼。

我说:"爸爸,你好吗?"

他看着我,伸出手来,好像有点迷惑,有点不快。我这才知道他已无法说话,但是看得出他还认得我们,明白周遭的事,神智是清醒的。

看到他如此无助,我突然觉得无比悲哀,像是被千万斤重担压得粉身碎骨,眼泪不禁夺眶而出,别人也都不再出声。

我把脸蒙在毯子里哭了,可怜的父亲也哭了,其他人站在一旁,大家都悲伤得无以复加、一筹莫展。

待我终于抬头抹干眼泪时,服务生已经用屏风围起床了。我知道自己表现哀伤和情感的方式很不英国,但是因为悲伤过度,所以并没有感到难为情。然后我们就离开了。

此种苦难令我如何承担?我和家人都理不出头绪。这绽开的伤口无药可医,只有像动物一般逆来顺受。我们的处境就是世上大多数人的处境,没有信仰的人面临战争、疾病、痛苦、饥荒、苦难、瘟疫、轰炸、死亡时只能如此,就像不会说话的动物,只能默默承受苦难;可能的话,当然会尽量躲避,但总有一天再也躲不过,只得认命。你可以试着麻醉自己,尽量减轻痛苦,但该来的总会来,痛苦终将把你全部吞噬。

的确,你越想逃避痛苦就越受苦,因为若是太怕受伤,就连极琐碎的事也会折磨你,常人永远无法及时了解这个真理。竭尽全力去逃避痛苦的人,最终也是最痛苦的那一个:到了连微不足道的事物也能伤害你的时候,我们可以说痛苦的根源已经不是客观存在的事物了,你的存在——你这个人本身——变成了痛苦的根源,同时也是受苦的主体,而折磨你最甚的就是你的存在、你的意识。这又是一个魔鬼倒行逆施的把戏,它利用我们的哲学将我们的本性从里往外翻了一面,取出我们内在趋吉避凶的能力,使之倒过头来跟自己作对。

整个夏天,我们每周固定去医院一两次,风雨无阻,唯一能做的事就是坐在那儿看着父亲,告诉他一些事。他不能回答,但是至少听得懂我们所说的话。

其实,除了不能说话,他还能做些事。有一天,我发现他的床上铺满了小小的蓝色便条纸,上面都是他手绘的图画,却一点都不像他以前的作品——画的都是小小的拜占庭式圣人,蓄须,头上有光环,脸上有愠色。

我们当中真正有信仰的人要算是父亲,我相信他的信仰很深,如今虽因感官产生局部障碍而与世隔离,但是智力和意志力基本上并未受损。他的智力和意志力转向天主,和在他里面、与他同在的天主沟通。我相信天主给他启示,教他善用他的苦难超渡自己,使自己的灵魂更完美。父亲的灵魂伟大丰沛,充满自发的爱德,心性特别诚实,待人诚恳,心地纯洁;虽然遭骇人的病魔无情打击,濒临生死边缘,却始终没有被摧毁。

我们的灵魂就像运动员,如果有心接受考验,想要使自己境界开阔,能力发挥到极限,凭实力得到应有的报酬,就需要旗鼓相当的对手。父亲和肿瘤作战,我们任何人都不了解这场战役,只以为他的一生完了,其实病痛反而使他更伟大。我想,天主已经将现实的重担作为奖赏赐予父亲了,因为父亲较任何神学家都更深信人必须履行"必要的义务",所以他有资格得到这项奖赏;他的奋斗是货真价实的,没有白费力气,也没有虚掷。

在圣诞假期中,我只和父亲见了一两次面,他还是老样子。我大部分的假期都在史特拉斯堡(Strasbourg)度过,汤姆安排我去那里学

牟敦的画

习德文与法文。我住在芬玛路上一栋新教长老创办的大膳宿公寓里,由一位大学教授非正式地教导我,他是汤姆家人和这位基督教长老的朋友。

黑林教授长着一脸红髭,为人仁慈和悦。我见过的新教徒中让人觉得圣洁的并不多,他算得上一位,身上散发出一种内在非常安详的气质,也许是因为他身为神学教师,受到初期教会作家的熏陶,但是我们不常谈及宗教。有一次,几位学生来访,其中之一替我解释唯一神论(Unitarianism)[5]的基本教义,事后我问教授的感想,他从学术和折衷主义的角度作答,表示对各种形式的信仰都不反对;但是他也可能采取了社会学的观点,将信仰当成人类基本本能的客观复杂表现。其实,有时新教神学只是社会学与宗教史的综合,但我不知道他究竟如何教授神学,不能妄加批评。

受到环境的感召,我去过一个路德会教堂,听了一场我听不懂的冗长德文讲道,在史特拉斯堡就只做了这么一件朝拜天主的事。我倒是对一个高大消瘦的美国黑人女孩约瑟芬较有兴趣,她来自一座类似圣路易的美国城市,在一家剧院演唱"我有两个最爱,我的国家,我的巴黎"。

回校途中,我在伦敦小停,又去看了父亲。过了不到一周,有天早晨我被叫到校长书房,他给我一封电报,父亲去世了。

悲惨的事结束了,我全然不能理解个中涵义。死去的是一个心地善良、才能高超、慷慨为怀的人,也是生我、养我、照顾我、塑造我灵魂的人。我们父子情深,我对他无限仰慕钦佩,而他竟然被额头上的肿瘤杀死了。

汤姆在《泰晤士报》上登了一篇讣文，将后事料理得差强人意。又是一次火葬，这次的地点在勾德司绿地，唯一不同的是牧师多念了一些祷文，圣堂也比较像圣堂些。汤姆让人用一块东方丝质寿布覆盖灵柩，寿布非常漂亮，不知是来自中国、巴厘岛，还是印度。但最后还是要将寿布移去，推着灵柩通过一扇拉门，进入错综复杂的庞大火葬场，在我们视线不及的不祥隐密处火化，随后我们就离开了。

然而，这一切都无关紧要，忘记也无妨，我只希望有一天能在永生的基督内和父亲重逢；这也就是说，我相信基督是天主之子，也就是天主，在世界末日祂有权让死在祂圣宠内的人复活，分享祂复活的光荣，让我们的肉体和灵魂分享祂神圣产业的荣光。

父亲的死让我忧郁落寞了好几个月，但是时间终于冲淡了一切，我发觉自己完全无牵无挂，不受任何约束，可以随心所欲，俨然是个自由人了。五六年后，我才发觉其实我让自己陷入了囚徒的可怕处境。那一年，我仅存的宗教信仰也从干枯的灵魂硬壳中被挤了出去，在我布满灰尘垃圾的空虚庙堂中再也没有空间容纳天主了；我满怀嫉妒地阻挡所有侵入者，专心供奉自己愚蠢的意志。

如是我成了一个货真价实的二十世纪人，我属于我居住的这个世界。我成为了这个可憎世纪——毒气和原子弹的世纪——的标准公民。我成了生活在《默示录》[6] 门槛上的人，一个血管内充满毒素、虽生犹死的人。波德莱尔（Charles Baudelaire）真的能以"读者"称呼我："伪善的读者，我的伙伴，我的兄弟……"

IV

这段期间，我发现一位诗人中的诗人，他属于浪漫时期，但是和同时代的诗人大异其趣且特立独行。我认为我对布莱克（William Blake）[7] 的喜爱是天主的圣宠在工作，这份爱始终不渝，在我的生活过程中深深扎根。

父亲一向喜爱布莱克，我十岁时他曾对我解释布莱克的妙处。有趣的是,布莱克的《天真之歌》(*Songs of Innocence*)貌似童诗,简直像是特别为儿童写的,但是大多数孩子却看不懂,至少我就是这样。如果我在四五岁时就读它,也许会不同,但是到了十岁已经太懂事了,知道老虎不会在夜晚的森林中燃烧。这首诗真蠢!孩子都有点丁是丁、卯是卯。

到了十六岁,我不再那么拘泥于字面上的意思了,渐渐能接受布莱克的隐喻,读得既惊讶又感动,但仍然无法确实掌握诗中的深度与力道。我极为欣赏布莱克,读起他的诗特别有耐心且专注,却总是觉得费解。我指的不是他的"预言书"——这个没人能懂!我的意思是不知如何将他归类,也不知如何统合他的观念。

春天里一个天色灰暗的星期日,我沿着布鲁克路走上布鲁克山,山上有个来福枪练靶场。长长的陡峭山脊寸草不生,山顶立着几棵孤单的树,俯瞰凯特摩斯山谷(Vale of Catmos),景致一览无遗。奥康就在山谷中,以教堂的灰色尖塔为中心。我坐在山顶的石阶上沉思默想,北面是饲养科茨墨猎犬的饲狗场,南面是列客斯山(Lax Hill)和曼顿(Manton),对面是柏利屋(Burley House),山上树木茂密,有几栋红砖房从镇上延伸到山脚下。

整个下午我不断沉思布莱克这个人,思考得很专注、很用心。我很少这么自动自发地思考问题,但是我想确定他是什么样的人、立场如何?他的信仰是什么?宣讲的又是什么道理?

他一方面说"穿黑袍的神父四处巡逻,用荆棘捆住我的喜乐和欲望",但是另一方面对伏尔泰、卢梭及其同路人又深以为厌。他痛恨所有的唯物自然神论,痛恨十八世纪各种文雅、抽象的自然宗教,也痛恨十九世纪的不可知论,其实目前通行的观念大都是他痛恨的。

> 德谟克利特的原子
>
> 及牛顿的光粒子
>
> 都是红海岸边的沙
>
> 以色列帐篷在此发出耀目光芒……

我绝对无法调和如此两极的事物。布莱克是一位改革家,但是他却厌恶当时最伟大、最典型的革命份子,毫不妥协地反对那些我认为最能代表其理念典型的人。

想了解布莱克这种理想让我觉得多么束手无策!我怎能理解:尽管他的叛逆充满怪异的异端色彩,基本上却是圣者的反叛,是热爱永生天主者的反叛。他对天主的渴望如此强烈、如此不可抗拒,所以他的反叛就是全力谴责伪善、淫荡、怀疑论和唯物论;在他看来,这些罪过都是冷漠庸碌的人树立在天主和人之间不可逾越的障碍。

在描写那些穿黑袍巡逻的神父时,他并不认识任何天主教徒,甚至可能从未见过天主教神父。他笔下的神父只是心中的象征符号而已,象征软弱、妥协、法利塞式的信仰,并且将自己狭隘、传统的欲望和伪善的恐惧具体化称之为神。

他并未明指他鄙视的对象属于何种宗教派别,只是不能忍受伪装的虔诚和虚伪的宗教情感,因为形式主义和教条传统会将天主的爱从人的灵魂中驱离,使人没有爱德,没有信仰的光照与生命,以致无法面对面亲近天主。布莱克在这页诗上将身着黑袍的神父描写成充满敌意的可怕形象,但是在另一首诗,"查理曼的灰衣僧侣"却是一位有爱心、有信心的圣者英雄,怀着真诚的爱为真天主的和平奋斗,这种真诚的爱就是布莱克赖以为生的唯一真理。在生命行将结束时,布莱克告诉他的朋友帕莫(Samuel Palmer),天主教会是唯一宣讲天主之爱的教会。

当然,我不会将布莱克当做接近信仰及天主的完美途径推荐给所有人。布莱克的确非常深奥隐晦,他的思想包含了西方世界盛行过的一切异端神秘系统所导致的困惑——可真是了不起。然而,藉着天主的圣宠,至少我这么认为,他并没有受到自己笔下那些疯狂象征的污染,因为他太善良圣洁了,他的信仰是扎实的,对天主的爱如此浩瀚真诚。

天主终于利用布莱克唤醒了我灵魂中的一些信德与爱德——尽管布莱克描绘的古怪、凶暴形象下潜藏着那么多混淆的观念,出错的可能真是不可胜数。因此,我并不想奉他为圣人,但还是必须承认受了他的恩惠。有些人可能会觉得惊讶，其实并不奇怪：透过布莱克，我终能以迂回的方式，通过天主子耶稣基督，来到唯一真教会与唯一永活的天主面前。

V

一九三一年夏季那三个月，我突然像野草般长大成熟了。

六月时，我还是个半生不熟的愣小子；十月间返回奥康时，却成了油嘴滑舌的老油条，自以为饱经世故而沾沾自喜。现在回想起来，这两种形象都让我觉得非常难为情。

事情是这么开始的。先是外祖父写信要我去美国，于是我订做了一套全新的西装，叮咛自己："要在船上和一位美丽的女郎相遇，坠入爱河。"

我上了船。第一天，我坐在甲板上读歌德和席勒往来的书信，这是准备考大学奖学金必读的。更糟的是，我不但按捺住性子读它，还勉强自己相信这是一件有趣的事。

第二天，我已约略知道船上有些什么人了。第三天，我对歌德和席勒失去了兴趣。第四天，我就给自己惹来一身麻烦。

那是一趟为期十天的航程。

我宁愿住在医院两年也不愿再经验那种折磨！那种噬人、激动热烈的青春期爱情，它的魔爪深深陷入你的肌肤，日夜折磨你，直捣你灵魂的命根。童年的疑惑、焦虑、想像、希望、绝望衍生为自我折磨，你渴望从自己的躯壳中挣脱，结果却被全副武装的感情军团围剿，而自己手无寸铁，真像被活活剥了一层皮。这种恋爱一生只有一次，之后心就硬了，不可能再度承受这么多的折磨。以后若是再次恋爱，痛苦当然还是在所难免，但不会再为鸡毛蒜皮之事所苦了。初恋的危机只可能发生一次，因为苦就苦在自己完全没有心机，事情糊里糊涂就发生了，一点心理准备也没有。待有经验之后，头脑再简单的人也不会再对显而易见之事吃惊了。

一名天主教神父介绍我认识了这个女孩。神父来自克利夫兰 (Cleveland)，喜欢玩推移板游戏，玩游戏时只穿着衬衫，未戴神父的白领。第一天他便结识了船上所有的人，至于我呢，两天后才知道那个女孩的存在。她和两个姑姑一同旅行，她们三人很少和其他旅客打交道，自顾自地坐在甲板椅子上，不理睬那些戴着眼镜和花呢帽、在上层甲板上穿梭而行的绅士。

我刚认识她时觉得她不比我年长，其实她的年龄几乎是我的两倍，可是一点也不显老。我到十六年后才悟出，就算你的年龄是十六岁的两倍，还是可以很青春，因为我现在正是她当年的年纪。她长得小巧娇弱，像是瓷做的人儿，但是有一双大而圆的加州眼睛。她谈吐大方，声调率真有主见，听得出来有点疲惫，似乎经常熬夜。

在我眼花缭乱之际，她已经化身为每一本书中的女主角，而我只有跪在她脚下的甲板上俯首称臣的份。如果她愿意，随时可以在我的颈上套个项圈，用链子牵着我走。事实上，几天来我不断向她和她的姑姑讲述我的理想与抱负，她则教我打桥牌，这就是我甘拜下风的最好证明；换了别人，我才不干呢，连门儿都没有！不过连她也无法完成这项艰巨的工作。

我们聊了很多。我贪得无厌，心里血流不止，伤口越来越大，我还尽力让血流得更多。她的香水味和去尼古丁香烟的特殊气息紧随着我不放，一直追到船舱里折磨我。

她告诉我，某次在一座著名城市的名夜总会里，她遇见一位名人，是个有皇室血统的王子。他情意绵绵地注视她良久，终于起身朝她的桌子踉跄而行，他的朋友叫住他，要他坐下别放肆。

我看得出来，凡是想娶康斯坦丝·贝涅特（Constance Bennett，译注：美国著名女演员）的伯爵和公爵，也都会想要娶她；但是那些伯爵、公爵不会在这儿出现，我们搭乘的只是改装的货船，带着我们安全越过温驯黑暗的北大西洋。我真后悔一直没学会跳舞。

星期日下午，我们抵达南塔克特灯塔（Nantucket Light），当晚必须停泊在隔离检疫站。我们的船驶入奈洛斯（Narrows）海峡，港口里布鲁克林的灯光闪烁如珠宝，黑色的船身内音乐热闹非凡，气氛温暖昂扬，溢出舷窗，渗入七月的夜晚。每个船舱都在开派对，不论你去哪儿，都犹如置身于电影场景中——最后一幕场景——尤其是在安静的甲板上，感觉更浪漫。

我向她发表了一篇此情不渝的宣言：我不能、也不愿再爱上别人，就算她远赴天涯海角，命运也定会让我俩再相聚。自从鸿蒙初辟，天上依轨道运行的星座就注定要我们相逢；我们的爱是整个宇宙历史的中心事件，这种爱是不朽的，与它相比，时间算什么，人类的历史又是多么短暂无聊啊！

轮到她说话了，她温柔甜美地回答我，说的仿佛是："你别语无伦次了，绝不会是这样的，我们永远不会再见了。"其真义是："你的确是个乖孩子，但是天啊，快快长大吧，别让人笑话你。"我回到自己的舱房，对着日记本哭了一阵，之后竟违反所有浪漫定律安详地睡着了。

但是我未能久睡，五点钟就醒来，心情混乱地在甲板上走来走去，觉得好热，奈洛斯海峡看起来灰蒙蒙的。天色渐亮，停泊的船只缓缓在雾中现形，其中一艘名叫红星。我上岸后在报上读到，就在那一刻，那艘船上有位旅客上吊了。

上岸前的最后一刻，我替她照了一张相片；让我伤心欲绝的是，那张相片照得很模糊。我多么渴望拥有一张她的照片，所以尽量把照相机贴近她拍摄，以致焦距失了准头。这真是报应，我伤心了好几个月。

当然，在码头上迎接我的是全家总动员，这种变化叫我措手不及、无法招架。我心里充满了不成熟的感情，濒临爆炸边缘，转瞬间却发现全家人兴高采烈地围着我，表达家人之间宁谧亲切的关怀。大家抢着说话，七嘴八舌地报告近况，问长问短。他们驾车带我逛长岛，指给我看赫斯特太太的住处和她的一切，我却把头伸出车窗外，看着绿树向后旋转消失，心想还不如死了好。

我不愿向任何人透露内心的感受，就因为这份沉默，我和家人开始疏远。谁也不能确知我的行踪，没有人猜得出我葫芦里卖些什么药。有时我到纽约去，不回家吃饭，也不愿告诉他们我去了哪儿。

其实大部分时间我也没什么特别的地方可去,顶多看场电影、逛逛街、打量路上的行人、吃个热狗、喝杯柳橙汁。有一次,我进了一家卖私酒的店,兴奋极了。不出几天,那家店被查抄了,我更加得意忘形,好像自己曾经从全城最放荡的非法酒店杀出血路逃生似的。

我的沉默寡言最让外祖母伤心,多年来她总是苦守家中,不知道外祖父整天在城里做些什么。如今我也染上同样的游荡习性,难怪她把我的作为也想得天花乱坠。

但是我干的坏事不过是在城里溜达、抽烟,对自己的独立无羁沾沾自喜而已。

我发现"格罗赛特和邓赖普"公司出版的书不限于《诺维尔兄弟探险记》系列,他们还推出海明威、赫胥黎(Aldous Huxley)、劳伦斯等作家的重刊本,我贪婪地读遍这些书。住在道格拉斯顿的这段时间,我常在装有落地窗的凉快卧室中读书,彻夜灯火通明,引诱夏日黑夜的虫蛾鼓翅扑向纱窗。

我老是跑进舅舅的房间,借用他的字典;他一知道我查的是哪些字,就睁大眼睛问:"你到底在读些什么?"

暑假接近尾声,我又搭乘原来那艘船回英国,这次船上载着不少布林莫尔女子学院、瓦萨尔女子学院和其他学校的女生,都是要去法国读妇女精修学校的;其他人似乎都是侦探,只有职业侦探与业余侦探之别,大家都密切注意我和布林莫尔学院的女孩。总之,乘客分成两个集团,一团是年轻人,另一团年纪较长。我们坐在吸烟室,在一个女孩的随身手摇留声机上放艾灵顿公爵的唱片,打发下雨的日子,听腻了便在船上四处找乐子。记得货舱里装满了牲畜,下面还有一群猎狐狗,我们常跑下去玩狗。到了哈佛港(Le Havre),卸货时一只母牛从牛群中跑开了,在码头上到处乱窜。一天晚上,我们三人爬上前樯的眺望台,那绝对不是我们该去的地方;又有一次,我们开派对,收音机操作人员和我以共产主义为题辩论起来。

那年夏天还有一件事值得一提:我还不确知到底什么是共产主义,就开始自命为共产党人。世上这种人还真不少,一点主见也没有,又懒又蠢，糊里糊涂，一会儿靠拢法西斯主义，一会儿又认同共产主义，实在为害不浅。

船上另外一组人是中年人，核心份子就是那些赤脸、饱经世故的警察，整天喝酒赌博，彼此斗来斗去，喜欢在船上散播有关年轻人的丑闻，数说他们有多荒唐放荡。

布林莫尔学院的女生和我的确在酒吧里花了不少钱，但是我们从未喝醉过，因为我们细斟慢酌，而且不停地享用沙丁鱼夹吐司等美食，英国船上这些存货可多了。

总之，当我重返英国时，身穿外祖父在"瓦来齐"商店替我物色的帮派人士服，有高高的垫肩，头戴浅灰色新帽子，帽沿压在眼睛上方。我窃喜自己已经声名狼藉，而且简直不费吹灰之力。

船上两代之间的代沟正中我下怀，令我乐不可支，信心大增。凡是较我年长的人都是权威的象征，而且我亲眼看见那些下流的侦探造我们的谣，其他那些愚蠢的中年人竟然信以为真，于是我更有理由轻视那一代人了。我的结论是：我不再受任何权威约束，也没有必要听从任何人的指导，因为那些忠告不过是伪善、软弱、粗俗、恐惧的掩饰。权威阶级是由老弱残兵组成的，归根究底，他们是在嫉妒年轻力壮者有寻欢作乐的本钱……

开学前几天，我回到了奥康，此时我已目空一切，认为自校长以下唯有我才是懂得生命真谛的人。

现在我当了霍基堂的班长，他们给我一间宽敞的书房，里面摆设着数张东倒西歪的藤椅，配有许多椅垫。我在墙上挂了马奈（Édouard Manet）和几位印象派画家的作品，还有几幅罗马博物馆印制的维纳斯女神照片。书架上放的是五花八门、封面色彩鲜艳的小说和小册子，煽动性十足，教会永远不必费心将这些书列入天主教禁书目录，因为只需依照法律（甚至只需依照自然法），这些书都应该立刻被打入地狱。有些书名我还记得，但是不想在此提起，免得有些傻子会立刻去找来看。

因为我确定了自己是个大叛徒，骤然之间我幻想自己超越了现代社会所有的过失、愚蠢和错误——我必须承认有待超越的过错可真多——我已加入抬头挺胸、大步向未来进军的士兵阵容。在当前的世界，人们永远是昂首迈入未来的，虽然他们对"未来"可能毫无观念；事实上，我们走进的未来似乎只是一场场规模越来越大、越来越可怕的战争，算准了要将昂起的人头一一击落。

那年秋天，编辑校刊的职责落在我肩上，这间书房就是我工作的地方，我也在此读了艾略特的作品，甚至还写了一首诗，取材自荷马作品中爱尔彭诺（Elpenor）喝醉后从宫殿顶摔下来的典故，他的灵魂后来逃到地狱的阴影里。剩余的时间不是在听艾灵顿公爵的唱片，就是和别人辩论政治或宗教问题。

那些辩论多么空虚荒谬！我想对有信仰的人提出忠告——如果有人想听的话——请你们尽量避免辩论宗教问题，更不要论证天主的存在。如果你对哲学有点修养，我建议你研读童斯·史各都对"一个无限存有者"存在的论证，可以参考《牛津集》第一册"论第二项差别"的内容——是用拉丁文写的，保证让你读到头痛。一般都认为就准确性、深度及范畴而言，此书对天主存在的论证算是最完美、最完整、最透彻的。

就算当年有人提出这些意见让我参考，可能也不会对我有所助益。我刚满十七岁，自以为精通哲学，其实根本没有正式学过哲学；然而，我的确想研习哲学，这要归功于校长苦心培养我们对哲学的兴趣，但是奥康没有哲学课程，我只得自寻出路。

我记得和我的监护人汤姆提过这些事，当时我们正从他家正门出来，走上哈雷街，我表示渴望研读哲学，想了解哲学家的学说。

他就医生的立场劝告我不要接触哲学，他说学哲学最浪费时间了。

就这件事而言，我决定不顾他的忠告可算是幸事。我勇往直前，试着读了点哲学，却一直没有什么心得，靠自修来精通哲学对我实在太艰难了。像我这种沉湎于声色之欲的人是很难了解抽象观念的，就算只是研究自然界的问题，学习者的心灵也要纯净到一定的地步，才能具备超然、清明的心智解决形上学的问题。我说"纯净到一定的地步"，意思并非圣人才有资格成为聪明的形上学者，我敢说形上学者下地狱的多着呢！

　　然而,当时吸引我的哲学家都不是第一流的人物。我常从图书馆借书回来,又原封不动地归还。其实这样也罢,但是到了十七岁那年的复活节假期,我真的急于了解斯宾诺莎(Baruch Spinoza)了。

　　我像往常一样独自度假,这次去的是德国。我在科隆买了一个大型背包,把它从肩上甩到背后,开始徒步跋涉莱茵河谷。我上身穿蓝色运动衫,配上一条法兰绒宽大裤子,旅社和路边的人猜我是从河里驳船来的荷兰水手。我的背包从一开始就重,里面装着一两本黄色小说和人人图书馆版本的斯宾诺莎。在莱茵河谷读斯宾诺莎,真妙! 我的确善于搭配,两者相得益彰。只恨我晚生了八十年,而且不是在海德堡念书的英国学生或美国学生,否则就完全符合十九世纪中叶的典型了。

　　由于欠缺常识,我在这次旅行中犯了一些错误。在抵达科布连兹(Koblenz)之前,我的脚有了毛病,好像有只脚趾甲下面发炎了,并不太痛,就没去理会;然而,如此一来走路就没有那么俐落了,走到圣哥尔(St. Goar)后我不得不忍痛放弃徒步旅行。再说天气也转坏了,我循着稗官野史中登山者行走的"莱茵河高路"往上走,结果又在森林里迷了路。

　　我回到科布连兹,坐在俯视新方济各大啤酒厅的一个房间里,继续散漫无方地研读斯宾诺莎及现代小说。由于我对后者的了解远远超过对哲学家的理解,所以很快就将哲学置之度外,专心致志读起小说来。

　　几天之后,我取道巴黎回英国,外祖父和外祖母也在巴黎,我在那儿又挑选了一些更不像样的书带回学校。

　　回来没几天我就病倒了。最初我以为只是脚痛加上牙齿突然剧痛,所以不舒服,他们让我去看校内的牙医麦克塔嘎特先生,他住在往火车站的路上一栋像军营的大砖房里。麦克塔嘎特医生是个精力充沛的小个子,和我很熟,因为我的牙齿老是有麻烦。他的理论是齿神经都该杀掉,我半打牙齿的神经都被他抽了。此时他轻快地一圈圈绕着我坐的大椅子疾走,我成了哑巴,害怕得动弹不得,他却不停地哼着歌,一边飞快地换牙钻:"婚礼不会多么堂皇——马车恐怕坐不上——但是新娘生得漂亮——坐双人脚踏车又有何妨。"他一开始摧毁我的牙齿就精神百倍。

他轻敲我的牙，神情严肃。

他说："这颗牙得拔。"

我一点都不心疼，那玩意儿太痛了，我恨不得立刻将它连根拔起。

但是麦克塔嘎特医生说："你知道，我可不能给你上麻药。"

"为什么不能？"

"因为发炎太厉害了，脓已经深入牙根里了。"

因为我信任他，所以接受了他的解释，"那就拔吧！"

我心里充满疑惧，说不出话来，他却很兴奋地快步走向工具箱，一边唱着"婚礼不会多么堂皇"，同时抽出一把丑怪的钳子。

"准备好了？"他说，摇下椅子，挥舞着刑具。我点头，感觉好像连发根都吓得苍白了。

一阵剧痛，那颗牙就以迅雷不及掩耳的速度被拔了出来，我将满口绿色红色的东西吐到牙医椅子旁那个飕飕作响的小小蓝色漩涡池中。

"天啊，"麦克塔嘎特医生说，"这我不能不说，看起来不妙。"

我心力交瘁地走回学校，心想拔个牙没用局部麻药没什么大不了；但是，情况不但没有好转，反而每况愈下，傍晚时分我真病了。到了晚上—— 一夜无眠——我病得昏昏沉沉，全身酸痛。次日清晨，他们量了我的体温，就把我送进病房，我终于睡着了。

睡眠对我没有什么帮助，不久我恍惚得知护士长哈利生小姐很担心，还告诉了校长，在校长家为我设了这间特别病房。

校医来过又走了，后来他和麦克塔嘎特医生又一起回来，这次牙医没唱歌。

我听到他们异口同声说我的坏疽太严重了，决定切开我的牙龈，设法将脓袋排干。他们给了我一点乙醚后就动手了，当我清醒时，嘴里都是秽物，两位医生督促我赶快吐掉。

他们走后，我回到床上躺下，闭上眼睛，心想："我得了血液中毒。"

然后我回想到在德国脚开始痛的时候，下次他们再来一定要告诉他们这件事。

我病了，疲惫，半睡，嘴里伤口一阵阵抽痛。血液中毒。

病房里非常安静，也相当暗，我躺在床上，又累又痛又气，有这么片刻我觉得一位访客像影子般进入我的房间。

那是死神，他来了，站在我床边。

我一直闭着眼睛，主要的原因是无动于衷。其实不需要睁眼就能看到那位访客，看到死亡，你可以用心灵中心的眼睛看得清清楚楚：不需藉着光，单凭你骨髓里感觉到的刺骨寒意就看得到死亡。

我藉着这样的眼睛——内心的眼睛——在那种冷冽中半睡半醒地注视这位访客，死亡。

我在想什么？我只记得自己彻头彻尾无动于衷，觉得病重、厌烦，至于死活，却不怎么在乎。也许死亡还不够近，没让我看清它的冰冷黑暗，否则我一定较有戒心。

总之，我躺在那儿麻木地说："来吧，我才不在乎。"然后就睡着了。

那天，我还只有十七岁，死亡没有让我说的话成真，真是大慈大悲。假如地板上那扇等着吞噬我的活门真的张开大口，让我在睡梦中跌入黑洞，那会是何种情景！啊，各位读者，那天，第二天，以及往后的一两周，我每次转醒都是上天赐予的无上福分。

我躺在那儿，心里一片茫然麻木，夹杂着骄傲与怨恨，好像觉得我遭遇些许不适是生命亏待了我，我有理由对生命表示轻蔑和仇恨，以死亡为报复手段。但是我究竟要报复谁？生命又是什么？是在我之外的一种存在？是和我分离的存在？别担心，我并未深思熟虑，唯一的念头是："假如我必须死，那又怎样？我在乎什么？让我死吧，一了百了。"

有信仰、爱天主的教徒知道生死的意义，知道什么是不朽的灵魂，他们无法了解一个没有信仰、已经抛弃自己灵魂的人的想法，无法理解在面临死亡时竟然有人毫无悔意。但是我希望他们知道，成千上万的人去世时心境与我当时一样。

或许他们会对我说："当时你不可能没想到天主，你一定想要向祂祈祷，求祂怜悯。"

不对，就我记忆所及，我根本没想到天主和祈祷，不只是那天没想到，整段生病期间、甚至那一整年都没想到；即使有，也是因为我在拒绝或排除这些念头。我记得那年站在圣堂里背诵信经时，我总是双唇紧闭、慎重而坚定地宣读我自己的信经："我相信虚无。"至少，我认为自己相信虚无。事实上，我不过是拿一份确切的信仰（信仰天主，亦即信仰真理）换来一份含糊不清的信仰（信仰人的意见和权威，以及书报、传单）罢了，其实我信服的东西本身就摇摆不定、变动不羁、自相矛盾，我简直理不出头绪来。

我希望能对信仰天主的人解释我当时的灵魂状况，但是很不容易用冷静、直接、慎重、平实的词句表达；用图像和比喻更是误导，因为图像和比喻是有生命的，能表现某些实质、能量与活动，而我的灵魂却是死的，是空白，是零。从超越本性的信仰生活方面来看，我的灵魂是虚无，是灵性的真空，即使其天然的诸多智性功能也只剩下一个个枯萎的外壳。

灵魂是非物质的，它是活动的泉源，是"行动"，是"形式"，是能量的根源。它是身体的生命，也具有自己的生命，但是灵魂的生命不存在于身体和物质中，所以若是将没有圣宠的灵魂比成没有生命的尸体，只能算是一个隐喻，但是却相当传神。

圣女大德兰（St. Teresa of Avila）[8]曾经看过地狱的显现，她看到自己被监禁在燃烧墙中的一个窄洞里。最让她感到恐怖的是那种监禁、炙热造成的压迫感，令人毛骨悚然。这些当然都是象征性的，透过诗意的解读，应能理解这个象征传达的是灵魂的某种经验：死于罪恶中的灵魂是万劫不复、万般无助的，因此永远与生命活动的本质相隔离；顺应天理的灵魂则拥有生命活动的本质，那就是思想与爱。

然而，我现在躺在床上，满身血毒，罪孽正在腐化我的灵魂，我对自己的死活却毫不在乎。

人生最坏的遭遇就是失去对这些事实的感受，发生在我身上最坏的事则是：死到临头，依然如此冷漠，无动于衷，也算是恶贯满盈了。

更糟的是，我对自己完全无能为力。要改变这种处境，倚靠一般的方法是绝对无法成功的，只有天主可以帮助我。是谁为我祈祷了？有朝一日我会知道的。在天主大爱的神意里,我们经过他人的代祷得到了圣宠。其实我已经是地狱的囚犯而不自知,后来我从地狱中获救,正是得力于某个爱天主者的祈祷。

天主给我的大礼就是让我恢复了健康。他们让我穿得暖暖地上了担架,身上又盖满了毯子,只露出鼻子,抬着我经过方庭中的石头路。我的朋友正在那儿用一块锯掉一部分的板子和一个灰色网球玩"方庭板球",他们呆站一旁目送我前往学校的疗养院。

我向医生解释过我的脚有毛病,他们剪掉我的脚指甲,发现脚趾满是坏疽;不过,他们只给我解毒药,没割掉我的脚趾。麦克塔嘎特医生隔一两天来一次,医治我嘴里发炎之处,病情遂逐渐好转。一旦能吃能坐,我又开始读那些下流小说了;没人想到该禁止我阅读,因为大家都没听过那些作者。

就是在疗养院那段时间,我写了一篇论现代小说的长篇论文——评论纪德、海明威、帕索斯(Dos Passos)、罗曼(Jules Romains)、德莱塞(Theodore Dreiser)等作家——角逐贝利英文奖(Baily English Prize),他们给我许多用树木图案的牛皮做封面的书作为奖品。

师长试图用两种方式改善我粗鄙的品味。音乐老师借我一套巴赫B小调弥撒曲的唱片,我倒还满喜欢的。我把手提唱机放在那间空气流通、紧邻校长花园的大房间里,偶尔听听巴赫,最常听的还是最热门、最嘈杂的音乐。我将唱机对准八十码外的教室,希望正在苦读维吉尔(Vergil)《农事诗》(Georgics)句法的同学嫉妒我。

此外,有一天校长借了一本蓝皮小书给我,封底上的作者名是霍普金斯(Gerard Manley Hopkins)[9],我从未听过此人。我打开这本诗集,读了《星夜》(Starlight Night)和《收成》(Harvest)这两首诗,以及他早期最丰富精致的几首作品。我注意到这位诗人是天主教徒,又是神父,还是一位耶稣会士。

我无法确定自己究竟喜不喜欢他的诗。

他的诗太工心计、太机巧,有时不免流于过分华丽夸张,但是有创意,充满活力,有音乐感,有深度。其实他晚期的诗对我而言都太深奥了，读得我一头雾水。

但我还是有条件地接纳了这位诗人。我将诗集还给校长，谢谢他，从此一直不曾忘怀霍普金斯这个名字，但是过了好多年才重读他的作品。

大约一个多月后，我离开了疗养院。六月底，我们的大考开始了——高等检定考试，我应考的是法文、德文和拉丁文。之后就去度假，安心等待九月放榜。那年夏天外祖父母和约翰·保罗又来到欧洲，我们一起在波茅斯（Bournemouth）一家阴沉沉的大旅馆住了两个月。这家旅馆位于绝壁

牟敦的画

上，面海的是一列漆成银色的白铁阳台，在英国微薄的夏日阳光和晨雾中隐约闪烁着。我在那儿遇见一个女孩，我们经历了诸多情绪风暴和青春期的争吵，在此不多做描述了；一闹别扭，我就逃出波茅斯，跑到多塞特（Dorset）的白垩山区，整天在乡下漫无目的地乱走，让自己平静下来。

但到了夏季尾声，她回伦敦，我的家人也在南安普顿（Southampton）上船回美国，我背上背包、带着小帐篷上路前去新森林，在距离布罗肯贺斯特（Brockenhurst）数英里的公园边闲坐在松树下，那是我在森林中度过的第一夜，多么寂寞啊！青蛙在含盐分的溪流中鸣唱，萤火虫在金雀花里嬉戏，远处路上偶尔驶过一辆车子，车声消逝后四周更形寂静。我坐在帐篷入口处，要消化自己煎的培根蛋、喝完一瓶从村里带出的苹果汁还真不容易。

她答应一回去就写信寄到布罗肯贺斯特的邮政局给我，后来我觉得这座公园尽头的露营地点太乏味了，况且溪水的味道有点怪，我担心会中毒，于是决定前往标利（Beaulieu）找家旅社用餐，不再吃自己煮的东西。下午时光我到那古老的熙笃会隐修院前的草地上无所事事地躺着，孤单地回味自己的青涩爱情，尽情自怜；与此同时，心中却兴起到运动场探探上流社会业余马展的念头，说不定可以邂逅几位名门仕女，总会有一两位可以和那个让我憔悴欲死的女孩媲美。不过，最后我还是

牟敦拍摄的荒漠中的隐修院

明智地决定远离这类无聊的活动。

我在熙笃会隐修院前不停地东想西想，就是没有想到隐修院本身。我在古老的废墟里漫游，进了原本是苦修僧膳厅的本堂教堂，又在树下的绿草地上约略体会到昔日隐修院里的静穆平安，但是我的心态与一般现代英国人无异，不过是轻轻松松地拜访了一间老隐修院而已。一个英国人可能会想知道这地方住过什么样的人，他们又是为什么住在这儿，但是他绝不会想到现在是否还有人会做出同样的抉择——如果有，那也未免太荒唐了。反正我已经没有兴致继续推敲下去了，修士、修院关我什么事？世界就要替我敞开大门展示种种乐子，万事万物都将属于我，我的头脑好、五官敏锐，不难囊括世间所有的宝藏，将金库银库抢劫一空，拿走我喜欢的东西，不喜欢的就弃若敝屣。如果我要糟蹋自己无意享用的好东西，尽可以任意糟蹋，因为我是万物之主。我并不在意没有很多钱，反正已经够用了，其他的就靠我的聪明才智来办吧。我知道最美好的享受并不需要花费许多钱——甚至完全不需要钱。

九月高等检定考试放榜时，我正好在一位同学家，因为他没考取，我对自己的成功便不能过分趾高气昂；不过，那年十二月我们俩会一起去剑桥参加奖学金考试。

安德鲁是怀特岛（Isle of Wight）乡间教区一位牧师的儿子，当过奥康板球队的队长，戴着一副角质镜框眼镜，俊美的下巴高高翘起，一缕黑发散落在前额。他在学校算是一名才子，以前常和我一同到奥康图书馆读书；其实应该说是去泡图书馆，将一大堆书打开摊在面前，谈话内容却与书本风马牛不相及，边谈边对着瓶口喝一种叫"芬多"的紫色混合饮料，然后将瓶子藏在桌下或一册册国家传记辞典后面。

他找到一本黑皮书,我记得书名是《现代知识大纲》。这本书似乎刚到图书馆,书中详尽地介绍了精神分析学派,还谈到不少藉检验粪便而行的精神分析算命法,在别处还真看不到。幸亏当时我没有迷昏了头,只是觉得好笑,但是后来在剑桥时精神分析曾经成为我仰赖的生活哲学,甚至成为我的一种拟似宗教,几乎把我搞垮。那时安德鲁早就对精神分析失去兴趣了。

在十二月阴湿的浓雾天气里,我们到剑桥大学参加奖学金的甄选考试。没有考试时,我都在贪婪地阅读劳伦斯的《无意识狂想曲》(*Fantasia of the Unconscious*),就算在精神分析的著作中,此书的立论也太无稽,真是名符其实的狂想曲。劳伦斯信手拈来许多像"腰部神经节"之类的专有名词,再掺入他自己对性本能的崇拜,炖成一锅奇异的大杂烩,我却把它当成神圣的启示,待在房里满怀敬意地阅读。这间空屋的屋主原是个喜欢毕加索的大学部学生,不过已经南下过圣诞节去了。这时安德鲁在圣凯萨琳学院,他怕极了一位以凶狠著称的导师。整个星期我都坐在安静的三一学院大厅里,在狭长的大张书写纸上挥毫写下我对莫里哀(Molière)、拉辛(Jean Racine)、巴尔扎克(Honoré de Balzac)和雨果(Victor Hugo)、歌德、席勒等人的见解。考试全部结束后几天,我们在《泰晤士报》上看到安德鲁和我双双上了榜,获得奖学金,他上了圣凯萨琳学院,我在卡莱尔学院;他的读伴迪更斯是除了我在奥康唯一喜欢热门唱片的人,也上了榜,得到圣若望学院[10]的奖学金。

我心满意足,终于可以脱离奥康了——其实我并不讨厌那所学校,只是因为自由而雀跃,以为自己终于独立成人了,从今以后可以展开双臂予取予求。

因此,我在圣诞假期参加了许多宴会,尽情吃喝玩乐,把自己都搞得生病了。还好问题不大,我重新打起精神。新年度的一月三十一日,我十八岁生日那天,汤姆在英国咖啡馆请我喝香槟,次日我就出发前往意大利。

VI

在亚威农时，我已经知道在抵达热那亚（Genoa）之前就要没钱花用了，我必须到热那亚才能用信用状向银行提款，于是我在亚威农写了一封信向汤姆要钱。从马赛开始，我徒步沿着海岸走，在白色山路上看到脚下碧蓝的海水。我腰上挂着一个盛着兰姆酒的扁酒瓶，背包里装的是许多烂小说，到了喀息斯（Cassis）正值星期日，餐馆挤满了从马赛来此一日游的访客，因此等了很久才吃到我点的法式海鲜汤。等我走到名叫拉西约塔（La Ciotat）的阴暗小港口时，天已全黑，在锥形岩石下，我疲惫地坐在防波堤上望月沉思。

在耶尔（Hyères）等了好几天钱才寄到，信上尽是锋利的谴责言辞。我的监护人汤姆逮住机会，除了责备我不务实之外，也将我其他的过失一并提出，我真觉得丢脸。因此，在过了一个月可贵的自由生活之后，首次有迹象显示我的欲望永远不可能完全实现，当我的欲望和他人的欲望或利益接触或冲突时就必须调整。很久之后我才领会这番道理，而且假使一切都按照本性界的道理进行，可能我一辈子都没办法了解。我的美丽虚幻信念是，只要不伤害别人，就可以随意取乐；然而，如果只贪图享乐，只顾自己的方便，就一定会伤害和你接触的人之情感与利益。事实上，不论多么有理想，活在本性界中的人多少还是倾向为自己、为家人、为自己所属群体的利益和快乐而活，因此总是在有意无意间干扰、伤害其他人或其他群体想做的事。

我从耶尔出发，再次踏上旅途，觉得更加厌倦沮丧。我在炎日下走过松林，眼前尽是岩石、黄色洋槐、粉红色小别墅和海上炽烈的阳光。那天傍晚，我长途跋涉来到一个名叫卡瓦来尔（Cavalaire）的小村落，找到一间供膳宿舍，里面住的都是神情严肃的退休会计师，他们携眷在昏黄的灯泡下喝着粉红色葡萄酒。我上床睡觉，梦见自己被关在监牢里。

我带着一封介绍信到圣特罗佩（Saint Tropez），这封信是给汤姆的朋友，他有肺结核，住在小山顶一栋阳光充足的房子里。我在那儿还遇到一对美国夫妻,在坎城后面山区租有一栋别墅,他们邀请我路过时去拜访他们。

在前去坎城的路上,经过艾斯特雷(Esterel)山区,当时已近黄昏,我遇到一场暴雨,一名驾驶豪华大型德拉基车的司机让我搭便车。我一上车便卸下背包丢到后座,坐定后舒展疲乏濡湿的双脚,享受从汽车底盘缝隙透过来的引擎暖气。这名司机是英国人,在尼斯(Nice)开租车公司,据他说,他才刚刚将林白(Lindbergh,译注:美国著名飞行家)一家人从自由城客轮上接下来,送到这条路上不远处。到了坎城,他载我到一个沉闷乏味的地方,是专为英国司机和水手们开设的俱乐部,游艇上的乘客多半是去里维埃拉(Riviera)过冬的有钱人。我吃了一客火腿蛋,边吃边看那些车夫彬彬有礼地打撞球,但是闻到那流连不去的伦敦味——英国香烟、英国啤酒的气息——让我情绪低落,联想起我以为已经摆脱掉的雾。

不久,我找到在圣特罗佩遇见的那对夫妇的别墅。小住数日后,我觉得实在走够了,如果沿着海岸线继续走下去,一定会觉得很无聊,于是搭上火车前往热那亚。

或许是身体状况欠佳才引起这种百无聊赖的感觉。到达热那亚之后,次日清早醒来看到几名意大利油漆匠在窗外修理屋顶,我觉得心情恶劣,肘部又长了一个大疔疮,用自己发明的土法治疗仍不见效。

于是我将我的信用状兑成现款,搭上另一班火车到佛罗伦萨,在那里又收到一封要我去见一位雕刻家的介绍信。佛罗伦萨可把我冻僵了,我搭缆车渡过亚诺河(Arno River),循一条陡峭的路上山,我要见的人就住在那儿。这是塔斯卡尼(Tuscany)的冬日傍晚,我冒着严寒往上爬,四周一片死寂。抵达目的地之后,我敲敲大门,声音听起来像是空谷回声,我以为不会有人来应门,没想到没多久就来了一位意大利老厨师引我进工作室。我向他自我介绍,也告诉他我的肘部长了个疮。这位厨师立刻端出热水,让我坐在一个未完成的雕塑旁,四周都是碎石块和石膏粉末;我和雕刻家谈话时,厨师忙着调制糊状膏药,替我医治疔疮。

这位艺术家是奥康学校前任校长（窦尔惕先生接替的就是他的位置）的兄弟，我见过他雕刻的浅浮雕摆设在学校圣堂正面作为装饰。他看起来没有前任校长那么老，但是很慈祥，肩膀向前倾，头发灰白，和前任校长一般亲切和蔼。他对我说："我今晚要去镇上看嘉宝（Greta Garbo）的电影，你喜欢嘉宝吗？"

我承认我喜欢她。"那好极了，"他说，"我们待会儿就去。"

佛罗伦萨实在太冷了，当我觉得疗疮已经快痊愈了，第二天就启程前往罗马。我已经疲于奔波，想要找个可以心安理得待下来的地方，让旅程告一段落。

火车缓缓穿过恩布里亚（Umbria）山脉，天空蔚蓝，阳光耀眼地照射在岩壁上，车厢内除了我别无他人，快到罗马的几站才有人上车。我整天瞪着窗外光秃秃的山，注视着荒凉似苦行僧的景致。圣方济（St. Francis of Assisi）[11]曾在附近某座山上祈祷，有炽热、血红翅膀的色辣芬（Seraph，译注：亦译"撒拉弗"）天使显现在他面前，耶稣就在翅膀当中，圣方济的双手、双足和右肋随即印下耶稣的十字五伤。假如当时我能想到这件事，没有信仰的我一定更加泄气，因为我长的疗疮并未痊愈，再加上另一颗牙也痛了起来，好像还在发烧，真让我怀疑血毒又发作了。

我终于获得向往已久的自由，整个世界都属于我，我满意吗？我只做自己想做的事，然而，我不但没有快乐幸福的感觉，反而觉得悲惨，贪图享乐注定自食其果。但是在那段奇怪的日子里，全世界最不可能信服圣十字若望（St. John of the Cross）[12]的智慧的人就数我了。

如今我正进入一个能见证这些真理的城市。你若知道凯撒时代（评注：公元前一〇〇年至公元前四十四年）的罗马和殉道者时代（译注：约在公元二〇二年至三一一年间）的罗马有多么不同，就看得到、找得到罗马见证的真理。

我正进入这座被十字架升华的城市，方正的白色公寓簇拥在光秃秃的灰绿色山麓上，地面上扁柏处处丛生，从建筑物的屋顶间看到圣伯多禄大教堂雄伟的圆顶耸立在薄暮微光中。我意识到这是实体而非照片,不禁叹为观止。

到了罗马,首要之务便是找牙医,旅社的人介绍我就近就医。候诊室里有几位修女先我而来,她们走后便轮到我。那位牙医的胡子是棕色的。牙痛事关紧要,我信不过自己的意大利文,于是用法文和他交谈。他懂得少许法文,也看了看我那颗牙。

"啊,"他说,"vous avez un colpo d'aria."

这句话很容易听懂,"你的牙受了寒",蓄有棕色胡子的人是这么说的。虽然明知那是化脓,绝非受寒,但是我不敢吭声,宁愿唯唯诺诺。

"我要用紫外线医治你的牙。"牙医说。我半信半疑地接受了这种无痛无效的治疗,牙齿照痛,但是牙医保证当晚牙痛会烟消云散。我离开了诊所,心里觉得暖乎乎的,很踏实。

但是那晚牙痛并没有消失,就像普天下所有的牙痛一般让我彻夜无眠、极端痛楚、不断诅咒人生。

次晨起床后,我蹒跚地走回隔壁,去见那位说我的牙受了寒的朋友。他正从楼上下来,连胡子都梳得整整齐齐,头戴黑帽,手套、鞋罩一应俱全,衣冠楚楚。我才想起这天原来是星期日,不过他同意检查一下我受寒的牙齿。

他用法文夹杂着意大利文问我是否受得了乙醚,我说没问题,于是他用一块干净的手帕捂住我的嘴和鼻,又在手帕上滴了几滴乙醚。我开始深呼吸,一股甘甜恶心的气味像利刃般刺入我的意识,耳边响起粗重发电机般敲击的声音。我只希望医生别太用力深呼吸,免得失手将整瓶乙醚泼在我脸上。

一两分钟后我清醒过来,只见他挥舞着我那颗带着血丝、牙根化脓的牙大喊着:"大功告成!"

我从旅社搬了出来,找到另一家供膳宿的公寓,窗外可看见巴伯里尼广场,正中央就是那阳光照耀下的小海神崔顿喷泉,还看得到布里斯托旅馆、巴伯里尼电影院和巴伯里尼宫。女侍送来热水让我热敷长了疗疮的手臂,我在床上阅读俄国作家高尔基(Maxim Gorki)的小说,很快就入睡了。

以前我趁学校放复活节假期时来过罗马，大约逗留了一周，参观过古罗马公共集会地、圆形竞技场、梵蒂冈博物馆、圣伯多禄大教堂，但是未能一睹罗马的真面目。

这次我从头来过，仍然抱持着盎格鲁-萨克逊人共有的错误观念，以为真正的罗马不外乎那些丑陋的废墟，或是嵌在小山丘和市区贫民窟之间的灰色庙宇。我试图在心中重建古罗马城——但这只是梦想，谈何容易，因为四面八方不断袭来兜售风景明信片的叫卖声。我徒劳地试了好几天，突然领悟到不值得花费这么多力气。往日的宫殿、庙宇、公共浴堂已成了庞然成山的砖石堆，显然帝国时期的罗马必定是历来最讨人厌、最丑陋、最沉闷的城市之一；现在废墟里有了松树、扁柏，雨伞松点缀其间，反而较当年可爱多了。

我依然经常光顾博物馆，特别是设在戴克里先浴场中的那一间。这间博物馆过去曾经是一间嘉都西会（Carthusian）[13]的隐修院，这间隐修院也许办得不甚成功。我有两本罗马导游书，其中一本非常厚重渊博，购买此书时我又连带买下一本二手旧书——贝德克版的法文旅游指南。

白天逛完博物馆、图书馆、书店、废墟之后，一回到旅社我就又开始读小说。其实我自己也开始写小说了，但是在罗马那段日子进展不多。

我带来的书很丰富——组合够奇怪的：有德莱顿（John Dryden）的作品，有劳伦斯的诗，几本陶赫尼茨出版的小说，还有乔伊斯的《尤利西斯》（Ulysses），是用精致的圣经纸张印刷的版本，看起来花哨豪华、所费不赀；后来我借给别人，就此一去不返。

我的生活一如既往，但是大约一个星期后，不知怎么的，我发现自己涉足的不再是庙宇废墟，而是教堂了。最先勾起我的兴趣、让我对罗马另眼看待的，也许是一座古老倾圮圣堂里的壁画。这座圣堂在巴拉丁（Palatine）山脚下公共集会地的边缘，只要跨出一步，就从公共集会地到了殉道者圣葛斯默和达弥盎（Sts. Cosmas and Damian）圣堂，东首半圆室里有一幅巨大的镶嵌画，画的是耶稣站在暗蓝色天空中审判万民，脚下簇拥着火焰与小朵小朵的云彩。这个发现令我异样感动，看了那么多枯燥乏味、几近淫荡的罗马帝国的雕像,如今才接触到这充满灵性活力、热诚、能量的真正艺术品——严肃而鲜活,主题动人且明确,有说服力——真令人兴奋。它不做作,不虚张声势,也不采用夸张的戏剧化手法,如此简朴而庄严,使人格外受震撼;再加上它隐居于默默无闻之地,除了艺术还要达成许多更高的目标,俾对建筑、宗教礼仪、灵修均有所贡献,这也让它更令人肃然起敬。当时我还不能了解那些更高的目标,但是镶嵌画有其特性及独特的任务却是很容易看出的,我很自然地联想到它必定遵从着超乎艺术之上的目标。

我迷上了拜占庭式的镶嵌细工,不断走访能找到镶嵌艺术的教堂,连带将同一时代的教堂逐一遍访。我不知不觉成了一名朝圣者,不自觉、非特意地造访了罗马所有伟大的朝圣地,怀着与真正朝圣者无异的热切和向往去寻觅圣堂内殿。我的动机也许不尽正确,却也不能算错,因为建构这些壁画、镶嵌细工、古老的祭坛、皇座、圣堂内殿的目的就是为了启迪不能立刻领悟较高深涵义的人。

我不知道教堂内珍藏了圣骸和种种奇妙的圣物,但是教堂的甬道、拱门已成了我心灵的避难所。基督的摇篮、受鞭挞时的柱子、被钉的十字架、囚禁圣伯多禄的锁链、伟大殉道者的墓地(例如圣依搦斯〔St. Agnes〕[14]圣孩童、殉道者圣则济利亚〔St. Cecelia〕[15]和教宗圣克雷孟〔St. Clement〕[16]、在烤架上被烧死的伟大六品圣劳伦斯〔St. Lawrence〕[17]的墓地)……都没有开口向我说话,至少我没察觉,但是那些纪念他们的教堂说话了,墙上的艺术品发言了。

有生以来,我首度开始认识这被称为基督的是何许人也。我对祂的认识虽然仍有点晦暗不明,但那是真实的知识,比我知道、愿意承认的更加真实。罗马是我对基督的观念形成之处,在那里我第一次见到祂,祂就是我现在侍奉的君王,我的天主,掌管并主宰着我的生命。

祂是《默示录》的基督,是殉道者的基督,是圣若望、圣保禄、圣奥斯定、圣热罗尼莫(St. Jerome)[18]和所有教会初期神学家的基督,也是所有沙漠神师的基督。祂是基督天主,基督君王,"因为是在基督内,真实地住有整个圆满的天主性,你们也是在祂内得到丰满。祂是一切率领者和掌权者的元首……因为在天上和在地上的一切，可见的与不可见的，或是上座者，或是宰制者，或是率领者，或是掌权者，都是在祂内受造的，一切都是藉着祂，并且是为了祂而受造的。祂在万有之先就有，万有都赖祂而存在……因为天主乐意教整个的圆满居在祂内……祂是不可见的天主的肖像，是一切受造物的首生者……"（《哥罗森书》〔Colossians〕[19]第一、二章）"死者中的首生者，和地上万物的元首，那爱我们，并以自己的血解救我们脱离我们的罪过，使我们成为国度，成为侍奉祂的天主和父的司祭的那位。"（《默示录》第一章）

在被人淡忘的岁月里，圣人在他们的教堂墙壁上留下话语，藉着天主奇异的圣宠，虽然我不能完全解读，却能略懂皮毛。然而，那最真实、最直接的圣宠来自基督自己，祂临在于教堂中，以祂的大能，以祂的人性，以祂降生成人的身躯，以祂的物质、身体、肉身的临在，亲身教导我。在这些教堂中，这位非凡的天主多少次和我单独相处，我却毫不知觉——不过，如我所说，我心中一定隐约有数。教导我祂是谁的就是祂自己，祂的教导方式如此直接，简直令我无法察觉。

这些镶嵌画将全能、大智、大爱的天主教义传授给我。天主降生成人，在祂的人性中显示无限大能、大智和大爱的天主神性，虽然我无法彻底相信、领会这些教义，但是当我怀着爱慕之心默观那些画的每一线条时，冥冥之中已能领会其中涵义了：艺术家的心灵和我相通，我的心灵和他们的观念对话，怎能不感受到这些古代艺术家对基督——救赎主和审判者——的爱呢？

很自然地，我开始想了解镶嵌画中的涵义——我看到一只羔羊站在那儿，好像被宰杀过，还有二十四位长老将他们的金冠投掷在地上（译注：参见《默示录》第四、五章）。于是，我买了一本拉丁文圣经来研读新约。劳伦斯的诗已经被我置之脑后，只记得其中四首有关四位福音作者的诗，是根据旧约《厄则克耳书》（Ezechiel）[20]和新约《默示录》中"四神秘活物"的传统象征写成的。有天晚上，我边读他这几首诗，边对其中的虚假无谓产生强烈反感；厌恶之余我丢开书本，自问为什么浪费时间在此等凡人身上。非常明显地，他完全无法掌握新约的真义，只是随兴所至曲解新约，捏造出他自己的宗教，里面孕育着大量荒诞怪异的种子，长成植物必然丑陋可怕，就像在阴湿的纳粹主义气候下布满野草的德国花园中伺机发芽的植物一样。

因此，我终于冷落了我的最爱，福音书却越读越多了。我越来越爱古老教堂内的镶嵌作品，渐渐地，拜访教堂的目的已经不是纯粹欣赏艺术了，另有一些东西吸引着我：是一种深沉的内在平安。我喜欢待在那些神圣的地方，并深信那是我安身立命之处；只有在天主的教堂内，我理性天性中深刻的欲望和需要才能得到满足。记得我最喜爱的朝圣地之一便是圣伯多禄受链锁之处。我并非因为某件艺术品而喜欢那里，其实那里最热门、最有名的招牌之作是米开朗基罗雕刻的摩西像，我却一向觉得这长着角、鼓着眼、眉毛紧蹙、膝盖有裂纹的东西非常无趣；幸好这雕塑不会说话，否则还不知道会说出什么无聊的话来。

或许那座教堂吸引我的地方就是圣伯多禄本人，这座教堂就是奉献给他的。我相信他热切地替我代祷过，让我能从自己的枷锁中解脱出来：我的枷锁可比他的粗重可怕多了。

我还喜欢去哪些地方呢？ 圣蒲丹其安那教堂（St. Pudenziana）、圣普拉斯德教堂（St. Praxed's），尤其是圣母大殿（St. Mary Major）和拉特朗大殿（Lateran）。然而，只要巴洛克式的感伤气息太浓，就会惊动我，原有的安详和模糊薄弱的信仰之情随之消失。

到目前为止，我的意志并没有深远的转变，还达不到皈依天主教的地步，也无法撼动箝制我天性的败德魔掌；但转变是会来临的，来得奇怪且突兀，难以解释。

一天夜晚，我在自己房间里，灯亮着。突然，死去一年多的父亲好像与我同在，他临在的感觉如此鲜明真实，让我惊讶，好像就在那一瞬间，他触碰了我的手臂，又好像和我说了话。整个事件一刹那就过去了，我对自己悲惨堕落的灵魂顿时有了深刻的体认，感到无地自容。我被强光穿透，看清了自己的状况，觉得恐怖万分，整个人立刻奋起反叛我的内在，灵魂渴望逃脱这一切；这种盼望自由、解放的欲望如此强烈急迫，是我从未经验过的。有生以来我第一次真正祈祷——不只是动动双唇、用脑力和想像力祈祷,而是发自我的生命和存在根源的祈祷,向我从来不认识的天主祈祷,求祂从鸿蒙中向我伸出援手,助我摆脱千百种奴役我的可怕事件。

我泪如雨下,哭泣对我是有好处的,虽然一开始那种父亲降临我房内之鲜明、痛苦的感觉已消失,但是他已进入我心中,我正在和他交谈,也和天主交谈,好像他是天主和我之间的媒介。我无意暗指当时我以为父亲已跻身诸圣人之列,那时我并不明了成为圣人的涵义,而现在我明白了,也不敢说当时我认为他一定是在天堂。就记忆所及,我应该说他"好像"是从炼狱中被派来看我的,因为归根究底,炼狱中的灵魂没有理由不能像在天堂中的灵魂一样以祈祷来影响、帮助世间的人。一般说来,炼狱中的灵魂恐怕更需要得到我们的帮助,但是就我的例子而言,如果我猜得不太离谱,情况恰好相反,是父亲帮助了我。

然而,这并不是我特别要强调的,也不想做任何确切的解释,我怎能知道这是否纯属想像或只是合情合理的心理作用? 太难说了。我一向憎恶号称通灵的占卜术——包括碟仙、与亡魂交谈等——这是我绝对无意参与的。但是不管出自想像或神经过敏,或是其他原因,我可以不昧良心地说,我的确鲜活地感受到父亲的亲临,随后他好像不经语言传达给我天主内在的光,又将我灵魂的状况显露给我看——虽然那时我还不能确定自己是否有灵魂。

实际上,我唯一能肯定的是,这的确是个恩宠,一个很大的恩宠。如果我能不辜负这个恩宠该有多好,我的生命会多么不同,接下去那几年就不会那么悲惨。

在此之前我从未进教堂祈祷,但是次日,在春日阳光下,我记得自己攀上人迹罕至的阿文廷(Aventine);我的灵魂虽因悔罪而破碎,却很干净,就像脓疮被割开或断骨被重新接好,虽然痛苦却对身体有益。我的忏悔是真心的,因为我不相信有地狱,不会只是因为怕受罚而悔罪。我去道明会[20]的圣撒宾那(Santa Sabina)教堂,那真是个难忘的经验,就像经过一番挣扎后宣布投降,签订条约,情愿皈依(直至如今,要我单纯为了跪下向天主祈祷而走进教堂,心里也不无挣扎)。平常我到教堂

时从不下跪,也不刻意注意那是谁的殿堂,但是这一次我在进口处以圣
水祝圣了自己,笔直地走到祭坛扶栏前跪下,诚心诚意、缓慢地开始诵
读天主经。

不可置信的是,除此之外我什么都没做。有了昨夜那种经验,我至
少也该热情洋溢地祈祷、痛哭流泪半小时才是,但是并没有。值得牢记
的是,在好几年不祈祷后,我再度开始祷告。

天主教徒始终不能体念新皈依者的苦处,一想到要公开在天主教
堂内祈祷,新皈依者就窘迫不堪,总觉得每个人都在看你,以为你疯狂
可笑,你必须花很多力气才能克服想入非非的恐惧心理。那天在圣撒
宾那教堂时,虽然教堂内几乎没人,但是我在走过石头甬道时仍然提心
吊胆,生怕哪个可怜、虔诚的意大利老妪会觉得我形迹可疑,等我一跪
下祈祷立刻跑出去向神父告密,愤慨地控诉我胆敢擅入他们的教堂祈
祷——我想得也太荒唐了,难道天主教徒宁愿看到大批异教观光客漠
然、毫无敬意地进来逛教堂,反而会在看到其中一人因承认天主的存在
而跪下祈祷片刻后生气不成?

反正我祈祷了。后来,我在教堂内外漫步,走进一间房间,欣赏一
幅莎索费拉托(Sassoferrato)的画,又探头到门外,看到一个简朴的小
回廊,阳光正照在橙树上。我走到户外,觉得有重生的感觉。过了街,
信步走过郊外的原野,来到另一座人迹罕至的教堂,几个木匠和鹰架让
我起了戒心,不敢祈祷。我在教堂外的墙上坐着晒太阳,品尝自己内在
平安的喜乐,心想:我的生活将如何改变? 我该如何改善自己?

VII

改善自己谈何容易。在罗马的最后一个多星期,我的确非常快活,
充满喜乐。有一天下午,我乘电车出城去圣保禄教堂,然后又搭上一辆
破旧的巴士,沿着乡间小路前往台伯河(Tiber River)南面丘陵地带中
一个浅盘状山谷,来到一间名叫"三喷泉"的特拉比斯隐修院。我走进
那黑暗朴素的老教堂,很喜欢它,但是不敢进去拜访隐修院,心想那些

隐修士一定坐在他们的坟墓里遵照戒律鞭打自己。就在这个沉寂的下午，我在桉树下来回踱着步子时，一个念头油然而生："我倒满喜欢做个特拉比斯隐修士。"

当时突生此念是不担什么风险的，只是做做白日梦罢了——我想，很多男人都有过这种念头，连什么都不信的人也会有。哪个男人从未幻想过自己身穿僧衣，庄严独坐密室中，过着英雄式的苦行独居生活；而隐修院门外从前对他冷漠相待的年轻女人如今猛敲着门，嘶声叫喊着："出来罢，出来!"

那天我的白日梦大概就结束在这种浪漫的幻想中。我对特拉比斯隐修士是什么样的人、做什么样的事一无所知，只知道他们终日保持沉默；其实我还以为他们像嘉都西会士一样，完全孤独地住在密室中。

回圣保禄教堂的巴士上，我遇到一个熟人，是美国学院的学生，他介绍我认识他的母亲。话题转到那间隐修院，当我提及自己想做隐修士时，这位女士以极端惊讶的眼光注视着我，着实让我吃了一惊。

日子一天天过去，家人一再从美国写信来催我搭船回去，最后我只好向旅社里那位意大利打字机销售员及其他房客、还有旅社的老板娘及其母亲——道别。我用钢琴弹奏《圣路易蓝调》时，竟然让老板娘的母亲联想到死亡而感到透不过气来，还派女佣来叫我停止演奏。

我满怀惆怅地告别巴伯里尼广场，向通往广场的弯曲的林荫大道投以最后一瞥，并且告别品西瓯花园、西班牙广场以及远处的圣伯多禄大教堂圆顶。最让我牵肠挂肚的是那些心爱的教堂——在范克理（Vincoli）的圣伯多禄教堂、圣母大殿、拉特朗大殿、圣蒲丹其安那教堂、圣普拉斯德教堂、圣撒宾那教堂、米纳瓦圣玛利亚教堂（Santa Maria sopra Minerva），在科斯枚丁（Cosmedin）的圣玛利亚教堂，在特拉斯特维（Trastevere）的圣玛利亚、圣依搦斯、圣克雷孟、圣则济利亚等教堂。

火车越过台伯河了，我又看到那英国墓地的小金字塔和林立的柏树，济慈（John Keats）就埋葬在那里，这些景物逐渐消失在我的身后，我记得罗马剧作家普劳图斯（Plautus）的作品中提及这里以前有堆积成山的垃圾和陶瓷碎片。之后就到了罗马和大海之间空无一物的平原，远处是圣保禄教堂，还有掩藏在小山丘之后的三喷泉特拉比斯隐修院。"罗马啊，"我心中默念，"以后还会再相逢吗？"

抵达纽约后的最初两个月，我在道格拉斯顿家中继续私下读圣经——生怕别人会取笑我。我和舅舅同睡在权充卧房的走廊上，从楼上走道通过玻璃门就可以进出我们的房间，所以我不敢在睡觉前跪下祈祷。其实我知道大家看到我祈祷都会很高兴、甚至感动，但是我不够谦逊，老是怕别人对我有意见。我怕别人说我，就算说的是好话，是赞许之词。骄傲的人就是这样，别人爱惜我们、赞赏我们，我们反而以为受了人家的恩惠，面上无光，因此又恨又怕。

我真诚的宗教热忱昙花一现，后来如何冷却消失并不值得一一道来。复活节期间，我们去了父亲以前任职风琴师的锡安教堂，就在车站和我们家之间的小山丘上，白色尖塔矗立在刺槐树间。那儿的礼拜仪式让我十分烦躁，再加上我傲气十足，烦躁的感觉就更形强烈、复杂了。记得我总是在家里走上走下，逢人便诉说锡安教堂可怕之处，连进餐时也将它指责得一无是处。

有一个早期天，我去了法拉盛的贵格派会所，母亲生前曾经去那儿和信徒坐在一起默想。这次我也在后排靠窗处找了一个位子，坐进很深的长椅里。教堂内坐满了约有一半的人，中老年人居多，看来和美以美会[22]、浸信会[23]、圣公会[24]及其他新教聚会中的人没什么明显不同，但是贵格派的特色是教友不出声地坐着，等候圣神的感应。这点我极为欣赏，我喜欢这种静默。在安详的气氛中，我的羞涩渐渐消失，不再批判他人，而能进入自己的灵魂；虽然还不算深入，但是毕竟兴起了模糊的向善之心。

可惜这种气氛没多久就被打断了，因为一名中年女人受到圣神驱使，起身发言。我私下怀疑她来聚会前就备妥了这篇演讲词，因为她一起身，手就伸入皮包大声激昂地说：

"我在瑞士照了这张有名的'琉森之狮'……"她抽出一张照片，不错，果然就是那有名的琉森雄狮。她举起照片让信徒都能看到，接着解释这雄狮不愧是瑞士勇敢、威武、执着的写照；她又提到制表王国瑞士的其他美德，我已经记不得细节了。

信徒们耐心地听着，反应不热也不冷，我却离开了，还自言自语："贵格派和其他派没什么不同。在那些教堂内，只有牧师可以散播陈腔滥调，但是在这个教堂内谁都可以。"

我总算还有足够常识，知道要在世上寻觅一丝俗气也不沾的一群人、一个组织、一种宗教、一座教堂，本身就是一种疯狂。但是当我读到潘恩（William Penn，译注：英国贵格派著述家）的著作，发现并不比"蒙哥马利·沃德"公司的商品目录更擅长探讨超越本性的信仰生活时，我对贵格派终于失去了兴趣；如果当时我阅读的是安德希尔（Evelyn Underhill）[25]的作品，也许就另当别论了。

我相信在贵格派信徒中必然有人是热心、纯洁、谦逊地崇拜天主的，其爱主爱人之心也是真诚的。各种宗教多少都有这些特点，但是这些德行显然都未能拔高到超越本性的层面。贵格派信徒具备自然的美德，也有人能依"默观"一词的自然意义过默想、祈祷的灵修生活。在领受超越自然的恩典方面，只要天主愿意，他们也不会遭受天主的排斥，因为祂爱他们；对于善良的人们，祂是不会不光照他们的。但是，我看不出贵格派信徒除了自称其组织为"公谊会"之外还有多少内涵。

那个夏天，我搭乘一列肮脏的慢车绕远路去芝加哥参观世界博览会。我先在宗教大厅取了两份摩门教[26]的小册子，读了他们受到天启、在上纽约州山上寻到圣书的故事。这并不能说服我，我也不会因此皈依摩门教。博览会场上，散布在湖泊、贫民区、货车场之间的殿宇透过红黄色单薄的外墙传出各种噪音，让我觉得有趣。我生平第一次在这平坦浩瀚的中西部昂首阔步。

我靠吹嘘的本领找到了一份工作，但是只做了几天。我在博览会场上名叫"巴黎街景"的杂耍表演前招揽游客，"巴黎街景"之名充分说明了这项展览的性质。找到这份工作太轻而易举了，让我在惊喜之余颇为自负，觉得摇身一变从被诈财者到诈财者，大权在握。但是，不出几天我却发现自己也许仍属"被宰"的一群，因为杂耍表演的老板说得天花乱坠,却不愿真正掏腰包付我工资。大热天,灰尘满天飞,从正午站到子夜,还要对着满坑满谷头戴草帽、身穿帆布、棉麻布敞领衬衫或连衣裙、出一身中西部健康汗水的人不停地吆喝,实在令人精疲力竭。我习惯了英国人复杂的沉默寡言和法国人花哨的色情作风,面对这种极具芝加哥特色、博览会特色(特别是博览会中此一特定地区)和显然也极具美国特色的邪教气氛——绝对开放、毫不遮掩、完全不负责任的坦率——真是觉得不可思议。

再回到纽约时,我对宗教的三分钟热度已经丧失殆尽。城里的朋友有其自成一派的信仰,也就是纽约市自己的邪教崇拜,曼哈顿以其特有方式表现这种美国邪教的强大、俗艳、嘈杂、粗鄙、兽性横流。

我经常和父亲的老朋友马尔许出没于第十四街,观看粗俗的歌舞杂技表演,他是以这些东西为画材而出名的。马尔许长得粗壮短矮(我想他现在仍然如此),看来像是退休的轻量级职业拳击手,说话时像是从嘴角迸出字来,却长了一张天真无邪的娃娃脸,用朴实、无私、包容的艺术家眼光观看这个世界。他师法画家霍加斯(William Hogarth),一切生动鲜活的景象都可能成为他作画的主题。

因为看法一致,我们相处得很融洽。我崇拜生活本身,他也一样,但是特别崇拜这座拥挤疯狂城市中的喧嚣骚乱。他最喜爱朝拜的地方是联合广场和欧文街粗俗歌舞剧场,这些地方充满汗臭味和廉价雪茄烟味,好像随时有可能被一把火烧个精光。但是我猜他心目中最大的教堂就是科尼岛(Coney Island),看过其画作的人都会有这种印象。

那年我在他位于第十四街的画室混了一整个夏天,他参与的宴会我也跟着去,渐渐对纽约了若指掌。

九月一到,我就再次搭船前往英国。这次搭乘的是曼哈顿号,是一艘俗丽喧嚣的客轮,船上的服务员有一大批是纳粹间谍,看到犹太旅客就不顺眼。这次航程真是风险重重。一天晚上,我站在楼梯转角往下面深处看,有六七个喝得半醉的乘客在摇摆的油毡布地板上打成一团。又有一天下午,大西洋轮船上固定提供的无聊做作娱乐节目进行到一半——我想很可能是一场"赛马"游戏——一个美国牙医吼叫着站了起来,向一个法国裁缝挑衅,要和他在散步甲板上打出个胜负来。他的挑战没有被理睬,但是全船生意人和观光客都兴致勃勃地隔岸观火,因为大家都知道这件丑闻的幕后人物是一名华府要人六英尺高的女儿。

到了普利茅斯(Plymouth),我们这些要去伦敦的人在港口中间上了一艘平底大汽艇,我又见到英国浅绿色的草原了。我带着有生以来最严重的感冒上了岸。

随着这一阵混乱不堪的浪潮,我昂然进入剑桥邪恶的暗流中,大学生涯就此开始。

VIII

也许,对你而言剑桥的气氛既不黑暗亦不邪恶。你可能只在五月时去过剑桥,只看到半掩在雾里的微弱春阳,或是古老学院后园中的花儿从三一学院、圣若望学院或我就读的卡莱尔学院浅紫色石砖上探头微笑。

我甚而愿意承认,有些人在那里住了三年或一辈子,备受呵护,从未察觉到周遭那甜蜜而腐败的恶臭——那刺鼻而飘忽的腐味无所不在,严厉地指责大学生在古建筑中制造出的噪音——多么肤浅的青春啊!至于我,被懵懂的食欲驱使,不得不长驱直入,咬了这烂水果一大口。过了这么多年,那苦味还驱之不去。

大一这年过得飞快,开始时是英国的秋季,下午很暗很短,一眨眼已到了为时短暂的夏季,我们在河上度过一个个漫长的傍晚,就这样糊里糊涂地一年就结束了。不论是白天还是夜晚,都没有碰上什么浪漫事件,真是可惜,这根本不是我想过的日子。

我拼了命要从生命中取得十八岁时应得的一切。我和一群老友爱在脖子上系着色彩缤纷的围巾,若非必须在规定时间内回房睡觉,我们可以整晚不停地在小食街市集的暗处吼叫,声音响彻街道。

最初我有点昏头转向,在这呈半流体状的浑浊环境里,我花了一两个月时间终于在渣滓沉淀处找到了我命中注定要待下来的地方。由于

缺乏安全感，我和几个从奥康来的
朋友时常聚在房间里消磨时间。安
德鲁的宿舍远在艾登布鲁克医院再
过去的荒地上，我必须骑车经过几
栋化学系专用的神秘新建筑，到路
途终点喝茶，或是用钢琴弹奏《圣路
易蓝调》。迪更斯住得近多了，从我
住的地方只要转个弯，经过圣若望
学院的两三个庭院再过河就到了。
他的房间就在所谓的"新建筑"里，

剑桥大学卡莱尔学院建筑

可以看见河，我和安德鲁一起在他房里边吃早餐、边丢吐司面包喂河里
的鸭子，同时听他谈论巴甫洛夫（Pavlov）其人和条件反射作用。

　　时间久了，我逐渐和他们疏远，尤其是和安德鲁，因为那年他被选
为脚灯秀的主角人物。他颇有几分歌手的架势，但是我们这伙人不但
对唱歌没兴趣，甚至有点藐视脚灯秀及其相关的一切。有一两个和我
在同一学院攻读现代语言的年轻人相当严肃、高深莫测，我差点和他们
交上了朋友。但是他们太过沉默寡言，让我觉得无聊，而他们对我使尽
力气紧抓生命的态度也感到震惊。

　　宿舍中，住在我房间正下方的是个圆脸盘红通通的约克郡人，他是
个反战主义者，非常沉默寡言，但是他在停战日参加了示威运动，橄榄
球员和划船选手都向他丢掷鸡蛋。我是在晚报上看到照片才知道这
件事。

　　原本我也不会有兴趣和他交朋友，他太温驯、害羞了，但是房东竟
然来到我房间，大肆中伤这个可怜的家伙；我明知无法让他闭嘴，索性
洗耳恭听。不过，该学年尚未告终，房东最讨厌的人已经变成了我，他
认为我比历来任何房客都更糟。

　　大概是在停战日活动之后，我先后认识了近两百个各色各样的人。
我随波逐流，开始结交剑桥最沉沦的一群人。

　　凡是举办庆祝划船赛得胜的晚宴时，最吵嚷的就是我们这群人。

我们住在狮子客舍,争先恐后地冲出冲入"红牛酒吧"。

那一年,我们这伙人大多数都被判过禁足,到了年底有很多人被勒令退学。我现在已经不记得那些人谁是谁了,印象最鲜明的是戴着角质框眼镜的朱利安。我不觉得他像美国人,只能说他是个想模仿美国人的法国人,会操着鼻音过重、反而失真的美国口音述说冗长曲折的故事。他是一位维多利亚时期诗人的孙儿或曾孙,住在怀特岛上的祖宅里;在剑桥,他在市场山上拥挤不堪的宿舍里有间房,年底那个地方就要拆掉,改建属于嘉友学院的新房子。在拆毁之前,他的朋友已经开始捣毁那些危险的部分,也就是他住的地方;我依稀记得有人向窗外丢了一个茶壶,路过的国王学院学监几乎被砸破头。

还有个脸色蜡黄、不喜多费唇舌的小伙子,是从昂德尔(Oundle)来的。他开着一辆跑车,每当我们高谈阔论、叫喊不休时,他总是不动声色安静地坐在一旁,脸上带着赛车选手特有的激动神秘神情。只要一坐进车子,手操方向盘——其实大一学生不准开车——他就变成被鬼神附体似的怪物,全凭来自另一世界的恐怖神灵摆布。不准驾车的禁令当然对他无效,偶尔他会失踪,然后快快乐乐地回来,坐下和找他玩牌的人打牌,来者不拒。最离谱的是他有一次开车去波茅斯,竟想沿着绝壁蛇行下山,终于被学校开除。

但我为何要重提深埋已久的旧事、重建我心中的庞贝城废墟呢?这样做有何意义呢?当时我的所作所为无一不是在彻底践踏灵魂中仅存的灵性活力,不遗余力地摧毁天主培植在我体内的神圣自由形象,如今虽然已经悔悟,但又何必旧事重提?我用尽心机、使出浑身解数,为的就是要将自己监禁在不堪忍受的丑恶桎梏中。这并不稀奇,人们不能了解的是,这样做就是将基督钉上十字架:那些为了分享祂圣宠的喜乐和自由而受造的人一次又一次拒绝祂、否认祂,祂就一次又一次死去。

毛德姑姑在那年十一月过世,我取道伦敦,摸索着回到伊令参加葬礼。

那天下午下着雨,天色晦暗,犹如夜晚,到处灯火通明。这正是英国初冬的景象,天光短暂,黑暗多雾。

班恩姑丈坐在轮椅上，消瘦衰弱，头上戴着黑色无边便帽，这次真的看起来像个鬼魂。他似乎已经失去语言的能力，茫然环顾四周，好像在说：平白无故说什么葬礼，岂非侮辱他头脑不清？为什么大家那么卖力告诉他毛德已经死去？

我可怜的毛德姑姑，这位天使心肠的维多利亚时期妇女，她消瘦的身躯埋入了伊令这地方的土地。我似懂非懂地察觉到自己的童年也和她同葬了，非常恐慌；我最清纯的岁月是在她的羽翼下度过的，现在我眼看着那些日子和她一起入土。

我透过她纯朴清澈的眼睛所看到的英国也在这儿死去了。我再也不信任那些美丽的乡村教堂、静谧的村庄，还有草坪边缘的榆树下身穿白色球服的板球球员等着上阵，投手在三柱门后沉思踱步，斟酌策略。从索塞克斯（Sussex）上空飘过去的大朵白云、古老郡镇里钟声绕梁的尖塔、大教堂禁区的茂密树木、教务长宅邸四周的乌鸦叫声——全都与我无关了，我已丧失一切。由奇魅联想编织而成的脆弱的网破碎了、随风飘散了，我从古英国的表面坠入地狱，坠入伦敦，这座贪得无厌的城市是真空与恐惧的温床。

这是我最后一次在英国见到亲人。

我搭上前往剑桥的最后一班火车，倦极入睡，醒来时已经过头，到了伊里（Ely）。辗转回到宿舍，早已过了子夜，因此遭到禁足的待遇，心里愤愤不平，认为错不在我。那年我两度被禁足，这是第一次。

我该继续随着时序运转讲述下去吗？那年冬天是何等灰暗，我沉入深渊底部，我们像肮脏的鬼魂般出没在学院后园的树丛下、卡莱尔新楼后和彻斯特顿路上的房间里，这些不堪回首的事可有必要重提？春回大地时，我参加了卡莱尔队第四号船的划船训练，几乎丢了我的命，可是至少有几周必须每天早起接受训练，并且在学院吃早餐，晚上上床时头脑也稍微清醒些。

我依稀记得那段日子曾经见到一线阳光，那是从布洛教授窗前流泻出来的。他的房间位于嘉友学院，窗户很古老，房里宽敞舒适，摆满了书，窗口对着两个庭院的草地。他的起居室必须由草地往下走几步路才能到达,可能有两层楼的高度。角落里有个中古时代的讲经坛,他就站在那儿,又高又瘦,一头灰发,是个像苦行僧般的学者。他从容地翻译但丁给我们听,我们十来个男女学生散坐在椅子上,对照着意大利文读本跟他学习。

冬季那学期,我们开始读《神曲》(*La Divina Commedia*)的"地狱篇",进度很慢,一天读不到一篇;不过,现在但丁和维吉尔已经经历了冰冷的地狱中心之旅,他们在那里曾见到三个头的魔鬼,口中咀嚼着几个至恶的叛徒。如今他们已爬出地狱,眼前是平静的海水,这里是炼狱山的山脚,山路环山七匝。现在是基督徒的封斋期,我之所以守斋,只因参加了划船队(因为表现太差,已经倒尽胃口),理由既不正当,当然也无功可居,就像在一圈圈的炼狱里兜圈子。

我读剑桥的最大收获便是接触到但丁,他的作品平易近人却才气逼人,堪称最伟大的天主教诗人——这倒不是说他已臻于全德与至圣的境界。读了他才思横溢的作品后,我至少暂时接受了他对炼狱和地狱的说法,这可不是一件小事,他的思想恰巧触发了我的美感反应,但是不能奢求我将他的思想应用到我的道德境界上。不,我当时宛如披着七层刀枪不入的盔甲,被自己的缺陷和盲目禁锢,这七大罪源(译注:即骄、怒、妒、惰、贪财、贪食、贪色)唯有用炼狱的火或上天的爱(两者几乎相同)才能烧尽。但是那时我竟能不受火焰的攻击,因为我动用了意志力逃避它们,那时我的意志已惯于被扭转,变得彻底冥顽不灵了。我已经竭尽所能使我的心不被爱德感动,并用我顽固的自私心设下谁也攻不破的心防——我终于如愿以偿了。

然而,我还能惬意而专注地倾听但丁的声音,他缓慢庄重地演绎神话与象征,诗意地融和了士林哲学和神学,自成体系。可惜他的种种思想皆未曾在我心中扎根,那是因为我的心粗糙懒散,不能吸收这么纯净的东西;不过,我心中终究还保持着某种武装中立的态度,愿意含糊笼统地容忍诸般教义,以便了解但丁的诗。

现在看来,那也是天赐的恩宠之一,是我从剑桥得到的具正面效果之最大圣宠。

1933 年牟敦入学剑桥大学卡莱尔学院合影

其他的就都是负面的了。仁慈的天主容许我尽可能远走高飞，远离祂的爱，但是祂成竹在胸，待我最终沉沦到深渊底部、自以为天高皇帝远时，将与我对质。这固然也是一种恩宠。"我若上升于高天，你已在那里，我若下降于阴府，你也在那里。"因为当我最悲惨时，祂会充分光照我的灵魂，让我看出我有多么悲惨，让我承认那是我自己的错造成的，是我自食其果。我永远要因犯罪而受罚，必须了解到（至少也要朦胧地意识到）是在自己的地狱火焰中受煎熬、受惩罚，在我自己的腐败意志造成的地狱中溃烂，直到受不了极端的悲惨，终于放弃自作主张的意志。

我曾有过类似的体验，但是在剑桥这一年，我即将感受到前所未有的苦楚；相较之下，以往种种不值一提。

仅仅了解自己不快乐并不代表获得拯救，也许是获救的开始，也有可能打开了陷入地狱更深层的门，我不知道自己沉到谷底的路途还长着呢；然而，现在我至少已清楚自己身在何处，开始设法脱身。

也许有人会认为天主的安排真是既滑稽又残酷，祂竟然容许我自己选择用什么方式拯救灵魂。但是天主的安排就是天主的爱，祂明察秋毫，不理会自我意志很强的人，只要他们坚持以一己之力掌控自我，天主便任凭他们自由行动，好让他们看出自己的无助能将他们带入何等徒劳与悲哀的境地。

这种情况的讽刺和残酷并非来自天主上智的安排，而是来自魔鬼，他自以为正在从天主手中骗取我这个愚蠢无趣的小灵魂。

于是，我开始在由学生活动中心改装而成的大图书馆里将佛洛伊德、荣格和阿德勒（Alfred Adler）的书全都借阅了。我在宿醉之余强打起精神，耐心勤奋地研读神秘的性压抑、各种情结、内向性、外向性等等。最糟的是由于我完全不节制欲望，以致激情失控，发为澎湃的乱流，使我的灵魂及其所有机能都快报废了；在这种状况下，我得出一个结论：我不快乐的原因就是性压抑！更荒唐的是，我又推论出世上最严重的罪恶便是内向。我努力要做个外向的人，于是不断地自我检讨，研究我的各种反应，分析我的所有情感，结果反而朝着希望竭力避免的方向一头栽了进去,变成一个内向的人。

我日以继夜研读佛洛伊德,自以为得到科学的启迪,其实哪有什么科学可言?还不是像老太太私下熟读秘术读物,好为自己算命、看手相预测未来罢了。我不知道当时是否濒临进入四壁装有软垫小室的地步,但是假使我真的发疯了,精神分析必是罪魁祸首。

与此同时,我的监护人接二连三地写信给我,言词越来越锋利。最后,大约在三四月间,我收到一封很不客气的召见书,要我去伦敦。

我在候诊室等了又等,将两年来的《潘趣》都翻遍了。把我扔在这样一个阴沉、雾气弥漫的房间内与枯燥乏味的杂志为伍,想必是蓄意要挫挫我的锐气。

一个半小时之后,我终于蒙受召唤,攀登狭窄的楼梯,到候诊室上方的诊察室。房内的地板打过蜡,我又有了如履薄冰的感觉,好不容易走到桌边的椅子旁,幸好没摔断髋骨。

汤姆以文雅却极为冷淡的态度接待我,隐约流露出些许不屑之情。他递给我一支烟,暗指我没有烟会活不下去,我当然拒绝了。

但是接下去那十几分钟是我有生以来最痛苦、最窝囊的时光,并非因为他说了什么话,他根本没生气,甚至也没有挖苦我。我记不得他究竟是如何措辞的,但是我受不了他直率、无情地要我解释自己的行为,这使我坐立不安。我做了那么多愚蠢、惹人厌的事情,如今必须提出合理的解释,为自己辩护,这怎么可能?一个有理性的受造物焉能生活成那副德行!我深深感到为自己辩护的痛苦和无稽,舌头几乎失去功能。我喃喃说出"我错了"和"我不想伤害别人",听起来真是蠢极、下贱极了。

因此,我真是迫不及待想要离开,一走出门就不停地抽起烟来。

几个月过去了,我并没有任何改变。复活节假期后,导师找我谈话,要我解释为什么缺席了大部分课程,还问了一些其他的事,这次我没那么不自在了。至于那些即将来临的考试——我应该考法语、意大利语的现代语言优等生甄选初试——我认为可以通过,结果也的确如此,还都考了第二名。朋友打电报告诉我结果,那时我已上船前往美国——就是那种从伦敦出发历时十日的航程——正经过多佛海峡,太阳照着白色岩壁,我的胸腔充满新鲜的空气。

原本我计划次年再回剑桥,已在卡莱尔学院的"老方庭"订好住宿的房间,就在通往卡莱尔桥的大门旁,往外可以看到校长的花园。但是像我这副德行的大学生住在那个地点其实是下下之策:正好夹在校长和资深导师的住处之间;不过,我再也没有以剑桥大学一份子的身份回去过。

那年夏天,汤姆寄信到纽约给我,建议我打消进入英国外交界的计划,因此也无需再待在剑桥,以免浪费时间和金钱。他认为留在美国才是明智之举。

不出五分钟,我就转念同意他的看法。不知我是否太主观,总是觉得欧洲隐约有种毒气在腐化我,一想到、闻到那种气息就让我作呕。

到底是什么呢?是一种道德霉菌吗?在那潮湿多雾的空气、灯光掩映的黑暗里,可曾有霉菌的孢子四处飘散?

我一想到不必再回到那阴湿恶臭的薄雾里,就松了一大口气——大大弥补了我受伤的自尊心,以及因表现不尽理想而生的羞耻心。我说"不必一定要再回去"的意思是:我还是要回去待一段时间,以取得永远定居美国的入境名额,因为我现在仅持有临时签证。这倒无所谓,这种不一定要留在那儿的感觉也是另一种解放。

我再度反问自己,我的看法是否太主观——可能是吧!我只看到英国某一部分的腐败,不能据此指控它全盘腐化;我也不能说只有英国被这种甜腻、难缠的灵魂恶疾所传染,其实整个欧洲都遭殃了,尤其是在超越层面。

我儿时初访英国,在纯朴的乡间行走,参观村里的老教堂,阅读狄更斯(Charles Dickens)的小说,和姑姑及表兄弟姐妹漫步溪边野餐,当时并没见到、也未察觉这个地方有何不妥。

如今,斯土斯民究竟出了什么毛病?为何一切如此空虚?

最奇怪的是,你若倾听足球、橄榄球、板球、划船队员和狩猎者的呐喊声,以及茶肆酒馆里顾客笑闹或笨拙起舞的声浪,不免要问:明明是一片欢乐喧嚣,为何听来如此痴呆空洞,如此荒谬可笑? 我觉得剑桥和整个英国似乎都在苦苦扮演生气蓬勃的角色,简直称得上勇气可嘉。演这种戏必须大费周章,就像演一场盛大复杂的比手划脚猜字游戏,服装布景昂贵繁复,配乐多而无当,整场演出却乏味至极,因为大部分演员实际上都已经是行尸走肉,早被自己的黄色酽茶水气闷死,或被酒吧酒厂的气息、剑桥牛津大学墙上的霉菌窒息而死了。

我说的都是记忆中事。后来,也许这些病因引起的那场战争产生了某些作用,治愈了这个环境,或是改变了它。

某些人内心空空如也,一无所有,战争期间的苦难操劳反而会增强其心灵的韧性,不像承平时一味沾沾自喜、外强中干,这是我相信的;若非如此,他们就会全军覆没。我有个朋友就是这样的人,在我离开剑桥大约一年之后,听说了他的遭遇。

迈克长得强壮结实,脸红红的,是个爱吵闹的年轻威尔士人;我在剑桥那一年,从早到晚都和他们那伙人瞎混。他喜爱大声哄笑,又喜欢大惊小怪地叫唤,静下来时会长篇大论地谈人生,但他最大的特点是喜欢一拳打破窗子。他给人的印象就是豪爽、爱说话,整日兴高采烈,能吃能喝,追起女孩热情奔放,有点吓人。他总有办法惹出许多麻烦,那是我离开剑桥时他的情况。次年,听说一个门房之类的人去卡莱尔的“老方庭”建筑下面淋浴,发现迈克用一条挂在管线上的绳子上吊了,那张神采飞扬的大脸泛黑,流露出窒息而死的痛苦,那就是他的结局。

一九三四年十一月,我终于永远离开了欧洲,当时的欧洲悲惨动荡,充满不祥之兆。

当然,许多人都说:“不会打仗的……”但是,希特勒在德国掌权已久,那年夏天,纽约所有的晚报忽然争相报导多勒福斯(Engelbert Dollfuss)在奥地利被刺杀,以及意大利在奥地利边境聚集军队的新闻。有天晚上我和马尔许去科尼岛,走在旋转的灯光和喧哗的声音中,喝着一杯杯冰冷稀释的啤酒,吃了几根抹了很多芥末的热狗,心想自己也许不久就会入伍,说不定就此送命。

这是我第一次感觉到对战争的恐惧,仿佛利器已刺中我的要害。

那不过是一九三四年,往后还有得瞧呢!

现在是十一月,我永别了英国,船只静静地在夜间驶出南安普顿的水面,我身后的大地仿佛充满山雨欲来之前的沉静。这块土地似乎被层层浓雾和黑暗所封闭,噤不作声,所有人都在厚墙围绕的家中静待纳粹发动他们那十万架飞机,发出第一声轰然雷鸣。

或许他们并不知道等在眼前的会是这些,或许他们只关心乔治王子和玛丽娜公主昨天的婚礼。连我自己也不例外,只牵挂着即将离开的人,不怎么关心政治气氛,但是当时的局势岂容忽略!

我已经看够了这些将战争合理化的事物、行为和欲望,世界将因此受到成吨的炸弹轰击,日后更会有数以百万吨的炸弹落下;然而我可曾知道,单单我一个人的罪孽就足够毁灭整个英国和德国有余?到目前为止,我们发明的炸弹威力皆远不及人类任何一项大罪之半,然而罪恶却没有正面的能力,它只是否定,只是灭绝:也许这就是罪恶如此具破坏力的原因,它是虚无,所在之处什么都不剩——只剩下空白,剩下道德的真空。

若非天主赐予我们无限的怜悯和爱,我们早就互相厮杀得粉身碎骨,将祂造化的一切毁灭殆尽。人们似乎认为世间烽火不断正足以证明具怜悯心的天主是不存在的,其实恰好相反。想想看,千百年来,人类行使自由意志造成了多少罪恶、贪婪、色欲、残酷、仇恨、贪财、压迫与不义,而人类仍能一而再、再而三地复原,并孕育出能以善心克服罪恶、以爱心克服仇恨、以爱德克服贪婪、以圣德克服欲望和残忍的男男女女;如果没有天主的怜悯和爱,如果不是祂将圣宠倾注在我们身上,这一切怎么可能发生?难道你还不信战争与和平各有出处吗?且看那些世俗之子,在和平会议时竟然摒弃天主,他们越是谈论和平,无疑只会带来更多、更大规模的战争。

只要张开双眼环视周遭,就知道我们的罪恶如何危害世界,多少错误已经铸成。但是,我们视而不见,我们就是天主的先知所说的人:"你们听是听,但不明白;看是看,却不理解。"

每一朵花开放,每一颗种子落地,每一枚麦穗在枝头上迎风点头,都是在向全世界宣讲、彰显天主的伟大与慈悲。

每一个仁慈慷慨的举动，每一项牺牲行为，每一句和平温柔的话语，每一个孩子吐露的祈祷词，都是在众人面前、在天主宝座前咏唱的圣歌。

我们的祖先加音（Cain）[27] 凶恶嗜杀，数千代谋杀犯绵延至今，我们当中竟然还有人可以成圣，这是怎么回事？世间真正善良的人以其恬静、沉潜、安详的美质赞颂天主的荣光。

这一切事物，一切受造物，每一个优雅的动作，每一个出自人类意志的端正行为，都是天主派来的先知；由于我们的固执，先知的来临只有让我们更加盲目。

"使这民族的心迟钝，使他们的耳朵沉重，使他们的眼睛迷蒙，免得他们眼睛看见，耳朵听见，心里觉悟而悔改，获得痊愈。"

我们拒绝聆听天主藉着千百万种不同的声音对我们说话，每一次拒绝，我们反抗圣宠的心就会变得更硬——然而祂继续对我们说话：我们却说祂没有怜悯心！

"但是主为你耐心相待，祂不愿意任何人毁灭，只愿所有的人回头悔过。"

天主之母，上个世纪您多次在山中、树丛、小丘莅临垂顾我们，告诉我们将要发生的事，我们却一概充耳不闻。我们还能装聋作哑多久？难道就一头栽入我们深恶痛绝的地狱钳口，任它吞噬？

圣母，那晚我离开曾经敬拜您的英国，您的爱与我同在。虽然当时我不知道，也无心理解，但正是您的爱与您在天主前的代祷，指引着我的船在海上航向另一个国度。

当时我不知何去何从，也不知到了纽约能做什么，但是您看得比我更远更清楚，是您为我的船分开海水，带领我顺着那条路途，越过汪洋，来到我从未梦想过的地方；您甚至已为我将该地安排好了，让我在那儿得到拯救、庇护及家园。当我认为人世间没有天主、没有爱、没有怜悯的时候，您无时不在引领我进入天主的爱和慈悲，我毫不知晓地被您带领，进入那将我隐藏在祂的圣容里的会所。

光荣的天主之母,今后我怎能不信任您,不信任您的天主? 您在祂宝座前的代祷是有求必应的,我能转过头去不看您的手、您的脸、您的爱吗? 终我一生,我岂能再左顾右盼而不时时刻刻仰望您充满爱心的脸,寻求启示,俾能掌握人生的方向?

圣母,您曾经眷顾过我,请您同样照顾我千千万万的兄弟,他们的悲惨处境我曾亲身走过;尽管他们可能尚未回心转意,仍请您垂顾他们,以您不可抗拒的影响力引导他们。灵魂的神圣天后,罪人的庇护者,请您像带领我一般带领他们来到您的基督面前。"圣母,祈求你聊亦回目,怜视我众,及此窜流期后,与我等见尔胎,普颂之子耶稣。"圣母,在我们的流亡期结束后,请将您的基督显示给我们,但务请在此时此地也将您的基督显示给我们吧,虽然我们的流亡期尚未结束。

注释:

[1] 德鲁伊教(Druidism)祭司,是古代凯尔特人中一批有学识的人,最早产生于公元前三世纪,其主要教义是灵魂不死。如有人病危或战争中处于危险,德鲁伊教会因此以活人献祭免灾。

[2]《格林多前书》,亦译《哥林多前书》,是新约圣经的一书卷名。

[3] 圣保禄(St. Paul),亦译"圣保罗",是在非犹太人中首先设立教会的早期教会领袖,亦被尊为"使徒保罗",其作品在新约圣经中被称为"保罗书信"。

[4] 宗徒,基督新教译作"使徒",在圣经中指耶稣亲自选召并派遣的十二门徒。

[5] 唯一神论(Unitarianism),强调在宗教中自由运用理性,主张上帝只有一个位格,否认基督的神性和三位一体论的一种宗教运动。

[6]《默示录》,亦译《启示录》,新约圣经最后一卷。

[7] 布莱克(William Blake, 1757~1827),英国诗人、画家、版画家,曾亲自为自己的诗集《天真之歌》(1789 年)、《经验之歌》(1794 年)作铜版插图、装饰和手工着色。

[8] 圣女大德兰(St. Teresa of Avila, 1515~1582),西班牙女神秘主义者,也是加尔默罗修会的改革者,其作品《七宝楼台》在教会内闻名遐迩。

[9] 霍普金斯(Gerard Manley Hopkins, 1844~1889),英国诗人,首创一种接近

日常言语的诗歌韵律,对二十世纪艾略特等诗人很有影响,诗作有《凤鹰》等。

[10] 圣若望学院,亦译"圣约翰学院"。

[11] 圣方济(St. Francis of Assisi, 1181 或 1182~1226),亦译"圣方济各",天主教方济会和方济女修会创始人,意大利主保圣人,规定修士恪守苦修,麻衣赤足,步行各地宣传"清贫福音"。相传圣方济身上带有耶稣受刑时留下的五处伤痕。

[12] 圣十字若望(St. John of the Cross),十六世纪西班牙天主教加尔默罗会的灵修大师,著有《心灵的黑夜》等在天主教内脍炙人口的作品。

[13] 嘉都西会(Carthusian),源自中世纪的天主教隐修会之一,因创立于法国嘉都西山而得名。该会持守简朴生活,常斋戒,守静默,将埃及沙漠中的隐修生活与修院生活结合在一起。

[14] 圣依搦斯(St. Agnes)圣孩童,天主教徒尊敬的殉道士之一,于公元二世纪后期或四世纪初期,在罗马被杀,年仅十三岁。

[15] 殉道者圣则济利亚(St. Cecelia),天主教徒尊敬的殉道士之一,大约公元 230 年在罗马被杀,后世尊她为音乐界的守护圣徒。

[16] 教宗圣克雷孟(St. Clement),早期教会领袖,曾任罗马主教,被天主教尊为第四位罗马教皇。

[17] 圣劳伦斯(St. Lawrence),亦名"圣老楞佐",早期罗马教会的下级教士,在罗马皇帝瓦莱利安迫害基督教时被杀害。

[18] 圣热罗尼莫(St. Jerome, 348~420),古代基督教拉丁教父,圣经学者,其所编订的《通俗拉丁文本圣经》被定为天主教的法定圣经。

[19] 《哥罗森书》(Colossians),亦译《歌罗西书》,是新约圣经的一书卷名。

[20] 《厄则克耳书》(Ezechiel),亦译《以西结书》,是旧约圣经的一书卷名。

[21] 道明会(Dominican Order),又译"多明我会",天主教托钵修会之一,1215 年由西班牙人多明我创立于法国图卢兹。注重布道活动,故又名"布道兄弟会"。提倡学术研讨,传播经院哲学。

[22] 美以美会(Methodist Episopal Church),美国的卫斯理宗 1844 年在巴尔的摩"圣诞节"会议后自称"美以美会"。

[23] 浸信会(Baptist Church),又称"浸礼会",基督新教主要宗派之一。十七世纪前期产生于英国和在荷兰的英国流亡者中。反对给婴儿行洗礼,认为领洗者

必须达到能够理解受洗意义的成年期才可领受;主张受洗者必须全身浸入水中,以象征受死埋藏而重生。教会组织强调独立自主,反对国教和政府对各地方教会的干涉。

[24] 圣公会(Anglican Church),也称"安立甘会"或英国国家宗教,是基督新教的一个教派——圣公宗。圣公会的最高主教是坎特伯雷大主教。圣公会是和天主教差别最小的一个新教教派。

[25] 安德希尔(Evelyn Underhill),英国圣公会学者,在神秘主义研究方面颇有声望。

[26] 摩门教,美国新兴宗教之一,其正式名称为"耶稣基督末世圣徒教会",1830年由美国约瑟夫·史密斯创立于纽约。他自称得到《摩门经》而设立该会,称基督第二次降临之前将在美国建立新耶路撒冷。

[27] 加音(Cain),亦译"该隐",圣经人物。

4

市场里的孩子

《禅与欲望之鸟》书影

1

我的路途遥远，要渡过的不只是大西洋，也许冥河还好渡些，它只是条河流而已，可能不那么宽。越过冥河的困难不在其宽度，尤其是你只想离开地狱，并不想进去。所以，这次我虽然离开了欧洲，却仍然留在地狱里，但是我并非未曾尝试离开。

这次越洋真是风狂雨骤。只要天气许可，我会在宽广无人、浪花冲击的甲板上散步。有时我会更往前走到可以看到船首的地方，船头冲入排山倒海而来的海水，海水迎面而来。我抓紧栏杆，船只摇摇晃晃地向水溶溶的空中滑翔，海水在我们下方冲刷而过，船上的支柱和舱壁都在呻吟抱怨。

当我们来到大岸滩（Grand Banks）时，海面平静了，雪花纷飞，安静的甲板在暮色中一片雪白。望着宁谧的雪景，我以为自己既然有了不少新想法，内心亦将渐渐获得平静。

我确实面临剧烈的变化，这种蜕变并不正确，但毕竟是一种转变；与先前相较，也许算是两害相权取其轻吧。这倒是无庸置疑，但是不管怎么说，也没好到哪里去——我就要变成共产党员了。

这么说好像和自称"我要留髭"没什么不同，其实这时我还长不出胡须，也可能是不敢尝试。我猜想，我的共产主义就像我的脸一样不成熟——我贴在移民名额卡上的照片就是那副乖戾、不知所措的英国孩子模样。但是就我所知，我已竭尽所能凭着自己当时的见解和冀求，朝道德蜕变的方向迈出诚恳、完整的一步。

自从离开了在奥康时那种与外界较隔离的环境之后，我就过着自由放任的日子，改变不可谓不大。现在我该彻底重整自己的价值系统了，不能再逃避真理。我太惨了，显然我那奇特暧昧而自私的享乐主义已铸成大错。

痛定思痛，我很快发现自己在剑桥那一年所有游戏人生的梦想真是疯狂荒谬，所追求的一切都化为灰烬；更糟的是，我自己变成了令人极度厌恶的人——虚荣、自我中心、放荡、软弱、犹豫不决、缺乏自律、好色、淫秽、骄傲。我真是惨透了，只要照照镜子，就自觉恶心。

当我想扪心自问、寻找问题症结所在时，接下去的发展便顺理成章了，我似乎已经找到让我脱离精神监狱的那扇门。四年前我第一次读到《共产党宣言》，此后从未完全忘记这本书。在史特拉斯堡过圣诞节时，我读过几本有关苏联的书籍，书中提到工厂一律自动加班的盛况，还有许多帝俄时代的农民笑容满面、手中拿着树枝欢迎苏联飞行员从北极飞行归来。那时我常看苏联电影，从技术角度看，那些电影相当不错；其实也许没有我认为的那么好，我可能太急于认同了。

最后，我脑海中出现一个迷思。我认定苏联是艺术之友，在中产阶级的丑陋世界里，它是纯正艺术唯一的避难所。真想不通这个念头是从哪里冒出来的，我竟然深信不疑了那么长一段时间，这就更令人费解了。你想想，谁都看得到苏联红场的那些照片，斯大林的巨大画像悬挂在世界上最丑陋的建筑物墙上，更不用说那突出古怪的列宁纪念碑了，那就像一座巨山型的肥皂雕刻，顶端站着那个"共产主义之父"小像，还伸出一只手来。等到夏天我去了纽约之后，见到朋友们的小公寓中到处散放着《新群众》(*New Masses*)；其实，当年我遇见的人当中，很多人都是共产党员，不然就是已经快要入党了。

现在，轮到我仔细盘点自己的心灵了，我很自然地想到自己的心灵与经济历史和阶级斗争的关系。我的结论是：我的不快乐不应归罪自己，该责怪的是我生活在其中的社会。

我想到现在的我、剑桥时期的我，以及我自己塑造的我，很清楚地看出我就是这个时代、社会和我这个阶级的产物，就是由这唯物世纪的自私、不负责任孕育出来的产物。然而，我没看出我的时代和阶级所产生的作用只是次要的，它们让我的自私、骄傲与其他罪恶都沾染上本世纪特有的软弱、高傲无礼，但这只是表面现象；在深处产生作用的，仍然是人心固有的三种贪欲：贪婪、色欲、利己心。至于孳生贪欲的肥沃、腐烂土壤，则是不论哪个年代、哪个阶级都称之为"世界"的东西。

"谁若爱世界，天父的爱就不在他内。原来世界上的一切就是肉身的贪欲、眼目的贪欲，以及人生的骄奢。"换言之，只依感官需求生活的人，只想顺应天性追求享乐、沽名钓誉的人，就已经自绝于天主的爱。这种爱本是灵性活力和幸福快乐的本质，唯独天主的爱能拯救我们，让人不因卑鄙自私而陷入空虚贫瘠。

的确，在唯物主义社会中，所谓的文化随着资本主义的微妙摆布而演化，结果社会世俗化的程度可谓登峰造极，或许只有异教的罗马社会可以媲美。资本主义世界大量孕育出低贱、卑劣可厌的情欲和虚荣，一切罪恶皆假赚钱之名而行，并且得到鼓励与支持。我们的社会致力于刺激人体每一根神经，使它处于人为张力可能达到的极致，将每个人的欲望紧绷到极限，尽可能创造新需求，激起人工制造的热情；然后，再由我们的工厂、印刷厂、制片厂等等推出产品，用来满足需求。

身为艺术家的儿子，凡是和"中产阶级"沾上边的事物，我一概誓死反对。如今只要以经济名词包装我的嫌恶，然后扩大范围——也就是说，将可归类为"半法西斯主义"的事物都囊括在内（包括劳伦斯和许多自命叛逆、实则不然的艺术家）——我就有了现成的新宗教，马上可以派上用场。

这种宗教简单易行——真是太方便了——它指出世上所有的罪恶皆来自资本主义，只要抛弃资本主义，所有的罪恶就消除了。这多么简单啊，因为资本主义包含着使自己腐烂的种子（这是一目了然的真理，没有人会花力气否认，连最蠢的现行制度维护者也不例外：因为我们的战争足以雄辩地证明这一切）。我们是一个活跃、领悟力高的少数族群，大家都知道这个少数族群是由社会中最聪明、最有活力的份子组成，其任务是双重的：唤起受压迫的无产阶级，令他们察觉自己的权力与命运，知道自己是生产工具的未来主人翁；此外，要从"内部打洞"，尽其所能地掌握权力。无疑地，某种程度的暴力行动可能有其必要，但这是因为资本主义必然会施展法西斯主义的手段逼迫无产阶级就范。

凡是人们厌恶的事，都能归罪到资本主义头上，连革命的暴力本身亦然。当然，现在苏联的革命初步成功，无产阶级专政也已经建立，但是必须推广到全世界，革命才算真正成功；然而，一旦资本主义全盘瓦解，无产阶级专政的"半国家状态"就只是暂时性的。无产阶级专政像是革命的监护人，也是新的无阶级社会未成年时期的导师；一旦这新的、无阶级世界的全体公民受到启发性的教育，彻底排除了贪念，残余的"国家状态"亦将凋零，我们就会有一个崭新的世界、崭新的黄金时代，所有产业（至少所有资本财货、土地及生产工具等等）都会成为共有，没有人想要据为己有，于是世上不再有贫穷问题，不再有战争，不再有悲惨，不再有饥饿，不再有暴力，皆大欢喜。没有人会工作过度，只要喜欢，便可心甘情愿地交换妻子，他们的后代会在一个个闪亮的大育婴保温箱长大。负责照顾孩童的不是国家，因为国家已经消失了，取而代之的是新的"无阶级社会"中一个伟大、美丽、宛如数学上无理数般的东西。

我还没那么容易上当，不致轻信国家不存在、无上的幸福便会接踵而至这样的想法——这较原始印第安人死后在天堂快乐狩猎的传说还要天真，太过简化。但是我一厢情愿地认定只要天时地利人和，所有问题便会迎刃而解，当前首要之务便是废除资本主义。

对我而言，共产主义之所以有说服力，是因为我自己缺乏逻辑。共产主义企图征服的邪恶是一回事，它所下的诊断是否正确、能否对症下药，又是另一回事，我却无法区分。

　　我们所处的社会之恶劣是不容怀疑的，社会中的斗争、萧条、贫民窟和其他各种邪恶主要都是不公义的社会制度造成的，这个制度必须改革、净化，否则就要以新的制度取而代之。然而，就算你错了，我就一定是对的吗？你是坏人，就证明我是好人吗？唯物主义是一切邪恶的根源，共产主义将这一点看得很清楚，而它自己只不过是资本主义崩溃导致的另一后果，共产主义的真正弱点在于它本身是同样一个唯物主义的另一产物。的确，共产主义像是用十九世纪资本主义意识型态的断垣残壁拼凑而出的，这种意识型态曾经进入十九世纪资本主义庞大紊乱的知性结构，如今又藉共产主义还魂。

　　我不了解，假装懂得一点历史的人怎会如此天真，以为绵延数世纪的腐化残缺社会制度最后可以演化成完美纯洁的制度——这岂不是意味着恶可以变成善，无常可以变成永恒，不义可以变成正义！不过，革命也许是对进化的否定，所以公正可以取代不公，善良可以取代邪恶。然而，假定同一批人除了改变心态之外其他一成不变，转瞬之间就能改弦易辙，创造出完美的社会，这种想法岂不同样天真？为什么同一批人过去创造的一切就那么不完美，顶多只能建立一点点公正的假象呢？

　　然而，正如我所说，当我乘坐航期十天的船取道哈利法克斯（Halifax）前往纽约时，站在甲板上，心中突然充满希望，这种希望大部分是主观和想像的。我偶然间将新鲜空气、海洋、健康的感觉和许多发奋图强的决心结合了起来，碰巧又想起一些肤浅理解的马克思主义概念，使我步上许多人的后尘，成为一个自我幻觉中的共产党员。我就这样加入千万美国人民的阵容，偶尔买一份共产主义传单，听到共产主义者的演讲不起反感，却对攻击共产主义的人公开表示厌恶。我们知道世上的不公和苦难太多，认为共产党员最想要真正有所作为。

　　除此之外，我力求改过自新，却又三心二意、方向错误，从而养成了某些独树一帜的信念，认为必须为公众利益奉献自己，并且至少应该运用一部分个人的才智解决这个时代的严重问题。

　　现在想想，这对我多少有些益处，至少我承认了自己很自私，愿意培养一些社会和政治意识作为补救。我怀着新生的热情，甘愿为世界和平与正义牺牲奉献。我要以积极的行动中止并扭转越演越烈的洪流,以免世界陷入另一场战争——我觉得我可以做一些事,不必孤军奋战,而是加入一个活跃敢言的团体,与其成员共同奋斗。

那是个明亮冷冽的傍晚,我们已经过了南塔克特灯塔,在十二月太阳微弱的光照下,长岛那长远、低矮的黄色海岸线缓缓展现。进入纽约港时已是万家灯火,轮廓清晰的坚固建筑物闪烁得像珠宝盒般,这个伟大、快活的城市既年轻又老成,即睿智又无邪。我们经过巴特利(Battery),往北河的方向航去,听到城市在冬夜发出呼唤声。我好高兴啊,又能以移民身份回来了。

我来到码头,心中充满自信与占有欲。"纽约,你是我的! 我爱你!"这疯狂的大城市总是高兴地拥抱她的情人,但我猜想最终会导致他们毁灭。的确,这座城市对我毫无益处。

我的心情十分激动,有那么一段时间想去社会研究新学院注册选课,该校位于第十二街,是一栋黑溜溜的建筑。但是我很快就被说服了,还是在普通大学修课取得学位来得妥当,所以我开始办理繁复的手续,申请哥伦比亚大学的入学许可。

我从第一一六街地铁出口上来,校园四周堆着肮脏的积雪,可以闻到晨边高地冬季特有的潮味,夹杂着一抹令人兴奋的气息。巨大丑陋的建筑物谦恭而若有所思地面对世界,大伙儿冲出冲入玻璃门,完全不像剑桥那些穿着华服的大学生——没人穿戴五彩领带、校服外套和围巾,没人穿粗花呢衣服、马裤,没人摆架子、装模作样,只见大家穿着与市内民众无异的朴素单调大衣。一眼望去,便觉得这些人比我在剑桥认识的人要更认真、更谦逊,没那么有钱,也许较聪明,但肯定更用功。

大体说来,哥伦比亚大学完全没有学术界的繁文缛节,礼服礼帽只在特别场合才用得上,其实不参加那些场合也行。我碰巧参加过,但也仅此一次而已,那是我拿到文凭后几个月的事。顺带说一句,文凭是在大学厅注册组的窗口领取的,注册组办公室的样子颇像邮政局,而文凭是卷在纸筒里的。

和剑桥相较,哥大像个被烟熏得乌黑的大工厂,但反而充满新鲜空气,明亮开朗,有一种真心向学的蓬勃气氛——至少相对而言。也许是因为大多数学生必须辛勤工作、赚取学费吧,就算所获无几,他们也很珍惜。那栋宽敞闪亮的崭新图书馆亦值得一提,在借书处有复杂的借书系统和照明装备,不久我就从那里抱着满怀图书出来。现在我已经无法理解当年那些书为何让我兴奋了,我想并不是因为书本身,而是我自己全身是劲、踌躇满志,将不怎么有趣的东西都想成趣味盎然。

举例来说,伊恩(Yrjö Hirn)的美学书为何让我着迷?我不记得了。我几乎天生就讨厌柏拉图学派,却满喜欢菲奇诺(Marsilio Ficino)用拉丁文翻译的普罗提诺(Plotinus)的《九章集》(*Enneads*);其实真正的原因是柏拉图和普罗提诺有很大的不同,但是我的哲学素养不够,不知道不同之处何在。感谢天主,今后我永远没有必要寻找答案了,反正我就扛着这一大册书,先坐地铁再换长岛线火车,回到道格拉斯顿。在家里,我有自己的房间,大玻璃书柜中装满共产主义的小册子和精神分析的书籍,而我在罗马买的拉丁文圣经已经被打入冷宫了……

我不知怎么对笛福(Daniel Defoe)发生了兴趣,读了他的毕生事迹,除了《鲁滨逊飘流记》,还遍阅他所写的大量怪异新闻报道文章。我也读斯威夫特(Jonathan Swift)的作品,视他为英雄。记得那年五月,我去了一趟哥大书店,将一本艾略特的小品文和一批杂七杂八的书卖了。我有意不再附庸风雅——我已改头换面,变得严肃且实际,这些书籍的中产阶级色彩似乎太浓了,配不上崭新的我。

美国大学的课程是广泛笼统的,不会将某个项目教得完完整整,而是尽力让学生走马观花般每样都学一点儿。我发现自己对地质学、经济学稍有兴趣,暗自诅咒大二学生必修的“当代文明”,那是一门大而无当的时事课程,不论喜欢与否都必须修习。

没过多久,我就像道地的哥大学生一样满口经济学和伪科学的术语,也适应了我觉得相当友善的新环境。和剑桥相比,哥大真是个友善的地方,若是有事求见教授、指导教授或教务长,他们多半会简短地说明你分内该知道的事;唯一麻烦的是,不论你想见谁,通常都得等上半小时左右,但是轮到你之后就不会碰到拐弯抹角的怪招和顾左右而言他的花招了,也不会被难以捉摸的学术典故或无聊的俏皮话弄昏头,那可是每个剑桥人都喜爱卖弄的。剑桥人都爱别出心裁、自成一格,我想,也许在大学中矫揉造作是不可避免的。唯有两种人能对一代接一代的学生开诚布公:第一种人返璞归真,到了超凡拔俗的境地;另一种人虽属凡夫俗子,但是虚怀若谷,非一般人所能及。

在哥大,那时——现在亦然——就有这么几个人,其中之一就有这种过人的英勇气概,他就是范多伦(Mark Van Doren)。

我在哥大的第一个学期正值一九三五年冬,那时刚过二十岁生日不久。范多伦开了"英文系列课程"中的一门课,授课地点在汉弥尔顿楼,从窗户看出去,可从大柱子之间一直望到围着铁丝网的南操场。参与这门课的学生约有十三四个人,多半头发蓬乱、戴着眼镜、懒散地坐着。

这是一门英国文学课,非常持平,无所偏废,教的就是分内该教的:十八世纪英国文学。在课堂上,文学就是文学,没有被当成历史、社会学、经济学,或是一系列精神分析的案例史来教,这真是奇迹。

我私自揣度这位杰出的范多伦到底是谁? 他受聘来教文学,就本本分分地教文学,谈论写作、书本、诗、戏剧,不会突然离题扯到诗人或小说家的生平,也不会牵强附会将许多主观意见强加在别人的作品中。他到底是何许人也? 他不会惺惺作态,也不会为了掩饰无知,引述一堆评论、猜测或与该课题无关的无用数据。他真心喜欢教他分内该教的东西,不像有些人私下憎恶诗、讨厌文学,却好意思自称是文学教授。这个人真是了不起。

哥大竟然有许多像他这样的教授,他们不会狡猾地置文学于死地,将文学隐埋于一大堆不相关的玩意儿中。他们教导学生如何读书,如何区分好书坏书,辨别真正的写作与虚伪、模仿的作品,确实澄清并教育了学生的观念,因此让我对自己的新大学肃然起敬。

范多伦走入教室,二话不说就进入正题。大部分时间他会向学生提出问题,问题都很精彩,假如你用心作答,就会发现自己答得妙极了,不明白自己怎么会有这般见识;其实你原本没有这等见识,是他用问题把你"引"了出来。他的课是名符其实的"循循善诱"——将东西从你的脑袋引出，让你产生属于自己的明确意见。别以为范多伦只是将自己的想法塞进学生脑袋里，然后让学生误以为是自己的想法，说出后便牢记不忘。他的方法与此完全不同。他有本事让人感染到他对事物的高昂兴致，学到他处理问题的方法，有时造成的结果却出人意外，但我认为这是美好的意外；他光照别人，自己却毫无察觉。

身为老师，若能年复一年、持之以恒（虽然范多伦当年还年轻，现在也不老）做到不耍花枪、说笑话来哄骗、讨好学生，又能不大发雷霆、大肆指责学生，使学生战战兢兢、如临大敌，藉以掩饰自己疏于备课——如果教授能够不做上述这些舍本逐末之事，就表示尊重上天的召唤，工作成果相当丰硕；不只如此，服从召唤也会使他更完美、更尊贵。这就是他应得的报酬，不仅合乎人之常情，在圣宠的领域中更是如此。

我知道范多伦对圣宠是不会陌生的，但是只谈他的教学工作在俗世担当的任务，亦可看出天主有意以他为最直接的工具，这是他自己都不尽理解的。我本人就受益于他清醒真诚的思维能力，以及绝对诚实、客观、不逃避的治学态度，因此及早做好心理准备，日后得以接受士林哲学的好种子。这件事丝毫不奇怪，因为范多伦自己就熟悉好几位现代士林哲学家，像马里坦（Jacques Maritain）[1] 和吉尔松（Etienne Gilson）[2] 等，又和美国新多玛斯学派（American neo-Thomists）的莫提美·阿德勒（Mortimer Adler）和麦可基恩（Richard Mckeon）往来。这批人最先都在哥大，后来不得不转往芝加哥，因为哥大当时还不够成熟，不知如何善用他们。

范多伦显然具有士林哲学家的气质。他的心智清晰，能直接探索事物的本质，不被机遇和表象蒙蔽，追寻存有和实质；对他而言，诗歌就是智者与现实互动后所发的金玉良言。如果诗歌只是含糊不清的情感泛滥，则徒然消耗我们的灵魂，无从充实我们的基本能力。

就凭范多伦这种踏实的士林哲学，就永远不会允许自己犯幼稚病，用自己私心喜爱的理论曲解自己喜欢的历代各国诗人。他痛恨二流左翼评论家自以为是的作风——只要碰上他们喜欢的作家，自荷马以降到莎士比亚乃至当代作家，他们都自以为从中发现了辩证唯物主义的梗概。如果这位诗人让他们中意，他的作品必定是在替阶级斗争证道；如果不合他们的心意，他们就有办法证明该人是法西斯主义的祖宗。被他们奉为文学界英雄的作家都是革命领袖，最喜欢谈到的恶棍就非资本主义者和纳粹莫属了。

我在那特殊时刻有幸碰上范多伦这样的人真有福气，当时我刚开始崇拜共产主义，只要听到宣扬无阶级社会的论调，就觉得天堂在望，再蠢的言论也令我俯首贴耳，身处险境而不自知。

//

纽约当时似乎有这么一种由赫斯特报业集团（Hearst papers）撑腰的说法，说哥大是共产主义的温床，师生都是赤色份子，可能只有校长巴特勒（Nicholas Murray Butler）例外，他孤苦伶仃地住在晨边大道上的大砖房里。我相信这可怜的老人确实孤苦，与大学隔绝也是事实，但是认为大学里每个人都是共产党人就太离谱了。

我知道哥大的教授圈子就像个同心圆，其坚实的核心是由一些善意、不开化、拘谨保守的老前辈构成，他们是理事和校友的最爱，也是巴特勒的学术荣誉守卫。内圈人士则是社会学家、经济学家和律师，我看不透他们的世界，他们对华府施行"新政"有很大的影响力；我对这批人及其附属份子的情况毫无所知，只知道他们绝不会是共产党人。此外，哲学学院里有一小群显赫的实用主义者，他们培养出成千上万平庸的弟子，遍布在教师学院和新学院的丛林迷津里。这些人也不是共产党，他们在美国中西部曾经产生很大的作用；他们企图制约他人，结果反受他人制约，因此教师学院的象征永远是黯淡、平庸、不幸的行为主义。以上这三种团体就是哥大的精髓，我认为他们总以奉行自由主义为荣。没错，他们是"自由派人士"，但不是共产党人；他们习惯性的妥协作风给自己找来满头麻烦，共产党人毫不留情地对他们表示轻蔑。

我一向是政治的门外汉，如果一时技痒做出任何政治分析，未免逾越了眼下书写的范围。然而,我知道当时大学生中颇有几个共产党员或共产党的同路人,尤其是在哥伦比亚学院,最聪明的学生大多是赤色份子。

共产党员控制了校刊,对其他出版物也很有影响力,在学生会很有势力。这种校园共产主义虽然热闹,对一般学生却没什么作用。

《观察者》的一向作风是掀起战端,负责召开群众会议,或是主办罢工示威。那些兄弟会的男孩在这些儿戏中扮演"法西斯主义者",他们登上教室大楼,打开消防水管,对准围绕在共产党演讲者四周的人群。当晚的《纽约报》立刻全面报导,在哥伦比亚俱乐部进餐的校友差点没被仿甲鱼汤噎死。

我到哥大时,共产党已经常在第一一六街的日晷处召开会议,那儿空间开阔,位于有圆顶的旧图书馆和南操场之间,又在新闻系馆和汉弥尔顿楼的消防水管射程之外。我第一次到那儿参加会议觉得相当枯燥乏味,主题是反意大利法西斯主义,有一两个人发表演讲——让学生有机会练习练习。站立者多半是全国学生联盟的会员,他们出席是不得已的,尽尽义务、表示彼此是伙伴而已。几个好奇的行人在前往地铁途中稍作停留,气氛相当平淡,有位满头蓬乱黑发的女孩身上挂着告示牌,上面写着一些审判法西斯主义的声明。有人卖给我一份小册子。

不久,我看上了一个沉默却热诚的小家伙,粗短身材,身穿灰色大衣,没戴帽子,黑发,是住在下城的一个共产党员,他主导了这项活动。他并非学生,而是真正的此道中人,负责训练哥大这些自己送上门来的货色。他的助手是个年轻人,两人都相当忙碌。我走上前与他交谈,他居然用心倾听,重视我提出的意见,似乎也赞同我关心的事项,令我受宠若惊。他记下我的名字和地址,要我参加全国学生联盟的聚会。

没多久,我也挂起了前后各一的告示牌,在"意大利屋"前走来走去,控诉意大利蛮横入侵埃塞俄比亚。我记不清当时战事是刚发生还是即将发生,因为控诉的是一件明显的事实,我觉得参与示威、沉默地公开表示控诉能带给我一些慰藉。那天下午天色阴沉,我们两三个人在阿姆斯特丹大道的人行道上来来回回走了将近两个钟头,背负着惨烈的控诉标语,外表看来有点无聊,但我们心中的正义感却燃烧得很旺。

因为意大利屋附近自始至终根本不见一个人影,我开始怀疑店里究竟有没有人。唯一走近我们的是一个年轻意大利人,像是大一足球队员,他存心挑衅,可惜太蠢。他走开时喃喃自语,说赫斯特集团的报纸非常出色,因为他们公开征奖,颁发许多大奖给读者。

我忘了那次示威抗议是如何结束的:是等到别人来接班,还是认为已经够了,自动取下告示牌解散了事? 但是不论如何,我还是觉得自己完成了一件好事,就算只做了一种象征性的表示而并无具体成果也好;至少我公开表白了我的信仰,表明我反战的态度——反对所有战争。我说出我认为战争是不公义的,只会摧毁这个世界……有人可能不了解我背负的告示牌怎么会让我有这么多感触,但是我记得,那一年党的路线就是反战——至少那是分派给大众的党的路线。

学生在校园内示威时,那疲倦但坚决的呐喊声至今犹在耳际:"我们要书本,不要军舰!""不要战争!"我们对所有战争一视同仁,只要是战争,我们就憎恨,声称不再要它。我们说,我们要的是书本,不是军舰;我们充满了求知欲,追求智慧和精神的长进,但是邪恶的资本主义者还在强迫政府购买武器、造军舰、造飞机与坦克,以便从中得利,其实这些钱应该用来替我们学生购买宝贵的文化丛书。我们的生命正要起步,我们呼喊:"我们的双手伸向教育与文化!"难道政府要把枪放进我们手中,将我们送进又一个帝国主义的战争? 在一九三五年,对这一切的解释方式就是:所有战争都是帝国主义的战争,根据一九三五年党的路线,党认为战争纯粹是资本主义者的消遣,为的就是让武器制造商和国际银行家获利,用工人和学生的血替他们铸造财富。

那年春天,最大规模的政治活动就是"和平罢工"。我一直不太了解究竟是根据什么原理,学生总有办法将跷课当成罢工。理论上,它代表挑战权威,但是这种违抗并未使他人蒙受损失,吃亏的也许只限于学生本人;同时,我原本就惯于随兴所至地跷课,所以美其名为"罢工",我总觉得言过其实。不过,在另一个灰暗的日子里,我们开始"罢工",这次体育馆内聚集了数百人,甚至有一两位教授也上台发言。

他们并不都是共产党员，但是演讲的重点大致相同：在这个时代，我们绝不能认为有所谓正义的战争。没有人要战争，不论是谁的战争、何种战争，都不会是公义的；一旦战争爆发，一定是资本主义者的阴谋，有良知的人都必须坚决抵抗。

这种立场正是我所欣赏的，当时对我很有吸引力，它具有一种有扫荡力、不妥协的单纯性，一切难题都因此迎刃而解。一切战争皆属不义，没话说，应该做的是将两臂环抱胸前，拒绝作战；假如每个人都如此，就没有战争了。

说正经的，共产党不可能坚守这种立场，但至少当时我深信不疑。反正这次会议的主题是"牛津誓约"，"誓约"的内容以大字写在一张大告示牌上，歪斜地悬挂在讲台上方；所有演讲者都朝它挥臂颂扬，重复诵念，呼吁我们支持，最后我们终于在欢呼声中庄重地对它宣誓。

现在大家或许已经不记得牛津誓约了，那是"牛津同盟"通过的一项决议，宣称这些牛津大学部的学生决定不替国王及国家作战，不论是哪一种战争。那是某晚大学辩论队聚会时大多数队员投票所做的决定，整个大学并没有义务要遵守其约束，甚至投票者也无义务遵守；是后来世界各地的学生团体将它转化成一种"誓约"，传播到成千上万的学校、学院和大学，变得越来越煞有介事，仿佛大家果真愿意遵守誓约。那天我们在哥大的行动就是这样，这一切通常是受到共产党员鼓动，那年他们非常欣赏牛津誓约……

然而，次年西班牙内战爆发，我最先听到的消息就是一九三五年和平示威的一位主要演讲者——也就是对此著名誓约非常热衷、声称我们永不参与任何战争的那位先生——正在为红军对佛朗哥（Francisco Franco）作战，而全国学生联盟和青年共产党员视此战为十字军为了工人向法西斯主义者宣战，他们四处游行，谴责认为西班牙内战并非圣战的人。

让我困惑不解的是：在哥伦比亚体育馆内的人，包括我自己，宣誓时是怎么看待自己的作为？宣誓对我们的意义是什么？在我们心中，这项义务的基础是什么？我们要怎样才会受义务的束缚？共产党不相信自然法、良心律之类的东西，虽然表面上似乎相信。他们不断大声疾呼，谴责资本主义的不公不义，但是言犹在耳，他们又说正义只是统治阶级编造出来哄骗无产阶级的迷思。

就我记忆所及，在我们宣誓时，大多数人以为只是发表公开声明，只要人数众多，就可以影响当政者。我们根本没想过要接受任何义务的束缚，私底下我们这些人还自以为是神呢；既然是神，我们必须遵守的唯一法律，就是我们自己那些难以言喻的小意愿。闲话少说，我们是不会愿意替任何人打仗的，这就够了。如果后来我们改变了主意——那又有何妨？我们不就是自己的神吗？

以机会主义为轴，朝着稳定、和谐、和平、秩序的方向移动，唯利是图，不择手段，其实这已经是现代各个政党的作风，对此我无话可说，既不想假装震惊，也不想故作痛心状。任凭死人去埋葬他们的死人吧（译注：见《玛窦福音》〔Matthew〕[3]第八章第二十二节，耶稣有一门徒有意跟随耶稣，但请求耶稣先让他去埋葬父亲，耶稣回答："你跟随我吧！任凭死人去埋葬他们的死人！"意指心志不坚、眷恋骨肉者不宜做耶稣的门徒，因为跟随耶稣的人需有慷慨赴义的精神），他们可以埋葬的死者已经够多了。这是他们的哲学，只要提醒他们这一点就够了，但是要让他们相信这一点实在不容易。

过去我心目中有一个共产主义的理想图像，但是现实却使我失望。我想我的白日梦跟他们是一样的，两者都不真实。

我曾经以为共产党员都是平静、坚强、坚定的人，非常清楚世界到底出了什么差错，也知道解决之道，会不计代价除弊革新，以简单、公正、彻底的对策解决一切社会问题，替人群谋幸福，为世界带来和平。

事实上，有些共产党员的确平静坚强，他们基于模糊而自然的爱心与正义感发展出明确的信念与为理想献身的热忱，因此心境平和；然而，问题出在他们中很多人的信念通常都很奇怪、固执，受到统计学的符咒魔法摆布，缺乏扎实的知识基础。既然神是统治阶级发明的，便将神排除在外，与神有关的道德常理也随之而去。为了建立另一种道德制度,遂将伦理道德连根拔起。他们力求矫正一切,否认现存的对错之分。

这就是共产主义知识基础不扎实的表现,由此也可看穿其哲学基础的弱点。大部分共产党员都是吵闹、肤浅、暴躁之人,因为微不足道的嫉妒心、派系仇恨,彼此倾轧,大声喊叫,炫耀自己,给外人的印象是虽属同一党派,但激进主义不同支派间相互仇恨,山头主义之激烈险恶远超过它们对其大公敌——资本主义——的全面性抽象仇恨。由此可以了解共产党内何以有那种大规模的整肃,遭整肃的就是窜上乌托邦国度前厅高位的人,而苏联就是这样的乌托邦。

///

我对世界革命的贡献不足为道,前后总共只持续了三个月左右,曾经在意大利屋前抗议,参加过和平示威,大概还在全国学生联盟假商学院二楼一间大教室开会时发表过演讲。我说的好像是英国的共产主义——我对这个题目一无所知,简直是信口雌黄。我还卖过小册子和杂志,虽然对其内容不甚了解,但是看看其中大幅大幅资本主义者畅饮工人鲜血的黑白漫画,就不难推想其内容。

共产党员终于开了一个派对,地点居然是在公园大道(译注:公园大道是纽约的高级住宅区)上的一间公寓。除却这件讽刺性的事实(其实也不算太讽刺),派对一点趣味也没有。这是一名巴纳女子学院学生的家,她是青年共产党员联盟的成员。那个周末她的父母都不在家,从家具的款式和书架上遍布的尼采、叔本华、王尔德、易卜生著作,大概可以猜出她的父母是哪一类人。那儿还有一架演奏会用的大钢琴,有人在弹奏贝多芬的音乐,共产党员们则在地上围坐着。后来,我们在客厅像童子军开营火会似的合唱激昂的共产党歌,包括那首反宗教的精致名曲《别指望死后美梦成真》。

有一个长着暴牙、戴角质眼镜的小家伙指着另一个房间角落的两面窗户,一面可将公园大道一览无遗,另一面看到的是横越市镇的街道。他边看边说："这真是放机关枪的好地方。"这句话是个中产阶级年轻人说的，说话的地点又在公园大道的公寓里，显然他只在电影中见过机关枪。假如此刻爆发革命，他会是第一个被革命份子杀头的人；而且他和我们一样，才刚刚发表了有名的牛津誓约，发誓绝不加入任何战争……

这场派对让我觉得乏味的原因之一是，除了我没有人真正想要弄点东西来喝。最后有个女孩像照章办事般地怂恿我去第三大道角落的酒店买瓶稞麦酒，几杯黄汤下肚之后，她邀我去一个房间，要我报名加入青年共产党员联盟。我选用"法兰克·斯威夫特"作为入党的名字，待我看完文件抬起头来，发现那女孩已经不见了，我像做了一个淡而无味的梦。我搭乘长岛线火车回家，新的名字成了我心头的秘密，羞于告人，直到现在我已经置荣辱于度外，才提及这段往事。

青年共产党员联盟的聚会我只去过一次，是在一个学生的公寓召开的。我们以某同志为何从不出席为题进行了冗长的讨论，结论是该同志的父亲太中产阶级，不让他来。听完我就离开了，走在空寂的路上，心想：让那个聚会自生自灭吧！

能呼吸到新鲜空气真好。我的脚步声在昏暗的石头路上回响着，在路的尽头、高架铁路的铁梁架下，酒吧间发出淡琥珀色的灯光对我暗送秋波。里头空无一人，我要了一杯啤酒，点起香烟，终于重新享受到恬静、甜美的时光。

我的伟大革命家生涯就此告终，我决定还是只做个共产党"同路人"较明智。其实，一开始我想要替人类谋福利的激情就相当微弱抽象，目前仍然有兴趣的是替世上唯一的一个人谋福利——那个人就是我自己。

五月了，长岛的树都绿了，当火车从市区开出、经过湾边镇、穿过草原往道格拉斯顿驶去时，可以看到海湾上笼罩着柔和的夏日烟霭。我数着系在小码头上的船只，冬天已过，它们又浮泊在水面上，轻快地随波摇荡。白昼渐长，到了傍晚，阳光仍然将饭厅照得很亮。外祖父回来吃晚饭了，他用力关上前门，对着狗大呼小叫，用晚报劈劈啪啪地敲着厅里的桌子,让大家知道他已经到家。

不久,约翰·保罗的学校放假了,他从宾州回来,我也已经考完试。我们俩无所事事,要么游泳,要么就是待在家里听热门唱片。我们常在晚上晃出去看一场烂电影,那些电影简直无聊到致人于死地。我们没有车,舅舅不让别人碰家里那部别克,反正那部车对我来说也派不上用场,因为我一直没学开车。通常我们都搭便车去看电影,电影散场后再沿着宽大的马路走两三英里回家。

当时我们为什么将那些电影全都看了? 那真是个谜,约翰·保罗和我,以及我们形形色色的朋友,一定将一九三四到三七年间制作的电影一片不漏地看遍了。大部分的电影糟糕透顶,而且制作水准每况愈下,令我们越来越厌烦。此刻我耳际仍然缭绕着福克斯公司有声电影和派拉蒙公司新闻短片的片头音乐,就在这虚假放荡的乐声中,旋转摄影机缓缓转着,最后镜头对准了你的脸。我也仿佛还能听到"旅行谈"节目的主持人史密斯和费兹派翠克的声音:"别了,美丽的新南威尔士。"

不过,我必须承认,对我记忆中的英雄,我仍然私心仰慕,念念不忘。其中包括:卓别林、菲尔滋、哈波·马克斯(Harpo Marx),以及许多我记不得名字的人,但是他们的影片如凤毛麟角。观看其他影片时,我们竟然颠倒是非,崇拜片中的恶棍而憎恨英雄,因为通常演恶棍的都是较优秀的演员,随便他们做什么我们都欣赏。电影演到最感人、最温柔、最触动人性善良情操的情节时——比如杰奇·库柏(Jackie Cooper)我们怆然落泪,爱丽丝·菲伊(Alice Faye)在铁窗后展现英勇笑容时——我们经常哈哈大笑,随时有被踢出戏院的可能。

没过多久,看电影就变成一种苦刑,弟弟和我想戒又戒不掉,经常来往的朋友也都是这样。一看到那些闪烁的黄色灯光和演员唐·亚曼契(Don Ameche)的大海报,我们就像受了催眠;但是一坐进电影院,看到那些愚蠢的巨大造型,我们就痛苦不堪,有时当真想呕吐,最后甚至严重到不能看完全片。这就像是点上一根烟,吸几口就得扔掉,因为嘴里烟味恶劣无比,忍无可忍。

就读哥伦比亚大学时期的牟敦

不知不觉中，一九三五至三六年间，生活又渐渐变得极其不堪。

一九三五年秋季，约翰·保罗进了康乃尔大学，我回到哥大，对大学里的一切都充满憧憬，一时冲动竟然报名参加大学轻艇队，先后在哈林河和哈德逊河小试身手。几天后，我们试图划向扬克斯（Yonkers），来回途中遇上坏天气，对我而言简直就像是小型飓风。我可不愿早夭，从此直到大学毕业我都小心绕道，避过船坞。

美国的十月真是个美好而危险的季节，秋高气爽，嫣红、金黄的色彩在田间斗艳，血液里已经滤净了八月的懒散，人人踌躇满志。这真是万象更新的大好时光，来到大学，课程表上的每一门课你都想修习，每一项科目都是一个新天地，你搂着满怀崭新干净、等着写满的笔记本走进图书馆，闻到成千上万精心保管的书香气息，高兴得有点晕眩。带着清爽的快感，头戴新帽，身穿新毛衣或一整套新西装，口袋里的五分、二角五分钱币也像是新的，大楼在灿烂的阳光下闪亮。

在一九三五年这壮志凌霄的季节，我选修的课程包括西班牙文、德文、地质学、宪法法律、法国文艺复兴时期文学，还有一些我忘记是什么了。我开始编《观察者》、毕业纪念册，还有《哥伦比亚评论》，并延续从上学期开始的工作：办《小丑》杂志。我居然还答应参加兄弟会。

兄弟会位于新图书馆后面，那是一栋阴沉的大房子，底层有间暗得像陈尸间的台球室，还有间饭厅。从楼梯走几步上去，就是一大间用护墙板围着的昏暗客厅，有时用来开舞会或啤酒会派对。再上去两层楼都是卧房，电话整天响个不停，总有人在淋浴间唱歌。这栋楼里还有个秘密房间，亲爱的读者，无论你付出任何代价，就算生死攸关，我也绝不能把地点透露给你。就在那个房间，我终于正式加入了兄弟会，入会仪式包括为时一周的种种拷问折磨，那些惩罚我都欣然接受了；若是换成修道院为了信仰上的原因或某种真正的理由对人施加如此的待遇（而非如兄弟会这般无的放矢），必定引起轩然大波，所有宗教团体都必须关门解散，天主教会在美国也将难以立足。

事后我得到一枚珐琅金别针，别在衬衫上，别针后面刻着我的名字。那一整年我颇以此别针为荣，后来连衬衫一起送进了洗衣房，别针便一去无回。

当时促使我参加兄弟会的理由有二。第一是个虚幌子，我以为可以藉此"拉关系"，毕业后容易找到好差事。另外一个比较实在的理由是：我以为参加派对和各种娱乐消遣的机会有很多，在那个陵墓似的房子里开舞会时，说不定会遇见许多漂亮的年轻女郎。但是，这两个希望都泡汤了，其实我加入兄弟会的真正原因应该是受到十月天的影响。

再来说说约翰·保罗的情形。他去康乃尔大学时，除了我全家都出动，开着别克汽车去绮色佳(Ithaca)，回来后好几个星期话题总不离足球、选课和兄弟会，说的想的都和大学生活有关，全家都兴致勃勃。

事实上，约翰·保罗在康乃尔大学的第一年就像我一样惨——很快地，一张张他付不起的账单接踵而至家中，事态不言而喻；等我再见到他时，就更加了解他的状况了。

他原本是个快乐、乐观的孩子，很不容易沮丧，而且头脑清晰灵活，个性敏感却平和。现在呢，他的思维似乎受到内心困惑的影响，变得迷惘不清、心情忧伤、坐立不安，不再是个快乐的孩子了。虽然他的嗜好有增无减，但是深度并未增加，只是范围扩大而已；其后果是精力分散，心智和意志不能集中，徒劳无功。

他在康乃尔大学某兄弟会门槛外徘徊良久，非常犹豫不决；别人替他别上入会徽章，一两个星期后他又取下，扬长而去。他和三个朋友在绮色佳一条陡峭多荫的路上租了一栋房子，之后那一年长期陷入混乱，得不到任何满足。他们将住处称为"大酒店"，还用这称号印了信纸，道格拉斯顿的家人陆续收到用这种信纸写的信，内容散漫零碎，大家都忧心忡忡。他从康乃尔回来时形容憔悴，一副受够了的模样。

我想，兄弟会的兄弟确实应该彼此照顾，互相帮助。我在哥大参加的那个兄弟会有人行为太过荒唐时，比较明智的会员会聚在一起，摇头表示不赞同；如果有人真有了麻烦，兄弟之间的关心虽徒劳无功，却真诚感人。兄弟会中总是有层出不穷的问题，我入兄弟会那年就有位兄弟失踪了，在此姑且称此人为佛瑞德。

佛瑞德个子很高，肩膀有点驼，总是有点忧郁，黑发覆眉。他经常没什么话说,喜欢离群,并独自喝闷酒。我对他唯一鲜明的记忆,便是在那古怪的入会仪式过程中,基于某些原因,预备会员必须拼命吃面包和牛奶,我无可奈何地大口吞咽,而佛瑞德就居高临下地站在我身边悲壮地喊:"吃,吃,吃!"

他应该是圣诞节后某日失踪的。某晚我去兄弟会,那帮人坐在皮椅上谈得正起劲,"佛瑞德上哪儿去了"成为谈话主题,这几天到处都找不到他。打电话到他家会惊动他的家人吗? 当然会了,但还是得硬着头皮问,结果他也没回家。有位兄弟老早就到他常去的地方找过。大家拼凑记忆,想要回忆起最后一次看到他的情景。他最后一次走出大门时是什么心情? 还不就是平常那副模样——安静、忧郁,很可能想出去买醉。一周后,佛瑞德还是没有下落,兄弟们虽然热心寻人,却一无所获,关于佛瑞德的话题逐渐冷却。一个月后,我们大部分的人都把这件事忘了;两个月后,这事终于有了结局。

"找到佛瑞德了。"有人告诉我。

"真的? 在哪儿?"

"在布鲁克林。"

"他没事吧?"

"他死了,是在高文那斯运河中找到他的。"

"怎么死的,跳河?"

"没有人知道他干了什么,他在水里很久了。"

"多久?"

"我不知道,也许有一两个月了,他们从他补的牙才确定了他的身份。"

这画面对我并非完全陌生。一个冬日下午,我们那堂有名的当代文明课程要我去参观贝乐渥陈尸所,只见一列列冰柜装着肿胀发紫的溺死者尸体,还有这罪恶大城中其他的人类残骸:包括从马路上捡来被高度酒精烧毁的尸体,或是在旧报纸堆中睡觉时饿死冻死的尸体,或是在仁多尔岛(Randalls Island)上死去的贫民,或是吸毒鬼、被谋杀者、被车辗死的、自杀的、因病致死者、不知缘由的死者、被黑帮杀死的人。

他们全都会被载上驳船,沿东河运到某个烧垃圾的岛上埋葬。

这就是"当代文明"！我们走出停尸间,最后看到的是泡在瓶子里的一只男人的手,肤色黝黑,不堪入目。没人知道那人是否罪犯,他身上的其他部分已经被送去河边火葬场,只留下这只手。验尸房桌上躺着一个男人,躯干被剖开敞露,尖尖的死鼻子高高指向天花板。医生手握那人的肝脏和肾,用一条小橡皮管流出的涓滴水流喷洗着。那里收集的都是像佛瑞德一样死于当代文明的尸体,贝乐渥陈尸所中那种可怕潮湿的死寂我永远不会忘记。

然而,那年我一直忙着投入各种活动与工作,没时间多想这些事。活跃的金色十月后,冷冽晴朗的冬日来了,锋利似刀的风从闪烁发光的帕利塞德绝壁吹扫过来,使我那一整年精神抖擞,情形似乎满不错的。我从未同时进行这么多种不同的事,又能有如此显著的成效,也从没想到自己真有这份工作、活动、享乐的能力,就像俗语所说:水到渠成。

我并未真正用功或工作过度,只是突然间发现一个窍门,可以同时在空中玩耍上百种不同的游戏,就像在表演一种不可思议的绝技,在空中耍弄好几个球。最令我惊讶的是,我竟然能够撑那么久。先说我的学业吧,我选了十八个学分——不算多也不算少——而且我知道低空掠过的捷径。

其次,说到所谓的"第四层楼"。约翰·杰伊大楼的第四层是各个学生出版物、合唱团、学生会和其他社团的所在地,是校园中最嘈杂、最刺激的地方,气氛算不上愉快。我几乎没见过这般公然勾心斗角、互不相容、彼此嫉妒的地方,冲突如此尖锐,同时又是如此微不足道。整层楼经常沸腾着办公室之间的相互辱骂,大家从早到晚写稿子、画漫画,以法西斯称呼对方,不然就是在电话上以最粗鲁的语言诅咒彼此。这些恶意都是知性和言词上的,永远不会具象化,不会堕落成身体的暴力。就因为这个缘由,我觉得可以将其看成是一场游戏;大家之所以参与,也许可以和美学扯上一点关系吧！

那一年学校应该是处于"知性骚动"的阶段,每个人都觉得、甚至公开表示大学里人才济济,有创意的学生多得超乎寻常。我想,这话不无道理。莱因哈特的确是历年来《小丑》招揽来的艺术家之中的佼佼者，将其他的大学刊物算在内也无人能出其右，他经手的那几期《小丑》与正规杂志无异，我认为他在封面设计和排版方面都已经有资格为城里商业区的美术编辑开课。他推出的每一期刊物都是那么有创意、诙谐有趣，因为多年来我们首次有正规作家投稿，不再沿用美国大学杂志那种偷懒的旧例，把流传了两代的陈旧黄色笑话炒冷饭似的再用一次。此时，莱因哈特和一九三五年《观察者》的编辑卫契斯勒都已毕业。

我模仿剑桥的方式，采取了相当慎重的步骤为我去第四层楼铺路。我先去请教指导教授麦基先生，他为我写了一封给《哥伦比亚评论》编辑罗宾森的介绍信。我不知道罗宾森看到介绍信会有何想法，反正我从没机会见到他。在《哥伦比亚评论》的办公室，我把那封短信交给副编辑吉如，他看了信，抓抓头，然后说，如果我有点子就写点东西吧。

到了一九三六年，罗宾森已经失踪了。我老是听说有关罗宾森的事，却只像雾里看花，因此总觉得他似乎住在树上。我祈祷他能上天堂。

至于《哥伦比亚评论》，由罗伯·史密斯和吉如共同编辑，表现很好，我不知道能否用"骚动"这种字眼形容他们。史密斯和吉如都是好作家，吉如是个天主教徒，他的平静和第四层楼有点格格不入；他并没有参与那些长期的纷争，其实他根本不常来。说来贝瑞曼算得上是那一年《哥伦比亚评论》的明星人物，他是校园内看起来最正经的人。

那层楼除了合唱团、学生会、为全体足球教练设有办公桌的大房间之外，每间办公室我都去过。我替《观察者》撰写故事及幽默专栏，也替毕业纪念册写文章，还不得不兼做推销的工作——这工作真是吃力不讨好。毕业纪念册是没人要的玩意儿，因为又贵又无聊，我最终成了毕业纪念册的编辑，但是一点好处都没得到；我对那册子、对哥伦比亚大学或是对整个世界都没什么贡献。

我对哥大每年推出的学生滑稽秀从来都是缺乏兴趣，但是他们的房间有一架钢琴，房间内几乎总是没人在，中午时光我经常去那儿，别出心裁地猛弹爵士曲——任谁听了都要掩耳，只有我自己乐在其中。

这是一种发泄方式,也可以说是一种运动,我用这种方法敲毁的钢琴不只一架。

我最忙碌的地方是在《小丑》的编辑办公室,那里没有几个人真正在做事情,只是中午来碰碰面,用手掌猛拍那些巨大的空档案柜,发出如雷的声音,响彻走廊,有时走廊另一端的《哥伦比亚评论》办公室也起而应和。我常去那儿交稿,从被书本塞得鼓鼓的皮质书包里取出稿件和绘画交给编辑。那年的编辑是杰克布森,他把我最差劲的漫画都放得大大的,在最显眼的位置刊出。

那年年底,我当上了《小丑》的美术编辑,自己颇引以为荣。编辑是赖克斯,陀勒达诺是总编辑,我们合作无间。次年的《小丑》编得很好,那是陀勒达诺的功劳;文章精彩,那是赖克斯的功劳;受到群众欢迎,则是我的功劳。然而,真正好笑的反而一点都不受欢迎,真正好笑的那几期大多出自赖克斯和吉卜尼之手,这是凌晨四点钟他们俩待在佛诺德大楼顶楼的房间内得到的灵感。

编辑《小丑》主要的好处是替我们省下一大笔学费。我们在校园内招摇过市、沾沾自喜,袋表链上悬垂着一个小小的金色冠冕;说实话,那就是我戴袋表链的原因,其实我根本没有表。

那段时间我经手的事罄竹难书,比方说,我还去工作介绍室向韦吉讷小姐报了名。韦吉讷小姐真是个天才——希望她现在仍然健在、天才如故——她整天坐镇校友楼那一小间整洁的办公室内,不论有多少人来总是不慌不忙、心平气和;每次去见她,她总是会接到一两通电话,她就在一小叠纸上记上一笔。夏日炎炎,她似乎也不受影响,总是笑脸迎人,显得既干练又可亲,稍微有点公事公办的样子。这又是个不辱使命、尽忠职守的人。

她替我找过很多好工作,其中之一便是在洛克菲勒中心的美国无线电公司大楼屋顶瞭望台做导游和口译员。那工作真容易,容易得让我觉得无聊,只要站在那儿回答那些从电梯成群涌出的人群所提出的问题就得了。这份工作的报酬是一周二十七块半,这样的薪水在一九三六年是很不错的。我还有一份工作,办公室地点在无线电城,我在那

牟敦为《小丑》杂志创作的漫画

儿替"纸杯纸容器公司"制造商的公共关系处做事。他们要我画漫画，告诉大家绝不可用普通玻璃杯喝水，否则会得"战壕口腔牙龈炎"。每画一幅漫画，他们付我六块钱，让我觉得自己已成腰缠万贯的业务主管，在美国无线电公司大楼进进出出。韦吉讷小姐有时也会递给我一张写着公寓地址的小纸条，要我搭地铁去见一些富裕的犹太妇人，替她们的孩子补习拉丁文；换言之，我只要陪他们坐着，替他们做家庭作业，一个小时便可赚到两块或两块半的报酬。

我又去越野队报了名，教练收下我之后竟然没有后悔，这就足以解释那年本队为何在东部大学越野赛中殿后了。轮到我受训的下午，我会在南操场的煤渣路上一圈圈地跑；冬天来临时，我改在木板跑道上一圈圈地转，直到脚底多处起泡、寸步难行为止。我偶尔会去范科特兰公园，穿过树林沿着砂石路跑。每次和其他大学比赛时，我永远保持不是最后一名——总有两三个哥大学生跑在我后面。在观众已经失去兴趣、开始散去时，才会见我姗姗来迟地跑到。假如我肯认真接受训练、戒烟禁酒、作息规律，也许会成为较成功的长跑健将。

哪有可能！一周总有三四个晚上，我和兄弟会的兄弟搭乘又暗又吵的地铁风驰电掣般地抵达第五十二街，那儿有许多肮脏的褐红石建筑物，地下室以往是贩卖私酒的地方，如今遍布着嘈杂昂贵的小夜总会。我们在那儿匍匐出入，暗房内一坐就是好几个钟头，和许多莽撞无礼的陌生人（及其女友）摩肩触肘，像沙丁鱼罐头似的随着奔腾汹涌的爵士乐摇晃。没有一席之地可以跳舞，我们在蓝色墙壁间挤成一团，肩碰肩，肘碰肘，弯腰低头，耳朵都快聋了，也说不出话。你也休想动手去取自己的酒，一动就会将邻座的人推出他坐的凳子。侍者在彼此厌憎的人海中钻出钻进，赚走所有人的钱。

我们倒没喝醉，奇怪的是坐在人堆里喝闷酒，不讲什么话，震耳欲聋的爵士乐在人海中流窜，宛如某种液体媒介物，将大家结合在一起。说来这也是神秘主义的模仿秀，只不过有点太怪诞、太动物性了：大家坐在隆隆作响的房间里，噪音从你的体内冲流过去，韵律在你的骨髓中跳动震颤。这档子事本身不能算是大罪，我们只是坐在那儿，没做别的;如果次日宿醉,可能最该归罪于抽烟和神经过于疲劳。

这样一夜下来,我每每搭不上往长岛的火车,只好去兄弟会在沙发上过夜,或是在城里的朋友家过夜。最惨的是搭地铁回法拉盛,希望能碰巧搭上公车回家。世上没有比法拉盛公车站更阴沉的地方了,尤其是黎明将至时,在灰蒙蒙的寂静中至少会遇上一两个人,活像我在陈尸间看到的死人的前身。也许会碰上两个喝醉的军人想回营地,我就在他们之间站着,累得随时可以倒下,点上当天的第四五十支烟——喉咙内壁都快烧烂了。

让我最沮丧的是太阳升起时,看到工人纷纷上路工作,他们是那么健康、清醒、安静、目光明亮、有所为而为,这令我感到痛彻心扉的羞耻和绝望。我的忏悔也仅止于此:自觉屈辱、潦倒、一事无成。这是我的本性所做的一种反应,勉强显示我的道德尚未沦丧殆尽,但也没什么意义。"道德尚未沦丧"一词或许反而混淆了我灵性已死的事实,其实我早已如此了。

IV

一九三六年秋,外祖父死了,事情的经过是这样的:那一阵子我去宾州从事地质课的实地参观,星期日离开煤矿区和采石场,乘坐一辆福特敞篷车风尘仆仆、一路受冻取道新泽西州回家。抵家时已是深夜,德拉瓦水峡(Delaware Water Gap)的冰风沁透肌肤,寒意犹存,我谁也没见便上床就寝了,其实我还没回到家,大家就已各自回房。

次日清晨,我往外祖父房里望去,见他坐在床上,看来很不开心,有点不知所措的样子。

"您还好吗?"我问道。

"糟糕透顶。"他回答。那并不奇怪,他经常生病,我以为他又感冒了,就说:"多睡一会儿吧。"

"好吧,"他说,"我会的。"

我回到浴室,匆忙穿戴齐整,喝了咖啡,跑去赶火车。

那天下午，在十一月微弱的阳光下，我在跑道上轻松地练跑，经过图书馆前、操场多荫的那一边，看到一位和我一起编过纪念册的大三学生站在高高的铁丝栅栏后面，那是最靠近约翰・杰伊大楼的转角处，有许多灌木和白杨树。我来到转弯处时，他唤我过去，我即走向栅栏。

"你舅妈刚刚打了电话来，"他告诉我，"她说你外祖父去世了。"

我无言以对。

我快步沿着操场往回走，快速淋浴后便穿上衣服回家。除了慢车，没有其他班次可搭，车厢半满，慢条斯理地出站往长岛驶去，每站都停了很久。但是我知道不必赶时间，我不能使外祖父起死回生。

可怜的老外祖父，他的死和他死去的方式并不令我惊讶。我猜他一定是心脏病发作，这种死法真符合他的个性：永远行色匆匆，去哪儿都一定早到。他在漫长的一生中总是没有耐心，总是难耐地等待外祖母化完妆上剧院，等待她共进晚餐，或是等待她下楼拆看圣诞节礼物；对于死亡，他可不愿再忍受拖延了。他在睡眠中遁离我们，好像是一时兴起，全无预谋。

我会想念外祖父的。最后一两年我们满亲近的，他常常约我在城里共进午餐，畅谈他的问题，也谈论我的前途——我又想当个新闻记者了。外祖父非常朴实，他的朴实坦率出自天性，相当符合美国人的特征；至少可以说，他那一代的美国人皆具备仁慈、热心、宽宏的乐观态度。

回到家后，我很清楚到哪儿瞻仰他的遗体。我直接上楼去他的卧房，推开门，唯一的震撼是所有窗户大开，十一月的冷空气迎面扑来。外祖父这一生就是怕坐在风口，他住的房子暖气总是开得过热，而他现在躺在冰冷的死室里，只盖了一条床单。这栋他在二十五年前替家人建造的房子，如今首度面临死亡。

一件奇怪的事情发生了。我不经思索，内心全无挣扎，就把门关上，跪在床边开始祈祷。我想这一定是自然反应——我太爱我可怜的外祖父了，自然想替他尽点力，感谢他对我的一切美意；然而，以前我也曾和死亡相逢，却不曾祈祷，甚至连祈祷的念头都没有。两三年前的夏天，一位年老的亲戚死了，我只觉得她没有生命的尸体和一件家具无异，好像只是一件物体，不能让我觉得里面有个人。我并未像亚里斯多德一样领悟到灵魂存在的教训……

但是，我现在唯一的冲动就是跪下来祈祷。

不幸的是，外祖母就要进来了，她会要我瞻仰遗容。果然，不久我就听到大厅响起她的脚步声，在她开门之前我站了起来。

"难道你不看看外祖父的遗容吗？"

我什么也没说，她掀起床单一角，我看了外祖父的遗容，苍白、没有生气。她放下床单，我们一起走出房间，我坐下和她谈了一个钟头左右，夕阳正在西下。

大家心照不宣，外祖母在世的日子也不会久了。虽然我们这个家庭出奇地摩登，人人争吵不休，长年隐约存在一个充满竞争、暗中嫉妒的复杂网络，外祖母却一直非常倚赖她的丈夫。她很快开始憔悴，拖了几个月后才逝世。

最初她摔了一跤，跌断了手臂，复原过程漫长而痛苦。在这段过程中，她逐渐变得弯腰驼背，成了面容消瘦、沉默寡言的老妇人。到了夏天，她再也起不了床。有天晚上我们以为她病危了，惊恐地在她床边站了好几个钟头，听到她的喉咙发出刺耳的喘息声。我望着她向我转过脸来，一言不发，表情无助，那时我也在祈祷。这次我较能察觉自己在做什么了，我祈求她能活下去，虽然就某方面来说，她显然不如死去。

我在心里说："创造她的您，让她活下去吧！"我这么说是因为我唯一能确定的好事只有生命，生命的价值若是至高无上且是首要的现实，那么生命的延续便取决于生命的最高权威的意愿（否则何必祈祷）。祂是最终的现实，祂是纯粹的存在，祂就是生命本身，祂就是自有者，我祈祷就是默认这一切。到现在为止，我已经祈祷两次了，却还认为自己什么都不信。

外祖母活下去了，我希望这和天主的恩宠有关。最后几个星期，她睡在床上说不出话来，一副无助的样子，天主给了她某些东西，让她继续活下去，拯救她自己的灵魂。八月间，她终于辞世，遗体离开了我们，那就是她肉身的终结，和常人一般。当时是一九三七年的夏天。

外祖父逝世时是一九三六年十一月，那年秋天我已经开始感到身体不适，但是活动照常——上课、编辑毕业纪念册、打工、未经锻炼便参加越野队的赛跑。

有一天，我们和陆军及普林斯顿大学比赛越野赛跑。一如往常，我虽然不是最后一名，但也是三十人中的倒数第七、八名。跑到终点后，我倒地不起，只觉得反胃，难过到一点也不在乎别人会作何想。我没有故作勇敢，或用笑话来自我解嘲，或隐藏我的感受。我就这么躺着，直到觉得舒服点之后才站起来走开，从此再也没进过更衣室，教练也没费心来找我，没有人拉我归队。我们双方都很满意：到此为止。然而，摆脱了这项负担并没有解决我的问题。

某天我搭乘长岛线火车进城，带了一书包已算晚交的功课，准备当天缴交，之后要见一个我很盼望与其约会的人。火车经过长岛市货运车场时，我忽然觉得晕眩，当时我怕的倒不是呕吐，而是内部的平衡中心好像出乎意料地被抽走了，又好像我就要跳进一个看不见底的深渊。我站在两个车厢之间，想要透透气，但是膝盖抖得厉害，真怕会从车厢间的链条处掉下去，成为轮下鬼，所以退了回去，靠墙站稳。这种奇怪的晕眩感来来去去，火车怒吼着潜入河底隧道，四周一片黑暗，到站之前不适感已经过去了。

我真有点吓着了，马上想到去找宾夕法尼亚旅馆的驻馆医生。他替我做了检查，听心跳，量血压，给我一点喝的，告诉我问题出在受到过度刺激。他问我靠什么维生，我告诉他我在上大学，此外还参与不少课外活动。他劝我退出几项，然后要我上床睡觉，等我觉得好些再回家。

于是我躺在宾夕法尼亚旅馆的房间里，但是却无法入睡。这个房间又小又窄，虽然窗子占去对面墙壁大部分的空间，屋内还是相当暗。听得到远处从楼底传来的第三十二街车声，但房间里倒是很安静，静得有点怪，带点不祥的意味。

我躺在床上倾听血液在脑袋里迅速鼓动的敲击声，几乎无法阖眼。但是我又不愿意睁眼，唯恐一看到窗户又会出现那种奇怪的晕眩感。

那扇窗户真是奇大无比,似乎顶天立地。我真担心地心引力会将整张床连带我一起吸到深渊的边缘,一头坠入虚无。

我的脑海深处发出低微、冷淡嘲弄的声音,说道:"如果你从窗口跳下去的话……"

我翻身想要入睡,但是血液不断在脑袋中鼓动。我无法入睡,心想:"我大概得了精神崩溃。"

然后我又看到那扇窗户,一看到它,我的头又开始打转。一想到自己离地那么远,就吓得晕头转向。

医生进房来,看到我躺在那儿毫无睡意,问道:

"我不是要你睡觉吗?"

"我睡不着。"我说。他给了我一瓶药就走开了,我只想趁早离开这个房间。

他一走,我就起床下楼,将房钱付清,打道回府。在回程的火车上,我并未觉得不舒服。家里没人,客厅有张躺椅,我们称之为"阳台靠椅",我躺下去就睡了。

舅妈回来时说:"我以为你要在上城吃晚饭。"

但是我说:"我觉得不舒服,所以就回来了。"

我到底怎么了? 至今仍然没有答案,我想可能是一种精神崩溃,随之并发胃炎,大概就要转成胃溃疡了。

医生要我节制饮食,又给了我一些药,这两者的心理治疗效果比什么药效都高,从此每吃一样东西,我总是追究其成分,小心选择后才吃。记得医生准许我吃的一项食物是冰淇淋,这我完全不反对,尤其是在夏天;我不但吃得津津有味,还在想像中添油加醋,认为吃冰淇淋既有益健康,又促进身心健全。我几乎可以目击冰淇淋摆出亲切、温和、慈悲的姿态,以它冰冷、健康的物质覆盖我的初期溃疡。

遵守这种饮食计划的结果是:我学会玩一套繁琐无聊的游戏,对我认为无刺激性、有益健康的食物产生狂热的崇拜。这让我再次反省自己:这是一场游戏,是一种上瘾,有点像过去我对精神分析的着迷。当我和别人谈论食物营养价值及其用量与健康的关系时,我甚至自命是这方面的权威；还有呢，我的脑子听从胃的指挥，一夸脱又一夸脱地吃着冰淇淋。

以前我从未真正了解何为恐惧，现在我的生活却被恐惧感所主宰。难道我真对恐惧觉得陌生吗？不是的，恐惧和骄傲、情欲本是分不开的，骄傲和情欲可以暂时隐藏恐惧，但那是铜板的另一面；现在钱币翻过来了，我注视着另一面，只消一年光景，那只老鹰就要吃尽我的内脏，我成了个廉价的普罗米修斯（Prometheus，译注：希腊神话中，泰坦族巨人普罗米修斯因为从天庭盗火给世人，被天神宙斯绑在山上，让秃鹰啄食他的肝脏；然而，被食的肝脏在夜间又会复生，以便对他施加永无止尽的折磨）。就这样我终日小心翼翼、神经分分，感到十分难堪。我还不知自己理当受到更多屈辱，我罪有应得，这个道理我还不尽了解。

我一直拒绝接受约束我们身心健全的道德律，以致如今沦落得像愚昧的老妇一般，生怕触犯那些许多无中生有的保健规则，老是惦记着种种食物营养价值的标准，还有千百种微小繁复的行为准则。这一切其实非常荒谬可笑，对我却隐约有着非同小可的约束力，让我无法自拔；要是吃这个，可能我会精神崩溃，要是不吃那个，可能我晚上就会死。

我终于成为现代社会的标准产物，关心的全是鸡毛蒜皮的琐事，却无法考虑或了解对自己利害攸关的重大事项。

看看我吧！距离我离开奥康、步入新世界还不到四年，当初我以为自己可以将全世界的甜头都抢来品尝，也确实这么做了，现在却发现被抢空、被挖心掏肺的是自己。多么奇怪啊！想装填自己反而掏空了自己，向外掠夺反而丧失了一切，尽情享受之际得到的却是苦恼与恐惧。由于因果报应，正当我沦落在悲惨与屈辱的绝境时，我恋爱了，这些年我是怎么对待其他人的，终于还报到我自己身上了。

这个女孩和我住在同一条街，我有幸看到她和我的对手开车出去，那是在她说她太累、必须留在家里、断然拒绝和我出去之后不到十分钟内发生的事。她甚至懒得隐瞒这个事实：当她无事可做时，让我陪她打发时间倒还不坏。她曾经款待我，描述她心中的快乐时光和理想对象给我听——她心仪的正好是那些肤浅的家伙，看到他们坐在鹳鸟俱乐部里，我就浑身起鸡皮疙瘩。这就是天主的意思，是我罪有应得，活该卑屈温顺地忍受一切，效法宠物静坐乞怜，等人轻拍我的头，或者表示一丁点爱意。

这种情况是维持不了多久的，结果也确实如此。我受了不少折磨和委屈(不过我该受的屈辱远不止于此)，脱身之后，我再度拥抱大量的冰淇淋，那也无法摆脱屈辱。

我想当个伟人，却出师未捷身先死。外表上(我想)我很成功，在哥伦比亚大学没有人不知道我，还没见识过我的人等到毕业纪念册一出版也就知道我了。纪念册里尽是我的照片，恐怕连我不想告人之事都已被看穿。他们无需特别敏感，只要看看照片中我那副自满的蠢相，就能看清我的真面目。我唯一没料到的是：没有人公开责备或嘲笑我竟然虚荣到如此可耻的地步，没有人向我投掷鸡蛋，也没有人说我坏话；而我知道他们能言善道，纵然说得不尽得体，却足以致人于死地。

我想，当时我内心的创伤已经够重，正在流血致死。

假如我的本性更执迷于那些可憎的享乐；假如我不认输，拒绝承认在找不到满足的地方追求满足是徒然的；假如内心空虚的压力尚未压垮我的道德和神经系统，谁能告诉我，我的结局会是什么？ 谁知道我会如何收场？

我能发觉自己误入死胡同还真不简单，但是正因我极度痛苦无助，我立刻服输。然而战败之际就是我获救之时。

注释:

[1] 马里坦(Jacques Maritain，1882~1973)，法国哲学家，著名多玛斯主义者。致力于把多玛斯主义神学与现代哲学诸领域相联系，并积极投身新经院哲学在欧洲的复兴。马里坦曾于1966年拜访了本书作者多玛斯·牟敦。

[2] 吉尔松(Etienne Gilson，1884~1978)，法国哲学家，新多玛斯主义代表之一，认为多玛斯主义为现代哲学开辟了道路，试图调和理性与信仰，使哲学和神学融为一体。

[3]《玛窦福音》(Matthew)，亦译《马太福音》，是新约圣经第一卷书名。

第二部

1

极高的代价

《进入静默》书影

1

　　人类的存在有一个矛盾,若不先了解这一点,灵魂便不可能恒久幸福快乐。这个矛盾就是:只凭人自己的本性,一辈子也解决不了最切身的重要问题。如果我们只依凭自己的本性、自己的人生观、自己的伦理准则而生活,保证最后都走向地狱去报到。

　　幸而这只是以纯抽象角度描述的一种可能性,否则就太令人沮丧了。因为在具体的范畴内,天主给予人配合超性生活的本性,祂创造的灵魂并不能凭自己的能力达到完美之境,必须倚靠天主以人力绝不能及的力量带领我们走向完美至善。我们并非命定要过纯本性的生活,因此在天主的计划中亦并非注定可得自然幸福。我们的本性原是天主所赐,但是这份天赐的本性该由另一份不是分内的天赐礼物来促进才能趋向至善。

　　这第二项天赐礼物就是"使人圣化的恩宠"。这份恩赐可以让我们将天赐本性导向完善之境,给我们生命、智慧、慈爱,无止境地超越原有的生存模式。如果一个人能达到本性完美的抽象顶点,那天主的工作也只完成了不到一半:那只是天主原意的起步点,因为真正的工作是恩宠、天赐德行及圣神赏赐的工作。

什么是"恩宠"呢？就是天主与我们分享祂自己的生命。天主的生命就是爱，由于恩宠，我们能够分享天主无限且完全无私的慈爱。天主是如此纯粹的实存，没有任何需求，因此绝对不会剥夺我们任何权益去满足祂自私的欲望。其实，天主领域外的一切都是虚无，万物的存在都有赖于祂无私的赠与，所以自私是与天主之完美彻底相抵触的。从形上学来分析，天主不可能自私，因为万物的存在都是天主恩赐的，都是仰仗天主的无私。

一束光线射到水晶上会使水晶产生新的光彩，同样地，天主赐给人灵魂的大公无私之爱也应该在人身上产生新的光彩，那就是一种新的生命力，也就是"使人圣化的恩宠"。

人的灵魂如果只停留在本性的层次，就等于原本应剔透的水晶被留住黑暗中，它的本性已充分发挥了，所缺少的东西必须从外、从上而来；然而，当光照耀在它之内时，它似乎就在更高性质的光辉（在它之内照耀的光之性质）中失去了自己的本性，自己转化成光。

在本性的层次上，人类天生的善良和爱的能力多少带有自私的成分，当天主的爱在他之内闪耀时，人的本性才会改头换面。一个人完全脱开本性、沉浸在天赐神圣的生命中会变成什么样？这种完美至善只属于一般所称的圣人——其实应该说是属于真正的圣人，属于矢志生活在天主荣光中的圣人。因为有些被世人视为圣者的人很可能是魔鬼，他们的光彩可能是黑暗。就天主的光照而论，我们只能算是猫头鹰；天主的光使我们失明，被光射中时，我们陷入黑暗。看来像圣贤的人常常不是圣人，而看来不像圣贤的人却往往是真的圣人；最伟大的圣人有时最不容易辨识，譬如圣母玛利亚，或是鞠养耶稣的圣若瑟（St. Joseph）[1]。

基督创建祂的教会，主要原因之一就是为了使人们互相帮助，一同走向基督，圣化自己，圣化他人。耶稣基督这项工作就是透过其他人牵引我们追随祂。

我们必须审查自己内心深处的感受，再比照当代继承耶稣门徒地位者给我们的有神圣保证之启示——他们凭着基督的圣名来对我们说话，如同基督亲自传授。耶稣说过："听你们的，就是听我；拒绝你们的，就是拒绝我。"

天主的权威只能靠天主权威的自我启示才能了解，当事关接受天主权威时，有些人认为要他们悉心聆听简直没有道理。无法从其他途径得知的事，他们不愿由此途径得知，却宁愿顺从、被动地接受任何报章散布的恐怖谎言；其实只要从手中的报纸上方稍稍往外张望，就能探出眼前的真相。

举个例子吧。有些书在起首处印有"核准出版"（imprimatur）的拉丁文字样，意指出版物经主教审查通过，保证内容符合教义，这种保证几乎会让有些人义愤发狂。

一九三七年二月的某一天，我口袋中正好有五元或十元零钱，不花掉就是不痛快。不知为何我会走到第五大道，在书店前看到橱窗内满是崭新的书，我被深深吸引了。

那一年我正好选修了一门法国中世纪文学，我也回忆起早年住在圣安东尼的一切，那深远、天真、丰富又俭朴的十二、十三世纪，似乎有话要对我倾诉。我曾经写过一篇有关《圣母院的吟游诗人》的论文，将圣母院吟游诗人的传说与米涅（Migne）编纂的《拉丁教父文集》（*Latin Patrology*）中一个沙漠修士的故事做了比较。我又开始被天主教文化所吸引，心中也感到那种健康的气息在本性层次已经开始对我产生作用。

此刻，我在书店橱窗里发现一本《中世纪哲学精神》（*L'Esprit de la philosophie médiévale*）。我走进书店，从架上取下书，检阅书中的目录和书名页。其实那书名页有点引人误入歧途，因为那儿印着：此书是由阿伯丁大学（University of Aberdeen）系列讲座讲稿结集而成。这对我并不会产生推荐作用，反而使我完全忽略了作者吉尔松的身份与特性。

我买下这本和另一本已记不清书名的书，回家路上，坐在往长岛的火车上，我打开包装欣赏自己的采购所获，直到此时才发现《中世纪哲学精神》的首页竟然印着一行小字："教会审查通过……核准出版。"

我深深感觉像是腹部挨了一刀，那是种令人恶心、受欺侮的感觉。我觉得被骗了，应该有人警告我这是天主教徒的书，那么我就绝对不会买了。这时火车正行经乌德塞（Woodside），我真想把这本书抛向窗外，就像抛弃危险或不洁的东西一样。一行无辜的拉丁文和一位神父的签名，竟然在我这个现代人的开明心灵引起如此的恐惧！这件小事竟引起我如此多、如此复杂的可怕联想，这是绝对无法对天主教徒解释清楚的。这行小字是用拉丁文写的，对我那植基于新教教义的心灵而言，古老晦涩的拉丁文意味着天主教神父珍藏的各种阴险秘密，他们用一般人不懂的文字来保守这些秘密。一本书的内容必须经过神父审查通过之后才签署许可让人阅读，这已经引起人们恐惧，使人立即联想到真实或想像中滥用宗教裁判惩罚异端份子的事例。

那正是我打开吉尔松此书时的感受：你知道，虽然我欣赏天主教文化，但是一直对天主教会有恐惧感，这也是今日社会中一般人对天主教的看法。不过，在购买一本中世纪哲学书籍时，我不可能没想到书中会牵涉到天主教，只是那行核准出版的文字表明了这本书完全符合那可怕又神秘的天主教教条，就是这份连带关系让我产生如此的反感和恐惧。

现在看来，当时我没有丢掉那本书，而且还真正阅读了那本书，真是拜圣宠之赐。我并没有通读全书，但以往我都无法读下去一本这么深奥的书；回想起来，在道格拉斯顿外祖父的那间"小窝"，我在架上存了多少买来后就没看过的书，如今竟然读了这本书，还记得很清楚，这就更奇怪了。

我从这本书中获得一个重要的观念，彻底改变了我的一生，那个观念完全蕴藏于士林哲学家常用的一个枯燥、古怪的术语："aseitas"。这个字只适用于天主，表明天主最独特的属性。就是从这个字，我发现了一个关于天主的全新观念，这个观念立即向我指出，天主教徒的信仰并非我以前所认为的那般空泛迷信，犹如非科学时代遗留下来的产物；相反地，这个关于天主的观念是深刻、精确、简明而确实的，而且包含许多我还无法领会的涵义，虽然当时我非常缺乏哲学的训练，但是至少可以摸索做出一些判断。

"aseitas"——相当于英文的"aseity"（天主的自有性）——意思就是，一个存有绝对地藉自己而存在的能力，此存有并非起因于自己，而是不需任何原因、不需任何理由而存在，其基本本性就是存在。宇宙间这样的存有只有一个，就是天主。说天主由自己而存在——"自行"及"由于"本身而存在——等于说天主就是存有本身；天主说"我是自有者"，这意思是天主一定享有"完全的独立，不倚赖外在的一切，也不倚赖祂内在的一切"。

这个观念留给我深刻的印象，我还用铅笔在那一页书眉上写了一句"天生的自有性——天主是在己存有"。现在我还可以看到这几个字，因为我将这本书带进了隐修院。有段时间我不知这本书流落何方，不久前又在院长神父房内的书架上找到了，此刻这本书就在我眼前。

我也在其他三段上面做了注解，最好在此抄录下来，也许较我现在的文章更能清楚表达我当时的读后感。

　　　天主说祂就是存有（这是书上原文第一句），如果祂的话对我们有可解的意义，这句话必然是指：祂就是存在的纯粹实现。

纯粹实现，那就摒除了存在层序中的一切不完满，因此摒除了一切变迁、"改换"、任何开始或结束、所有的限制。如果我能深入思考透彻，由这完满的存在应该会发现完整全然的至美至善是很容易证明的。

不过，作者提出另一个很重要的条件也让我印象深刻，他明确地分辨一般存有的观念（对一般存有的抽象观念）和无限存有（具体而真实的无限存有，祂是超越我们一切概念的）。下述是我在书中做了记号的一段文字，也是我走向圣十字若望的第一步：

　　　天主超越一切可感觉的形象，超越一切概念的测定，证实了祂本身即纯粹实在的绝对存有行为。我们对天主的概念仅是对一项真实存在的拙劣类比而已，那真实的存在在各方面都远远逸出我们的类比。我们对天主的概念只有这样一个判断可以解释清楚：存有即存有，此绝对性超越展示在每件事物上，充分包含其他事物存在的原因。正因如此，我们可以说过分的确实往往将神性的存有从我们眼前遮蔽了，然而这事实正是照亮其他一切的光：这黑暗恰是我们心灵至高的光照（ipsa caligo summa est mentis illuminatio）。

吉尔松引用的拉丁文语句来自圣文德（St. Bonaventure）[2]的《心灵朝向天主之旅》（*Itinerarium*）一书。

我在吉尔松书中标出的第三段文字如下：

> 圣热罗尼莫说天主是祂自己的源由及祂自己实体的原因，他的意思与哲学家笛卡尔并不一致。笛卡尔的意思是说，天主以自己的全能（宛如藉着一个原因）将自己置于存有中，但是圣热罗尼莫认为我们不应在天主之外找寻天主存在的原因。

我想，这些见解和其他类似见解会给我如此深刻的印象是有其内在原因的，因为在此之前我从不明白基督徒对天主的观念。我一直习惯以为人们所信仰、称之为造物者而主宰万物的天主是声音很大、非常戏剧化、易怒、不明确、善妒、隐密的存在，祂是人们欲望和祈求的客观投射，也是人们主观的理想。

其实，以前我对天主的观念就是我指责基督徒用来教诲世人的观念，基于这种观念，天主的存有简直是不可能成立的。祂既是无限的，又是有限的；祂是完美的，有时又不够完善；祂是永恒的，有时又经常有所改变。祂似乎也受到七情六欲的左右，拥有人类的各种情绪：爱、悲伤、憎恨、报复。然而，如此愚昧自满、感情用事的天主怎么会是没有开始、没有结束的万物创造者呢？就像在圣经中圣保禄的书信所说："文字教人死，神却教人活。"我以前是被那圣经文字的死板解释窒息而死。

现在我读到的吉尔松的文字使我深感满意。天主在我心中真正被辨明了，每个智者都自然渴望获得对天主的真实概念：我们生来就希望认识祂、找到祂，除此以外无其他可能。

我相信很多人是"无神论者"，或自命为"无神论者"，这都是因为他们反对、抗拒那些用想像、隐喻之词对天主所做的陈述，那是他们不能解释或理解的。他们之所以反对那种观念，不是因为蔑视天主，而很可能是因为他们要求有关天主的更完美见解，一般听到的见解——关于天主的比喻概念——不能满足他们，所以他们躲开了，而且以为不可能找到满意的答案；或者，更糟的是，他们不听任何哲理解说，他们的出发点是，哲学不过是由一箩筐无意义的字眼拼凑出来的，只想为同一个老旧、没有希望的谎言打打圆场罢了。

如今我发现我们的思想不仅无法恰当地表现天主，就连表现任何意象也不可能，更不该让自己对如此认识天主的方式感到满足。这番理解让我松了一口气。

这个结果使我立即对天主教哲学和信仰深感崇敬，而且后者是万事中最重要的。我终于了解信仰有极明确的意义，其迫切性很具说服力。

能有这点感受算是相当了不起，当时我也只能做到这一步了。我体认到那些想到天主的人是真正推崇天主的，那些相信天主的人信仰是真实的，不是梦想；在当时，除此之外我已无法有更深入的体会了。

多少人也处于同一情境！他们在图书馆的书架前翻阅圣多玛斯的《神学大全》，充满了崇敬与好奇。他们在课堂上讨论多玛斯、史各都、奥斯定及文德，熟知马里坦和吉尔松，也读过霍普金斯所有的诗，较天下多半天主教徒都还要熟悉天主教文学与哲学的传统。他们偶尔也上教堂望弥撒，探讨有关教堂礼仪的尊严与限制。他们非常钦佩教会组织，因为教会中的每一位神父，即使是没有才华的神父，多少都能传授深广且统一的教义，也都能为带着忧虑前来求助的信徒伸出效力神奇的援手。

从另一个角度来看，这些人较一般天主教徒更能了解教会和天主教教义，这份理解是超然、知性、客观的，但是他们并没有进入教会。他们站在大宴会门口挨饿——明知自己也是受邀的宾客——某些较他们贫困且智力、才华、学历不及他们、甚至德行也不如他们的人却进入宴会厅内,在巨大的餐桌前饱餐。

放下这本书之后,我不再分析作者的论证方式,书中内容对我的影响反映在我的生活中。我开始有上教堂的欲望,这是较从前更诚心、更成熟、更深刻的欲望;在此之前,我从未感到如此强烈的需求。

当时我唯一想到的地方就是附近的圣公会锡安教堂,那座刺槐环绕、父亲曾任琴师的教堂。我猜天主有意安排我再次爬上我曾跌落的地方,因为我曾看不起这间英国国教的教会——新教圣公会——天主要我排除骄傲和自以为是。祂并不要我在排斥一个教会后进入天主教会,那不是正当的排斥,而是内在骄傲、外在无礼的罪行。

这次我回到锡安教堂并不是来批判,也不是谴责那可怜的牧师,只是来试试它能否满足我灵魂中刚萌芽的对信仰之模糊需求。

这座教堂还算相当不错。星期日早晨,坐进这美丽的白色小建筑物中,阳光从窗外流泻进来,给人一份舒畅的感觉。教堂合唱团的男男女女身穿白袍,我们一同唱的圣诗并没有带领我进入喜悦超拔的境界,但我至少在心里不再嘲笑他们了。要念宗徒信经时,我也和大家一同起立诵念,希望天主能给我恩宠,让我日后能真心信奉。

牧师的名字是瑞利先生,外祖父总是称他瑞利博士,让他很不好意思。虽然他有个爱尔兰姓名,却和其他新教牧师一样非常排斥天主教徒。他对我一直很友善,我们经常一同讨论知性话题,有时也涉及现代文学,甚至谈劳伦斯,他似乎相当熟悉劳伦斯的作品。

他似乎很重视这种事——认为牧师的要务之一是要清楚最新出版的书籍,能和人们讨论新书,以这种方式保持和大家的接触;但是正因如此,我觉得上他的教堂很乏味。他不欣赏也不了解什么是"先进"的现代文学,其实没有人认为他能明白,也没有人要求他知道;不过,他总要讨论新文学及现代政治,却不谈论宗教或天主,令人觉得他不清楚自己的使命,也不知道该做些什么。他自己担负起一份社会没有赋予他的责任,其实根本没有必要。

当他总算抽出时间来传授基督教的真理时,简直就像在讲台上公开承认（有时，他私下对想要谈论真理的人也是这么说）这些教义他自己大多不相信。其实传到新教徒手中的教义已经稀释了，更遑论"三位一体"！他根本不需要这"三位一体"的教理；至于那圣子降生成人的奇怪又古老的观念，要一个有理智的人相信，简直太强人所难了。

有一次，他要以"锡安教堂的音乐"为题证道，事先留话要我务必出席，因为他会提到我父亲。在比较"自由"的新教教堂内，这样的演讲内容是很常见的，那天早上我很顺从地去了。他还没提到我理当感兴趣的部分，我突然感到头昏，就走出教堂呼吸新鲜空气。他在教堂内讲道，我则坐在教堂外的台阶上晒太阳，和身穿黑袍的教堂管事者聊天；等我感觉好多了，讲道也已结束。

我不能说我常去那座教堂，但是上教堂的兴趣甚浓，甚至在非主日也去。我记不清是什么日子了，也许是圣灰日（Ash Wednesday）或圣周星期四（Holy Thursday）。教堂内只有一两名妇人，我鬼鬼祟祟地溜进去，在最后几排找个位子坐下。我们做了些祈祷，礼拜很快就结束了；礼拜之后，我也鼓起足够的勇气，去赶开往纽约的火车，进城到哥大上课。

//

现在我要谈到在天主上智的安排中，哥伦比亚大学在我生命中注定要扮演的真正角色。可怜的哥伦比亚！它本是一所由虔诚新教徒创办的以宗教为主的大学，但时至如今只在校训中还保留一抹宗教色彩："In lumine tuo videbimus lumen."——《圣咏集》中最深奥、最美的句子之一："藉你的光明才能把光明看见。"这里说的正是圣宠。这句话可以作为所有基督徒或士林学派学习的基石，现代哥大的教育标准却和此校训毫不相干，还不如改成"藉兰德尔的光明才能把杜威看见"（译注：兰德尔〔John Herman Randall〕和杜威〔John Dewey〕皆为曾在哥大任教的美国哲学家），对哥大可能更有利。

然而，实在很奇怪，圣神竟会在这座大工厂似的校园内等着以祂自己的光明光照我。天主使用的主要方法之一,是透过人间的友谊来指引我。

天主造万物的原意也是要我们互依互助才能得救,我们必须一同努力、互相援助,才能达到相互的福惠,得到救赎。圣经教导我们,上述这一点在超性的层面上、在基督奥体的教义中特别真确,基督奥体的教义当然是源自基督教对圣宠的教诲:"你们便是基督的身体,各自都是肢体……眼不能对手说:'我不需要你。'同样,头也不能对脚说:'我不需要你们。'……若是一个肢体受苦,所有的肢体都一同受苦;若是一个肢体蒙受尊荣,所有的肢体都一同欢乐。"

当时有一事我并不了解,现在却看得清清楚楚。天主将我与其他半打和我一样的人聚到哥大,让我们变成朋友,使我们的友谊有效发挥彼此帮助的功用,把我们从迷茫痛苦中解救出来,找到自我。之所以陷入迷茫痛苦,一部分是我们自己的错,一部分则是所谓"现代世界"或"现代社会"中的复杂状况造成的;不过,加上"现代"两字其实并无必要,也不公平,只用传统福音中所用的"世界"一词就足够了。

我们的得救是始于共同、自然及平常的事物(因此整个简洁的圣礼仪式停驻在最基本平常的事物上,譬如面饼、酒、水、盐及油等),对我亦正是如此,天主显示的圣宠就在一般事物上发生作用,譬如书籍、观念、诗歌、故事、图片、音乐、建筑物、城市、某个地方、某种哲学观念等等。不过,这些事物本身是不够的,还要加上我得了半想像性的怪病,外人不能完全分析诊治;因为担心自己的安危,我产生了恐惧的基本直觉。

世界大战将至,战争一起,世界必然充满未知、混乱及恐惧,还有战事以外的暴行、不公不义,这些都是影响我们人生的重要因素。这些事件加在一起,让我和一两位朋友的心灵深深感受到天主圣宠的效力;我们分享彼此的想法、痛苦、烦恼、忧虑、恐惧、困难、欲望、宿醉等等,天主的圣宠在我们的分享中发酵滋长。

前面我已提过范多伦。说他是我们朋友圈中的核心人物并不完全正确,我们并不是每一个人都选修过他的课,也不是都在同一时间选修他的课,但是大家一致尊敬他的清明神智与聪明智慧,对他的崇敬也让我们几个人发现彼此有共同的思想与感受。

或许，范多伦的课对我个人的影响较其他人更大，下面是我想到的一个例子。

一九三六年秋天，新学期刚开始，日子都是新鲜、明亮、兴奋、忙碌的，每个人都充满新的希望。这一年也是外祖父步向死亡的时候，同时我已难以承受追求享乐及发展抱负的压力，终于认输。这一整年我经常有头晕的毛病，变得害怕搭乘长岛线火车，好像那是个大怪物似的。我也不敢到纽约，好像那是个张着烈焰大口的阿兹特克（Aztec）神祇，等着将我吞噬。

那一天，我并未预料到这些。刚进入哥大时，那股唯物主义和政治热潮正在我的血脉里澎湃，我真的依照校方给予的一般性指示选修了一系列多半与社会学、经济学、历史有关的科目。这是非常微妙的，我好像是在半清醒、半蜕变的心态下离开了剑桥，随之也对文学、诗歌——我本性所趋的事物——有所怀疑，认为它们都只会导向徒劳无功的美学，一种逃避现实的哲学。

这种观念并没有让我对范多伦这群人失去兴趣，但是我以为重要的是该选读历史科目，而不是选修范多伦的其他课程。

所以我就走上拥挤的汉弥尔顿楼，到了我以为是上历史课的大教室。四处观望之后，看到第二排坐满了一批未梳头、平日中午坐在《小丑》编辑室里射纸飞机或在墙上涂鸦的人。

他们当中最高的人较为严肃，有一张马脸般的长面孔，头上顶着马鬃般的黑发，名叫赖克斯，好像在沉思什么无法衡量的悲痛，等着有人进来对他们说话。直到我脱了外套，放下一大堆书，才发现这不是我要选修的课，而是范多伦要教授的莎士比亚课程。

我站起身要离开，走到门口，又转回原来的座位坐下。后来我又到注册组改选，于是我在那个班待了剩下的一学年。

这是我在大学选修的最棒的一门课，在各方面都给了我很多好处，也只有在这儿可以听到有意义的授课，内容涉及人生基本问题，如生死、时间、爱情、悲哀、恐惧、智慧、苦难与永恒。文学课绝对不是讨论经济、哲学、社会学、心理学的场合，正如我强调的，范多伦最大的特点就是不把文学当成其他科目来教；不过，文学采用的材料，尤其是戏剧，主要是人类的行为——也就是自由的行为、道德的行为。事实上，文学、戏剧、诗歌经常是能对人类的行为加以解说的唯一方法；正因如此，我们若将莎士比亚、但丁或其他文人对生命与人类的重要和创作性的见解缩减成枯燥的历史、伦理和其他科学名词，便无法了解作品中深邃的意涵。文学与历史、伦理、科学并不属于同一类型！

然而，名著如《哈姆雷特》、《英雄叛国记》(Coriolanus)、但丁《神曲》的"炼狱篇"或多恩(John Donne)的《神圣十四行诗》(Holy Sonnets)，其宏大力量就在于它们是一种对伦理学、心理学、甚至形上学及神学的评述；或者可以反过来说，这些学科可用来注释其他真实的事物，即我们称之为戏剧、诗歌的事物。

那一整年，我们就如此讨论着欲望最深的根源，讨论希望与恐惧。当我们探讨那些重要的现实问题时，会发现实在与莎士比亚及诗歌所论涉的并没有太大的差距，往往和莎士比亚所说的相吻合，只是偶尔有些直觉性题目是属于另一领域的。然而，我提过范多伦的见解平稳、敏锐、清晰，既简明又有微妙的内涵，基本上是士林学派的，但是并不必然、明确地呈现基督教的精神；他使实在界的事物生活在我们之内，而且具有健全、恒久、有成效的生命。当时只有几件事能打动我、让我赶火车到哥大，这门课就是其中之一；在我读到吉尔松的书之前，也只有这门课对我的健康有益。

在同一年，我开始了解赖克斯这个人。他既有范多伦的明澈，又有我的混乱与痛苦，还有许多属于他自己的特质。

换个方式来形容赖克斯。他可以说是哈姆雷特和厄里亚(Elias)[3]的综合体，可能成为一位先知，但缺少狂热的精神；是君王，也是个犹太人。他满脑子博大玄奥的直觉，自己觉得越来越难表达，最后也就安于笨嘴拙舌了。他虽然言语支吾，却并不尴尬紧张，经常用两条长腿盘着椅子，变换了七种姿势之后才找到字眼开始说话；坐在地板上谈话时话锋最健。

　　我认为他的稳健坚定倚靠的是自然、本能的灵性，与生俱来就向着天主。他总是担心自己陷入死胡同，又约略知道那可能不是死胡同，而是无限的天主。

　　从摇篮时代开始，他就自然倾向于喜欢约伯和圣十字若望。我现在知道了，他生来就深具默观者的禀赋，但是可能永远不会明白这份禀赋在他身上占了多少分量。

　　总而言之，就连批评他太不实际的人都很尊敬他，正如重视物质保障的人会不自觉地尊重不担心物质保障的人。

　　那时他和我最大的相同之处是，无论走到哪里，眼前脚下都好像有个深渊，使我们老是觉得头昏眼花，害怕搭火车，害怕上高楼，但是我们很少谈到这个问题。他逐渐默认我对调理身心健康有一套见解，也许是因为我总是很明确地表明我的好恶，不过我恐怕没有帮上他的忙。虽然我知道宿醉后我想像中的深渊会变得更深更大、不可测量，我的头晕毛病也会增加十倍，但是我经常想到的念头还是可以到什么特别地方听某个乐队演奏，或是品尝特别的酒，一直闹到酒店在凌晨四点关门为止。

　　几个月就如此度过，多半时间我待在道格拉斯顿，替纸杯工厂在杯上画漫画，试着做我该做的事。暑假时，赖克斯去了欧洲，我仍然待在道格拉斯顿，写一部冗长无聊的小说，叙述一个大学足球员牵涉纺织厂罢工纠纷的事。

　　我原本属于毕业班，但是那年六月并未毕业。我还缺一两门课，因为我是在二月才进入哥大的（较别人迟了一学期）。一九三七年秋，我回到学校，由于不用再去第四层楼做那些丑恶无用的事情，头脑变得较轻松灵活，可以自由自在地为《小丑》写作或绘画。

　　我和赖克斯、瑞斯谈得更深入了。瑞斯的画很优秀，他的漫画是《小丑》中最有趣的。这也是我第一次遇见费礼德古德，他是个有强烈、复杂见解的人，但有时喜欢故作温文儒雅状，令人觉得事有蹊跷。他最爱用一些非常冷门的术语，我们都无法理解，那时他在哲学研究所念书。他经常故意制造整套各式各样欺骗的故事，并且引以为傲；他善用戏谑的谎言，次数之频繁、范围之广大，皆已达到极致。你可以用速度测量他回话的真假程度，回答得愈快，答案就愈假；究其原因，可能是他正在思考其他的事，也许那件事极端深奥，与你的问题境界相距太远，他不愿打断思路回头为你寻找真正的答案。

这对赖克斯、我或是吉卜尼都没什么问题，原因有二：首先，费礼德古德通常只在回答实际问题时胡说八道，其实答案正确与否对我们都不重要，因为我们都太过不切实际了；其次，他谎诈的回答通常比真相有趣。后来，我们了解他的回答都是假的，就习惯性地比照惯例双重标准，比较他所说的与可能的正确答案，这种方式为我们带来许多生活上有趣和反讽的看法。

他家在长堤(Long Beach)，家居环境混乱嘈杂。他们还有一条笨拙的大警犬，老是挡着别人的路，低着头，垂着耳朵，一脸友善、罪恶、自卑的可怜样。我第一次看到那条狗就问："它叫什么名字？"

"王子。"费礼德古德从他的嘴角吐出这个答案。

这条狗好像很喜欢回应这个名字，我猜它可能会回应任何一个名字，不论叫它什么，它都会感到非常受宠，实在是一只特别笨的狗。

有一次，我带着它在海边木板路上散步，叫着："嘿，王子！嘿，王子！"

费礼德古德的太太海伦也跟在一旁，她听我这么叫，也没说什么，想必以为我故意开这只牲畜的玩笑。后来不知是费礼德古德还是旁人告诉我它并不叫"王子"，但是他们的解说更让我误以为应该叫它"大王"。所以，后来有一阵子我叫它"大王"："嘿，大王！嘿，大王！"几个月之后，我到他们家玩了好几次，才知道这条狗既不叫"王子"，也不叫"大王"，其实叫做"胆小鬼"。

伦理神学家说，幽默的谎言本身大不了只是个小罪。

费礼德古德和赖克斯是学校宿舍中的室友。戈迪也和赖克斯做过一年的室友，他毕业后的德行也和我在道格拉斯顿差不多，待在华盛顿港的家里，同样面对着空白墙壁，那是他自己的死胡同终点。他偶尔会进城探望多娜，她住在第一一二街，没有工作；和我们相比，虽然她也感到困惑，但还是较快活，因为大不了把钱花光回巴拿马老家就是了。

吉卜尼不能算是敬神的人，说实在的，他有点傲气，一般人会认为他不敬神；不过，我认为天主会了解吉卜尼的暴躁和讥讽遮蔽了他自身十分深沉的形上学迷茫，这是一种很实在的苦闷，却又不够谦卑，不足以让他的灵魂受益。他的不敬直接针对他认为彻底不妥的普遍意见或观念，或许在主观方面表达出一种追求天主洁德的隐晦热忱；他反抗的是平凡陈腐的思想，是庸庸碌碌及外表的虔诚。

过去的那一年，我想一定是在一九三七年春，吉卜尼、赖克斯和戈迪都在讨论要成为天主教徒的事。戈迪是个精明的二年级学生，有张娃娃脸，顶着一头鬈发。他对生命的态度十分严谨，那时就发现研究所的士林哲学课程，而且选修了一门。

吉卜尼对士林哲学的兴趣类似于詹姆斯·乔伊斯——他很尊崇士林哲学的智慧，尤其欣赏圣多玛斯的哲学；只是那份兴趣还不够强烈，未能影响他皈依天主教。

我和吉卜尼交往的三四年间，他一直在等待某种"神迹"，像神秘经验之类的，某种来自天主的明显而实在的内在震撼，好让他开始行动。但是他在等待期间却做尽了排斥和抵销圣宠的事，所以当时没有成为天主教徒。

他们当中最认真的是赖克斯，他是生下来就认识天主的人，但是因为其他人没有采取行动，他也就停滞不前。

接下来就是我。我看过《中世纪哲学精神》一书之后，发现天主教对天主的信念是很扎实的，却也没有进一步钻研，唯一的行动只是到图书馆查阅目录，寻找圣伯尔纳德的《论爱上主》(De Diligendo Deo)。这本书是吉尔松一再提起的，但是我发现只有拉丁文版本，所以根本没有借出来。

到了一九三七年十一月，赖克斯和我在第一一〇街及百老汇大道交叉口搭上进城的公车，绕过哈林区南边，再经过中央公园上端那个虽脏却仍有许多小船的湖泊。我们沿着第五街在树下行进，那时赖克斯告诉我，他正在读赫胥黎的《目的与手段》(Ends and Means)，他说得那么动听,让我也想马上一睹为快。

因此,我到书店买了一本,立即就阅读了,还写了一篇文章交给那时《哥伦比亚评论》的编辑尤兰诺夫。他带着明朗的希腊式笑容收下我的文章,居然刊登了出来。他那样笑是因为我和赫胥黎一样,信仰发生转变,但是我在文中强调了一点:赫胥黎的转变不该被视为出人意料之外的。

赫胥黎是我十六七岁时最喜欢的小说家之一,当时我读过的故事使自己创立了一种奇怪、无知的享乐哲学。现在大家都在讨论赫胥黎的转变,有关赫胥黎的闲谈愈来愈有趣,因为他有个信奉不可知论、倡言天主的存在难以确定的老祖父,又有个哥哥是著名的生物学家,而他自己竟然鼓吹起神秘主义来了。

赫胥黎非常犀利聪明,又太有幽默感,不可能走上错误的步骤,让自己的皈依变成愚蠢的笑柄。你无法取笑他,至少没有人可找到具体的失误非议他。这也不同于"牛津集团"(Oxford Group)那伙人公开忏悔后皈依道德重整运动。

相反地,赫胥黎广泛、深入、明智地研读了各种基督教和东方神秘主义的著作,获得惊人的真理。这绝不是梦幻、魔术或伪装的综合观念,而是真实又严谨的思想。

他指出超性境界不仅确实存在,而且是具体的经验,近在咫尺,随手可得,是道德活力迫切必备的泉源;只要透过祈祷与信仰,秉持超脱、仁爱的态度,就能达到那种境界。

他的书名原意就是指出:我们不该用邪恶的手段寻求美好的结果。他的主要论点是,目前我们所用的手段——战争、暴力、报复和贪得无厌——恰巧无法达到美好的结果,而他也推论出,我们无法达到善果的原因就在于沉溺于物质及兽性的欲望贪求,这是因为人性中那盲目、粗暴、没有灵性的因素使然。

主要的问题是要争取我们自己的自由,不再臣属于这些低劣的因素,重新确认我们心智、意志的支配权,维护这些机能及整体的精神力量,让它们享有行动自由,否则我们会生活得像野兽,互相残杀。总体的结论是,我们必须实行祈祷与苦修。

苦修!这个念头在我内心引发了革命。过去这个字眼在我心中代表着古怪又丑恶的违反自然之举,是被这歪曲、不公的社会逼疯成了受虐狂之后的行为。这是个什么念头呀!要人们否定肉体欲念,还要自笞以消除抑制这些欲念。这些事对我毫无吸引力,只会吓得我浑身起鸡皮疙瘩。当然,赫胥黎并没有强调肉体上的禁欲和苦修——这是对的,他主要是想击中苦修的重点,指出需要达到超脱的境界有其终极的正面原则。

他说,这种否定欲念的过程不是绝对性的,不只是为了否定而否定,而是一种解放,辨明我们真正的自我,让精神从难以忍受、自我毁灭的限制中解放出来,不再受役于终将毁灭我们本性、毁灭社会与世界的肉体欲念。

而且,我们的精神一旦解放,回归其本质,就不再是单一的个体,它可以找到绝对、完美的天主圣神,可以和天主结合为一。此外,这种结合不是空洞玄奥的意念,而是实在的真正经历。根据赫胥黎所说,这份结合的经验结果可能是、也可能不算是佛家所谓的涅槃境界,佛教讲求终极地否定一切经验、一切现实;不过,在这方面他引用证据证明这种结合就是、或可能是一种真正正面的积极经验。

书中的思辨部分最为振振有词,由于其特有的折衷主义,这个部分无疑充满许多奇怪的教理。至于实际的成分,则是全书的弱点,尤其是他想引用一些具体社会福利组织的例子更不能让人信服。赫胥黎似乎也无法很自在地谈到基督教的"爱",在其书中谈得非常空泛,其实"爱"是所有神秘主义的核心与生命。全书中我获得两项最重要的观念:超自然的精神世界确实存在,以及我们有可能真正获得与天主接触的经验。

赫胥黎被某些人认为是准备要进入教会的人,但是他在写《目的与手段》时对天主教教义的理解并不十分深入。虽然他不加选择地引用了圣十字若望和圣女大德兰的话,却也引用了没有那么正统的基督徒作品,如埃克哈特大师(Meister Eckhart)的句子;而且整体来说,他较偏重东方的宗教思想。我认为当他抛弃了家传的唯物主义时，就走上老派新教徒的老路，回归将任何物质的创造都看成罪恶的异端邪说。不过，我的记忆有限，不能谴责他曾经正式提出这些主张，但是起码可以说明他为何偏好佛教思想和虚无主义特征，愿意将他自己的神秘主义——甚至伦理观——归成万事皆空的思想。这让他变得像阿尔比教派（Albigensians）一样，怀疑教会的圣事、圣礼和其他教义，包括圣子降生成人。

当时我并不关心这些事。我憎恨战争，个人特别的苦痛及世界性的危机使我全心接受这份启示——精神生活、内心生活是必要的，包括某些克己苦修的行为。我很满意地在理论上接受必须克己的真理，或至少积极应用到一种在我身上不太严重、还不需要特别克己的情绪上，就是愤怒与憎恨，却忽略了真正需要节制的欲望，譬如贪婪与情欲。

但是这本书对我最重要的影响，是让我开始将学校图书馆内有关东方神秘主义研究的书籍洗劫一空。

我还记得一九三七年底和三八年初的冬天，在那些安静无事的日子里，我坐在道格拉斯顿家中宽敞的客厅内，苍白的阳光从钢琴旁的窗户照射进来，墙上挂着一幅父亲以百慕大为背景的水彩画。

屋内非常安静，外祖父母都不在了，约翰·保罗到康乃尔大学参加考试。我坐上好几个小时，读着好几册四开本的大书——耶稣会的威格（Wieger）神父用法文翻译的数百种东方奇书。

我记不清那些书名或作者名了，反正从来也完全不明白书中说了些什么。我的习惯是一鼓作气地快速阅读，只偶尔停下来做笔记。这些神秘思想都需要深思才能了解，即使内行人也需要花功夫苦思，何况我对这方面一点也不熟悉。结果，这许多稀奇古怪的故事及理论、道德警语、精致的寓言比喻并没有在我脑海中留下什么印象，待我放下书之后，只想到神秘主义是秘传给少数特殊的人选，而且相当繁复。另一个印象就是：我们置身在一个大的存有之内，属于这个存有，又从这个存有继续演化。我们该做的事是尽量将自己再带回那个大的存有，这个过程就需要精密的自制，要用自己的意志控制。这个绝对大的存有是无限的，没有时间范围；是平静的，是不受个人感情影响的虚无。

我得到的唯一一项实际收获，就是一套失眠时如何自我催眠的方法。你可以平躺在床上，不用枕头，两手平放身体两侧，双腿伸直，放松全身肌肉，对自己说："现在我没有脚了，现在我没有脚了……没有脚，没有腿……没有膝盖……"

有时的确有效，你真的可以让自己觉得你的脚、腿及身体各部分似乎都变成空气，都消失了。唯一从来无法奏效的部位是我的头部，如果在头部消失前我还没睡着，一对自己说"现在我没有头了"，顿时胸、肚、腿、脚又都回到恼人的真实世界来了，那么我又会失眠好几个小时。不过，通常我能用这一招很快入睡，我想这就是自我暗示的其中一种，是一种催眠术，或者就是放松肌肉加上一点主动幻想的功能吧！

基本上，我猜想东方神秘主义可以化约成类似的技巧，当然其方式是更加细致与先进；如果这个推论是对的，就不算什么神秘主义，这一切仍在自然规律范围之内。就基督信仰的标准而论，这本身并不是邪门歪道，但是就和超性的关系来说，也并非正确的见解。这多半没什么用处，但是若与严格意义上的恶魔元素混合在一起，这种梦幻与毁灭性的安排当然足以摧毁一切最重要的道德行为，只剩下个人意志来控制他自己或外来的邪恶原则。

我怀着这些想法完成了大学学业，从注册组窗口领取到文学士文凭，并立刻在英文研究所报名，选了几门课。

去年我的体力突然崩溃，追名逐利的冲劲减弱，对活跃而不稳定的记者行业已望之却步。进入研究所代表我踏出了退出名利场、远离世间扰攘冲突与竞争的第一步，我大概会当个老师吧，在相对较平静的大学校园内读书写作度过余生。

赫胥黎的书并没有立刻使我超越本性界，最明显的事实便是我决定主修十八世纪英国文学，从中选择我的硕士论文题目。其实，在南操场边的脏雪溶尽时，我已经快要决定以尚未被人注意的十八世纪后半叶小说家葛瑞夫斯（Richard Graves）为论文题目，他最重要的作品是小说《唐吉诃德的灵修之旅》（*Spiritual Quixote*），仿菲尔丁（Henry

Fielding)的传统讽刺当时英国一些卫理公会和其他教派的宗教狂热者。

我的指导教授是亭德尔先生，这正是他在行的题目。他是个不可知论者和理性主义者，主张理智不能认识天主的存在，只有物质可以理性地讨论，特别乐于深入研究近五百年来人类宗教直觉的偏差反应。他自己刚写完一本有关劳伦斯的著作，讨论到劳伦斯企图综合被半异教徒抛弃的灵性理论，建立自己的合成宗教观。他对劳伦斯的批评有点苛刻，著作出版之后引起许多劳伦斯友人的不满。我记得那一年亭德尔最喜欢的话题之一就是圣女卡布里尼（Mother Cabrini）的奇迹，她刚被教会列入真福品，接受公众敬礼；亭德尔和其他理性主义者一样，认为这是很可笑的事，"奇迹不可能发生"是他的信条。

记得一直到春天时我都还无法决定论文题目，但是事情发展得很突然，我自己也弄不清来由。一天，我从卡宾特图书馆跑出来，顶着太阳沿着网球场的铁丝网围栏走，心里只想着十八世纪唯有一个诗人是我可以拿来写作论文的，但是他最不像十八世纪的人，而且所作所为几乎都和他的时代相违背。

我手中拿着一本印刷精美的小书，是无敌出版社出版的《威廉·布莱克诗集》。此刻我知道我的论文应该写些什么了：讨论布莱克的诗及其宗教观。

我在哥伦比亚书店赊账买了同样版本的《布莱克诗集》（两年后才把这笔账付清），这本诗集有蓝色的封面，我猜现在还藏在我们隐修院图书馆的某处，也许是谁也找不到的地方。那也无妨，我想一个普通的隐修士可能会被布莱克的"预言书"搞糊涂，而可以从布莱克作品获益的人应该去看其他许多更好的书籍。至于我自己呢，我再也不需要他了，他已在我身上下了很多功夫，彻底影响了我，我希望以后可以在天堂见到他。

啊！那是多么了不起的事，那一年，那个夏天，我写了论文，真正在生活上与布莱克的天才及神圣精神有了接触！我开始欣赏他超越同时代英国人的伟大，再加上隔着空间的距离，像是登上了高山，回顾时更能欣赏他的境界。

如果将他列入十八世纪末其他文人的行列，那近乎可笑，我不会这么做的，其他人都是自负、啰嗦、枯燥的小人物！至于其他浪漫派文人，比起布莱克无比真诚、充满灵性的火花，他们的灵感太微弱、太歇斯底里了；甚至柯勒律治（Samuel Taylor Coleridge）也只有偶尔几次想像力达到真实创作力的顶点，但他仍只是个艺匠，是个想像家，不是预言家；是诗人，但不是先知。

也许所有伟大浪漫派文人都有本事将文字堆砌得较布莱克顺畅，但是就算布莱克拼错那么多字，他仍然是更了不起的诗人，因为他拥有更深奥、扎实的灵感。他在十二岁时所写的诗就比雪莱（Percy Bysshe Shelley）写了一辈子的诗都好，我猜，大概在他十二岁时就已经看到先知厄里亚站在伦敦南方广场的树下了。

布莱克的问题出在他尝试适应不了解他本人、亦不了解其信仰和爱心的社会，有些自以为是的卑下之人不只一次以为他们有责任逮住布莱克这个人，控制他、铸造他，使他们在布莱克身上发现的"才华"归顺到一般传统的路线中，这意味着他在艺术与信仰中认为最不可或缺、最真切的部分总是遭到冷酷而无情的贬抑。多年来，他受尽来自各方的各种低级指控，后来终于完全离开原先可能赞助他的人，不再在将他当成疯子的世界上寻找同伴，从此单独行动、我行我素。

于是他以雕刻铜版画终老，因此也就不再需要"预言书"了。在后来这段日子中，他开始阅读但丁，透过但丁接触到天主教教义，认为天主教是唯一真正传授天主之爱的宗教。他的晚年过得较为平静，但他似乎从未想要找个神父谈谈，当时天主教在英国几乎还是被查禁的宗教；不过，他逝世时面色炽红，心中也迸出快乐的歌声。

布莱克逐渐进入我的内心，我愈来愈觉得必须有个有活力的信仰，也发现过去七年来那种死气沉沉、自私的理性主义是多么不真切、不实在，完全把我的心智和意志冻结了。过了暑假之后，我察觉到唯一的生活方式就是活在天主真实临在的世界中。

这句话有很深远的涵义，而我只愿说出事实，那就是当时对我而言这仍只是智能上的理解,这个念头尚未在我意志中生根。但是灵魂的生命并不是知识,而是爱,因为爱才是意志这一最高官能的行为。藉着这种以爱为行动的意志,人得以和奋斗的所有最终目标相结合——藉此与天主合而为一。

///

赖克斯和费礼德古德同住的宿舍寝室门口挂了一幅灰色的石版画,主题是一个印度教徒,眼睛张得大大的,好像很吃惊的样子,穿着白衣盘腿而坐。我探问过究竟,但是仍弄不清楚他们的回答是嘲笑或是带着敬意。赖克斯说,有人对着画投掷了一把刀,而刀反弹回来几乎砍到了大家的脑袋;换句话说,他让我了解到这幅画有内在神圣的意义,这也就是我这些朋友对此画嘲笑及尊重的原因,这两者的混合体也证明了他们对超性界的承认。至于那幅画怎么会贴到宿舍房间的门口,那又是一桩奇怪的故事。

那幅画呈现的是当代一位印度教救世主,名叫加革达-邦都(Jagad-Bondhu,译注:意为宇宙之友),其使命与普世和平及友爱有关。他刚过世不久,在印度有许多追随者。他的身份相当于一位创立了新修会的圣人,但是地位高于圣人:印度教相信上主有多重化身,而他即是最近的一个化身。

一九三二年,这个新修会位于加尔各答(Calcutta)城外的一间寺院收到一封像是官方文件的信,这封信来自芝加哥世界博览会的主办单位,博览会预定在下一年度举行。我不知道他们怎么会发现这间新修道院,总之,信中正式宣布“世界宗教大会”即将召开。虽然我是全凭记忆讲述这段事,但这是千真万确的事,信中邀请该修道院派遣一名代表参加大会。

我可以想像这间修道院的模样。这间修道院名叫税安干(Sri Angan),意思就是“神的活动场所”。围墙内有许多小茅屋,用我们西方人的术语来说,就是有许多隐修士单身居住的“小屋”。修士们都是很简朴的人，过着我们所谓的"透过礼仪敬拜上主的生活"，完全与自然季节配合；其实，他们信仰的主要特色就是与所有生物深沉、和谐地认同，藉此赞颂天主。他们的赞颂就是以歌唱配合鼓声、笛子、管箫等原始乐器，还有许多仪式性的舞蹈；此外更加强调的是"心灵的祈祷"，主要是沉思默观。修士必须自己修练，起先是轻声唱颂对神的诗意之渴慕，然后就平静地沉浸在绝对者（the Absolute，译注：绝对者是一切存有物的第一因，不从别处得到祂自己的存有）之中。

此外，他们的生活是相当原始节俭的，但也不是我们所谓的苦行，我猜他们不做严厉的补赎，也不禁欲；不过，印度社会原本就较贫困，这些修士的生活水准恐怕多半西方宗教人士都会吃不消。衣着方面包括一条包头巾和一块裹身布及袍子，没有鞋子，而袍子也只在旅行时穿；他们的食物是一点米饭、一点点蔬菜及一小块水果。

在他们一整天所做的事情当中，最重要的就是祈祷和赞美神。他们非常了解祈祷的效力，因为他们深切认识神的仁慈善良，其灵修生活诚如天真无邪的儿童，简朴、原始，或者可以说，接近自然、纯真、乐观又快活。重点是，虽然他们仅仅在信仰和其他方面修成了属于本性界的美德（包括自然的爱德），但是这些异教修士在本性界中的生活是如此纯真、神圣、和平，足以让西方许多经常有机会接触圣宠的基督徒感到羞愧。

因此，在这种情况下，这封信的到来如同一块硕大的石头从天而降。修道院的院长很高兴受到邀请，他不知道芝加哥的世界博览会是怎么一回事，不知道一切都是为了赚钱。在院长心目中，"世界宗教大会"是相当有诚意的聚会，他不会想到这可能只是几个虽具诚意却心烦气躁的人的愚昧计划而已，因此他把这次聚会视为达到救世主加革达-邦都希望的第一步，可以促进世界和平，达到四海一家的理想。也许，现在的宗教应该联合成一个世界性的宗教，所有人类都该像兄弟一样一同赞颂神，不再互相残杀。

所以，院长就选定了修道院中一位修士，要他到芝加哥参加这个世界宗教大会。

这是个艰巨的使命，比新接受圣职的嘉布遣会（Capuchin）[4]修士被派去印度传教更可怕，后者只要接受训练前往一个替他安排好的地方做传教工作即可。然而，这位小修士原是生长在丛林边缘的人，突然要他从一个沉思默祷的寺院走出来，不仅是进入普通社会，而且是走向暴力、唯物的文明中心，他可能做梦也想不出如何衡量那个社会，那个社会可能会让他害怕到全身每寸肌肤都起鸡皮疙瘩。此外，他还必须在没钱的状况下旅行；并不是不准带钱，而是他们根本没有钱。他的院长帮他筹到刚过旅程一半的车票，在那之后就只能靠老天保佑了。

我见到这个身无分文的小修士时，他已在美国住了大约五年，获得不少收获，包括在芝加哥大学得到的哲学博士学位，所以人们都称他为巴拉玛卡瑞（Bramachari）博士。不过，据我所知，"巴拉玛卡瑞"这个名字是印度文中对僧侣的通称，如果要翻译的话，差不多可称之为"没有博士学位的小兄弟"。

我始终不明白他是如何以身无分文的旅客身份通过官方的繁琐手续进入美国的，看来，海关人员询问过他之后都被他的纯洁感动，于是就以不合法的手段通融，或是教他几招避免遇到阻拦的技巧。有些人还借他一大笔钱，总之他进入美国了！

唯一的问题是，待他到达芝加哥时，世界宗教大会早已结束了。

到那时候，只要看到那已被撤掉的世界博览会会址，就足以让他明白世界宗教大会是怎么一回事了；一旦到达目的地，他就没有什么问题了。人们看到他站在车站静候上主上智安排他度过窘境，而且看到他头上的缠巾、身上的白袍（入冬时总是包在深褐色的大罩袍内）、脚上的球鞋，就已经对他非常好奇。他经常受邀到宗教及社交团体、各级学校的集会中演讲，也不只一次到新教教堂演讲。他靠演讲维生，经常受到邀请他的人之友善款待。他毫不做作地在离开前的夜晚将自己的空钱包放在客厅桌上，藉以筹集经费继续旅行。

这个开着口的空钱包很有说服力，总能打动邀请他的主人的善心。那个空钱包说明了"你看到了，我身无分文"或"你看看，我只剩最后十五分钱了"，到第二天早上，钱包总会装满经费，让他继续生活下去。

他是怎么遇到费礼德古德的？费礼德古德的太太在芝加哥念书，在那儿遇到巴拉玛卡瑞，然后费礼德古德再认识巴拉玛卡瑞。巴拉玛卡瑞来到长堤一两次，乘坐了费礼德古德的帆船，写了一首诗送给费礼德古德夫妇。他很喜欢和费礼德古德在一块，至少不必回答一些愚蠢的问题。许多和他打交道的都是古怪的人，半疯狂，或是通灵论者，自以为有什么特权可以从他那儿得到些新鲜事物似的；虽然他是个很温和、很有耐性、很谦虚的人，那些怪人还是把他搞得很烦。在长堤，他可以得到清静，虽然费礼德古德的老祖母一直无法相信他不是犹太人的宿敌，总是在隔壁房间转来转去，点上敬神的小灯来对抗这个侵入者。

一九三八年六月学期结束时，赖克斯和费礼德古德在他们寝室中央放了一个盒子，准备打包他们的书籍，这时我们听说巴拉玛卡瑞又来到纽约了。

我和费礼德古德到中央车站接他。我相当兴奋，因为费礼德古德早就以精选的谎言为我洗脑了，我还以为巴拉玛卡瑞真的会飘在空中或行走在水面上呢！你或许会以为头戴缠巾、穿着大白袍子及一双卡兹牌球鞋的印度教徒是很醒目的，但是我们询问了很多人，大家都没发现有这么一个人，我们花了好一番功夫才在人群中发现他。

记得我们找了他十到十五分钟时，有只猫小心翼翼地走出人群，很奇特地看看我们，然后又不见踪影了。

"那就是他！"费礼德古德说，"他把自己变成一只猫。他不喜欢招人注意，我们再往那边找一找，他已经找过我们了，知道我们已经到了车站。"

几乎是在同一时刻，当费礼德古德问一个搬运工是否见到像巴拉玛卡瑞这样的人、而那搬运工回答没有时，巴拉玛卡瑞从我们身后来到。

我看到费礼德古德转身回头以他少有的温和态度说："啊，巴拉玛卡瑞，您好！"

那里站着一个羞涩的矮个儿，快快乐乐地绽放着大大的笑容，面色棕黄，露出满口牙齿。他头上戴着黄裹巾，上面密密麻麻写着红色的印度文祈祷词,脚上当真穿着一双球鞋。

我和他握手时还真担心他会发电伤到我呢!当然,他没用电伤人。我们搭乘地铁到哥大时,车上的乘客都瞪着我们。我不停地探问他拜访的各地大学,问他喜不喜欢史密斯学院(编注:美国一所私立女子学院)?喜不喜欢哈佛大学?待我们到达第一一六街出站时,我问他最喜欢哪一所学校,他说所有学校对他都一样,他从来不曾想到有人对这种事情会有特别的偏好。

我肃然起敬,沉默地仔细思考这种看法。

那时我已经二十三岁了,在某些方面有超龄的成熟,理当明白任何"地方""所在"都无关紧要。但事实不然,我还是很依恋我生活的地方,而且有明确的好恶,尤其是大学,因为我一直想找个最适合生活和任教的大学安居。

牟敦的摄影

认识巴拉玛卡瑞之后,我们十分投缘,成了好朋友,尤其是因为他发现我正在探寻道路深入宗教,走向和他一样以神为中心的生活。

我也发觉很特殊的一点,他从不向我解释他信奉的宗教,过了一阵子之后才谈到一些外在的宗教礼仪,但也仅此而已。其实,只要我想知道什么,他一定会告诉我,只是当时我没那么好奇。最有价值的是听到他根据亲身经验分析美国各地的社会和宗教,如果要详细记载下来,足够写满另一本书。

他从来不做讥讽、嘲笑或刻薄的批评,事实上,他根本没做太多评判,尤其是反对的评论。他只做事实的陈述,然后会笑了起来。他的笑是平静而天真的,那只代表他见到四周的人居然采取那种生活方式而觉得不可思议。

让他发笑的事情并非美国城市生活中的噪音和暴力，诸如收音机节目和大广告牌等等；让他觉得好笑的是用意良善的理想主义，其中最有趣的是新教牧师老是恳切地问他，印度人是否大都已经皈依基督了。他经常对我们说，印度人距离皈依基督教或天主教是很遥远的，其解释是，任何基督教传教士不能深入广大亚洲人心中，主要是因传教士总将自己的社会地位维持得较当地人要高出一大截；英国国教还当真以为他们可以靠严格的分离政策促使印度人皈依——白种人上白种人的教堂，当地人上当地人的教堂，而大家听的都是倡导友爱和统一的道理。

据他所说，所有的传教士都遭受到挫折，就是因为他们自己生活得太好、太舒服了。他们太为自己的生活着想，所以印度教徒不可能视他们为神圣；尤其传教士是肉食的，更引起当地人的反感。

我完全不了解传教士的生活，但是我相信和我们的生活水准相较，他们过得辛苦艰难，绝对称不上舒适；以欧美的生活来衡量，他们是做了相当的牺牲。我猜如果要传教士过当地一般人的生活，可能会要他们的命，不可能要求他们也打赤脚，睡在草席上，住在小茅屋里。不过有一点很明显，异教徒有他们自己对"神圣"的看法，其中最重要的一点就是克己苦修；根据巴拉玛卡瑞的说法，印度教徒普遍认为基督徒根本不明白克己苦修的道理。当然，他的本意主要是指新教传教士，但我猜可以泛指一切从外地所谓文明地区来到这个热带地区的人。

我自己呢？ 并无失望的理由，巴拉玛卡瑞只是指出读过四福音书者都熟知的事情：一粒麦子如果不落在地上死去，仍然只是一粒；如果死去了，才会结出许多子粒来（译注：《若望福音》第十二章第二十节）。印度人并不稀罕我们送许多人去为他们建立学校及医院——也许那些创设也是印度急需的，但是他们想要知道我们有没有圣人可以送到他们那儿去。

我深信我们的传教士当中一定有许多圣人，而且他们也可能成为更伟大的圣人，这就够了，毕竟十六世纪时，圣方济沙勿略（St. Francis Xavier）[5]引导成百上千印度教徒皈依天主教，创建牢固的亚洲公教社团，历数世纪而不衰，他并未从天主教世界之外得到任何物质援助。

巴拉玛卡瑞谈及他接触到的英国国教和其他新教派别时,并没有说出任何我没听过的事,我倒是对他关于天主教的意见颇有兴趣。当然,天主教并未邀请过他上圣坛传道,他倒是很好奇地拜访过几个天主教堂。他告诉我,他只在那几个教堂中真正感觉到人们是在祈祷。

就他所见,只有在天主教堂内宗教才真正在我们生活中产生了生命力,只有天主教徒视敬爱天主为真正重要之事,是深入人们天性中的,而不仅仅是虔诚的表面行为及情感表露而已。

不过,他提到拜访中西部一间较大的本笃会[6]隐修院时又龇牙笑了。他说他们带领他参观了许多工作室、机械装置、印刷机,把整间“工厂”都看遍了,好像他们满脑子想的都是这些建筑和事业。他感到他们太专注于印刷、写作及教育,忽略了祈祷的功课。

巴拉玛卡瑞并不是会被这些话感动的人:“这座教堂镶嵌的彩色玻璃价值二十五万元……风琴有六组键盘,能发出鼓声、铃声和夜莺的声音……还有这圣坛背后的屏风浅浮雕是当代意大利艺术家的真迹。”

他较不推崇的是那些暧昧、奇特、古怪的支派,如基督科学教派、牛津集团等。如此听来让我非常安心,倒不是支派令我困扰,而是他的态度让我肯定了我对他的尊敬。

他不常把话说得像是谏言,但是他当时给我的一项建议是我不会忘记的:“基督徒写了不少美好的神秘主义书籍,你应该阅读圣奥斯定的《忏悔录》(*Confessions*)和多马斯 · 肯培的《遵主圣范》(*The Imitation of Christ*)。”

我当然听说过这两本书,当他提到这两本书时,他的口气好像美国人都不知道有这一类书籍存在。他好像以为自己拥有一项真理,对大多数美国人都是新闻——也好像是美国人早已将自己的文化遗产忘得一干二净,该由他来提醒大家。他重复着他的话,而且郑重其事地说:

“的确,你应该读读这些书。”

他并不常用如此强调的语气说话。

现在回想起来,我觉得天主让他大老远跑到美国来的原因之一很可能就是来说那句话。

多么讽刺啊,我竟然曾经转向东方,研读神秘主义,好像基督教传统没有或很少有神秘主义可以研究似的。我记得我苦读威格神父翻译的大册书本时,以为那代表着世间宗教的最高发展。也许赫胥黎的《目的与手段》让我以为基督信仰是较不够纯然的宗教,因为它太过于形式化,没有取消圣事礼仪,而礼仪是应用一些有形事物对感官的吸引力来提升人的灵魂到达更高境界的,因此有时被批评为太物质化。

如今提醒我应该回归基督信仰传统、研读圣奥斯定的,竟然是一位印度僧侣!

不过,就算他没有给我这个建议,我可能还是会研读教会初期圣德卓越的作家和士林哲学,因为在撰写硕士论文的过程中有一项很幸运的发现,使我终于明确地走上这条轨道。

这个发现就是,我找到一本书解决了我的论文中想要解答的所有难题,那就是马里坦的《艺术与士林哲学》(*Art and Scholasticism*)。

IV

在哥大的最后一周过得相当混乱。赖克斯和费礼德古德都在徒劳无功地整理行李,准备回家;巴拉玛卡瑞住在他们房内,睡在一堆书上。赖克斯正在写一部长篇小说,准备上交诺比教授的小说写作作业,他的朋友都自告奋勇,要替他的小说各写一个章节,而且是大家同时写! 不过,到最后大致是由赖克斯、我和多娜三人完成的。待小说交到诺比教授手中时,他根本看不懂,不过他还是给了赖克斯一个 B-,真是让我们喜出望外。

赖克斯的母亲特别搬到附近居住,万一赖克斯毕业前几周过得昏天黑地、体力不济,她可以就近照顾。他必须经常到母亲租赁的巴特勒公寓吃饭,我也常常和他一起去,帮他一起吃营养食品。

同时,我们计划要搭乘邮轮沿着哈德逊河北上,经过伊利运河(Erie Canal)到水牛城(Buffalo),因为赖克斯的姐夫从事石油事业。然后我们要到纽约上州一角的奥利安(Olean)玩玩,那儿是赖克斯的老家。

毕业典礼那天,我们在赖克斯寝室内将身子探出窗外喝香槟酒,看到太阳晒在南操场上,人们已经开始聚集在汉弥尔顿楼前的树荫下,我们也即将去那儿听一连串讲演,和校长巴特勒握手。

那年六月的毕业典礼原本与我全无关系,我早在二月即从注册组领到了文凭;不过,我向多娜借了她去年从巴纳学院毕业时穿戴的帽子和袍子,和其他毕业生一块坐着,一起讥笑讲演人的讲词。我的头脑已经有点不清醒了,因为方才我们在佛诺德大楼自行庆祝,已经喝了一些香槟。

最后,我们全体起立,慢慢列队走上临时搭建、不甚牢固的木架台上,去和校方的重要领导人物握手。巴特勒校长比我想像中矮小得多,他看来很痛苦的样子,握手时对每个学生喃喃说几句话,轻微得根本听不见。我听说六七年来很多人在这个时刻都对他说不敬的话,作为道别之礼。

我没作声,只和他握了握手就走过去了。我碰上的第二个人是系主任豪克斯,他从白色浓眉下瞪着我,吃惊地吼了一句:

"你跑上来做什么?"

我只是笑笑,然后走过去。

结果,我们并未如愿搭上邮轮,而是搭乘火车到奥利安。有生以来我第一次看到世界上有个地方将让我学到如何快乐地生活——这一天不会太遥远了。

正是这份与快乐有关的联想,使纽约上州在我的记忆中无比美丽;然而,客观地说,纽约上州的美也是不容置疑的,那儿有深谷,有好几英里连绵不绝的山林,也有宽广的田野、高大耸立的红谷仓、白色农庄房舍与宁静的小城镇。这些景致在西下的斜阳中,尤其是在我们过了艾迈拉(Elmira)之后,愈来愈深刻地映入眼帘中。

这一切让人渐渐感到美国的辽阔,领悟到大陆型景观的特色,晴空万里,火车一小时又一小时、一英里又一英里地不断前进。这块土地多么色彩丰富、清新辽阔、富足充裕啊!一切是如此整洁、如此健康!这是个新生又陈旧的国家，是个圆熟的地方，已被拓垦出来供人居住了一百多年。

我们在奥利安下车，呼吸那新鲜空气，聆听那片宁静。

我在那儿待了不过一周多就感到不安，急着赶回纽约，主要原因是那时我一如往常正在谈恋爱。

留在那儿时，我们曾到郊外小路上转了一下。在通往印第安保留区的路上，我们看到方济会[7]办的一所大学，砖瓦建筑平实无华。

那所大学叫圣文德学院（St. Bonaventure College），赖克斯对这所学校很有好感，他的母亲经常在那儿修习夜间课程，都是修士教授的文学课。他也是管理图书馆的神父的好朋友，特别喜欢那间图书馆。我们驾车进入校园，停在一栋大楼门口。

赖克斯叫我下车，我不肯。

"我们走吧！"我说。

"为什么？这地方很好呀！"

"还可以，不过我们还是走吧，快点到印第安保留区。"

"你不想看看图书馆吗？"

"从这里看看就够了，走吧。"

我也不明白自己为何这么不耐烦，也许是想到那么多修女和修士在我四周就让我害怕。地狱臣民一接触到修会生活、修道誓言、正式透过基督献身于天主的人，就会产生原始的恐惧。太多十字架、太多圣像、太多宁静快乐、太多虔诚的乐观主义，使我感到浑身不安，我非得逃开不可。

我回到纽约的第一件事就是从道格拉斯顿的家中搬出来。说实在的，自从外祖父母过世之后，整个家庭就等于瓦解了；同时，我想省下搭乘地铁及长岛线火车的时间，多做点事。

六月的一个下雨天，我和道格拉斯顿一个黑人出租汽车司机赫伯商量好，他开车替我将行李、书籍、随身手摇留声机和我所有的热门唱片、照片、壁上挂的图画、甚至从来没用过的网球拍，一起送到城北第一一四街哥伦比亚图书馆后面我租赁的房间。

我们一路上讨论着一度著名的电影明星范伦铁诺（Rudolph Valentino）神秘死亡的原因，其实那根本不是当时的新闻话题，范伦铁诺至少死去十年了。

"你找到的这个地方真不错！"赫伯这么说，很赞赏我用一周七块五租下的房间。这儿明亮干净，家具是新的，大窗外可看到学校网球场边的煤炭堆，再过去看到的是校园中的南操场和圆顶老图书馆的后台阶，广角的窗景甚至还容纳了几棵树。

"我猜这下你有痛快日子好过了，不是吗，家人都不在身边了。"赫伯离开时还撂下这么一句话。

在那间屋子内发生的事件之一，就是我又开始较有规律地祈祷了；也就是在那儿，我遵照巴拉玛卡瑞的建议将《遵主圣范》一书纳入我的藏书之列，到后来终于像真的被人推了一把似的出门找神父去了。

到了七月，奇热无比，雾气弥漫，哥伦比亚校园内充斥着访客，有上千名从中西部来的戴眼镜、穿粉红衣裳的胖女士，也有穿着灰色泡泡纱西装的男士，他们都是来自印第安那州、堪萨斯州、爱荷华州或田纳西州的高中校长。他们思考着在酷热大厅里学习得来的真理，实证主义使他们血管萎缩，行为主义者所说的反应在他们眼镜后面闪动着。

我书桌上的书愈堆愈高，在学校研究室或我自己的住处都一样。我深陷论文写作之中，但是因为程度有限，制造出无数错误的见解，许多年后才有能力侦测出来。幸好没有其他人发现我的错误，但是当时我相当快乐，学到不少知识。有纪律的工作对我极有帮助，尤其有助于纠正我自以为健康有问题的幻想。

在这过程中，我发现了士林哲学。

我的论文题目最后是定为《威廉·布莱克的自然与艺术》，那时我不知道这个题目实在是天主上智的安排！这个题目引导我研究布莱克对艺术上各种彻底写实主义、自然主义、狭隘的古典现实主义之抗拒，因为他自己的理想主要是神秘与超自然的；换句话说，只要我能明智地处理这个题目，绝对会消除我的自然主义及唯物主义哲学思想，并且可以解决盘踞我心中多年、自己都解释不清的不协调想法与自我矛盾。

　　毕竟,我从小就明白艺术经验的顶点其实就是神秘经验的自然类似物。艺术经验是对现实的直觉感知,是透过对默观对象的感情认同产生的。多玛斯学派称这种知觉为"原始存有的",简单地说就是一种宛如认同各种本性而产生的知识;譬如一个贞洁的人能明白贞洁的本意,因为他自己的灵魂就充满了贞洁——那是他本性的一部分,因为习惯是人的第二本性。"非原始存有的"知识则是哲学家的知识,借用《遵主圣范》的说法,哲学家有能力定义贞洁,却不拥有贞洁的本质。

　　我早由父亲那儿明白,如果将艺术的功能仅仅视为复制感官的愉悦,或者最好也不过是激动情感,造成短暂的兴奋,那简直是对艺术的亵渎。我一向了解艺术是默观的,需要人类最高境界的能力来表达。

　　一旦我发现研究布莱克的秘诀在于了解他对艺术中的彻底写实主义与自然主义之反叛,就可看出他的"预言书"和其他诗篇也都在反叛道德规律中的自然主义。

　　这是多么伟大的启示! 从十六岁起,我一直以为布莱克和其他浪漫派文人一样,都是为自己歌颂激情和自然力。太离谱了! 他赞美的是在神秘经验炼火中已转化的人类本性之爱、本性的能力,这也表示他藉着信仰、爱和意愿努力彻底地净化自己,远离他那些理性主义朋友们的琐碎物质主义、平庸世俗的理想。

　　布莱克的理念一以贯之,发展出道德上的洞察力,能够辨别出世俗而包含私心的道德律之虚伪特色,因此他认出在立法时有些邪恶被订为正当的标准,用来谴责其他的邪恶。例如,骄傲与贪婪占据了审判席,严厉不仁地控诉人性中正常健康的努力;爱被判为淫乱,怜悯被残忍吞噬。所以,布莱克知道为何:

> 娼妓在大街小巷的嚎啕
>
> 将织成老英伦的裹尸布

　　我听过那哭喊声和回音,也看过那条裹尸布,却什么也不了解。我曾经试着将它解释成社会法律或经济力的问题,如果以前能明白布莱克的意思,他大概会告诉我,一旦社会和经济脱离了信仰与爱德,就会变成他笔下那年老、冰冷的魔鬼尤里曾（Urizen）的铁链了！但是现在我将马里坦与布莱克对照着读，发现所有的疑难矛盾都消失了。

我在艺术上一向反对自然主义，却在道德观念上一直奉行纯粹的自然主义，难怪我的灵魂是有病、撕裂的。不过，此刻那道淌血的伤痕已经被基督教的德性观缝合了！灵魂注定要与上主结合。

至于"德性"这个名词，在过去三百年它的命运也实在坎坷！它在拉丁国家遭受到的轻视与讥讽足以证明它在加尔文教派[8]和清教徒手中受了多少蹂躏。在我们这个时代，玩世不恭的中学生轻佻地使用这个字眼，在戏剧中亦被滥用成低级讽刺的意思，每个人都拿"德性"开玩笑，现在它的主要意思被当成伪君子的假道学或无能者的托词。

马里坦一点也不在乎这些浅薄之见，他单刀直入采用士林哲学对"德性"一词的见解，而且用它来谈论艺术，说艺术是"一种实践性智慧的德性"。这新鲜的解释足以清除世俗性偏见在我心中制造的毒素，若有人因此偏见而受害，我必是受害最深者。我从来就不喜欢清教徒的教义，此时我终于对德性有了明智的观念——没有德性就不可能快乐，因为德性的力量就是为我们带来幸福快乐；没有德性就不可能喜悦，因为德性整合我们的自然能力，使我们趋向和谐、完善与平稳，使我们与自己的本性相融合，进而与天主结合，最后必能为我们建构永恒的和平。

大约在一九三八年九月初，我正式从事论文的写作，皈依的准备工作也大致完成了。在仁慈天主上智的安排下，一路走来，我接受了各种外在的恩宠，诸事都顺利美好地完成。从我读吉尔松的《中世纪哲学精神》、把我从以"无神论者"自居转变到接受宗教经验的所有可能性（包括绝顶光荣的宗教经验），总共花了一年半的时间。

我不只在心智上接受了这一切，更开始渴望这一切；不仅渴望，更开始采取有效的行动：我开始想要采取必要的方法来获得这项结合、这份平静，开始渴望献身为天主服务。这个念头仍是模糊含混的、甚至虚浮得可笑，我尚未遵守最基本的道德律法就梦想着与天主神秘结合了。不过，我相信这个目标是实在的，而且有信心达到；不论我的信心多么自以为是，我确信天主都已慈悲为怀地原谅我了，因为我是如此愚蠢无助，而且我也真正走上了正路，决心履行我认为祂要我做的事，俾能将自己带到祂的身边。

虽然我自认已看到该走的道路，也可以认清大致的方向，但我是多么盲目、懦弱、病态啊！书中清晰的观念常使我们上当，以为自己当真明白了书中的道理，其实并未得到实践的知识。我记得我可以连续数个小时引经据典地谈论神秘主义和对天主的经验性知识，但与此同时却喝着威士忌与苏打水助兴，让辩论的气氛更热烈。

例如，那年劳工节的情况就是如此。我和住同一栋屋子的约瑟夫到费城，四年来他参与了约翰·杰伊大楼"第四层楼"的大小战役，毕业后在一家介绍女帽的贸易杂志社工作。我们整夜和他的一位朋友坐在费城城外的黑暗旅馆内不断地争论神秘主义，不停地抽着烟，也渐渐喝醉，最后我充满热情地渴望心灵纯洁得可以看到天主。就在这种心境下，我和他们一起进城，那时酒店都打烊了，于是我们转入一家非法营业的酒吧酩酊大醉。

我内在的矛盾确实逐渐化解了，但是还停留在理论的层面上，没有进入实践阶段。并不是我缺乏意愿，而是我仍旧被自己的罪孽和牵绊铐着。

我想，世人——尤其是现代人——最需要认清的真理就是，理智只有在理论上可以和实际生活中的欲望各行其是。由于理智总是被热情的目标蒙蔽或歪曲，它给我们的证据表面上看来如此公正客观，其实却受到利益及宣传的影响。我们都自欺得很高明，而且越演越烈，会花很大功夫说服自己，证明自己绝不会有谬误。肉体上的欲望——我并不只是指有罪的欲望，正常的喜好舒适安逸、希望受人尊敬等欲望也包括在内——是一切过错与判断错误的源头，因为我们有这些渴望，理智（如果它们在真空中独自运作，可真会把所见的事物不偏不倚地记录下来）呈现给我们的一切事物都因为迁就我们的愿望而有所偏差。

因此，即使我们的行为可能是出于最好的心意，以为自己行了大善，实际上却可能造成具体的大害，与原来的好心完全抵触；看似美好的手段也可能通向地狱的深渊。

牟敦隐修小屋内的圣餐台

唯一的解决方法就是圣宠,圣宠,服从圣宠!我当时仍在危险境界,因为我是自己的向导,是自己对圣宠的翻译员。我能安全上岸实在是奇迹!

大约在八月,我终于回应了内心酝酿许久的冲动。有好一阵子,每逢周日我都会到长岛和那个令我匆匆由赖克斯的奥利安家中跑回来的女孩混上一天;不过,如今每到接近周日时,我想要留在城里上教堂的愿望也越来越强烈。

一开始,我隐约觉得可以找个贵格派聚会所和他们一起静坐一下。尽管我自小对贵格派的那份亲切感仍然存在,但读完潘恩的书之后,我对贵格派的好感仍然没有多大改变。

然而,在图书馆写作论文很自然地让我产生一个更强烈的意愿,更有力地驱使我到天主教堂,最后这份驱策力变得强烈到使我无法抗拒。我打电话给我的女友,告诉她周末不去看她了,我下定决心有生以来第一次正式去望弥撒。

这是千真万确的,我生命中的第一次!我在欧洲大陆住过几年,去过罗马,进出天主教大小教堂上千次,却从来没有望弥撒;如果教堂内正在举行什么活动,每次我都会怀着新教徒的恐惧心情逃离出来。

我不会轻易忘记那一天的感触。首先,我心里有一股甜美、强烈、温柔又洁净的推动力告诉我:"去望弥撒,去望弥撒!"这是一件很新奇的事,这个声音,这个坚定而渐增的内在信念似乎在驱使我去做该做的事,我想不出这份贴心又简明的力量是从哪里来的!当我屈服时,这份征服我的力量并未耀武扬威或饿虎扑羊般地践踏我，反倒平静地领我前进，走向一个有意义的方向。

这并不是说我屈服时感情全无波动，一片祥和，我仍旧有点害怕蓄意走入天主教堂，和那么多人在一起，将自己安置在教堂长椅上，暴露于那奇特有力、人们称为"弥撒"的神秘危险事物之前。

天主将这个周日安排得那么美好，我第一次真正清醒地在纽约城内度过周日。我感到很惊奇，城北空荡荡的街上气氛竟如此洁净安宁。太阳光亮照耀着，我走出大门，从街道尽头可以看到勃发的绿意和蓝色的河流，以及对岸新泽西州的山丘。

百老汇大道非常空旷，只有一辆电车匆匆开过巴纳学院及新闻系大楼。然后，洛克菲勒教堂那高大昂贵的灰色大钟隆隆响起，正好替第一二一街教育学院后那小砖房里的基督圣体教堂发声提醒大家，十一点钟的弥撒开始了。

那小小教堂看起来很亮丽，真的，它算是很新的一座教堂。阳光照耀着整洁的墙砖，人们从敞开的大门进入，内部很阴凉。突然间，所有意大利及法国教堂的形影都出现在我的脑海中，我自幼就逃不开天主教那富丽丰足的气氛，对此颇有体会，也颇为喜爱这一切，但是这一次我将首度深入这个环境，在此之前我都未能一窥堂奥。

这座教堂给人的感觉圣洁欢快，有大而平实的窗户、白色圆柱和半露方柱，以及一个简单明亮的祭坛。教堂的风格有点折衷，不拘于一种形式，但还没有美国一般的天主教堂那么不协调。它有一点十七世纪司铎祈祷会的味道，却又带点美国殖民时期的简朴风格；这种混合倒也相当动人，颇有创意，我虽然没有多想，却感受到了这一切。不过，印象最深的是整座教堂都坐满了人，完全没有空位，坐在那儿的不只是老妇人或一条腿已踏入坟墓的衰颓男子，而是男男女女、大大小小的孩子都有，年少者居多；同时，也包括各个阶层的人，中坚份子是有工作的男女及其家人。

我在后排边上找了一个我希望不太显眼的位置，没行单膝跪拜礼就走过去跪下了。刚刚跪下，我就注意到一个很漂亮的年轻女孩，大约十五六岁，直挺挺地跪着，而且很严肃地祈祷。我非常感动，见到这么年轻漂亮的女孩会如此单纯地祈祷，使得祈祷成为上教堂最真、最重要的原因。她那么跪着显然是因为有那份心意，并不是要炫耀；她专心一致地祈祷也许比不上圣人的沉思默想那般深沉，但是认真的程度已显示出她根本没注意到四周的人。

这是个启示：发现这么多平凡的人聚在一起，心中想着天主，而不是想着四周的人；无意炫耀他们的帽子或衣服，只是来祈祷，至少是尽其对宗教的义务，而不是履行为人处世的责任，因为即使有些人仅仅是为了尽义务而来，至少也不必像新教徒在教堂中那样自觉身处人群中的不自在。在新教教堂中，人们是以群体成员、街坊邻居的身份聚在一起的，就算不是全心注意四周的人，至少也要用一只眼睛注意旁人。

因为正值暑假，所以十一点的弥撒也是一台简礼弥撒，反正我也不是来听音乐的。没多久，我就注意到一位神父与两名辅祭已经站在祭坛前，我看不清他们在忙些什么，人们仍然继续自己的祈祷。我完全融入了整座教堂的气氛：圣坛前的活动和教堂里的人。然而，我并没有完全摆脱我的恐惧感，看到几个迟到的人匆匆行过单膝跪拜礼才走进座席，我才想到自己没有行礼，不禁担心人们已发现我不是教徒，正等着我再犯几次失礼的错误，然后把我撵出教堂，或至少用谴责的眼光瞪我几眼呢！

不久，我们都站了起来，我并不知道为什么。神父站在祭坛的另一端，我后来才知道他是在念福音书，然后我发现已经有人站在讲道台上了。

那是一位年轻神父，大约三十三四岁，面孔瘦削，有苦修士之风，配上角质框眼镜更增添了一份儒雅的气质。虽然他只是个助理神父，无论是他自己或是旁人都没将他视为多么了不起的智者，但是当时他确实给我一个智者的印象；他的讲道虽然简单，却也没有否定我的想法。

他的讲词不长，我却很感兴趣。他这么年轻，静静地用平实中夹杂着学院语汇的语言向大家讲解天主教教义中的一项重点。那教义多么清晰扎实啊，因为你不仅在言语背后感受到圣经的深厚力量，还感受到千百年来统一、持续、一贯的传统之深厚力量；更重要的是，这是个有生命的传统，一点也不做作或过时。这些言语、术语、教义与信念由这位年轻神父口中流露出来，就像其生命中最密切的一部分。我也感受到听众都很熟悉这一切，这多少也是他们生命中的一部分，已经融入其精神本质中，就像他们呼吸的空气或享用的食物融入血肉中。

他说了些什么？基督是天主之子，是三位一体天主的第二位。天主在祂之内取了人的本性、人的身体与灵魂，以肉身之躯与我们一起生活，充满了圣宠与真理；而这个"人"，人们所称的基督，也就是天主。祂同时是人也是天主，神性与人性结合，共存于一个位格内，一个神圣的个体，也同时承受人性。祂的工作就是天主的工作，祂的行动就是天主的行动。祂爱我们，和天主一样，与我们一同行走；和天主一样，为我们死在十字架上。祂是天主的天主，光中之光，真正天主的真正天主。

耶稣基督不单是一个人，一个好人，了不起的人，最伟大的先知，神奇的医生，圣者，这些平凡的字眼在祂跟前黯然失色，任何文字都无法描述祂。祂就是天主，但是祂不只是无形体的精神体，不仅是隐藏在幻身后的上主，同时也是一个真正的人。祂是至圣童贞圣母的肉身所生，圣神使她的血肉形成耶稣。祂藉由肉身在人世间所做的事不只是以人的身份、也是以天主的身份所做的，祂以天主的身份爱我们，承受痛苦，为我们而死。

我们是如何知道这些的呢？因为圣经都已经显示给我们了，再由教会的教导以及自最早的宗徒、教宗、教父传下来的强大、一贯的天主教传统教诲加以证实，其间历经众多圣师与学者的传承，延续到我们这个时代。如果你相信这神圣的信德，就会得到光照，达到一定程度的理解；如果你不相信，就永远不会理解，只会将神圣的信德视为无聊荒谬之谈。

同时，也没有人只凭自己的意愿就能相信这些道理，除非他得到圣宠——来自天主的真光与天主赋予心灵和意志的鼓励——否则根本不可能做出拥有鲜活信仰的行为。是天主给我们信德，除了天父吸引的人，谁也不能到耶稣那里去。

早年我在罗马的教堂观赏古代镶嵌画时,差一点就发现耶稣的神性;如果那时就能得到天主的圣宠,我的生活会变成什么样呢? 我可以避免多少自我毁灭及谋杀耶稣的罪恶呢? 过去五年来,我曾使我灵魂中的耶稣圣像遭到无数污染,天主在我心中屡屡受到鞭笞,被钉上十字架处死。

这是很容易解释的。或许天主早已预见我的不忠,在那段时期从未赐我圣宠,因为祂知道我会藐视、浪费圣宠;万一我拒绝了圣宠,可能就万劫不复了。无疑地,有些人未获圣宠的原因之一是他们的意志因贪婪、残忍、自私而变得冷硬,拒绝圣宠只会使其意志更加冷硬……但是现在我已饱受不幸、混乱、困惑、内在秘密恐惧的折磨,变得有点谦卑了;我的灵魂犹如犁过的田,较适于接受好种子了。

那天我最需要的就是那篇讲道。当奉献礼前的慕道者弥撒结束时,我这个连慕道者都还称不上的家伙——像一名刚从黑暗的罗马帝国、格林多(Corinth)或厄弗所(Ephesus)[9]走出来的异教徒,又瞎又聋又哑,软弱不洁——除了那篇讲道根本没有能力了解其他事情。

待注意力又回到祭坛,一切都变得神秘莫测。教堂内越来越安静,小铃铛响了起来,我又开始紧张害怕,终于匆匆屈左膝行了跪拜礼,然后在弥撒最重要的部分进行时冲出教堂。也许理当如此,我猜是对教会礼仪的直觉反应告诉我,我还不够资格和大家一同庆祝这些奥迹。我根本不明白到底发生了什么事,事实上基督——天主——即将以饼、酒形象临现在祭坛上了。虽然祂在那儿,是的,祂为了爱我而在那儿,但是祂有能力有权柄,我是什么呢? 我的灵魂是什么样子? 我在祂的眼里又算什么?

就教会礼仪来说,我是该在慕道者弥撒告终时把自己踢出去的,该有个被祝圣的司门在那儿把我撵出来,反正这"驱逐"的行动是完成了。

我轻松地在太阳下走上百老汇大道,眼前所见的是一个新世界。我不明白到底是什么事使我那么开心、那么平静、对生活那么满意,因为我还不习惯品尝圣宠带来的清洁感——的确,一个人听到这样的讲道,相信了它的道理,罪得赦免成为义人,灵魂惯于领受使人圣化的恩宠，从此过着神圣及超性的生活，也并非不可能之事；不过，在此不必继续推论这一点了。

我发现我走入了新世界，连那么丑陋的哥大建筑也变形了，那些原来为暴乱嘈杂而设的街道也处处显得安静。坐在第———街狭窄的恰尔滋餐厅的露天餐座里，在肮脏局促的矮树丛后吃早餐，竟也像是到了天堂境界！

V

从此我的阅读材料愈来愈是天主教方面的，也更深入研究霍普金斯的诗及其笔记；六年前，他的诗只引起我一点兴趣，现在我特别喜欢探讨他身为耶稣会士的生活。那是怎样的生活呢？耶稣会士又做些什么呢？神父到底做些什么事？他如何生活？我不知道从何着手寻找答案，但是这些问题开始在我心中神秘地吸引着我。

有件事非常奇怪。这时，我已经阅读过两三次乔伊斯的《尤利西斯》。六年前，在史特拉斯堡度寒假时，我试着阅读《一个青年艺术家的画像》(*Portrait of the Artist as a Young Man*)，但是中断于描述其精神危机的那一部分。里头有些东西令我气馁、厌烦和沮丧，我不想读到那些事，最后在"使命"那一段读到一半时终于搁下那本书。然而，说来奇怪，这一年夏天——我想是在我首次去基督圣体教堂之前——我重读了《一个青年艺术家的画像》，这次偏偏对"使命"那一段深深着迷，尤其是神父讲道的那一部分。让我印象深刻的不是对地狱的恐惧，而是他讲道讲得如此纯熟精妙，此时神父宣讲的思想非但不再让我反感（也许那是作者的本意），反而令我深受激励及启发。我喜欢书中神父说话风格中显现的效率及劲道，而且再一次令我感到满足的是，这些天主教徒知道他们的信仰，明白他们传授的道理；大家都传授同样的道理，而他们传授的都是经过整理、有目的、有效用的，这一点就比他们教义中的实际主题更打动我。待我听到基督圣体教堂的讲道之后，教义的主题才开始对我发生影响。

　　因此，我又继续阅读乔伊斯的作品，愈来愈对书中各处描述的教士及天主教生活着迷，很多人也许会对此感到奇怪。我猜乔伊斯自己的兴趣只是尽可能客观、生动地重建他认识的都柏林(Dublin)，他的确将爱尔兰天主教社会的错误之处描述得非常真切，也对他放弃的教会毫不留情；然而，他放弃教会是因为忠心耿耿于成为艺术家的召唤(这两项召唤并非一定无法和谐共存，只是在乔伊斯主观的特殊情况下有所冲突)，想要尽可能精确地重建他的世界。

　　因此，重读乔伊斯让我搬进了他的都柏林，呼吸那物质与精神的贫民窟空气。他描绘的都柏林并不是最富天主教色彩的一面，但是背景中仍然有教堂、神父、教堂的敬礼，以及天主教生活的各个层面，从耶稣会士到只和教堂沾点边的人的生活都包含在内。现在是这些背景使我着迷了，而乔伊斯一度具备的多玛斯学派色彩也使我着迷；就算他摒弃了圣多玛斯，也不至于降到亚里斯多德之下。

　　此外，我也在重读形上诗人的作品，尤其是克拉箫(Richard Crashaw)，并研究他的生平和皈依；那也是另外一条道路，多少也指向耶稣会。在一九三八年的八月及九月，我的内在生活都是围绕着耶稣会，他们象征着天主教使徒工作中有活力、有组织的一面，是我最近才懂得尊崇的。或许在我脑海深处还有我最敬佩的耶稣会英雄的影子：那了不起的罗斯查尔德(Rothschild)神父，是伊夫林·沃写的《卑劣的肉体》(*Vile Bodies*)中的人物；他和所有外交人员一起策划，当夜里大家都累倒后，他却骑着摩托车消失在黑夜中。

　　尽管如此，我还没有做好站到领洗池旁的准备，甚至还未在心里和自己争辩过是否该成为天主教徒，我满足于站在一旁羡慕别人。另外，我记得某日下午，我的女友进城来看我，我们一同在纽约北城街上散步，我要她和我一起到协和神学院去取课程表。这当然不算是娱乐性的活动，而且我们一边在河边大道上散步，我就一边看起课程表来了。她是个很善良、很有耐心的女孩，并没有正式表示不高兴，但是你仍然看得出跟一个不确定该不该进入神学院的人一起散步让她觉得有点没趣。

那份课程表没有什么吸引人之处,《天主教百科全书》中关于耶稣会的文章才真正让我兴奋;想到有那么多初学期、宣誓前修戒期等等——有那么严谨的审核、那么长的训练——我兴奋得喘不过气来。我一遍遍地读这段文章,心想这些耶稣会士一定都是极度有效率的人。有时,我似乎也假想着自己的面容因修行变得严峻了,黑色道袍使我面色格外苍白,脸上的每一线条都表明这个人是耶稣会圣人,是耶稣会的大才子。我想,模糊诱因中最撼动我的便是做个大才子的美梦。

除了胡思乱想之外,我并没有更进一步接近教会,在实际行动上只不过在夜祷中加念了圣母经而已,我甚至没有继续望弥撒。第二个周末我又去会见女友,并且到费城旅行了一趟。我心中模糊不清、飘浮不定的念头和愿望需要经历一些历史性事件才能受到激励,做出决定。

一个夏末炎热的夜晚,城里的气氛突然变得非常紧张,因为收音机报告了一些特殊消息,我还没听到新闻内容就已经感受到四周的紧张情绪。突然间,我注意到那份寂静,只有四邻各处的收音机嗡嗡作响,各家各户不同收音机的声音渐渐汇聚成一个巨大、不祥的声音,从各个方向朝你扑来,跟着你在街上行走;若是逃避任何一个声音来源,马上又会从其他角度听到。

我听到:“德国——希特勒——今天清晨六点德国军队……纳粹……”他们做了什么事?

然后约瑟夫进来说战争很快就要开打了,德军入侵捷克,战争一定免不了。

纽约城让人觉得地狱之门似乎被打开了一半,冒出的气焰让人垂头丧气,人们带着愁容在新闻报摊边溜达。

约瑟夫和我坐在我房间内一直到夜半。我那儿没有收音机,我们喝罐装啤酒、抽烟,开一些无聊兴奋的玩笑。但是没过两天,英国首相火速飞去会见希特勒,在慕尼黑签订了令人欣慰的新联合公报,取消一切可能引发大战的行动,然后飞回伦敦。他降落在克洛敦机场,跌跌撞撞地走下飞机后说:“我们拥有和平了!”

我非常沮丧,不愿推想在这团混乱下复杂肮脏的政治纠纷;在此之前，我已对政治感到绝望，完全放弃它了。我对任何运动或各种势力的互动已不想置评，反正各方都一样不公正、一样腐败，只有程度之别，要从各方政客矫揉造作的大声疾呼中找出些许真理正义实在太费力、太靠不住了。

我看到的是世上人人都宣称憎恨战争，却又被迫加入战争，冲力之强使人目眩，终于令我反胃；社会中一切内部矛盾最后也汇集起来，离解体之日实在不远了。然而，这将在何处终结？在那段日子，未来是很不清晰的，未来被战争抹成空白，就像被一道死胡同的墙隔住。没有人知道能否活着脱身，平民还是战士的处境更为糟糕？在很多国家，由于有空战，有各式新型飞机和了不起的新型炸弹，平民与战士的命运区别已经消除了。这样下去结果会是怎样呢？

我知道自己痛恨战争，讨厌引发战争及潜藏在战争背后的各种动机，但是我看得出来，我个人的好恶、我的信与不信，对这个外在的政治世界是毫无作用的。我只是一个人，一个单独的个体，在这种情况下已经不算数了。我对这个世界毫无意义，唯一的意义是很可能不久成为征兵名单上的一个编号。我会得到一个上面刻了号码的金属牌子，套在我的颈项上，以便于处理我的遗体时必须要有的公文往返，那就是为我所尽的最后心力——覆盖我失去的身份。

这一切完全难以想像，我和同一处境的人大都停止思考如何面对这件事，只是专心致志应付眼前的生活。

我要将论文打字完毕，还有一大堆书要看，也打算写一篇有关克拉箫的论文，希望能寄给艾略特的《评论准则》发表。我不知道《评论准则》已在印出最后一期后停刊了，也不知道艾略特在面对使我如此沮丧的处境时，他的反应是结束他的杂志。

日子就这样继续下去，收音机也恢复各自嗡嗡发声的局面，要再过一年才会再度联合发出恐怖的呼叫。我想，此时一定已过了九月半。

我从图书馆借了一本霍普金斯的传记。那是一个阴雨的日子，我一早就在图书馆做研究，然后花了三十五分钟在百老汇大道上的小餐馆吃午餐，法文研究所的杰瑞格教授每天都和他年迈多病的母亲到那儿去,静坐在小餐桌边吃包心菜。下午大约四点钟,我到中央公园西边为一个卧病在床的孩子补习拉丁文,他平常是到我房东主持的补习学校上课的,课堂设在我们住的屋子一楼。

我走回我的房间,雨仍然轻柔地落在对街空荡的网球场上,那栋有圆顶的巨大老旧图书馆陷在本身的阴郁灰色建筑中,老圆顶拱起像独眼巨人的眉毛,瞪着南操场。

我拿起那本霍普金斯的传记,那一章提到霍普金斯在牛津巴伊奥学院的生活,那时他正考虑是否成为天主教徒。他写了几封信给纽曼枢机主教(那时他尚未晋升为枢机主教),说他想成为天主教徒。

突然间,我心情激动,像是有一股力量推动我、促使我,这股力量像是发出了声音对我讲话。

"你在等待什么?"那声音说,"你为什么光坐在那儿不动? 为什么还犹疑不决? 你知道该做什么吧! 为什么不做呢?"

我在椅子上坐立不安,点了一支烟,看着窗外的雨,想抑止那个声音。"不该一时冲动,"我心想,"这是疯狂的,不是理智之举,快专心看你的书。"

霍普金斯正写信到伯明翰给纽曼,说自己多么三心二意。

"你还在等待什么?"内在的声音又说了,"你为什么坐在那儿? 拖延再久也没有用,为什么不马上站起来行动?"

我站了起来,在房间内不安地来回踱步。"真是荒唐。"我想,"反正这个时候福特神父也不在,我去

纽约基督圣体教堂

了也只是浪费时间。"

霍普金斯写信给纽曼,纽曼也回信给他,叫他到伯明翰来见面。

突然,我不能再忍耐了。我放下书,穿了雨衣,走下楼梯,走到街上,过了街,走过灰色木栅栏,在细雨中走向百老汇大道。

然后,我内在的一切都唱起歌来! 非常和谐平静地唱着,有力地唱着,也很有信心地唱着。

我走过九条街,转弯走到第一二一街,石砖教堂和神父的住屋就在我面前。我站到门口按了门铃。

女仆开了门,我问:

"我能见见福特神父吗?"

"福特神父出去了。"

我想:好吧! 也不算浪费时间。我又问她神父何时会回来,我一定会再来。

女仆关上门,我走下台阶,还没走上路就看到福特神父从百老汇大道转角回来了。他低着头走过来,走得很急促,好像在想什么事情,我迎上前说:

"神父,我可以和您说一件事情吗?"

"好的,"他摸着头很惊讶地看着我,然后说,"当然可以,到屋里来吧!"

我们坐在门边的小客厅,我说:"神父,我想成为天主教徒!"

VI

从神父那儿出来时,我手上抱着三本书。原来我想马上接受教理训练,但是他要我先看看这些书、祈祷、再做思考,看看一周或十天之后会怎么想。我没有异议,但是我在一小时前的迟疑不决已经完全消失了,使我对自己的拖延感到惊讶和羞耻。他安排我每周两个晚上去会见另一位神父。

"摩尔神父会做你的导师。"这位本堂神父告诉我。

基督圣体教堂内有四位助理，但我猜到了，摩尔神父一定就是那位我听过他宣讲耶稣神性的神父；事实上，他就是在天主安排下受命为我的救赎而工作的人。

如果人们能较深刻地领会到皈依的意义，知道从粗鄙野蛮的异教徒，从食人族或古罗马人的精神水准，皈依到有生命的信仰，皈依到教会的意义，就不会以为学习教理问答是不重要的琐碎小事了。通常教理问答让人联想到孩童初领圣体和坚振圣事之前的必要训练，但是这项基本、必要的训练是世间最重要的事项之一，因为它所做的事是将天主圣言栽入人的灵魂，必须倚靠皈依才能充分完成这项任务。

我听教理时从未感到枯燥无味，也从不缺课，就算要牺牲一些原先沉迷的消遣和兴趣也在所不惜。自从我突然决定要成为天主教徒以来，就无法忍受拖延，如今更热烈期望接受洗礼，不断抛出暗示的言词，探问究竟何时可以被接受进入教堂。

到了十月底，我的欲望更加强烈，因为我和堂区的人一起办传教节，每天有两次听两位保禄会神父讲道，望一次弥撒，圣体降福时跪在基督前，祂逐渐将自己显示给我。

当神父开始谈到地狱时，我很自然地拿来和乔伊斯《一个青年艺术家的画像》中神父论地狱的讲道相较，而且以一种客观的态度反思，好像自己是第三者，正在观察自己听这段道理时的反应。事实上，这段讲道应该对我最有益，而且的确是如此。

我认为，如果有人因为这个题目而不安，那是很奇特的事。为什么有人会因地狱的念头而害怕呢？谁都不会被强制下地狱的，会下地狱的人是因为他们选择了那条路，那并非天主的意愿；他们会入地狱只因他们蔑视和抗拒天主的照顾与恩宠，是他们自己的意愿使他们入地狱，不是天主的意思。天主惩罚他们也只是认凭他们自己的决定，这个决定是祂完全交由人类自行选择的。祂也从不以我们的软弱为永远惩罚我们的理由，我们的软弱不该使自己害怕，因为这也是我们力量的来源。"所以我心甘情愿夸耀我的软弱，好教基督的德能常在我身上。"力量在软弱中才会全部显现出来，我们的无助使我们对天主仁慈的要求更为有力,因为天主召唤可怜、弱小、负重荷的人来到祂面前。

我对讨论地狱道理的反应实在是灵修作家所称的"混乱",但是这混乱并非激情或自私所引起的亢奋、情绪性混乱,而是当我想到自己目前的情况时,知道活该受到巨大可怕的苦难,心中兴起了沉静的悲伤与很有耐性的忧虑,同时惩罚的强度也让我特别了解到罪的邪恶有多么巨大。但是,最终的结果是我的灵魂觉醒了,我的灵性更有深度,信德、爱德和对天主的信心更增进了,也知道唯有倚靠天主才能寻得救赎,因此我更急切地盼望接受洗礼。

听完地狱的道理之后,我去找摩尔神父,希望他能早点让我受洗。他笑着说不会太久了,此刻是十一月初。

同时,另一个念头也在我脑海中隐约成形——我隐隐希望成为神父。我有意将这个念头与我的皈依分开,尽力使它隐而不现。我并未向福特神父或摩尔神父提起过,主要的原因就是:要当神父是必须申请许可的,我必须好好仔细考虑这个念头,不能只是想到就做,这几乎就像是向神学院申请入学许可的第一步。

不过,很奇怪,我心里还有另一个半成形的念头,就是我必须先和一个人商量我想当神父的事,然后才能告诉本堂神父这件事。这个人是个在俗教友,我还没和他见过面;实在很奇怪,我竟然如此自然地想和他讨论这件事,好像他是给我建议的唯一、当然人选。最后,他确实成了我最先求教的人——我的意思是,我很认真地请教他的意见。在前去找他之前,我很早就跟朋友说过想成为神父的事,不过只是随口说说而已。

这个人就是渥尔许(Daniel Walsh),赖克斯和戈迪经常提起他。戈迪选修过他在哲学研究所开的圣多玛斯课程,现在新学期开始,我的注意力也全部放在这门课上,这与我一月间的硕士考试没有直接关联;这时候,比起占据我心灵与愿望的唯一大事,学位和任何与学院生涯有关的事都变得不重要了!

我选了那门课,渥尔许终于成了另一个由天主安排注定要引导、铸造我的圣召的人,就是他指点我到达我今日的所在之处。

　　我之前提到哥大及其教授时并没有想到渥尔许，他也真的不属于哥大。他是曼哈坦村（Manhattanville）圣心学院的教授，只在哥大教授一周两次的圣多玛斯和童斯·史各都。他的班级很小，以哥大的标准来看，就像学院里的羊肠小径一般，但也可以说这是一项额外的优点——它脱离了宽敞嘈杂的干道，不追随蔚为主流的实用主义走上人造花夹道的大路，直奔绝望之门。

　　渥尔许一点也没有一般教授傲慢、自以为是的态度，他不需要用那种造作掩饰自己欠缺的武装；和范多伦一样，他不需要躲在花招或琐碎事物之后，甚至不需要展现出特别的才华。由他单纯微笑的面容就证明他不想引人注目，只想全心沉浸在圣多玛斯坚实有力的精神中。他在讲课时即便允许自己展现才华，也随即又将荣耀归还给启发其才华的泉源：士林天使（译注：意指圣多玛斯，士林哲学之集大成者）。

　　渥尔许曾经是吉尔松的学生，亦曾一起合作研究过，很了解吉尔松和马里坦。就是他后来在天主教读书会中介绍我和马里坦见面的，当时这位圣人般的哲学家在公教进行会（Catholic Action）讲演。我只和马里坦说了两句应酬话，这位背部微驼的法国人满头灰发、神态儒雅，你会感觉到他是那么仁厚、单纯、圣洁。光是有那种感受就足够了，你用不着对他说话，知道世界上有这样的人就觉得很欣慰了，而且深信他会以某种方式为我祈祷。

　　不过，渥尔许也拥有同样的单纯、文雅、圣洁，也许他给人的印象还更强烈，因为他有一个方形下巴，给人一种有时可以非常强硬的感觉。且慢，这矮小结实的人坐在那儿，外表看来像个好脾气的职业拳击手，总是微笑着，像赤子一样快乐，像天使般单纯地谈论《神学大全》。

　　他的声音相当低沉，说话时总是非常谦和地在听众面孔上找寻听懂的记号；如果找到了，他就好像既惊奇又欢欣。

　　我很快就和他成为朋友了，并且告诉他我的论文和我想运用的观念，他很高兴，而且很快察觉到一件我自己都很不明白的事。他说我的心智主要是倾向"奥斯定学派"。我尚未遵照巴拉马卡瑞的劝告阅读圣奥斯定的书，也没有将渥尔许对我的观念的评断当成可能有指导性的事，因为他的话表面听来一点都不像建议或指示。

当然，被一位多玛斯学派的学者指认为"奥斯定派"并不一定是恭维的话，但是因为此话出自渥尔许，他是一位真正的天主教哲学家，那才是真正的恭维。

因为他像吉尔松一样具有最罕见、最令人钦佩的美德，能超越各派系制度的心胸狭窄、意见分歧，能看到天主教哲学的完整性，在相异中求统一，发挥天主教教义的真谛。换言之，他能将圣多玛斯、圣文德和童斯·史各都并列讨论，各家理论相辅相成，他也能指出各人采取何种不同的观点，如何以多样各异的方式解释同一个真理，因此能避免陷入将天主教哲学和神学局限于单一学派、单一立场、单一系统的窠臼。

我祈求天主遣送更多像他这样的学者到教会和大学来，因为现代的教科书令人窒息，几乎置理性发展于死地，只运用多玛斯理论对哲学做了虚表的审查，其他理论则一律列为具有争议性的反对意见而淘汰。其实我认为这是极为可耻、危险的，训练出来的天主教哲学家不该立派系、相互格斗，彼此不应进行激烈、卑劣的争论，因为这一定会让他们的见地变得狭窄，热情丧失殆尽，人们灵性中的哲学生命将得不到滋养。

因此，虽然在传统观念中多玛斯学派和奥斯定学派是分歧对立的，但是被渥尔许称为"奥斯定学派"也该算是恭维了。奥斯定学派不被视为只限制于该修道会的哲学，它包容了所有研究圣奥斯定理论的子弟，因此被列入与圣安瑟姆、圣伯尔纳德、圣文德、童斯·史各都等人同一的灵修传统实在是一大荣誉。由渥尔许的课程主旨看来，我了解他指出我偏向的不是多玛斯学派的知性、辩证或推论作风，而是更偏重奥斯定及其后继者的灵修、神秘主义、意志学与实际方法。

上他的课及与他为友为我即将迈出的下一步做了最有价值的准备，但是随着时日进展，我决定将想要成为神父的念头暂搁一旁，所以那时从未向渥尔许提起。

到了十一月，我脑海中就只存在着一个念头：我要接受洗礼，要真正进入教会的超性生命。虽然一直在做研究、看书、与人谈论，我仍然贫瘠可怜，一点都不知道自己内在将进入什么境界。我即将到达炼狱的七重山山脚下的水边，此山较我能够想像得到的还要险峻、艰巨，我仍然一点都不知道自己面临攀登的必然性。

首要之务便是开始攀登，洗礼是第一步，也是天主最大方的举动。虽然我领受的是有条件性的洗礼[10]，我仍希望天主的仁慈和圣洗池的水可以吞噬我过去黑色有罪的二十三年所有的罪孽，允许我重新开始，只是我的人性、懦弱和罪恶习惯仍然等着我去挑战与征服。

十一月的第一周将尽时，摩尔神父告诉我，我可以在十六日受洗。那天晚上离开神父那儿时，我感到有生以来第一次如此快活和满足。我查了一下日历，看看那天是哪一位圣人的瞻礼日，原来是纪念圣洁如（St. Gertrude）的日子。

在我即将从死亡奴役下解放出来前的最后几天，我才得到感觉自己懦弱、无助的圣宠。虽然没有鲜明的启示，但是我终于发现自己曾是多么可怜、可悲的家伙。十一月十五日夜里是我领洗及初领圣体的前夕，我躺在床上睡不着，担心第二天不知会发生什么差错；躺在那儿又想到次日也许无法坚持领圣体前的斋戒，更是觉得羞耻。其实，禁食只限于子夜到上午十点之前不可喝水或吃东西，这微小的克己行为只是个抽象的象征罢了，代表的无非是自觉的意愿，但突然间它却在想像中增长，变得完全超出我的能力范围——好像不吃不喝不是十个小时，而是要禁食十天。幸好自己尚有点意识，知道这是一种奇怪的心理反应，我们的本性故意让我们变得糊涂，让我们不能用理智和意志思考，虽然也有魔鬼在作祟的成分。于是我放下那些忧虑，睡着了。

早上起床后，因为忘了问摩尔神父用水刷牙会不会违反圣体斋，结果就没有刷牙；对抽烟也产生同样的疑问，我也坚持不屈服于香烟的诱惑。

我走下楼，冲到街上，迈向我的喜乐之果，迈向我的再生。

天空晴朗冷冽，河流像钢铁般闪烁，街上迎面吹来清新的风，那是个充满活力与胜利的秋天。看来一切都是很好的开始，只是我并非全然兴奋，因为我对教堂内即将进行的外在一切仍怀有些许模糊、半动物性的恐惧感——我的嘴会不会太干，咽不下圣体？ 如果吞不下，我该怎么办？我真的不知道。

我转弯到百老汇大道时遇到戈迪。我不记得瑞斯是否在百老汇大道赶上我们的行列，赖克斯和费礼德古德是我们到了教堂后才加入我们的。

瑞斯是我的教父，他是我们当中唯一的天主教徒，是我所有好朋友中唯一的天主教徒。赖克斯、费礼德古德和戈迪都是犹太人，他们都很沉默，我自己也是如此，只有瑞斯不胆怯、困窘或害羞。

整个过程十分简单。一开始，我跪在圣母祭坛前，摩尔神父接受了我弃绝异端和宗教分裂的宣誓，然后我们走到教堂大门一个偏僻角落的圣洗池前。

我站在关键点上。

"你对教会有何求？"摩尔神父问道。

"信德！"

"信德给你什么？"

"永生。"

然后这位年轻的神父又以拉丁文祈祷，很虔诚、很平静地透过眼镜读着礼仪典范；而我，这个祈求得到永生的人，站在那儿望着他，只是偶尔听懂几个拉丁字眼而已。

他转身对我说：

"你弃绝魔鬼吗？"

我三次宣誓弃绝魔鬼，弃绝他的夸耀和他的一切作为。

"你相信全能者天主圣父化成天地吗？"

"我相信。"

"你相信耶稣基督，天主的独生子，降生成人并为我们受难吗？"

"我相信。"

"你相信圣神与神圣天主教会、相信诸圣人与教友恩宠交流、相信罪过经由圣事获得赦免、相信复活与永生吗？"

"我相信。"

如山的重荷从我肩上消失，覆盖在我心智上如黑夜的鳞甲也层层

牟敦的画

被掀开了，我可以见到天主和祂的真理。不过，我仍然沉醉在礼仪中，期待着下一步仪式，那就是我一直最害怕的事情之一，是我二十三年生命中居住在我体内的众魔最害怕的一件事。

神父对着我的面孔吹了一口气，他说："所有不洁的精灵，离开他，让位给圣神，也就是护慰者。"

这就是驱魔礼仪，我并没有看到逃走的魔鬼，但一定不只七个，我从来无法计算有多少。他们会再回到我身上来吗？还有基督那句恐怖的预言会不会应验？他说原来的魔鬼会重新进驻整理得洁净美观的住家，而且还会有较第一个魔鬼更糟的众多魔鬼进驻。

神父再次朝我脸上吹气——其实是基督透过神父有形的职责，真正执行这项净化我的圣事的是基督。

"多玛斯，藉着这口气，领受圣神，接受天主的降福，愿平安与你同在。"

然后他再次开始祈祷，对我画了几次十字圣号，马上又在我的舌上放一点盐——这是智慧之盐，让我能够品尝神性事物的味道。最后，他在我的头上倒水，为我命名为多玛斯，"如果小时候你没有受过洗礼"。

仪式结束后，我走到告解亭，另一位助理神父已经在那儿等着我了。我跪在暗影中，通过我们之间那扇很暗、有密网状空格的小窗，我看见马克高神父低着头用一只手撑着，一只耳朵向着我。我心想："可怜的人。"他看来那么年轻，我总觉得他是那么天真无邪，真怀疑他如何鉴别、了解我向他告解的事。

不过，一件一件，不，一类一类，我尽全力将所有罪孽像拔牙般连根拔掉；有些很困难，但是我速战速决，尽力将我的恶劣行为以大略的数字数了出来——我从未记录过，所以只是个猜测的数字。

我还没有时间感觉到解脱的轻松就跌跌撞撞地走了出来，又必须走到教堂前方，摩尔神父等着见我，再开始他的——也是我的——弥撒；不过，自那天起我就很喜欢告解室了。

此刻他穿着白色祭衣站在祭坛前，经书敞开着。我正对着圣体栏杆跪着,那光亮的圣所全是我的!我能听到神父低声呢喃,还有辅祭的答辞。四周没有人为我示范,我不知道什么时候该站,什么时候该跪,但是无妨,我仍不太确知这些常规。然而,小铃铛一响,我知道什么事发生了,我看到那高高举起的圣体;在静默纯朴的气氛中,基督再次胜利,祂被高举,吸引万物归向祂——也吸引我皈依了祂。

此时,神父的音量增大,朗诵着"我们的天父"经文,辅祭也很快地背诵悔罪经,那是为我念的。摩尔神父转身画了一个很大的赦罪十字圣号,然后举起小块圣体。

"请看,天主的羔羊,请看,赦免世罪者。"

我即将初领的圣体下了台阶,开始向我接近,我是唯一跪在圣体栏杆前的人。天堂好像全是我的——天堂不会因为众人的分享而分隔、缩减——但是给我的这个单独机会代表着一种独一性,提醒我那隐藏在小面饼中的基督为了我将祂自己给了我,和祂在一起,连同完整的神,三位一体的天主——这是一股新生的力量,祂内在的领会在几分钟前的圣洗池旁发生了。

我离开了圣体栏杆,回到其他朋友所在的长椅上,他们跪在那儿,像四个影子,四个不实在的人物。我用双手捂着脸。

我刚刚成了天主的圣殿,奉献给天主一件永恒纯洁的祭品,献给居存在我内心的天主:这是献给天主的天主之祭品,我和天主都是祭祀品,和祂的降生成人一同奉献了。基督在我内心诞生,我是新的伯利恒(Bethlehem,译注:耶稣诞生地);祂也在我内心牺牲了,我是祂的新髑髅地(Calvary,译注:基督被钉十字架之地)。祂也在我内心再次复活了:我被奉献给天父,基督自己祈求天主,祂是我的天父,也是祂的天父,接纳我进入祂无穷的特殊之爱中,这爱不是祂对万物众生的关爱——存在只是天主爱的标志——而是受造物受祂吸引、归向祂的爱,具备祂对自身爱的权能。

从此我进入这永恒倾向的运行中,这原本是天主的生命与精神,是天主对祂无穷本性深处的倾趋。天主,那无所不在的中心,那无边无际的祂,寻到了我,我和基督合一,和这浩瀚伟大的倾趋运作合一,这就是爱,这就是圣神,祂爱我。

祂从祂自己的无限深处呼唤了我。

注释:

[1] 圣若瑟(St. Joseph),亦译"圣约瑟",按圣经记载是耶稣的母亲童女玛利亚的
丈夫。

[2] 圣文德(St. Bonaventure,约 1217~1274),亦译"圣波纳文图拉",中世纪基督
教神学家,主要受奥古斯丁和伪狄奥尼修斯的影响,反对亚里斯多德,宣扬神
秘主义思想,认为人可以通过沉思冥想和祈祷,最终达到与神合一的境界。

[3] 厄里亚(Elias),亦译"以利亚",是旧约时代以色列的一位先知。

[4] 嘉布遣会(Capuchin),天主教方济会的一支,正式名称为"嘉布遣小兄弟会",
该会会服附有尖顶风帽。

[5] 圣方济沙勿略(St. Francis Xavier,1506~1552),天主教耶稣会创始人之一,
传教士。从 1542 年起,先后到达果阿、马来群岛和日本等地传教和建立教
会。1552 年到达中国广东省沿海的上川岛,欲入中国内地不果,不久因病在
岛上去世。

[6] 本笃会,天主教隐修会之一,公元 529 年由圣本笃创立,以贞洁、神贫和服从
要求修士,既注意自身虔修,又从事社会活动,强调"读经与生产""祈祷与劳
动"相结合,为西方第一个有系统会规的隐修会。

[7] 方济会,天主教托钵修会之一,1209 年由意大利人方济各获得教宗批准而创
立。会士间互称小兄弟,故又名"小兄弟会"。提倡过安贫、节欲的苦行生活。

[8] 加尔文教派,基督新教主要宗派,亦称"长老宗""归正宗""加尔文派""改革
宗",是以加尔文的宗教思想为依据的各派教会的统称。

[9] 格林多、厄弗所,亦译"哥林多""以弗所",圣经中的地名。

[10] 有条件性的洗礼,是指对于那些曾在基督新教的教会中受洗的信徒欲改宗天
主教,天主教会在圣事学说上有一"有条件性的洗礼"的措施来使之入门。

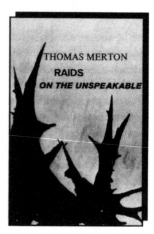

《不可言说》书影

2

矛盾的浪涛

1

天主召唤人们所说的话是多么美、多么令人害怕,祂召唤人们到祂身边,到福地,也就是参与天主的生命——那可爱、肥美的地方,那圣宠及光荣的生活,那内在的生命,那奥秘的生活。对柔顺服从的人,这些话是动听的;但是对那些听到却不了解或无回应的人,这些话又有什么作用呢?

因为你要去占领的地方,不像你们出来的埃及地,在那里你撒了种,还要用水灌溉,像灌溉菜园一样;但你们去占领的地方,却是一个有山有谷、有天上的雨水所滋润的地方。

是上主你的天主自己照管的地方,是上主你的天主自年首至年尾、时常注目眷视的地方。

如果你们真听从我今日吩咐你们的诫命,爱上主你们的天主,全心全灵事奉祂:祂必按时给你们的土地降下时雨、秋雨和春雨;必使你丰收五谷、新酒和新油;必使田野给你的牲畜生出青草;如此你必能吃饱。

你们应谨慎,免得你们的心受迷惑,离弃正道,去事奉敬

拜其他的神,教上主对你们发怒,使苍天封闭,雨不下降,地不
生产,你们必由上主赐给你们的肥美土地上迅速灭亡。(译
注:《申命纪》第十一章)

我自己和犹太人一样,领受了出红海的洗礼。我也进入了一片旷
野——但是这片旷野太便宜我了,因为我的软弱,所受的考验也不严
酷——只要我信任服从天主,不任性、不自以为是,就可以荣耀天主。
这条路引导我到一个我无法想像、不能了解的地方,那个地方不是我那
像埃及的出发地,不是那因邪恶、罪行而让人性受蒙蔽、受束缚的地方。
在这儿,人的双手、才智都不算数,是零;在这儿,天主指导一切,期望我
贡献自己,密切接受祂的指导,就好像祂是用我的脑子在思考,我的意
愿也和祂的吻合相同了。

就为了这个原因,我领受到召唤。为此,我的生命才被创造;为此,
基督死在十字架上;为此,我领受了洗礼。从此基督活在我之内,在祂
炽热的爱火中,将我熔入祂之内。

从领洗得到召唤的那天开始,如果我不能胜任加诸在我身上的责
任,后果之骇人真不敢想像。但是那责任也不是我一听就能响应的,也
许我需要的是奇迹式的圣宠,让我能即时自动、忠信地回应——如果当
时我能做到这一点,该有多好啊!

的确,领洗那天一道通往深远境界的大门为我敞开了,尽管含糊不
清,我还是心里明白,这一点领悟只是一种渺茫、负面的感受,只有和人
们经验的琐碎及陈腐对比才看得到——譬如朋友之间的谈天、城市的
景观、在百老汇大道上每走一步,都把我带进愈来愈深的渐降深渊。

摩尔神父在大门口追上我们,催促我们一同到神父住屋用早餐,这
真是好事;这就是我慈母教会的一贯作风,因为找回她失落的不值钱小
东西而欢天喜地。我们围坐一桌,喜气洋洋中,我觉得事事顺心,因为
爱德本身绝不会不和谐:每个人确实都对已成之事感到高兴,最高兴的
当然是我自己和摩尔神父,其次是赖克斯、戈迪、费礼德古德和瑞斯,每
个人的欢喜自有不同层次。

从教堂出来后,我们发现没有地方可去,这个突然入侵的超性力量

扰乱了整个正常自然生活的秩序。

刚过了十一点，接近午餐时间，我们才刚吃完早点怎么吃得下午餐呢？如果到了十二点不吃午餐，大家又该做什么呢？

再一次，我的内心终于又在问话了。我又从那扇令我费解的大门望进去，看到我无法领悟的境界，那个境界充满许多我永远无法理解的象征意义；因为过多，以致意义全无。"因为你要去占领的地方，不像你们出来的埃及地……因为我的思想不是你们的思想，天主说你们走的路不是我走的路……如果可能的话，尽量去找寻天主……当祂在附近时，拜望天主……你为什么要花钱去买面包以外的食物，为什么你要为不能使你满意的事花劳力呢？"

这些话我全听到了，却似乎抓不住要领，也不能明白。也许道德上我无法做到我应做的，因为我还不清楚祈祷是什么，牺牲又是什么，该如何摒弃尘俗世界，该如何过超性生活。我应该做些什么呢？还有该做什么到目前为止我还没有想到的事呢？

首先，我应立刻开始每天领圣体。我的确想到过，但不以为那是一般人该做的事，同时我以为每次领圣体前都该告解。当然，最直截了当的该是继续去找摩尔神父，提出问题。

其次，我应该追寻常规的完整灵修指导，仅仅六周的教理学习毕竟不够充实，学到的只是仅仅几项最基本的天主教徒实际生活的知识。如果当年我没做出如此极端的假定，自以为成为天主教徒的训练已经全部结束，受洗后的那一年日子就不会过得那么杂乱。更糟的是，每逢遇到疑难之处，我不但不立刻发问，反而只是为自己的弱点感到羞愧，不敢接近摩尔神父，为自己灵魂上真正基本的需要向他求教。

我最需要的便是方向和指导，这却是我最不热心去追求的。记得当时只向摩尔神父问些琐碎、无关紧要的问题——例如什么是圣衣，什么是大日课和弥撒经书，还有该到哪里要一份弥撒经书？

目前我已将想成为神父的念头暂搁一边，这么做也有很好的动机：想成为神父的时机也许尚未成熟。不过，一旦不把自己当成得到教会高尚、艰辛、特选召唤的候选人，我的意志自然而然不再坚定，警戒心也松弛了，又过着普通的生活。我最需要的是一个崇高的理想，一个艰难的目标；对我来说，成为神父就是最好的理想及目标。这当中还有很多具体因素，如果有一天我想进入神学院或隐修院，现在就应该开始培养良好的会士或神学士生活习惯——生活得很平静、放弃娱乐、远离世俗，并小心避免激起旧日狂乱的热情。

然而，一旦丧失了那份理想，就会面临变得草率、漠不关心的危机。事实上，自从接受了洗礼的无上圣宠，经过信仰的挣扎，经过皈依，经历了那么漫长的道路，经过了地狱四周无人禁地，我不但没有变成一个坚强、热心、慷慨的天主教徒，反而沦为千百万不热心、懒散、迟钝的基督徒一份子，过着半人半兽的生活，即使只是举手之劳，也不愿稍稍努力，以保存灵魂的圣宠。

我实在应该开始祈祷，真切地祈祷。我读过各种神秘主义的书籍，尤其在受洗时，我更体验到真正神秘的生命——那种具有圣化圣宠、充满圣神的神学德行与神恩的生命——充分显示给我了；只要我进去，便可享用，我的祈祷生活一定会日进千里。不过，那时我并未做到，甚至还不清楚什么是一般的默想时就已经开始做默想了。差劲的是，过了四五个月后我才知道如何妥当地念玫瑰经，虽然我有一串念珠，偶尔也念念天主经、圣母经，只是并不知道还有什么其他该念的祷文。

在第一年的灵修生活中，最大的缺点便是忽略了对圣母的敬礼。虽然我相信教会所教诲的有关圣母的真理，也在祈祷时念"万福玛利亚"，但是这还不够。一般人不尽了解童贞圣母的宏大力量，不知道她是什么人；事实上，我们都是经由她的手才得到一切圣宠，那就是天主的意志，天主愿意让她参与祂的救赎世人工程。

那时我虽然相信圣母，但是她在我的生活中却只占据极微小的一部分，只不过是个很美的神话——事实上，她对我的重要性顶多就像看到一个象征性的符号或诗境。童贞圣母是站在许多中世纪教堂门口的一具雕像，是我在克伦尼博物馆看到的众多雕像之一，我在奥康念书时就贴了满墙那些雕像的照片。

但这并不是玛利亚在人们生活中该有的地位，她是基督的母亲，我们灵魂中的耶稣之母。她是我们超性生命的母亲,经过她从中求情、代祷,我们得到圣德。这就是天主的意愿,没有其他的途径。

我那时没有倚靠她或她有大能的感受,也没想到多么需要特别信任她,必须亲身经验后才能体会。

如果没有圣母之爱,我能做什么呢?没有明确、崇高的精神目标,没有灵性上的指导,不能每日领圣体,没有祈祷生活,我能做什么呢?我最需要的是拥有超性生命的意识,按部就班地矫正我的热情和疯狂的个性。

我犯的一个大错便是以为基督徒的生活方式仅仅是藉圣宠将本性生活加上一点超性的形式便大功告成。我以为可以恢复以前的生活,思想行为完全照旧,只要不犯致死的大罪。

我也从未想到,自己若是一成不变地过以前的日子,就免不了做出违反道德的恶行。受洗之前,我只为自己而活,只为满足自己的欲望及野心而活,只求痛快、舒服、为名为利而已。洗礼为我带来义务感,我有义务克制本性的欲念,应当服从天主的意志。"因为随肉性的切望,是与天主为敌,绝不服从,也绝不能服从天主的法律;凡随从肉性的人,绝不能得天主的欢心……如果你们随从肉性生活,必要死亡;然而,如果你们倚赖圣神,去致死肉性的妄动,必能生活,因为凡受天主圣神引导的,都是天主的子女。"

圣多玛斯很简明地阐释了《罗马书》中的这几句话。肉身的智慧是一种判决书,我们自然嗜好的一般目的就是人在安排全部生活时的依据,于是肉身必然会驱使意向做出违犯天主律法的行为。

一般人都是宁愿顺从自己意愿,而不是天主的意愿,可以说一般人是恨天主的;当然他们不是忌恨天主本身,而是因为自己违犯了天主的诫命而恨天主。然而,天主是我们的生命,天主的意志是我们的粮食,我们的肉食,我们生活所需的面包;憎恨我们的生命就是进入死亡,对肉身过分挂虑就是死亡。

唯一救了我的是我的无知。事实上,我的生活在受洗前后都大同小异,我和那些轻视天主的人一样,只爱这个世界及自己的肉体,不爱天主。因为我的心全系于现世及自己的肉身，我肯定会陷入大罪中；因为我专注的每一件事都是习惯性地只以满足自己为先，其他一切都是次要，这都妨碍并阻止了圣宠在我灵魂内的工作。

当时我并未完全想通这一点。因为在知性上我很完全地皈依了天主，我以为这就是完整的皈依；因为我相信天主，相信教会的训诫，我可以通宵与人辩论，还自以为已经是很热忱的基督徒了。

其实不然，知性的皈依是不够的。只要是意志，那自动的意志不能完全依照天主的意思，即使知性上已经皈依，意志仍是含糊不稳定；即使个人的意志无法让知性看不出一件事物的真相，意志仍可迫使知性完全不去观察某件事物，阻止知性思考。

那么，我自己的意志又是什么？"你的财宝在哪里，你的心也必在那里。"我那时并没有将我的财宝摆在天堂，它们都在世上。我想成为作家、诗人、批评家、教授，要享用所有知性、感情可以得到的快乐；就是为了享乐，我毫不迟疑地将自己抛进明知会伤害灵性的境况——虽然我通常都被自己的嗜好蒙蔽，盲目到不知自己处境的危险，直到事情出了差错已来不及纠正了。

就我的志向而言，其目标也没错，成为作家或诗人都没什么不好——至少我希望如此——错误出在其目的是内在自我崇拜心理作祟，为了达到那个标准，目的是要满足个人的野心。只要我是为自己、为这个世界写作，所写的就不免出于激情，出于自私自利和罪恶；邪恶不良的树即使能长出果子，也只会结出邪恶不良的果子。

当然我不只在周日才会去望弥撒，有时也会在其他日子。我总是隔不久便去领圣体——如果不是每周，至少每两周会做一次告解和再领圣体。我也持续读了不少灵性的书籍，但是并没有很有灵性地阅读，只是囫囵吞枣、做做笔记，记下自认可在辩论时派上用场的感想——我只想利用这些知识抬高自己身价，沾这些知识的光彩，炫耀自己。偶尔，我也会在下午进教堂祈祷或拜苦路。

对一般天主教徒而言，这些行动或许就足够了，因为他一辈子忠实履行他在宗教上的义务，但是对我却是不可能足够的。一个做了大手术、大难不死、刚刚出院的病人不能马上过平常人的生活，我经历了灵性的斫伤蹂躏，不但每天要领受圣事的辅助，还必须加强祈祷、做补赎、默想及苦修。

我花了很长时间才想通这些事情，如今我写出我的发现，好让与我同病相怜者知道如何为他自己省下许多不必要的危难及痛苦。对于这种人，我会说：不论你是谁，天主带你进入的新地方和你之前生活的埃及迥然不同。你再也不能在此地过你从前彼地的生活，你的过去和旧生活已经钉死在十字架上了，再也不可只求自己的安乐而生活，应该放弃己见，接受智者的指导，为了爱天主牺牲自己的欢乐与舒适，并且将你从而省下的金钱送给贫穷的人。

最重要的是，要接受你的日用粮，没有祂，你的生活将不保。因为基督的生命藉着圣体面饼喂养你，祂会让你感到从未感受过的幸福快乐，领圣体会让你非常轻易地得到这份转变。

//

一九三九年第一个早晨是个灰暗的早晨，带来一整年黯淡的日子——非常灰暗。我走过一排白色空荡荡的屋子，来到矗立着殉道者圣依纳爵（St. Ignatius Martyr）[1]教堂的空广场。一路上吹着冷峻的海风，那阵凉意使我清醒，但是对我的心情无甚裨益，这个新年真是开始得很糟糕。

那年除夕我们在长岛费礼德古德当医生的岳母家庆祝。那场聚会有点杂乱无章、莫名其妙，我们聚坐在权充候诊室的地板上，敲击不同种类的鼓乐器，喝着我记不得名字的饮料；不论我喝的是什么，反正那种饮料使我情绪变得很坏。

唯一没有对这场聚会表示不满意的就是巴拉玛卡瑞，他只是取下缠在头上的布，坐在椅子上，也不在乎那场喧闹。后来，斯雷特因为先前拔了一颗牙也在闹情绪，就试着用巴拉玛卡瑞的缠头布把我绑起来，所以这个僧侣就悄悄地先回家——回到费礼德古德家——睡了。

不久，我又对着街灯丢掷一罐凤梨汁，然后也回去睡了。我和巴拉玛卡瑞同睡一间房，天刚亮他就坐起来喃喃地念起他的早祷，我也醒来；诵念经文完毕，随着就做默观，但我已经睡不着，就去望比我计划中还早的弥撒。这件事我倒做对了，一如往常，我发现在那些日子或任何日子里，望弥撒通常是一天中最好的时光。

这是多么奇怪的事，我一直不清楚其重要性，最后终于真相大白；实在是因我的生命只是为天主而活的，天主才应该是我生命，是我一切所作所为的中心。

我花了近一整年的功夫才由杂乱没有目的的欲望中理出一个头绪、找到真相，有时我觉得我在宿醉中挣扎找寻自己的生命目标与当时世局的进展有点关系。

那时正是一九三九年。那年，人人担心的世界大战终于开始教训我们了，并且告诉我们一个冷酷、不留情的逻辑，那就是仅仅担心大战爆发已经无济于事了。如果不要后果，就应该去除原因；如果仍然贪图原因，只是畏惧后果，却又因跟随原因而来的后果感到惊讶，那是毫无益处的。

那时我应该已经学乖了，晓得战争的原因就是罪恶。一九三八年十一月，我站在教堂圣洗池前，假如那时我接受了放入我手中的圣化恩典，我对这个世界会有什么贡献呢？人们对一个圣人能做到的事多么无知，因为圣德的势力是远超过整个地狱的。所有圣人都像基督一样，有君王般的全权与神圣的能力：圣人自知有超人的能力，他们将自己交付给祂，祂藉着圣人弱小或看起来最不重要的行为救赎这个世界。

不过，这个世界并没有从我这儿得到什么！

我记得，一月底我考完硕士学位鉴定考试，接连两天都去领了圣体，那两天我很快活，考得也很不错。因此，我想不妨到百慕大度一周假，去晒晒太阳、游泳，在空旷的白色马路上骑单车，重温我孩提时那一年的见闻旧梦。我遇到许多人都喜欢夜间乘坐马车，一边高唱着民谣："在厨房和黛娜在一起的人——漫不经心地弹着斑鸠琴。"那儿天气真好，我回到纽约时晒得又黑又健康，口袋里装满了许多和我一同跳舞、泛舟的陌生人的相片。回去后正好赶上替巴拉玛卡瑞送行,他终于搭乘瑞克斯号回印度了,同行的是一群天主教红衣主教,他们去罗马选举教宗。

后来,我在格林威治村签约租了一间单房公寓,开始攻读博士学位,我以为这间位于培瑞街的公寓较适合像我这样的知识分子居住。这个大房间有自己的洗手间、壁炉、法国式窗户,连接着一个摇摇欲坠的阳台,但是和那约十英尺宽、位于哥伦比亚图书馆后面的小房间一比,我现在更感到自己的重要性了。此外,这时我也拥有一具完全属于自己的崭新发亮的电话,铃声深厚、清晰、低沉,非常亲切地邀我进行一些又奢华又世故的事。

事实上,我并不记得有任何重大事情是和那具电话有关的,只记得经常用那具电话和一位护士约会,她那年在法拉盛草原开幕的世界博览会中的医药站工作。还有,因为机件上或账单上的麻烦层出不穷,我曾怒气冲天地寄了一批讥讽信件给电话公司。

我最常用这具电话和赖克斯谈话,他有一具不花他一分钱的电话,因为那时他住在塔夫特旅馆,给旅馆经理的孩子当家教老师,还可随时使用一个装满冷冻鸡肉的冰柜。他仗着优越的地位传来两件大消息:第一,乔伊斯的《芬尼根守灵夜》(Finnegans Wake)出版了;第二,教宗碧岳十二世(Pius XII)[2]选出来了。

那是个春光明媚的初春早晨,我听到新教宗的消息。那时我经常坐在阳台上,身穿蓝色粗布土装裤,一边喝着可口可乐,一边晒太阳。坐在阳台上时,我总是坐在稳固的一边,我的脚则悬在有断落木板的不稳的另一边。那个春天我经常那样度过我的上午:向东可以勘察培瑞街,那一段街道很短,被一排砖楼公寓切断;向西则直通河边,还可以看到那些停泊大客轮的黑色大烟囱。

如果不坐在阳台上发呆,我就在房间内埋身于安乐椅中,研读霍普金斯的书信及其笔记,希望能找到有关诗体韵律的不同原则,同时用白色小目录卡写满笔记,因为我计划以霍普金斯为题撰写博士论文。

桌上的打字机一直都敞开在那儿,有时我会很忙碌地在打字机上打书评,那时我偶尔为《时报》和《先锋论坛报》的星期日读书版写评论。更美妙的是偶尔我也可以辛苦磨练半天,写出一首类似诗的作品。

成为天主教徒之前,我一直无法写诗,曾经试过几次却从未真正成功过,所以一直没有足够的勇气继续尝试。在奥康时曾写过一两次,在剑桥时也写过两三篇不甚高明的诗;到了哥大,自命共产党员的我曾写过一篇主题很差劲的诗,诗里有码头工人,有从头上飞越而过的轰炸机——你知道,那真是个不祥的预兆。最后写成的诗简直可笑,连我们那"第四层楼"的各杂志都拒绝刊登。在我接受洗礼之前,唯一被刊登过的诗作只限于《小丑》上偶然出现的一行诗。

一九三八年十一月,我突发灵感写了几首不甚精练的斯克尔顿式诗(Skeltonic Verse),但是只持续一个月就中断了;其中还有一篇获奖,但在我看来那并不配得奖。不过,现在我脑海中盘旋着各种声音,经常迫切地想要写出来,如果韵律及音调是仿照马维尔(Andrew Marvell)的,结果最好。我一向较偏好马维尔,他对我的重要性虽然不如多恩或克拉箫(当然是指克拉箫写得好时的诗),但是马维尔的气质对我个人有特殊的吸引力,他的诗境也较多恩和克拉箫与我自己更接近些。

我住在培瑞街时作诗也很困难,字句来得很慢,就算作出来量也很少。我作的多半是四音步抑扬格的押韵诗,因为太俗气的押韵我受不了,作诗要押韵对我特别难,有时韵脚显得笨拙而古怪。

一有灵感我就到街上溜达,走过几间仓库,来到第十二街底的家禽市场。我会走去鸡禽码头,坐在太阳下,在自己脑海中筹划四句诗文;一边望着那些救火的船只、几艘老旧的空驳船、几个闲晃的人,还有对岸荷波肯(Hoboken)峭壁上的斯蒂文斯学院。我在草稿纸上写下几句诗文,回到家再用打字机完稿。

我经常立即投稿到杂志社,不知投了多少封到那接近第七大道的培瑞街角的邮筒中!几乎在那儿投寄的每一封都被退了回来,除了几篇书评。

退稿愈多愈让我觉得有将自己的作品发表在杂志上的重要性,尤其是《南方评论》《党派评论》或《纽约客》等杂志。我最在意的就是要看到自己的作品发表，似乎除了以这种琐碎的虚荣喂饱自己的野心之外，我就不能真正满意自己的实体。我旧日的自私自利日臻成熟，只求在外得到公众、出版界的正式认识，也可以非常自在地顾影自怜；我真正的信仰是沽名钓誉，希望自己活在人们的眼里、嘴里与心里。其实这种愿望并不算太过粗俗，并没有希求全世界的认识与赞美，只要能得到少数特殊人士的赏识就满意了。的确有一点天真，这种观念激起我的幻想，不过一旦我的心思被这种念头把持，怎能继续追求超性生活——被天主召唤的这种生活——呢？若我所做的一切不是为了天主，只是为我自己；若我没有信托天主的帮助，以为可以全靠自己的智慧与才能，我如何能爱天主呢？

赖克斯为这一切指责我。他的写作态度完全不受此类愚蠢念头的骚扰，完全沉浸在神圣之境，具爱心、超脱、公正不偏。他对作家的职能有独到的见解，这些知道如何写作、也有话可说的人以拯救社会为己任。他内心的美国画面中（他在这个画面前已袖手旁观、无所事事地过了十二年）充满了有心为善、悦人、快乐、向善、为天主服务的人，但是他们不知如何达成心愿，也不知向谁求教；各种资料来源倒不少，但是众多的资料只是更增添人们的迷茫慌乱。他的理想是，有朝一日人们一打开收音机，便有人报告他们想听的或需要听到的事；不用陈腔滥调，而是以具权威、具信念的语言告诉他们天主之爱：那份信念就是因圣德而生。

我不清楚他这个观念是不是一种特殊圣召，是不是一个确定又特殊的使命：无论如何，他以为我、吉卜尼、费礼德古德、范多伦和他欣赏的作家都应明白这类事情，甚至不太懂得如何说话的喇叭手、钢琴师之流也该明白。他自己是明白的，但是对他而言，他总是等着被"派遣"。

我虽然较他先走到圣宠的泉池之前，但是他远比我有智慧，拥有更明确的远见。事实上他比我更能真切地配合天主所赐的圣宠，他看准了什么是唯一最重要的事情，我猜他告诉我的正如同他向其他人所说的，我很肯定藉由他的声音天主的神灵坚定地指引我该走的路。

因此，至少对我自己的灵魂而言，又一次历史性事件发生了。一个春天晚上，赖克斯和我走在第六街，街上到处都是翻起的泥巴堆，堆得很高，有些地方挖成沟渠，有红色灯笼为标记，提醒大家正在建造地铁。我们沿着那些小店铺前黑暗的路边走向格林威治村，我忘了我们争论的题目，结果赖克斯突然转身问了我一句：

"你究竟想要成为什么样的人？"

我不能回答："我要做多玛斯·牟敦，是在《时报》书评栏末几页写书评的名作家。"或者："多玛斯·牟敦，大一英文副讲师，服务于新生命社会进化与文化学院。"所以我将整个问题放到灵性的境界。我想，这应该很恰当，就说：

"我不知道。我猜我想要做个好的天主教徒。"

"你这是什么意思，你想做个好的天主教徒？"

我的回答理由不够充足，只显露出自己的混乱，暴露自己根本没有仔细考虑过。

赖克斯听不进去。

"你应该说的是，"他告诉我，"你应该说的是你想做个圣人。"

圣人！这个怪念头给了我很大的震撼，我说：

"你怎么会期待我成为圣人呢？"

"想做就行了！"赖克斯说得那么简单。

"我做不了圣人。"我说，"我做不了圣人。"我的头脑变得混淆不清，虚假真实都混在一起。我知道自己的罪孽，还有那虚伪的谦卑使人说他们不能做某些他们该做的事，或不能达到他们必须达到的境界。懦弱的人会说："能救自己的灵魂，使之不犯大罪，我就满足了。"然而这等于说："我不愿放弃我的罪过与迷恋。"

但是赖克斯说："不对，做个圣人所需的条件就是你想成为圣人。只要你愿意让天主引导你，难道你不相信天主会帮助你达到祂创造你的原意吗？你唯一需要做的就是要有那份欲望。"

很久以前圣多玛斯曾经说过同样的话，这原是所有了解福音者都很明白的事。赖克斯离开之后，我想到了，也开始明白。

第二天我就告诉范多伦：

"赖克斯到处说，想要做个圣人，只要有心就成。"

"当然如此!"范多伦说。

这些人比起我都要算是好得多的基督徒，他们较了解天主。我到底在做什么？为什么这么迟缓、糊涂，这么不确定自己的方向，这么没有安全感？

我高价买了圣十字若望作品集的第一册，坐在培瑞街的房间内打开第一页，用铅笔在书中各处标画重点。其实成圣不能只靠此书：因为我画线的那些文字虽然非常精彩、用意深重，但是太过简单，反而使我无法领会；字句都太露骨，简洁到完全找不到口是心非的痕迹，不能满足我受太多杂念歪曲的复杂心性。但是，我很高兴至少尚能隐约察觉玄机，明了其当得至高的尊荣。

///

暑假一到，我就将培瑞街的公寓转租给费礼德古德的太太，自己到纽约北部奥利安城外的山上。赖克斯的姐夫在山顶上有一间小屋，放眼望去，纽约州、宾州尽收眼底——青色的山峰及葱茏的山脊连绵数英里，气候干燥时，林子里零星升起的烟雾在附近山谷中被伐木工人划开了。山林的沉静总是被日以继夜的油泵声破坏，穿越树林时，就可看到林间空地的阴影下有长长的金属柄臂笨拙地前后拉动，因为这一带山地盛产石油。

赖克斯的姐夫班吉让我们住在这个地方，他实在不该那么信任我们，因为他不知道只要我们待到一周以上，就会闹得鸡犬不宁。

赖克斯、瑞斯和我搬去那间小屋，到处找地方安置我们的打字机。那是一个大房间，有一个石头壁炉、成套的法国幽默作家拉伯雷（François Rabelais）的作品和一张大桌子。现在这张桌子已经面目全非了，我们在桌上吃汉堡饼、罐头豆子、大筒大筒的牛奶。屋外有阳台可瞭望山岭，我们后来在那儿架起秋千架；坐在阳台台阶上观看静夜的山谷,一边击着鼓,倒真是快乐时光。我们有一对小手鼓、一个古巴双鼓,可以用双手在不同部位以不同方式击出不同的音调。

为了保证有足够的书可阅读,我们下山到圣文德学院图书馆。这一次因为我已经受洗,看到那些僧侣已不再心虚了。那儿的图书馆员依雷内神父从眼镜后面看着我们,他认出赖克斯,满脸惊奇,他总是心怀惊喜地接待每一个人。赖克斯将我们一个个介绍给他:"这位是艾德·瑞斯,这位是多玛斯·牟敦。"

"啊! 瑞斯先生……毛敦先生。"依雷内神父引我们进去,他的眼神就像个爱看书的小孩,很开朗地伸出手与我们相握。

"牟敦。"赖克斯纠正他,"多玛斯·牟敦。"

"是的,幸会,幸会,毛敦先生。"依雷内神父说。

"他们都是哥伦比亚大学的学生。"赖克斯说。

"啊! 哥伦比亚。"依雷内神父说,"我也是哥大的,读图书馆学系。"然后他带领我们到他自己的图书馆,信而不疑地把我们三人留在书库里。他从没想到对爱书人借书要加以限制,你想借多少,他就借给你多少;只要人们要看书,图书馆是为他们而设的。他收藏了许多书,收藏书就是要给人阅读的,你想借多少就借多少,看完再还:他的不拘形式真是惊人,这位方济会士真是个快乐的人。待我和他们这些会士更加熟悉之后,发现这就是他们的一贯作风;凡是爱好严格纪律生活的人,一入方济会便会察觉修会生活就是他们做补赎的大好机会,尤其适合以后做会长的人。不过,据我所知,依雷内神父从未较其他图书馆遗失过更多的书,那小小的圣文德图书馆是我所见过的图书馆中最齐整、最安宁的。

不一会儿我们每个人都抱着满怀的书走出书库。

"神父,能借这么多吗?"

"当然,当然。很好,请便。"

我们填写了一些简单的单子,又和他握手告辞。

"再会,毛敦先生。"神父说着,他站在敞开的门口,重叠双手,让我们带着战利品扬长走下台阶离去。

我还不知道已经发现了一个可以探寻快乐真谛的地方。

整个暑假我们几乎没有打开过那些带回小屋的书,但总是放在手边,只要想找书看,总有书可读。事实上,有书也是多余的,因为我们终于找到可以放自己的打字机之处,大家开始写小说。瑞斯写了一部名叫《蓝马》的小说,花了他大约十天的时间,共一百五十页长,还有插图。赖克斯写了一些小说的片段,不久就综合成一部名叫《闪亮的宫殿》的小说。我开始写的东西愈变愈长,最后发展到五百页,起先名叫《多佛海峡》,继而改为《大战前夕》,后来又换成《迷宫》。定稿时是短多了,而且大半重写过,我寄到好几个出版社,很令我失望,这本书从来没有被出版——至少那一阵子我很难过,现在我倒很庆幸那些篇幅躲过了印刷机。

那原本是半自传式的写作,所以有不少地方也涉及了目前这本书的内容,但是有更多材料是我不打算写在目前这本书里的。当时我觉得掺杂一些假想人物更容易书写,作品也会更生动。那是很畅快的写作方式,如果事实显得枯燥,我可以节外生枝,加上一个名叫特伦斯·牟拙通的可笑人物。我让舅舅读了我的初稿,他令我非常困窘,因为他指出特伦斯·牟拙通就是用我自己的名字拼凑出来的,后来我把这个名字改成了特伦斯·派克。那的确是件令人难堪的事,因为我把那个角色写得太愚蠢了。

那真是快活的时光,坐在树木茂密的峰顶,原野一望无际,晴空万里,整天聆听鸟雀鸣唱,坐在树下,面对车库,从事一页接一页撰写小说的健康活动。那几周过得真痛快,一切浑然天成。

我们应该可以更丰收的。我猜我们都想过在山顶隐居的可能性,问题是不知如何真正安排。涉及日常行为与是非善恶之分时,我在这伙人中要算是最能言善道却也最顾头不顾尾的,经常冲动想要到山谷的镇上看看有什么电影、玩玩吃角子老虎,或是喝喝啤酒。

这种想要离群过献身生活的模糊欲念充其量不过表现在开始蓄须这件事上,但是胡子长得很慢。结果赖克斯的胡子最好,乌黑而庄严;瑞斯的胡子较不整齐,笑起来却满像样的,因为他的牙齿大,眼睛上斜,

牟敦的隐修小屋

像爱斯基摩人；我则自以为像莎士比亚而窃喜，后来回到纽约还一直留着胡子。在世界博览会中，留着胡子的我站在一个非洲秀附近，有个并非探险家却身穿白色探险装的年轻人就因为我的胡子而错认我是探险者；最起码，他也问了我一大堆关于中非的自作聪明的问题。我猜我们只是彼此交换从《黑色惊魂》(*Dark Rapture*)那部好片子中得到的知识。

在那林间小屋可以过好的隐居生活，现在我真后悔当时没能多利用那个好机会。赖克斯最聪明，有时日出便起床。我自己总要睡到将近八点，煎两个蛋，吞一碗玉米片泡牛奶，然后开始写作。我最接近默想的独处时刻是几个下午坐在一棵小桃树下，四周的草坪杂草丛生，我在那儿终于读了圣奥斯定的《忏悔录》和圣多玛斯《神学大全》的某些部分。

我接受了赖克斯的原则，他认为只要有志愿便能成圣，但是我却将这个原则和其他大道理束诸高阁——我仍然裹足不前，未能付诸实践。我到底是中了什么邪？为何总是不能化信仰为行动，不能将对唯一至善天主的认识转变成具体拥有祂的努力？不，只要能思索、辩论，我就自满了，原因是我的知识只限于本性及知性的思虑，毕竟异教徒的亚里斯多德将最高的本性幸福归在他能想到的对天主的知识中。我猜他也许没错，形上学的推理能将人提升到最高那种纯粹、微妙的快乐，那个境界几乎就是你在本性界中唯一能达到的永恒快乐；若能更上一层楼，你的推论将是根据启示得知的前提，那份快乐也就更深刻、更完善了。即使主题可能是基督徒信仰的奥秘，所采取的推论、客观的默观方式仍未能离开本性领域，至少在实际结果方面。

在这种情况下，你做到的就不是默观，而只是知性、美学上的暴饮暴食——那是相当高级、精致、甚至有修养的一种自私。如果我们不能引领意志归向天主，不能有效地敬爱天主，则一切都是徒劳无功，就是死亡，这种默想很可能在某种情况下意外变成一种罪恶——至少是一项不完美。

经验教我一项重要的道德原则。如果你的行动计划是根据两栏并列的广大可能性,一边是必须避免的大罪,另一边是无需详述便可接受的"非大罪",你的行动计划必然完全不切实际。

这种将各种可能性做出区分的观念已经误导了很多天主教徒,他们都将它当成道德神学理论的完整内容。人们忙于工作糊口时,可能性多少会减少、受限,但是一旦去度假或逢周六晚上,那就要靠老天保佑了。为什么周六晚上醉酒的爱尔兰人数目会增加,这就是原因——这是真的——不完全喝醉本身只是小罪,这就是根据两类原则行事的结果。你用手指在大罪一栏的条件下寻找,看场几百英尺影片中尽是男女互殴镜头的电影不算大罪,微醺、赌博等等也不算真正大罪;这些行为既然不算违法,就该算是合法。所以,不论多么有资格的人对你说你不该做这件事,他就是个持异端邪说者;如果不小心,你就很可能让自己涉入这种争端中,说看电影、赌博、喝得半醉都是善良的行为……

我很明白自己所说的,因为那就是我当时仍想采取的生活方式。你想听听在两项原则下生活的状况吗?下面就是一个例子,其中许多事本身不算大罪,但它们是否事出偶然我就不敢说了,让天主的慈悲来仲裁吧!但是这些行为都是被天主召唤去过全德生活的人所做的,他应该过一种以爱天主、服务天主为荣耀的生活……

嘉年华庆典来到了布拉福(Bradford),对我们来说,那就意味着可以乘坐观景车、碰碰车,玩宾果游戏,看大炮将一个穿白制服、戴防震钢盔的人射到对面的网子里。我们坐进车子沿着岩城路出发,穿过黑色森林,听到隆隆作响的油泵声。

那场嘉年华会规模很大,占满了狭窄的山谷,布拉福就隐蔽在弯弯曲曲的山谷地中,整片地被灯光照得通明。炼油厂的烟囱耸立在灯光外,像地狱的守门卫士。我们走进白色的亮光里,听到嘈杂疯狂的电子乐,还闻到糖果浓厚腻人的甜味。

"嘿,朋友们,请到这边来!"

蓄着胡子的我们不好意思地把脸转向这个穿衬衫、戴呢帽的人,他由摊位探出身来对我们说话。我们也看到那些彩色板和数字牌,当我们走近他的摊位,他一副善心老好人的样子开始解释给我们听,他主持的这项碰运气游戏太容易赢了，简直是为公众谋福利，好让我们这种聪明、老实的年轻人赚一笔可观的外快。

我们听了他的解说，显然这个游戏不容小觑，奖品可不只一包爆米花。事实上，虽然只花两毛五玩第一次，但是每玩一次赌注就加倍，奖品当然也同样加倍，所谓的奖品就是现金。

"只要将小球滚进那些洞里，然后……"

他指明小球该进哪些洞，每次都要形成一组新而不同组合的数字。

"每放下一个两毛五钱币，"我们这位大恩人如此说，"你就可赢二块五毛钱。如果你那一次碰巧没丢中，对你反而更好，因为再丢五毛钱你就可赢五块钱——放一块钱就可赢十块钱——用两块钱就可得二十元。"

我们放下两毛五，再滚小球，却滚进错误的洞。

"对你们有利啦，"这个人说，"现在你们可以赢双倍了。"我们每人都再丢进五毛钱。

"好极了，再来，你们快要愈赢愈多了，不会输的，没——问——题——啦！"

他又向我们每人都收了一块钱，放进口袋。

"就这样，伙伴们，就这么做没错。"他兴高采烈地说，而我们一个个又把球滚到错误的洞里去了。

我停下要他再解释一遍游戏规则，他照做了，我也仔细听。正如我所想的，我根本不明白他讲解些什么。你丢进的洞一定要是某几个数字的组合，而我完全不知道如何找出这些组合，他只告诉我们该丢到什么地方，接着就迅速地将数字加起来，然后宣布：

"你只差了一点点，再来一次，已经很接近了，不会输的。"那数字的总和又变了。

不到两分半钟，他已经把我们全部的现金搜刮一空，只剩下我特意保留的一块钱，是用来玩玩其他游戏和买啤酒的。他问我们怎么忍心现在就罢手，此刻正是大捞一笔的时机，不但可以赢回所有的损失，还可获得一份会令我们头昏眼花的大奖金——三百五十元。

"伙伴们,"他说,"你们不该就此停手,一停手就等于白白丢了钱呀!哪有这种道理!你们老远到这儿来不是扔钱的,对不对?用点头脑,小伙子,你们难道不明白该把钱赢回去吗?"

瑞斯咧嘴笑了,那就是表示:"我们快离开这儿吧!"

"我们没有现金了!"不知是谁说了这么一句话。

"难道你们没有旅行支票吗?"这位慈善家又问。

"没有。"

我从没见过任何人像赖克斯此时一般如此专注而严肃,他满脸黑胡子,低头观察那些像天书的数字。他看看我,我也看看他。那人又说:

"如果你们要回家再拿一点钱,我为你们保留这场游戏,怎么样?"

我们说:"保留这场游戏,我们马上就回来。"

上了车,一路上大家都保持缄默,到我们住的小屋要开十五英里,再加上十五英里回程。我们拿了三十五元和我们所有的其他现金,那三十五元是要拿去赌的。

那位穷人的大恩人看到我们三人再走进大门真的非常吃惊,也有点心虚了。我们脸上的表情一定很可怕,他大概以为我们回家不只是拿钱,还带了枪来。

我们走到他的摊位。

"你保留了我们的游戏吧,嗯?"

"是的,伙伴们,还保留着。"

"再解释一次。"

他又解释了一遍,告诉我们如何做就一定会赢,看来必胜无疑。我们把钱放在柜台上,赖克斯丢出去的小球——又掉进那些错误的洞里。

"这就完了,孩子们?"这位慈善王子说。

"到此为止。"我们转身离去。

我们用我留在口袋里的钱玩了其他不值得一去的摊位,逛了整个游乐场,然后到布拉福的酒吧喝啤酒,心情逐渐好转。我们舔着自己的创伤,和酒吧里一些女孩聊些荒唐谎言——她们多半是岩峰肺病疗养院的服务人员,在距离我们住的小屋大约一英里半路程的山上。

我记得后来那天晚上我们在酒吧里吹牛,大谈我们经营的游乐场,桌边渐渐聚集了一大批各路好汉。我们称这家游乐场为"巴拿马-美国娱乐公司",它精彩得令布拉福的嘉年华会黯然失色。不过,结果很扫兴,一两名布拉福的大汉对我们的故事毫无兴趣,对我们说:

"如果再看到你们这几个家伙留着大胡子到这儿来,我们会打掉你们的头!"

瑞斯站了起来,说道:"是吗?你想打架?"

大家都走到外面的巷子里,双方对骂了好一阵子,幸好没有打起来,否则他们真能教我们吃掉自己的胡子!

我们终于打道回府了,但是瑞斯不敢把车开进车库,因为他怕自己对不准车库的门。他把车子停在就快到车库的通道上,我们推开车门,翻滚到草地上躺着,呆望着满天星斗,大地在我们身子底下翻滚,像一艘要沉没到水底的船。我记得那天晚上瑞斯和我终于爬起来进屋时,看见赖克斯坐在客厅的椅子上,振振有词地大声宣布经过深思的言论。他说话的对象是一包准备送洗衣店的脏衣服,不知是谁将它放在房间另一端的安乐椅上。

IV

八月中,我们回到纽约,这个我参与缔造的世界终于准备破壳探出它邪恶的脑袋,吞噬另一代人。

在奥利安时,我们从不读报,原则上也远离收音机,我全心惦念着要出版新完成的小说。我在班吉的地盘上找到一本旧的《财星》杂志,读到一篇有关出版业务的文章;根据那篇文章,我选了一家可能已经烂到无以复加的出版公司,那家公司是会欣然将《星期六晚邮报》上一切内容以钻石体活字重印在金色纸上的,他们绝对不会欣赏我在山上完成的那种狂妄、没完没了的故事。

不过,他们花了很长一段时间才告诉我实情。

对我自己而言，我走在纽约街头时体验到一个初出茅庐的作家等候第一本书的命运信息时的痛苦心情，这份痛苦只有青少年初恋时的煎熬可以比拟。很自然地，由于我忧虑过度，我的祈祷热烈且有私心。不过，天主并不在乎我们的祈祷是否自私，对祂那是正中下怀，凡是祈求的，就必得到；如果坚持不替自己祈求，那其实是一种虚荣骄傲的念头，等于隐隐将自己放在和天主相同的地位——好像我们没有需要，好像我们不是受造物，不用倚靠祂，也不用遵照祂的旨意倚靠其他受造物。

于是，我来到第十四街一座墨西哥人的瓜达卢佩圣母（Our Lady of Guadalupe）教堂。这座教堂不大，有时我会来这儿领圣体，现在我在祭坛前跪下祈祷，相当急切地祈求我的书能够出版，如果那本书能使天主受到荣耀。

我居然可以安然认为那本书或许能荣耀天主，真是愚蠢到了极点，也是灵性的极度盲目，但是我毕竟提出了要求。现在我明白了，那时我的祈祷其实是件好事。

天主教徒一般相信，天主回答我们的祈祷时，给我们的不一定刚好是我们所要求的，但是我们很确定，如果祂没有给我们想要的，是因为祂有更好的事物要给我们；同样地，基督答应我们的，我们一定都会得到以祂的名字所求的。

我猜我是尽我所能地祈祷了，而且对天主和圣母都有相当的信心。我知道我的祈祷会有所回应，现在我才渐渐明白天主如何完全承诺了我所祈求的。首先，那本书在当时始终没有出版实在是件好事；其次，天主答应了我的祈祷，祂将曾经被我拒绝、而且没有继续追求的恩惠又给了我，还给了我在半清醒状况下放弃的圣召。祂再次为我敞开了那些被关上的门，因为我不知该如何利用受洗及初领圣体的圣宠。

但是，在祂如此做之前，我必须经历一些黑暗与苦难。

我想一九三九年八月底那段日子对任何人都是痛苦的，那些灰色、高温、闷热的日子对人体的肆虐已经够厉害了，再加上欧洲传来日益不祥的新闻，让人更觉沉重。

看来,一场正式的战争终究要爆发了。有些人感到怯懦与变态美感的兴奋,纳粹等着用这种恐怖景象的刺激造成负面的感受,再加上百倍的势力,其他国家预期这项巨大的死亡凶器将会带来令人厌恶、恶心的命运。这项危险还加上了无法衡量的不名誉、侮辱、堕落及羞辱,世界不但面临毁灭,而且面临严重无比的亵渎,这种亵渎是针对完善的人性、人的理智、意志与永生的灵魂。

这种命运对大多数人仍然晦暗不明,大家只是感到厌恶、绝望、害怕、百感交集。他们不了解现在的世界只是大多数人个体灵魂总和的写照,昔日我们任凭心灵意志遭受罪恶及地狱的亵渎、奸污,如今在我们眼前、身体上和精神上,在整个社会秩序中,旧事又要重演,这正是对我们的无情教训与报应,我们当中才会有人领会到我们是罪有应得的。

那时,我自己倒很明白这一点。记得八月底一晚我搭乘地铁时,突然发现车厢里没有一个人在看晚报,但是当时正是电报来往的新闻特别多的时刻。大家都紧张万分,甚至在这个暴力横行的城市中,为了自卫都必须回避一边,避免受到如此痛苦的刺激。现在每一个人对报纸、新闻的态度好像都和赖克斯、我、吉卜尼、瑞斯两年来的感觉一样了。

我的脑海中还出现了另一种观点。我发现:"我自己对世界的一切负有责任,我的罪过是造成这种现状的原因。希特勒不是唯一引起这场战争的人,我也有一份责任……"这是非常发人深省的念头,真理发出了深入探索的光照,让我的灵魂稍稍感到安慰。我下定决心要在九月的第一个星期五办告解、领圣体。

每个夜晚就如此勉强挨过了。一次,我在吉卜尼于华盛顿港的家中吃过晚饭,从长岛驾车回来。与我同车的一名男子有部收音机,我们经过空无一人的公园大道,听着收音机里发自柏林的一道平静、疲倦的声音。评论者的口气已经不再抖擞振奋,完全没有新闻播报员一贯活泼、空谈、得意洋洋的韵味,不再让人觉得播报员总是无所不知。现在你晓得没有人知道会发生什么事,他们也承认了这一点。的确,他们都同意战争是一定会爆发的,但是什么时候呢?在哪儿呢?他们也说不出来。

所有前往德国前线的火车都已停开,航空服务也都停止。街道都空了,你会感觉到所有的人、物清除一空,为的是要准备面临人人悬念中的第一场大规模空袭;那也是威尔斯(H. G. Wells)和其他人曾经描写过的,一夜之中便要毁灭伦敦全城的空袭……

九月第一个星期五的前夜,星期四的晚上,我到圣帕特里克(St. Patrick)大教堂办告解。然后,真是故态复萌,我走进迪伦斯店,这是中央戏院舞台边门对街处我们经常去的一家酒吧,吉卜尼和我经常坐在那儿等待戏院散场,经常待到清晨一两点钟,和几个我们认识的在戏中轧一角的女孩子鬼混半天。这天晚上散场之前,我碰到珍妮,她不在那出戏中演出,却有资格演更好的戏。她说劳动节就要回里奇蒙(Richmond)老家去了,邀我一同前往,我们安排第二天在宾夕法尼亚车站会面。

第二天一大早醒来,听到收音机广播,我听不清他们说些什么,但是那声音不再疲惫,而是刺耳的叫喊,表示的确有事情发生了。

在我前去望弥撒的路上发现了事情的真相,华沙遭到轰炸,大战真正开始了。

圣方济天主堂离宾夕法尼亚车站很近,正进行着大礼弥撒。神父站在有镶嵌图案的半圆型屋顶下的祭坛前,以高昂的声音庄重而一板一眼地朗诵弥撒的序幕,那是神圣教会古老、隽永、神圣的句子:主,圣父,全能永生的天主! 我们时时处处感谢你实在是理所当然的,并能使人得救……

这是基督净配(Bride of Christ)的声音,基督在这个世界中,却不属于这世界,祂的生命超越战争、死亡、迫害、改革、邪恶、残酷,也超越人们的贪婪与不公正的事件。在万物中时时向您表示感谢实在是再适合、公平也不过,神圣的主,万能的天父,永恒的天主,这宏大有力的祈祷在永恒面前,所有的战争化约到微不足道的地步。这祈祷开启了通往永恒的大门,它来自永恒,也回归永恒。这祈祷带领我们的心灵进入深奥、安宁的智慧之境,我们应该永远偕同万物向您,全能的天父,致谢。这个已经开始承受痛苦、为另一场战争再次流血的教会,这个奥体，是不是就在吟唱着我们对全能天父致谢的词句呢？

她在战争、痛苦中感谢祂，并非为了战争、为了痛苦，而是为了天主的爱；在这新的危机中，她知道天主会用爱保护她，保护我们。她抬眼朝向天主，在万物中见到的是永恒的主；她注意天主的作为，不注意第二因的笨拙酷行，只注意天主的爱和天主的智慧。教会，祂的净配，透过基督赞美祂；藉着基督，九品天使[3]皆赞美祂……

我跪在祭坛栅栏前，在第二次世界大战的第一天从神父手中领受了祭饼中的基督，祂为我的罪，为所有自私、愚蠢、愚昧的世人之罪再度被钉死在十字架上！

在维吉尼亚州的周末过得没什么特别快乐可言。周六下午我们由里奇蒙到乌班纳（Urbanna），珍妮家有一艘船，他们要参加当地的赛船会。我们也听到阿森尼号被击沉的消息。那天晚上，我有一颗长不出来的智齿忽然痛了起来，整晚都痛得要命。第二天我蹒跚走去参加赛船会，一直捧着剧痛的脸颊，又整夜无眠，真是精疲力竭。

在船坞给汽艇加油的油站有一个大红罐装满加冰的可口可乐，我们站在大棚子进口的阴凉处，闻到绳索及沥青气味，正好听到从伦敦播音的男人声音。

他的声音稳健，伦敦没有遭到轰炸。

我们从小湾出发，经过河口来到拉帕罕诺河（Rappahannock River）的出海处，在火烈的太阳下，每个人都拿布来梅号开玩笑。那艘巨型德国轮船毫无预兆地驶出纽约港后就不见踪影，不时有女人拖着南方长尾音尖声叫道：

"布来梅号在那儿！"

我口袋中有瓶药，我用火柴棒及一点棉花涂在那颗剧痛的阻生牙上。

不过，我回到纽约后战争并没有转变成太惨无人道——至少表面上看不出来。在波兰的战争很激烈，但是西线无战事，目前紧张的可怕局面松缓下来，人们变得较平静，也较开战前笃定些。

我找了牙医，他在我的下颚又捶又敲，将那颗智齿挖出。然后我回到培瑞街,躺在床上听旧唱片,是保罗·怀特门(Paul Whiteman)的喇叭手贝德白克(Bix Beiderbecke)的,同时用紫色消毒药水擦洗还流着血的口腔,很快整个房间就充满了难闻的药味。

我的下颚被缝了五针。

日子一天天过去。城里还很安宁稳定,甚至有点恢复快乐升平的样子。不论发生了什么事,显然美国不会马上卷入战争。很多人以为这种情况会延续多年,随时处于武装备战和狙击状态,有强大的军队驻守在国防巩固之处。这个世界似乎进入一个奇特的新境界,国际间假装维持和平,大家处在永恒的敌对立场,却又尚未完全做好战争的准备,有人以为我们至少可以维持现状二十年。

我个人并没有什么特别意见,只是苏联在战争中的态度让我震惊。去年苏联才大声指责张伯伦(Arthur Neville Chamberlain)出卖捷克;现在红军竟坦然与德军联盟,带着亲切的微笑分割了波兰,也将他们自己侵占芬兰的用意付诸实现。

自从一九三五年的和平罢工、牛津誓约以来,党的路线确实演化出许多难题。以前我们受到误导,相信所有战争都是侵略行为,而侵略战争是资本主义的直接后果,只是躲在法西斯主义和其他运动的假面具后面,因此谁都不该参战。现在又变成应该支持苏联入侵芬兰的侵略战争,应该赞助苏联支持德国占领波兰了。

九月过去了,秋意在明朗光亮的天空中初现。酷热的日子完结了,有新开始的季节又来临了,我准备回归我的博士班研究,也希望能在哥大本部或推广部谋得讲师职位。

我考虑的就是这些事。有一天晚上,瑞斯、戈迪和我到席瑞敦广场的尼克酒馆,我们坐在一个弧形的吧台边,爵士乐震耳欲聋。这时吉卜尼和蓓姬走了进来,她也是在中央戏院演出的女孩之一,那出戏的名字我已记不得了。大家坐在同一桌谈天喝酒,我们就像往日一样总是泡在那种地方,都没有太大的兴致,又想不出其他花样,却还不想回家睡觉。

后来瑞斯和戈迪先回家,吉卜尼、蓓姬和我仍然坐在那儿,最后捱到早上四点钟。吉卜尼不想回长岛,蓓姬住在城北八十多街,结果他们都到培瑞街来,只要转个弯就到了。

睡在地板或椅子上对我都不是稀奇的事,我也不怕沙发太短太窄不舒服——那时我们经常这么过日子,像我们这样的人也不知凡几。有时通宵不眠,最后困了,随便找个可以容纳疲倦躯体之处就入睡。

很奇怪,我们竟然将此事视为平常,但是若有人建议我们为了爱天主、做补赎而睡地板,我们一定会认为那个人在侮辱我们身为人类的智慧与尊严。多么野蛮的念头啊!把自己弄得不舒服来做补赎!然而,我们似乎认为整夜荒唐作乐之后睡地板是合乎逻辑的,这就证明世俗的智慧会发展到多么矛盾的地步。“那没有的,连他所有的,也要由他手中夺去。”

我猜我断断续续睡了五六个小时,到了十一点,我们都醒了,衣冠不整地坐了一会,半清醒地谈天、抽烟、听唱片,屋里飘扬着去世多年的贝德白克的歌声,曲调清淡、古老,带点挽诗韵味。从我坐的地板上还可看到连绵屋顶的尽头有一块晴朗的秋空。

下午一点左右,我到外面买早点,抱回一大堆用大小形状各异的硬纸盒盛装的炒蛋、吐司、咖啡,口袋里装满香烟,但是我并不想抽烟。我们边吃边谈,最后一起清理。有人提议到鸡禽码头走走,我们就一同出发。

就在这一连串活动之际,我脑海中冒出一个念头,这个念头本身非常惊人、意义重大,而且就前因后果而言更是令人惊讶,也许很多人不会相信我以下的陈述。

坐在地板上听唱片、吃早餐时,我心里浮现出这个念头:“我要成为神父。”

我说不出为何会有这个念头:并不是因为太疲倦、对生命感到无趣或是厌倦到极点的反应,虽然也看出目前生命的徒劳、无指望;也不是因为那音乐,不是因为秋景,因为这个念头突然间非常完整成熟地被种植到我心里,不像一般病态萦绕感情冲击所致。这也不是一份热情或空幻的想法,而是突然感觉到非常强烈、甜美、深沉又坚持的牵引力量,却又不像感官上的口味,让人想找寻感觉的舒畅。那是一种良心,一种深奥、明确的新感受,让我觉得我的确应该这么做。

我这个念头在心里留了多久才提出来? 我也说不出来,但是这会儿我不经心地说:

"你们知道吗? 我应该进隐修院当神父。"

吉卜尼以前听我提过,所以他以为我在开玩笑。我的宣告并未引起任何辩论或批评,反正这也不是吉卜尼完全不起共鸣的言语;对他而言,除了做生意之外,任何生活方式都是有意义的。

我们走出房屋大门时,我心里想着:

"我要成为神父。"

我们走到鸡禽码头时,这个念头仍旧萦绕不去。下午三四点,吉卜尼启程回他在华盛顿港的家,蓓姬和我坐下,又望着那肮脏的河水老半天,然后我送她到地铁车站。站在跨越第十大道的通道阴影下,我说:

"蓓姬,说真的,我要进隐修院当神父。"

她和我并不太熟,也不太明白当神父有什么特别的意义,所以没什么话好说;不过,我又期望她说些什么呢?

我很高兴终于有独处的机会了。在衔接第八大道的大街上,大卡车飞快怒吼着驶过,那儿有一间小小的天主教图书馆——我已经忘了叫什么名字——还有一间德国糕饼店,我常去那儿吃饭。在我到糕饼店吃午餐前,我走到名叫圣维洛尼卡的天主教图书馆,那儿唯一介绍修会的书籍是一本有关耶稣会士的绿皮小书。我借了这本书,然后在糕饼店边吃边读。

现在我一人独处,这个念头以不同的形式出现,而且更具说服力。很好,当神父的确是可能的,也很适合我,接下来就看我如何做更明确的决定了。

这到底有什么意义? 需要的条件是什么? 我心里摸索着答案,此时此刻应该做些什么呢?

我花了很长一段时间读这本小书,思索这些问题。待我走到街上,暮色已浓,附近的小巷都很暗了,我猜大约是七点左右。

由于本能上的驱使,我走到第十六街的圣方济沙勿略耶稣会教堂。以前我从来没去过那儿,也不知道该寻找什么,也许我想要找那儿的神父谈谈——我到现在还不明就里。

走到第十六街时,整幢楼看来又黑又空,实际上教堂所有的门都是锁住的,连那条街都空无一人。我差一点就要失望地离开,突然注意到有一扇门通往教堂地下室。

通常我绝不会注意到那么一扇门,你必须走下几步台阶才能看到一扇被阶梯遮住一半的门,那楼梯上通教堂的正门。那儿也没有标记,门看起来也是锁着、牢牢拴住的。

不过,有某种特殊感觉促使我去试试那扇门。

我走下两个台阶,握住沉重的铁把手,那扇门竟然被推开了,我也进入底下一层的教堂。教堂内灯火辉煌,坐满了人,圣体陈列在祭坛上的圣体发光座里。我终于明白我该怎么做了,也明白为何会被引到这儿来。

那儿正在举行九日敬礼,也许正值圣时,我并不清楚,但是正好要结束了。我刚找到一个空位跪了下来,他们就开始唱起《皇皇圣体歌》,包括工人、贫妇、学生、店员在内,所有人都唱起圣多玛斯所写的拉丁文圣诗。

我专心注视着圣体发光座,看着那白色祭饼。

突然间,我很清楚我的整个生命面临转机,远远超过我的想像、理解或构想,目前一切全悬在一个字上——看我如何做决定。

我并没有准备好走上这条路,一切尚未按部就班地安排好。过去我根本未留意这件事,因此被骤然召来此地回答一个并非出自我心、而是永恒上智在其无穷奥境中准备的问题就更显得庄严了。

当时我并未看清这一点,现在回想起来,那可能是稍纵即逝的最后一次机会了。如果那时迟疑不前或拒绝接受,我会变成什么样子呢?

通往新境界和天主预许之福地——与我从前眷恋的埃及不同之地——的大道又展开在我眼前,我本能地察觉到时机稍纵即逝。

这是个紧急关头，是个疑问；这是个探索的时刻，也是个喜庆的时刻。一分钟内，我集中精神思索这突然种到我灵魂中的圣宠，调整我昏暗的心灵之眼，俾能适应这陌生的圣宠之光。这时我整个生命都悬在深渊边缘，但是这一次这个深渊是爱与和平的深渊，这个深渊就是天主。

抛弃自己是盲目、无法挽回的行为，但如果我不这么做……我简直不必回顾自己往日的作为，难道我对自己的过去还不够厌烦吗？

现在我面临的问题是：

"你真的愿意成为神父吗？ 如果你愿意，说出来吧……"

圣诗唱完了，神父以披肩尾端覆盖双手，托着圣体匣的底部缓缓地在祭坛上举起，并转身祝福大家。

我笔直地注视着圣体，现在我知道我注视的是谁了。我说：

"是的，我想要成为神父，打从心底想要成为神父。如果您愿意，请让我成为神父——让我成为神父吧！"

一说出这些话，我就明白最后那几个字产生了多大的功效。我启动了多么大的力量啊，和因我的决定而生的能力已牢牢连在一起了。

注释：

[1] 圣依纳爵（St. Ignatius of Antioch，67~110），亦译"圣伊格那丢"，叙利亚安提阿城主教、神学家，在被捕押赴罗马殉道途中写下七封书信，成为后世了解早期基督教信仰和教会制度的重要文献。

[2] 碧岳十二世（Pius XII，1876~1958），亦译"庇护十二世"，意大利籍教皇（1939~1958），因对纳粹德国迫害犹太人持中立态度而遭谴责。

[3] 九品天使，亦作"九级天使"，公元553年第二次君士坦丁堡大公会议上正式将基督宗教信仰中的"天使"形象界定为三类九级，具体划分从略。

第三部

1

磁　北

《甘地论非暴力》书影

/

　　大学的课程又开始了。大学宿舍前,白杨树的叶片渐渐转黄,在秋风中舞动。年轻人从地铁车站出来,急切快速地走在校园内,腋下夹着蓝色课目表,想着要买的新书,心情热烘烘的。在此一季之始,我倒真有新工作要开始进行!

　　一年前我心里酝酿着一个信念:将要给我最好的忠告、指导我在何处、如何做方可成为神父的人,必定就是渥尔许。远在我见到他之前,我就有了这个结论,那时我尚未听过他讲授圣多玛斯,后来上了他的课,总觉得又愉快、又踏实。在一九三九年九月天,我的信念终于有了结果。

　　渥尔许那天并不在哥大校园内,我到利文斯顿大楼电话亭打电话给他。

　　他这个人有不少阔朋友,那天晚上他被邀请到公园大道赴宴。他为人简朴,绝对没有沾染上公园大道的气息。我们安排在城里见面,晚间大约十点钟,我站在宽广、光亮却沉闷的公寓会客大厅内等待他从电梯下来。

我们刚走到凉爽的室外他就转头对我说："你知道吗？第一次见到你的时候，我就觉得你有当神父的圣召。"

我既惊喜又惭愧。我的确给人那种印象吗？这真使我感到自己像是用石灰刷白的坟墓（译注：参见《玛窦福音》第二十三章第二十七节，意指外表华丽内里污秽），因为我有自知之明，知道自己的内在是什么德性；整体说来，如果他感到意外，我反而心里踏实些。

他一点也不觉得奇怪，倒是十分欣喜。他非常高兴和我讨论我的圣召，谈论神父生活及各个修会派别，这些题目他都曾经仔细思考过。大致上，我选择导师是选对了，这真是一种灵感，实在远远超出我最初的想像。

据我们所知，附近最安静可谈心的地方是比尔地摩（Biltmore）的一间男子酒吧，大房间内摆着许多舒服的椅子，很安静，而且店内总是半空着。我们坐在偏远的角落，就在那儿，我们在基督的圣名与爱中相聚，基督对我的圣召首次给予明确的形式与指示。

事情进行得很单纯，我们讨论了几个不同的修会，渥尔许建议我该向某些神父请教，后来又答应替我写一封介绍信，去找其中的一位。

我曾经零星读过一些关于耶稣会、方济会、道明会、本笃会的书籍，也在南方大楼的参考图书馆翻阅过《天主教百科全书》，又在书库里四处搜寻其他相关书籍。我也钻研过圣本笃会规，但是并没有从这些粗浅的研究中得到什么助益——只记得这位圣人因为无法劝服当时的会士不喝酒而有点不满意。我也念过一本以法文书写的道明会小书，其中一项资讯使我却步不前：道明会士都睡在同一间宿舍里。我想到："谁会习惯睡大通铺的公共宿舍呢？"脑海中呈现的图片是我中学时睡的房间，那位于楼上的绿色房间又长又冷，陈列着一排排铁床，睡着许多瘦骨嶙峋、穿着睡衣的人。

我和渥尔许谈到耶稣会，但是他说他不认识任何耶稣会士；就凭他对耶稣会不置可否、既无正面亦无负面反应，我心里已经有数，也就消除了自己心里曾有的一点微弱偏好。一开始我是比较本能地偏爱该会，因为我读了霍普金斯的生平，又研读了他的诗篇；然而，我从未真正受到吸引去过那种生活,那是一种强烈入世、军事化的生活方式,与我的个性非常不合。我怀疑他们是否会留我在初学院里,就算留下了我,终究也会发现我不适合成为耶稣会士。我需要的是在孤独中有深度、有广度地发展,在天父注视下过着单纯的生活,就像植物在太阳底下舒展枝叶。我需要一种能够使我全然脱离俗世、使我与天父合一的会规,而不是一个需要我在这世界上为天主打仗的修会。我无法很快找到心目中的修会。

渥尔许提到本笃会,这种圣召很吸引我,尤其是能在穷乡僻壤的大修道院过礼仪生活;但事实上,也许我会一辈子困在新罕布什尔州某所昂贵的大学先修中学的书桌前——如果情况更糟,说不定会成为附属于该中学的教区神父,那就多少和最初吸引我的遁世及礼仪生活中心永远隔离了。

"你对方济会有什么看法?"渥尔许问。

我提到圣文德学院,原来那地方他熟悉极了,有好几位朋友在那儿,那年夏天他们还曾颁给他某种荣誉学位。是的,我喜欢方济会,他们生活简朴、不拘形式,圣文德的气氛非常宜人、快乐、安宁。吸引我的一个特点是那种不束缚灵性的自由,不受任何制度与常规的限制;无论圣方济制定的会规到现在有了多少改变,我猜方济会士遵守的基本生活规范仍应本着他原本的精神和启示。他的启示扎根于快乐,只显示给小人物,常识与智慧是导航明灯——有了欢愉的智慧,那些有圣宠的疯子才会毫不妥协地匆匆抛弃一切,愿意赤足行走,单纯有信心地面临一切困难,知道届时天主会将他们拯救出来。

这并不只限于方济会,每一个接受天主圣召的人都心有戚戚焉,不然这份召唤亦不足以称道。不过,方济会,至少圣方济本人,将这个观点缩减到逻辑极限,同时更赋予它纯朴的十三世纪抒情诗情,让我加倍地欣赏。

不过,我们必须非常谨慎地将这抒情诗情与方济会的圣召做实质的区分,此圣召特别讲求彻底、英勇的安贫,身体与精神上的贫乏让某些会士简直就像流浪汉;毕竟"托钵僧"只是流浪汉的一个美名罢了,如果方济会士不能全然完整地在神秘意义上做个流浪汉，一定会有点不开心、不满意。当他得到许多特别物件供他享用、日子安逸、受人尊敬之余，灵性生活则陷于懒散；虽然日子过得安然舒服，心里却免不了怀念那艰难贫困的时刻，唯有在匮乏中才能得到快乐，因为匮乏会将他猛然投入天主的怀抱。

如果没有神贫精神，方济会的抒情诗情就显得没有价值，陷于多愁善感、粗俗且虚假。抒情诗情走调之后，就会和谐得非常牵强。

可惜那时吸引我的主要是该修会的抒情作风，而不是它的神贫精神。其实那时我也不可能有更深切的了解，时间太短让我不可能辨明两者之间的区别。无论如何，我承认该会会规最明显的优点之一便是：对我来说它十分容易实行。

毕竟，我对所有的修会会规都有惧心。进入隐修院是新的一步，对我而言并非一蹴可及；相对地，对绝食、隔离、长时间祈祷、团体生活和隐修士的服从、神贫，我都觉得焦虑。在我的想像之门内仍有许多古怪幽灵等在那儿，如果我愿意，他们会一拥而登堂入室。如果我打开了那想像之门，我会以为隐修院的生活会将我变成疯子，毁了我的健康，使我心跳停止、全盘崩溃、被赶回俗世，变成一个精神无可救药、健康完全败坏的人。

当然，这一切都是基于我身体虚弱的假定。我一直以为自己身体很差，不知是否属实。不过，害怕自己身体垮下来并没有阻止我经常熬夜在城里四处游荡，找寻不正当的娱乐；只是一想到要略行斋戒或是生活在隐修院的围墙内，我就立刻害怕死亡。

我后来真正发现到的是，一旦我开始节食节欲、奉献时间祈祷与默想、进行修会各项活动，就很快地不再羸弱，反而变得健康、强壮且非常快乐。

那晚，我深信自己只可能遵行最简易的修会会规。

渥尔许开始满腔热忱地讲述一个修会，虽然我能分享他的激赏，却没有加入该会的愿望，那就是熙笃会。这些熙笃会士遵守非常严格的规律，仅仅这个修会的名称就足已使我战栗；他们俗名"哑巴会士"也同样令我害怕。

有一次，六年以前——感觉上好像更久些——我在罗马城郊曾看过三喷泉的熙笃会隐修院围墙一眼，在我年轻的心头也闪过成为熙笃会士的念头，但那不过是个白日梦而已，并没有在我脑海中留下什么印象。此刻我是真正在考虑进隐修院，成为一名熙笃会士的念头几乎让我战栗。

"去年夏天，"渥尔许说，"我到肯塔基州特拉比斯修会做过避静，那个地方叫做革责玛尼[1]圣母院（Our Lady of Gethsemani）。你听过这个地方吗？"

他开始描述那个地方——他去拜访的几个朋友驾车带他去那间隐修院，他的朋友也是第一次去。虽然他们住在肯塔基州，但也不知道附近有特拉比斯修会。朋友家的女主人很生气，因为隐修院门口挂了"修院禁区内女宾止步，违者逐出教会"的牌子。她很担忧地望着厚重的大门在他身后关上，将他吞入那栋可怕、无声的建筑物内。

（从我目前写作的地方往窗外望，可以看到宾客屋内安静的花园彼端有四棵香蕉树及红、黄花朵环绕着圣母雕像。我可以看到渥尔许以前进来的大门，也是我进来的大门。门房的住屋后是一片绿色小丘陵，今年种植了小麦；再过去一点可以听到柴油牵引机的声音，不知道他们在耕种什么。）

渥尔许在特拉比斯修会住了一周，他对我解说了一些隐修士生活的概况。他提到他们的缄默，他们从不谈天，我得到的印象是他们从不对任何人说话。

"难道他们不做告解吗？"我问道。

"当然，他们可以对隐修院院牧说话，避静导师也对客人说话，他是杰姆斯神父。他说，隐修士不必说话是好事，因为各种不同的人在一起如不交谈，反而可以相处得更融洽。律师、农夫、士兵或学生住在一起，一起行动，一起工作，一同站在唱经楼里，一同到室外工作，坐在同一房间看书或做研究，不说话对他们实在是件好事。"

"哦，他们一同在唱经楼唱圣歌？"

牟敦的摄影

"当然。"渥尔许说,"他们都是在法定祷告时辰及大礼弥撒时唱经的,每天要共同唱经七次。"

我这才放心,隐修士至少可以在唱经楼运用声带。我担心的是,他们一辈子保持缄默,声带岂不是要萎缩了。

"而且他们也到田里工作。"渥尔许说,"他们要以耕种及蓄养牲畜维持生活,种植自己所需的粮食,烤自己的面包,做自己的鞋子……"

"我猜他们经常要禁食。"我说。

"哦,是的!他们大半年守斋,除非生病,否则从不吃肉或鱼,连蛋也不吃,只吃蔬菜和乳酪之类的东西。他们还送了我一块乳酪,我带回朋友家,朋友把乳酪交给一个黑人管家,并问道:'你知道这是什么吗?这是隐修士的乳酪。'管家弄不清是什么,看了半天,然后像是想通了,眉开眼笑地说:'啊,我知道你们在说什么了:monks 就是山羊的意思。'"

然而我一直想着禁食的事,那种生活令我叹为观止,但是并不能吸引我,听起来太冷酷无情了。当时隐修院在我脑中就像是间灰色的大监狱,窗子装有铁条,住满了冷峻、憔悴的人,帽子拉下,遮着脸孔。

"他们都很健康,"渥尔许说,"都是高大强壮的人,有些看来像巨人。"

(自从我进入隐修院后,我一直试着辨认渥尔许所指的"巨人"。指出一两名还算容易,但是我猜渥尔许一定是在暗处看到其他巨人——或者是因渥尔许自己并不高。)

我无言地坐在那儿。我心里沮丧与兴奋夹杂,为那份慷慨付出而兴奋,又为这种生活似乎太过严苛地排斥本性权利而觉得沮丧。

渥尔许说:"你想你会喜欢那样的生活吗?"

"哦,不。"我说,"绝无可能! 那不适合我! 我绝对不能忍受,不出一周就会死掉。而且,我一定要吃肉,没有肉吃我会活不下去的,我需要靠肉类维持我的健康。"

"那么,"渥尔许说,"很不错,你对自己很有自知之明。"

最初我以为他在取笑我,但是他的语气中一点也不带讽刺的意味。他从不出言讽刺别人,因为他太善良、仁慈、简朴了;他以为我知道自己在说什么,于是信以为真。

所以,那天晚上的结论是,我决定去和方济会神父谈谈,渥尔许和我都认为方济会似乎最适合我。

他给了我一封介绍短笺,到第三十一街的方济会隐修院找艾德曼神父。

//

纽约市第三十一街的方济会隐修院是个灰色、不讨人喜欢的地方,它挤在许多大建筑物之间,而且居住着许多忙碌的神父。渥尔许的朋友艾德曼神父并非其中最闲的一员,但是每次我找他时,他都会有时间与我谈话。他是个高大可亲的人,充满了方济会士的愉快神采,非常仁慈,辛勤工作让他很有纪律,却不因此冷酷无情。神父生活让他与耶稣及众人的灵魂相当亲近,使他更温和可亲。

见到他的第一瞬间,我就感到艾德曼神父会与我成为好朋友。他针对我的圣召问了些问题,问我多久前受洗,问我为何对方济会有兴趣,又问我在哥伦比亚大学做些什么。我们谈了一阵子,他开始鼓励我坚持做托钵会士的念头。

他说:"我找不出任何理由反对你申请明年八月进入初学院。"

明年八月! 那还要等好久。既然我已下定决心,就没有耐心再等待,很想马上开始。我并未盼望有哪个修会能够立刻接受我,但我还是问:

"神父,有没有机会让我早一点进入初学院?"

"我们同时招收一组初学生入会。"他说,"他们八月时在帕特逊(Paterson)开始,然后一直在一起,直到接受神品。我们只能这样处理,如果你从中插入,就会失去连贯性。你在哲学方面的训练如何?"

我告诉他我上过渥尔许的几门课,他思考了一阵子。

"也许有个机会可以让你在明年二月进入初学院。"他说,但是他不像很有把握的样子。他一定是在思索我可以不上头半年的哲学课程,直接送我到纽约北部的书院,在那儿衔接上其他初学生。

"你和父母一起住吗?"他问我。

我告诉他,他们早就辞世了,除了一个舅舅和一个弟弟,我没有其他亲人。

"你弟弟也是天主教徒?"

"他不是,神父。"

"他在哪儿? 在做什么?"

"他在康乃尔大学,明年六月就该毕业了。"

"那么,"艾德曼神父说,"你自己呢? 你能自力维生吗? 你现在不是挨饿吧?"

"哦,不,神父,我可以过活的。今年我有机会在哥大推广部教英文;此外,他们发给我研究补助金,供我进修博士班。"

"你该接受那份工作。"神父说,"对你会有好处的! 而且也要努力进修博士班的课业。尽全力工作,也选修一些哲学课,念书对你绝无害处。而且你知道,一旦进入修会,你最后大概也是要到圣文德学院或谢纳学院教书。你会喜欢的,对吧?"

"啊,当然。"我回答,而且那是非常诚心诚意的回答。

我满怀欣喜、平安地步下隐修院的台阶,走入喧闹的城市街道。

这是我生命中的一个大转折,现在天主终于成为我生命存在的中心;正因为做了这个决定,祂变得如此重要。显然,对我个人来说,这的确是唯一的途径。

我依旧无法得到正式的灵修指导,但是我经常告解,尤其常去圣方济教堂,那儿的神父比教区神父更愿意替我指点迷津。有一次在告解时，一位善良的神父很坚定地告诉我：

"你应该每天去领圣体，每天！"

那时我已经是个每天领圣体的人，但是他的话更增强了我的信心，他强调的语气尤其令我快乐。的确，我也有理由如此开心，由于每天领圣体，我的生活已经每天都有显著的改进。

在那些美好的清晨我不曾意识到这一点，几乎没注意自己是那么快活；一直等到别人指出，我才注意到。

一天早上，我走到第七大道，那时一定是十二月或一月了。我刚从瓜达卢佩圣母教堂领完圣体出来，要去劳斯谢瑞顿戏院附近的餐车买早点。我心不在焉地走着，差点撞上要去地铁车站的范多伦，他正要赶去哥大上课。

"你上哪儿去?"他问。我觉得这个问题很奇怪，好像谁也不该问我这么容易的问题，我能回答的就只是："吃早点。"

后来范多伦再次提到我们那天早上碰到的事：

"那天在街上什么事让你那么快乐?"

原来那是令他感到意外的印象，所以他会问我上哪儿去。我快乐的原因并不是我要到哪儿，而是我从哪儿出来。的确，我自己也觉得很奇怪，因为我根本没有留意到我是那么快乐——而我的确快乐。

那阵子我已经每天望弥撒、领圣体，若不是到瓜达卢佩圣母教堂，就是到圣方济教堂。

然后我便回到培瑞街，着手重写一本小说，那是被出版社中戴着牛角框眼镜、瘦瘦高高的毛头小子之一礼貌地退回来的（他还问我是否正在实验新的写作风格，问完便躲到书桌后面，生怕我会因为他的莽撞而捅他一刀）。

中午十二点左右，我会到附近小店吃个三明治，看看报上报道的苏联与芬兰之间的纠纷，或者法国人如何坐镇马其诺防线（Maginot Line），派出六人小组到洛林（Loraine）地区某处去向想像中的某德国人放了三响来福枪。

下午我多半到哥大，坐在教室里听几堂英国文学，然后到图书馆念圣多玛斯对亚里斯多德《形上学》(*Metaphycics*)的评论。我将这本书从资料室借出来，保留在研究生阅读室中我的书桌上供我研读，这件事让邻座几位圣若瑟会修女相当惊愕。后来她们得知我即将在暑假进入方济会，就怯生生地对我友善起来。

下午三点左右，我常到基督圣体教堂或更近的露德圣母(Our Lady of Lourdes)教堂拜苦路，这种默想、简单的方式提供另一种较我了解的更有价值的祈祷方式。拜苦路使我能参与基督受难的功绩，每天早上领圣体则让我燃烧发亮的内在生命藉此再次更新。

在那些日子里，我必须费点力气才能去教堂和拜十四站苦路做有声的祈祷，因为那时我对祈祷还不是很内行。因此，拜苦路还不完全是慰藉，多少有点苦役的成分，需要一点牺牲的精神才行；其他的各种敬礼也是一样，绝非得来容易或自然而然的，也很少带来强烈的满足感。无论如何，这么做最后的收获是得到深刻、坚强的平安感，这份平安感几乎是察觉不到的；但是在我热情消退之后，这份平安感愈来愈真实、确实，最后永远留在我身上。

也就在此同时，我开始尝试各种默想式的祈祷。好几个月前我买了一本圣依纳爵的《神操》(*Spiritual Exercises*)，那本书搁在书架上许久，一直到我从奥利安回来向费礼德古德的太太收回我转租给她的公寓时，才发现书上有两处用铅笔做的小记号可解释为恶意或讥讽耶稣会；其中之一有关死亡，另外一段是说默想时要将窗帘全部放下。

我自己一向有点害怕涉及神操，不知哪里得来的错误的印象，以为一不小心就可能不知不觉地栽入神秘主义的境界。如果我用心默想，如何才能确定自己的心智不会飞跃上天呢？不过，后来我发现，默祷时心智根本不可能飞出前提。神操实在很平凡、实际——其主要目的是让忙碌的耶稣会士尽量不浪费时间，从心里超脱他们的日常工作，回归天主。

我真正希望能在耶稣会的庇荫下接受其修会神父的直接传授，但是我只能照着自己的方式研读书中记载的操练规则，然后尽可能按照我能领会的步骤做。我从未向任何一位神父吐露自己的所作所为。

我记得大约花了整整一个月的时间每天做一小时神操。我每天下午花一个小时在培瑞街的房间内保持静默,因为我住在后面,不受喧哗的街道声影响,实在相当安静。正好是冬天,窗子都关着,我也听不到邻居成千上万收音机的声音。

书上说房间应该阴暗,我将窗帘拉下,只剩足够的光线辨认书上字句及观看床头墙上的基督受难像。书上也建议我该采取何种姿势默想,而且给了我好几种选择,只要能保持同一姿势、坐得安稳、不在房里转来转去、不抓自己的脑袋或对自己说话就成了。

我想了一会儿,为这极为重要的关键祈祷了一阵子,最后决定盘腿坐在地板上默想。我猜,若是耶稣会士进来见到我做神操的坐姿竟和甘地一样,一定会大吃一惊。但是它的成效很好,多半时候如果不需看着书本,我就凝视墙上的基督受难像,或是盯着地板。

如此坐在地板上祈祷,我开始思考天父把我带进这个世界的原因:

> 人受造的目的是为了赞美、崇敬、事奉我们的天主,因而拯救自己的灵魂。世界上的一切事物都是为人而造的,为帮助人追求他所以受造的目的。人取用世物,当看自己受造的目的:它们能帮助多少就取用多少,能妨碍多少便放弃多少……因此,他们在取用世物时,内心力求保持不偏不倚:不重视健康甚于疾病,不重视财富甚于贫穷,不重视尊荣甚于屈辱,也不重视长寿甚于短命,只选择那更能帮助他们达到受造目的的事物。

我认为"神操之基础"这一部分中伟大、简明、激进的真理对我实在太伟大、太激进了,单靠我自己只能触及皮毛。我依稀记得自己死守着"对世物要力求保持不偏不倚,不重视健康甚于疾病"的信念,这个观念有点令人吃惊,我是何许人,怎能了解这些呢?我一伤风感冒就猛吃阿斯匹林,猛喝热柠檬汁,差点把自己呛死,倒在床上紧张得死去活来;现在这本书可能是在教我,即使面对暴死,仍应像冰箱一样冷静。如果没有人指导我,我该如何了解"不偏不倚"的意义与其中的层次呢?我无

271

法看出"意愿上的不偏不倚"和"感觉上的不偏不倚"有何差别,后者是根本无法知道的,就算探讨圣人的经验也无法得知。因为我一直担心自己因何受造的大疑难,以致无法获得这基础默想的效果;原本可以将基础默想应用到和我有关联的一切事物上,但我总是庸人自扰替自己制造了许多问题。

不过,做了神操之后,我真正的得益便是有机会做各种默观,尤其是默观基督生命的神秘。我很顺从地依据圣依纳爵所有有关"设定地点"的规矩将自己安置在纳匝肋(Nazareth)[2]的圣家里,和耶稣、玛利亚、若瑟坐在一起,思考他们的所作所为,倾听他们的交谈等等。然后我动心立志以和耶稣对话做结束,最后再做一个检讨整个默观过程的简短回想。这是非常新鲜有趣的,这种劳苦的学习使我全神贯注、无暇分心,每次默想最主要的方法就是倚靠感官(譬如听到被打入地狱的人惨叫,闻到他们焦烂的腐肉味,看到魔鬼向你冲来要拉你和其他人一起沦落等等)。

记忆所及,其中有一项神学论点让我留下非常深刻的印象。在第一个星期,刚默想过大罪的罪孽,我就转而默想小罪的邪恶。大罪的可怕对我还是很抽象的,因为可以从很多不同的方面和角度讨论;突然间,我反倒能很清楚地看出小罪的恶毒是因为违背了天主的善良与仁爱,和惩罚无关。我的默想结论是:人们顺从自己的意愿,贪图满足自己,因而没有选择遵照天主的意愿,遗忘了祂的慈爱,遗忘了祂为了爱创造了我们,后果只是混乱、邪恶。

在那项关于"两个阵营"的大默想中,你必须在战场的一边列出基督的军队,另一边则是敌对的魔鬼军队,然后试问自己要选择哪一个阵营。我太沉迷于地密尔(Cecil B. De Mille,译注:以壮观电影手法表现圣经故事而著称的导演)式的气氛了,后来在默想为往后生活做选择时,竟然发生了一件怪事,令我受了点惊吓;在此避静中,这便是唯一可谓受到外来超性干预的事件了。

我原已选择了自己的生活方式,即将去做方济会士,形成这些想法时并未做太多个人的考虑。我常盘算着该如何处置俗世拥有的一切——这个默想其实对那些有财产要分配给别人的人更合用——这时门铃响了,我按铃打开楼下靠街的门,走到楼梯口,以为是吉卜尼还是谁来了。

来人是个穿鼠灰色大衣的小个子,我从来没见过他。

"你是多玛斯·牟敦吗?"他对我说,然后径自走到我这层楼的走廊上来。

我没有否认,他就进屋来坐到我的床上。

"上星期日在《时报》书评栏上评论有关劳伦斯那本书的人就是你吧?"他问我。

我想我是被逮住了。我是为亭德尔论劳伦斯的书捧了场,他是我在哥大的论文指导教授,他的书让许多将劳伦斯当成救世主的人痛苦、愤怒得快要发狂。我已收到一封很生气的信,说我根本不该为这样的书写书评,我猜此刻这个人一定会要我改变主张,否则就打死我。

"是啊,"我说,"是我写的,你不喜欢吗?"

"啊,我根本没看。"这小个子说,"但是理查森先生看了,他把一切都告诉了我。"

"理查森先生是谁?"

"你不认识? 他住在诺瓦克(Norwalk),昨天我才和他谈到你的书评。"

"我根本不认识任何住在诺瓦克的人。"我说。我弄不清这位理查森先生喜不喜欢我的书评,也不在乎他怎么想,看来和此人的造访也没有多大的关系。

"我奔波了一整天。"他若有所思地说,"先到新泽西州的伊利莎白(Elizabeth),然后到新泽西州的贝云(Bayonne),再去纽瓦克(Newark);搭乘哈德逊地铁回来时,突然想到理查森先生不断提到你,所以想到应该来见你。"

因此,他出现在这儿。他到过伊利莎白、贝云、纽瓦克,现在坐在我的床上,穿着鼠灰色大衣,手上拿着帽子。

"你住在新泽西州?"我完全出自礼貌才这么问。

"哦,不,当然不是。我住在康乃狄格州。"他回答得很快,我好像走入另一道迷阵。他以一连串曲折的地理名称细节解释他曾住过哪里,以及他怎么凑巧认识诺瓦克的理查森先生,然后他说:

"我看到报上的广告,所以就决定去新泽西州。"

"广告?"

"是的,我是去伊利莎白应征一份工作,但是没得到那份工作。现在我已经不够钱回康乃狄格州了。"

我终于有点头绪了。

这位访客结结巴巴地做了一长串认真、复杂的解释,说自己在新泽西州找工作如何连连失败,而我既惶恐又兴奋地开始盘算着两件事:"我该给他多少钱?"以及"怎么这么巧,他会在我正默想着如何将自己所有的一切送给穷人时进门?"他甚至可能是个以鼠灰色大衣伪装自己的天神。就因为事情太荒谬了,这个可能性更令我震撼,但是我愈想愈觉得天父应该会派遣一位天神来试探我,说起话来就像《纽约客》中那些复杂短篇小说中的人物。

于是我伸进口袋掏钱,把两毛五、一分、五分的零钱都放在桌上。当然,如果这个人是天神,这件事就很简单,我该把所有的钱给他,自己不吃晚餐,但是有两件事使我持保留态度:第一,我很想吃晚餐;第二,这位陌生客似乎也看出我因有所思而心情起伏,他显然认定我是在嫌他烦了,所以怕我生气,故意显得匆忙,把我拿出的一点钱取走,就好像那是很多钱似的。

他把一张一元纸币和零钱塞进口袋,匆匆离开,我心头一片迷茫。当然,我再也不能恢复盘腿而坐、继续默想了;我还在想,我是否该冲下楼追上他,将剩下的一块钱给他。

不过,根据圣依纳爵的标准,我做得还算相当得体,我将全部动产的五分之三给了他。

也许我没把钱全给他、使自己没饭吃反而更好,否则必定沾沾自喜,讨厌透顶的虚荣心将一发不可收拾——为了没被吓得半死而骄傲,或者还会打电话找朋友借钱——那岂不是更毫无益处。虽然这陌生人的故事既散漫又荒唐,就算他不是天神,但如以基督的标准来衡量,他也是你帮助过的最弱小者之一。

总之,这次默想也因此更生色了。

///

这个学期我也在哥大商学院教一门英文作文课,一周三次。就像其他的推广课程班一样,这班学生真是三教九流。有一位个性强、脾气坏的化学系学生总是对立的中心人物,因为他是被迫选修这门课的——不论是哪一个学期的学生都必须选修这门课。有一个很认真敏感的年轻黑人总是坐在第一排,穿着一套整洁的灰西装,整堂课都从他的眼镜后方注意着我。还有一名从罗马大学来的交换学生。另有一位中年妇人经年累月地选修这种夜间课,缴交的作业总是主题简洁、一丝不苟;她总是很平静又特意很谦虚地保持她在班上的明星地位,这也给了她特权,她在班上发言最多,常提出一些教人意想不到的问题。

有一次,我坚持要求他们在描述一个地方或事物时尽量列出具体及有形的实例,一个迷迷糊糊、坐在后排、平时不太惹人注目、名叫芬尼根的爱尔兰人突然口若悬河地说出许多细微却离题的细节,教人无法制止。他开始叙述一间制鞋厂,让你感到好像被那儿的五十吨器械压得透不过气。因此,我既惊奇又害怕地发现,当教师的人有一种奇妙超凡的力量,可以释放年轻人脑中的心理能量;他们对暗示和建议立即兴起的快乐、热烈反应——如果反应的方向错误——足以让人逃到森林离群索居。

不过,我很喜欢教书,尤其是这一类班级,多半的学生都要自己工作谋生;他们很重视这门课,因为他们要从储蓄中拿钱来付学费。教这种学生真是一份荣誉,全班都会很热切地从你这儿得到一点知识;就因为他们如此好学,会让你自以为有能力供应他们想要的一切。

我算是相当自由,可以依照我的意思来教学。如果人们想要写作,首先必须要有题材可写;如果某人要教英文作文,绝对要教学生如何对书写的事物产生兴趣。同时，想要学习写作的人绝不能不阅读，所以教一门作文课应该附加一门文学课，也应该花点时间教人如何阅读，或者至少如何对书本发生兴趣。

因此，我花大部分时间抛出概念，让他们辩论何者可能或不可能对生命或文学有重要性。辩论渐渐涵盖了对学生偏好观念的讨论，在纸上表达出来后，辩论就渐入佳境了。不久我看出，虽然不是每个人都有见解，却都渴望有新的观念与信念。一个年轻人写了一篇作文提及暑假时在教堂从事粉刷的工作，他感到十分愉快；一个安静的家庭主妇是天主教徒，她坐在教室中排，每当讨论涉及宗教问题时，总是以令人安心的微笑，友好地附和着我。我从他们身上看到渴望观念与信念的共同特质，大致说来这真是生气蓬勃的一班。

不过，这门课只有一个学期。到一月时，办公室的人告诉我，春季班要派给我一门纯粹加强文法的课程。

文法这玩意我是一窍不通，我经常小心警惕自己作文课绝不教文法。另外，我将在暑假入隐修院，所以答应自己要度个最后的假期。我已经翻阅过有关墨西哥及古巴的书籍，想选择一个地方花掉以后在这世上不再需要用来养活自己的钱。

我告诉系主任我无法教春季文法课，因为我要准备终生进入修院禁地。他们问我什么事让我做出这种决定，而且悲伤地摇着头，却也没有试图劝阻我。他们还告诉我，如果我改变主意，还是可以回来——听起来他们似乎在说："当你从梦幻中醒悟过来、认清那幻梦原是差劲的工作时，我们会再收容你。"

因为我仍有大学给我的研究补助金，我选了两门春季班的课，其中之一是跟着渥尔许上圣多玛斯的讨论课，结果只有渥尔许和我两人一同坐在他的房里研读《存有与本质论》（De Ente et Essentia）。房东是位老妇人，给自己找了好生涯，她的屋子在棒球季节专门收容纽约巨人队的球员。

我还在考虑有没有足够的经费到墨西哥或古巴时，封斋期已即将来临，因此我将假期延到封斋期后。有一天，我在图书馆工作时突然肚

子痛,感到十分虚弱及难过。我收拾好书本去看医生,他把我放在一张台子上,触碰我的肚子,毫不犹疑地说:

"对,你出了大问题。"

"盲肠发炎?"

"对,最好把那东西割除掉。"

"马上?"

"那最好不过。有什么好等的? 麻烦只会越惹越大。"

他立刻打了电话给医院。

我从医生房子考究的褐色台阶走下,心想,这也好,在医院会有修女照顾我。不过,我也同时想像到不幸的结果,或许会发生致命的意外事件,手术刀一失手便把我送进坟墓……我向露德圣母做了许多祈祷,然后回培瑞街的家,拿了牙刷和但丁的《神曲·天堂篇》。

我又往城北走去。在第十四街地铁车站有个醉汉,他真是酩酊大醉,伸长四肢俯卧在十字转门的中央,挡了大家的路。好几个人推他,要他起来离开那儿,但是他自己无法起身站立。

我告诉自己:"如果我抬他离开这儿,我的盲肠也许会爆开,自己或许也会和他一起躺在转门口。"我的紧张被一种温暖的自满之情冲淡了一点,于是我抓着醉汉的肩膀,艰难地将他倒拖到转门口外,让他靠墙挺住,他微弱地呻吟抗议着。

我暗自庆幸自己对醉汉如此关爱,回到十字转门,下去搭乘地铁到位于华盛顿高地的医院。回头时从阶梯最低层看到那醉汉挣扎着慢慢爬回转门,再次俯卧在地上,像方才一样挡住来往的通路。

我出地铁车站到城北时天已经黑了,走上好几十步巨大的台阶,在绝壁上就是圣伊利莎白医院。冰雪在树上发亮,处处垂冰,断裂落下撞碎在街道上。我爬上医院的台阶,进入整洁光亮的大厅,看到一个基督受难像和一位全身穿着白色衣服的方济会修女,还看到一座耶稣圣心的雕像。

我刚从乙醚迷药中醒来,觉得很不舒服,又偷偷在不该喝水时喝了很多水,搞得自己痛苦不堪。一位夜班修女给我一小杯饮料,味道很像茴香酒,随后发现原来真是茴香酒,这才振作起来。后来,我可以吃东西,就开始坐起来,在床上阅读但丁,其余的十天过得实在是天堂生活。

每天早上我很早就漱洗完毕,护士整理我的床,我可以安静地躺着,快乐地期待走廊那边传来小铃铛的声音,表示可以领圣体了。神父沿着不同病房及医护科室走来时,我数得出他进了几个门。修女们终于来到我的病房门口跪下,神父捧着圣体容器走到我床边。

"愿基督的圣体护佑我得到永生。"

然后他又离开,你可以听到小铃铛声消失在走廊另一边。我在被单下静静地握着双手,指间夹着念珠,那是约翰·保罗在圣诞节时送我的。因为他并不知道念珠有不同的种类,竟然被一间宗教商店欺骗了;这串念珠虽然好看,但是六个月内就会散掉,是一串美观却不经用的念珠。不过,这串念珠代表的感情强度恰与珠子本身的脆弱成正比,所以在这串念珠断散之前,我特意经常用它,而不用另一串坚韧、价钱便宜的黑色木质念珠,那是给工人和爱尔兰洗衣妇用的,只花了我两毛五,在某次传教会时于基督圣体教堂地下室买下的。

"你每天都领圣体吗?"邻床一个意大利病人这么问,他因为整夜替公共事业协会铲雪而染上了肺炎。

"是的,"我说,"我要当神父。"

"你看这本书,"那天后来我对他说,"这是但丁的《天堂篇》。"

"但丁,"他说,"意大利人。"然后他躺回床上,眼睁睁地望着天花板,不再说话。

这样躺着被人喂食——可说是被人一匙匙地喂着——这种生活真是太奢侈了,但是也非常富有涵义,那时我还不能了解——我也不需要了解。一两年后,我看出当时的一切都是我灵性生活的写照。

这时我终于诞生了,但仍是个初生儿。我有生命,有个内在的生命,真实却很脆弱、不稳固。我仍需要受到照顾,以灵性的奶水喂养我。

圣宠的生命看来终于变成持续及永恒的了。以前我是虚弱无力的,却走进了自由及生命的境界。我找到了灵性的自由,眼睛也开始对着有威力、持续不变的天堂之光睁开,我的意志终于学到要屈服于那隐密、温柔、慈爱的开导，那来自永恒生命的爱。从此，有生以来第一次，我远离罪恶的时间不仅仅是几天、几周，而是几个月，这样的健康对我是新鲜事，我太有福了。

所以我得到的不仅是所有神慰的理性奶水，而且只要我祈求，任何好处、慰藉、纯真的快乐、甚至物质条件，都不会被拒绝。

我完全受到保护，不受困难、残暴、苦痛的骚扰。当然，住院时肉体不免受了点疼痛之苦，但那真是微不足道，凡是经历过普通盲肠切除手术的人都知道那有多轻松，这也正是我的感受。我念完了用意大利文书写的《天堂篇》之后，也读了一部分马里坦的《形上学序论》(*Preface to Metaphysics*)。

十天后我出院了，回到道格拉斯顿，舅舅、舅妈仍住在那儿，他们邀我住到身体复元能走动为止；这也就是说，我又多了两周安静、不受打扰的阅读时间。我可以把自己关在外祖父以前的"私人小窝"里默想祈祷，譬如在耶稣受难日的下午，我就做了祈祷；其余的时间，舅妈谈着赎世主会(Redemptorists)[3]，她小时候住在布鲁克林，附近就有一间赎世主会的隐修院。

到了复活节的那个星期，某日我回去见医生，他揭开纱布，说我可以到古巴去了。

我想，就是在那座灿烂的海岛上，每当我迈出虚弱的步伐时，周围的仁慈与关心即达到了极致，简直不能想像会有人比我更受照拂，没有人见过俗世的孩子能像我在那段时日中，受到如此密切有效的关注、珍惜与引导。我走过火堆，把自己的头颅送进狮子口中，所冒的险足以使任何道德神学家头发变白。而我怀着新生的简朴心性，根本不明白状况，我四周的守护天神都牵挂着我，一路替我将脚边的丑行扫除；一看到我可能跌倒，便立即将枕垫放到我膝下。

我不相信那曾被提升到与基督神秘结合状态的圣人可以走过危难重重的街道或哈瓦纳(Havana)的低级酒馆，却像我一样不受污染；然而，我将全身而退、不受激情与意外影响的福分看得太理所当然了。天主让我尝到一点掌权的感觉，那是恩宠加诸祂每个孩子心中的特权，因为万物都是他们的,他们都是基督的,基督就是天主的。他们拥有全世界,因为他们放弃了世上一切事物,放弃了自己的肉体,不再顾及热情的不公正要求。

当然,我是不可能真正超脱的。如果我不再听从自己的激情,那是因为天主怜悯我,给我特赦,因此我的激情暂时不发出噪音。但是激情的确会苏醒,不过那时我已经远离真正危险的地带,到达一个索然无味的慵懒城市卡马瓜(Camagüey),那儿的人晚上九点不到就上床就寝了。在那儿,我坐在高大的大王椰子树下,开始阅读西班牙文的圣女大德兰自传,整座大花园只有我独享。

我告诉自己来古巴的原因是向科百瑞圣母(Our Lady of Cobre)朝圣的。我的确如愿了,不过那是中世纪风的朝圣,十分之九是度假,十分之一是朝圣。天主容忍这一切,万分宽容地接受了这样的朝圣,祂在我的古巴之行中确实给我各种圣宠,连灵修不深的人都能感受到,而我就是那种人,以前是,现在也是。

我每跨出一步就进入新的喜悦境界,有灵性上的喜悦,也有本性界中心灵、想像、感官的喜乐,但是这份喜乐不失纯真,是受到圣宠督导的。

此点可做部分自然的解释。我正在学习一件事,而且非得在一个至少具备天主教表象的文化环境里才能学习透彻,需要法国、西班牙或意大利的天主教氛围才能彻底经验到由圣事生活所散发出的自然、合理的喜乐。

不过,在这儿绕来绕去都找得到宏大阴凉的教堂,有些教堂有华丽的祭坛,有亮闪闪的木雕屏风、华美的桃花心木或银质雕饰,圣人像前或圣体柜一片火红花海。

在这儿,每个壁龛里都摆设着美丽盛装的雕像,那些小型圣母雕像显现过许多奇迹,充满感人的情操;她们穿着丝质或黑丝绒的服装,位居大礼祭坛之上。在小圣堂里有圣母紧抱基督尸体的痛苦之母雕像,充满了强烈的西班牙式戏剧感,看得到荆棘与钉子,真是令人触目惊心。教堂四周有许多为白人或黑人圣人所设的小祭坛,到处可见古巴人在祈祷。古巴人并未忽略宗教，起码和美国人自以为是的想法不同；美国人只看到那些生活富裕、面带病容的年轻人从海岛北来，整天在耶稣会大学宿舍里赌博，就做出了古巴人轻忽宗教的判断。

然而，我在那海岛上生活得像个王子，也像个精神上的百万富翁。每天早上七时许起身，走到阳光和煦的街道上，我可以从一打教堂中轻松地任选其一，有新教堂，也有十七世纪的古老教堂。一踏进教堂大门，只要愿意，就可以领圣体，因为不论是在弥撒前、弥撒进行中或弥撒后，都有神父拿着装满圣体的圣体盒出来，而每十五至二十分钟都有新的弥撒在不同祭坛前举行。这些天主教堂属于不同的修会——如加尔默罗会（Carmelites）[4]、方济会、艾尔圣克利斯托的美洲奥斯定会（American Augustinians at El Santo Cristo），以及仁慈会[5]的神父等等——无论走到哪里，总是有人愿意以爱我的基督之无限能力喂养我，祂已经开始显示祂是如何宽宏、隐密又慷慨地爱护我。

有成千的事情可做，也有成千的简易方式表达感恩。万事引领我去领圣体，我可再多望一台弥撒，可以念一串玫瑰经，再拜一次苦路，或是干脆跪在那儿，一转头就可以看到木制或石膏圣像，看到像血肉之躯般的圣人——即使那些或许不是圣人，看来也新鲜如画，足以在我心里激起更多的联想，让我更想做祈祷。待我离开天主教堂时，总不会缺少乞丐给我机会施舍，那是去除罪过的简易法门。

我经常从一座教堂出来再走进另一座教堂望弥撒，遇到星期日的话，这种情形格外频繁。西班牙神父的讲道听来悦耳，那种语言的文法本身充满庄严、奥秘、彬彬有礼的气质。我认为，除了拉丁文之外，没有任何语言较西班牙文更适合做祈祷或是用来谈论天主，因为这种语言既坚定又柔顺，文字锋利，有钢铁的性质，能提供神秘主义所需的准确性，又有各种敬礼所需的柔和、文雅、婉转，也有礼貌、恳求、典雅的气质，绝少流于滥情。它既有法文的知性，又不像法文过分知性而陷于冷酷；它绝不像意大利文那样流于女性声调，就算是由女性口中说出，也绝不是虚弱、懒散的语文。

活动在讲道台上进行时，外面街上摇铃叫卖奖券的声音完全不会带来影响。古巴人给人的印象是容易激动，其实他们有惊人的耐心，可以忍受会让美国人烦躁或令人发狂的事，例如持续、尖锐的噪音；至于我，也和当地人一样无动于衷。

待我做够了祈祷，便可走回街头，在阳光或阴影下漫步，偶尔停下在小店里喝一大杯冰果汁，然后回家研读马里坦或圣女大德兰，直到吃中饭时才休息。

我也到马坦萨斯（Matanzas）、卡马瓜及圣地亚哥（Santiago）走了一遭——搭乘一辆横冲直撞的公车经过橄榄灰色的古巴乡村，到处是甘蔗田。一路上我念着玫瑰经，望着那顶天孤立的大丝棉树，一边盼望圣母能在它们当中对我显灵。我找不出她不显现的理由，每件天堂的事物似乎都是举手可及，所以我继续望着，望着，期待着；不过，我没看到美丽的圣母在任何一棵丝棉树中出现。

在马坦萨斯，我参加了"散步"的行列。在凉爽的夜晚，全城的人在大广场中一圈圈转了又转，男的朝一个方向走，女的朝另一个方向走，我很快就和五十一位不同年纪的人成了朋友。最后，那天晚上我竟然用糟糕的西班牙语对大众做了场公开演说，四周是各式各样的男子及男孩，包括共产党员、知识分子、圣母昆仲会学校的毕业生，以及哈瓦纳大学法律系的学生。主题是信仰与道德，似乎很让大家感动，而他们接受了我的谈话也让我很感动。许多人很高兴有人——尤其是外国人——和他们谈论这些问题，我听到一个刚刚到达我们集会的人问："他是天主教徒吗？美国人吗？"

"老兄，"有人说，"他是天主教徒，而且是个很好的天主教徒。"他的口气让我很开心，直到上了床还睡不着。我躺在床上，在蚊帐顶上看到亮晶晶的星辰，它们由洞开的窗子照耀到我身上；窗子没有玻璃，也没有框架，但是有一块厚厚的窗板可关闭挡雨。

在卡马瓜，我找到一间敬拜孤独之母（Our Lady of Solitude）的天主教堂，在隐晦的神龛中竖立着一个衣着美好的小雕像，你简直看不到她，孤独之母，是我最热心做敬礼的对象之一。她在美国寂寂无闻，永远找不到她，也听不到她的名字，只有加州一个古老的传教会供奉着她。

牟敦隐修小屋中的书桌和打字机

后来，我搭乘的公车怒吼着经过干燥的平原，朝着群山翠幛驶去，到达奥瑞安提（Oriente），我朝圣之旅的终点。

我们过了分水岭，穿过朝向加勒比海的绿色山谷，我看到那黄色长方形的科百瑞圣母大堂矗立在矿工村单薄的锡屋顶上方，这座村庄在绿色盆地底部，背靠着山崖和丛林密布的陡峭山坡。

"您好，科百瑞的仁爱之母！我特别为了您来到这儿，请您向基督祈求，让我成为祂的神父。圣母，我把我的心奉献给您，假如您让我获得神品，我会将第一台弥撒献给您，经过您的手，这台弥撒要向圣三谢恩，祂经由您的慈爱赐给我这宏伟的圣宠。"

公车从山岭急驶进入圣地亚哥，一位矿冶工程师由分水岭上车，一路上他用在纽约学到的英语告诉我古巴及奥瑞安提的政客如何贪污发财。

在圣地亚哥，我在教堂对面的大饭店阳台上吃了晚餐，广场对面一栋五层楼建筑只剩外壳，像是被炸弹挖去内脏似的，不过其实是被不久前的地震毁掉的。贴在废墟前的广告已经破破烂烂有一段时间了，我心想，也许时候已到，另一次地震就要来临。抬头看看教堂的两座高塔，摇摇欲坠，似乎就要崩塌在我头上。

次晨，载我到科百瑞的公车行程是一路来最危险的。在古巴搭公车实在让人提心吊胆，我猜大部分旅程是以时速八十英里行驶，只靠两个轮子在路上跑，好几次我都以为公车即将爆炸。我到教堂的一路上都念着玫瑰经，车外树木匆匆刷过，又青又黄，模糊一片；就算圣母想要显现给我，我可能连一眼都看不到。

我走上围绕在岗顶长方形大教堂四周的小径。走进大门，我大吃一惊，地板那么亮、那么整洁。我站在教堂后部，走廊顶端，在高高的祭坛后面，像是一个讲演台。正对着我有一个小神龛，仁慈之母就供奉在那儿，这愉悦、黑色的小小童贞圣母戴着皇冠，穿着皇家的服装，这就是古巴之后。

那儿没有人，只有一个穿黑衣裳的虔诚女管理员，她热心地想卖给我许多佩章。我跪在仁慈之母前祈祷，许下我的心愿。之后，我又悄悄走进大教堂,跪在一个既能看到仁慈之母又可独自祈祷的地方;不过,那位热心的女士急切地要完成交易,或是担心我会在教堂内耍什么鬼计,于是走下来从门缝中偷偷看着我。

我有点失望,想一走了之。我站起来走出教堂,买了一个佩章,换了一些可分给乞丐的零钱就离开了。我很遗憾没有机会向仁慈之母说出所有我想对她说的话,也没有听到她对我说的话。

下到小村庄内,我买了一瓶汽水,站在乡村小店露台的锡屋顶下,不知哪个小木屋中有人弹着小风琴,是"上主,求你垂怜;上主,求你垂怜;上主,求你垂怜"的调子。

然后我回到圣地亚哥。

不过,当我坐在旅馆阳台上吃午餐时,仁慈之母有话对我说了。她传授我一首诗的概念,诗在我脑中成形,那么简单、平稳、自然。我只要把饭吃完、走回房间用打字机打出来,几乎不需任何修改。

因此,这首诗同时就是她要对我说的话,也是我想要对她说的话。那是为仁慈之母做的一首诗,就我来说,这是件新鲜事,是我写的第一首真正的诗,至少是我最钟爱的。这首诗替我指出写诗的途径,开启了大门,让我踏上捷径,让我可以持续前进许多年。

这首诗是:

> 白女孩扬着头,像树木
> 黑女孩在街上行走
> 沉思默想像红鹤
>
> 白女孩锐声唱着,像流水
> 黑女孩安详说话,像泥土
>
> 白女孩展开手臂,像云朵
> 黑女孩闭着眼,像翅膀
> 天神屈身像钟铃

天神仰望像玩具

只因天上的星辰
围成圈圈
大地，片片镶嵌细工
起身，如鸟儿飞走了

回到哈瓦纳之后我又有另外的领悟，更是不可思议地重要。我突然不只在知性上明白，更体验到我半有意地在丝棉树中寻找圣母显现是多么无意义！这份经验又为我打开另一扇门，与写作方法无关，却是一条通往无垠新世界的道路；这个世界完全超越了我们的现世，超脱到无穷之境，它不是一个地方，而是天主自己。

星期天我到哈瓦纳的圣方济教堂。我已在另一教堂领过圣体，大概是在基督堂吧，此刻我是来听另一台弥撒的。教堂内非常拥挤，前方面对祭坛处有好几排儿童挤在一起，我不太记得那天他们是否初领圣体，不过他们看来就是那个年纪。我坐在很后面，但是仍然可以看到孩子们的脑袋。

到了成圣体的时刻，神父举起面饼，再举起圣爵[6]。他刚把圣爵放回祭坛上，突然一位穿着褐色袍子、系着白索的僧侣在孩子前起立，孩子们的声音立刻爆了出来：

"我信全能者天主圣父化成天地……"

这是信经，但是那声大吼的"我信全能者天主圣父化成天地"真是响亮，突然又充满喜悦与凯旋感。那是美好的大声呐喊，发自那群古巴孩子，是对信仰欢乐的肯定。

随后，我内心觉醒了，了解明白了。这种领悟正如那声呐喊一样突然又肯定，而且明澈千百倍以上。我明白方才在祭坛成圣体时发生的事，原来是天主出现在那份成圣体经文中，使得祂真正属于我。

但是这项醒觉究竟是什么？ 如此不可捉摸，却像雷霆一般打击到我。这道光亮无任何可见之光可以相比，如此深奥、如此亲密，似乎使所有次要经验都被中和、抵销了。

然而,这件事对我最大的冲击是这道光亮在某方面是极其"普通"的——这道光(同时也是最让我惊诧的)是送给所有人的,绝不夸张、绝不神奇,是信仰之光芒变得深沉、缩减到极端之后突然变得极其明确。

好像天主显示自己的存在使我目眩,我突然因为失明而顿悟了。

为何这道光芒令人目眩、令一切事物中和消失了呢?那是因为,而且可能,其中根本不包括感觉或想像。我称之为光亮也是事隔许久后所用的一种隐喻说法,当时这个觉醒势不可挡,瓦解了所有的形象、所有的隐喻,切入我们原本赖以思考的物种与幻象。这种方法忽略所有感觉经验,直通真理的中心,好像骤然间我的知性即刻与真理挂钩了,而这真理在此时此刻是实体般实实在在地在我面前的祭坛上。不过,这类接触并不是推测或抽象的事件,它是具体的、经验的,虽然属于智识性的范围,却更是属于爱的范畴。

其他有关这道光芒的是:它远远超越我曾感觉过的任何欲望或嗜好,滤净了所有感情,清除了一切带有感官渴求意味的东西。它是如灵视般纯洁、直接的爱,直接飞向所喜爱的真理之所在。

来到我脑海中的第一个清晰念头就是:

"天堂就在我眼前,天堂,天堂!"

这个念头只停留了一会儿,却留下让人屏息的喜悦与清新、和平、快乐之感,持续了好几个钟头,这种感受也是我永远无法忘怀的。

很奇怪的是,这道光虽然如我上面所说是"平凡"的、很容易感受,却无法再次捉摸到;事实上,即使我很想这么做,也不知道如何重建这种经验,不知如何再将它找回来,唯有发出信心和爱德的行为。然而,显而易见的是,我绝对无法使信心行为达到那种顿悟的境界,那应该是一种恩赐,来自他处,超越我自己的能力。

无论如何,诸位不要以为由于那天在哈瓦纳圣方济教堂望弥撒时受过那道光的光照,此后我就惯于通达情理,或是在祈祷方面有了一日千里的进展。不,我的祈祷仍然大多是口祷,仍无法系统化地默祷,但不时能自然地进入默想境界与感性祈祷,这种情况和我当时研读的书籍有关。在多半时间里，与其说是祈祷，我的祈祷无宁说是一种期望。我渴望进入圣方济初学院，祈祷时经常在推想往后的生活会是怎样，所以我常常是在做白日梦，而不是在祈祷。

IV

几个月很快就过去了，但是对我好像还不够快。已经是一九四〇年六月，仍有两个月才到八月，那时初学院的大门才会大开，接收三十或四十名新的望会生，那个日子真是遥遥无期。

我从古巴回来后只在纽约待了几天，在那几天内，我到第三十一街的隐修院，艾德曼神父告诉我，我的入会申请已经被接受了，必备的文件也寄到了。这很不简单，因为申请入修会的人需要所有住过的教区之文件证明，从十四岁起，只要实际持续住过一年的地方都算，同时还要出生证明及其他证件。

那时正值德国军队大批涌入法国，我刚回到纽约时，德军首次突破法国防线。事态终于明显了，那所谓攻不破的马其诺防线只是浪得虚名。事实上，只有短短几天的功夫，由纳粹的空军开路，凶猛的纳粹装甲部队冲入士气已经瓦解的法国军队阵营，以坚强的军备包围这个被出卖的国家，两周内纳粹就占领了巴黎，然后又进展到罗亚尔河流域。后来报纸上满载着模糊不清的有线电传真照片，图中是位于康皮恩（Compiegne）公园内那节愚蠢、孤立的餐车，希特勒在此强迫法国人接受一九一八年大战休战协定的文件。

因此，如果我父母在伦敦苏荷区圣亚纳（St. Anne）教堂的结婚证书在那年没有寄到，可能就永远收不到了。我不知道堂区记录有没有逃过战火，那时陆军联合闪电战即将降临那个又大又暗、充满罪恶与辛酸的城市，我也曾在那多雾的城市中沾沾自喜地漫步逍遥过。

每件事好像都很干净利落。一个月过去了，另一个月也将过去，不久我就会提着箱子到新泽西州的帕特逊，走在某条无趣、难以想像的街道上，进入一个我尚未能清晰想像的砖砌小修道院。我想，那无趣的城市会被关在门外。虽然我也没有特别想像圣安东尼初学院会是什么样子，但我知道可以在那里找到平安。我将开始避静，约一个月后即可穿上会士的褐袍和白索；我会穿凉鞋、理光头，缄默地走向不甚华丽的圣堂。无论如何，我会有天主，拥有祂，也属于祂。

此刻，我要先到纽约上州。我最盼望的就是和赖克斯、瑞斯、戈迪、吉卜尼与红头发的南方人耐特碰面，他们都住在奥利安山上的避暑小屋内；不过，途中我先经过绮色佳，去看看在康乃尔大学读书的弟弟。

我想，这也许是我进初学院前最后一次有机会见约翰·保罗了，但也说不准。

这一年他原该从康乃尔毕业，结果却出了点差错，无法毕业。他那份无聊、失落、彷徨全都表现在紧绷的额头、不安的步伐和没有喜气的笑声上，我马上对他的大学生涯一清二楚。我完全认出他精神空虚的迹象，当年我从剑桥到哥伦比亚时就深受其苦。

他有一辆二手的大型别克车，整天来回行驶在校园的浓荫下，生活就是横冲直撞、在大学及谷中小城间来回奔波。他从课室跑去伟勒德·斯崔特大楼，坐在平台上和女生一起晒太阳、喝可乐、看风景，那广大、明亮的山野就像《国家地理杂志》上颜色特别鲜明的图片。他从大学图书馆逛到城里居住的地方，有时去看电影，有时去逛逛街上简陋的小铺，店名我全忘了，或根本就不知道。康乃尔的大学生经常在昏黄的小店里围桌而坐，室内充满了他们的噪音、烟味，以及无知小聪明制造出的喧哗。

我只和他在绮色佳待了两天，早起去望弥撒、领圣体，他下来和我跪在一起望弥撒，看我领圣体。他告诉我，他也曾和主管天主校牧谈过，但是我弄不清真正吸引他的是信仰还是那位校牧对飞行的兴趣，原来约翰·保罗自己也经常去绮色佳机场学驾驶飞机。

我们用过早餐后，他回到校园，参加东方历史、俄国文学之类课程的考试，我则搭上公共汽车，先到艾迈拉，再从那儿搭火车到奥利安。

避暑小屋非常拥挤，可想而知，吃过那些危险、可疑的煎炸肉食后，厨房的脏碗更会堆积如山。不过，大家各忙各的，山林很安静，太阳总是那么明亮，照耀着我们面前那广阔空旷、山丘起伏的原野。

牟敦隐修小屋附近的十字架

不久,费礼德古德和他的太太海伦还有蓓姬从纽约来到小屋,后来南茜也来了。南茜在史密斯学院念书,赖克斯还在《纽约客》上为她写过一首诗。吉卜尼与费礼德古德爬到三十多英尺高的树上,在树间搭了一个十英尺长的平台,树边有个梯子可以爬上去,这个高度是赖克斯连试都不敢试的。

同时,大清早在女孩住的房门外,你可以看到蓓姬坐在那儿大声朗读精装本圣经,将它当成文学作品看待;而南茜则梳着她金得发红的美丽长发,但愿她永远不要剪短,因为那头秀发也是天主的荣耀。那时我以为蓓姬大声读圣经是要给南茜听的,我不知道原来蓓姬后来独自漫步到森林中苦苦揣摩亚里斯多德的《范畴论》(*Categories*)。

瑞斯、耐特与戈迪分开坐着,他们多半在车库里或车库附近,不是在打字就是在讨论小说或商业性短篇故事。赖克斯还是留着胡子,经常在思考,在纸上写下他的故事概念,或是和南茜谈天。

我呢?我找到一个好地方,可以坐在石子路边围栏栏杆上望着远远的山丘念玫瑰经。那是安静、阳光充足的地方,其他人很少到那儿去,也听不到屋子内的声音。六月的那几周,这儿就是我的乐土。

这儿离城太远,不能每天早上领圣体,要去就得搭别人的便车下山。因此,我向从纽约到圣文德学院来教暑期班的朋友若瑟神父提出要求,问他是否可以让我在他们那儿借住一两周。

知道我将在八月进入修会就不难说服院长让我搬下山、留宿在体育馆内破烂的大房间里,那儿已经住了三四名贫苦学生及修道学生,大家都在附近打点杂工,当电话接线生、停车场员工等暑假临时工。

那时候,该大主教辖区的许多神职人员从各个会院来到圣文德进修一个暑假,现在已经停战,他们应该又恢复这个习惯了。所以,那几周我真正开始过方济会的生活,也领略到一点方济会在美国的生活方式,认识到他们悦人、活泼、平易近人、毫不拘束的态度。

暑期班尚未开始,神职人员有足够的时间坐在图书馆、体育馆的台阶上和我谈谈他们在初学院的往事。我也可以开始揣摩那种生活方式,他们认为修道生活有严厉的一面,也有非常轻松的一面。

他们说圣安东尼隐修院是他们见过夏天中最热的地方,圣堂内空气很闷,充满了使人不快的蜡烛燃烧味。那儿总有固定分量的工作要完成,你必须刷地板、洗碗碟、在庭院里工作,但是也有自己的时间和娱乐时间。我还得到一点不好的暗示,必须随时期待多少有些受屈辱的时候,但是他们一致同意初学导师是个好人,他们都喜欢他。他们告诉我,我也会喜欢他的。

我大致得来的印象是,所有的不快与困苦都集中在教会法定的初学期那一年间,之后一切便明朗化、凡事如意,这就是他们的现状。确实,就我看来,无论想像力多么丰富,这些神职人员的生活都很难扯到生活艰苦。他们住在学院里,坐落于美丽的绿色山丘中,四周森林田野围绕,位于夏天从不炎热的美国一角,在寒冬来临前他们老早就离开了。他们有整个早上及下午可以念书做研究,也有好几个小时可以打棒球、网球或是到树林里散步;也可以进城去,两两结伴而行,穿着黑色服装,戴着罗马式领圈。

他们津津乐道地告诉我一些故事,关于他们如何规避一些不算严格的条文,他们是不准与在俗者太亲近的。当然,镇上一些善良的天主教家庭急于要邀请年轻的方济会士来家里坐坐,吃吃饼干汽水,接受恭维。

至于我自己呢?我已在心里做了决定,要利用所有机会避开大家,自己阅读、祈祷、写作,穿着褐色袍子,穿着他们那种凉鞋。

此刻,我和神职人员一同起身——可能还不到早上六点——和他们一起望弥撒,在他们之后领圣体,然后和在农舍打工的人一起吃早点。一位穿着白蓝色会服的小修女送来玉米片及炒蛋,修女负责烹饪,她们来自无数小小方济会修院。

早餐后,我走到图书馆呼吸凉爽的晨间空气,露水刚在草地上化掉。依雷内神父给了我哲学讨论室的钥匙,我可以整个早上独自尽兴地阅读圣多玛斯。屋子彼端有个大而平实的木制十字架,每当我从书本中抬眼就可以看到。

我想,我一生中从没有像此刻这样幸福,一个人坐在这么安静的图书馆翻阅《神学大全》第一部的几页，随处写下笔记，记下天主的善良、无所不在、上智、全能和爱。

下午，或到林子里散步，或是沿着亚利加尼河（Alleghany River）行走，河流穿过树林，绕过辽阔的草原底部。

我翻阅巴特勒的《圣人传》（Lives of the Saints），想为自己找个入会的名字，结果浪费了许多不必要的时间。这个大主教辖区范围很大，会士很多，所有名字都用尽了——你不能采用别人已经用过的名字。我早就知道不能用若望洗者、奥斯定、热罗尼莫或格列高利等名，也许不得不用一些古怪的名字，例如巴夫努修斯（那是依雷内神父的建议）。最后，我看到一个方济会士名叫若望·西班牙人，听起来相当不错。

我想像自己穿着褐色袍子和凉鞋跑来跑去，想像听到初学导师说："若望·西班牙人神父，你到那边刷地板。"或者从房里探出身子对另外的初学生说："去叫若望·西班牙人神父，带他到这儿来。"于是，我穿着我的凉鞋——该说我们的凉鞋——走在走廊上，目光低垂，步伐快速、端庄，这位胸有成竹的年轻神父就是若望·西班牙人神父，多么美好的一幅画面。

我回到山上小屋，怯生生地表示我会采用"若望·西班牙人神父"之名。费礼德古德同意这是个好名字，他对任何生猛的事物都无法抗拒，也许他暗中想到了托尔刻马达（Torquemada，译注：十五世纪末西班牙宗教裁判所总审判官）和宗教裁判，但是我认为"若望·西班牙人"与此没什么关联，不过我也忘了这位圣人究竟是哪个时代的人物了。

在一般人看来，为了替自己取个标新立异的名字而大费周章只是无伤大雅的胡闹罢了，我想也是；不过，我现在了解到，在一九四〇年夏天，这件事反映出我的圣召中有很深、很根本的缺陷，严重干扰了我的想法。

的确，我是受了进修院的召唤，这已经很明显了，但是我准备进入方济会初学院的心态并不完善，当时我还不能了解。我选择方济会是被看来完全合理的理由吸引，那吸引力很可能象征的就是天主的意愿，却不一定如我想像的那么超性。之所以选择这个修会，是因为我认为该会会规不难遵守,同时我喜欢它能让我教书、写作,更喜欢日后可能的生活环境。天主经常接纳这种态度,祂甚至接纳过远较此更差的意愿,却终能按祂自己的时间将之提升到真正的圣召。

但是我的遭遇并非如此,我必须被导入我不能明白的道路,必须走上非我所选的途径。天主不要我天生的嗜好、幻想、选择,祂要自行操作,让它们完全离开以前的轨道、陋习而导向祂自己;根据我本性所做的选择,根据我的嗜好所选择的生活方式,是完全不可靠的。我的自私心擅自做主,以为这个圣召全是自己的功劳,将未来寄托在各种本性的欢乐和满意中,用来加强保护我的自我,抵抗世上生活的困难与忧虑。

此外,我几乎完全倚靠自己的能力与美德——好像自己真有什么美德似的——来做个好修士,在隐修院里尽修道者的义务。天主不要这些,祂并没有要求我们将离开俗世当成给祂的恩惠。

天主教人——不只是修道者,而是所有基督徒——做"地上的盐";不过,圣奥斯定说盐的味道是超性的生命,如果不倚靠天主,我们会失去盐味,我们的行动会被现世事物的欲念牵引,或者因害怕失去世物而受制。"你们不要忧虑说:我们吃什么、喝什么、穿什么? 因为这一切都是外邦人寻求的,你们的天父原晓得你们需要这一切。""于是,耶稣对门徒说:'谁若愿意跟随我,该弃绝自己,背着自己的十字架来跟随我,因为谁若愿意救自己的性命,必要丧失性命;但谁若为我的缘故丧失自己的性命,必要获得性命。'"

不论你选择加入哪一个修会,不论会规是松是严,都没什么关系;圣召要真正有收获 ,就一定要付点代价,一定要真正牺牲。圣召必须是个十字架,是真正放弃本性的事物,连最高等的本性事物也要弃绝。

我生来就是如此,深深依恋物质,沉溺于我自己。我和天主之间有这么大的隔阂,这么不仰仗祂,这么仰仗自己及自己想像的能力,因此我不该怀着我对方济会的那种感觉进入隐修院。

真相就是这么简单:对我来说,要做方济会士,尤其在那个历史时刻,绝对不算任何牺牲;就连放弃肉身合理的欢乐,实际上也没有花费我太多代价。我曾为了肉身的享受饱受折磨,想到平安的远景,我唯有庆幸。发贞洁圣愿可以保护我不受激情烧灼与煎熬，因此这是福惠，不是痛苦——尤其是我因愚蠢无知以为抗拒情欲之役已经战胜，灵魂不受牵绊，不再有任何忧虑了。

不，我唯一要做的事就是进入初学院，过一年稍稍有点不方便（轻微到几乎察觉不到）的生活，接着每件事就都是赏心乐事了——有充分的自由，有许多时间阅读、研究及默想，在心智灵魂各方面随心所欲。真的，我的生活将充满最高等的本性愉悦，连祈祷也可以算是一种本性的愉悦。

更重要的是，应该记得世界仍在大战中。晚上在度假小屋中，我们围坐壁炉旁，讨论着华盛顿即将通过的征兵法，猜测其内容及我们的因应之道。

对赖克斯和吉卜尼来说，这道法律涉及了复杂的良心问题，他们甚至还问自己这场战争是不是合法的？如果合法，他们从军是否正当？至于我呢，不会有问题的，因为我就要进入隐修院，这个问题应该会自动消失……

我想这很明显，这种圣召需要更多的考验。天主不会让我步出俗世的灾难，逃入一个自选的避难所，祂已为我准备好另一条路。有关我的圣召，祂有好几个问题要问我，而我却不能回答。

当我无法回答时，祂会给我答案，我将发现问题已经解决。

这真是件奇怪的事，当时我并未想到这是个警告：某晚我正读到《约伯传》第九章，眼前出现令我震惊的字句，令我难以忘怀：

> 约伯答复说："我确实知道事情是这样，但人怎能同天主讲理？人若愿意同天主辩论，千个问题中，谁也回答不出一个……虽心中明智，力量强大，但谁能对抗天主，而保平安？……祂振摇大地，使之脱离原处，地柱随之摇撼震动；祂一下令，太阳即不升起，星辰即封闭不动。"

这是个凉爽的夏夜，我坐在敞开车库外的通道上。这间车库已经变成公共宿舍，因为我们无车可停，瑞斯、赖克斯、费礼德古德和我都把床搬到那儿,露天而睡。我把书搁在腿上,望着从山谷向上爬行的车灯,望着那多树山丘的黑色轮廓,望着东方冒出的星辰。

圣经的文字在我心中回响:"祂创造了北斗和参宿、昴星及南极星辰……"

文句深奥而令人不安,我还以为是字句像诗感动了我,却也隐约感到其中有些东西与我个人有关。天主常在圣经中直接对我们说话,那就是说,在我们研读圣经时,祂设置了富含宠佑的话语;如果我们留心,用祈祷的心态去读,那些意外、未被发现的涵义就植入我们心中。

我那时还没有这种研读圣经的涵养,但是这几句话产生了一股燃烧的暗流,我觉得自己被燃烧、被灼伤了。

> 祂由我身边经过,我却没有看见;祂走过去,我仍没有发觉……如果祂突然来检查我,谁能回答祂呢? 或者,谁能问祂说:你做什么?

这些文字对我数月以来所感受到的平安产生了很大的威胁,像是预先警告即将发出指控,警告我那被隐瞒的真相就会被揭开;而我沉睡在甜美的安全感中,好像天主的存在只为了要赐给我暂时的福惠……

> 天主一愤怒,绝不收回,人人都屈伏在祂以下。
>
> 如此我怎敢回答,我怎敢措辞与祂抗辩?
>
> 我向祂呼求,纵然祂答应我,我仍不相信祂会听我的呼声。
>
> 祂用暴风来折磨我,无缘无故地增加我的创伤……

"无缘无故!"我不安的精神已经开始保护自己,抗拒这位不公平的天主,祂怎可能不正直、不公平!

> 我虽自以为正义,我的话却定我有罪;我虽自觉无辜,祂却证明我有偏差……而无缘无故地增加我的创伤。

我阖上书。这几句话给我很深的震撼,我永远不能完全了解个中涵义,但是它们留下的印象应该是某种警告,我就快要了解其中涵义了。

打击来得很突然。

距我入初学院只有几周了，我也从初学导师那儿收到最后的信件，附有一份一览表，写明我应携带到隐修院的物件。那份清单够短了，只有一项颇令人费解，那便是"一把雨伞"。

这份清单让我很开心，我读了一遍又一遍，就像从前要去参加夏令营或上一所新学校之前内心深处洋溢的兴奋之情。

这时天主问了我一个问题，祂问的是我的圣召。

其实天主并不需要问我任何问题。关于我的圣召，祂已经知道所有祂想要知道的了。我猜祂允许魔鬼来问我，并非想让魔鬼得到任何信息，只是要我受点教训。

在地狱里有某种谦逊，那是地狱里最不堪的事，和圣人的谦逊有天壤之别。圣人的谦逊是平安，地狱里的假谦逊是对我们难逃的罪孽烙印永远感到羞愧难当，被判下地狱者觉得自己的罪是穿在身上的耻辱，难以忍受、无法躲避，就像希腊神话中纳塞斯（Nessus）的衬衫，永远贴着他们燃烧，永远脱不下。

只要我们仍存有一点私爱之心，这份自知的痛苦就算在人世间也躲不掉，因为骄傲让人感到激烈的羞耻感。当所有的骄傲与私爱完全被对天主的爱消耗殆尽时，我们才能从这些折磨中解脱；只有当我们不再自私地爱自己时，过去的罪恶才不再使自己痛苦，使自己羞愧难当。

圣人想起自己的罪恶时，记住的不是罪恶，而是天父的慈悲，因此连过去的邪恶都被他们转变成目前快乐的缘由，用来荣耀天主。

骄傲的人应该被地狱中可怕的谦逊烧灼吞噬……但只要我们仍在世间，就连那烈火烧身的苦痛也可能变成圣宠，变成快乐的缘由。

有一天我醒来时，发现六个多月来心中享有的平安已经突然消失。

我生活中美好的伊甸园消失了。我到了墙外，不知道是哪些冒着火焰的锐剑阻挡我进入大门，要再找到那扇大门也变得不可能了。我再次流落在外，受冻、赤裸又孤独。

然后，一切都瓦解了，尤其是我入隐修院的圣召。

我并未怀疑自己想做方济会士、想入修院、想当神父。我被抛在这冷酷孤单的黑暗中,想成为会士的愿望反而较以往更强烈,那是我剩下的唯一一事物了,唯一可以覆盖我、带给我温暖的事物。但是这又不算什么安慰,因为有这份愿望存在,相较于从内心暗处沛然涌出的突兀无力感,我就更受折磨。

我想进入修院的愿望不能真正安慰我,因为我突然面对让我痛苦的疑虑,那没有答案的问题。我真的有圣召吗?

我突然想起自己是什么人,以前又是什么德性。我吃了一惊:自从去年九月以来,我好像忘了自己曾经犯过罪。

我也突然明白,和我讨论过我的圣召的人,包括渥尔许或艾德曼神父,都不知道我的真面目;他们一点都不知道我的过去,不知道皈依前的我如何过日子。他们接受我,只因为我表面上很像样,面容相当开朗,看起来很真诚、通情达理,心地也不错。其实,那是不够的。

现在我面临一个可怕的问题:"我必须让艾德曼神父知道这一切,也许会造成很大的转变。"毕竟,仅仅只是想要入会是不够的。

受修院禁地的吸引不是有圣召的先决条件,你必须要有正确的道德、体能、知性上的能力,又必须被修会接纳——基于某些条件被接纳。

当我以这种质疑的态度审视自己时,便知道稍有头脑的人绝不会认为我是适合过神父生活的材料。

我立刻收拾行李向纽约出发。

那真是一段漫长的旅程,火车沿着绿色山谷爬行,先经过特拉华州,进入卡利昆(Callicoon),那儿有一所方济会的次级神学院。天空云层密布,我们开始减速,轨道旁的道路出现几间村中的房屋,一个男孩刚从河里游泳回来,正在飞快奔跑,穿过长得很高的野草地,想躲过即将来临的暴风雨,他的母亲站在后门的阳台上呼唤他。

我隐约感觉到自己的无家可归。

待我们绕过转弯处,我看到山顶树丛中神学院的石砖塔楼,我想:"我永远不会住在那里,一切都结束了。"

那天晚上我到达纽约,打了电话找艾德曼神父,但是他太忙无法见我。

所以我回到道格拉斯顿的家。

"你什么时候去初学院?"舅妈问我。

"也许不去了。"我说。

他们没有再问任何问题。

我去领了圣体,热切地祈求遵行天主的旨意——后来果然如此。但是当时我根本无法明白这一点。

艾德曼神父仔细听我说着,我告诉他我的过去和我经历过的困难,他很友善,也很仁慈。

然而,如果希望他会微笑着将我的疑问一挥而散,那我就错了。他说:"嗯,多玛斯,听着,让我考虑一下,再做一番祈祷,一两天之后你再来好吗?"

"过一两天?"

"明天再来吧!"

因此我又等了一天,心里充满焦虑与不安。我祈祷:"我的天主,请您收我入隐修院;不过,无论如何还是遵照您的意思,我要奉行您的旨意。"

当然,我现在全都了解了。当时我心中充满了各种怪诞的念头,像在做恶梦似的,什么都看不清楚,但是艾德曼神父可看得够清楚。

他看到我新近才皈依,进入教会还不到两年,知道我以前生活不安宁,圣召也不十分明确,总因心情焦虑而受苦。而且初学院已经额满,如果初学院的望会生年年都有人满之患,也该有人好好审查一下新入门者的圣召品质了;有了这么一大批人,就必须谨慎,不要让那些不理想的人选随波逐流地涌入。

所以,第二天他很仁慈地告诉我,我应该写一封信给省会长,告诉他我已经重新考虑过我的申请。

我无话可说,只能羞愧地看着自己的圣召崩塌。

我问了几个怯懦的问题,摸索着想要知道我是否全然无望。当然,神父不会代表他自己或修会做任何保证,我连个模糊的承诺都无法得到。

看来，今后我成为神父的可能性是完全被排除了。

我答应我会立刻写信，而且藉着这封信发誓我对方济会永远效忠。

"就这么做吧，"神父说，"省会长一定会高兴的。"

我走下隐修院的台阶，恍惚得不知所措，只想到可以越过第七大道到车站附近的嘉布遣会教堂。我走入教堂，跪在后排，看到有位神父在听告解，我马上起身排入通往告解亭的短短队伍中。

我跪在黑暗中，直到玻璃板重重地被拉开，看到一位留了胡子的削瘦神父，有点像乔伊斯。美国的嘉布遣会士几乎都留那种胡子，这位神父好像没心情听人胡言乱语，而我自己正是又混乱又可怜、语无伦次，结果他把我的故事全弄乱了。显然，他认为我只是在抱怨某个修会把我逐出初学院门墙的决定（或许有很好的理由），希望他们收回成命。

整件事情如此无可救药，我终于不能自主，开始哽咽哭泣，再也说不下去了。那位神父大概以为我是个情绪不稳定的蠢蛋，开始以强硬的措辞说我绝对不适合那间隐修院，更不要想成为神父。我从他的话语中了解到，我在他的告解亭里自怨自艾只是白白浪费他的时间，还侮辱了告解圣事。

我经历了这场严酷的考验，真有粉身碎骨之感。我无法止住泪水，眼泪从我掩着脸的手指间流下。我跪在圣体柜前祈祷，面前的祭坛上方是一座耶稣被钉在十字架上的巨大石雕。

我只知道自己凄惨无比，还有，我不该再认为自己有入隐修院的圣召了。

注释：

[1] 革责玛尼（Gethsemani），亦译"客西马尼"，耶稣被捕前曾在客西马尼园祷告。

[2] 纳匝肋（Nazareth），亦译"拿撒勒"，以色列北部城市，耶稣被称为"拿撒勒"人。

[3] 赎世主会（Redemptorists），亦译"至圣救主会"，天主教修会团体之一。1732年由圣亚丰索创立于意大利。主要在贫苦人中间传教，旨在通过效仿基督的生活和传教来使成员成圣。

[4] 加尔默罗会(Carmelites)，天主教托钵修会之一。十二世纪中叶创立于巴勒斯坦的加尔默罗山，故名。会士须持"听命""神贫""贞洁""静默""斋戒"等会规。十六世纪起会规开始松弛，后由西班牙修女大德兰和圣十字若望二人重振复兴，另订持守祷告、苦行、缄默不语、与世隔绝等严密规戒。

[5] 仁慈会，天主教修会之一，以照料穷人、病人及老人的慈善活动而闻名于世。

[6] 圣爵，即圣杯。

《七重山》英文版书影

2

正　北

1

天气真热,教堂街正在翻修,阳光下金粉似的灰尘围绕着蠕行的巴士、卡车、出租车直打转,人行道上熙来攘往。

站在新邮政局阴凉的白墙下,忽见弟弟从人群中走来,他不是该待在绮色佳的吗?他从那栋大楼出来,大摇大摆,一副煞有介事的样子,几乎一头撞到我身上来。

"嗨,"他说,"哈啰,你要回道格拉斯顿吗?我可以载你,车就在转角。"

"你在这儿干嘛?"我说。

那栋大楼的拱门下张贴着征召入海军、陆军、海军陆战队的海报,我暗中纳闷他到底要参加哪一个兵种。

"你读了海军后备队的新方案了吗?"他说。我对此略知一二,原来那就是他想要加入的兵种,一切大致安排就绪了。

"只要在海上巡航受训,"他说,"之后就会领到一份任命书。"

"就那么简单?"

"对,我猜他们急着要人。当然,他们只收大学生。"

他一听到我不入初学院了，就说："你何不也来参加海军后备队？"

"不，"我说，"谢了。"

他紧接着问："你挟着的那一大包东西是什么？买了书？"

"是的。"

他打开车门，我拆开包裹将纸盒拿出来，里面装有一套四本黑皮烫金字的书。我递给他其中一本，书皮闪闪发光，书页带有金边，附有红红绿绿的书签，散发着新书的气味。

"这是什么书？"约翰·保罗问道。

"大日课。"[1]

这四本书象征我的抉择。他们说，如果我不能住进修道院，就该在俗世试着过隐修士的生活，俾能接近我所向往却未能获准进入的生活方式。虽然我穿不上会服，至少可以入"第三会"（译注：在俗修道团体），勉力在某天主教大学谋一份教职，和圣体同住一个屋檐下，这样我就绝不会和众人一样过世俗的日子了。我无需再和这种一有机会就想要致我于死地的生活妥协，必须远离这些诱惑。

天主已经不让我进修院禁地了，那是祂的计划，但是祂同时挑选我过类似静修的生活。我不能成为修道者，不能成为神父——这是天主的意思；然而，祂仍然要我采取一种类似神父或修道者的生活方式。

我曾向艾德曼神父约略提及此事，他同意我的想法，但是我却连想都没想到向他提及大日课的事，只说："我要努力过和修道者一样的生活。"

他觉得没问题。假如我当大学教授，过着类似修道者的生活，倒是满理想的。他很高兴我要加入第三会，但似乎并不觉得那有什么大不了。

我本人也不确定第三会在现代的美国到底占有何种地位，但是当我想到中古时期方济第三会的诸位伟大圣人，就隐约感觉到加入第三会会有很多成圣的机会。

我确实有点怀疑此会在大多数成员心目中充其量不过是一个以获取赦罪为目的的组织。其实，我并不藐视大赦，也不耻笑那些穿着绳带、布块（译注：部分修会第三会会友——即赞助会员——佩带长方形布块代替会士制服，以便分享该修会的一些神恩）的第三会会友所得的其他神恩，还要等上好久才轮得到我呢！目前我必须揣摩天主对我的要求，义无反顾地塑造我的新生活。

前途茫茫，险阻重重，我重整旗鼓，独自从深渊起步，辛勤地攀登漫长的上坡路。

假如我曾以为自己已能清心寡欲、不需再为自由奋斗，现在也该觉醒了，因为我迈出的每一步都痛苦地背负着各种渴望，那威胁之单调、那永远存在的厌恶感太熟悉了，几乎把我压垮。

我对在俗默观的圣召并没有任何崇高的理论，其实我已不再将我的心愿美其名为圣召，只希求圣宠。我需要祈祷，没有天主便一事无成，我想要效法别人的所作所为来接近祂。

我已不能抽象地假想自己处于某种"生活状态"，以为我的"生活状态"和其他"生活状态"会有任何特殊形式的关联。如今我关心的实际迫切问题就是如何背负重担一步步攀登我的山，乞求天主拉拔我远离那些想要毁灭我的敌人。

我甚至没有反省为何我竟然会挑中大日课为祈祷书。这套教会法定日课是最强劲有效的祈祷，因为它是整个教会的祈祷，集结了教会发出恳求的全部力量，其中心点是无限大能的弥撒祭献，至为宝贵——弥撒礼仪的其余部分只是其背景。弥撒祭献是整本祈祷书和所有圣仪的生命和灵魂，这一切我都似懂非懂，无法完全领会；我只知道我必须读大日课，必须每天诵读。

那一天在便日格天主教出版社购买这几本书真是我这辈子罕有的神来之笔，有这种灵感就是极大的恩宠，也是毕生罕有的乐事。

第一次试念大日课是在纪念亚尔斯本堂（Curé of Ars）——圣若望维雅纳（John Vianney）[2]——的瞻礼日（八月四日），当时是在搭乘火车回奥利安的途中，那儿的小屋是我当时待得最安心的地方，同时我最有希望找到工作的地点说不定就在圣文德学院。

火车已经上路了，正开始攀登前往瑟芬（Suffern）的山路，我打开大日课,从精修圣人通用经文中的诵读晨经部分开始。"请大家前来,我们要向上主歌舞,齐向救助我们者高歌欢呼……"这真是一种愉快的经验,可惜书中礼仪规程的说明密密麻麻,我左顾右盼、不知所措,令那欢腾的体验打了折扣。只怪自己不知道可以先查看冬季专用经文起始处的一般礼规解说,不过待我终于找到时,那些蝇头小字的教会法定拉丁文解说还是太多,也太不清楚,越看越是一头雾水。

当火车缓缓攀登卡兹奇山区(Catskills)时,我一篇接一篇地念着《圣咏集》,还算平顺。直到进入第二夜课经,我才搞清楚那天庆祝的是谁的瞻礼日。

未来的一年中,每当火车穿越特拉华河谷往上游行走时,我就念大日课;日久成习之后,自然就能掌握书中常规,前一天晚上就能预知次日晨经和赞美经的内容。从纽约到奥利安途中,火车通常在上午十时许已驶过哲维斯港(Port Jervis),沿着陡峭多树的山脚行驶,河流两岸群山矗立,此时我念的正是日间祈祷的部分。只要从书页中一抬眼,就可看到艳阳照耀着树木与潮湿的岩石,闪烁在浅水面上,在路边森林的枝叶中嬉戏,这一切景色就像我咏唱的书中境界,万物引领我举心朝向天主。

> 你使山泉成为溪川,蜿蜒长流于群山间……天上飞鸟,在水边宿卧,在枝叶丛中不断鸣叫。你从高楼宫殿上灌溉山地,以你出产的果实饱饫普世。……上主的乔木饱餐水泽,黎巴嫩香柏主手所植。鸟类在那里垒窝筑巢,鹤群以树梢为家安卧;高山峻岭做羚羊的洞府,绝壁岩石做野兔的居处。……这一切生物都瞻仰着你,希望你按时给它们饮食。你一赐给它们,它们便会收集,你一伸你的手,它们便得饱食。……你一嘘气,万物创成,你使地面更新复兴。

是的,就是在那些日子里,天主开始从祂神秘临在的居处赐给我灵魂充沛的恩宠。恩宠自我内心深处涌出,来去无踪、捉摸不定;但是不出几个月,我已经心中明白,我内心的平安勇气日有增进,是因为我持续沉浸于伟大、永无休止、周而复始的祈祷中，一小时一小时地，一季一季地，活力常新，涌出甜美的能量，取用不尽。我被卷入这股气势，这种赋人以生机的深沉广阔之宇宙性祈祷，也就是基督在人之内向祂的父所做的祈祷。受到这种祈祷的驱使，我别无退路，终于开始生活，知道自己真正活了。我禁不住在心中呐喊："只要我活着，我要歌颂上主；只要我存在，我要咏赞上主。愿我的颂辞使祂乐意；我要常常在上主内欢喜。"

祂真的派遣了祂的圣神到我心内宣讲圣言，使我和天主结合，时日久了我岂能不察觉到！

之后，当我结束诵念日间祈祷尾声的午后经部分、阖上大日课经本时，从窗口仰望远山山顶，在漫长河流的尽头，卡立昆神学院赫然在望，但我已经不再为不能入隐修院而饱受煎熬了。

那是后来的事了，一九四〇年那些夏末的日子情形并非如此，我仍然觉得大日课难懂，举步维艰，犯了无数错误而不知所措。幸好有依雷内神父在旁指点迷津，指出瞻礼日之间如何配合，每个瞻礼的第一个晚祷应该是什么，还有其他应该注意的细节。除了他，我没有向其他神父提及大日课的事；之所以保持沉默，原因之一是怕别人取笑，生怕别人认为我孤僻古怪，甚至找藉口抢走我的大日课书。如果有神师指导该多好，只是当时我对这类事情一无所知。

那天，我穿上最体面的蓝色西装，搭便车到圣文德学院，和多玛斯·帕拉斯曼神父谈话，他是该校校长，又是位典型的仁者。他和蔼冷静地听我回答他提出的问题，庞大的身躯将整张椅子都填满了。他透过眼镜注视着我，表情极仁慈，脸上的线条颇有教长的气概，慈父般的笑容足以怀抱整个总主教管辖区，真可以做一位绝佳的修道院院长，其实全体学生和神学院修士都非常敬畏他的博学和虔诚。

他在奥利安更是鼎鼎有名。有一次，有人悄悄告诉我多玛斯神父的学问在全美排名第三，我无法找出领先他的两位是谁，也不知道怎么可能判定谁最有学问，更不懂这种说法究竟有什么意义。

反正他给了我一份在圣文德学院教英文的工作，因为在英国文学方面著述甚多的华伦泰·龙神父被调去华盛顿的圣名学院教书，他原先教授的大二英国文学课程需要有人接掌。

九月的第二个星期，我带着一箱书、打字机、一架在奥康买的轻便型唱机，搬进宿舍兼隐修院的大红砖建筑，住在他们给我的二楼小房间。从窗户看到的是圣堂前远处的花园、田野、森林，温室后面有一座小小的天文台，更远的牧场尽头有一排树，看得出那就是河岸了。再过去就是树木茂密的高山，我的视线随着五哩谷延伸，越过农场望向马丁尼巨岩。我经常以目光到那儿遨游，休憩在平和的景色里。我的祈祷得以和景致配合，因为我经常一边祈祷、一边注视着窗外；就算在晚上，漆黑夜里唯一可见的是五哩谷远处一间农舍的微光，我仍然目不转睛地跪在地板上向圣母诵念我一日最后的祷辞。

随着岁月的流转，我开始从山间景致中啜饮诗之泉源。

我的房间说不上安静，就在楼梯口角落，住在同一层楼的人一有电话找，就会有人跑上楼梯站在我门外探头向那有回音的走廊喊叫。整天听到"喂，喂，卡西迪！卡西迪"的吼声倒也无妨，我照样在房里工作，那一年我完成的事足足较往后这一辈子的总和多一倍。

让我惊讶的是，一和这些修士同住在这间奉献给天主的屋子里，我的生活转瞬间就改变了，变得丰收欢乐、井井有条。这当然应该归功于和我同住一屋檐下的天主，祂隐藏在祂的圣体圣事中，那是此屋的中心，祂的生命经过圣事从圣体柜中扩散出去；另外，就要归功于我每天诵念的大日课了，还有我的隐居生活方式也功不可没。

此时我终于能够摒弃世人认为舒适享乐不能或缺的奢侈品与生活习惯了。嘴里不再有干黄的烟硷盐，眼里因看电影所受的污染也已涤净，我的味觉、视觉干净了，那些污染心智的书被我扔了，耳里狂野凶猛的噪音也被注入的和平取代——除了那无伤大雅的"喂，卡西迪"的喊叫声。

最妙的是，我已经胸有成竹，我的灵魂心安理得，与天主和谐相处；虽然并非没有挣扎，也需要付出代价，但那是应该的，否则我必定丧失生命。我只有耐心等待，除了让心中相互作对的法律像石磨的上层和下层般将我磨匀,我别无选择。我无法领略这是可贵的殉道精神,也是天主喜爱的。我仍然被十足残酷的难关所困,无时无刻不受到屈辱感的压迫与纠缠。我的罪恶常在我的眼前。

尽管如此,我心中自有一种对自由的深厚信念,对恩宠、对与天主的结合有必然的把握,此种心情孕育和平,这种和平不会因为需要配备武装、准备面临冲突而粉碎或失色。它非常值得,是无价之宝,因此我每天不断返回基督的祭坛,领取我的每日粮食;那无限神圣、万能、隐密的滋养彻底涤净了我病态的存在,使我坚强,祂用无限的生命喂养我这个道德扫地的可怜虫。

我正在写一本书——可能都算不上是本书——同时还必须准备教材,这种准备工作让我觉得自己健康、满足、有用。我有三大班大二学生,共九十人,他们在一年内要涉猎从古英文时代的史诗《贝奥武夫》(Beowulf)到浪漫复兴时代的英国文学。许多学生简直连拼字都不会,但是我并不气馁,教到《农夫皮尔斯》(Piers Plowman)、《女修道院教士的故事》(Nun's Priest's Tole)、《高文爵士和绿骑士》(Sir Gawain and the the Green Knight)时,我仍然兴致勃勃,重温了童年时代为这些作品着迷的心情。这些作品中的中古时代是宁静、单纯和幽默的,而不是丁尼生(Alfred Lord Tennyson)笔下那种充满了鲁特琴、小妖精和樟脑丸气味的中古时代;让我着迷的是真正的中古时代,就像十二、三、四世纪,空气新鲜,事物简朴,和麦子面包、葡萄酒、水车牛车一样实在:那是熙笃隐修会和最早期方济会士的时代。

所以呢,我很天真地站在挤满足球队员的教室里,面对他们侃侃发言。球员的名字又长又不好念,他们看在我对自己所教课程充满热忱的份上容忍了我,甚至肯为我做些功课,不发太多怨言。

这些班级的成员组合真奇怪,其中最优秀的是足球队员和修道学生。足球队员多半靠奖学金度日,自己没有多少钱,晚上多半不外出;整体说来,他们天性善良、脾气最好,和修道学生一般用功,也最喜欢发言。当我鼓励他们辩论时,他们喜欢谈论课堂上阅读的书;他们措辞粗直、热烈,有时会以嘲笑的语气分析文学作品中的角色。

　　球员中也有虔诚坚定的天主教徒，他们的灵魂充满信仰，单纯诚信，绝不吻合暴戾酗酒的刻板印象。哥伦比亚大学素有藐视足球队员的风气，认为他们都是蠢材；我当然也不认为他们都是天才，但是圣文德这批足球队员传授给我的人性方面知识远多于我教给他们的书本知识，我学到如何敬爱这些粗鲁、诚挚、脾气好、有耐性的球员。为了娱乐足球场上观球的修士和校友，为了替学校宣传，他们任劳任怨，不在乎皮肤擦伤、受人咒骂，只顾替学校卖命。

　　我不知道他们如今是否都安好：他们当中有多少人在非洲或在菲律宾中枪阵亡了？黑发的阿寇默老是笑脸迎人，曾经和我谈心，他的野心是成为乐队领班；还有那个身材瘦高、脸长得像猫的家伙查普曼，某夜舞会结束后，我看到他走来走去，啃着一整块火腿。高大安静的爱尔兰人奎殷，还有那长鼻子像球茎、眉宇间充满困惑、粗率警语脱口而出的马加塞，他们都经历了什么？还有那位非天主教徒的黑格曼，他看起来就像一九二〇年代大家信任的足球员，高大、乐天、因运动过度而肌肉僵硬，他在那年年底将至时私奔结婚去了。另外一位绰号叫红仔的麦克东劳在班上功课最好，人也再好不过了，是个正经的爱尔兰人，宽脸、非常真诚、工作努力。最后，当然还有那位我忘了名字的高大圆脸的波兰人，记得该学年结束时大二啤酒宴会中，他抓住一只母牛尾巴被拖着在牧场上满场转。

　　最聪明的学生是已入或将入修院的学生，他们最安静、最守本分，作业写得非常工整，较可确定是自己做的，不是抄袭来的。我想他们现在都该当神父了。

　　班上其他人则五花八门，有人爱发牢骚，有人一文不名，却很用功；有又蠢又太爱喝啤酒的纨绔子弟，有喜欢打鼓的内行人、外行人，有经常跳舞的舞棍，也有人喜欢到上城玩吃角子老虎，总是到子夜前最后一分钟才气急败坏地在宵禁前赶回学校。纳斯垂就是其中一位，他以共产党员自居，我却不认为他对共产党员有明确的认识；有一天他在教室睡觉，一位足球队员恶作剧地把火柴放进他的鞋子里。

　　整体而言，他们和我认识的其他大学生差异不大，除了少数几个例外,他们并不比其他学生更圣洁。他们照样会喝醉,只是更会小题大做,而且较穷,又因为一定要在指定时间内回到宿舍而处于劣势。每周有两天他们必须早起望弥撒,多数学生认为这是一大负担,每天望弥撒领圣体的人只有极少数——修道学生例外。

然而,多数学生仍然坚守天主教信仰,他们忠心耿耿,却不善于用言语解释清楚。难于区分的是:这种忠心到底有多少是出自有意识的信仰,又有多少是因他们对阶级和社会环境的归属感促成的。他们相当肯定自己是天主教徒,但是就整体而言,他们的生活习惯不见得超越普通基督徒的水准。言谈间我发现其中最有脑筋的几个人对天主教义的理解也很肤浅,不能真正领略个中精髓,令我大吃一惊。例如有一位不同意谦逊是美德,他认为谦逊使人斗志全无,失去主动性;另一位则认为魔鬼这种东西是不存在的。

他们心里都很笃定,认为现代社会已达到人类发展过程的最高峰,当前的文明几乎已无可挑剔。不知一九四三年和其后两年发生的事是否改变了他们的看法。

那年冬天,当我正好教到英国的朗兰(William Langland)、乔叟、莎士比亚的作品之际,德国极权主义的战争机器吞噬了英伦岛。每逢上午教课间歇时间,我必到图书馆浏览《纽约时报》头条新闻,看看又有哪些城市被炸得遍地瓦砾。伦敦这块黑暗大地每夜火焰四起,建筑物转眼成为荒废的弹坑,还有一望无际的灾民区。圣保禄主教堂附近的老城中心区灾情惨重,西敏寺、布隆伯利(Bloomsbury)、康登(Camden)、帕丁顿(Paddington)都满目疮痍,考文垂(Coventry)被夷为平地,布里斯托(Bristol)、伯明翰、谢菲尔德(Sheffield)、纽卡斯尔(Newcastle)都受到袭击,满地血腥,烽火连天。

那种鞭笞大地的恐怖噪音正是现代文明的果实,圣文德学院中却罕有几人真正听到、感受到。修士对当前时局略有所闻,但言谈间即使涉及政治,多半也只是空谈,漫无方向。学生更关心的是电影、啤酒,以及就算地面堆着深雪、仍然穿着短裤在奥利安乱跑的女孩。

大约十一月,非神职教师和学生在德拉若其大厅排队,报上名字,准备应征入伍。整个过程鸦雀无声，没有事关紧要的气氛，房间里一点都不拥挤，连等得不耐烦的情况都没有发生。

我报出我的姓名、年龄等资料，他们给我一张小白卡。事情很快就结束了，我们并没有因此被卷入战争。

但是我已经有了警觉，目前的生活愉快安定，好景却不会持久。真的，也许就在我刚刚尝到安全感的滋味之际，安全感就又要被剥夺了；我会被掷回暴力、无常、亵渎中，受愤怒、仇恨、各种激情的操纵影响，沦落到比以前更不堪的环境里。这就是我活了二十五年的报酬：这场战争是我替自己和世界找来的报应，怨不得这场战争连累了我。

//

我们都逐渐被卷入战争的漩涡，但那段过程是缓慢渐进的。弟弟又被掷回和平的世界——相对的和平——颇令我感到意外。那是个下着秋雨的夜晚，他驾着簇新的单排座敞篷别克汽车在奥利安出现。这辆车的黑色车盖很长，底盘极低，驾驶起来又快又没有声音，但很耗钱。车上备有搜索灯，弟弟并未着军装。

"加入海军进行得如何了？"我问他。

事情并不如他所想像，海军后备部队并不是那么随便发放委任状，况且他和指挥官意见又不一致。在前往西印度群岛巡航终点、参加考试之后，弟弟和海军后备部队两相情愿地中断了彼此的关系。

我倒不替弟弟觉得遗憾。

"你现在计划做什么，等着被征召入伍？"

"也许吧。"他说。

"那么目前呢？"

"也许去一趟墨西哥。"他说，"我要去马雅的庙宇一趟，拍些照片。"

天气转寒时他就上路了：他去了尤卡坦（Yucatan），到丛林中寻找消失的城市，用了一大堆柯达胶卷照了那些邪恶的石头。这些石头曾经浸在血水里，那些被遗忘的印第安人曾经代代相传用血水来祭献魔鬼。他在墨西哥和尤卡坦时,坐立不安的情绪并未消除;在那些蓝色火山中,他反而更静不下来了。

圣文德学院这边雪下得早,每逢下雪,我总会往河边走,踩在森林边缘未被践踏的深雪堆里,边走边读大日课中的日间祈祷,从来不会受人打扰,安静极了。置身树下,我和天空之间仿佛坐落着一座非正式的教堂,天晴时那儿真美妙,虽然我捧着打开的大日课本,寒气直侵指甲根。我只顾朗诵已经会背的部分,不用看书,抬头望着白雪覆盖下发亮的小山,白色、金色树枝光秃秃的,被炫目的蔚蓝天空衬托得特别鲜明。美国啊,我爱上你这个国家了!天主创造了千里绵延的沉默,为的是让我们默观!人们若能懂得天主在此创造山脉和森林的用心,该有多好!

新年度开始了——一九四一年。这年一月,我过了第二十六个生日,进入我生命中最重要的第二十七个年头。

大约一、二月间我忽然得到一个灵感,想在复活节前的圣周和复活节时找个隐修院做避静。去哪儿呢? 首先想到的便是渥尔许向我提起过的肯塔基州特拉比斯修会。一有了这个念头,我就知道除此无他,非去那儿不可。过去几个月我开窍了,似乎有一股力量督促着我,要我至少过一周沉默、简朴的日子,和隐修士在寒冷的唱经楼里一起祈祷。

我充满期望,心情愉快开朗。

同时,封斋期快开始时,我突然写起诗来了。各种灵感从四面八方蜂拥而来,不知源出何处。当时我正在念西班牙诗人罗卡(F. Garcia Lorca)的诗,诗境和我最起共鸣,但这并不能完全解释我为何开始写诗。封斋期开始的几个星期,我自动守大斋——这并不是什么大不了的事,但至少合乎教会对普通教徒的要求,我没有使用不该属于我的特权来推卸义务——守斋不仅没有束缚我的心灵,反而解放了它,好像松开了我舌上的绳,口舌不再受到束缚了。

有时我会一连几天每天写一首新的诗,不见得每一首都好,但是有若干首比我以前的作品还好。最后我淘汰了一部分,还剩下半打多,于是到处投稿,其中一两首居然被登出来了,我很高兴。

三月初,我写信到特拉比斯修会革责玛尼隐修院,询问能否在圣周到那儿做避静。在接到他们的欢迎信时，另一封信也到了。

信是从征兵处发出的，说我的号码被抽中了，要我准备加入陆军。

我吃了一惊，服兵役这件事我早已忘记了；或者该说，我已经决定过了复活节再谈这件事。不过，我已经想清楚自己对战争的态度了，也知道凭良心该怎么做。我心平气和地回答了那份问卷，至于能否产生作用，我并不抱任何期望。

大约是八年前，我们那伙人站在哥大体育馆内的旗帜下，讲台上反战份子嘶喊跺脚，我们响亮地同声宣誓不参与任何战争。如今美国进入备战阶段，和被纳粹侵略的国家同盟。

在这八年间，我的良心成形了。以前的反战多半是意气用事，不分青红皂白，整体看来相当愚蠢，但是我也没有犯下从一个感情极端转变到另一个极端的错误。这一次，我觉得自己有某种使命，应竭尽所能表明自己的立场，履行这项道德上的义务。

说得太抽象也太老套了，换个方式说吧。天主光照我，给我恩宠，要我在因自己盲目作恶而遭受重创的世界上面对政府、军队和国家采取的行动，表明立场。祂没有要我裁断普世万国，阐明各国行动的道德、政治动机，也不要求我做出严厉的判断，定义战争中何方无辜、何方有罪；祂只要我以个人——祂的奥体的一份子——的身份做抉择，其实就是为了祂的真理、祂的善良、祂的爱心、祂的福音，做出爱的行动。祂要我尽自己所知揣摩基督的心意，照着去做。

战争必须要是防卫性的才合乎公义，是侵略性的就不公义。美国现在参战是发动侵略性的战争吗？如果要狡辩，总可以找到肯定这种说法的理由。但是我个人认为这场战争非是一场合法的自卫战不可，至于到底合法到哪种程度，要回答这个问题，我必须身兼道德神学家、外交家、历史学家、政治家，也许还要具备测心术。即使如此，我的回答也不过是合情合理的推想而已，但是因为有相当可信的证据证明我们的确是在自卫，至少我本人心中也就释然了。

我倒是对此战争的必要性有较多疑问。我们真的有必要参战吗？许多人都扪心自问，圣文德学院的修士亦曾针对这个问题热烈讨论。

我的看法是：个人是没有办法回答这个问题的，问题太严重了，必须由政府做决定。华府人士理当比我们更了解实况，假如时局如此晦涩不明、危机重重，而他们认为战争是免不了的，我们又有什么法子？如果要抽我们入伍当兵，我无权完全拒绝。

最后、最关键的疑问便是战争使用的手段是否合乎道德，例如轰炸不设防的城市，大规模屠杀平民……我认为现代战争采用的手段无疑是不合道德的。自卫是好的，有必要的战争是正当的，但是一旦降格成不分青红皂白的野蛮状态，凶残、善恶不辨地屠杀手无寸铁的平民，就真是犯了滔天大罪。这是大家都最难定夺的问题。

幸好兵役法的内容可以让我不做决定，因为其中有条规定是专替想报效国家却不愿杀人的人设立的。我说过，我看不出那些规定有多少实用价值，书面上看来倒是冠冕堂皇，至少给我可趁之机。

于是我正式填写文件，申请作为非战斗性人员；换言之，此种人愿意加入陆军，入医疗兵团服务，或充当担架搬运员、医院护理员等职务，只要不叫我去轰炸不设防的城市或开枪杀人就好。

毕竟，基督曾经说过："凡你们对我这些最小兄弟中的一个所做的，就是对我做的。"我知道教会无意一字不变地套用这句话来诠释战争，更恰当地说，人们认为战争是痛苦却必须施行的社会性大手术，杀死敌人的动机不是仇恨，而是为了大众的好处。理论上，这些说法非常完善，但是就我看来，既然政府提供服役不用杀人的机会，我何不避重就轻、追随一条似乎更理想的路径。

到头来，也许我真能扭转乾坤，将邪恶的处境转为行善的机会。在医疗兵团里——假设我被安置在那个兵团——我和其他人一样必须出生入死，但同时又能帮助他人，做悲天悯人的事情，以善制恶。我得以在芸芸众生的悲惨世界中让基督的爱和慈悲产生酵母作用，藉着战争的凄苦、丑恶、污秽助长我个人的圣化过程，也替人群谋得幸福。

假如你将可能会被提出、却又得不到答案的合作问题搁置一旁，我觉得基督本人就会采取我这个途径，这一定也是祂指望我做的。

我列出所有理由，为了教诲兵役处的人，还特别引用了圣多玛斯的话。整份文件经过公证、盖上图章、塞入信封后，就投进奥利安邮局信箱大开的嘴里。

大功告成，我走在积雪的路上，心中充满不可言喻的平安。

那天下午很冷，已近黄昏，扫过雪的人行道边、水沟里和思特街上一栋栋小平房前都堆着冰冻的雪。欧伯林正开车路过，他住在亚利加尼，是我们那群人在奥利安住的小屋的铅管工，每次小屋的水管出事都是他替我们修理。他停下让我搭他的车。

他长得高头大马，头发斑白，天性快活，是个恋家的人，有好几个儿子，都在亚利加尼的圣文德教堂当辅祭。车子开在宽阔的出城街道上，他一路和我闲话家常。

此时乡野风光尽收眼底，西下的太阳照着小山头，上空颜色鲜红似血，山谷、洼地上的白雪在重重阴影下一片蓝一片紫的。在道路的左边，广播电台天线高耸直入青天，往远处眺望，这冲积山谷的中间就是大学的红砖房区，是仿意大利式的建筑。更远处，火车轨道上的高架桥那边，小山坡上坐落着圣女依撒伯尔（St. Elizabeth）修女院，屋子的红色更深。

我张目大饱眼福，有生以来首次不再牵挂自己置身何处，在此或在彼对我都已不再重要；不论我留在这儿或去服役都没有两样，我的一切完全掌握在远比我爱自己更爱我的天主手中，我的心中充满平和。

这种平和不受房产、职业、地方、时间、外在环境的左右，时间与物质创造出来的条件绝不会产生这种平和。这种平和是俗世不能给予的。

过了好几周，我继续写诗，继续守斋度封斋期，只祈求天主让我了解祂的旨意——假如合祂的意，我还想替自己祈求的事只有一件：如果我必须至陆军服役，那么入伍前至少让我和特拉比斯修士一起做一次避静吧！

然而，没多久我就收到兵役处寄来的通知，要我在奥利安看医生做体检。

事情的进展完全出乎我意料之外，我心想应该是我要求入非攻击部队的事没有被受理。这时离体检还有三天,所以我请假去纽约,心想也许顺便去兵役处和他们说清楚。但那是不可能的,其实也没有那种必要。

结果那个周末变成了我和朋友欢聚的机会。我看到赖克斯,他现在进了《纽约客》,办公室角落有一张他的桌子,他坐在那里写信安抚投书的读者,他们不是抱怨杂志的幽默,就是抱怨它不幽默。我们又一起去长堤找费礼德古德,三人再一起搭车到华盛顿港找吉卜尼。

次日便是圣帕特里克瞻礼日,布鲁克林所有的男女孩乐队都出动了,他们个个都是音盲,有些站在《纽约客》办公大楼窗口下,有些在哥谭书市外集合。而我,一个英国人,佩戴着一枝向一个犹太人买来的三叶草在城里瞎晃。当我在人群中穿出穿进时,心中还在写诗,诗名是《四月》,虽然这时还是三月。那是一首不着边际的诗,诗中有标枪、豹,还有穿梭树间像箭头的光线,其中一句是:“河流细小的声音改变了。”这是我在第五和第六大道之间的四十几街漫步、在光与影间出出入入时得到的灵感。我到《纽约客》的办公室用赖克斯的打字机打好这首诗,在地铁车站把诗拿给范多伦读。

而范多伦只对我配挂的三叶草发表意见:“没见过这么绿的三叶草。”

圣帕特里克瞻礼日过得真不错。那晚我搭上火车,心想既然很快就要服役了,无妨多花点钱坐一次卧铺。除了我卧铺车厢里只有一个乘客,是一名安静的方济会修女,原来她是要回圣依撒伯尔修女院的。我们在奥利安出站,共同叫了一部计程车,一起回亚利加尼。

星期一,一切准备就绪,去做入伍体检。我第一个到,一步步登上奥利安市政府大楼古老的楼梯,来到顶层,找到标明为体检处的门,开门走入一个空房间,心中仍然充满领完圣体的平静。

医生进来了。

“你来得很早。”他边说边脱下大衣和帽子。

“我们就开始吧,”他说,“其他人也该来了 。”

我把衣服脱光,他听了我的胸腔,从我手臂抽了一点血放在小瓶里,用热水温着,准备做梅毒细菌反应检验。此时其他人也陆续来了,包括另外两位医生,他们开始替几名年轻瘦高的农家男孩做体格检查。

"来,"我的医生说,"让我看看你的牙。"

我张开口。

"瞧,"他说,"你拔掉的牙可真不少!"

他开始数我的牙。

这时主管体检的医生进来了,我的医生立刻过去和他谈,我听到他说:"是否要做完整个体检? 好像没有这个必要吧。"

这位主管医生过来检查我的口腔。

"喔,"他说,"好歹把体检做完吧。"

他亲自要我坐好,检查了我的反射作用,一丝不苟地做完全部检查。体检完毕要穿上衣服时,我问:"医生,情形如何?"

"噢,回去吧,"他说,"你的牙太少了。"

我再次走上积雪的街道。

他们最终还是没有要我当兵,我连抬担架都不够资格! 街道上那么安静祥和。

我记起那天原来是圣若瑟瞻礼日。

///

还有三个星期才到复活节,我越来越惦记着特拉比斯隐修院,我就要去那儿过圣周了。我到图书馆查阅《天主教百科全书》,寻找有关资料,发现特拉比斯隐修士原来就是熙笃会隐修士;我继续查阅熙笃会隐修士,无意间又看到嘉都西会隐修士的资料,有一张加默度会(Camaldolese)[3]独修院的大照片。

读着那些章页,文章内容像刀剑般刺进我的心。

原来世上真有那种神妙的幸福! 在这悲惨、喧嚣、冷酷的世上,仍然有人能够尝到静穆孤独的绝妙喜乐,这些人住在被人遗忘的山间小室里,在隐修院内离群索居,不再受到世俗欲望、爱好、冲突的骚扰。

他们也不再被肉身奴役。他们的目光清澈,不再被世俗的烟幕与刺痛蒙蔽,只要举目向天,就能望见天国深处的无限光明,那治愈世人的光明。

就因为他们穷得一无所有,才享有自由,享有万物,触碰到的万物都冒出神性的火花。他们辛勤地默默耕耘着大地,卑微地播种,以微薄的收成糊口,并施舍穷人。他们自己造屋,用双手制作家具,自己缝制粗布衣裳,周遭的一切皆朴实、简单、贫乏,因为他们最渺小、最居末位,自愿成为弃儿,在世界的墙外寻觅可怜、被弃的基督。

最重要的是,他们已经找到基督,懂得基督之爱的力量、甜美、深度与无穷,祂的爱在他们之内生活与作息。他们在祂之内,隐藏在祂之内,成为"天主的贫苦兄弟"。为了祂的爱,他们抛弃一切,藏匿在祂圣容的隐密中;然而,就因他们一无所有,他们反而掌有万物,是世上最富裕的人:圣宠将他们充满受造欲望的心灵挪空了,天主圣神于是登堂入室,占满替天主准备的空位。天主的贫苦兄弟独居于小室中,内心尝到如此神秘的荣光,那隐密的吗哪是天主临在的无限滋养与力量。他们品尝到由敬畏天主滋生的甜美狂喜,敬畏天主就是我们与天主实相的首次亲密接触,是我们在人世间的体验,也是进入天国的开始。天主整天和他们说话,从平安中发出纯净的声音,在他们心里简单直接地注入真理,就像泉水喷涌而出。他们内心忽然充满恩宠,越来越丰盛,且不知来自何处,恩宠完全占据了他们,让他们心中充满爱,充满自由。

恩宠从他们的行为、动作中满溢出来,每一个举动都以爱为出发点。他们赞美天主时不借助脚本、手势及外在表现,仅以最简朴的至高全德来荣耀天主,如此登峰造极反而完全没有引起注意。

外面的世界里,有圣德的人之所以有圣德,在于他们好像随身携带着描绘各种可能情境的图画,其中可以表现他们对天主展示的爱,他们对这些可能性永远是有意识的;然而,隐修者在隐密中和天主如此接近,以至于除了祂之外,他们对谁都视若无睹。在画面中,他们已经失去了自己:他们的领受和天主的赋予之间已经没有区分,因为若能做出区分,表示两者间必有可测量的距离,但是这个距离已经缩短到零,不复存在,他们已经在祂里面了;凭藉着纯洁、绝对谦逊的心,他们缩减成虚无,与祂融合为一。

从这些纯净心灵满溢出对基督的爱,使他们成为孩童,使他们不朽。他们是四肢像树根、眼睛却像孩童的老人,身着连着三角形风帽的灰色羊毛修会会衣,过着永恒的日子。他们不分老幼都是天主的小弟兄,永远不老,天国就是为这些孩童建立的。

一天又一天,教会法定的祈祷时间一到,他们就齐聚一堂,化爱心为歌声,朴素似花岗岩,甜美似酒。他们或站或躬身诵唱庄严漫长的圣咏,他们的祈祷强劲紧绷,放松时陷入寂静,突然又唱起热情的圣诗,色彩像火焰一般,继而回归宁静,简直听不到那微弱古老的声音在做最后的祈祷。石廊内响起阿门的低语,像是叹息,隐修士的队伍解散了,唱经班席位半空,却仍有人继续在祈祷。

他们也在夜里起床,在黑暗中扬起他们向天主恳祷的声音,充满了强烈隐忍的痛苦:他们祈祷的力量惊人(基督圣神将祂的力量蕴藏在他们吐露的字句中),能够阻挡天主的手臂,不让祂击烂那充满贪欲、嫉妒、谋杀、肉欲与罪恶的邪恶世界。

每次想到那些隐修院、那些遥远的唱经楼,想到他们独居的小室、隐居院、修院禁地,以及穿戴连帽修会会衣的穷隐修士、那些什么都没有的人,我就受到莫大的震撼。

刹那间,对孤独的渴望在我心里像伤口般敞开。

我不得不把书本阖上,那一页正好印着加默度修会的照片,留胡子的隐修士站在小室间的石巷里。我走出图书馆,想要扑灭心中一度冒出的火焰所留下的余烬。

一切都是枉然:我没有圣召,不是修道的料子,不配做神父。我还没听够这种种斩钉截铁的评语吗? 难道要等到再次被教训得头破血流后才相信吗?

我站在餐厅外,在阳光下等着诵读午时的三钟经,一位神父正和我谈话,我一时冲动便把心底话全盘托出:

"这个圣周我要去特拉比斯隐修院做避静。"神父的眼神为之一变,就像我说出"我要买一艘潜水艇住在海底"似的。

"不要让他们改造了你!"他说,笑得有点僵硬。这意思是:"不要提醒我们这里的人,你的刻苦补赎有了代价,你得到特拉比斯隐修院的圣召了。"

我回答:"他们若真改造了我,倒是件好事。"

我采取安全、迂回的方式,承认了我心中所想的事——是的,我想去那个隐修院,去了就不再回来。

棕榈主日[4]前一天,我五点不到就起床,摸黑在圣堂内望弥撒,还没结束就得赶火车。雨水像塔一般直直、不间歇地下着,下在无人的火车站。

一路行去,天色始终阴沉,山色黑暗,山谷和谷中沉睡未醒的城市都泡在雨水中。已经过了詹姆斯镇(Jamestown),我掏出大日课经本,读了日间祈祷。进入俄亥俄州时雨停了。

我在加里昂(Galion)换了月台,在往哥伦布(Columbus)的快车上买了点东西吃。俄亥俄州南部的空气较干燥,天空几乎放晴了。傍晚时光,眼看丘陵起伏,一路延展到辛辛那提(Cincinnati),西面地平线上的阳光从云彩的缝隙间透出,斜斜地照射着大地。

真是典型的美国风景,浩瀚无际、肥沃富饶,一路连绵下去,进入无穷、空旷的西部,我的心满盈了。

傍晚抵达辛辛那提已是万家灯火,山上竖立着霓虹招牌,车轨两旁是巨大的货车调车场,远处高楼林立。我觉得整个世界似乎都属于我,原因并不在于我拥有万物,而是因为我要去的革责玛尼。正因为穿梭于眼前的事物中却什么都不渴望,什么都不想据为己有,我才能在造化中欢腾,万事万物不断对我呐喊:天主,天主!

次晨在辛辛那提望弥撒领圣体后,搭乘火车抵达路易斯维(Louisville),在那儿待了一整天,因为我没想到可以先搭公车到革责玛尼附近的城市,然后再雇车前往隐修院。

前往革责玛尼的火车一直要到入夜才有,有一班前往亚特兰大的火车会经过那儿。

牟敦画的革责玛尼隐修院

那是一班慢车,车厢内灯光昏暗,坐满了人,口音非常难懂。看到黑人挤在隔离的车厢内,你就知道已经身在南方了。火车离城驶向乡间,月光下,四周还是黑黝黝的,深不可测。附近大概不可能有住家,我的脸贴着窗子,用手挡住光往外看,只见一片多石单调的景色,树木稀疏。经过的地方都是穷乡僻壤,那些小镇在暗处看来带着几分凶气。

火车慢条斯理地在春夜里行驶,到了巴兹镇(Bardstown)便岔入支线,再往前开我知道就要到站了。

跨出火车,进入空寂的夜晚,昏暗的车站中停着一部车,但是不见一个人影。眼前有一条路,隐约看到不远处也许是间工厂,树下有几栋房子,其中一家亮着灯。我几乎还来不及下车,火车就沉重地重新启动,红色尾灯在黑暗中闪亮着,一转弯就消失了,把我独自抛在肯塔基州山区的孤寂中。

我将行李放在沙砾地上,不晓得下一步该做什么。他们是否忘了替我安排去隐修院?正想着,车门开了,一个人不慌不忙地走出来。

我们一同坐进车里,上路不到一分钟,已经来到月光普照的田野。

"隐修士都就寝了吗?"我问司机,那时大不了才八点过几分。

"对,都睡了,他们七点就寝。"

"隐修院还远吗?"

"有一英里半。"

我望着起伏的田野,一条浅色缎带般的路面在我们面前展开,月光下呈铅灰色。忽然间,看到一座银亮的尖塔显露在圆丘顶端月色中,车胎哼哼唧唧地压过空旷的路面,一上斜坡就看到出现在面前的隐修院,让我呼吸为之停止。那林荫道路的尽头是一栋长方块状的大建筑,全黑,有一座教堂,以钟塔、尖塔、十字架为其冠冕:那尖塔明亮有如白金,整个地方静如子夜,隐藏在田野间迷人的静默与孤寂中。隐修院后有一片似黑色帐幕的树林,往西是多树的山谷,再过去就是茂密树木覆盖的小山丘,是和世俗之间的界线与屏障。

复活节温和柔情的月光笼罩着这座山谷,满月无比仁慈地爱抚这个安静的所在。

在道路尽头的树影下，我读出低矮拱门上的字："和平之门"。

司机并未拉扯笨重木门旁的门铃绳索，而是走过去轻敲一扇窗户，低声唤着：

"修士！修士！"

里头传来有人走动的声音。

门把转动，我进去了。它安静地在我身后关上，我已经走出红尘。

那月光照耀的大庭院，那窗户全黑全寂的厚重石砌建筑，竟散发出如此慑服人心的力量，我几乎无法回答修士轻如耳语的问题。

我注视着他清澈的眼睛和那把花白的山羊胡。

他一听说我是从圣文德学院来的，便冷冷地说：

"我以前是方济会士。"

我们走过天井，上了几个台阶，来到一个高耸黑暗的厅堂，我犹豫地站在打过蜡的光滑地板边缘，修士摸索着寻找电灯开关。我们来到另一扇笨重的门前，门上有"唯独天主"的字眼。

"你准备在这儿长住下来了吗？"修士问。

他的问题让我吓了一跳，好像听到自己良心的私语。

"哦，没有！"我说，"不是的！"我的低语在厅堂内回响，然后消失在头上黑暗空荡神秘不明的楼梯井中。这个地方清洁得咄咄逼人：房子旧了却很干净，相当古老。年复一年地打蜡、磨光、上漆，一遍又一遍。

"怎么回事？为什么不留下来？你成家了，还是怎么了？"修士说。

"不是的，"我无精打采地说，"我有一份工作……"

我们开始攀登那道宽阔的楼梯，脚步声在空荡的暗处回响。我们爬了一层、两层，接着是第三、第四层，每一层之间的距离都好远，每一层的天花板都很高。我们终于来到顶楼，修士打开门，是个宽敞的房间，他放下我的包就走了。

我听到他的脚步声一路响过下面庭院，又回到门房。

此时我感受到夜晚的万籁俱寂，平安、圣洁、爱与安全感笼罩着我。

我沉醉在静寂的拥抱中！我迈入了一座攻不破的孤独之堡，那环抱我的沉静对着我宣讲，较任何语言更响亮、更流利。在这安静、空气清新的房间内，安详的月光从敞开的窗户倾泄进来，我沉浸在夜晚暖和的空气中，真正领悟到这栋房子属于荣耀的天主之母——非她莫属！

天上圣后，基督之母，品尝到您款待游子的这份甘甜、仁慈之爱，虽然只有短短几天，我怎能再离开这里回到俗世呢？

我知道熙笃修会真是您的特殊领域，头戴白色风帽的隐修士都是您特选的仆人，他们在各地的会院都是您的——世界各地都有圣母院。就在肯塔基这个山区里，革赉玛尼圣母院仍保存了十二世纪勇敢、纯朴、清新的奉献精神，秉持着明谷的圣伯尔纳德、培尔赛涅的亚当（Adam of Perseigne）、依尼的格力克（Guerric of Igny）、利沃的艾瑞德（Ailred of Rievaulx）[5]的鲜活信仰。我的圣母，我认为沙尔德圣母大堂的世纪最属于您，它不仅以语言、更以彩色玻璃与石块清晰地指出您的用心。您是最有能力、最荣耀的女中保（Mediatrix of All Grace，译注："中保"原意为媒介，指圣母在天主，尤其在圣子耶稣前，不断地为人祈求必要的恩惠），是至尊的天后，在诸天神之上，光荣地坐在您圣子宝座旁受到尊崇。

在万有之中，最响亮、最真心宣讲您的尊荣的，要算是那些献给您的各修会会规了。会士依据会规，因爱您而做出牺牲，间接显露出您的权能和伟大，因此"熙笃会士会规"就是赞美您——天神之后——的光荣颂歌，以力行会规来宣讲您的伟大特权要较最崇高的讲道还来得响亮。穿戴白色风帽的熙笃会士恪守静默的戒律，反而得到能用各种语言赞颂天主的神赐特恩，灰羊毛袍上的皱褶无声地为人祝福，较隐修大圣师所说的拉丁文更流利动人。

那么多人从未见过这种神圣的屋宇，从未见过敬礼圣母的祝圣教堂或熙笃会修院禁地，我该如何向他们解释那一周日夜撼动我心的真理力量呢？

然而，夜课后，次日凌晨四时，我突然被掷入特拉比斯修会生活中的感受，我相信任何人都不难体会。

在深不可测的黑夜里，钟塔铃声悠扬，我睡眼惺忪地摸黑找到衣服，匆匆跑入厅堂。楼梯很暗，不知该往哪儿走，又没人可问路，忽见楼梯底有两个穿在俗服装的人正穿过一扇门,其中一位是神父,长着一头好看的银发,另一位是个年轻人,满头黑发,一身粗布工作服。我跟着他们穿过那扇门,在一片漆黑的甬道中,只看见他们朝着尽头大窗户走去的身影。他们是识途老马,知道那儿有扇门,门一开,光线就透进了厅堂。

我跟随他们往那扇门的方向走,门那边就是修院禁地,又冷又暗,还闻得到潮湿的羊毛味,却有一种超脱世俗的气息,让我吃了一惊。我看到隐修士了,门边就有一位,他跪在那儿,其实是全身俯伏在回廊一角的圣母哀子像前,头埋在宽大的头巾衣袖里。他趴在死去的基督脚下,基督躺在圣母臂弯里,一只手臂和一只被钉子刺透的手掌生气全无地软软垂下。这幅画面如此强劲:衰竭的基督脚下匍匐着一位看来已经崩溃的隐修士,他的落魄、被弃让我触目惊心,我踏进修院禁地有如履深渊之感。

房里有人走动,却还如此寂静,和我自己独处空房时的寂静相较,更扣人心弦十倍。

我现在已经进入教堂,另外两位在俗的人跪在点着蜡烛的祭坛旁,神父已到,在祭坛前铺圣餐布,并翻开弥撒书。我猜不出那位满头白发的教区神父(译注:不加入修会的神父,又称在俗神父)为何跪在那儿做辅祭,也许他根本不是神父,我无暇猜测。教堂又大又黑,周遭太多事情让我分心,高祭坛后面的回廊又分出好多小圣堂,像是一个个点着蜡烛的山洞,弥撒在各个祭坛上同时进行。

接下来这一个小时到底是怎么度过的? 真像一个谜。各台弥撒和教堂建筑都是那么肃穆、宁静、庄严,祈祷的气氛那么热烈慑人,简直像是可以触到祈祷的实体,我心中的爱和尊崇几乎使我窒息,只能在喘息中呼吸。

噢,我的天主,有时你为了将伟大的教训教导给人们的灵魂,不吝选择最有力的方式! 现在你采取的只是平凡的渠道,恩宠仍像海啸般淹没了我,我在真理的冲击下被制服了,而这一切仅仅通过简单平常的礼仪——不过这儿的礼仪是由惯于牺牲的灵魂执行的,非常得体,而且满怀敬意。

在那些操劳奉献、生活在困苦屈辱中的人手中，弥撒成了何等伟大的事！"看啊，看！"那些小圣堂里的光与影说着，"看，谁是天主！看清弥撒是什么！看，基督在这里，在十字架上！看祂的伤口，祂撕裂的手，看光荣之主戴的是刺冠！你知道什么是爱吗？这里就是爱，在十字架上的就是爱。祂被钉子、荆棘刺伤，受到灌铅鞭子的鞭打，被压捣成碎片，为你们的罪流血至死，为那些永远不会认识祂、永远不会想到祂、永远不会记得祂的牺牲的人流血至死。向祂学习如何爱天主、爱世人！效法十字架精神，效法这种爱，学习如何为祂放弃自己的生命吧！"

几乎就在同时，教堂的各个祭坛都响起铃声，这些隐修士不在三圣颂或主祭念《上主，恳求您悦纳》时摇铃，只在成圣体祭献时才摇铃：忽然，整座教堂内，基督在十字架上被神圣庄严地举起，吸引万物朝向祂；祂就是那隆重非凡的祭品，将人心从身体撕离，受祂引领而归向祂。

"看，看天主是谁；看，天主的光荣，这奥秘、无限的牺牲祭品领我们走向祂，这牺牲是全部历史的起点和终点，是所有个人生活的开始和结尾，所有的故事由此展开，由此结束，终止于喜乐或悲伤：这是在天主之外所有真理的唯一依据，其中心、其焦点就是爱。"

我们的祭坛上圣爵高举，阴暗的侧面闪着微弱的金光。

"你知道爱是什么？你从来没有了解过爱的真谛，你不会懂的，你一向把万物引向自己的虚无中心。爱，就在这盛满圣血、牺牲、血祭的圣爵里。你岂不知爱的意思就是要为了被爱者的光荣而被杀？你的爱在哪儿？假如你说要追随我，你假装爱我，那么你的十字架现在又在哪里？"

铃声响彻整座教堂，像露水一般温柔新鲜。

"但是这些人要为我死，这些隐修士要为我牺牲自己，也为你，为世界，为不认识我的人，为了世上千百万永远不会认得他们的人而死……"

领完圣体后，我的心好像要爆炸了。

第二回合的弥撒礼之后，我从几乎全空的教堂回房。再回教堂时，我跪在本殿远端的高厢座里读午前经、午时经，再念午后经，继而望团体弥撒。

此时教堂充满光明，隐修士站在自己席位上；圣咏结束时，他们齐身鞠躬，像是一片白色海洋。他们歌唱圣咏的音调缓慢嘹亮、忧郁清澈，在这新的一日之始，他们赞美天主，感谢祂创造世界，感谢祂继续施与生命。

听！这些圣咏，听！隐修士的歌声，尤其是那些以平日调（ferial tone，译注：非主日、节庆时用）唱出的"日间祈祷圣诗"，蕴藏着多少生命之泉、多少力量和恩宠！他们单纯美丽的诵经声带来喜乐，令整个地球生气蓬勃、结实累累、意义深远，团体弥撒逐渐达到高潮：美极了。熙笃会的封斋期礼仪其实已缩减到简朴的极致，但反而更因此达到美妙的境界；这种美妙既知性又动人，不必仰赖华丽夺目的祭袍与装饰。

祭坛上别无摆设，只点燃两根蜡烛，圣体柜上方放置着一个简单的木质十字架，帐幕遮蔽着内殿，白色的布从祭坛两端垂下，几乎触地。身穿祭披的神父登上祭坛台阶，穿白长袍、披圣带的辅祭随后，如此而已。

弥撒进行时，间或有一位穿戴风帽的修士走出唱经班，缓慢端庄地到祭坛前辅祭，不时庄严地鞠躬，走路时水袖摇曳，几乎垂及脚踝……

这种礼仪更具备令人叹为观止的说服力，一言以蔽之，它说的是独一、简单、令人信服的伟大真理：这座教堂，这天后之宫，就是我们国家的真正首都，是美国的活力中心，是国家能够团结一心的缘由。这些人在唱经班中、在白色风帽下隐姓埋名，他们为国家所做的奉献不是任何军队、国会、总统所能及，替国家赢取的是天主的恩宠、庇护和友谊。

IV

我终于明白那位穿粗布衣裳的黑发年轻人原来是见习期的望会生，那天是他入修会的日子。念寝前经时，我们站在教堂后的讲坛边往下看，见到他仍穿着暗色俗世衣服。唱经班的初学生和会士清一色穿白衣,因此我们一眼便能从阴影中将他辨认出来。

以后几天都是如此,只要朝唱经班望去,第一眼注意到的就是这位穿着在俗服装、置身会士群间的年轻人。

有一天我们突然看不到他了,他已获准穿上献身修道者的衣服,一穿上白衣就融入人群中,我们再也不能一眼就认出他了。

就像人在水中灭顶,他已经沉浸在团体中消失了;世人不会再听说他的事,他已经在我们这个社会中灭顶,成为一名熙笃会士。

修院招待所中刚好有人知道他的身世,于是就像报讣闻般告诉我几件有关他的事,不知是否全部属实:原来他是改信天主教的。他出身宾州一个相当富裕的家庭,曾就读于东岸某所有名的大学。他在巴哈马群岛度假时巧遇一位神父,神父和他谈信仰,改变了他的宗教观,遂受洗成为天主教徒。父母在盛怒下和他一刀两断,据说分文都不给他。有一阵子他在一家大航空公司当驾驶员,驾驶飞机到南美洲,但那已是过眼烟云,如今他已离开红尘了。愿他安息!

那位白发的教区神父倒是更令人费解。他是个大块头,爱虚张声势,听他口音我以为他是比利时人。他并不想入会,但是似乎已经在招待所住了一阵子。下午时分他总是换上工作裤,四处油漆板凳等家具,有说有笑的。

听他谈话心中不免纳闷,在这种地方每个人说话至少都和宗教沾点边,但是他对宗教话题反而特别口拙。他唯一在行的话题似乎就是筋骨力气,不是力气就是工作。在晚餐桌上只见他袖子一卷,用他特别的口音说:

"嘿!看俺这身肌肉!"

然后他就在所有做避静的人面前炫耀他巨大的二头肌,好像要给大家一个好榜样。

后来我才知道他是因为被教会惩戒才来到隐修院做补赎,这可怜的家伙因为某种原因无法善度神父的生活,最终还是自食恶果。听说有些自愿脱离天主教会的"老天主教派"人士说动了他,要他离开教会,参加他们的团体;只要他一脱离,他们就任命他为总主教。

我想,刚开始他还很踌躇满志,觉得新鲜,但最终还是看穿了此举的荒唐,于是重回天主教会的怀抱。现在他在修道院里每天早上替一位年轻的特拉比斯会士做辅祭,此人刚刚升上神父,领受圣职时敷在手上的圣油几乎还没干呢。

圣周一天天过去,会院渐有人满之患,圣周四瞻礼日前一天已经有将近三十个做避静的人住进隐修院,有老有少,来自全国各地。将近半打的圣母大学学生搭便车来,他们个个戴眼镜,热切谈论着圣多玛斯的哲学。一名从芝加哥来的精神科医师说他每年复活节都来这儿报到,还有三四名虔诚的男士原来都是隐修院之友或施主,他们都是安静、严肃的知名人士,对其他客人有某种指挥权;他们确实有此权利,因为他们等于长期住在这间招待所中。其实,这些人有自己独特的准圣召,属于天主栽培的一个特殊等级,其职责为捐助孤儿院、修女院与隐修院,兴建医院,分给穷人食物。这是天主使人圣化的一种方法,只是有时过度受到藐视,这些人必须具备不寻常的谦逊,将接受他们帮助的修士及修女当成另一个世界的受造物。天主会在近日显示给我们看,他们当中有很多人较受到资助的修士还要善良。

我最常和一位加尔默罗会神父交谈,他喜欢云游四海,行踪比我还广,只要我想知道有关隐修院的事,他就有办法告诉我。他看过的修道院岂止数百个!

我们在招待所花园散步,欣赏阳光下蜜蜂在艳丽黄色郁金香丛里打闹,他向我娓娓道来英国帕克敏斯特(Parkminster)的嘉都西隐修会。

世上已经没有纯正的隐士或遁世者了,只有嘉都西会士庶几近之,他们攀登最高的绝顶,远离尘世,隐藏在天主之内。

在这里可以看到一长队熙笃会士腋下夹着铲子出去工作,模样古怪有趣又很正经;嘉都西会士却是单独工作,独处小室,或是在自己的花园、工作室里,与他人隔离。熙笃会士住在一般宿舍里,嘉都西会士则睡在隐蔽的小房间里。这里的会士一起在餐厅用餐,吃饭时间有人朗声读书给他们听;嘉都西会士却单独用餐,坐在自己密室的窗户凹洞中，除了天主没有人可以交谈。熙笃会士日夜与兄弟们在一起，嘉都西会士除了在诵经班念日课和其他间歇时间之外，日日夜夜都只和天主在一起，多么有福的孤独啊！（O beata solitudo）

这些拉丁文字句在特拉比斯修会的宾客屋墙上也可以看到："O beata solitudo，O sola beatitudo！"（多么有福的孤独啊，全靠这至高无上的真福！）

熙笃会士有一点是占优势的。嘉都西会士有一种堪称娱乐的活动，就是他们出去散步时可以彼此交谈，免得太过严苛的独居生活、太多"至高无上的真福"可能使人紧张。真有可能太多、太过分吗？我怀疑。但是特拉比斯会士的静默是不中断的——至少是针对交谈而言——这是一项优势！

然而，何必追究哪一个修会最完美呢？反正我一个也进不了！难道一年前他们还没把话说得一清二楚吗？我根本没有入任何修会的圣召，做这些比较无非是火上浇油，使我的内心更加痛苦，欲望更无法满足，想要的东西更遥不可及。

其实，问题并不在于哪个修会最吸引我，而是哪个修会具有永远不会属于我的独居、静默、默观，因而让我最痛苦。

我根本没有资格去想是否有圣召入这两个修会之一，也不能对这两个修会进行比较；我根本连就这个议题做推测的奢侈都不许享有，连想都不必想。

然而，至少嘉都西隐修会远在天边，眼不见心不烦，折磨我最甚的是眼前的修会。嘉都西隐修会或许更完美、更值得渴慕，但是因为战争，因为我认为自己缺乏圣召，进嘉都西隐修会显得难上加难。

假如当时我有些许超性方面的常识，就会知道避静是一鼓作气解决这个问题的大好良机。我该倚靠的不是自己的努力和做默想的功夫，而是祈祷和求助于有经验的神父，还有哪里比这默观的隐修院更容易找到有经验的神父呢？

但我自己到底是怎么回事？我想，去年我向那位嘉布遣会神父告解时，受到的误解给我很大的打击，我实在惧怕重新挑起旧话题。我心里明白，我应该搞清楚我渴望入修道院生活究竟是否纯属幻想，但是旧伤未愈，一想到会再受刺激鞭笞便彻底畏缩了。

那就是我的圣周，这种无言、无望、内心的挣扎是我在分担基督的苦难。那年在圣周星期四前夕守夜祈祷，我第一次听到这种压抑的呼喊声。

这真是个了不起的经验，能听到耶肋米亚（Jeremias）[6] 先知的哀歌声在僻处乡间的黑暗教堂墙间回荡："……请你们细细观察，看看有没有痛苦能像我所受的痛苦……祂从上降下火来，深入我的骨骸；祂谴责我；祂在我脚下设下罗网，祂阻止我前进，祂使我终日孤寂，惆怅不已。"（译注：出自《耶肋米亚哀歌》，教会每年在圣周内吟唱，作为人类认罪的忏悔词）

在祂的教会礼仪中，不难了解这些话是谁说的，也不难察觉出基督的声音，祂在受难的悲痛中发出呼喊，祂的受难在信仰基督的教堂内每年重演，现在正开始。

日课结束了，一位隐修士庄严地走出来，熄灭了内殿的灯火，这突如其来的举动让大家的心神被黑暗和不祥的预感冻结。这一天过得非常庄严肃穆，诵读日间祈祷的音调奇特、强劲、忧伤无比，三个音符不变地反复出现，极尽朴素之能事，是一首像石头般粗砺干净的挽歌。团体弥撒的《光荣颂》奏完之后，风琴终于完全静止：静默正足以衬托出唱经班咏唱歌曲的简朴有力。神父、隐修士、修士和宾客列成一长队，全体缓缓领完圣体，随后圣体游行来到存放基督圣体的祭坛——行动缓慢忧伤，在灯光中唱着《信友齐来》。接下来便是洗足仪式，隐修士在回廊内替七八十位穷人洗脚，他们吻穷人的脚，将钱塞进他们手中。

在整个过程中，尤其是在洗足礼时，我有机会就近端详这些隐修士。令我惊奇的是，一看就知道他们只是平凡的美国年轻人，有从各州工厂来的，也有大学生、农家子弟或高中毕业生；他们在礼仪进行过程中如此全神贯注，以至于整个人的样子都变了。最令我感动的是，他们极端纯朴，只关心一件事：做该做的，唱该唱的，或躬身或下跪都完全照规矩来、尽心尽力、不小题大做、不炫耀、不夸张。一切都极为简单，没有文饰，直截了当，我承认从未见过较这些隐修士更率真、更自然的人了，从他们身上找不到一点炫示、显耀的蛛丝马迹。他们似乎不知道有人正在看着他们——其实依我自己的经验，我知道他们对别人的眼光毫无所知。在唱经班里根本不会注意到这会院里有没有会外人士，即使知道了，也没有什么分别，外人在场对这些祈祷中的隐修士根本没有影响，就像空气那般空无自然。外在的一切隐退到远处，隐约中能感觉到那种存在，但是不会引起注意，只会不知不觉、视而不见，好像没有对好焦距、看不见视线范围内的东西。

确实有一件事是隐修士不懂也不能懂的，那就是这类团体奉行礼仪时对观礼者产生的作用，他们表现出来的教训、真理、事件与价值实在太动人心弦了。

要产生这种效果，必备条件是每一名身为礼仪执行者的隐修士绝对要失去个别执行者的身份，彻底被忽视。

然而，这是多么奇怪的条件啊！此人是否值得钦佩、值得尊崇，完全取决于此人在人群中消失得有多彻底，他的完美程度又取决于是否完全不察觉自己的存在。卓越和默默无闻是成正比的：最优秀的是最不受注意、最不杰出的，只有犯了过失错误才会吸引旁人的注意力。

熙笃会士的生活逻辑和世俗逻辑全面相反，世俗的人永远将自己放在最前面，因此最杰出的就是特别出众的，是所有人当中最显赫也最引人注目的。

该如何解释这种矛盾呢？隐修士从世俗中隐退，并不是削减自己、削减个体，而是增强个体，变成更真、更完满的自己：因为他的人格与个性真正合乎天理顺序，也就是灵性与内在秩序达到和天主合一的完美，天人合一具备所有完美的要素。"天主的全部荣耀就在这里面。"

世俗成功的逻辑是建立在谬论之上的，这种奇怪的错误观念就是一个人完美与否完全取决于别人的想法，取决于他人的意见和赢得的掌声！这真是一种古怪的生活——永远活在别人的想像中，好像真我只能存在于别人的想像中！

这些念头在我心中日夜萦绕。两天后，圣周星期五的下午终于来临了。

整个上午过得非常充实,连续十个小时隐修士几乎不停地唱诵圣咏,最后精疲力竭地退出内部装置撤空的教堂——祭坛装饰撤除了,圣体柜空了,柜门敞开。隐修院内非常安静,一切停顿,我再也不能祈祷,也读不下书了。

我以要为隐修院照张相片为藉口,说服了玛窦修士让我从前门溜出去,趁机沿着围墙散步,先经过磨坊,再绕过几栋楼房的后面,跨过小溪就是峡谷,峡谷的一边有树林、棚舍,另一边就是坐落在绝崖上的隐修院,我在那儿漫步了一阵子。

阳光很暖和,四周静悄悄的,有只鸟在唱歌。能够远离过去两天弥漫屋内的那种热烈祈祷气氛,的确让我松了一口气。实在太吃不消那种压力了,我的心已经满盈。

此时我缓缓地走过一条石头路,在矮小的香柏树下,石缝间的紫罗兰四处蔓延。

我在这儿又可以思索了,但是仍得不到任何结论,脑海中只有一个念头:"做个隐修士……做个隐修士……"

我注视着我认为应该是初学院的砖房,它坐落在护壁的高土堤上,像监狱又像城堡。我看到那座围墙和紧锁的门,又想到房舍内的隐修士负荷着千百磅挤压浓缩的精神压力,心想:"我会活不下去的。"

我再转眼看着那些树、那些林子,看看来时见到的山谷,树木茂密的小山挡住了视线。我心想:"我属于方济会,那才是我的灵修,在林子里,在树下……"

我怀着自以为是的新错误想法穿过栈桥,走过艳阳下的窄细小溪。真是的,我又不是没见过方济会士,怎么会以为他们在林子里过日子?许多方济会士长期住在城镇学校中,相反地,此地的隐修士倒是每天出来工作,就在我眼前的田野林间。

人性有本领提出似是而非的辩解,替自己的懦弱和吝啬找藉口,就像我现在试图说服自己,默观隐居的生活不适合我,因为呼吸不到新鲜空气……

我还是回到隐修院,读了圣伯尔纳德的《论爱上主》和一位特拉比斯会士加萨特(Joseph Cassant)神父的传记。他死在法国的修院里,竟然就在我的老家土鲁斯附近,多么讽刺啊!

避静导师在讨论会中说了一个很长的故事给我们听:从前有一个人来到革责玛尼,他无法决定要不要当隐修士,挣扎祈祷了好几天。最后他去拜十字架苦路,到达最后一处时,他热心祈求得到在会院内死去的恩宠。

"你们知道吗,"避静导师说,"在拜苦路第十四处时提出请求,听说是有求必应。"

无论如何,此人结束祈祷后回房约一个小时就病倒了。临终前,他们及时接受了他入修会的请求。

他埋葬在隐修士的墓地,身上穿的是望会生的会服。

所以,在离开革责玛尼之前,我做的最后一件事便是拜苦路。在第十四处前祈求天主时,我的心怦怦地跳着:如果天主乐意,请赐我恩宠,让我得到入特拉比斯修会的圣召吧!

V

重回尘世感觉好像才从空气稀薄的高山下来。抵达路易斯维时,我已经起床四个小时左右了,对我而言,一天已经进入中午,而人们才刚刚起床,进早餐,准备上班。看到人们来去匆匆,煞有介事,赶公车、读报纸、点燃香烟,真有恍如隔世之感。

他们劳劳碌碌、忧心忡忡,看来多么无谓啊!

我心情沉重,心想:"我要进入什么样的生活啊? 这不就是我一向过的日子吗?"

在街道的转角处,一抬头,刚好看到一栋二层楼的屋顶上亮着"小丑牌香烟"的霓虹招牌。

我转身逃脱这陌生疯狂的街道,找到前往附近教堂的路,入内跪下祈祷、拜苦路。

我害怕隐修院的灵性压力？那是我当天说的话吗？现在我多么盼望能回到那儿去！离开了修院，外面的一切味同嚼蜡，还有点疯狂，我知道只有一个地方可以找到真正的条理秩序。

但是我怎么回得去呢？我还不知道自己没有圣召吗？……这岂不是旧调重弹。

我搭上前往辛辛那提的火车，再转往纽约。

我已经在肯塔基州邂逅了春天，回到圣文德学院几周后又与春天重逢了。我在阳光下树林里野樱树浅浅的花影下散步。

我心中继续挣扎着。

现在我的问题已经变得很实际了：为什么我不拿这些问题去请教别人呢？为何我不写信给革责玛尼的院长，将我的情形告诉他，征求他的意见呢？

更实际可行的做法是去找圣文德学院的斐罗修斯神父，去年我和他结识，他是个明智的哲学家，我们一起研读过圣文德和童斯·史各都的著作。我知道可以相信他，可以向他请教我最关心的灵性问题，但我为何从未征求过他的意见呢？

因为有一种荒谬疯狂的想法束缚着我，那是一股盲目的冲动，混乱、晦涩、无理性。我很难指明那到底是什么，因为无法捉摸到它的真正性质，只觉得这个想法隐蔽不明、无法抵挡；总而言之，在潜意识中，我隐约害怕终将遭到拒绝，害怕得到我确确实实没有圣召的宣判书。我怕的就是遭到最后通牒式的拒绝，宁愿模棱两可、立场不明，才能尽情做梦，梦见自己入隐修会，又不必负真正责任，也不用接受熙笃会艰苦的生活方式。假如求教别人，知道没有圣召，我的梦便做不成了；然而，如果别人告诉我，我有圣召，那么我就只有上路，面对现实。

这一切又因为另一个梦想而更形复杂，那就是我想成为嘉都西会士。假如美国有这个修会，那该多省事，但是这半边地球都没有嘉都西隐修会，要越过大西洋又没机会，法国境内都是德国人，英国索塞克斯的嘉都西隐修院又已经被炸平了。因此，我仍然逍遥于树林里，优柔寡断，不断祈求光照。

正在矛盾挣扎之际突然来了一个灵感,此事正好证明我的灵修生活不怎么精进。我想到何不求天主从圣经中为我指出答案,让我知道该做什么,或解决之道会是什么。要玩这种老把戏,只要翻开书本随便一指,指到的字句便是问题的答案。有时圣人也这么做,但是迷信的老太太更常做这种事;我既不是圣人,也知道这种行动可能带有迷信色彩,但是管不了这么多了。我先祈祷,然后翻开书,手指稳稳地落到书页上,对自己说:"不管是什么,就是它了。"

我看到的答案几乎让我跌坐在地上,那几个字是:"Ecce eris tacens."(看啊,你必成为哑巴,不能说话。)

这是《路加福音》第一章第二十节中天使对洗者圣若望的父亲匝加利亚(Zachary)[7]说的话。

"Tacens"(译注:拉丁文,字义为"缄默"):整本圣经不可能找到和"特拉比斯"(Trappist)更接近的字了。就我所知,"特拉比斯"的涵义便是"沉默无语",大多数人也是这么认为。

但是我立刻发觉自己身处困境,想要从书中找到神谕实在太愚昧无知了。我读了上下文,立刻知道匝加利亚其实是因为太好问而受到责备,难道这整篇经文都可以应用在我身上吗?我也受到责骂了吗?那么,这该算是凶兆,是件坏事?略作思索后就知道自己完全昏了头。我继续反省,发现自己问得语焉不详,所以现在已经忘了自己祈求的是什么。我不知道自己究竟是祈求天主告诉我祂的圣意,还是只要祂告诉我未来会发生什么事,这些困惑让我束手无策。我祈求得来的答案不但未能帮助我下定决心,反而更加妨碍我思考;我因无知而举棋不定,求来的答案又使我更加三心二意。

事实上,此时我仍像往昔一样愚昧无知,只有一事例外。

尽管有这么多的困惑,我内心深处却依稀相信得到的答案是真确的,相信有朝一日问题会这样解决,我会成为特拉比斯会士。

但是在当时当地,这个答案却产生不了什么实际作用,对我毫无帮助。

我继续在林间、原野、林边朝广播站而去的老水塔附近漫步,当我

成年时期的约翰·保罗

独自在那儿时，心中时时充满对特拉比斯修会的怀念，一遍又一遍地用平日调唱《黎明曙光》。

最遗憾的是我未能记得《圣哉天后》怎么唱，隐修士每天以这首歌作为一日的终结，他们在黑暗中向天主之母诵唱这首长轮唱诗，那真是人世间创作及咏唱的曲调中最庄严美丽、扣人心弦的了。我在两哩谷村、四哩谷村里，在斜阳、薄暮、初晚时分，沿着静静的河边四处行走，一心希望自己能唱好《圣哉天后》。但是我只记得开头两三句，接下去就必须瞎编了，而我的编曲又不甚高明，再加上自己的破嗓门，真是令人难以忍受，只得放弃，心里觉得窝囊难过，不禁向天主圣母稍稍发了点怨言。

一周一周的日子过得很快，转眼已有暑意，约翰·保罗从墨西哥路过，突然驾临圣文德。他的别克后座堆满了墨西哥唱片、照片及稀奇古怪的东西，还有一把左轮手枪，几个五颜六色的大篮子，看来气色还算不坏，满快乐的。有几个下午，我们开车在山间兜风、聊天，有时只是驾车而不交谈。他照原定计划到过尤卡坦，又去普埃布拉（Puebla），侥幸逃过墨西哥市的地震。他曾经借一大笔钱给圣路易斯波特西（St. Luis Potosi）的某绅士，那人有一座农场，弟弟在那座农场用左轮枪杀死了一条六英尺长的毒蛇。

"你想，那笔钱能拿得回来吗？"

"哦，假如他不还，那个农场的一部分就属于我了。"约翰·保罗毫不在意地说。

他返回绮色佳时,我无法确定他要先上绮色佳的暑期学校拿到学位,还是继续上飞行课程,或另有打算。

我问他,他是否还和在那儿认识的神父保持联络。

"喔,有啊,"他说,"当然有。"

我问他当个天主教徒如何。

"是啊,"他说,"我也曾经想过这个问题。"

"你为何不去找神父,请他为你讲授教义道理?"

"我会的。"

但是,听他的语调就知道他的犹疑与诚意旗鼓相当。他有良好的意向,但也许不会采取任何行动。我说我会给他一本教理课本,回房后却遍寻不着。

约翰·保罗就这么驾着发亮、底盘很低的大别克,载着那把左轮枪,还有一车墨西哥篮子,飞快地驶向绮色佳。

六月上旬的日子过得很快乐,学校正在举行大考,我动笔写一本新书,书名是《我的日记:逃离纳粹纪实》(*The Journal of My Escape from the Nazis*)。我就是喜欢写这一类文章,满纸含糊其词的话语和异想天开的念头,颇有卡夫卡(Franz Kafka)之风。此书之所以让我满意,是因为满足了我在战争末期长期郁积的心理需求——因为内疚,我对英国正在发生的事情有一种荣辱与共的感觉。

所以,我设身处地将自己的过去投射在正遭受轰炸的地点,就这么写了这本日记。我说过这是我当时无法不写的文章,虽然时常分神去做其他事情,写作时也不只一次进入死胡同,但是终究没有停笔。

我的心神被写作、期末考及准备迫在眉睫的暑期课程占据,特拉比斯修会圣召的事便被抛诸脑后,但是仍无法完全忘怀。

我对自己说:暑期课程一结束,我一定要到加拿大蒙特利尔(Montreal)郊外的湖滨圣母院和特拉比斯会士一起做避静。

注释：

[1] 大日课，又译《日课经》，天主教会的每日祈祷书，包含圣诗、赞美诗、祷文等，由神职人员和宗教教团成员作为日课内容每天诵读。

[2] 圣若望维雅纳(John Vianney，1786～1859)，法国亚尔斯(Ars)堂区主任司铎，死后被奉为神职人员的守护圣徒。

[3] 加默度会(Camaldolese)，罗马天主教本笃会分支，以严格苦修著称，每年两次斋戒，禁吃肉食。

[4] 棕榈主日，是纪念耶稣基督最后一次进耶路撒冷城的节日。教会规定在复活节前一周的星期日举行，为表示纪念。

[5] 培尔赛涅的亚当、依尼的格力克、利沃的艾瑞德，这三人均为中世纪著名的熙笃会修士。

[6] 耶肋米亚(Jeremias)，亦译"耶利米"，是旧约时代以色列的一位先知。

[7] 匝加利亚(Zachary)，亦译"撒迦利亚"，圣经人物。

3

睡火山

《亚洲日记》书影

1

　　每逢凉爽的夏日夜晚，发电厂、洗衣房、车库后的道路幽暗无人，靠着星光，小山的轮廓才勉强可见，我经常到那儿散步，沐浴在原野的气息里，朝黑暗的牛棚走去。足球场西边的小树林中有两个神龛，一个是小白花（Little Flower，译注：圣女小德兰）的，另一个是露德圣母的岩窟，岩窟还没有繁复到丑陋的地步，不像一般人造岩窟那么糟。能在露天祈祷真好，四周漆黑，风儿吹拂高耸的松枝，发出飒飒的松涛声。

　　有时可以听到另一种声音：是笑声，来自修女、神职人员、神父及暑期班的学生，他们都在小树林尽头的校友大楼看电影，那是每周四晚上的惯例。

　　那些晚上校园内空无一人，校友大楼却挤得水泄不通，我可能是唯一没去看电影的人——还有在宿舍电话总机房工作的男孩，他不得不留在那儿，因为他有工资可拿。

　　连我的朋友斐罗修斯神父也去看电影了！他正在编辑十四世纪的哲学文稿，也指导我读过圣文德的《心灵朝向天主之旅》，让我了解圣文德寻找天主的途径。我还向他求教过童斯·史各都的《论第一原则》

(*De Primo Principio*)的部分内容,连这样的人也因为想看米老鼠而去看电影了! 不过,卡通片一结束,他拔腿就走,其他那些戏剧性、冒险性的电影他都不怎么关心。

听,从那栋易失火的古老红砖建筑里传出一阵阵修女、神职人员的欢笑声! 他们稍稍享乐一番是应该的——至少那些修女够资格。我知道有些修女选修了我开的"编写参考书目与研究方法学",感到非常头痛。教授研究方法学的传统方式就是在班上提出许许多多古怪的名称与事件,却绝不提供来源线索,次日上课必须带一份完整的鉴别清单到课堂上。我提出的问题包括:谁是斯帕柔(Philip Sparrow)? 牛津大学哪个学院的纹章上有只让自己流血的鹈鹕? 我提出这些问题是因为我已经知道答案,他们不得不拼命搜罗各式各样的参考书,从中实际学到做研究的方法。通常修女的答案都对,但有时难免看到她们的黑眼圈;神职人员的答案也对,但他们却没有黑眼圈,因为那些作业都是向修女借来抄的。有一位来自加拿大某教职修会(译注:以从事教育为目标的修会)的神父坐在后排,他很少找到答案,也不向修女借,只是坐在那儿狠狠地盯着我。

因此,能够松弛欢笑总是好的。他们坐在老旧不舒服的椅子上,纯朴天真地享受细心挑选过的影片。

我在旷野上行走,思索他们的生活方式——那是一种受到保护、无邪、安全的生活。他们当中有许多人在很多方面都还是孩子,尤其是修女,各式各样的帽子、头巾、护目镜下的眼睛张得圆圆的,热切地望着你,眼神像小女孩一样清醒明澈。然而,你知道她们有责任在身,有些修女经历的种种苦楚是外人难以想像的,但是一切心酸都无言地隐藏在简朴与顺从中。最受打扰的人看起来也顶多是有点倦容而已;还有那些较年长的,略微太严厉、太不苟言笑了些,但是有些老修女仍保持着小女孩的眼神,稚气未泯。

她们的日子过得很安定,在社交和宗教范畴内受到秩序礼法的壁垒保护,但是必须辛勤工作——比她们俗世里的亲戚要劳碌多了。大部分修女长时间在课堂上,还兼做其他工作,我想她们在修会中总是要烧饭、洗衣、刷地板；就算如此，她们的日子过得还算舒适，是否因此不为某些人性经验和悲剧所动？

不知她们是否察觉到在贫民窟与战区、在本世纪道德丛林中的种种苦难与堕落，是否知道受难者向教会呼救，祈求上天让不义遭到报应？这个问题的答案可能是：她们当中有人知道，也有人不知道，但是她们一致诚心希望在能力范围内能对这些事有所贡献；然而，她们一向深受庇护、保障，与可怕的现实隔离，假如她们爱基督，那可怕的现实是有权要求她们注意的。

但是我凭什么自外于她们？我自己也半斤八两，只是较她们稍稍自觉一点罢了，但是我们都将有机

圣文德学院中的小白花神龛

会注意到这直指我们过错的矛盾：为了爱基督而自甘贫穷者通常只在纯粹抽象的意义上是贫穷的，这种贫穷原是为了让我们投身于真正的穷人中、产生拯救灵魂的目的而设计的，但由于我们过着安全、封闭的经济稳定生活，既舒适又满足，结果反而和穷人隔离了。

某夜天主遣送一位贵宾来到修女与神职人员之间，那人莅临圣文德学院对我意义特别深刻。此人特意来唤醒我们，为我们这群隐居于纽约上州山区、在乡间堡垒中安居、与世隔离的人指出我们都易于遗忘的方向。

当然，我的内心生活首应关心自身的得救；若是赢得了全世界，却赔上自己的灵魂，那是徒劳无益的。而且，丧失了自己灵魂的人也无法拯救别人的灵魂，除非他执行了有效的圣事，即所谓具有"事效性"的圣事，其效果和执行者是否有圣德没有任何实质关联。然而，现在的我必

须更关心我对别人的义务，因为我是人群中的一份子，他们的罪与罚、悲痛与希望我都有份，没有任何人是单枪匹马上天堂的。

我和往常一样在黑暗中绕着足球场走，校友大厅灯火通明，那晚有人来演讲，没有上演电影。我并未细读演讲日程表上受邀前来对神职人员和修女演讲的讲者，只知道会有一位"天主教工人团"（The Catholic Worker）的成员前来，还有一位改信天主教的犹太人哥史泰因，他主持一份由平教友（laymen，译注：指非圣职的教友）负责做街区传道工作的组织，我还知道在哈林区替黑人工作的胡宜克男爵夫人也会来。

据我所知，这天晚上安排的演讲者就是哥史泰因，我踌躇了片刻，不知是否要去听。我先想着："不去。"于是往小树林走去，转念又想："还是进去瞄一眼吧！"

一走上校友大楼二楼剧院的楼梯，就听到演讲者正在激烈发言，却不是男人的声音。

我走进屋内，看到舞台上站着一个女人。一个女人独自站在舞台上，面对灯火通明的大厅，没有任何舞台装饰，也没有戏服和特殊的灯光效果，就这么暴露在刺眼的剧院灯光下，对她是不利的，也不太可能让人留下什么深刻的印象；尤其这位女性穿着平凡，没什么特色，甚至有点寒酸。她的台风平平，没什么讨好观众的花招，但是我一走进门口就发现满座的修女、神职人员和平教友深深受到震慑，那威力差点把我从刚走上来的楼梯上再震下去。

她的声音响亮，信念坚定，主题强而有力；而她的用词极为简单、毫无虚饰、直截了当、毫不妥协，听了让人目瞪口呆。你可以直觉到大多数听众都聚精会神，有些人被吓住了，有一两个人在发怒，但是每个人都很专注在听。

我发现她就是男爵夫人。

我听过这个人，也听过她在哈林区从事的工作，因为她在我领洗的基督圣体教区很有名，大家都很佩服她。福特神父常将她工作上需要的东西送到她那儿去，就在第一三五街和勒那克斯大道交叉处。

她演讲的精华如下："天主教徒一向对共产主义存有戒心是有道理的,因为共产主义的革命目标之一就是消灭教会。然而,没有几位天主教徒静静反省过,只要天主教徒真正尽责,真正遵照基督来到世间的教诲,也就是天主教徒真正彼此相爱,在彼此中见到基督,在生活中效法圣人,以行为替穷人争取正义,则共产主义在世上就不会有多少进展,甚至毫无进展。"

她说,假如天主教徒能用有信仰的眼睛看看原本就该注意到的哈林区,就离不开那个地方了,千百位神父、教友就会放弃一切到那儿出点力,设法减轻整个种族的大苦难,让这个种族不再贫穷、疾苦、沉沦、被弃,摆脱在经济不义的重担下精神、物质皆遭受压榨扭曲的处境。我们没有看见基督在祂的肢体内受苦,也不拔刀相助,祂说:"凡你们对我这些最小兄弟中的一个所做的,就是对我做的。"我们只贪图自己的享乐,将目光转移,逃避这种景象,因为看了让我们不自在:如此污秽,让我们想到就要吐——我们从未停下来想想也许应该负起一部分责任。因此,住在充满罪恶酷行的邪恶廉价公寓中的人仍然死于饥饿、疾病,而屈尊考虑这些问题的人在下城的豪华旅馆中设宴讨论"种族处境"全是空谈、唱高调。

她说,如果天主教徒能以应有的态度面对哈林区的问题,以信仰的眼光看待,就当成是爱基督的一种挑战,考验自己是否有基督精神。

但是,相反地,哈林区里共产党阵容强大。他们势力大是理所当然的,因为他们做的救济工作都是基督徒应该做的;每当黑人劳工失去工作要挨饿时,共产党员总是和他们分享自己那份食物,并在一旁替他们打抱不平。

当濒临死亡的黑人遭医院拒收时,共产党员便会出面找人照料,甚至进一步在大街小巷公开宣讲这种不义之事。如果黑人家庭因无力缴交房租而被驱逐,共产党员也一定会亲自替他们找到蔽身之处,甚至愿意和他们分享自己的住处,大家看到都有口皆碑:"看啊,共产党员才是真正爱穷人的! 他们真正替我们做事! 他们的话一定可信! 没有别人关心我们的利益,除了参加他们的阵容、他们的革命,我们没有其他更好的路好走了……"

天主教有劳工政策吗？教宗在通谕中谈过上述问题吗？共产党员较普通天主教徒更了解这些通谕，这些共产党员在公共集会时公开讨论分析《新事通谕》(*Rerum Novarum*，译注：教宗良十三世于一八九一年颁布的劳工问题通谕)和《四十年通谕》(*Quadrigesimo Anno*，译注：教宗碧岳十一世为纪念教宗良十三世颁布《新事通谕》四十周年颁布的纪念性通谕)，并向他们的听众呼吁："现在让我们问问你们，天主教徒都遵照通谕行事吗？你们曾见过这里哪个天主教徒替你们做了什么？当这间公司那间公司停工、千百名黑人劳工无法工作时，这些天主教文件是替谁撑腰？你们知道天主教会只是资本主义的幌子吗？他们关于穷人的言论都只是伪善。他们关心穷人什么？什么时候替你们尽力了？哈林区神父甚至到外区雇用白人来油漆他们的教堂！你们难道不知道天主教徒躲在你们背后嘲笑你们，同时把你们住廉价公寓缴交的房租放入自己的腰包？"

男爵夫人是俄罗斯人，十月革命时还年轻，亲眼见到自己半家子人被枪杀，看到神父中了红军的子弹倒下，不得不逃出俄罗斯，就如电影描绘的一样，但是其间的辛酸是影片不会显示的，也没有电影特别擅长呈现的魅力。

她分文不名地飘流到纽约，先在洗衣房工作。由于自小接受天主教的教养，这些遭遇不但没有摧毁她的信仰，反而让她的信仰更强烈、更深刻，最后圣神在她的灵魂中植入如磐石般坚定的精神。她对天主有绝对的信心，我从未见过像她这样在信心中流露镇静、有把握、气质安详的人。

男爵夫人在各方面都可用"大"来形容。她不但体型庞大，更因为圣神一直居住在她之内、在她所做的每件事中推动她，所以显得伟大。

在第十四街附近的洗衣房工作期间，当她和一起工作的女孩坐在路边石上吃午餐时，突然醒悟到自己独特的圣召，得到成为宗徒的召唤；这召唤并不新，而是和最早期基督徒得到的传统召唤一样：要她成为在俗的女宗徒，生活在工人当中，自己就是个穷工人。她是和大家亲身接触的宗徒，是以言语、尤其以身教传教的宗徒。她应该没有任何特别之处，不带修会的色彩，没有特别的会规，从不穿显眼的会服，只要贫穷就可加入她的阵容——这件事倒不是自己挑选的，因为他们本来就穷——但是不管如何悲惨动荡、生活如何呆板枯涩，他们仍欣然接受自己的贫苦，过着无产阶级的生活，在贫民区居住、工作，消失在被遗忘忽略的无名群众中，唯一的目的是要在那环境中度过完整统一的基督徒生活——爱他们周遭的人，替周遭的人牺牲自己；最主要是藉着修成圣德，藉生活上和祂合一，藉充满祂的圣灵、祂的爱德，去传播福音与基督的真理。

她在大厅对着修女和神职人员谈论这些话题时，他们无法不深受感动，因为他们听到的内容——实在太显而易见了——都是方济会的理想，是方济会神贫宗徒组织的纯正精神所在，只不过她没有发小兄弟会的圣愿罢了。同时，大多数在场聆听者都心里有数，也都有勇气承认这个事实，看得出她在某方面是比他们好得多的方济会士。其实她是属于第三会的，这点让我对自己佩带的长方形布块引以为傲；这布块隐藏在我的衬衫下，它提醒我这个东西并非完全没有意义，也并非完全无望！

男爵夫人就这么去了哈林。从地铁车站出来，拿着打字机，还有几块钱，包里有几件衣服。当她到出租大楼找房间住时，那人告诉她："太太，你不会想住在这儿吧！"

"嗯，没错。"她说。她又加了一句解释："我是俄罗斯人。"

"俄罗斯人！"那男人说，"那又不同了，请快进来。"

换言之，他以为她是共产党员……

那就是"友谊之屋"的起源，目前他们拥有第一三五街两边的四、五家店面，设有图书馆、娱乐室、衣物室。男爵夫人有她自己的公寓，长住下来的助手也在第一三五街有个住处，在哈林区和她一起的女人比男人多。

会议结束时，男爵夫人回答了所有常见的质疑，例如："如果有个黑人想要娶你的姊妹、甚至想要娶你，你会怎么做？"我上前和她交谈，次

日在图书馆前又碰到她,我臂弯里抱了一满怀书,正要去教授但丁的《神曲》。我只有这两次机会和她说话,但是我问了她:

"这里全部结束后,我可以到友谊之屋和你一起做点事吗?"

"当然了,"她说,"来呀!"

但是,当她看到我双手抱满了那些书,也许不敢相信我。

//

八月中一个闷热的下雨天,一出地铁站,就进入哈林区的暑气中。路上行人不多,我沿着街道走,半途中看到一两间店铺标示着"友谊之屋""圣玛尔定·波里斯中心"或这类有巨型蓝字的店名,似乎没人在。

最大的一间店便是图书馆所在地,我看到五六个年轻黑人,有男孩也有女孩,像是高中学生,围桌而坐。有几个人戴着眼镜,他们好像正有条理地进行学术讨论,因为我走进去时他们有点发窘。我问他们男爵夫人在不在,他们说她去了下城,因为那天是她的生日。我问他们我该见谁,他们便告诉我应该见玛丽·爵窦,她就在附近,如果我愿意等待,也许几分钟内就会前来。

于是我站在那儿从书架上取出布鲁诺神父所写的《圣十字若望传》(*Life of St. John of the Cross*),看着里头的插图。

那几个年轻黑人想要继续讨论,但是未能成功,我这个陌生人让他们紧张,女孩中的其中一位开口说了三四个抽象字眼就说不下去了,开始格格傻笑。另外一位女孩开口说:"对,难道你不认为……"但是这个严肃的问题也急转成窘迫的窃笑,年轻男孩中的一位说了一段话,用词艰深,大家更是笑成一团。我转过身去,也开始一起笑,于是整件事成为一场滑稽戏。

他们开始用夸张的字眼,因为觉得好玩。他们发表最无聊、最呆板的意见,讥笑这些说法,笑自己口中竟然会说出这种话。但是不久他们就平静下来了,这时玛丽·爵窦来到,她做我的导游,介绍友谊之屋各个不同的部门,并解释各部门的功能给我听。

看到那些年轻黑人发窘，我脑海中出现了一幅哈林区的画面，画面的细节日后才能填入，但是基本要素已经在那儿了。

在这庞大、黑暗、热气腾腾的贫民区，成千上万的黑人像牛羊般被关在一起，没得吃，没事干。一个感情鲜明、情绪反应深刻的种族，其所有的感官、想像、感性、情感、忧伤、欲望、希望、认知，均被强行推入心底，被铁环般的挫折感束缚住，被铜墙铁壁般的偏见团团围住。在这个大锅中，无价的天赋、智慧、爱、音乐、科学、诗歌遭受践踏，落得和腐败的渣滓一起下锅煎熬的下场；千万灵魂被罪恶、苦难、堕落所毁灭，全军覆没，他们的名字从活人名单中消失，丧失了人性尊严。

哈林，你这黑暗的熔炉还有什么没被大麻、杜松子酒、神经错乱、歇斯底里、梅毒所吞噬？

是那些勉力游到沸锅顶上、凭藉精神力量或其他因素尚能在锅子表面停留的人，或是能够远离哈林区、有机会读大学受教育的人；他们幸而免遭淘汰，却也只得到暧昧不明的特权，活出哈林区仅有的理想。他们只得到一项可悲的任务，就是去思考、模仿白人世界中被称为文化的玩意儿。

最令人惊心的矛盾问题是：哈林区自身及区里的每个黑人都是对我们所谓"文化"的活生生控诉。哈林区是上天对纽约城和居住在下城的赚钱者提出的起诉书，它的妓院、妓女、贩毒网和其他各种罪恶就是公园大道那些文明离婚和多种高级通奸的写照，这就是天主对我们社会整体的诠释。

哈林区在某方面就像是天主对好莱坞所做的解释，而好莱坞就是哈林区在绝望中唯一的浮木，天国被好莱坞取代了。

最可怕的是，哈林区的每个黑人在天性深处都知道白人文化根本连哈林区水沟中的泥巴都还不如。他们察觉到白人文化是腐败、滥竽充数的，既矫情又空虚，是虚无的写照；但是他们却注定要伸手乞求，假装渴望、喜欢白人文化。整件事就是一个宇宙性的阴谋苦果：他们似乎被迫让这种悲惨生活的实相在自己的生活中清晰地重演一次，而这种悲惨生活已经败坏了白人生存的本体论根源。

　　哈林区的幼童像沙丁鱼般住在充满恶行的廉价公寓里，随时可看到发生在眼前的罪恶，躲也躲不掉，六七岁不到就已经对滥情及变态心理一清二楚：这就是对有钱人文雅、昂贵、鬼祟的感官享受与贪欲所提出的控诉，这可憎的贫民区是富人造孽的结果；这种结果不但貌似原因，甚至更将原因放大了，哈林区就是那些始作俑者的写照。在有钱、有文化、受过教育的白人家庭卧房或公寓里，有些事只能私下听到，但是在哈林区则会被公然宣讲，无论多么可怕的事都如实呈现，就像是从天主眼中看到的那么赤裸恐怖。

　　对的，每一个黑人都从骨子里明白，白人文化连倒入哈林河的废渣都不如。

　　那晚我又回到哈林区，因为玛丽·爵窦要我回来和他们一起用餐，顺便替男爵夫人庆生，我们观赏了几个黑人孩子在一个叫"幼狮"的团体娱乐室里的演出。

　　那晚的经验真让我感动心碎。家长全体出席，坐在板凳上，为自己的孩子居然要在台上表演而激动得哽咽。但这还不是让我感动的原因，就如我所说，家长知道这出戏算不了什么，白人的戏都没什么价值，他们对这出戏本身并无多大兴趣，反而是戏外有些深刻、美好、确切、真实的东西令他们震撼。他们感谢的是这种微小的爱的象征，因为至少有人做了个姿态，说道："我知道这种玩意儿不会带给大家快乐，只是想表示：'我希望你快乐。'"

　　这种奥妙、温暖、自然的人们相爱的事实还掺杂着基督的爱德，简直神圣得夸张，与之成为对比的则是那出戏的愚蠢性。某位常替业余演员写独幕剧的天才竟然异想天开，让亚瑟王和他的武士穿着现代时装出入乡间俱乐部。

　　我告诉你，看黑人小孩在贫民区表演这出机智的短剧，害得我几乎早生华发。这位无名氏剧作家以二十世纪中产阶级文化的名义说："这里头大有乐子。"天主则藉那些黑人幼童的口、眼、动作，藉重他们对剧中笑话及情节的完全无知，做了答复："我对你的小聪明有以下的看法。在我眼里，你的行为真是可憎。我不认识你，我不认识你的社会；对我而言,你已经死了,就像地狱一般死定了。我认识这些黑人幼童,我爱他们;但是我不认识你们,你们是被诅咒的一群。"

两三个夜晚之后,在教区本堂大厅由年纪较大的孩子又演了一出戏,结果还是那些老套,戏中描绘的是富人享受人生的情节,表演者是可怜不幸的黑人青少年,他们根本无从了解如此空虚、愚蠢或奢侈的好时光。他们那么热诚、开心地想从这卑劣的作品中挖掘出一些有价值的东西,却反而强烈地替剧作者及其灵感定了罪,你会觉得连哈林区的黑人都有资格教训住在萨顿街的有钱人,教他们如何不需努力便能得到快乐;由此更可见,当他们模仿统治阶级时,不啻提出了严厉的起诉书。

面对哈林区内部如此严重的矛盾,如果男爵夫人别无其他锦囊妙计,我想友谊之屋不到三天必定关门大吉。她夹在这艰巨问题的利齿隙缝中,生存的秘诀在于她倚靠的不是脆弱的人性,不是演戏、聚会、演讲、会议,而是天主,是基督,是圣神。

男爵夫人顺从圣召的引导亲自来到哈林区,为了天主定居下来。天主引领她迅速和别人取得联络,那些人就是祂在这敌人大本营的秘密警察:祂派遣的这些圣人不是用来圣化、纯化哈林区,而是用来纯化整个纽约城。

这座高楼林立的美好城市的血管被钱塞得几乎爆裂,满脑子都是关于文化与进步的新乐观哲学,使自己濒临崩溃。到世界末日那天,当城里的公民发现愤怒的天主没有用硫磺和雷击将他们从地表一笔勾销而该归功于谁时,一定会很惊讶。

和友谊之屋的工作人员住在一起的有一个年迈的黑人,消瘦、沉默,看起来总是精疲力竭,她得了不治的癌症。我只见过她一两次,但是常听到大家在谈论她,人人都说她曾见到圣母显现。我不懂这种事,不过假如圣母是循她的惯例行事,那么我推测她应该优先显现在哈林区,或只是显现在哈林区,再不然就显现在阿拉巴马州佃农的木屋或宾州的矿工棚屋等地点。

我只和她说过一次话,藉机好好端详了她一番,原来哈林区的秘密完全掌握在她手中,她知道如何走出迷宫。对她来说,矛盾已经不存在了,她不再在那个大锅里浮沉,即使肉身偶然在那儿出现也不算数,因为大锅的观念几乎全属道德层次。我和她交谈时,看到她疲倦、安宁、虔诚的面容蕴藏着殉道者的忍耐和喜乐,流露出清澈难掩的圣洁。她和其他女天主教徒坐在大楼门前阶梯旁的椅子上,薄暮中的街道还算阴凉,处在扰攘失落的人群中,她们这群人散发出安详、凯旋的感觉,让路人非常惊讶。这些真正充满信仰的黑人女人,她们眼中的平安是多么深沉、奥秘、光明啊!

在图书馆看到那些男孩女孩后,我对哈林区的问题有了进一步认识。现在,就在图书馆对面,我找到解决问题的答案了。解决之道无他,且不劳远寻,就是信仰与圣德。

假如男爵夫人的目的只是在制造机会,那就让这些孩子演戏,让他们有个地方去,不至于在街上鬼混,又可远离路上的货车卡车。但是她有办法在周围召集一群类似这些有圣德的女人,并且在她的组织里以同样方式培养有圣德的人,不拘白人黑人,如此不但可以达成宿愿,甚至可以藉着天主的恩宠让整个哈林区因此改观。她的面前虽然尽是谷物粗粉,手中倒还略有一些酵母。我们都知道基督做事的手法,无论事情从人性观点来看多么无望,也许哪天早上起床就会发现面粉全团发酵了。藉重圣人是不会错的!

至于我自己,我知道到那里对我有好处,有两三个星期我每天晚上都来,在公寓中和这群孩子一起用餐,餐后一起诵念夜课经——用的是英语,在狭窄的房间内排成两个唱经班。这是他们唯一和宗教沾上边的时候,其实并非正式的合唱团,纯粹家庭风味。

在此之后有两三个小时我尽心工作,美其名为"照顾幼狮"。我留在权充游戏室的商店里,弹点钢琴,一半自娱,一半即兴,试图以精神感召来维持秩序,防止真正天下大乱;他们要是真的打起来,我自知是应付不来的。幸好大致相安无事,他们打乒乓球,玩大富翁,我替一个小家伙画了一张童贞圣母像。

"那是谁?"他说。

"是我们的圣母。"

他的表情立刻改变了，显露出一种狂热、强烈的虔诚，如此单纯让我惊讶。他喃喃说着："圣母……圣母。"然后就抓起图画跑到街上去了。

过完八月接着就是劳工节，男爵夫人必须去加拿大，我也离开哈林区第二次到特拉比斯隐修会做避静，这是自从春天离开革责玛尼后一直答应自己要做的事。然而，时间和财力都不容许我去加拿大，于是我改去罗德岛州，在普洛维登斯（Providence）郊外的山谷圣母隐修院做避静；先前我曾写信去，已经收到回信，要我在劳工节后那天就去。

劳工节前的星期六，我和费礼德古德开车经过哈林区，对友谊之屋的怀念油然而生，有点类似我对革责玛尼的感觉。我再一次被掷回世俗，独自处于俗世的混乱徒劳中，无缘接触、目睹在此流放之地上由某些人集结而成的天国秘密小聚落。

不，我绝不能接受。还不够明白吗？我多么需要这种支持，需要接近那些真正爱基督、爱祂爱到可以见到祂的人。我需要和那些人在一起，他们的一举一动都指出那个国度就是我的家：就像流落外乡者总是喜欢聚集一堂，只想提醒彼此，看着彼此的容颜、表情、衣着、步伐，听到乡音就能想到自己的家乡。

我计划在去隐修院前和全国老少一样度个劳工节周末。想要休闲逍遥一下，至少这件事本身是相当合情合理的，但是天主为了要我记住自己还处于流放期，不愿让我这个纯属自娱的计划完全成功。

我依照老方法计划我的周末：首先，决定要去的地方、要做的事。为了休闲娱乐，我计划到长岛尾端的格林波特（Greenport）找个安静的地点，花几天时间读书、写作、祈祷、默想、游泳，然后乘坐新伦敦渡轮越过海峡到普洛维登斯和山谷圣母院。赖克斯如能及时在周六下午离开《纽约客》办公室，也会去格林波特，但是他不太有把握。

我打了电话给费礼德古德，他说："我开车送你去格林波特。"

得知他确实诚心诚意之后，我去了长堤。

费礼德古德在车站等待，他的好几位朋友和同事也在。他和长堤那些人曾经展开某种企业计划,想要把整个镇变成一个希腊城邦——伯里克利(Pericles)时代雅典的城邦。我们坐上车就上路了。

才开了三条街就停下来,大家都从车里出来,他说:"我们在这家餐馆吃顿饭。"

我们胡乱扒了几口难吃的饭菜又回到车内。

就像我预料的,费礼德古德将车子掉头,不往格林波特方向,却朝他家开。

"我忘记带相机了。"他解释。他一直都没有相机。

那天下午搭乘费礼德古德的帆船在海湾里玩,船在沙洲上搁浅。后来费礼德古德教我几招柔道,是他在百老汇大道的体育馆学到的。他认为,若是被调去服役,在战场上说不定会派上用场:可以让日本兵惊奇一下。

次日我们出发前往康乃狄格州,因此会路过哈林区。

费礼德古德原本想在格林威治村找到他太太,送她去新哈芬(New Haven),她当时在那儿的夏日剧场演戏。他并未在格林威治村找到他太太,但是他们俩在七十街某处私下争执很久后,她决定那天下午不去康乃狄格州了。这时我想溜去火车总站搭火车,随便去哪儿都行,只要能找个和格林波特那儿类似的安静房间就好。

(虽然我无从知道,就在那个时刻,赖克斯已经去了格林波特,他四处找我,每家旅馆、各个寄宿的地方都去找了,还去了天主教堂。)

夜深了,费礼德古德和我在波士顿邮报路上遇到塞车,我们以战争为题争执不休。

他一直载我到老莱亩(Old Lyme),越走越暗,看到什么都让我一肚子气。我的劳工节周末美梦一项都没有实现。

将近子夜时,我才来到新哈芬一家不干不净的小旅馆,放下箱子,将那天的日课读完。费礼德古德已经沉默紧张地驾车消失在黑暗中,他到那时还以为他太太会搭乘火车来到新哈芬。

就我所知,原先计划是她会去夏日剧院拿回一些缝纫、编织的杂物,他们原本准备当天开车回纽约。

"看啊!"上智的天主说,"你看,你生于斯的人世间是何种光景,人的精打细算有何种结局。"

在那明朗的星期二早晨,天色蔚蓝,我按了山谷圣母院的门铃,一踏入那深沉的静穆中,宛如走入天堂。

跪在讲坛上,阳光从窗口透入,倾泄在那不知是否因无血迹而显得有点古怪的大耶稣受难像上;在会士的诵经声中,我的心又回到天主我的家,那些庄严的意念、轻快的旋律让我内心平安。我倚靠自己努力,或毋宁说是被带进了认真、实在而成功的避静中,收获超过我的预料。得到的虽然不是那种伟大、承担不起的慰藉与光照,也不是那种在革责玛尼几乎覆没我的安慰,但是周末再次出静时我觉得已得到了滋养和支援,不知不觉中信仰更加坚定、更有深度了。

因为我从哈林区经验到另一种圣召的困扰,不是吗? 在以圣母诞生瞻礼日告终的八天里,我将自己的困扰理出了眉目。假如我打算过世俗的生活,首要之务该是写作,其次是教书;像友谊之屋这一类事情应该居于这两项之后,因此在得到进一步明确光照之前,我应该留在圣文德。难道我还担心或是下意识地盼望着入特拉比斯修会之事在此又会成为炙手的议题? 没这回事。圣召之事仍然处于没有动静、模棱两可的状态,被抛弃在我的心智无法衡量的角落里;我在暗中思索,被无底的疑虑蒙蔽。在山谷圣母院里,唯一确知的就是对熙笃会士的生活仍然怀抱着不可言喻的敬意,但是并没有特别想入该会的愿望。

于是我再次回到世俗。前往新哈芬的火车飞快地驶过工业城镇,沿着铁轨左边的是偶尔闪过的一片碧水、浅色沙、灰色草。我读了《纽约客》中的一篇文章,谈的是一个男孩没当成神父、恋爱、结婚或诸如此类的事。世俗的空虚与徒劳再次从四面八方侵来,但是这次并未造成困扰,也没有带来不快。

我心里还算明白,即使我留在世俗中,也不必勉强自己非参与一份不可。我不必属于世俗,也不必因为必须和它接触而有所遗憾,而且不一定就要受其严重污染。

357

///

回到圣文德之后,他们给我楼中朝北的房间,可以看到太阳照耀在绿色山坡上的高尔夫球场。整天听到的是奥利安货柜车场中火车彼此呼应和铃铛的声音:流放之音宣报旅程。不知不觉地,我逐步做更严谨的计划,重整我的生活方式。清晨起身较早,黎明时分读小日课;如果白昼缩短,则在黎明前就开始,做为望弥撒领圣体的准备。再加上每早腾出三刻钟做默祷,阅读许多灵修读物——圣人传记——如圣女贞德、圣若望鲍思高(St. John Bosco)[1]、圣本笃等人的传记,并重读圣十字若望的《攀登加尔默罗山》(Ascent of Mount Carmel)和《心灵的黑夜》(Dark Night)的前面一部分,这次总算真的读懂了。

那年十月我领受了一项恩宠,这项大礼让我发现小白花的确是一位圣人,而不仅是多愁善感的老女人心中沉默虔诚的小洋娃娃。她不但是一位圣人,还是一位伟大的圣人,是最伟大的圣人之一:伟大极了!忽视她的伟大如此之久,我真的该公开致歉、做补偿:需要写一整本书才能够发挥,在此只能发表几行,略表心意。

发现新圣人真是一件赏心乐事,因为天主的奇妙藉着祂的每一位圣人得到显扬:没有两位圣人是相同的,他们又都像天主,各以自己独特的方式肖似天主。其实亚当若没有堕落,全人类就会展现一系列各自迥然不同而美妙的天主形象,亿万人中的每个人将以惊人的新奇方式显耀祂的光荣与完美,闪耀着自己的圣德光芒;每个人的圣德都是从永恒就注定属于那人,是本性人格所能达到最完整、最不可思议的完美超性境界。

自从人类违命之后,这个计划便因此无法在亿万灵魂中实现,亿万人原本光荣的命运受到挫折,人格受到摧毁,万劫不复,埋没在败坏中。尽管如此,天主却替那些被邪恶混乱扭曲半毁的灵魂重造祂的形象;和周遭的环境条件对比之下,祂的明智和爱的功夫更显出非凡之美,祂并未不屑在此环境中工作。

我以前和未来都不会失望的是:处处可以找到圣人,在悲惨、可怜、受苦的哈林区,在夏威夷毛洛开岛(Molokai)达弥盎神父的麻风病人区,在圣若望鲍思高的都灵(Turin)的贫民区,在圣方济时代的恩布里亚路上,或在十二世纪隐密的熙笃会院,在嘉都西大修道院,或在底贝德(Thebaid,译注:底比斯古都地区),或在圣热罗尼莫的山洞(狮子看守他的图书室),或在使徒西满(Simon)[2]的柱子,到处都可以找到圣人。这个道理显而易见:在需要大英雄的时代及处境中就会产生强烈有力的反应。

完全出乎我意料之外的是,在中产阶级的乏味、奢靡、粉饰、丑陋、平庸之中竟然出了一位圣人,她就是加尔默罗会的耶稣圣婴德兰(Therese of the Child Jesus);然而,在她进入修会时,她的天性是经过十九世纪末法国中产阶级背景和心态塑造、改装过的,再也没有较此更自满、更顽固的天性了。匪夷所思的是:恩宠竟然可以穿透中产阶级自鸣得意的坚韧厚皮,在那表层之下,恩宠竟然真的抓住了不朽的灵魂。我心想,这种人充其量只能当个无害的自命不凡者,至于有大圣德?——绝不可能!

其实,存有这种想法对天主、对我的邻人都是一种罪过,低估这一类人是对恩宠权能的亵渎,是极无爱心地对一整个阶层下了定论,所根据的是概括、空泛、不清楚的基础:将理论性的大概念应用到碰巧落入那个分类的人身上!

我之所以开始对圣女小德兰(St. Thérèse of Lisieux)有兴趣,是因为读了葛翁(Ghéon)描写她的书,那本书写得非常合情合理——算我运气好。如果不巧我阅读的是市面上流行的其他有关小白花的书籍,我灵性中虔诚的微弱火花可能早就熄灭了。

然而,当我稍稍认识了圣女小德兰的真正个性与灵性修养后,便立刻被强烈吸引——这种吸引就是恩宠的功劳,正如我所说的,带领我一步登天跨越了千种心理障碍与厌恶。

让我觉得最非凡的是,她的成圣并非因为她遗弃了中产阶级,她并不放弃、藐视、咒骂孕育她成长的中产阶级;相反地,她尽可能一边做好加尔默罗会修女，一边仍抓紧她的阶级身份。她保存了一整套中产阶级的教养，却不会和她的圣召格格不入；例如她眷念一间名叫"百霜籁"的可笑别墅，会买一些肉麻的艺术品，欣赏糖做的天使、圣人和绵羊嬉戏的粉蜡笔画，喜欢柔软、毛茸茸的东西，让我这种人看了直起鸡皮疙瘩。她还写了许多诗，不论用情多么可佩，所模仿的诗格却都是最庸俗的。

她一定无法理解别人竟然会认为这些事物丑陋奇怪，甚至从未想到也许该放弃、憎恶、诅咒它们，或是列为嫌恶之物埋葬之。她不但成为圣人，而且是教会近三百年来最伟大的圣人；就某些方面而言，她甚至超越了她的修会中其他两位伟大改革家——圣十字若望和圣女大德兰。

这个发现无疑是我有生以来遭受到的最大屈辱，对我也最有益。对于十九世纪中产阶级那种自鸣得意，我的态度并没有改变：天啊，千万不能改变！丑得恶心的事物就是丑，没有别的话可说。我并未赞美那古怪的文化，但是我必须承认的是，涉及圣德时，外在的丑陋可以全然无关；更进一步地说，就像世间其他有形的邪恶一样，外在的丑陋可以歪打误撞地成为灵性丰硕进展的条件或次要原因。

找到一位新圣人真是难得，更不凡的是这完全不像影迷迷上新影星，有了新偶像又有什么用？最多只能盯着照片看，看到头昏为止，如此而已。圣人却不是静止的默观对象，他们可以与我们为友，分享回报我们的友谊；经由他们，我们可以得到恩宠，那就是他们给予我们的不容怀疑的爱之标记。如今我在天上有了这么一位有力的新朋友，这段友谊无疑将会对我的生命产生作用。

圣女小德兰替我做的第一件事便是监护我弟弟，我急于将他托付给她，因为他本性难移，迅雷不及掩耳地过境进入加拿大，来信告知我们他已加入加拿大皇家空军。

此举并未让众人特别吃惊。在他快被征召入伍时，大家已渐渐明白他倒不在乎去哪里，只要不当陆军就行了。最后，就在他快被征召时，他去了加拿大，自愿成为空军的一份子。事实上加拿大已经参战很久了,英国急需人手,飞行员很快就会有任务,显而易见地,约翰·保罗长期作战后能活着回来的希望很渺茫,我想他是唯一置此不顾的人;就我的了解,他参加空军是觉得驾驶轰炸机并不比开车危险。

所以,现在他在多伦多附近某处。他在信中含糊表示,希望军方能因为他是摄影师而指派他做观察员,到被炸过的城市担任摄影、制作地图等任务;不过,他在地面上也有沿着高铁丝网做哨兵的职责,我派遣小白花守望他,她果然非常尽责。

但是不到两个月,我自己的生活也显示出她介入的痕迹。

十月时我写了几封长信给仍在加拿大的男爵夫人,信中问了许多问题——她回答的信件也一样长,生动活泼、通情达理、自成一格。她的信很有助益,给我的鼓励明确有力:"继续吧,你走的路是正确的,继续写作。爱天主,多向祂祈祷……你站起来了,在追寻祂的路程上迈出了一步,你已步上会带领你变卖一切、换取那高价珍珠的道路。"

卖掉一切!九月时我并不怎么在乎这件事,只是搁置一旁,抱着等着瞧的心理看看会如何发展。现在事情似乎有点蠢蠢欲动。

当时我常独自进入圣堂,坐在简朴的横梁下,注视着那无言的圣体柜,内心开始发言。这种冲动来自内心更深处,表现出更深奥的需要,却不是伸手撷取外在实利的爱的行动,不是欲求的举动——就算是理智的,欲求的举动仍然和可见、可感觉、可享受的好处有关联:生命的一种形式,宗教性的存在,一种习惯,一种会规。这种欲望和想看到自己穿上这种或那种袍子、罩袍、无袖法衣的欲望不同,也和要用何种方式祈祷、在此处就读、在彼处讲道、入此会或彼会的欲望不同。

我不再需要得到什么,只需付出;然而,日复一日我越来越觉得自己就像那名有许多财物的年轻人,他来到基督面前询问永生之道,自称已遵守十诫的诫命。他问:"你还要我做什么?"基督曾否对我说过"你去,把你所有的一切变卖了,施舍给穷人,再来跟随我"?

白昼渐短,天色更黯淡了,云层呈铁灰色,就像要下初雪,我觉得那就是祂对我提出的要求。

我倒不是拥有许多产业的人。凡是在圣文德任职者都有教授的头衔，因为有了这个头衔多少可以补偿我们薪资的不足；我的薪资低微，修炼神贫的美德倒是很容易实践。

我脑海中出现的第一个念头便是纽约一家银行里还有外祖父留给我的一笔钱，也许那笔钱该送给穷人。

我再也想不出别的了。我决定做一个九日敬礼，祈求知道如何走下一步的恩宠。

做九日敬礼的第三天，会士之一的胡伯特神父说："男爵夫人要从加拿大来，你要一起开车去水牛城接她吗？"中午过后不久，我们便开车往北前进，驶上斜往亚利加尼方向的众平行山谷之一。

男爵夫人下了火车，我第一次见到她戴着一顶帽子，但是印象最深刻的是她对那些神父产生的作用。原先我们坐在车站中无所事事地因为世事发牢骚，现在他们却精神百倍、兴致很高地倾听她说出的每一个字。我们在餐馆进餐时，男爵夫人话锋涉及神父生活、灵性生活和感谢之道，她谈到圣经里十个麻风病人的故事，其中只有一个痊愈后回来向基督致谢。我认为她的确一针见血，忽然注意到她的话像晴天霹雳，其中两位神父吃了一惊。

我这才恍然大悟她正在向他们传道。她莅临圣文德就是对他们、传教士和听到她说话的人传道，或是给他们做避静。以前我还不知道这也是她的天职：神父和修道者间接成为她的传教对象，就像哈林区一般重要。这多么了不起，是圣神的效率！当天主的神灵找到一个能在其内工作的灵魂，便会多方应用这个灵魂：在它眼前指出百条新方向，给这位宗徒的多种工作和机会远远超过普通人能胜任的范围，真是令人难以置信。

这位女人最开始不过是想要做些不太起眼的事，想要帮帮哈林区的穷人一点小忙；想不到还没起步，她就已经从四面八方吸引到许多灵魂朝向她，在神父、神职人员和修道人士中，她是一名非正式的使徒。

她可以给他们哪些他们欠缺的东西呢？其中之一便是她充满了天

主的爱，而她所做的祈祷与牺牲、完全无条件的贫穷，使得她的灵魂充满了那两位神父平日在枯燥、传统、学术性的避静中遍寻不着的东西。我看出他们受到发自她内在恩宠的伟大精神感召，这种活力带来真实持久的激励；藉着她的鼓励，他们的灵魂得以和天主活生生地个体接触，那种实体，那种接触，就是我们大家都需要的：命中注定的方式之一，便是我们要听到彼此谈论天主。"信仰是出于报导"（译注：或译"信道是从听道来的"，《罗马书》第十章第十七节），天主提升不是神父的圣人向神父传道，并不是什么新奇的事，和男爵夫人同名的谢纳的圣加大利纳（Catherine of Siena）可以见证。

但是现在她也有话对我说。

大家在车里坐定，在发亮潮湿的公路上往南行驶时就轮到我了。

坐在前座的男爵夫人停止和大家谈话，转头对着我说：

"那么，你什么时候到哈林区住下来？"

这个问题来得如此单刀直入，让我一惊。尽管如此突然，我惊觉这似乎就是我的答案，也许就是我祈祷希望得到的回答。

但是未免太突然了，我招架不及，不知如何作答。我开始扯到写作，说是否去哈林区必须看我到了那儿能写多少。

那两位神父立刻加入谈话，告诉我不该开条件、找漏洞。

"你让她替你全权决定。"胡伯特神父说。

看来我是要去哈林区了，至少目前看来如此。

男爵夫人说："多玛斯，你是不是想当神父？写信问我那些问题的人通常都想当神父……"

她的话触动了我的旧伤口，但是我说："噢，不是，我没有成为司铎的圣召。"

当谈话转向时，我不再听了，我继续思考刚才说了什么，很快就清楚知道去哈林区就是最合情合理的事。我并未特别觉得那就是我的圣召，但是从另一方面来说，我已确定圣文德对我的灵修生活不再有贡献，我不再属于那个地方。那是一个太平淡、太安定、太受到保护的地方，对我不具任何挑战，没有提供特定的十字架；在那儿，我自己管自己,意志力完全属于自己,天主交给我的由我完全控制,再交还天主。无论我碰巧多么贫穷,只要留在那儿,便什么都没有放弃;即使放弃,也放弃得很少。

至少我可以去哈林区,和那些人一起住在公寓里,日复一日,天主给我们什么,我们就靠它维持生活,将自己的生命献给生病、挨饿、濒临死亡、一向赤贫且以后也不会有产业的人,以及被逐出社会、受到种族歧视的人。假如那个地方是我的归宿,天主会很快让我知道,让我清清楚楚地知道。

抵达圣文德时,我在微弱的光线中看到英文系系主任站在修道院拱门下,我对男爵夫人说:

"他就是我老板,假如我要去哈林区,必须告诉他,好让他下个学期雇用别人。"

次日我们定下确切的计划。一月学期结束后,我就到友谊之屋居住,男爵夫人说我每天早上都会有足够的时间写作。

我到图书馆,在校长多玛斯神父的房间里告诉他我计划要离校。

他的脸上突然皱纹毕露。

"哈林,"他缓慢地说,"哈林。"

他是个沉默的人,过了好一段时间才再次开口:"你也许太急于任事了。"

我说那似乎是我应该做的。

接着又是一长段沉默,他说:"你想过要成为神父吗?"

多玛斯神父是个睿智的人,因为他是神学院院长,教过一代代神父,理当略知某人是否有司铎的圣召。

但是我想:他不知道我的情况,我也没有心情谈论这件事,好不容易下了决心做出确切的决定,再重新挑起这个话题会把事情弄糟的。于是我说:

"喔,是的,我曾经想过,但是我不认为我有那种圣召。"

这些话让我不快,但是当我听到多玛斯神父叹道:"那么好吧,你一定要去哈林区的话,就去吧!"我立刻忘记了这些不快。

IV

从此,事情进展得很快。

感恩节前一天,我抛下了大一英文作文班的学生,让他们自理课业,自己搭便车南下纽约。最初我还不能决定该去纽约还是华盛顿,我舅舅和舅妈都在首府,他们的公司正在那儿兴建旅馆。他们和当地人没什么来往,相当寂寞,一定会很高兴见到我。

然而,我搭的便车不朝华盛顿去,却可以将我带往纽约。那是一部开往威尔斯维(Wellsville)的标准石油公司大型卡车,我们驶入艳阳高照的乡野,十一月正是明媚的晚秋小阳春时节,田里的庄稼已经收割,几栋田间的红谷仓非常耀眼,林子里枝叶稀疏,整个世界却色彩缤纷,白云前簇后拥地飘过蓝天。卡车轮胎轰隆隆地碾过路面,我在摇摇晃晃的驾驶室里高高坐着,听司机说沿途人家的故事。

我听来的材料足以书写两打以前我想写的小说,但此时我已志不在此,觉得这些题材都没什么可取之处。

我站在威尔斯维外缘的路边,刚过了转角的加油站,离伊利铁路不远。一辆满载钢轨的大卡车从我身旁驶过,幸好没停下来让我搭便车。后来我搭上另一辆车,往前开了五六英里之后,接上一段很长的下坡路,最后再来个急转弯,就进入一个我忘了叫贾斯柏还是玖尼柏的村庄。我搭的车还在下山途中,司机就指着山脚处说:

"天哪,看那车子撞成什么样了!"

有一大群人在围观,他们正从卡车驾驶座上拖出两个人。我从未见过压得这么扁的车座,整部卡车及车上载的钢轨都堆叠在两栋小房子间的空地上,那两栋房子都有玻璃橱窗,只要被卡车撞上,必定会倒下来压在卡车上。

不可思议的是,那两个人都还活着……

又开了一英里路,让我搭便车的司机就下了大马路,放我下来步行。这儿真是一片开阔的天地,山谷中原野绵延,鹌鹑从枯黄的草堆里飞出,在下风处消失。我从口袋中拿出日课,替那两位车祸余生者念了《赞美天主》。

我已来到另一个可能还是叫贾斯柏或玖尼柏的小村庄。正值午餐时间,孩子们刚刚放学,我坐在一栋整洁白房子前的水泥台阶上,抓紧时间开始念晚祷经文,此时有一部老式大型车经过,车子又老又旧,但是蜡打得很亮。车主停下车让我搭便车,里面坐的是一位彬彬有礼的老先生和他的太太,他们正要去接在康乃尔大学读大一的儿子回来过感恩节。车子开到阿迪森(Addison)镇外时放慢了速度,他们指点我看一栋很漂亮的殖民时期古屋,并且说每次路过都不忘前来欣赏。那的确是一栋美丽的殖民时期古屋。

他们让我在荷斯黑兹(Horsehead)下车,我胡乱吃了点东西,还吃了几块便宜的糖果,结果咬断一颗牙齿。我一路沿着街道走,脑海中想起这两句歌谣:

> 贪吃奶糖
> 咬断奶牙

其实我咬断的并不是牙齿,而是牙医装上去的一块东西。此时有一个生意人开着闪亮的欧兹摩比尔牌汽车经过,愿意载我到奥威哥(Owego)。

到了奥威哥,我站在一座很长的铁桥一端,对岸房屋的阳台看来都老得摇摇欲坠,让我不免替住在里面的人捏一把冷汗。这时开来一辆水箱喷出蒸汽的车子,在我身旁停下,打开车门。

车主说,他在敦刻尔克(Dunkirk)的战时工厂上大夜班,那是一间全天候作业的工厂。他说:"这辆车该报废了。"

然而,他还要开到很远的皮克启(Peekskill)过感恩节。

我记得是在感恩节后一天的星期五看到范多伦的,那天是圣母奉献日。我和范多伦在哥大教授俱乐部进午餐,他刚刚读了我那年夏天写的《我的日记:逃离纳粹纪实》,认为可能会有他认识的人想出版此书,为此我特意约他见面,以为那将是当天谈话的重点。

但是天意另有安排。

我们在楼下，站在存放衣帽和公事包的铁架间穿大衣，一边谈着特拉比斯隐修会。

范多伦问我：

"你想当神父的念头如何了？还在动那个念头吗？"

我不置可否地耸耸肩。

"你知道，"他说，"我曾经和内行人谈过你这件事，他说，若是别人说你没有圣召，你就完全断念，这可能表示你确实没有圣召。"

最近几天我完全没有料到这种利箭般的话竟然连续三次向我射来，这次尤其深中我的要害。范多伦此说的思维方式迫使我不得不全盘调整自己的想法，假如他的话属实，那么我对整个圣召问题就该采取全新的态度。

我一向非常知足地逢人便说自己没有圣召，但是心中当然一直在做各种调整，将自己所做的声明团团围住。现在忽然有人告诉我："假如你继续找寻各式各样的藉口，也许终将丧失这个你明知自己拥有的恩赐……"

我明明知道自己拥有恩赐？我怎么会知道这种事？

一想到我也许根本没有受到圣召、过修道生活的命，抗拒这种想法的心理就油然而生；由于我强烈反抗，心里顿时豁然开朗。

最震撼的是这种挑战竟然来自范多伦，他又不是天主教徒，谁能料到他竟从内行人身上得到了有关圣召的讯息！

我对他说："我想天意如此，所以你才会在今天这样告诉我。"范多伦有同感，他也很欣慰。

我在第一一六街街角的法学院旁向他告别时说：

"如果有朝一日我入了隐修院，必定会成为特拉比斯修士。"

我不觉得这应该影响我去哈林区的决定。如果事实证明我不属于哈林区，到时再考虑入修会也不迟。

到了友谊之屋，我才知道那个星期日他们全体要去河边大道的圣婴修道院做每月一天的避静。星期日早上，赖克斯和我一起登上通往修道院大门的台阶，一位修女让我们进去。我们算是来得最早的，等了一阵子才有人来，然后弥撒开始。他们的神师佛菲神父在天主教大学教授哲学，在华盛顿黑人区也主办了类似友谊之屋的团体。记得他在弥撒一开始就对我们说话，我和赖克斯注意倾听了他的每一句话，印象非常深刻。

当我领完圣体回来时，注意到赖克斯不见了，吃早餐时才又见到他。

他说，我们都去领圣体时，他觉得那个场地像是就要倒塌、压在他身上似的，所以他出去透透气。先前一名修女曾注意到我们俩将弥撒经本传来传去，显然我在指点他看弥撒的进度，这时见他出去，连忙跟在后面，看到他坐在那儿，头夹在两膝之间——就给了他一根烟。

那天晚上离开修道院时，我们俩都说不出话来，在夜色中沿着河边大道走去，一言不发。我在泽西城（Jersey City）搭上火车，返回奥利安。

又过了三天，没有什么动静。是十一月底了，白昼又短又暗。

周四晚上，我心中突然生出鲜明的信念：

"时机已到，该是去当特拉比斯修士的时候了。"

这个念头是从哪儿来的？我只知道是突然冒出来的，来势汹汹、不可抗拒、非常清晰。

我拾起一本叫做《熙笃会士的生活》的小册子，是在革责玛尼买的。我翻阅着，似乎盼望看到言外之意，书中句子好像都是以如焰似火的文字写的。

我去吃晚餐，回来又盯着书本看，虽然心中信念十足，踌躇不前的老毛病仍然在作梗。但是我再也不能拖延了，必须果断地做个决定。我必须找谁谈谈，以求定案，只要五分钟就够了。现在正是时候，对，就是现在。

我该问谁呢？斐罗修斯神父也许在楼下自己的房里。我下楼走进庭院，是的，斐罗修斯神父房间内的灯还亮着，好吧，走进去，看看他怎么说。

但我还是临阵脱逃了,逃入暗处,朝树丛中走去。

这是周四晚上,校友大厅渐渐涌入看电影的人潮,但是我什么也没注意,也没想到斐罗修斯神父或许会去看电影。小树林里非常寂静,踩在碎石路上声音很响,我边走边祈祷,小白花圣龛附近黑黝黝的,"天啊,救救我吧!"我说。

我往回走向房舍,心想:"好,我这就真的走进去问他。神父,情形是这样的,你说怎么办? 我应该入会成为特拉比斯修士吗?"

斐罗修斯神父的房间灯还亮着,我无畏地走进大厅,在离他房门约六英尺处似乎有一个人用血肉之手挡住我,阻止我前进。是什么东西闯入我的意志? 我想要举步,却寸步难行。我向那可能是魔鬼的障碍物做出一个类似推开的动作,然后再度转身逃离那个地方。

我又走回那个小树林,校友大厅已经差不多满座了,脚步声在碎石路上非常刺耳。我身处湿漉漉的树丛里,周遭一片寂静。

有生以来我从未如此迫不及待,也从未感受到如此特殊的煎熬。我一直在祈祷,并不是到了圣龛才开始的;但是到了圣龛之后,事态好像较清晰了。

"请帮助我,我该怎么办? 我不能再这样下去了。你是知道的,看看我的处境吧,我该怎么办? 请指点我一条明路。"我好像还在等待更多信息,等待某种征兆!

但是,这次我说话的对象是小白花:"请你为我指点迷津,"我又加了一句,"假如我入会成功,我就做你的修士,现在请指导我该怎么做。"

我的祈祷已经危险到快要犯错的地步了——顺口允诺一些我不全懂、不保证应验的事,同时还要求征兆。

就在做了那样的祈祷之后,我忽然清晰地感觉到附近的林子、黝黑的小山、潮湿的夜风。然后,在想像中我更清楚地听到革责玛尼夜间的鸣钟声,其清晰程度又超过我对山林等现实物件的感受。那大灰塔的钟响了又响,好像就在最近的小山后面,这种感应让我呼吸为之停止,我必须一再思考才能承认那暗处响着的特拉比斯隐修院钟声只是我的想像;然而,后来经我核算,那个时刻正是每天夜祷即将结束、念到《圣

牟敦画的圣路加德(St. Lutgarde)

哉天后》，应该鸣钟的时候。

那钟声似乎在告诉我，我属于何处——恍如在呼唤我回家。

有了这番奇遇，我充满决心，立刻走回隐修院——我还绕了远路，经过露德圣母圣龛和足球场的另一头。每走一步，我的决心就更加坚定，现在我那些怀疑、踌躇、疑问都能迎刃而解。这件事定案了，去特拉比斯修会吧，那就是我的归宿。

我走进庭院，发现斐罗修斯神父房里的灯没开。其实所有的灯都熄了，大家都去看电影，我的决心在下沉。

但是还有一线希望。我走过一扇门，进入走廊，往神父的公共休息室走去。以前我从来不敢接近那扇门，但是现在我走上前去，敲敲玻璃，打开门往里面看。

里面没有别人，只有一名僧侣，就是斐罗修斯神父。

我问他可否和他谈谈，随后我们就去他的房间。

我所有的焦虑、踌躇就在那里终结。

我全盘托出自己的踌躇和疑问，斐罗修斯神父说他看不出我不该入隐修院当神父的原因。

说来也许有点荒谬，但是就在这一刻，我眼睛上的鳞片似乎掉落了，回顾以往所有的顾虑和疑问，其空虚和徒劳看得一清二楚。是的，我的确有隐修生活的召唤：我的疑问大多是捕风捉影，那貌似真实的假象究竟从何而来？受到偶发事端和环境因素的影响，我更夸大、歪曲了心中的疑虑。但是现在一切井然有序，心中充满平安与自信，只觉得万事就绪，眼前展开了一条康庄大道。

斐罗修斯神父只有一个问题要问我：

"你确定要成为特拉比斯修士吗？"

"神父，"我回答，"我要将一切献给天主。"

我从他的表情看出他很满意。

我回到楼上，感觉好比再世为人，心中满溢从未体验过的平静，是一种不受骚扰的和平与笃定。现在只剩下一个疑问：特拉比斯隐修院会同意斐罗修斯神父的看法吗？他们愿意接受我的申请吗？

我不敢耽搁，立刻写信给革责玛尼的院长，请求他允许我在圣诞节时去做避静。我提出要求的语气暗示着我是要来做见习修士的，免得他们根本不让我试试就拒绝我。我黏上信封，下楼，投入邮筒，接着再一次朝黑暗里、树丛中走去。

现在事情进展得真快，但是没多久就更快速了。我才刚接到革责玛尼欢迎我去度圣诞节的回信，另一封信也到了，信封看来似曾相识，有点吓人，上面盖着征兵处的图章。

我拆开信，看到一纸要我立刻再做体格检查的通知。

信中的意思并不难懂，他们的规定更严格了，我也许不能再豁免兵役。有那么一刹那，我以为天意残酷，故意弄人。难道去年的事要重演了吗？将我到手的圣召硬是夺走，那时我不是都已经站在初学院的门槛上了吗？那种经验要从头再来一次吗？

我在圣堂中跪着，那张揉皱的纸装在口袋内，我哽咽得不能成声，许久才挤出"愿意奉行您旨意"几个字。但是我也下定决心，绝对不让我好不容易捡拾回来的圣召在我四周倒塌，变成废墟。

我立刻写信给征兵处，告诉他们我要入隐修院，请求他们给我时间，容我查知什么时候、在什么条件下，修会会接受我。

然后我坐下等待，那是一九四一年十二月的第一个星期。

斐罗修斯神父听到这突然来自陆军的征召，笑着说："我认为这是一个很好的征兆——我指的是你的圣召。"

那个星期结束了，征兵处没来消息。

星期天，十二月七日，将临期（译注：耶稣圣诞前四周的准备期）的第二个星期日,大礼弥撒正在进行,神学院学生诵唱着"诸天,请由天上滴下甘露"。我离开教堂,走入暖和得反常的阳光下,悦耳的格列高利悲叹调在空中回荡,我到厨房请一位修女替我做了几个乳酪三明治,放在空鞋盒中,就出发前往两哩谷。

我攀登山谷东边的山坡,来到茂密的树林边缘,枯竭的蕨类植物满地蔓延,我坐在一个无风、阳光充足的地方。山脚路边有一所小小的乡间学堂,再过去,在这小山谷出口处,靠近亚利加尼之处有几座小型农场。天气暖和,四周寂静,除了远处树林深处的油泵发出扑通扑通的干咳声外,没有其他声音。

谁会想到世界的另一角落有战争?这儿如此宁静,不受干扰,几只兔子跑了出来,在蕨草堆中嬉戏。

这可能是我最后一次看到这个地方,一周后会身在何处?那都在天主手中,除了仰赖祂的慈悲,没有其他事可做。但是事到如今,我能确定的是祂照顾我们之心较我们照顾自己之心更殷切,也更有能力照顾我们;只有当我们拒绝祂的帮助、抗拒祂的意愿时,才会陷入冲突、烦恼、混乱、难过与毁灭感。

下午我回到学院,那儿距离河上的铁路桥架有两英里多路程,再半英里路便到家了。我沿着铁轨朝学院的红砖房子缓缓走去,天空云层渐厚,夕阳就要西下。进了校园,沿着水泥路走向宿舍,遇见另外两位在俗的教授,他们不知谈什么谈得那么热烈,看到我走过来便喊了起来:

"你知道发生了什么事吗?你听收音机了吗?"

美国参战了。

次日上午是圣母无染原罪瞻礼日(Feast of the Immaculate Conception),所有在厨房和洗衣房工作的修女都在学院圣堂内望弥撒,她们极少在公众场合出现,这是其中之一。该日是她们的主保瞻礼日,只见前面跪凳上一片蓝白修女服,福音宣读后,脸色红润、体格强壮的康拉德神父讲道,他是哲学教授,像圣多玛斯一般矮胖。他半躲在支撑着内殿横梁的扶壁的一角后方,简短地做了一段伤感的讲道,内容是珍珠港。

我离开圣堂,在邮局看到征兵处寄来一封信,他们说身体检查可以延后一个月。

我去找多玛斯神父,向他解释我的处境,请求他准许我立刻离开教职,同时请他写一封推荐信。英文系召开了会议,决议这学期剩余的课程将由我那些惊讶的同事分担。

我把大部分衣服收拾妥当放在大盒子里,准备交给友谊之屋和哈林区的黑人。书架上大部分书籍则留给依雷内神父和他的图书馆,又分了一部分给神学院的一个朋友,他和我在斐罗修斯神父的指导下一起研究童斯·史各都;其余的书籍都放入箱子里,准备带去革责玛尼。其他的物品用一个手提箱就可装完,其实已经嫌太多了,除非特拉比斯修会不让我入会。

我将三本已经写完的小说和一本完成一半的小说撕毁,丢进火炉,笔记则分送给几个用得上的人,又将自己所有的诗、《我的日记:逃离纳粹纪实》的复写本、另一本日记和宗教诗歌选集的材料都寄给范多伦;其余的作品都放入资料夹,寄给赖克斯和瑞斯,他们住在纽约市第一一四街。我结清在奥利安的活储户头,向会计领了一张英文系给我的支票,附有奖金,那位会计不懂为何有人在月中领薪水。我写了三封信——分别给赖克斯、男爵夫人和我的亲人——还写了几张明信片。次日是星期二,还不到下午我已经整装待发,心情异样轻松愉快。

是晚班的火车,计程车司机打电话到学院给我时已经天黑了。

我拿着行李走出那栋楼,有人问:"教授,你要去哪儿?"

计程车门砰然关上,将我向大家道别的大手势关在车内,车子就这么开走了,我没有再回头看簇拥在拱门檐下目送我远行的人。

到了镇上还有足够的时间让我去天神圣母堂一趟,我在奥利安时经常到那儿告解,拜十字苦路。堂内空无一人,圣若瑟圣像前点燃着两根即将烧尽的蜡烛,一盏红色内殿灯在寂静的阴影中闪烁。我静默地跪了十分钟左右,内心平安、感恩的感觉洋溢着,心神投向圣体柜中的基督,但是我并未费心捉摸这些感觉。

接替我大部分课程的海斯在车站等着我,他交给我一张条子——英文系要替我奉献五台弥撒。往水牛城的火车冒着酷寒的霰雨进站了,我上了车,从此就和我熟悉的世俗斩断最后的关联。

这绝对不比被终身褫夺公权者面临的精神性死亡轻松。

这段旅程将我从世俗带往新生,像飞过新而奇特的生存环境——好像到了同温层,但是我仍然停留在熟悉的地球上。我们在黑暗中穿山越岭,冬雨不停地刷过火车的窗户。

过了水牛城,经过一连串在雨中散发着蓝色强光的工厂,他们连夜赶工,制造军备武器,但是我的感觉却像在观看水族馆内陈列的东西。印象中的最后一个城市是伊利,之后我就睡着了,经过克利夫兰时都毫无所知。

过去几个月我一向在半夜起身念玫瑰经,作为夜晚的日课,我请求天主在俄亥俄州的加里昂叫醒我念玫瑰经。夜半醒来,火车刚驶出加里昂站,我开始念玫瑰经,铁路在此地和伊利线交接,接下去就是我春天前往革赉玛尼时第一次行走的路线。在欢乐的车轮乐声摇晃下,我又入睡了。

接近黎明时,火车抵达辛辛那提,我在旅客服务处问到了几座天主教堂,雇了计程车前往圣方济沙勿略教堂,主祭坛正要开始弥撒祭献。我望了弥撒,领了圣体,回到车站吃了早餐,上车前往路易斯维。

现在太阳出来了,照耀着光秃多石的山谷、贫瘠的农地、稀疏荒废的原野;溪畔生长着数丛灌木及树木,其中有些是柳树,路边偶然出现几间灰色村舍。有一个人在村舍外用斧头劈木柴,我心想,如果是天主的意愿,不久砍柴的就是我了。

真是奇怪,距修会越近,我进入修会的欲望就更强烈,实在令人难以置信。我心无旁骛只想着这件事,却也很矛盾;越接近目的地,我就越不担心得失,内心享有的平安就更加深沉。要是他们不让我入会怎么办? 那么,我就去从军,难道那一定是场灾祸吗? 不见得。在历经千辛万苦之后,假使修会拒绝收留我,必须服兵役,那一定就是天主的旨意;我已经竭尽人事,其他就要听天命了。尽管我进入隐修院的欲望有增无减，但是必须置身陆军军营的想法已经丝毫不能骚扰我了。

我自由了，我已经恢复我的自由。我属于天主，不再属于自己：属于祂就等于寻得自由，不再被世俗的焦虑、困扰、悲伤所束缚，不再因恋慕世物被束缚。如果你的生命属于天主，因而将自己完全交到祂手中，置身何处、穿不穿修道会服又有何不同？唯一重要的便是要有牺牲精神，奉献自己，奉献自己的意志，其余的事无关紧要。

这种想法并没有打断我的祷告，我越来越热切地向基督、无染原罪童贞圣母祷告，并向我自选的一系列圣人诵念呼求天朝诸圣的连续性祷文，包括圣伯尔纳德、圣格列高利、圣若瑟、圣十字若望、圣本笃、圣方济、小白花，还有其他冥冥中领我入隐修院的圣人。

但是我知道，如果天主要我去服兵役，服兵役就会使我受益更多、活得更快乐，因为唯有统合真理、现实与行动，在此基础上引导万物在本质与附质上皆臻于完美，快乐才可能存在，这是天主的旨意。快乐只有一种：取悦祂；悲伤也只有一种：让祂不快。就算只在微不足道的小事上、在思想上、或是在三心二意的心理状态下拒绝承行祂的意旨，背祂而去，与祂——我们的生命、我们的喜乐之源——分离，或是造成可能与祂分离的征兆，悲伤便必不可免，同时这些事也是悲伤的唯一成因。因为天主是圣神，远在万事万物之上，和我们的差距是无限的，我们只能在意愿的层面上完全与祂结合，藉由意愿与智慧在爱与爱德中和祂结为一体。

我登上路易斯维车站的月台，周身被满自由的光辉，走在街道上，心中充满胜利的喜悦，回想起上次复活节来此的情景。我乐昏头了，一不注意便一头闯入黑人专用的候车室，只见黑影幢幢、气氛紧张、有点敌意，我满怀歉意急忙退了出来。

前往巴兹镇的巴士半满，我找到一个有点破烂的座位坐下，车子开往寒冬的乡间，这是我效法古代修士进入沙漠隐修的最后一段旅程。

终于抵达巴兹镇了，下了车，站在路边，对面是加油站，街道看来空荡荡的，整个城镇似乎都已入睡。我看到加油站里有一个人，便走过去询问哪里找得到人开车送我去革责玛尼。他戴上帽子，发动车子，我们循着一条直路离开城镇,乡间地形平坦,四处都是空地,好像和革责玛尼的景致格格不入。我一直分辨不出方位,直到看见前方左边长满树木的锯齿形小丘才有了概念。我们转了一个弯,进入地势起起伏伏的林区,然后就看到那熟悉的高耸尖塔。

我按了大门门铃,空旷的庭院响起微弱单调的铃声。我的司机已经走了,没有人来应门,但是我听到门房里有人在走动就不再按铃了。此时窗子开了,玛窦修士从铁条缝隙间往外看,他的眼睛清澈,胡子花白。

"你好,修士。"我说。

他认出是我,看了我的行李一眼,说:"这次你可是来这儿住定了?"

"是的,修士,如果你答应为我祈祷。"我说。

修士点点头,举手关上窗子。

"我这阵子做的就是这件事,"他说,"为你祈祷。"

注释:

[1] 圣若望鲍思高(St. John Bosco,1815~1888),意大利天主教神父,慈幼会的创办人。

[2] 使徒西满(Simon),亦译"西门",是耶稣十二门徒之一,被称为"奋锐党人"。

《沙漠的智慧》书影

4

自由的滋味

/

修道院就是一所学校——是向天主学习喜乐之道的学校。我们的喜乐来自分享天主的喜乐,分享祂无限的自由与爱的完美。

我们真正需要治愈的是自己的本性,是以天主为肖像受造的本性;我们需要学习的是爱的真谛。治疗和学习是相同的事,因为在我们本质的核心,从我们自由的本性就可以看出我们是按照天主的模样受造的,要获得自由就要能运用无私的爱——只为祂而爱祂,只因为祂是天主而爱祂。

爱从真理起步,在将爱给我们之前,天主必先涤清我们灵魂中的谎言。超脱自己的捷径,就是使我们憎恶因犯罪而变得可憎的自我,方能爱反映在我们灵魂上的祂,祂以祂的爱重建了我们的灵魂。

这就是默观生活的真谛,表面上看来毫无意义的琐碎规章、宗教仪式、守斋、服从、补赎、屈辱、劳动构成了默观隐修院日常生活的内容,实则是要提醒我们认识自己是谁、天主是谁——让我们一看到自己便生厌,因而转向天主,最终会在自己之内找到祂,已经净化的天性会像镜子般反映祂无限的善与永无终止的爱……

//

玛窦修士在我背后将大门锁上，于是我就被关进这个以新自由为四壁的空间里。

自由以这种方式开始是很恰当的，因为我进入的是一个肃杀萧条的花园，四月间见到的花草已凋谢殆尽。太阳躲在低垂的云层中，冰冷的风扫过枯灰的草地和水泥走道。

其实我已经进入自由的境界了，因为我不再在乎这些事情，到革责玛尼并不是因为花儿美、气候好——虽然我必须承认肯塔基州的冬天相当令人失望。我哪有时间挑剔气候！光是揣摩天主的圣意为何就让我忙不过来了，这最具关键性的问题仍未完全得到答案。

最后的答案尚未见分晓：他们会让我入会吗？我能入初学院成为熙笃会士吗？

负责会客的若亚敬神父从隐修院门口走出来，穿过花园，双手插在无袖僧衣里，两眼紧盯着水泥走道，直到接近我时才抬头对我微笑。

"喔，原来是你。"他说，我想他也一直在为我祈祷。

我没给他机会问我是否来此长住便开口说："是我，神父，这次我想要当初学生——如果能得到许可。"

他只是笑笑。我们走进房间，里面空荡荡的，没有人。我将行李放在指定给我的房间后，便急忙赶去教堂。

如果我期待的是基督和祂的天使给我一场盛大的欢迎，恐怕要大失所望了——我完全没有这种感觉。这巨大的中殿就像个坟墓，冷得快要结冰了，这我倒不在意。我在祈祷，但是全无灵感，这我也不在乎。我只是沉默地跪在那儿，静听从锯木厂传来的声响，锯子仿佛发出漫长尖锐的抱怨声，那是辛勤劳动的声音。

那天傍晚进餐时遇见另一位望会生——一名老迈、无牙的白发者，躬着背，身穿宽大的毛衣。他是当地农民，一直住在隐修院附近，这次下定决心入会当从事庶务的修士，但是后来并未留下来。

次日，我发现还有第三位望会生，他是那天早上抵达的，来自水牛城，人长得胖胖的，有点不知所措的样子。他和我一样都是申请成为公颂日课的歌咏修士，若亚敬神父让我们俩在静默中一起洗碗打蜡。我们俩都心事重重、各想各的，我敢说他和我一样不想开口说话。

其实那天的每分每秒我都暗自庆幸该说的话都说过了——只要他们接受我，就无需多言了。

我不确定该等人来通知我和院长神父面谈还是主动去找他，但是那天清晨工作快告一段落时问题就自行解决了。

我回到房间开始推敲若亚敬神父给我的《灵修指南》。我本该静心阅读和我直接相关的那一章，以了解望会生在宾客屋等待期间应注意的事项；但是我定不下心，老是在那两本薄薄的小册子里翻来翻去，希望找到有关熙笃会圣召清楚明确的资料。

"特拉比斯会士受召过祈祷和补赎生活。"这话说来简单，因为就某种意义而言，人人都能得到召唤，过这样的生活。熙笃会士得到召唤、奉献自己、过完全默观的生活、不再关怀入世生活，这话说来也容易，却无法明确表示我们会士的生活目标何在，也无法将特拉比斯会和其他所谓"默观修会"分清楚。于是这个问题一再出现："你说的默观到底是什么意思？"

我从《灵修指南》中知道："弥撒圣祭、神圣日课、祈祷、虔诚的阅读就是默观生活的操练，是我们日常生活的主要内容。"

这句话真是呆板，不能令人满意。"虔诚的阅读"一词就显得消沉，而默观生活竟然切分成一课课的"操练"，通常这种事会让我沮丧。但是我既然进了隐修院，就已经准备一辈子耐心接受那种言语。甘愿接受是件好事，因为今日的修会生活原本就有许多烦人的琐碎细节，其中之一就是所使用的语言，绝大部分灵修材料都是以僵硬生涩的法文音译术语写成。

在那个阶段，我尚无法道出默观生活对我的意义，但我觉得应该不只是规定每天要在教堂内待几个钟头，在别处又待几个钟头，还规定不必费心说教讲道，不必任教、著书或拜访病人。

《灵修指南》里再往下几行有数句关于神秘默观的警语,告诫我神秘默观"不是必要的",而是天主有时"惠予"的,"惠予"一词听来就像是恩宠穿着装有硬衬布的裙子盛装来见你。其实我的诠释是,当灵修书籍告诉你"天赐的默观有时是天主惠予的"时,你应该做如是想法:"天赐的默观对圣人而言是名正言顺的,至于你,请勿触摸!"法文原文的《灵修指南》不像译文这般冰冷。此书继续写道,隐修士可以向天主祈求这些恩宠,但是必须意向纯正,而熙笃会士的日常生活应该就是做神秘默观的完美准备。其实法文版本还附加了一点,就是熙笃会士有义务过这种让他倾向神秘祈祷的生活。

然而,我得来的印象却是:在特拉比斯隐修会,默观有可能相当草率地概括;如果我暗中盼望达到那难懂而虔诚的手册中所谓的"巅峰"境界,最好还是多多检讨自己表达意愿的方式。在其他场合中,这种处境也许会让我心绪不宁,但是我现在却丝毫不受干扰。这充其量只是一个抽象的理论问题,我唯一该关心的是力行天主的旨意,如果获得许可入了修会,我一定会随遇而安;然而,如果天主愿意"赐予",就让祂赐予吧,其他的细节自然会迎刃而解。

我将《灵修指南》搁在一旁,又拾起另一本用洋泾浜英语写成的小册子,此时有人来敲门了。

这是一位我未曾谋面的修士,身材相当魁梧,一头白发,下巴线条非常坚定。他介绍自己是初学导师,我又瞥了一眼他坚定的下巴,心想:"我打赌他可是绝对不会让初学生胡来的。"

但是一开始听他说话,他的纯朴、友善、慈祥就给我很深刻的印象,我们真是一见如故。他不拘礼,也不用昔日让苦修会恶名昭彰的精心设计伎俩屈辱人;如果依照昔日的标准,他准会长驱直入,砰然一声关上门,态度恶劣地问我入修会是不是为了逃避警察的追捕。

他并未这么做,只是坐了下来,说道:"这种安静把你吓坏了吧?"

我迫不及待地向他保证,寂静不但没吓坏我,反而令我神魂颠倒,以为自己到了天堂。

"你在这儿不冷吗?"他问,"为什么不关窗子?你的毛衣够暖和吗?"

我大无畏地向他保证,我暖得像一片刚烤过的吐司似的,但他还是要我关上窗子。

我不关窗是有原因的。那年在宾客屋工作的法彬修士早已告诉我许多这里有多冷的恐怖故事,例如清晨起床蹑手蹑脚地走向唱经楼时会抖到双膝相碰,牙齿打颤的声音响到盖过祈祷声。因此,我要事先做好准备,以对付这种严峻的考验,于是坐在房里,窗户大开,不穿大衣。

"你学过拉丁文吗?"导师神父问。我将自己读过的罗马作家普劳图斯(Plautus)、塔西佗(Tacitus)等全说了出来,他似乎很满意。

之后我们又谈了许多事:我会不会唱歌?会说法语吗?为什么想成为熙笃会士?读过有关这个修会的书籍吗?念过鲁迪神父(Dom Ailbe Luddy)的《圣伯尔纳德传》(*Life of St. Bernard*)吗?——许多诸如此类的问题。

谈话进行得十分愉快,倒让我越来越不愿卸下那仍让我良心不安的阴暗重担了。面对这么好一位特拉比斯会士,我无法启齿讲述我领洗前的生活,那种生活曾使我认为自己不可能有成为神父的圣召;不过,最后我还是用三言两语将过去的事全说了出来。

"你领洗几年了?"导师神父问。

"三年了,神父。"

他似乎并不介意我的过去,只说他很高兴我将该告诉他的全都说了,他会和院长神父商谈。

我一直有点怀疑首席院长会把我叫去盘问,但是一直没有动静。之后有好几天,我都和从水牛城来的胖仔一起做地板打蜡的工作;隐修士诵念日课时,我们就去教堂,跪在圣若瑟祭坛前的跪凳上,然后回到宾客屋吃炒蛋、乳酪和牛奶。我们吃着法彬修士称之为"最后的晚餐"时,他偷偷给我们一人一块雀巢巧克力。后来他向我耳语:

"多玛斯,我想,今晚你到餐厅,餐桌上的菜一定会让你大失所望……"

是那天晚上吗?那天是星期六,又是圣璐琪贞女瞻礼日(Feast of

St. Lucy）。我回房啃着那块巧克力,抄下一首刚刚写好向赖克斯和范多伦告别的诗。这时若亚敬神父进来了,当我告诉他我正在写诗时,他以手遮脸笑了。

"写诗?"他说,然后匆匆走出房间。

他是来找我继续打蜡的,于是从水牛城来的胖仔和我又跪在厅里工作。没多久,导师神父上楼来,要我们带着东西跟他走。

我们穿上外套,拿了包下楼,让若亚敬神父自己继续打蜡的工作。

我们的脚步在宽敞的楼梯间响起回音,到了楼底,门边那"唯独天主"的牌子下方站着半打手里拿着帽子的乡下人,正等着告解。他们就像是无名抽象的代表团,代表民间团体向我们告别。其中有一位温文庄重的老者留着好几天没刮的胡子,我忽然感情泛滥地靠过去向他耳语:

"为我祈祷。"

他很严肃地点头表示愿意,我们身后的门随即关上。我觉得我以在俗者身份所做的最后一件事仍然有点积习难改——多玛斯·牟敦这小子可是在地球两大洲都四处炫耀过的。

紧接着,我们就跪在院长桌旁了。他掌管整个隐修院和院内的每一个人,拥有世俗及灵性的绝对权威。这位神父成为特拉比斯会士已将近五十年,看起来较实际年龄年轻很多,因为他精力充沛、充满生命力。五十年来的辛苦工作不但不是折磨,反而使他更有活力、更加生气蓬勃。

弗雷德里克院长面前的桌子上摆满了信件和堆积如山的文件,他虽然日理万机,却仍然游刃有余,一切处理得井井有条。自从我入了修会之后,有许多事让我心生好奇:他到底凭藉着什么奇迹才能把一切处理得如此井井有条、从不失手?

那天院长神父面对着我们态度就是那么从容,似乎除了对这两位即将离开尘世来特拉比斯会做望会生的人说几句最初的忠告之外,没有其他的事要做。

"两位,"他说,"我们这个团体会更好或更坏,都在你们手里,你们所做的每件事都会影响别人，好坏完全取决于你们。我们的天主是永远不会拒绝给你们恩宠的……"

我忘记那天他是否引用了费伯神父的话。院长神父喜欢引述费伯神父的话，如果那天他竟然没有引述，就太离奇了。

我们亲吻他的戒指，接受他的降福，然后离去。临别时他不忘给我们一个挑战，他说我们应该喜乐而不放荡，而且耶稣和玛利亚的名字应该经常挂在嘴边。

我们走进在黑暗长廊尽头的房间，有三位隐修士坐在打字机前，我们把钢笔、手表、零钱都交给了其中的总务，又签了文件承诺，如果出了修会，不会因为他们不支付劳动的工资而控告修会。

然后我们就通过一道门，进入修院禁地。

以前我从未见过隐修院的这一部分——禁地彼端的长厢房在房舍后部，那是隐修士居住的地方，也是休息时间聚集的场所。

这些厢房和那敞开、呆板拘谨的禁地正好成对比。首先，这儿较暖和，墙上有布告栏，可以闻到烘焙屋传来烤面包的暖香。隐修士来来去去，臂弯上搭着风帽，待工作结束的铃声响起就可戴上。我们在裁缝店停留片刻，测量袍子的尺寸，然后又通过一扇门，进入初学院。

导师神父指出初学院的圣堂所在地，我们就在那质朴的白色房间内的圣体柜前跪了一会儿。我注意到门的一边是我的朋友圣女贞德的雕像，另一边当然就是小白花了。

随后我们来到地下室，所有初学生都在脸盆碰撞声中乱转，眼里都是肥皂水，摸索着找寻毛巾。

导师神父找出一个似乎被肥皂泡沫整得最惨的家伙，要他在教堂内照顾我。

"他就是你的护守天神，"神父解释，又加上一句，"他以前是个海军陆战队队员。"

///

从教会礼仪的角度来看，从将临期开始入会修道是最好的时节。

牟敦的摄影

新生活展开了,你在礼仪年度之始迈入新世界,教会给你的每一句歌词和你偕同基督在祂奥体内的每句祷词,都是热切祈求恩宠助力、祈求救赎主弥赛亚降临的呼喊。

隐修士的灵魂就是基督要莅临诞生的伯利恒——其实,基督的降生地就是那些经恩宠改造过的肖似祂的灵魂,祂的神性以特别的方式在那里生活,藉着爱和祂的圣父与圣神居住在这"新降生的圣子"中,也就是"另一个基督"里。

将临期的礼仪藉着热切的歌曲和赞美诗替新的伯利恒做准备。

一旦进入灵修领域,这种热望就更加强烈了,因为四周的世界死气沉沉、生命衰颓、万木凋零、鸟语尽失、草地枯灰。你来到田野,用尖嘴锄挖掘荆棘,太阳间或发出微光,借用英国诗人多恩在《圣璐琪贞女瞻礼日之夜曲》中所用的突兀比喻——这样的阳光根本称不上光线,只能算是"小鞭炮细声细气地爆火花"……

但是隐修院教堂内冰冷的石壁间圣歌声缭绕,歌声散发出活泼的火焰,充满纯净深远的热望。那是一种朴实无华的温暖,是格列高利圣歌的特色,其深刻非一般情感所能及,因此永远不会生厌。它不用大量的廉价诉求刺激你的感性,让你精疲力竭;也不会诱你进入感情泛滥的境地,让你的敌人——魔鬼、幻想、腐败本性中固有的粗鄙——逮住你,用刀将你切成碎片。它只会将你引入内心,让你在祥和与回忆中得到安抚,在那儿找到天主。

只要你在祂内休憩,祂就以奥妙的智慧治愈你。

在唱经班的第一个晚上,我试图唱出格列高利圣歌起头的几个音符,但是当时我得了生平最厉害的感冒——那就是我入会之前为了迎战隐修院的低温所做实验的成果。

　　那是圣璐琪贞女瞻礼日的第二次晚祷,我们诵唱贞女通用的圣咏,但是之后的圣经选读就是将临期第二主日的经文了,现在领唱者正在吟唱那可爱的将临期圣歌《创造万物仁爱天主》。

　　这简朴圣歌的节奏、平衡与气势多么惊人!其结构之完美远超过世俗音乐的浮华效果——连一个八度音阶都未用尽,却远较巴赫的音乐更意味深远。那晚我目睹这种节奏明显的曲调如何为圣安波罗修(St. Ambrose)[1]古老的话语增色,使原本就温婉动人、有信念、有意义的字句更为有力,在天主面前绽开美丽火热的花朵,沿着石壁上升,最后没入拱形屋顶的黑暗中。回音消逝之际,我们的灵魂充满平安与恩宠。

　　当我们开始诵唱圣母赞颂上主的《我的灵魂赞颂主》时,我有一种欲哭的感觉,因为我是隐修院的新人;正因如此,我有理由因感恩而喜极落泪,干哑的喉咙发出低沉的声音,感谢天主赐我圣召。感谢主,我终于来到这里,真的进入隐修院和天主的修士一起咏唱颂歌了。

　　从现在起,每天的日课都将扬起古代先知向天主呼求救赎主的热情呼声。“恳求天主速降临,救赎解放你子民。”隐修士们也以同等雄壮的嗓音继续呼求,他们仗着对圣宠和天主亲临与他们同在的信心,像很久以前的先知们那样和祂争辩,质问祂:上主,你怎么了?我们的救赎主在哪儿?你答应我们的基督在哪儿?你睡着了吗?你忘记我们了吗?为何我们还埋藏在自己的悲惨中,在战争与悲伤的阴影下?

　　第一天晚上我在唱经班可算是感情激动,但是接下来几天并没有什么机会享受到所谓的“神慰”。那时我患了重感冒,病得半死不活,神慰对我不起作用,况且我还必须熟悉上千种修道生活的重要条文。

　　现在我能从修院内部观看修道生活,可以从教堂内而不是在访客席上观察了,也可以从初学院的厢房而不是从温暖体面的客房看修院了。现在我和修士面对面相处,他们不再是梦中人物,也不再是中古小说里的角色,而是冷漠、无法躲避的现实人物。从前,我眼中的这个团体行动起来就像是一个整体,动人而正式的礼仪使得整团男人隐姓埋名,被耶稣的人格笼罩,个人变得模糊化;现在这个团体在我前面分裂成为各个组成分子,所有细节,不论是好是坏、悦人或不悦人,都呈现在眼前,供我就近审视。

在此之前天主已经光照了我,让我了解修道圣召最重要的是:得到召唤过修道生活的人——不论身为耶稣会士、方济会士或嘉都西会士——最基本的考验便是必须心甘情愿地过团体生活,而团体中每个人多少都是不完美的。

这些不完美和世俗中人的缺陷与恶行相较是微不足道的,但是你反而更容易注意并察觉其存在,因为受到修道生活的责任感和理想的影响,这些不完美变得格外醒目,你会不由自主地注意每个人的缺陷。

有些人甚至因此失去圣召,因为他们看到有人在修道院生活了四五十年,甚至六十年,脾气仍然非常暴躁。无论如何,既然我已成为革责玛尼的一份子,不妨多方观察真正的情况为何。

我所在的这栋楼外墙又高又厚,有的漆成绿色,有的漆成白色,墙上大都挂着具有教化作用的告示牌,漆着警句,例如:"谁若自以为虔诚,却不钳制自己的唇舌,此人的虔诚便是虚假的。"至今我仍不甚了解这些告示牌的价值何在,因为就我而言,只要读过一次,就永远不会再次看它。早在我来到之前它们就一直在那儿,但就是对我不起作用;也许有人住在这儿多年,却仍然对这些警句深思不懈。反正这就是特拉比斯会的规矩,不管到哪儿都会看到。

那一堵堵没装暖气的厚墙并没有什么重要性,有意思的是发生在墙壁后的事。

会院里到处是人,都藏在白色风帽和棕色肩衣里,有留胡子的在俗修士,也有没留胡子戴着僧帽的。有的年轻,有的年老,老的占少数。粗略估计,院里连我们初学生在内平均年龄大约三十出头。

我看得出修会正式成员和初学生之间的区分。初学生还没有机会领会隐修士和已发过愿的修士深切关心的事物,但是初学生看起来似乎更虔诚——感觉得到那份虔诚相当肤浅。

一般说来,最有圣德的人跪下祈祷时,虔诚很少显露于面部表情;修道院里最圣洁的人通常不会是在瞻礼日唱经时神色喜悦的人,那些两眼发亮注视着圣母雕像的人通常脾气最坏。

初学生的虔诚很容易看出,但那是无邪而自然的,相当合乎他们的身份。事实上,我立刻就喜欢上初学院了,院里充满朝气,弥漫着热诚、幽默的气息。

我很欣赏他们用手语彼此开玩笑的模样,也喜欢那些不出声的赏心乐事,有如空穴来风骤然震撼了整间"缮写室"。每个初学生好像都很有悟性,非常尽心修道:他们似乎能够很快领会会规,自然而然、毫不费力地奉行,却不会吹毛求疵。生活中不时妙趣横生,令他们两眼发亮,就像孩子一般——即使其中有人已经不再年轻。

你会觉得他们当中最优秀的就是最单纯、最不摆架子的人。他们循规蹈矩、不挑剔、不炫耀自己、不引人注目,交代他们做什么就做什么,但他们经常是最快乐、最心安理得的人。

他们不走极端。走极端的人会夸大每一件事,小心翼翼地死守会规,将原来的精神都曲解了;他们认为只要自己努力、全神贯注,即可成圣——似乎一切全操之于己,甚至天主都无法协助。但是,另一极端的人在圣化自己方面什么都不做,或是做得很少,漫不经心——好像天主有一天会来为他们戴上光环,那时便大功告成了。他们附和别人,敷衍了事地遵守会规,一旦认定自己生病了,便企求更多优惠待遇,其他时候不是喜欢作乐、闹得鸡犬不宁,就是气色愠怒,整个初学院都受到连累,觉得扫兴。

会出修会还俗的人通常属于这两种极端,留下来的多半是正常、有幽默感、有耐心、肯服从的人,没什么特别表现,只是循规蹈矩而已。

星期一清晨,我去告解,这是四季大斋周(Ember week),所有初学生都去向他们的特殊听告解神父告解,那年的特殊听告解神父是欧多神父。我跪在那间小小的露天告解室中,抱着深切忏悔的心情,诉说若亚敬神父那天在宾客屋要我转告水牛城来的胖仔到教堂做日课的午后祈祷,我却忘记了。卸下我灵魂上这个和其他类似的负担后,由于不熟悉熙笃会的仪式礼节,我有点昏头转向,欧多神父才念完第一段祷文、尚未赦免我,我已经准备离开告解室了。

其实我已经拔腿要走了，却发现他又开始对我说起话来，才知道应该继续留下。

我注意听他说话，他说得既和蔼又简单，主旨是：

"谁知道有多少灵魂在倚靠你，看你在隐修院里能否不屈不挠？也许天主注定世上许多人只能靠你对圣召忠贞不二而得救，万一你受了诱惑要离开修会，一定要想到他们。受诱惑、想离开是有可能的，要记得普天之下的灵魂，有些是你认识的，其他的也许必须上天堂后才会认识；但是无论如何，入会不是只为了你自己一个人……"

我在整个初学院阶段都没有受到出会的诱惑。其实，我修道以来一直没有丝毫还俗的想法，成为初学生后甚至未曾受到离开革责玛尼、入其他修会的念头骚扰；之所以说未受骚扰，意思是：我曾经有过这个念头，但是从未达到让我不安的地步，因为那只是理论性、思索性的想法而已。

记得有一次导师神父就这个题目问过我。

于是我承认："我一向喜欢嘉都西隐修会，如果有机会，我会舍此处而入嘉都西修道院，但是战争让我不能如愿以偿。"

"在那儿你就得不到我们这儿的补赎了。"他说，然后话题就转向了。

直到我发愿之后，问题才出现。

次日清晨工作完毕，导师神父召见我，他将一堆白色羊毛袍子塞到我臂弯，要我穿上。以往望会生在入门几天后便领到献身会士的会服——这是偏远会院形成的破格习俗之一，在革责玛尼一直沿用，直到最近教会上司视察后才取消。我入初学院不到三天已经脱下在俗的衣服，乐得一辈子再也不穿。

不过，我倒是花费了好几分钟才知道如何穿上特拉比斯会士穿在会袍下的十五世纪内衣裤，实在很复杂。

不多时，离开小室的我已经穿着白袍和无袖法衣，腰间裹着一条白布，肩上披的是献身会士的简陋白斗篷。接着我去见导师神父，看看我将得到什么名字。

1949 年 5 月 26 日牟敦晋铎神父圣职

从前以为自己将入方济会修道时，曾费了好几个小时替自己选取名字——现在，他们给什么，我照单收下便是了。实在是太忙了，谁有时间分神注意这些微不足道的事。结果我被称为路易修士，而那位从水牛城来的胖仔则是思维修士。我庆幸自己名叫路易，而非思维，虽然若是由我作主，这两个名字我都绝不会选用。

天主要我永远记住我首次出航前往法国的日子——八月二十五日——为的就是要使我终能了解那天是我修道主保圣人的瞻礼日。那次航行就是一个恩宠，也许我的圣召就起源于我在法国的那些日子，如果圣召可以在本性界找到源头的话。还有，我记得以前经常上纽约的圣帕特里克教堂，在圣路易和圣弥格天使长的祭坛前祈祷；在我皈依初期，每当惹出麻烦时，我总是为他们点燃蜡烛。

我立刻走入缮写室，取出一张纸，用正楷写上"玛利亚·路易修士"，贴在那个仅存的代表我个人隐私权的盒子前方：那只是个小盒子，藏有一两本写满诗歌和冥想的笔记本、一本圣十字若望的著作、吉尔松的《圣伯尔纳德的神秘神学》(*Mystical Theology of St. Bernard*)、约翰·保罗从安大略(Ontario)的皇家空军军营写给我的信，范多伦和赖克斯给我的信件也都放在这里。

我从窗口眺望初学院矮垣外多岩层的峡谷，还有小山岩上枯林外的柏树丛。"这就是我的永远安息之处，我希望的是常在这里居住。"（译注：《圣咏集》第一三二篇第十四节）

IV

一月时，初学生都在森林中近湖处工作，那是僧侣们在集水沟筑水坝蓄成的湖泊。森林中很安静，伐木声在林间光滑如金属的蓝灰色水面上回荡。

工作时不可停下祈祷，美国特拉比斯修会的默观观念却不是如此；相反地，你该发出纯净的意愿，然后让自己投入工作，做得满身大汗，而且要做得很有成绩。为了把工作转变成默观，你可以偶尔念念有词：

"全心归向耶稣！全心归向耶稣！"但重要的是应该不断工作。

那年一月，凡事对我还是那么新鲜，我还没有完全投入这复杂的默想系统，后来才努力照做。偶尔我从树间仰望，远处的修道院教堂尖塔耸立在柏树环绕的黄色山脉后，以重重蓝色小丘为背景，让人看了心旷神怡，令我想到一首应答圣咏："群山怎样环绕着〔耶路撒冷〕，上主也怎样保卫祂的百姓，自从现今开始，一直到永恒。"

真的，我隐藏在祂的庇护中，祂以爱所做的功、祂的上智、祂的慈悲呵护着我，无时无刻、日以继夜、年复一年。有时我被貌似艰巨的问题影响，心事重重，但是事后我努力解决问题，所得并不重要，天主其实已默不作声，不知不觉替我回答了所有问题，将答案交给了我。说得更贴切一点，是祂将答案掺揉在我的生活、实质、存在的最基本结构中，天主神意真是明智，高深莫测。

我开始预做准备，领受初学生的会服，这也就表示，根据教会法我即将成为修会的一份子，迈上正式发愿的路途。然而，因为证件并未全部寄达，无人确知我何时可以穿上白色斗篷，我们还在等候诺丁安主教的信，他的教区包括鲁特兰郡和奥康，那是我以前学校的所在地。

想不到竟然有人和我一起领会衣——并不是那个从水牛城来的胖仔。接连好几个星期，每逢诵经班唱日课，他便酣睡过去，封斋期开始时他就出会了。我们听说他回水牛城后不久就入伍了。

一起领会衣的人竟然是我的老友。

那天从湖边回来脱下工作鞋、冲洗完毕后，就迫不及待地从地下室上楼，在转角处碰到导师神父和一名望会生。

从我行动匆忙到和他人相撞，就可看出我的默观修行功力远远不及自己的想像。

总而言之，这名望会生是一位神父，戴着圣职人员的罗马衣领。我又看了他一眼，认出他那骨瘦如柴的爱尔兰容貌，以及那黑框眼镜、高颧骨、红润的皮肤。他就是去年复活节和我同做避静的加尔默罗会士，我们那时在宾客屋花园中曾谈了好多话，还曾经谈到熙笃会士和嘉都西会士各有哪些优点。

我们彼此对望,似乎在说:"你……竟然在这儿!"我并没有说出来,但是他说了。然后他转向导师神父说:

"神父,此人就是因为读了乔伊斯而皈依的。"我不认为导师神父曾经听过乔伊斯这个名字,但我的确告诉过这名加尔默罗会士,阅读乔伊斯和我的皈依有某种关系。

于是我们在封斋期第一个主日一起领受了会衣,他被命名为萨司多修士。我们穿着在俗的衣服站在聚会厅中央,有一位十八岁的初学生在发初愿,后面桌上堆满就要分发给会士的正式"封斋期阅读资料"。

院长神父生病了,大家从他晚上念日课勉强宣读圣经的模样就看出来了。他应该在床上休养,因为他得的是严重的肺炎。

然而,他没有躺在床上,而是坐在一块美其名为"皇座"的硬木制品上主持会议。虽然他几乎看不到我们,却发表了一篇充满感情的规劝,极具信心地告诉我们,如果我们来到革责玛尼期盼的除了十字架、疾病、冲突、困扰、悲伤、屈辱、守斋、受苦和一切普通人性憎恨的事之外还有别的,那就大错特错了。

然后我们鱼贯走到他的皇座前,他脱下我们的大衣(除去我们固有的生活方式),又在领唱者和导师神父的协助下正式替我们穿上那件已经穿了一阵子的献身会士白袍,再佩带上初学生全套正式的肩衣和斗篷。

之后不出两周,我自己也住进了疗养室,得的不是肺炎,而是流行性感冒。那天是圣大格列高利的瞻礼日,我走进指定给我的小室,心中暗自高兴,也不管两天前原先住在这儿的休伊修士被我们抬去墓地后这个房间才空出来。他睡在敞开的棺材里,脸上挂着特拉比斯会士死者特有的坚强、满意的微笑。

我之所以暗喜住进疗养室是因为想到:"现在终于可以独居了,我会有很多时间祈祷。"应该再附加一句:"可以随心所欲,不必四处乱跑、回应铃声。"我一厢情愿地以为可以沉湎于那些我尚未能辨认出有多么自私的欲念里,因为这些欲念披上了新的外衣,看来好像是灵修的一部分。虽然我的所有坏习惯确实除去了正式的罪,却跟着我偷偷进入隐修院，和我一起领受了修道的衣物。这些坏习惯就是：灵性上的暴食、灵性上的耽于声色、灵性上的骄傲……

我跳上床，打开圣经，翻到《雅歌》，贪婪地一连读了三章，不时闭上眼睛等待，怀着卑鄙的期望，盼望得到光照、声音、和谐、甘甜、安慰，盼望听到天神唱经的歌声。

我未能如愿，只觉得幻灭，就像昔日付出五毛钱看了一场烂电影……

整体而言，特拉比斯会的疗养室是最无法找到乐子的地方，只有物质方面可以略微奢侈一点，不但可以尽情享用牛奶和牛油，某日——也许是那位修士搞错了——居然还得到一条沙丁鱼；假如是两三条，那一定是弄错了，但就是因为只有一条，我想应该是有意给我的。

我每天早上四点起床，作辅祭、领圣体，剩余时间坐在床上读书写字。我诵念日课，然后去病房圣堂拜苦路。近黄昏时疗养室主任杰若德神父会提醒我别忘了用费伯神父的书做默想，那是我们封斋期的指定读物。

但是当我病情略微好转后，杰若德神父便将我从床上叫起，要我收拾病房，做些零工。圣若瑟瞻礼日那天，我很高兴能到教堂念晚上的日课，同时在圣坛上的高廊高歌一曲，以为我已出会的人一定都大吃一惊。我们回到疗养室后，杰若德神父说："你唱起歌来嗓门可够大的！"

圣本笃瞻礼日那天，我终于卷起铺盖回到初学院，非常满意还不到九天就能走出休伊修士称为"不是髑髅地、而是大博尔山（Thabor）"的地方。

这就可以看出我和休伊修士之间的差异——一个是初出茅庐的修道人，另一个则已达到炉火纯青的境界。

人们在讲道时一再提到休伊修士，可见他真是一位成功的熙笃会士。我不曾和他交往，只见过面，但即使仅止于此，对他还是有足够的认识。我不能忘怀他的微笑——我指的并非他在棺木中脸上挂的那种笑容，而是他健在时的微笑，两者迥然不同。他是一位老修士，笑容却充满儿童的率真,充沛地具有那种无以名之、大家都同意的熙笃会士特征:简朴的风度。其涵养非常不容易解释,但是像休伊修士这样的人——为数并不多——都是灵魂无邪且自由的,因为他们不关心自己,抛弃了自己的想法、见解、意见、欲望,甘心接受来自天主手中的一切,服从院长的希望与命令。他们之所以能够获得心灵的自由,全是因为将自己的生活托付在别人手中,秉持着盲目的信心,认定天主会任用我们的院长、导师作为引导我们、塑造我们灵魂的工具。

我听说这些特点在休伊修士身上一应俱全,因此他也是他们所说的"祈祷中人"。

但是,这种稀奇的组合——既有默观的精神,又完全服从长上交付的院内诸多令人分心的职责——构成了圣化休伊修士的"熙笃会处方"。

我觉得我们各个会院难得出现几个纯粹的默观者。日子太活跃了,活动太多,有做不完的事,尤其在革责玛尼更是如此;它不仅是祈祷的发电厂,还真是一座发电厂。其实这儿有些人打从心底就对工作有几近夸张的敬意,做事、受苦、思索事情、为爱天主做出实在而具体的牺牲,这就是这里对默观的看法,我想也是我们整个修会的普遍看法。它有个名称,叫"活动的默观";"活动"一词选得好,至于"默观"呢?我就不那么肯定了,就像诗人写诗总享有那么一点夸张的特权。

我们只有在理论上可藉着通用的藉口"服从"来消除意志中的所有毒素,但这正是熙笃会的处方,自明谷的圣伯尔纳德及二十位中世纪熙笃主教、院牧代代相传至今。这就将我带回到我自己的生活,带回到与生俱来、流在我血液中的一项活动:我指的是写作。

我将所有属于作家的本能都带进隐修院了,直到现在依然如此,这可不是走私进来的。在初学院,每逢我有诗兴想写下感想或其他文思,导师神父不但允许我,甚至还鼓励我。

圣诞期间我已经将哥大时期的半本旧笔记写满了,那时我还在望会,经历了那么多奇妙的瞻礼日,思绪不断涌入我脑海中。

事实上,我发现各个瞻礼日上午四点至五点半间、晚课后的空档时间都十分安静,是写诗的好时光;两三个小时的祈祷之后,心中充满平安和礼仪的厚实感。冷窗外露出曙光,天气若是暖和,鸟儿已开始唱歌,大批意象仿佛在沉静与安详中自然结晶出来,诗句泉涌,有如行云流水。

这样过了好一阵子,直到导师神父告诉我不能在那段时间写作才停下来,因为会规规定那个时辰是神圣的,应该用来研读圣经与《圣咏集》。随着时间的流转,我发现那远比写作更好。

用那段时间来阅读、默想真是享受啊!尤其是在夏天,带着书本走到户外树下,五月底林子里的光影、色彩多么美妙!我从未见过那种绿色与蓝色。东方的天空火红灿烂,你简直觉得会看到厄则克耳先知笔下有翅膀的活物蹙额来回疾驰,好像闪电。

有六年之久,在瞻礼日的凌晨时光,我只阅读以下三四本书:圣奥斯定的圣咏评注、圣大格列高利的教谕、圣安波罗修评述圣咏的书籍,或是圣德里的威廉(Willian of St. Thierry)所写的雅歌评论。有时我阅读这几位教父之一的书籍,有时只阅读圣经;一踏入这些伟大圣人的世界,在他们写作的伊甸园中休息,我就失去想要利用那段时间写作的欲望。

此类书籍加上一连串的职责、礼仪年度的季节与瞻礼庆典,还有不同节气的播种、耕种、收成,种种自然与超自然周期中不同却密切整合的和谐组成了熙笃会的岁月,生活过得充实且满足,经常没有时间也没有欲望写作。

自从第一个圣诞节写了一些诗之后,一月份又写了一两首,圣母献耶稣于圣殿瞻礼日(Purification,译注:二月二日)写过一首,封斋期也写过一首,此后就沉寂下来了,我很高兴能安静无语。如果没有其他封笔的理由,就归咎于夏天是太过忙碌的季节吧!

复活节一开始,我们就种下豌豆与菜豆;复活节结束,已到了采收的时候。五月时,他们在圣若瑟草场第一次收割紫苜蓿牧草,从那之后初学生整天都排成一路纵队出门,头上戴着草帽,手里拿着干草叉,在农场各处的牧草场上出没。我们从圣若瑟草场出发,走到属地最东北

多玛斯·牟敦(路易神父)

角的低洼地,那儿树林环绕,位于名叫珍珠山的小丘后面;然后我们又
到南方的洼地,我用叉举起一禾束堆的干草,一条黑蛇从草堆中仓皇逃
出。当大货车满载时,我们有两三人会随车回去,帮忙将干草卸到牛
棚、马厩或羊圈里,这是最艰苦的工作之一。站在又大又暗的厩楼里,
尘土飞扬,货车里的人飞快地往你头上铲草,你要尽快将干草装入厩
楼。两分钟不到,这个地方就开始肖似炼狱,因为头顶上的太阳毫不留
情地照射着锡皮屋顶,使这个厩楼成为又大又黑、令人窒息的烤箱。当
年在世上为非作歹时若能稍稍想到这个牛棚,也许我会三思而后行。

　　六月的肯塔基州正是太阳肆虐的时候,日正当中,盛怒的光芒鞭打
着黏土犁沟,熙笃会士真正做补赎的时节到了。这时小小的修院禁地
中会出现一面小绿旗,通知大家休息和进餐时间可以不戴风帽;尽管如
此,还是热不可当,就算一动也不动地待在树下,衣服还是全部湿透。
树林中成千只蟋蟀嘶嘶作响,喧闹声在禁院的砖墙和瓷砖地上回响,充
斥全院,使整座隐修院发出大煎锅在火上烧的声响。此时唱经楼上苍
蝇充斥,必须咬紧牙关才能保持不猛力拍打的决心;想唱歌时,苍蝇爬
过你的额头,闯入你的眼睛……但这仍是一个奇妙的季节,所得的安慰
超过考验:有许多伟大的瞻礼——五旬节、基督圣体瞻礼(我们用花摆
成镶嵌图案装饰隐修院)、耶稣圣心、圣若望洗者、圣伯多禄、圣保禄瞻
礼日等等。

　　这时你可以真正体验到我们所谓“活动的默观”的压力,尤其是革
责玛尼隐修院还有许多意外的附加事项。你终于了解十八、十九世纪
老式特拉比斯会士在“默观的操练”(包括合唱日课和默祷等等)中看到
的主要是做补赎和自我惩罚的方法,因此这个季节也是初学生放弃修
道还俗的季节——其他季节也有初学生放弃修道,但是夏天的考验最
为艰巨。

　　我的朋友萨司多修士已在五月出会。我记得在他消失之前几天,
当其他初学生都在教堂掸灰尘时,他则在圣帕特里克祭坛旁叹气、闲
晃,可怜兮兮的。过去他还是加尔默罗会士时,修道的名字是帕特里
克,该是他回到圣帕特里克这位爱尔兰主保圣徒门下的时候了。

但是我没有出会的念头,虽然我和别人一样受不了那暑热的煎熬。我的性情积极,觉得自己从事的工作、流下的汗水似乎的确有些价值,因为感觉上正在替天主卖力,如此一想也就满意了。

萨司多修士离开那天,我们到农场最西边新辟出的一块地工作。我们排成一列纵队出发,整个蓝色山谷就在面前展开,在肯塔基州开阔的蔚蓝天空下,可以看到藏在树间的隐修院、厩房和花园,天空中飘着美得不可比拟的白云。我自己忖度着:"想要离开这种地方的人都是疯子。"这种想法可真不如我想像中的那般超性。因为景致优美而爱上此地是不够的,之所以心满意足,只因为你是个灵性强人,也是天主的一位举足轻重的仆役。

七月初是收获季节,我们忙着收割麦子,巨大的打谷机停在东面牛棚处,货车装载着一捆捆麦子不停地从四面八方驶来。只见院里负责管理粮食的人站在打谷机顶端,身后是广阔的天空,他发号施令,干净的新麦从机器中源源滚出,一群庶务修士初学生一刻也不敢耽误,忙碌地将麦子装满麻袋、捆紧并装上卡车。负责将麦子送去磨坊的是几位歌咏修士初学生,他们在那儿卸下麦袋,将麦子撒在谷仓地板上。大多数人则留在原野上。

那年的丰收真是破天荒,但总怕阵雨摧毁收成,每一天初学生都必须到田里解开一堆堆禾束堆,将淋湿的捆束散在地上,在阳光下晒干,以防长霉,之后再一一捆起才能打道回府——但是不久又会有阵雨。总之,那年的收成相当不错。

夏日漫长的白昼将尽时,我们在原野上,多美啊!太阳不再肆虐,树林长长的蓝影覆盖着残株满地的田亩,到处竖立着金色禾束堆。天空是清冷的,苍白的半月遥遥朝隐修院微笑,林中微风突然传来一阵松树的清香,夹杂着浓郁的田野气息和丰收的喜乐。当副院长拍手示意收工时,你放下工作,脱帽抹去眼中的汗水,在寂静中忽然察觉蟋蟀的歌声让整个山谷活了起来,持续不变的尖锐高音从原野上向天主奔去,像晚祷的清烟飘上纯净的天空:永续不断的赞颂!

此时你从口袋中拿出念珠,加入长长的队伍,摇摇摆摆地踏上回家的路途,靴子踩在沥青路上铿铿有声,心境那么平安! 你唇上默默地一遍又一遍念着天上圣后的名字,她也是眼前这山谷之后:"万福玛利亚,满被圣宠者,主与尔偕焉……"然后念到她儿子的圣名,因为祂才有受造的万物,因为祂才有这一切计划与意愿,因为祂所有的造化才有了格局,这就是祂的国度。"尔胎子耶稣,并为赞美!"

"满被圣宠者!"这个意念一次又一次使我们心中的恩宠更加满盈:当隐修士傍晚收工、摇摇摆摆地回家时,谁知道从这山谷、从这些玫瑰经文中有多少恩宠满溢流入了人间!

对我而言,圣母访亲瞻礼日(Feast of Visitation)是真正诗境的开端,那时天主之母唱出她颂扬上主的歌,宣告全部预言皆已实现,赞扬圣母体内的基督,圣母遂成为先知之后与诗人之后。就在圣母访亲瞻礼日过后几天,我得到约翰·保罗的消息。

过去几个月他一直在加拿大西部平原,在曼尼托巴(Manitoba)的军营中,每天长途飞行,接受轰炸训练。现在他已经拿到空军下士的臂章,随时准备被遣送到海外去。

他写信告诉我将会在出发前来革责玛尼一趟,但是并未确定何时来。

V

圣斯德望哈定瞻礼日(Feast St. Stephen Harding)过去了,他是熙笃会的会祖,每天我都等着被叫到院长神父的房间,等待他通告我约翰·保罗已经到了。

这时玉蜀黍已经长高,每天下午我们扛着锄头出去,向玉蜀黍田里的牵牛花宣战。我们消失在那一行行绿浪中,谁也看不到谁,假如院长派人来告诉我弟弟已来,我真怀疑那人找得到我。我们往往连收工信号都听不到,经常其他人早已打道回府,却还有一两位较专心的初学生被留在玉蜀黍田里,在某个偏僻角落死命地锄草。

不过,根据经验,我发现了一条定律:在你不做期待时,通常愿望就能实现。就是这么一个下午，我们在离修道院不远围墙内的萝卜园锄草时，有人打手势要我进屋，那时我已记不得自己在期待什么了，过了一会儿才恍然大悟。

我脱下工作服，直接到院长的房间，敲了门。只见闪出一个"请稍候"的牌子，那是他按了桌上的按钮显示的，我别无选择，只有坐下枯等，一等就是半个小时。

院长终于发现我还在那儿，于是叫人将我弟弟带来。只见他和亚历山大修士从大厅走来，精神抖擞、身体挺直，以前宽厚的肩膀现在更是方正了。

我们到了他的房间才有机会单独相处，我马上问他想不想领洗。

"我是有点想。"他说。

"告诉我，"我说，"你听过多少教理？"

"没多少。"他说。

我进一步追问了几句话，他说的"没多少"原来就是"一点都没有"的委婉说法。

"但是你若不了解领洗的意义，就不能领洗。"我说。

在晚祷之前，我回到初学院，觉得非常难过无助。

"他不曾听过任何教理。"我闷闷不乐地对导师神父说。

"但是他有心领洗，不是吗？"

"他是这么说的。"

我接着说："你认为我可否在这几天告诉他足够的教理，帮他做好准备？詹姆斯神父也可以找机会和他谈谈。当然，他可以参与所有避静的讨论会。"

当时有几个周末避静正在进行。

"让他带几本书去，"导师神父说，"和他谈谈，把你知道的全告诉他，我这就去找院长。"

次日我带着一满怀书匆忙走向约翰·保罗的房间，书是从初学院公共书箱偷出来的，不久他房里到处都是大家为他找来的各种书籍，想全部读完至少要在修道院再住上六个月。其中有一本橘色小册子，封面上有一幅美国国旗，书名是《天主教徒真义》，当然还有《遵主圣范》和新约。我提供的是"特利腾大公会议教理"（Catechism of the Council of Trent），罗伯神父的建议是《百万人的信仰》（*The Faith of Millions*），詹姆斯神父送来小白花的自传《灵修小史》（*Story of a Soul*），还有许多其他的书。方济神父是那年的宾客总招待兼图书管理员，提供《灵修小史》的也许是他，因为他对小白花非常虔诚。

总之，约翰·保罗大概总览了一下，问道："这小白花到底是谁？"他将《灵修小史》一口气读完了。

与此同时，每天上下午全部的工作时间里，我都马不停蹄地将能想到的有关信仰的事完全传授给他。我的初学同学正在外面干活，相较之下我这份工作更艰难——更让人精疲力竭。

天主的存在和世界的创始对他丝毫不成问题，轻描淡写两三句话便过去了。他在圣若望大教堂上唱诗班学校时听过有关圣三的道理，因此我只告诉他，父就是父亲，子就是父亲对自己的意念，圣神就是父对子的爱；这三位虽然有三个位格，却具有同一个本性——即这三位都依据信仰居住在我们之内。

我想我谈得最多的是信仰和恩宠生活，我将亲身经验的和我察觉到他最希望多知道的一五一十告诉他。

他来到这儿并非为了追求抽象真理：我一开始和他谈话就已经从他眼中看到隐藏在内心的饥渴被唤醒了，是那种饥渴带领他来到革责玛尼的——我肯定他并非纯粹来看我。

这种对平安、救赎、真正快乐的无尽渴望，我是多么熟悉啊！

此时一切浮华辞藻、精心工巧的辩词都是多余的：没有必要装聪明，也不必耍花样引他注意，他是我弟弟，我能和他直言相谈，用我们俩能理解的语言，其余的就靠我们之间的友爱了。

你也许会预料此时兄弟俩一定在"忆当年"吧！从某个角度来说的确是这样的，我们过去的生活、我们的回忆、我们的家庭、那栋我们称为家的房子、那些我们以为做了会开心的事情——确实都是我们谈话的背景，间接穿插进入我们谈话的主题。

　　昔日情境深深烙印在我们的回忆中,不必特意提及那些可悲而复杂的过去——充满纷扰、误解、错误的过去。就像汽车发生了意外,伤者在急诊室中捡回性命,日后那记忆仍是那样真实、鲜明、历历在目。

　　没有信仰可能会有快乐吗? 如果没有能超越我们一切所知事物的原则,怎么可能有快乐呢? 在道格拉斯顿,我外祖父母建了房子,也打理了二十五年,冰箱永远满满的,地毯干干净净,十五种杂志放在客厅桌上,一部别克停在车库中,后面阳台上鹦鹉尖叫,和邻居的收音机唱对台戏,这栋房子象征着一种除了为他们带来混乱、焦虑、误会、怒气之外别无他物的生活。就在这栋房子中,外祖母每天花费好几个小时坐在镜子前,在脸颊上涂抹冷霜,好像准备去歌剧院——但是她从未去过歌剧院,只在梦中看过歌剧,她在剧中不安而孤立地坐在瓶瓶罐罐的油膏前。

　　就在这种环境下,我们用这一代人能给予我们的东西做出反应,结果所做的无非是上电影院,到长岛泡便宜、灯光昏黄的小酒吧,或是到城里泡更嘈杂、更堂皇的酒吧,做着外婆在家中所做的梦,我们也从未看到我们自己的歌剧。

　　假如有人想要不靠恩宠过日子,他的作为并非都是邪恶的,这点的确可以确定。他照样可以做许多好事,例如驾车,还可以读书、游泳、绘画,做所有我弟弟在不同时期做过的事:集邮、收集明信片、收集蝴蝶标本、读化学、摄影、驾驶飞机、学俄文,这些事本身都是好的,没有恩宠也能完成。

　　但是,如今绝对没有必要停下来问他,没有天主恩宠,往日的种种追求曾否让他得到些许快乐。

　　我和他谈信仰。信仰是一件礼物,藉着信仰,你触摸到天主;在黑暗中,你进入天主,并接触到祂的本质与真相:因为祂内在的本质不是我们藉着感官和理智就可以接近、理解的。然而,有了信仰就可不费吹灰之力超越所有局限,因为是天主将自己显露给我们,我们只要谦逊地接受祂的启示,同时遵从一个特定方式:从他人口中接受祂的启示。

　　一建立好这种天人联系,天主便会给予我们圣化的恩宠:那就是祂

自己的生命，是爱祂的一种力量，这
种力量能克服我们盲目灵魂的弱点
与有限，让我们侍奉祂，控制自己疯
狂、叛逆的肉身。

　　"一旦有了恩宠，"我对他说，"你
就自由了。没有恩宠，明知不该做、
不愿做的，却无法不做，但是一旦有
了恩宠，自由就属于你；领洗之后，世
上没有什么东西可以强迫你犯罪
——没有什么东西会驱使你违背良
心去犯罪。只要拥有这种意愿，你就
会永远自由，因为你会得到助力，需
要多少就能得到多少，随时有求必
应，经常还早于你提出要求之前。"

给约翰·保罗付洗的詹姆斯神父
(Dom James Fox)

　　从那时起，他就非常急于领圣洗
圣事。

　　我到院长的房间。

　　"我们当然不能让他在这儿领洗，"他说，"可以安排在附近的本堂
进行。"

　　"你认为有可能吗？"

　　"我会请詹姆斯神父和他谈谈后回来告诉我他的想法。"

　　星期六下午，我已经将所有心得传授给约翰·保罗了。我提到圣
事与赦罪，然后倒回去向他解释教外人士觉得神秘的观念"圣心"。说
完后我停下了，实在是精疲力竭，已经没有什么可以给他了。

　　而他安然坐在椅子上说道："继续说啊，再多告诉我一些呀。"

　　次日是星期日，是圣亚纳瞻礼日，会议之后、大礼弥撒之前有一长
段空档，我问导师神父是否可去宾客屋。

　　"院长告诉我，你弟弟可能要去新哈芬领洗。"

　　于是我到初学院圣堂祈祷。

晚餐后，我知道那确是事实。约翰·保罗坐在他的房里，沉默而快乐，我已有好多年不见他如此安详了。

我隐约理解到，过去四天，我十八年或二十年来立下的坏榜样已经被天主的爱洗净，已变成好的了。在我的灵魂中，我爱夸口炫耀、爱愚蠢地自鸣得意所造成的罪恶已经获得宽恕，同时也自弟弟体内涤清了，心中充满平安与感谢之情。

我教他如何使用弥撒书，如何领圣体，因为一切都已经安排好；领洗后次日，他要在院长的私人弥撒中初领圣体。

次日清晨，在整个会议进行中，我都暗暗担心约翰·保罗会迷路，生怕他找不到前往胜利之后圣堂的路。会议一结束，我就抢在院长神父前头进了教堂，走入那空荡荡的建筑跪了下来。

约翰·保罗仍然无影无踪。

我一转身，看到正厅底端讲坛上方高悬的诵经席空无一人，下面单独跪着的就是身着军服的约翰·保罗。他似乎遥不可及，在他跪着的俗世教堂和我跪着的诵经席之间有一道上锁的门，我无法大声告诉他应该如何绕远道经过宾客屋到我这儿来，他也看不懂我的手势。

就在这一刹那，遗忘的童年往事突然在脑海中闪现，有好几十次我丢石头赶走约翰·保罗，不让他和我及朋友一起盖小屋。现在忽然旧事重演，情境如昨：约翰·保罗远远站在那儿，迷惑不已，无法跨越我们之间的距离。

现在他已死了，有时这种意象会在我心中萦绕不去，好像他还是无助地站在炼狱中，或多或少要倚靠我救他，等待我为他祈祷。但我希望他早已从炼狱中出来了！

导师神父带他过来了，我点燃了胜利之后祭坛上的蜡烛。弥撒开始之前，我从眼角看到他跪在跪凳上，我们一起领了圣体，大功告成。

次日他就离开了。会议之后，我至大门口送行，有个访客让他搭便车到巴兹镇。车子转了个弯、开始上路时，约翰·保罗转过头来挥手；就在那个时刻，他的表情似乎显示出他和我一样有预感，今世也许不会再见面了。

秋天到了，九月间，所有年轻的隐修士必须替亡者诵念十遍《圣咏集》。这个季节总是秋高气爽、艳阳当空，卷云高高在上，锯齿状山顶的森林变了颜色，呈锈色、血色、黄铜色。我们每天都出去收割玉蜀黍，圣若瑟草场早已收割完毕，绿穗已送入地下储藏室。目前我们正横越中、下方洼地，在那一望无际满是石头的田里用刀子砍出一条路，刀子碰击干燥的玉蜀黍秆，发出清脆的声音，就像来福枪的枪声。那些空地俨然成了打靶场，我们拿着二二口径的枪不停射击。

我们的脚步走过之处一排排空道出现了，巨大的禾束一堆堆竖立在那儿，两名最晚来的初学生以粗绳将禾束制服，再用细绳捆缚妥当。

十一月间，剥玉蜀黍壳的工作就要告一段落，肥火鸡在槽里大声咯咯叫着，黑鸦鸦地成群从铁丝篱笆这头跑到另一头，天空阴沉沉的。我接到约翰·保罗从英国寄来的消息，他从最初留驻的波茅斯寄来一张明信片，上面有西海崖（West Cliff）附近我熟悉的寄宿之处；只不过十年前，我们还在那儿度假：想起来真不可思议，有恍如隔世之感——好像的确有灵魂转世这么回事！

之后他被派到牛津郡某地，他的信寄到时常有几个被整整齐齐剪掉的长方形空洞，但是看到他写着"我很高兴去——，又见到了——和那些书店"，我就知道该在第一个空洞补入"牛津"，在另一个空洞补入"大学"，因为邮戳上分明有班柏立（Banbury）一字。他仍在受训，看不出还有多久才会真正到德国上空作战。

这段期间他的信中谈到认识了一个女孩，将她描绘了一番。不久得知他们计划要结婚，我为这件婚事高兴，却又认为他们有点草率，觉得可惜：他们有机会找个房子安住下来吗？人人都希望如此，但如今机会渺茫。

圣诞节又来到隐修院了，和去年一样带来恩宠与安慰，只是我的感觉较去年更加强烈了。在宗徒圣多玛斯瞻礼日那天，院长神父允许我私下向他发愿，较获准公开发愿早了一年多；即使能每天发十个不同的愿，我还是无法表达我对隐修院和熙笃会士生活的感受。

　　一九四三年就这样展开，一周一周很快过去，匆匆就进入了封斋期。

　　封斋期要遵守许多规定，其中之一便是告别信件，隐修士在封斋期和将临期不准收信，也不准写信。圣灰日前，我得到约翰·保罗最后的消息，他计划在二月底结婚。我必须在复活节之后才能得知他是否结婚了。

　　去年我第一次过封斋期，守了一点斋，但是后来不得不中断，因为有将近两周我住进病房，如今是我第一次有机会完全守斋。那段日子我对食物、营养、健康还是怀着俗世的看法，认为特拉比斯隐修院封斋期的守斋相当严格。我们中午之前什么都不吃，中饭只吃两碗东西，一碗汤，一碗蔬菜，面包随便吃，但是晚餐只有点心——一片面包和一碟像苹果酱的东西——两盎斯而已。

　　然而，假如我待的是十二世纪的熙笃会隐修院，甚至十九世纪的特拉比斯隐修院，我就只得缩紧腰带忍受饥饿到下午四点了，就只有这么一餐，没有点心，也没有封斋期小早餐。

　　知道实情后我觉得很没面子，我们现在的封斋期守斋并不难受；不过，目前早上的工作时间是上神学课程的时候，不像在初学院时要到小径上击碎石头，或是在柴棚劈木柴。这种差别很大，因为空着肚子舞动长柄大锤膝盖是会打颤的，至少我会这样。即使是在一九四三年的封斋期，我已经可以腾出部分时间做室内工作，院长神父让我负责翻译一些法文书籍和文章。

　　因此，望完团体弥撒之后，我就拿着书、铅笔、纸张到初学院缮写室工作。我拼命在黄色纸张上飞快地书写，一写完就有另一位初学生拿去打字，在那段日子甚至有位秘书帮我忙。

　　这漫长的补赎礼仪在圣周达到高潮，哀歌悲戚的呼叫声再次回荡在隐修院教堂的黑暗唱经楼里；接下去的四个小时，我们在会议室诵唱耶稣受难节诗篇，歌声如雷。禁院内只见光着脚走动、噤声不语的隐修士，朝拜十字圣架时伴唱的是漫长忧伤的单旋律圣歌。

　　能在圣周星期六再次听到久违的铃声多么让人宽心啊！从死亡之

眠醒来,听到一连三声"阿肋路亚"。那年复活节来得不能再晚了——四月二十五日——整座教堂中鲜花多得醺人,那是肯塔基州春天的气息,是馥郁醉人的野花香味,甜美丰盛。我们刚小睡了五个小时,现在来到这充满温暖夜晚空气的教堂,尽情享受香味的浓郁,不久开始复活节序经,欢腾鼓舞之情臻于顶点。

复活节日课中的圣歌及轮唱赞美诗气势多么宏伟啊!格列高利圣歌按理该单调,完全缺乏现代音乐的花哨与资源,但是却如此变化多端、无限丰富,因为它微妙、深沉、充满灵性,扎根处远远超过肤浅的技巧和"技术",深入灵性生活、人类灵魂的深渊。那些复活节的"阿肋路亚"虽然只局限于八个格列高利圣歌调式的狭窄范围,却能达到多彩、温暖、有意义、欢乐的境界,没有其他音乐能有此种能耐。就像熙笃会的一切——比如说,就像熙笃会士——其轮唱赞美诗由于服从一种严格的规定,看来个性似乎被泯灭了,其实反而获得另一种独特、无可匹敌的个性。

就在这种气氛下,消息从英国传来。

复活节前夕,我在膳堂餐巾下找到几封信,其中一封是约翰·保罗从英国寄来的。我直到复活节后的星期一才读信,信中说他已依照计划结婚了,和太太到英国湖区待了一周左右,然后被调到新的基地,在那儿就要准备作战了。

有一两次他轰炸了某处,但是他根本没给查信者剪掉文字的机会,由此可见他大大改变了对战争和他在其中所扮角色的态度。他不愿意谈这码子事,似乎无话可说;他说没心情谈论这些,那口气已说明他有过多么恐怖骇人的经验了。

约翰·保罗终于与他和我协助创造出来的世界正面交锋了!

复活节后的星期一下午,我坐下写信给他,希望尽我所能给他一点鼓励。

信写完时已是复活节后的星期二,我们在唱经楼望团体弥撒,导师神父进来,打了个手势,意指"院长"。

我走向院长神父的房间,心里已经完全有数。

路上经过修院禁地一角的圣母紧抱耶稣尸体像,我将自己的心愿、天性中的手足之情和其他一切都埋葬在耶稣尸体的伤口中。

院长神父亮出准许进入的牌子，我跪在他的桌旁领受他的祝福，亲吻他的戒指。他念电报给我听，我的弟弟约翰·保罗·牟敦下士于四月十七日在战役中失踪。

我一直不能理解这份电报为何这么久才送到，四月十七日至今已经十天——那是受难圣周的最后一天。

又过了几天，有确定消息的信寄到了；过了几周，我终于知道约翰·保罗的确死了。

事情的经过如下：十六日星期五的晚上（那是痛苦圣母瞻礼日），他和伙伴驾驶轰炸机出航，目标地是曼海姆（Mannheim），至今我仍无法断定坠机是发生在去程还是回程中。飞机掉落在北海，失事时约翰·保罗受伤很重，他竟然有办法漂浮在水面上，甚至试图协助驾驶员，其实驾驶员已经死了。他的伙伴设法让橡皮小艇浮了起来，将他拖进小艇。

他的伤势很严重，也许脖子断了，神志不清地躺在小艇底层。

他渴极了，不断讨水喝，但是他们没水给他，坠机时储水箱破了，水已流尽。

事情没拖太久，他忍了三个小时后死了，有点像爱他、许多世纪之前为他而死的基督忍受了三个小时的口渴；就在同一天，祂在许多祭坛上再次奉献祂自己。

他的伙伴受到更多苦难，但是终于平安获救，那是五天后的事了。

第四天，他们将约翰·保罗埋葬在海里。

> 好弟弟，若我无法成眠，
> 我的双眼是你坟上的花朵；
> 若我咽不下面包，
> 我的斋戒将在你丧生之处如杨柳般生长。
> 火热中，我若无缘觅水止渴，
> 我的渴将化为泉水，献给你这可怜的旅者。

在哪个战火弥漫的荒凉国度

躺着你可怜的身躯,迷失,死去?

在哪个灾难的乡土

你不快乐的魂儿迷失了途径?

来,在我的劳苦中安息,

在我的悲伤里枕放你的头,

不妨拿走我的生命,我的鲜血,

替你自己买张好点的床——

或取走我一口气,拿我的死

替你自己买来较安逸的长眠。

战争中人人中弹,

旗帜倒地蒙尘,

我的、你的十字架仍要告诉人们,

基督为我俩死在我们的十字架上。

在你四月失事的残骸里,躺着被杀戮的基督,

基督在我青春之泉的废墟中哭泣:

祂的眼泪似金钱般

滴入你虚弱无依的手里,

赎你回归故里;

祂沉默的眼泪落下,

如铃声坠落你客地的坟上。

听啊,来吧:钟声呼喊你回家。

注释:

[1] 圣安波罗修(St. Ambrose,340～397),亦译"圣安布罗斯",古代基督教拉丁

   教父,意大利米兰主教,在文学、音乐方面造诣颇深,十二月七日是他的纪念

节。他坚决捍卫正统基督教,强烈反对阿里乌派,赞同禁欲主义,主张教会独立统一,促成了奥斯定最终放弃摩尼教,皈依基督教,还对西方赞美诗的发展作出了贡献,后被罗马教会尊为"博士"。

尾 声

不幸者在孤独
中的默想

《信仰与暴力》书影

/

　　日与日侃侃而谈,天空云彩变化万千,四季缓慢而规则地走过我们的林野,还来不及察觉,时间就遁去了。

　　炎炎六月,基督才从天上将圣神降在你身上。没多久,你环顾四周,看到自己站在晒谷场上剥玉蜀黍皮,十月底刺骨的寒风正横扫疏林。再一转眼就是圣诞节了,基督诞生。

　　三台大弥撒的最后一台是天明大礼歌唱主教弥撒,我是弥撒辅祭者之一。在更衣室披上祭衣后,我们在圣所内等候。如雷的风琴声中,院长神父带领隐修士列队经过修院禁地前来,又在胜利之后圣堂的圣体前小跪片刻,天明弥撒便开始了。我毕恭毕敬、行礼如仪地呈上牧杖,他们走向祭坛,唱经班开始咏唱伟大的弥撒序曲,整个圣诞节光辉的意义得以发扬光大。圣婴降生于地时,身份卑微,躺在摇篮里,在牧羊人面前;今天祂在天上诞生,诞生于荣光中,庄严雄伟,祂的诞生之日就是永恒。祂是永生、万能、上智的,在晨星升起前诞生;祂是开始,也是最终,永恒地因圣父、无限的天主诞生;祂自己就是天主,祂是出自天主的天主,出自光明的光明,出自真天主的真天主。天主自己诞生自己,永远如此,祂自己就是祂的第二位格:合一,但永远从祂而生。

祂又每时每刻在我们心中诞生:这种无歇止的诞生、永远的开始,没有止境;这种天主的永恒、完美的创新,诞生了祂自己,从祂自己发出,却不离开自己,亦未改变祂的一体性,这就是我们内在的生命。但是看啊!祂忽然再次诞生了,在耀眼的光照下,祂在这祭坛上洁白似雪的殓布上降生了,并在静默的祝圣礼中被高举在我们之上!天主之子,圣子,道成人身,全能的天主。噢,基督,这个圣诞节您要向我说什么?在您诞生之际,您为我准备的是什么?

在唱《除免世罪的天主羔羊颂》时,我将牧杖放在一旁,大家一起走到读书信的位置,领受和平吻礼。我们相对鞠躬,这种敬礼依序传递下去。我们低垂着头,双手合十,然后一起转身。

突然我发觉自己正对着赖克斯的脸,他站在替访客排好的椅凳旁,离圣所的台阶非常近,再进一步便在圣所内了。

我对自己说:"好极了,现在他也要领洗了。"

晚餐后我到院长神父的房间,告诉他赖克斯是我的老友,可否和他谈谈。通常只有家人才准许探望我们,但是我家中几乎没人了,院长神父允许我和赖克斯略谈一下,我也提到他可能已有准备领洗。

"难道他不是天主教徒?"院长神父问。

"院长神父,他还不是。"

"那么,为何他在昨晚的子夜弥撒领了圣体?"

在宾客室中,赖克斯告诉我他领洗的前因后果。他原本在北卡罗来纳大学替几名求知心切的年轻人开了一门广播剧写作课,将临期接近尾声时,他收到瑞斯的一封信,大意是:"来纽约吧,我们找一位神父为你付洗。"

经过多年来翻来覆去的辩论,赖克斯突然就这么跳上火车,去了纽约。从来没有人以这种方式向他提到这件事。

在公园大道的教堂,他们找到一位耶稣会神父,就这么领洗了,事情就是这么简单。

那时赖克斯说:"现在我要去肯塔基州特拉比斯修院拜访牟

敦了。"

吉卜尼对他说:"你是犹太人,现在又成了天主教徒,何不干脆把脸涂黑,那么南方人最痛恨的三件事在你身上便一应俱全了。"

圣诞前夕,夜幕已降,赖克斯到了巴兹镇,站在路边等待便车来隐修院。有几个家伙让他上了车,他们一路用经常听到的陈腔滥调谈论犹太人。

于是赖克斯告诉他们,他不只是天主教徒,而且是改信天主教的犹太人。

"喔,"那些家伙说,"你该晓得我们谈论的只是正统的犹太教徒。"

从赖克斯口中我再次听到我记忆深刻的几位朋友的片断消息:戈迪加入了陆军,驻守在英国,九月时领洗了。瑞斯在某家以新闻照片为主的杂志社工作。吉卜尼已经结婚,过一阵子会和赖克斯替另一家以新闻照片为主的杂志社工作——新成立的杂志社,是在我入隐修院后才创办的,杂志名称叫《夸示》或《炫耀》之类的。我不知道蓓姬是否已经去了好莱坞,但是不久她真的去了,至今还留在那儿。南茜不是在《时尚》就是在《哈泼》工作。我无法进入方济会的那年夏天,所有住在奥利安小屋的人前后都曾替《住宅与庭园》工作过,我总觉得这整件事很玄,也许是我做梦时梦到的。但是有那么三四个月,不管是多久,《住宅与庭园》一定是一本相当有看头的杂志,和以前我在候诊室打着哈欠看到的绝对大不相同。

费礼德古德在印度,他加入了陆军;就我所知,他的柔道还无用武之地。他在印度的主要任务就是替陆军的阿兵哥办报纸。有一天他走进印刷机房,替他做事的排字工人都是印度教徒,脾气随和极了。他站在印刷机房正中央,在当地人众目睽睽之下用一份报告打死了一只苍蝇,声如巨炮,响彻整间工厂。所有印度教徒立刻罢工,列队离去,我想就是因为那样,他才有足够的空闲时间到加尔各答拜访巴拉玛卡瑞。

赖克斯回纽约时带走了我的一些诗稿,其中一半是我入初学院后写的,另外一半大部分是以前在圣文德写的。来到革责玛尼之后,这才第一次取出来做了一番整理选择的功夫,就像是替一个陌生人、一个死去的诗人、一个已经被遗忘的人编辑作品。

赖克斯将这些选稿带去给范多伦，范多伦又将稿子给了新方向出版社；就在封斋期前，我得知他们正计划出版那些诗稿。

那本非常清爽的小书《诗三十首》(*Thirty Poems*)在十一月底来到我手里，正值我们年度避静之始，那年是一九四四年。

我走出去，站在阴霾的天空下，在墓地边缘柏树丛里，站在寒意逼人的风中，手上拿着那本刚出版的诗集。

//

在此之前我已经消除了自己真正身份方面的问题。我已经发过初愿，所发的愿应该足以卸下我仅存的最后一丝特殊身份。

然而，这个阴影，这个替身，这跟我一起进入隐修院的作家，总和我形影不离。

他总是跟踪着我，有时骑在我肩膀上，像海上老人，我摆脱不掉他。他仍然挂着多玛斯·牟敦的名字，那是敌人的名字吗？

他应该已经死去了。

但他总是站在我所有的祈祷门廊中迎接我，跟随我进入教堂。他在柱子后和我一起跪着，他是犹达(Judas)[1]，在我耳边喋喋不休。

他是个商人，满脑子生意经，就活在心计和新计谋中。他在静默中生产书籍，那种静默原本应是甜美的，因为默观孕育出潜力无穷的混沌。

最糟的是，他有我的长上做后盾，他们不撵走他，我也赶不走他。

也许最终他会致我于死地、饮尽我的血，似乎没有人了解我们当中的一位必须死去。

有时我真是害怕极了，那些日子我的圣召似乎荡然无存——我默观的圣召——只剩些许灰烬，但是人人都很平静地告诉我："写作是你的圣召。"

他就站在那儿，堵住我迈向自由的路径。我被捆缚在世上，那些合约、评论、待校的稿件使我动弹不得，就像受埃及人的奴役虐待一般，写作的计划驾驭着我。

当我最初有写作的念头时，曾将想法告诉导师神父和院长神父，我认为那是我"心地纯朴"的表现，只不过"对我的长上坦诚"；就某方面而言，我是的。

但是，没多久他们就认为应该任命我做翻译和写作的工作。

这真的有点离奇。过去特拉比斯会士曾经明确、甚至夸张地反对学术性工作，德杭瑟（De Rancé）曾摇旗呐喊表示他厌恶身兼业余艺术爱好者的隐修士，因此向整个圣莫尔（Saint Maur）的本笃会发起唐吉诃德式的战争，其结局是德杭瑟和伟大的马毕庸（Mabillon）神父达成妥协，读来就像哥尔德斯密斯（Oliver Goldsmith）的作品。十八、十九世纪之间，特拉比斯会士只要阅读了圣经及圣人传记之外的读物，都被认为犯了某种隐修士不该犯的罪，我指的传记其内容无非是圣人的一连串神妙奇迹夹杂着虔诚的陈腐之言；然而，如果隐修士对教父（Fathers of the Church，译注：指教会初期的神学家）的生平太有兴趣，就会引起质疑。

但是我进入的革责玛尼隐修院却大大不同。

第一，我的会院充满活力、生气蓬勃，九十年来罕见。经过一个世纪的埋头奋斗，革责玛尼隐修院在熙笃会和美国天主教会中突然成为显赫、活跃的一股力量，会院中望会生和初学生有人满为患之虑，没有足够的空间收留所有人。其实在一九四四年的圣若瑟瞻礼日我发初愿那天，院长神父就正在发表被选去革责玛尼的第一个女隐修院人员名单。两天后，在圣本笃瞻礼日，移民团上路前往乔治亚州，找到一个距亚特兰大三十英里的厩房为住处，他们在干草房里诵唱圣咏。至本书出版时，犹他州、新墨西哥州应已分别成立一个熙笃会隐修院，南部还有另一所会院正在筹划。

革责玛尼的成长是整个修会在世界各地灵性活力扩大的表现之一，连带发生的便是有相当分量的熙笃文献问世了。

美国即将有六间熙笃会隐修院，也快要有修女院了。爱尔兰和苏格兰也将成立新的大本营,这意味着迫切需要以英文书写熙笃会士生活、灵修、历史的书籍。

除此之外,革责玛尼已经成为有宗徒使命感者的加油站。夏天的每个周末,宾客屋住满做避静的人,他们祈祷,与苍蝇对抗,抹去眼中的汗水,聆听隐修士诵念日课,在图书馆听讲道,吃喀文修士在阴湿地窖中制作的干酪——这倒是挺应景的食物。应避静热潮的需要,革责玛尼陆续出版了许多小册子。

宾客屋休息室中的书架上排满了蓝、黄、粉红、绿、灰色的小册子,有的封面精致,有的封面朴素,有的甚至附有图片,标题包括:"特拉比斯会士说……""特拉比斯会士宣讲……""特拉比斯会士恳求……""特拉比斯会士保证……"等等。特拉比斯会士到底说什么、宣讲什么、恳求什么、保证什么?他们说的不外是"时候到了,纠正你对事物的看法""为何不赶紧去办告解""死亡之后是什么"诸如此类的话。这些特拉比斯会士对在俗的男女教徒、已婚未婚者、年长年轻者、军人、退伍军人或因重度残障无法入伍的人都有话说,他们对修女进一句忠言,对神父则不只一句;他们连对如何造屋也有意见,还指导大学生如何读完四年而不至于在灵性方面太受打击。

甚至还有一本对默观生活有意见的小册子。

此情此景很容易让人了解我的替身、阴影、敌人、多玛斯·牟敦、海上老人为何大行其道。如果他建议为修会写某种书,修会必定会采纳,他想要出版的诗总会有人愿意和他洽谈;即使要为杂志撰写文章,又有何不可……

一九四四年初,我即将发初愿。一月的圣安搦斯瞻礼日那天,我为她写了一首诗,完工时的感觉是,即使余生不再写诗也不觉遗憾。

那年年底,当《诗三十首》出版时,我的想法不但没有改变,甚至更加坚决了。

因此,赖克斯再次来此过圣诞节时,告诉我应该多写些诗,我没有和他争辩,但是内心总不觉得那是天主圣意,我的告解神父也不认为那是天主圣意。

然后有一天——一九四五年的圣保禄皈依瞻礼日——我去找院长神父寻求指导,我根本还没想到、更没提到这个话题,他忽然就说了:

"我要你继续写诗。"

///

好安静啊!

早上的太阳照在夏天新漆过的门楼上,显得特别明亮。从那儿望去,圣若瑟小丘的麦子快成熟了,为了预备晋升六品而做避静的隐修士正在宾客屋花园挖土。

真安静。我想到我所在的隐修院,想到隐修士、我的兄弟、我的长上。

大家都有万事缠身。有人为食物奔波,有人为穿着忙碌,有人忙着修理管道与屋顶,有人油漆房子、打扫房间、在膳堂擦地板,还有人戴着面具至养蜂处取走蜂蜜,其他三四人在房里打字机前整天回信给要求代祷的不快乐者,又有些人在修理拖拉机、卡车,其他人则驾驶这些修好的车辆。修士费尽气力想要把缰绳套到骡子身上,有人必须上牧场找回牛群,有人则为兔子发愁,有人说他会修表,有人则为犹他州的新隐修院拟计划。

不用照料鸡群猪群,不用写小册子,不用打包寄书或处理我们弥撒书本复杂账目的人——凡是没有特别职责的人,就到马铃薯田或玉蜀黍田除野草吧!

听到尖塔里的钟声,我会停止打字,关上工作室的窗户。思维修士将那机械怪物般的剪草机放置妥当后,他的助手扛着锄头铲子回家。假如在团体弥撒前有空闲时间,我会取出一本书在树下漫步阅读,其他大多数人会坐在缮写室里写下自己的神学会谈记录,或是将书中字句抄写在信封反面。有那么一两个人会站在小禁院通往隐修士花园的门廊里,将念珠绕在手指上,似乎在等着什么事发生。

然后我们一起去唱经楼,那时会很热,风琴很响,正在学新曲的风琴师一路弹出许多错误。但是，我们在祭坛上祭献给天主的是基督，衪是我们永恒的祭祀品，我们属于衪，衪带领我们，让我们团结一心。

耶稣的爱使我们结合为一体。

IV

美国终于领会到默观生活的妙处了。

基督徒灵修史上有许多矛盾，例如诸教父和近代各个教宗对积极入世的行动生活与默观生活的看法就有相当大的出入。圣奥斯定和圣格列高利虽然惋惜默观生活的"不能生育"，但他们还是承认默观本身较行动优越；不过，教宗碧岳十一世却在《默观者》(Umbratilem) 宪章中清楚声明，默观生活为教会孕育出更多果实，比教学和传道等活动的贡献还多。让肤浅的观察家更惊讶的是，此篇文告竟然是我们这个精力充沛时代的产物。

其实，只要察觉这种辩论之存在的人，都可以告诉你圣多玛斯的教诲包括下面三种圣召：入世、默观和混合式，最后一种超越前两种。这种混合式当然就是圣多玛斯所属修会道明会采取的方式。

但是圣多玛斯也坦率地发表过一篇文告，其内容和碧岳十一世那篇宪章同样不妥协。"默观生活，"他说，"其真正本质是较入世生活高超的。"更重要的是他引用异教哲学家亚里斯多德的论证，采用自然推理证实了上述说法。这够深奥了吧！后来他以明确的基督教词汇发表最有力的论证，认为默观生活者以天主之爱直接即时地充满自己，没有较此更完美、更有价值的行为了。那种爱的确就是各种德行的根源。当你领悟个人德行对其他基督奥体的肢体（译注：指教友）活力的影响时，就知道默观生活绝非"不能生育"；相反地，圣多玛斯针对此事所做的论证就强调默观生活者在灵性方面是有丰沛的生产力的。

当他附带承认行动生活在某些情况下可能较默观生活更完美时，他为这种陈述设立了六个非常严谨的限定条件，使他先前对默观生活的论点更加坚强。首先，行动必须是爱天主之情满溢的结果，是为了履行天主的旨意，唯有如此，行动方能超越默观生活的喜乐与静息。行动只能作为暂时应急之用，不可持续不断；其目的纯粹是荣耀天主，不能因此豁免我们默观的义务。它是一种额外的义务，我们必须尽快回到让我们灵魂与上主结合的静思中，这种沉静是有力量、能繁衍果实的。

行动生活（力行美德、苦修、行爱德）在先，替默观生活做好准备。默观意指休息、中止活动，隐退进入神秘的内在孤寂，灵魂沉醉在天主浩瀚丰盛的沉静中，不靠学习而赖丰收的爱就能获知天主完美的奥秘。

然而，若是止步于此，仍无法抵达完美的境界。根据明谷的圣伯尔纳德之见，较软弱的灵魂抵达默观境界却未达爱德外溢的境界，心中不觉得要将对天主的了解传递给他人。但是毫无例外地，所有伟大的基督徒神秘主义者，如圣格列高利、圣女大德兰、圣十字若望、雷斯博克的真福若望（Blessed John Ruysbroeck）[2]、圣文德等人，当他们的神秘生活登峰造极时，灵魂将与天主缔结姻缘，并且得到一种不可思议、平静、隽永、不倦的助力，为天主和众人的灵魂工作，其成果是圣化千万人、扭转宗教历史乃至俗世历史的轨迹。

有鉴于此，圣多玛斯不得不将最卓越的地位留给这种圣召；在他眼里，这种圣召注定要带领人们走向默观的高峰，灵魂必将自己的秘密外溢，和世人分享。

不幸的是圣多玛斯也说过：受命传道、办教育的宗教机构在信仰方面居于最高位。坦白说，这种简单的说法容易引起误解，使人仿佛只看到虔诚用功的神职人员在图书馆与教室间匆匆奔波。假如信仰的最高境界不过如此，基督徒是不会轻易接受这个答案的；可悲的是，许多人——包括那些"混合式"修道院的成员——无法在其中寻得更深刻的意义。假如你能发表一场略带学术性的演讲，将士林哲学思想应用到社会状况，别人就认为你高明无比了……

这是不对的，我们必须牢牢盯住那些热情的字句，看看圣多玛斯如何为可以舍默观而就行动定下条件。首先谈"因为爱天主之情满溢"。只有当你爱得如此热烈、丰盛、不得不藉着教育和传道方式全盘倾泄出来时，"混合式"生活才能算是超越纯粹默观的生活。

换言之,圣多玛斯教诲我们的是,混合式圣召只有在较默观生活更具默观精神时才算是更高超。这个结论是不容置疑的,它宣示出严格的条件。圣多玛斯真正要说的是:道明会士、方济会士、加尔默罗会士必须是超级默观者。如果不采取这种诠释,就和他极力颂扬默观生活的精神完全背道而驰了。

今日美国的"混合式"修会是否已确实达到预期的默观水准,我无意在此作答,但是无论如何,大部分修会其实已做了妥协以解决这个难题。他们将神父与修女的责任分开,修女在隐修院过默观的生活,神父在大学、城市教书讲道。根据《默观者》宪章和基督奥体教义,如果没有其他出路,这样的解决之道还算差强人意;然而,不论对个人或对教会而言,圣多玛斯拟订的方式却更完整、更令人满意!

但是默观修会要怎么做?修会会规及习俗授与他们过默观生活所需的条件,如果成员不能达到目标,难处并非来自他们实际的生活方式。姑且认为他们已经符合会祖的原意,真正做到或尽其所能地过着默观生活,难道他们真的就和一般人不同了吗?

事实上,在所有纯粹默观的男修会会章某处总会找到"传播默观的果实"的概念。尽管嘉都西会士费尽心血确保在隐修院内过沉默、孤寂的隐士生活,他们原本的会规也明确写着要从事誊写稿件、著书等特殊工作,即使口舌是沉寂的,仍可用笔向世界传道。

熙笃会就没有这种立法,他们遵守的规章甚至限制他们出书,并且完全禁止写诗,但还是产生了一整个学派的神秘主义神学家;诚如贝立叶神父所说,他们是本笃会灵修的奇葩。我刚刚才引用过这个学派的领袖明谷的圣伯尔纳德对此主题的看法。不过,即使熙笃会士从来没写过将默观果实传诸普天下教会的作品,"传播默观的果实"仍将永远是熙笃会士生活不可或缺的一部分,院长及负责指导灵魂的人永远得以刚从默观之炉出笼、尚且热气腾腾的神秘主义神学美味面包来喂养隐修士。这就是圣伯尔纳德告诉约克郡那位有学识的圣职人员莫尔达绪(Henry Murdach)的话,用意在引诱他跳出书本、走入树林,隐修士都在那儿接受榉树、榆树的教诲。

至于那些"纯粹行动"的修会又该做何解释？这种方式存在吗？安贫小姊妹会（The Little Sisters of the Poor）这个安养老人的团体或多或少也必须做到"传播默观的果实"，亦即分享默观的果实，才算是真正履行她们的圣召；缺乏内心生活的入世圣召是贫瘠无生气的，而且还必须是深刻的内心生活才行。

其实，不论是哪一种修道会都有可能过最高境界的生活——也就是默观生活，和别人分享默观的果实——甚至有义务这样做。圣多玛斯的原则是坚定不移的：完美的巅峰就是"传播默观的果实"；但这并不表示我们必须像他一样，将自己的圣召局限在以教学为主的修会里。以教学为主的修会正好是最有资格传授从爱天主得来的知识——如果他们在默观中得到这种知识——而其他修会或许更适合学习、求取这种知识。

无论如何，分享默观的果实有许多途径，不一定倚靠著书或发表演讲，也不需要在告解室里和灵魂直接接触，单凭祈祷就可得到奇妙的结果。的确，默观的光辉有自行传播到教会每一个角落的趋势，在隐密中振奋基督奥体内的所有成员并不需要默观者做出任何有意识的举动；然而，如果你认为圣多玛斯的论点限制了我们和同伴做具体、自然的沟通（虽然很难看出为何一定会如此），即使在那种处境，仍然有一种更有力的方式可以分享神秘的或是从经验得来的天主的知识。

查看圣文德的《心灵朝向天主之旅》，会找到对此种最高圣召的绝佳描述，是这位天使圣师在阿菲尼亚山（Mount Alvernia）上避静默想时悟到的，那儿正是方济会伟大会祖圣方济双手、双足与肋骨旁被烙上耶稣十字五伤的荒凉地点。藉着超性直觉的光照，圣文德洞察教会历史上伟大事件的全部涵义，他说："就在那儿，圣方济在默观的神魂超拔状态中逾越进入天主，因此他是完美默观者的模范；同时，他又是活动生活的完美标准，天主藉着他吸引所有真正有灵修的人，达到逾越、神魂超拔的境界，所谓言教不如身教。"

这就是"传播默观的果实"的清晰真义，是由一位彻底过默观生活、说话不模棱两可的人说的。得到这种圣召的人将在改变形象后与上主

1968 年 12 月 10 日在泰国曼谷，牟敦最后的照片

结合，达到神秘生活与奥秘体验的高峰，达到转变后进入基督的境界。于是，基督住在我们之内，指导我们的一举一动，使我们发散出喜乐、圣德、超性活力，旁人看了也渴望追寻同样高超的结合——更恰当的说法是，生活在我们之内、完全掌握我们灵魂的基督发挥了隐密影响力，吸引旁人效法我们。

请注意一件极重要的事实，就是圣文德并未将人分成几类几等：基督将自己的形象烙印在圣方济身上，目的不在吸引几个人或少数享有特权的隐修士，而是要吸引所有真正有灵修的人，引领他们走向默观的完美，这种完美无非是爱的完满；一旦达到这种境界，自然就会吸引别人朝向他们。任何人在法理上（即使不是在事实上）都可能受到召唤，逐渐在默观的熔炉中和基督融为一体，再延伸出去在地面上点燃同样的火焰，那是基督所乐见的。

这意味着实质上圣召只有一种。不论教书、住在禁院或照顾病人，不论有无宗教信仰、已婚或独身，不论你是谁或是什么，都有达于完美巅峰的召唤：你受召唤过深刻的内心生活，甚至受召唤做神秘祈祷，将默观的成果传授给他人；即使无法立言，也能以身作则。

假如你的灵魂燃烧着这种鼓舞人心的爱，冒出升华的火焰，无疑地整个教会和世界所受的影响将远超过言教身教所能达到的效果。圣十字若望写道："在天主眼里，只要有一点一滴这种纯净的爱，看来无所作为的灵魂都较事功累累更弥足珍贵。"

在我们出生之前，天主已经认识我们，祂知道我们当中有人会背叛祂的爱与仁慈，也有人从能爱的那天便愿意爱祂，永生不渝地爱祂。祂知道我们的皈依会给祂的国度里的天神带来欢乐，也知道有一天祂会带我们一起到革责玛尼，为了祂自己，也为了赞颂祂的爱。

修道院内每个人的生活就是构成奥迹的一个单元，一一相加后远远超过原先的总和。那到底是什么，我们尚无法了解，但是用神学的语言来说，我们都是奥秘基督的肢体，在祂内成长；为了祂，万物受造。

就某种意义而言，我们永远是旅人，风尘仆仆，却不知何去何从。

换种说法，我们已经抵达目的地了。

在此生，我们无法完美无缺地掌有天主，这就是我们为何总是马不停蹄地生活在黑暗中；但是，藉着恩宠我们已经掌有祂，所以我们已经抵达目的地，生活在光明中。

但是啊！我已经抵达了，还要走多远才能找到你呢！

但是现在，噢，我的天主，唯有跟你我才能谈心，旁人是不会了解的。我无法将世上任何人带进我所居住、受你光照的云朵中，但那也是你的黑暗，我在其中迷失、局促不安。我无法向任何人解释你的悲虑就是你的欢乐，也无法解释迷失就是掌握你，和万物有距离便是抵达你处，在你内死亡就是在你内诞生，因为我自己对它一无所知，只知道我盼望一切都已成为过去——我盼望它已经开始。

你驳斥一切，你将我留在无人之土。

你令我终日在树下来回踱步，一遍遍对自己说："独居，独居。"一转身，你却将整个世界丢进我怀里。你对我说过："抛弃一切，跟随我。"然后你将半个纽约紧紧铐在我脚上。你让我跪在那根柱子后面，我的心像扑满一般乱响，那算是默观吗？

今年春天，在我于圣若瑟瞻礼日发显愿之前，我这三十三岁的小品圣职人员确实有上述的感觉。你看来几乎要我放弃我渴望的孤寂，放弃默观生活。你要求我服从长上，我敢确定他们不是要我写作，便是让我教授哲学，或是要我在修道院负责十多项俗务，甚至要我当避静神师，每天向前来修道院的世俗人做四次讲道；即使没有任何特别的职务,我都会从早上两点钟马不停蹄地忙到晚上七点。

我不是花了一年时间写了巴各满院长的生平吗?她被派去日本新成立的特拉比斯女修会,她不也是想做默观修道者吗?结果怎么了?她一身兼任门房、访客导师、圣器室管理人、地窖看守者、庶务修女导师,偶尔稍稍获得一点豁免,也是因为要她承担初学导师之类更吃重的职务。

> 玛尔大,玛尔大,你为了许多事操心忙碌……(译注:语出《路加福音》第十章第四十一节,接下去的话是:"其实需要的唯有一件。"在此耶稣指摘玛尔大过于为俗务操劳,暗指默观是更好的事)

当我开始避静、准备发圣愿时,有一段时间我自问:那些圣愿是否有附加条件?假如我得到的是默观修道的圣召,而那些圣愿不但不帮助我成为默观者,反而阻挡我,那将会如何?

但是为了能开始祈祷,我必须放弃那种想法。

发了圣愿之后,我发觉自己不再确知默观者为何物,也不确知默观圣召是什么、我的圣召是什么、熙笃会的圣召又是什么。事实上,我无法再确知或理解任何事情了,只知道是你要我在这特定时间、特定会院发特定的圣愿,为了你最清楚的原因。然后,我该做的就是与他人一致行动、奉命行事,疑团自然会解开。

那天早上我俯伏在教堂正中央,院长神父在我上面祈祷,我的嘴边有灰尘,这时我忽然笑了。我就这么不明就里、歪打正着地做了正确的事,甚至做了相当惊人的事。但是并非我的工作惊人,而是你在我内所做的工作。

几个月过去了,你还未减弱我那些热望,但是你已经给了我平安,我也开始了解情况,渐渐启蒙了,因为你召唤我来此不是要我戴上标签,以便认出自己,将自己归入某种类型。你不要我费心思索我是什么,你要我想你是什么;或者更贴切地说,你甚至不要我多费脑筋,因为你要我从思索的层次提升。假如我不断思索我是什么、我在哪儿、为何如此，怎能完成工作？

我不想小题大做，我不会说："你已经要了我的一切，我也已经弃绝一切。"因为我不再希望看到你我之间有隔阂。假如我往后退一步，认为你我之间好像在授受些什么，或是我奉献了些什么，就无异承认我们之间有间隔，记住我们之间有距离。

我的天主，就是那间隔和距离将我置于死地。

那就是我盼望孤寂的唯一原因——不再关心一切受造物、弃绝它们、不认它们，因为受造物使我想起你我之间的距离。受造物告诉我有关你的事情：你和它们相距很远，虽然你在它们之内。你创造了它们，你的存在让它们的存在得以持续，它们却将你藏起，不让我看到。我要独居，远离它们，多么有福的孤独啊！

因为我知道只有远离受造物才能来到你面前：那就是我为何一向如此不乐的原因，因为你似乎罚我和受造物在一起。现在我的痛苦已经事过境迁，我的喜乐就要开始，这种喜乐发自最深刻的痛苦，因为我开窍了。你教诲了我，慰藉了我，我重新开始盼望与学习。

我听到你对我说：

　　我要让你随心所欲。我要领你走向孤寂。我要以超越你想像的方式带领你，因为我要领你走一条捷径。

　　周遭事物全会武装起来和你作对，否认你、中伤你、给你痛苦、让你陷于孤寂。

　　因为它们充满敌意，你会很快陷于孤立。它们会放逐你、弃绝你、拒绝你，那时你就完全孤单了。

　　你触碰什么都会受炙伤，你会疼痛地把手抽开，直到你退避万物，那时你就完全孤独了。

　　任何愿望都会灼烧你，用烙器烙印你，你会痛苦地逃之夭夭，离群索居。来自受造的喜乐只会为你带来痛苦，你会无感于喜乐，被遗弃一旁。所有人喜爱、热望、寻求的好事都会来到你面前，但它们是以谋杀犯的身份来的，要使你辞世，与占据俗世的一切分隔。

你会受到称赞,那是像被捆在柱子上烧死的感觉。你会被爱,但是这爱会谋刺你的心,将你驱入沙漠。

你会得到恩赐,其重担却会压垮你。你会尝到祈祷的甜美,但亦将因此作呕,你会插翅远去。

当你稍受赞美、稍稍被爱,我就会拿走你所有的天赋、所有的爱、所有的赞美,你会完全被遗忘,完全被遗弃,变得一文不值、虽生犹死、被弃若敝屣。就在那一天,你会享有你长久盼望的孤寂,你的孤寂会在今世永远无缘相见的灵魂中孕育出累累果实。

不要问这事在何时、何地、如何发生,在山上或在监狱,在沙漠或在集中营,在医院或在革责玛尼,都无关紧要。所以别问我,因为我不会告诉你,除非你已身在其境,否则你不会了解。

但是你会从我的焦虑、我的贫穷中品尝到真正的孤寂,我会带领你来到我喜乐的高峰;你在我内死去,在我的慈悲中寻到万物。为了这个目的,我的慈悲创造了你,将你从普拉德带到百慕大,到圣安东尼、奥康、伦敦、剑桥、罗马、纽约、哥伦比亚大学、基督圣体教堂、圣文德学院,到在革责玛尼劳动的贫穷者的熙笃会院:

好让你成为天主的兄弟,经学习而了解人们那位被焚烧的基督。

让此书在此完结吧,但探索仍将继续!

注释:

[1] 犹达(Judas),亦译"犹大",耶稣十二门徒之一,后出卖耶稣,其名成为"叛徒"的同义词。

[2] 雷斯博克的真福若望(John de Ruysbroeck, 1293~1381),中世纪弗莱芒神秘主义神学家,主要著作《论灵性的婚姻》,强调谦卑、仁爱,主张从尘世中飞升出来,达到与上帝神秘的合一。

图书在版编目(CIP)数据

七重山/(美)牟敦(Thomas Merton)著;方光珞,郑至丽译.
—上海:上海三联书店,2023.4 重印
ISBN 978-7-5426-2643-1

Ⅰ.七…　Ⅱ.①牟…②方…③郑…　Ⅲ.牟敦(1915～1968)—
自传　Ⅳ.B979.971.2

中国版本图书馆 CIP 数据核字(2007)第 129099 号

本书译文由台湾究竟出版社授权使用

七重山

著　　者 / 多玛斯·牟敦

译　　者 / 方光珞　郑至丽

校　　译 / 丁　骏

策　　划 / 徐志跃

责任编辑 / 邱　红

封面设计 / 鲁继德

监　　制 / 姚　军

责任校对 / 张大伟

出版发行 / 上海三联书店

　　　　　(200030)中国上海市漕溪北路 331 号 A 座 6 楼

邮　　箱 / sdxsanlian@sina.com

邮购电话 / 021 - 22895540

印　　刷 / 上海惠敦印务科技有限公司

版　　次 / 2008 年 1 月第 1 版

印　　次 / 2023 年 4 月第 4 次印刷

开　　本 / 640 mm × 960 mm　1/16

字　　数 / 380 千字

印　　张 / 28

书　　号 / ISBN 978-7-5426-2643-1/I·338

定　　价 / 68.00 元

敬启读者,如发现本书有印装质量问题,请与印刷厂联系 021-63779028